Mentiras y secretos

Kathleen Woodiwiss

Mentiras y secretos

Traducción de
Edith Zilli Nunciati

CÍRCULO de LECTORES

A Evelyn, mi hermana mayor.
Cuando yo era niña fue para mí como una segunda madre.
La quiero profundamente

K. E. W.

1

Cerca de Charleston, Carolina del Sur
29 de julio de 1803

De mala gana, Raelynn Birmingham salió de su pesado sueño y levantó un párpado para echar una mirada amenazadora hacia las puertas vidrieras, por las que entraba un golpeteo lejano y repetitivo. El sol apenas despuntaba, pero un calor húmedo, acrecentado por el breve chubasco caído durante la noche, penetraba en su dormitorio del primer piso. Pese al insoportable calor y la humedad, Raelynn estudió la posibilidad de dormir un rato más... si lograba levantarse del gran lecho de columnas con las fuerzas suficientes para cerrar las puertas. Había pasado la mayor parte de la noche dando vueltas en su solitaria cama, frustrada y atormentada por los anhelos sensuales que su apuesto esposo había despertado en ella. Esas ansias continuaban insaciadas tras casi dos semanas de matrimonio, debido a la repentina aparición de un rufián que, en su noche de bodas, había entrado por la fuerza con sus matones a sueldo, pero también por el distanciamiento que se había producido entre los dos, al enterarse ella, un día después, de que una joven lo acusaba de ser el padre del hijo que esperaba. De no ser así, a estas horas, Raelynn habría estado compartiendo, no sólo el lecho de su esposo, sino también todos los placeres de la vida conyugal. La verdad es que, en este caso, la ignorancia podría haberle dado la felicidad, si no fuese por una muchacha llamada Nell.

La idea de permanecer cómodamente en la cama dejó de parecerle tan atractiva al percatarse de que había sudado hasta el punto de empapar el camisón de batista. Se le adhería al cuerpo con enloquecedora insistencia, hasta obligarla a despegárselo del pecho y abanicarse con él, creando un movimiento de fuelle que provocaba una leve corriente de aire sobre su húmeda piel. Eso le brindaba un alivio momentáneo, pero, en el mejor de los casos, duraba tanto como su esfuerzo.

Con un largo bostezo, que más parecía un gruñido, se levantó trabajosamente para ir hacia el lavamanos, todavía adormilada. Una vez allí, vertió agua en la palangana y la recogió en el hueco de las manos para arrojársela a la cara, con la esperanza de ahuyentar su abatimiento. Los beneficios resultaron igualmente fugaces; no menos aturdida que antes, dedicó su atención a lavarse los dientes.

Como era previsible que el letargo perdurara a menos que recuperase una pequeña porción del sueño perdido, Raelynn analizó sus posibilidades de amortiguar el ruido, a fin de crear un ambiente más apacible. Con esa intención y con pasos inseguros, se dirigió hacia las puertas vidrieras, pero al llegar allí cayó en la cuenta de que, si las cerraba, la habitación se volvería sofocante. Su alcoba era una de las cuatro que daban a la galería de la parte posterior de la casa. Sólo las habitaciones de Jeff, más grandes, y el dormitorio del extremo opuesto, tenían una combinación de ventanas y puertas vidrieras. Las dos del medio sólo contaban con dos de estas últimas.

Puesta a escoger entre sofocarse dentro de un cuarto caluroso y cerrado o soportar el ruidoso martilleo, Raelynn decidió de inmediato que el estruendo era mucho más tolerable que la otra opción. Arrancada del moderado clima de Inglaterra, se encontraba ahora en la plantación Oakley, en las Carolinas. Antes de su llegada, se le había advertido que allí las temperaturas en verano podían ser muy altas, sobre todo en la canícula. No era un lugar donde se pudieran tomar a la ligera las incomodidades y los peligros del calor.

Con un suspiro desconcertado, apoyó el hombro contra el marco de la puerta; su mirada pasó más allá de la blanca balaustrada que bordeaba el límite exterior de la galería. Poco después de la lluvia sobre la tierra, se había deslizado una bruma densa, que aún ahora parecía aislar la casa solariega en un mundo propio. Una hilera de enormes robles, amortajados por esos vapores lechosos, creaba una vaga muralla de borrosa oscuridad a través del amplio patio trasero, ocultando todo lo que estaba más allá; esos árboles separaban los terrenos principales de los alojamientos de servicio: una serie de cabañas de variado tamaño, que se levantaban a la sombra de otros altos ramajes. Raelynn no necesitaba atravesar la niebla para localizar la zona de donde provenía ese estruendo. Como todos cuantos vivían en la plantación, sabía que, tras el tercer árbol, se estaba erigiendo una nueva estructura para la mujer negra que oficiaba como ama de llaves y su pequeña familia. Apenas dos semanas atrás, del hogar y las pertenencias de Cora sólo restaban cenizas y maderas ennegrecidas; sin embargo, la tarde anterior, Raelynn había visto colocar las vigas embreadas sobre las tablas nuevas que ahora formaban el caparazón exterior de la estructura.

Sin esforzarse por ahogar el segundo bostezo, la joven se apartó del cuello los largos mechones rojizos. En ese clima, su cabello resultaba tan pesado y cálido como si fuera lana; puesto que el calor no haría sino aumentar cuando comenzara agosto, Raelynn sólo podía prever nuevas molestias, a menos que empezara a trenzar esa densa melena antes de acostarse.

En años anteriores, cuando su padre era respetado como leal súbdito y emisario del rey Jorge III de Inglaterra, el nombre de James Barrett, conde de Balfour, atraía verdaderas multitudes de huéspedes a la finca que su familia poseía en Londres. Para esos lujosos acontecimientos, su doncella personal solía peinarla con verdadera gracia; la belleza de su cabello provocaba entusiasmo entre amigos e invitados, que no sólo alababan sus peinados, sino también su color y lozanía. Ella agradecía los cumplidos con graciosa gentileza, sin prestar mucha consideración al talento y esfuerzos de su doncella, que aun para diario le arreglaba esos mechones rojizos de manera más sencilla, pero no menos elegante.

Eso había sido en otros tiempos. Ahora que Raelynn debía atender por sí sola aquella indomable melena, tenía plena conciencia de los arduos esfuerzos requeridos simplemente para mantenerla limpia y razonablemente dominada en un moño. El mero hecho de desenredarla después de cada lavado era ya una tarea durísima. Últimamente había llegado a plantearse reducirla a la mitad de su longitud, pero no se atrevía, por no saber cómo reaccionaría su esposo ante semejante cambio. Teniendo en cuenta la formidable muralla que había levantado en su matrimonio, al negarse a la intimidad conyugal, no se atrevía a irritar a Jeffrey aún más. Si hubiera tenido la audacia de hacerlo cuando vivía su padre, este habría sufrido un verdadero ataque; no podía afirmar que su esposo toleraría el hecho con mejor talante. En las semanas precedentes, sólo una vez había tenido oportunidad de apreciar la inexorable tenacidad de su esposo, durante su confrontación con Nell; aun así, tenía la impresión de que Jeffrey Birmingham ponía límites muy definidos a lo que era capaz de tolerar. Ella todavía no había osado probar esos límites, mucho menos después de exigir camas separadas; hacerlo parecía una actitud irrazonable.

Raelynn apartó deliberadamente sus pensamientos de tema tan delicado; en un esfuerzo por estirar y tensar los músculos, giró el cuerpo varias veces hacia un lado y otro; por fin se inclinó hacia delante hasta apoyar las palmas en el suelo. Al incorporarse arqueó la espalda hacia atrás, tanto como pudo, y repitió los ejercicios.

Durante la travesía del Atlántico, el entrepuente del barco estaba abarrotado de pasajeros; en ese agujero oscuro y húmedo, donde se había alojado a los menos afortunados, había poco sitio para caminar. A su madre y a ella se les había asignado un espacio limitado; cualquier movimiento que sobrepasase ese límite solía molestar a otros, por lo que ellas apenas se movían. Esos tres meses de inactividad le habían dejado una rigidez que todavía sentía al abandonar el lecho. Aun así, Raelynn se consideraba afortunada por haber sobrevivido a las malas condiciones y a la escasez de alimento; su madre no había tenido tanta suerte.

–Os habéis levantado temprano, querida.

Raelynn se incorporó, con una exclamación de sorpresa y echó un vistazo a la galería, desde donde provenía esa grave voz masculina. Su esposo caminaba tranquilamente hacia ella. Al parecer había pasado frente a las puertas abiertas de su dormitorio mientras ella aún dormía, sin duda para observar el trabajo de los carpinteros desde el otro extremo del pórtico, sitio ideal para ver la construcción. No llevaba camisa ni zapatos: sólo unos ceñidos pantalones de color gris topo, que acentuaban la línea exacta y musculosa de sus caderas y su cintura. El pelo, corto y negro, estaba húmedo y erizado, evidencia de que se lo había lavado recientemente, lo cual confirmaba la toalla de hilo que rodeaba su cuello bronceado.

Quizá era otra de las fantasías que le inspiraba ese hombre, con el que había chocado por casualidad en una calle de Charleston, y que la había salvado, momentos después, de ser atropellada por un vehículo tirado por cuatro caballos. Lo cierto es que, a esa hora temprana, se le veía muy atractivo. Sin duda su reducido atuendo tenía alguna relación con ese hecho, pues estaba dotado de un excelente físico. Sus hombros eran notables por la amplitud; sus brazos, admirablemente forjados, de músculos esbeltos; el pecho, cubierto de vello oscuro, se afinaba por debajo de las tetillas, a lo largo de costillas recubiertas de músculos. Ella sabía muy bien que, bajo esos pantalones bien cortados, las caderas eran tan estrechas que habrían provocado envidia en las mujeres. Jeffrey era un jinete activo y practicaba regularmente la esgrima con varios amigos íntimos, simplemente como deporte. Gracias a eso, sus músculos mantenían una vibrante dureza.

Aunque su pelo era negro como la noche, él no era atezado ni velludo en exceso. Esa cobertura era más densa en el pecho y la ingle; los antebrazos y las piernas, largas y ágiles, sólo presentaban una ligera capa; sin embargo, tenía la espalda y los hombros sin vello.

Sus facciones eran nobles; la mandíbula, pulcramente cincelada bajo el cálido bronceado de la tez; la nariz, delgada, con una sutil curva aguileña; el mentón, apenas hendido. Cuando sonreía o movía los labios en un gesto pensativo, en las tensas mejillas aparecían dos surcos gemelos y la belleza de sus ojos verdes, oscuramente traslúcidos llamaban la atención de las jovencitas dondequiera que fuese. Su sonrisa ladeada solía ser calificada como letal, por el modo en que despojaba a las mujeres de toda su firmeza. La misma Raelynn era sensible a ese encanto; más de una vez se vio obligada a fortalecer su voluntad, para no caer ella también. En todos los sentidos, su esposo era un excepcional espécimen del sexo masculino.

Si hubiera sido realmente su esposa, Raelynn habría cedido al deseo, cada vez mayor, de rozar con la mano esa firme extensión de tendones, músculos y duros rizos que constituía su torso. Así lo había hecho en la noche de bodas, al verlo por primera vez desnudo; entonces había quedado sobrecogida ante su elegancia y su apostura viril. Claro que, a partir de entonces, ya no le sorprendía sentirse embelesada, y quizá hasta un poco predispuesta, por cierto caballero sureño que se llamaba Jeffrey Lawrence Birmingham.

–¡Jeffrey! ¡Me habéis sobresaltado! –lo regañó con una risilla nerviosa.

No le ayudaba en absoluto a recuperar la compostura saber que, tras esa encantadora máscara de masculinidad refinada, acechaba quizá un libertino desvergonzado, que no tenía el menor reparo en utilizar sin miramientos a las deslumbradas jovencitas para su propio placer. Aun después de presenciar el altercado entre Jeff y Nell, Raelynn sospechaba que ella también era cada vez más sensible, pues parecía que en los últimos tiempos no podía pensar sino en los breves momentos que había pasado en sus brazos.

Los blancos dientes de Jeffrey brillaron por un instante en una pícara sonrisa.

–¿De verdad?

El modo en que sus ojos la recorrieron dejó en Raelynn la sensación de que la habían desvestido de la cabeza a los pies. Eso bastó para poner un rubor más intenso en sus mejillas y hacer que su voz no sonara muy firme. Peor aún, despertó en ella un deseo de atenciones maritales y el ferviente anhelo de poder arrancar para siempre de su mente el recuerdo de Nell.

–No es habitual que estéis en casa a estas horas de la mañana, ¿verdad, Jeffrey?

–No, pero mi contable quiso que revisara los registros de la naviera y no he terminado con ellos hasta esta mañana. Como es trabajo tedioso, decidí descansar algunos minutos antes de emprender el viaje a Charleston. –Inclinó la cabeza oscura en un ángulo contemplativo–. Y vos, hermosa, ¿soléis estar levantada a estas horas?

Raelynn se ruborizó; sabía que, comparada con su madrugador esposo, ella debía de parecer una dormilona. Por lo general, las puertas vidrieras de su dormitorio permanecían abiertas toda la noche, para permitir la entrada del aire más fresco. Aun sin ruidos que la molestaran, se había despertado demasiadas veces como para ignorar que su esposo solía andar por la galería al rayar el alba; por lo tanto, debía suponer que él estaba bien familiarizado con su costumbre de dormir hasta tarde.

–Me despertó el martilleo.

La mano que se había llevado al cuello temblaba un poco, en parte por el inexplicable nerviosismo que la presencia de Jeffrey nunca dejaba de provocarle, pero también, quizá en grado similar, por la inquietante sospecha de que empezaba a flaquear como una tonta bajo los sutiles ardides de ese libertino. Si tuviese la cabeza bien puesta, pondría pies en polvorosa en vez de esperar a que él le destrozara el corazón. Era una verdadera locura someterse a tentaciones que, día a día, eran más difíciles de resistir. La verdad es que lo único que le había impedido hasta entonces buscar la consumación del matrimonio era el insistente miedo de que Jeffrey Birmingham no fuera tan honorable, caballeroso y noble como parecía.

En los últimos tiempos, su corazón estaba dolorosamente indeciso ante dos opciones, cada una de las cuales le parecía la correcta en diferentes momentos. Una, alimentada por su deseo creciente, la impulsaba a convertirse en su esposa de hecho; la otra, basada en el miedo y la desconfianza, a largarse con su virginidad intacta antes de ser víctima de sus engaños. Sin embargo, cuando reflexionaba sobre esta última alternativa, de sus entrañas nacía una triste sensación de vacío y debía luchar contra un torrente de lágrimas; ambas eran fuertes señales del efecto que ese hombre tenía sobre ella y de su indecisión para abandonarlo.

El tumulto que reinaba en su interior le trastornaba los nervios; por mucho que le disgustara la idea, Raelynn temía estar comportándose como una jovencita aturdida y enamoriscada de un hombre mayor. Pues Jeffrey, con sus treinta y tres años, le llevaba catorce, lo cual aumentaba la desconfianza de Raelynn ante su atractivo. ¿Qué podía hacer una simple muchacha para protegerse de los persuasivos encantos de un varón experimentado?

Él podía aturdirla por completo con unos pocos minutos de su presencia, a pesar de la serie de jóvenes guapos y aristocráticos que en Inglaterra se habían disputado los favores de Raelynn. Pero, en retrospectiva, esos galanes ansiosos parecían irremediablemente inmaduros y petimetres, ahora que ella podía compararlos con un hombre más digno. En realidad, raro era el caballero que podía ponerse a la altura del increíble atractivo de Jeffrey, de su notable físico y su deslumbrante apostura. Y ella se preguntaba a qué se debía su vulnerabilidad. ¡A fin de cuentas, a esas horas cualquier imbécil habría descubierto los motivos!

A pesar de las precauciones con que había tratado de fortalecerse, debía reconocer que su fascinación por ese hombre se había acentuado en el breve tiempo transcurrido desde la boda. Obviamente, el carisma viril y su gran encanto físico acentuaban la atracción. No obstante, a veces se preguntaba si la situación que ella misma había provocado no tendía a incrementar el atractivo de Jeffrey. Básicamente, las restricciones que ella había impuesto le permitían mirarlo, pero no tocarlo. Era como balancear una deliciosa golosina a la vista de un niñito: cuanto más se la mantuviera fuera de su alcance, tanto mayor sería el deseo.

A Raelynn le ardían otra vez las mejillas bajo la embriagadora intoxicación de esos ardientes ojos esmeralda, que se deslizaban sin prisa por sus formas apenas cubiertas. Sus propios recuerdos seguían un sendero bien conocido: regresaban al momento en que Jeffrey Birmingham se había erguido sobre ella, listo para consumar la unión conyugal. Hasta aquella única noche de frustrado placer, ella nunca había visto, siquiera fugazmente, a un hombre desnudo; mucho menos sabía cómo yacer en sus brazos, igualmente desprovista de ropa. Sin embargo, si se le hubiera pedido una descripción de aquel principesco novio, sin más atavíos que el viril atuendo natural, ella habría pintado con seductores detalles el retrato de un dios joven y alto, en la flor de la vida y en plena efervescencia pasional. Había recreado sus ojos en esa belleza masculina. Aun después de las acusaciones de Nell, le bastaba con cerrarlos para formarse una imagen mental de su cara y sus formas.

Los labios de Jeff se torcieron en una pícara curva, exhibiendo el tentador hoyuelo de una mejilla, mientras se adelantaba a paso mesurado, con tanta cautela como si acechara a una gacela desconfiada.

–¿No se me debería azotar por la canallada de haberos sobresaltado, querida?

–No, desde luego que no, Jeffrey, qué absurdo. –Raelynn levantó la vista hacia esos luminosos ojos, sin decir nada más, pero al fin cayó en la cuenta de que le estaba sonriendo de oreja a oreja, con una absoluta falta de aplomo. Como por entonces estaba completamente espabilada, cobró conciencia del poder que ejercía el extraño encanto que emanaba de ese hombre–. Es decir… me hacéis sentir…

Buscó una palabra o una frase que describiera adecuadamente su desconcierto, pero sin dar la triste imagen de una chiquilla enamorada. ¿Cómo podría explicar, a través de comparaciones trilladas, el aura de felicidad que en ese momento parecía envolverla?

No tenía deseo alguno de revelar el trastorno mental que sufría a causa de ese dilema conyugal. A fuerza de voluntad había logrado rehuir las atenciones amorosas de su marido, pero no era fácil, en absoluto. Tras haberse visto en el umbral mismo de la consumación, no podía relegar esos sensuales recuerdos al reino del olvido. Había visto a su flamante esposo plenamente excitado; desde entonces libraba una batalla constante por controlar su mente. A pesar de lo difícil que le resultaba dominar su creciente curiosidad y sus deseos, el abismo que los separaba había continuado ensanchándose, sobre todo porque él comenzaba a distanciarse de ella. Muchas veces, al sentirse muy sola durante sus ausencias, aun entre tantos sirvientes, ella se había sorprendido recreándose en los recuerdos de los emocionantes momentos vividos en sus brazos. Ahora no necesitaba conjurar imágenes del pasado: lo tenía de pie ante sí, apenas a uno o dos pasos, tan cerca que podía percibir el aura de su magnetismo viril, con tanta claridad como si estuviera hecha de sustancia tangible.

–¿Qué sentís cuando estoy ante vos? –inquirió Jeff, mostrando de nuevo su sonrisa más seductora.

Sin poder dominar su propia sonrisa, Raelynn echó una mirada coqueta hacia arriba. No podía negar que, en presencia de ese hombre, sus sentidos parecían elevarse a vigorizantes alturas.

–De maravilla.

–¿De maravilla?

Los ojos esmeralda sondearon los suyos, buscando la medida exacta de su coqueteo. Jeff desconfiaba. Ya una vez se había perdido en la ferviente pasión de esos ojos verde claro, de oscuras pestañas; había gozado con el deleite de llevar a su joven desposada al lecho conyugal, sólo para verse interrumpido, en el umbral mismo de la consumación, por la llegada de una ruidosa banda de malhechores, que le habían arrebatado a su mujer para llevarla a la madriguera de Gustav Fridrich. A fin de perseguirlos, después de que una bala de plomo le rozara el cuero cabelludo (lo cual hizo que los delincuentes creyeran que lo habían matado), él había convocado a su hermano y a un grupo de amigos, entre los que se contaba el sheriff Rhys Townsend, quien se reunió con él en Charleston, seguido de sus ayudantes. Todos ellos atacaron el depósito donde el alemán, con su ejército de inexpertos forzudos, retenían cautiva a Raelynn. Resultaron victoriosos, aunque los rufianes los superaban en número, pero más tarde Jeff tuvo la mala suerte de enterarse, por medio de Rhys, de que sería imposible arrestar a Fridrich por una simple razón: estafado por Cooper Frye, el tío de Raelynn, el alemán creía haber comprado a la muchacha.

Su esposa llevaba apenas unas pocas horas en Oakley, sana y salva, cuando Jeff se encontró con una nueva agresión. Las acusaciones de una antigua empleada hicieron que su mujer, desconfiando de su integridad, temiera iniciar una relación íntima. Por ende, lo que para sus fervorosas esperanzas debía ser el comienzo de un matrimonio amoroso y apasionado, con una mujer que parecía hecha a la medida de sus sueños, se convirtió en cambio en una relación sin consumar.

Durante las dos semanas siguientes, los dos mantuvieron una convivencia cortés, pero rígida; dialogaban y comían juntos, pero dormían separados: ella en su habitación, él en la contigua. Jeff toleraba ese acuerdo a duras penas. En realidad, veía puesta a dura prueba su tolerancia de caballero. Su esposa era demasiado hermosa y tentadora como para soportar tranquilamente su proximidad. Con la intención de poner alguna distancia entre ellos, él pasaba muchas horas fuera de la casa, concentrando su atención en sus múltiples negocios: la empresa naviera, la maderera, la cría de caballos y la supervisión de las primeras cosechas, juntamente con el capataz. Hasta cierto punto, esos intentos sirvieron para calmar su concupiscencia, pero volver a casa y verla era como recibir el golpe de una maza en una zona muy vulnerable.

–¿De maravilla en qué sentido, querida?

Raelynn encogió sus hombros esbeltos; no estaba dispuesta a divulgar en toda su extensión los sentimientos que él le provocaba. La volvía loca la idea de sufrir si cedía ante él, pero también le resultaba inconcebible continuar con ese matrimonio un momento más sin convertirse realmente en su esposa.

–De maravilla, a secas.

–Pues al respecto, querida, permitidme deciros que estáis maravillosa a estas horas tan tempranas –murmuró él.

Sus ojos sondeaban cautelosamente la delicada tela que exhibía, de modo casi flagrante, su silueta femenina.

Consciente de la proximidad de su esposo de muchas formas distintas (entre otras, la estrecha atención de Jeffrey y el perfume de su colonia, con el que se mezclaba el del jabón), Raelynn sufrió otro ataque de nerviosismo; ante la llama que ardía en las honduras cristalinas y oscuras de verde esmeralda, se sentía como una gallina acorralada por el zorro. Estaba segura de que Jeffrey, observador como era, interpretaría cualquier sonrisa suya como invitación a poner su resistencia a prueba, con lo que ella se vería frente al dilema de no hacer caso de las acusaciones de Nell o aceptar las insinuaciones de su esposo con los brazos abiertos. Indecisa entre lo que tanto había ansiado durante la noche y el arduo esfuerzo de mantener la fría fachada de esposa ofendida, a estas alturas, le era imposible prever cuál sería su respuesta. Una pequeña voz interior le recomendaba distancia y separación; lo prudente era mantener a ese hombre a raya mientras no pudiera confiar en su cualidad de caballero. No obstante, su joven cuerpo ansiaba el apasionante estímulo que tan brevemente había experimentado. Inmovilizada por el conflicto desatado en su interior, con la mente desquiciada por la indecisión, Raelynn gritaba en su silenciosa angustia: «¿Qué hacer, qué hacer?».

A pesar de la torturante vacilación, trató de utilizar comentarios triviales para aferrarse a una señorial cortesía, con la esperanza de eludir, de esa manera y sin mayores sufrimientos, el momento de tentación.

–Vuestros hombres van deprisa con la nueva cabaña de Cora, Jeffrey. ¡Pero si al paso que llevan acabarán hacia finales de la próxima semana! Sin duda sabéis lo mucho que desean tener otra vez un hogar propio Cora y su familia.

Se interrumpió de pronto, al caer bochornosamente en la cuenta de que no estaba dando una imagen de una serenidad digna. Por el contrario, parecía parlotear como una tonta, apenas consciente de lo que decía. Pero ¿cómo podía conservar la frialdad, con esos ojos verdes y penetrantes que prácticamente la devoraban? Cada vez que Jeffrey bajaba la vista a la tela húmeda y pegajosa que apenas velaba su pecho, ella recordaba con azoramiento esos breves momentos de pasión, en los que su lengua se había movido con provocativa lentitud por sus pezones. Era estimulante notar que, aun ahora, ese recuerdo en particular tenía la facultad de excitar un hambriento deseo en lo más profundo de su ser femenino.

Jeff se acercó aún más; sus ojos se demoraban en las delicadas crestas rosadas exhibidas por la diáfana tela. Consciente del sufrimiento que amenazaba con abatirlo cada vez que cedía a la tentación de apreciar visualmente las bellas formas de su esposa y para abstenerse de esa especie de masturbación, había limitado el tiempo que pasaba con ella. Aun cuando las exigencias protocolarias lo obligaban, para respetar las buenas costumbres sociales, a presentarse con su joven esposa allí donde se requería su asistencia en pareja (bodas, bautizos y acontecimientos similares), él trataba de mantener la distancia. La miraba sólo cuando era indispensable y aun entonces con brevedad, recurso que le había permitido, a fuerza de voluntad, conservar el caballeroso dominio de sí. En cada una de esas ocasiones, ella había estado absolutamente encantadora, pero desde luego, no vestía esa prenda traslúcida, que no dejaba nada a la imaginación. Ya fuera por la suave protuberancia del busto, ya por la sombra intrigante, vagamente escondida bajo la batista, Jeffrey descubrió que su atención estaba firmemente atrapada. Esas tentaciones eran demasiado para cualquier hombre, mucho más para quien se encontraba acosado por una larga abstinencia y por crecientes pasiones. Sólo cabía esperar que, esta vez, esa exhibición generosa fuera de verdad una invitación, que ella lo estuviera incitando a hacer algo más que mirar.

–Sí –admitió finalmente–, mis hombres terminarán esa cabaña en un abrir y cerrar de ojos.

Por su parte, Raelynn se sentía asediada por una tensión creciente, de una clase y una intensidad que, en su virginal inocencia, nunca había experimentado. Tras haber pasado una noche tan triste, la mera idea de contenerse le quitaba cualquier esperanza de hallar un remedio sensato a su situación. Decididamente, estaba harta de ese transparente disfraz de esposa ofendida; no podía seguir negándose a su esposo sin más finalidad que la de obtener pruebas irrefutables de su pura nobleza. Ella tampoco podía considerarse tan santa cuando la acosaban esos ardientes anhelos. A fin de cuentas, Jeffrey era su esposo, argumentó contra las protestas de su conciencia. No sólo había visto cuanto su camisón exhibía ahora, sino que también la había tocado con toda la familiaridad que todo recién casado suele tener con su desposada. Y estar allí de pie, sometiéndose a esa mirada penetrante, era como pedirle a gritos que la poseyera.

Aun así, su yo pragmático aducía que él era un perfecto extraño. Se habían visto por primera vez hacía apenas dos semanas, cuando ella escapaba de su tío. Sin embargo, cuando Jeffrey le propuso casarse en ese mismo momento, para salvarla de los taimados planes de Cooper Frye, ella no tuvo reparos en aceptar. Sólo más adelante puso en tela de juicio la prudencia de haber pronunciado sus votos con tanta prontitud. Por más que se esforzara en apartar de su mente las acusaciones de Nell, estas continuaban socavándole la memoria con sus garras, hundiendo así sus aspiraciones de unirse a ese hombre, no sólo de nombre, sino también en lo físico. Eran el molde perfecto al que se ajustaban casi todas las parejas casadas y resultaba natural que ella, esposa joven, ansiara la unión conyugal. En ocasiones esos anhelos insatisfechos le provocaban la sensación de ser como un barco roto y arrojado a la playa.

Consciente de que su voluntad se debilitaba, a pesar de las angustiosas imágenes de Jeff seduciendo a Nell, Raelynn se sentía en un frágil equilibrio entre la entrega y el rechazo. Reconocía mejor que nadie la necesidad de hallar una manera de acabar con esas vacilaciones y tomar una decisión juiciosa, pues comenzaba a sospechar que sus renacidas pasiones se iban imponiendo a todos los argumentos racionales que pudiera presentar.

Parecía indispensable utilizar una cháchara insustancial, a fin de calmar la lucha que alborotaba su interior y, cuando menos, poner fin al largo silencio entre ambos. Aun así se ruborizó, azorada, sabiendo que era un mero recurso para disimular lo que sucedía en su cerebro y en su cuerpo de mujer. La verdad es que su imaginación podría haber escandalizado a su esposo, si hubiera podido discernirla, pues a veces parecía muy vívida.

–He oído que la nueva cabaña de Cora es dos veces más grande que la anterior, Jeffrey. A ella le gustará disponer de tanto espacio.

Jeff inclinó la cabeza con aire intrigado, buscando una explicación al intenso rubor que encendía ahora las mejillas de su esposa. El hecho de que no hubiera intentado huir de su presencia, a pesar de estar vestida con una creación de gasa, le inducía a pensar que tal vez pudiera seducirla hasta llevarla al lecho, si no en ese mismo instante, al menos muy pronto. No obstante, se la veía nerviosa como un polluelo frente al goloso pico de un halcón cazador. Sin duda alguna, no la había visto tan tensa como ahora cuando expresó su decisión de no compartir su cama.

–Si he de tener en cuenta lo mucho que a mi ama de llaves le gustan los niños, es muy improbable que Clara sea hija única –comentó, mientras se acercaba para aspirar la fragancia de su esposa. Era una esencia muy delicada e incitante, que parecía un fresco ramillete de flores primaverales–. Parece razonable suponer que, en el curso de pocos años, Cora y su esposo necesitarán una vivienda tan grande como la que se les está construyendo en estos momentos.

Los nervios de Raelynn habían vuelto a alterarse como nunca al sentir la proximidad de Jeffrey; tal como sucediera antes, recurrió a la charla insustancial, tratando de disimular su desasosiego.

–Habéis estado admirable al rescatar a Clara, Jeffrey, pero tengo la esperanza de no verme obligada a presenciar otra de esas audaces hazañas. Cuando os vi entrar corriendo en esa cabaña en llamas, protegido del fuego sólo por un tonel de madera, tuve la certeza de que vos y la criatura quedaríais reducidos a cenizas junto con la casa.

Ante su sonrisa inquieta, él irguió la espalda. En vez de mirarla a los ojos parecía extrañamente intrigado por la cinta que mantenía el camisón cómodamente fruncido a la altura del cuello.

–La verdad, con todo lo que sucedió durante nuestros primeros días de casados, quizá podáis comprender lo agradecida que me siento por haber podido disfrutar, en estas últimas semanas, de la serenidad de esta plantación. Lo que temo es que sea sólo la calma que precede a las tormentas. Sé que, con el tiempo, Gustav tratará de vengarse por el hombro que le destrozasteis, a pesar de que, realmente, el culpable fue Olney Hyde.

–Lástima que no recuerde haber disparado contra ese bribón –murmuró Jeff, mientras deslizaba pensativamente los dedos por la cicatriz que le había quedado en el cuero cabelludo por el balazo de Olney, incidente por el que había disparado inmediatamente contra el hombro de Gustav Fridrich–. Tal vez el recuerdo calmara la irritación que me causa el haber permitido que Fridrich quedara en libertad de continuar con sus embustes, sumado al hecho de que el joven Olney campe a sus anchas por ahí, pese a la orden de arresto que Rhys libró contra él.

–Pues tened la certeza de que Kingston no ha olvidado ningún detalle de ese incidente –aseguró ella, con una vaga sonrisa. De inmediato, se reprochó el no mostrarse más digna y serena. El completo aplomo de su esposo, comparado con sus arrebatos, la hacía sentir torpe e idiota. Aun así, continuó precipitadamente, para no darle tiempo a observar su azoramiento–: Tras haber sufrido pensando que Olney os había matado, Kingston estuvo a punto de caerse de espaldas al veros recuperar la conciencia. La anécdota parece muy divertida cuando él la cuenta, pero no se me ocurriría siquiera reír de ese espantoso incidente, pues recuerdo con demasiada vividez el horror que sufrí.

La única impresión que Jeff retenía de los primeros momentos, tras su regreso a la conciencia, era la estupefacción de su mayordomo. Ese singular recuerdo lo acompañaría el resto de su vida.

–Creo recordar que Kingston dijo algo relacionado con un ángel. Al verme reaccionar, debió de creer que era un milagro.

–¡Pues fue un milagro, sí! Si esa pistola hubiera apuntado algo más abajo, Jeffrey Birmingham, a estas horas tendríais un gran agujero en la cabeza y yo sería viuda.

La boca de Jeff se contrajo en un gesto de humor, mientras jugaba con la delicada cinta que pendía en el cuello de la joven.

–Me pregunto cuántas mujeres pueden haber enviudado vírgenes, en los últimos cien años, por la temprana defunción de sus esposos. Dudo que hayan sido muchas.

Raelynn dejó escapar un suspiro tenue y vacilante, mientras él se inclinaba para rozarle la mejilla con los labios. Desde allí, sus besos suaves trazaron un lento descenso por el cuello. Cautelosa, ella apoyó una mano temblorosa contra ese pecho de acero y cerró los ojos, arrebatada por la caricia lánguida de aquella boca. El corazón que sentía bajo su palma igualaba el ritmo precipitado del suyo, mostrando así la creciente participación de Jeff en ese juego de seducción.

–No concibo que nuestra situación sea tan extraña, Jeffrey.

–Otros hombres dirían que sí, querida mía –murmuró él. En los últimos quince días, se había preguntado muchas veces si era el único hombre casado del mundo cuya esposa seguía virgen.

Le maravillaba la buena disposición con que ella aceptaba sus atenciones, cada vez más cálidas, pero aún temía ser rechazado. Al levantar la cabeza para escrutar su expresión, buscando las emociones que revelaba ese rostro sublime, volvió a impresionarse ante su incomparable belleza. La textura de su clara piel era tan suave y hermosa como el satén. Un intenso rubor le encendía las mejillas, y los ojos de color verde mar parecían refulgir tras las densas pestañas negras. La nariz era respingona y fina; la boca suave, atractivamente curva y muy necesitada de besos. En tan bello semblante, Jeff no detectó ninguna señal de timidez. Aunque las pestañas descendieron en un parpadeo tímido, evitando su mirada, ella se mantenía a su alcance, incitándole a probar su resistencia junto con la del cordón de seda.

Raelynn ahogó una pequeña exclamación al sentir que el camisón se deslizaba, apartándose de su cuello, y la abertura se ensanchaba entre sus pechos.

–Jeffrey... por favor. –El susurro fue apenas una tenue exhalación. Una vez más, estaba perdiendo el control y veía irremediablemente frustrados sus intentos de mostrar compostura. Lo que brotó de sus labios no concordaba con lo que había ansiado en su solitaria cama. Aunque la frase expresara algo muy diferente, guardaba una estrecha relación con su propia incertidumbre con respecto a las circunstancias en las que se encontraba–. No sé si estoy lista para esto.

Jeff logró esbozar una tensa sonrisa, mientras se erguía en toda su estatura. Estaba preparado para el rechazo y, aunque no le gustara en absoluto, no era de los que estallan de ira ante la frustración. Aun así, si algo podía deducir del súbito nerviosismo de su esposa, era que esa frialdad y ese distanciamiento no se correspondían con sus sentimientos.

Tenía que estudiar más de cerca ese rechazo, pero también calmar sus reparos, a fin de contar con alguna esperanza de atravesar la delgada barrera que ella había levantado entre ambos. Parecía aconsejable continuar con esa provocación a su sensualidad, pero de una manera más sutil. Con ese propósito, desvió su atención hacia otro tema que, en los últimos días, daba vueltas en su cabeza.

–¿Os gustaría acompañarme hoy a Charleston, querida, para encargar un vestido nuevo?

Desconcertada ante esta invitación, Raelynn lo miró como si él acabara de anunciarle el fin del mundo. Él sólo había cedido en su actual distanciamiento cuando algún compromiso social requería la presencia de ambos; sólo entonces la acompañaba a la ciudad portuaria. En esas salidas se comportaba con mucha caballerosidad, pero ella no podía evitar la sensación de que también estaba deseando acabar con el asunto, aunque sólo fuera para prescindir de su presencia. Claro que, teniendo en cuenta lo que ella le había exigido, no se le podía reprochar nada.

En cuanto a encargar un vestido nuevo, Raelynn no llegaba a imaginar la cantidad de dinero que ya se había gastado en ella. Su nuevo guardarropa era, sin lugar a dudas, de una calidad que solamente los ricos podían permitirse. Aun así, tras haberse visto obligada a soportar tanto su reticencia como sus prolongadas ausencias, ¿quién pensaría que él tendría la generosidad de considerarla merecedora de otros regalos?

–¿Más ropa, Jeffrey, después de todo lo que ya me habéis comprado?

Los hombros desnudos de su esposo se encogieron con aire indolente.

–No podemos menos que celebrar nuestra boda con un baile, para que nuestros vecinos y mis conocidos de Charleston puedan conoceros, querida. Si pensamos en el tiempo que he tardado en encontrar una compañera adecuada, los festejos deberían ser grandiosos, a fin de testimoniar mi felicidad al haber hallado una esposa tan bella. Y tal celebración requiere un vestido tan deslumbrante como vos. Sólo mi amigo Farrell Ives es capaz de diseñar algo digno de esa distinción. Os convertirá en la envidia de todas las damas de la zona.

Los ojos verde claro refulgieron ante la placentera idea de poder, por fin, establecer su derecho de esposa sobre Jeffrey Birmingham, frente a todos sus amigos y conocidos. Deseaba principalmente demostrar su derecho sobre él ante esas señoras bien vestidas que lo miraban codiciosamente desde lejos, o le sonreían con expresión incitadora a corta distancia. En aquellas reuniones sociales donde él, cumpliendo con sus deberes de esposo, la llevaba del brazo, Raelynn había mantenido siempre una serena reserva, pues percibía en él un desapego cortés, pero frío, que no invitaba a insinuaciones conyugales. Pero en un baile organizado para celebrar su boda difícilmente podría mantenerse distante con ella.

–No necesito ponerme un vestido suntuoso para despertar los celos de todas las solteras que, al parecer, han tratado de unciros al yugo matrimonial en el pasado, Jeffrey. Si no me equivoco, el mismo día de nuestra boda me convertí en el blanco de sus envidias.

–Exageráis, Raelynn –protestó Jeff, riendo entre dientes con aire dubitativo.

–¿No estabais entre los solteros más codiciados de la zona? –sondeó ella, esforzándose por mantener una actitud bromista. Era difícil hablar con ligereza de las otras mujeres que estaban enamoradas de él: con sólo pensar en ellas, recordaba las acusaciones de Nell, que siempre le provocaban curiosidad por saber cuántas amantes habría tenido su esposo–. ¿O acaso he juzgado mal la causa de esas miradas abatidas que las bellas jovencitas suelen arrojaros cuando estamos entre ellas? ¿Es mero desencanto lo que veo, Jeffrey, o alguna pasión más fuerte, que se aproxima a un rencor celoso?

–Si habéis llegado a esa conclusión a causa de Nell, querida mía, permitidme aseguraros que...

–Trato de no pensar más de lo necesario en esa fresca, Jeffrey Birmingham, y os agradecería que no me la recordarais –replicó ella, con mucha más sinceridad que humor–. Kingston me ha llenado los oídos, por cierto, despotricando ante Cora por el descaro con que Nell os acosó en vuestra propia cama. Resulta extraño que las conversaciones de vuestro mayordomo se desvíen siempre hacia esa pícara, en cuanto me tiene cerca. Por lo visto, os considera inocente de las acusaciones de Nell y totalmente libre de toda culpa en cuanto a dejarla embarazada. –Raelynn habría querido sentir la misma confianza. Aun así, las comisuras de su boca se curvaron tentadoramente hacia arriba, mientras posaba una mirada juguetonamente dolida en ese hombre apuesto–. Si yo fuera propensa a las sospechas, querido esposo, pensaría que habéis estado aleccionando a Kingston a mis espaldas.

–Tendré que advertirle que en el futuro sea más discreto –comentó Jeff divertido, mientras la recorría con otra de esas miradas que desnudaban.

Le rodeó el cuello con una mano para acariciar con un dedo la parte inferior de su elegante mandíbula; los ojos de la muchacha se volvían cada vez más límpidos. No encontraba en su expresión rastro alguno de reserva o aversión. Por el contrario, si se podía deducir algo de su abandono, era que disfrutaba plenamente de su caricia. Para poner a prueba su teoría, se inclinó para darle un beso lento en la sien. Ella dejó escapar un suspiro trémulo, que lo incitó a deslizar la palma hasta la base del cuello. El camisón se había desprendido ligeramente, y no ofreció obstáculo alguno a la mano que se deslizaba por su hombro empujando deliberadamente la prenda hacia el brazo. Al acercarse al suave precipicio miró hacia arriba; ella estaba entreabriendo los labios en un gesto sensual. Bastó un levísimo roce de sus dedos para que la tela cayera.

Con una exclamación ahogada, Raelynn puso inmediatamente una mano entre los pechos, sujetando apenas el camisón en su caída; así frustró los esfuerzos de su esposo por descubrir las delicias escondidas bajo la tela. No obstante, la decepción de Jeff menguó al ver hasta qué punto habían quedado expuestos aquellos pechos. Sólo una banda de tenue tejido formaba una leve cobertura sobre esa suave redondez, mientras el otro quedaba plenamente a la vista, permitiéndole la deliciosa contemplación de una delicada punta rosada. Recordaba de manera vivaz el momento en que había saboreado por primera vez el embriagador néctar de esos pálidos picos. Y ahora estaba deseando prestarles su ferviente atención.

Jeff se inclinó con audaz propósito, provocando que Raelynn contuviera el aliento al comprender su intención. Temblaba de expectación; luego, cuando la boca abierta de su esposo llegó al pezón, estuvo a punto de volverse loca de placer. Una llama ardiente recorrió todo su cuerpo, desatando en su ingle un cúmulo de sensaciones placenteras. Todo su ser despertó a este estímulo, mientras la lengua de Jeffrey recorría lentamente la delicada areola. Pese a todo, ella miraba como si sólo fuera una distante espectadora. Captó de forma vaga varias cosas: el marcado contraste entre su propia piel, tan clara, y las facciones cálidamente bronceadas de él; el tentador hoyuelo que aparecía y desaparecía en su mejilla; las magníficas cejas que ansiaba seguir con el dedo. Aun así era difícil concentrarse en nada, como no fueran las oleadas de felicidad que continuaban abatiéndose sobre ella, más fuertes y más apasionadas a cada momento, hasta que estuvo a punto de derretirse entre sus brazos.

Los dedos largos y finos, ascendieron por el valle de su seno, intentando eliminar la tenacidad con que Raelynn sujetaba el camisón; mientras tanto, la otra mano se movió por detrás de su espalda hasta abarcar la nalga. En cualquier momento la alzaría en brazos para llevarla a la cama. Pero no era lo que ella quería. Si tenía que entregarse a ese matrimonio, debía ser en el lecho de Jeffrey, en la cama donde probablemente nacerían sus hijos.

Aunque le resultaba muy extraño, en esos momentos ya no estaba nerviosa, como si el pequeño empellón que él le había dado para hacerla reaccionar, hubiera bastado para imprimir en su mente el camino que debía seguir. Decididamente, ya no retrocedería como una doncella joven y tímida. Había eliminado sus inhibiciones como si fueran harapos mugrientos. Sabía lo que deseaba y no quedaría satisfecha mientras ambos no fueran un solo ser. Y si él la estaba engañando, que el cielo la protegiera.

Las comisuras de su boca se curvaron lentamente hacia arriba, en una sonrisa conmovedora, mientras enhebraba los finos dedos en el denso pelo de su esposo. Luego se inclinó para rozarle la sien con los labios; de inmediato mordisqueó con sus blancos dientes la parte superior de su oreja, haciendo que él se irguiera con un respingo, apretando una mano en su rostro.

Una atractiva ceja se inclinó marcadamente hacia arriba, mientras Jeffrey miraba a su joven esposa con creciente curiosidad. Si todo eso era un nuevo recurso para provocarlo y atormentarlo, no quería tomar parte alguna en ese juego. ¡Esa mujer podía continuar virgen en su maldita habitación hasta que se congelara el infierno!

La ceja se arqueó aún más al ver que Raelynn le sonreía provocativamente, sin hacer esfuerzo alguno por reparar su desaliño. Luego ella le volvió la espalda y se alejó, con un lento y caprichoso menear de caderas; Jeff se preguntó si habría desposado a una experta en el arte de la provocación. Apenas un momento después tuvo esa certeza, pues ella lo miró por encima del hombro, con una expresión incitadora que muy pronto repercutió en el tamaño del bulto viril. Con toda deliberación, Raelynn encogió un hombro, haciendo que el camisón se deslizara por el brazo. Jeff pudo divisar por un momento una pálida redondez, aunque desde atrás. Al girar otra vez hacia delante, ella ciñó el camisón a las nalgas, ofreciéndole todos los detalles que la adherente tela podía ofrecer.

Con los ojos encendidos de pasión, Jeff se rascó tranquilamente el pecho. En la vida de todo hombre llega un momento en que es preciso dejar a un lado la sutileza y hacer lo que la naturaleza ordena, aunque eso lo lleve a su propia destrucción. En ese momento, hacer el amor con su esposa parecía lo más natural del mundo.

La estrecha nariz de Raelynn se elevó para imitar a una aristócrata altanera, mientras ella, coqueta, jugaba a fingir:

–Te estás llenando de babas, bribón –se quejó pomposamente, mirándolo con aire altivo–. Ahora retírate de mi alcoba y libérame de tu presencia. Quiero pedir agua para mi baño matinal y lavarme con calma. Sólo cuando esté debidamente preparada tendré en cuenta tu invitación a visitar a ese modisto.

–Pícara –murmuró Jeff.

Y con un gruñido grave y juguetón, corrió tras ella.

Raelynn, con un chillido infantil, se escabulló detrás de un sillón, iniciando un juego de persecuciones. Por un momento se enfrentó a él tras el respaldo, pero pronto descubrió que el mueble no le ofrecía un refugio seguro contra el risueño cortejador que la perseguía. Él saltó por detrás del sillón, mientras ella se escurría por detrás de una mesa cercana. Como tenía ante sí la puerta que daba al dormitorio de Jeff, corrió en esa dirección; logró abrirla y escapar rodeando otro sillón y otra mesa. En su apresuramiento soltó el camisón, con lo que, inadvertidamente, ofreció a su perseguidor algo tangible. Un momento después lanzaba una exclamación de espanto: él había atrapado al vuelo el ruedo y, aplicándole un tirón hacia abajo, desgarró la prenda por completo a lo largo de la parte delantera. Los restos pronto le fueron quitados de los brazos y arrojados al suelo.

–¡Oh, bribón lascivo y canalla! –exclamó Raelynn, entre risas, mientras volvía a escabullirse tras otra silla. Le lanzó una mirada por encima del hombro, pero el cabello le tapó la cara, cegándola–. ¡Arrancar de ese modo la ropa a una dama, sin tener en cuenta el decoro!

Se detuvo bruscamente al chocar con algo duro y masculino. Para mayor exactitud, el cuerpo alto y musculoso de su marido. Quedó boquiabierta de sorpresa; antes de que su corazón hubiera tenido tiempo de latir una vez más, dos largos brazos rodearon su cuerpo desnudo y una mano grande se deslizó por su espalda hasta llegar a la nalga. Después de abarcarla en toda su plenitud, la levantó con facilidad contra él, haciéndole experimentar vívidamente su ardiente pasión.

–Oh... ¡Oh...!

Apenas consciente de haber emitido esas exclamaciones ahogadas, Raelynn lo miró con fijeza, sobrecogida por las ondas de calor sensual que irradiaban hacia arriba, desde la firmeza envuelta en telas sobre la que anidaba ahora su blanda feminеidad. De pronto era como estar atrapada en un volcán de llamas arremolinadas, pues todo su cuerpo quedó caliente y excitado. Los suaves pezones palpitaban contra el torso velludo; detrás de su espalda, una mano penetró en la hendidura de sus nalgas, apretándola contra sí. Con la respiración acelerada, borró por completo de su mente la segunda alternativa, mientras le deslizaba los brazos por detrás del cuello para cerrarlos en un ardiente abrazo. ¿Cómo pensar en continuar resistiéndose a un hombre que la incendiaba completamente?

–Las puertas vidrieras están abiertas –susurró, temblorosa, echando una mirada hacia allí. Su fuerza de voluntad no era demasiado admirable, puesto que su principal motivo de preocupación era el miedo a ser de nuevo interrumpidos, esta vez por sirvientes desprevenidos. En cuanto a sus patéticas resoluciones, ya no le importaban, al menos por el momento. Después de todo, Jeffrey era su esposo y ella deseaba sus atenciones, tal vez tanto como él deseaba ofrecérselas–. Puede vernos cualquiera que pase por el porche.

–Nuestra intimidad está asegurada, querida –murmuró él con voz sensual, bajando la cabeza hasta que sus labios rozaron los suyos–. Ninguno de los sirvientes se atrevería a pasar frente a nuestras habitaciones si hubiera alguna posibilidad de que estuviéramos en ellas, sobre todo en la mía. No os preocupéis, que esa regla ha sido establecida hace tiempo. Estamos solos, querida: podéis creerme.

Y reclamó su boca para arrasar su dulce interior con voracidad rapaz, en exigente búsqueda, devorando todo lo que estaba al alcance de su lengua. Subió una mano para abarcarle la nuca, mientras inclinaba la cara contra la de ella, y aquello se convirtió en un ardiente intercambio de labios y lenguas, mientras él bebía el dulce néctar de su apasionada respuesta.

Cuando Jeff levantó la cabeza y la dejó nuevamente en pie, las rodillas de Raelynn flaqueaban. El fuerte pecho masculino le proporcionó apoyo hasta que su mundo volvió a asentarse. Por fin se recostó entre los brazos que la envolvían. Y entonces descubrió que una mirada ardiente le devoraba los pechos. Para calmar un deseo anterior, recorrió con las manos la amplitud de esos hombros musculosos y, en una lánguida caricia, rozó con dedos finos los viriles pezones, casi ocultos por el oscuro vello que le cubría el torso. Los abultados tendones de la cintura eran duros como el acero; por un momento ella los recorrió con la punta de los dedos, admirándolos, antes de aventurarse hasta el borde superior de los pantalones. Mientras comenzaba a abrir uno de los botones laterales, dijo en un susurro cálido y sensual:

–No es justo que yo sea la única que está desnuda, Jeffrey.

–Dios no lo permita, querida –murmuró él, seductor.

Y se apartó hacia atrás con una gran sonrisa, dándole libertad para continuar. Él también recorría con las manos aquel cuerpo de piel blanca, provocándole una excitación cada vez más intensa, a la espera de una apasionada respuesta por parte de ella. Cuando las últimas aberturas de los pantalones estuvieron desprendidas, la pretina se aflojó, descubriendo la firme cintura. Ella echó una mirada vacilante hacia arriba. Su timidez era obvia por la manera en que se mordía nerviosamente el labio inferior.

–Ayudadme –le instó Jeffrey con voz sensual, borrando sus dudas.

Cada vez más interesada por ese apasionante juego, Raelynn le ayudó a bajarse los pantalones hasta que vio su sexo; entonces, algo intimidada, retrocedió con las mejillas encendidas. El intenso calor que él despedía la caldeaba ahora por entero.

Con una mirada de soslayo a su joven esposa, Jeff se quitó los pantalones y los arrojó a un lado. La súbita incertidumbre que vio en sus ojos le reveló que su miedo iba en aumento.

–No temáis, Raelynn –la tranquilizó en voz baja. Y alargó una mano para enlazar sus dedos a los de ella–. Soy de carne y hueso. Ya me habéis visto. –La estrechó contra él, para permitirle sentir al «enemigo» contra su cuerpo–. No hay nada que temer. Hemos sido hechos el uno para el otro.

Ella temblaba, consciente del acero viril que rasgaría su carne virginal, pero Jeff no permitió que sus reparos se convirtieran en un miedo real. Su boca abierta volvió a apoderarse de la de ella con apasionado fervor, arrebatándole todo pensamiento al exigirle respuesta. Ella, a modo de prueba, entregó sus labios y su lengua al intenso calor de su beso, hasta que las hogueras perdieron todo control y tuvo la sensación de que sería devorada por un apetito insaciable.

Cuando al fin Jeff irguió la espalda, estaba decidido a no dar tiempo alguno a posibles interrupciones. La necesitaba tanto como al aire que respiraba.

Después de alzarla en brazos, la llevó a su lecho, donde la tendió de espaldas sobre las sábanas arrugadas. Su lengua lamió con lentitud un pezón dócil, enviando una espiral de fuego líquido hacia las ingles, donde pareció arder con un voraz apetito que necesitaba ser alimentado.

Rodaron para tenderse de costado y explorarse con besos y caricias. La boca de Jeff trazó un rastro ardiente sobre sus pechos, lamiendo, chupando y devorando, mientras su muslo se introducía entre los de ella, tan suaves. Después de levantarle una pierna de blanquísima piel hasta pasársela por la cadera, la provocó lentamente con el calor de sus deseos, frotando su virilidad contra los velos oscuros que ocultaban los secretos rincones de su femineidad, hasta que Raelynn comenzó a estremecerse. Esos temblores no nacían del miedo o de la aversión, sino de una excitación arrebatadora que le robaba el aliento deseando algo que estaba más allá de sus conocimientos.

Recorrió todo su cuerpo con ojos encendidos de pasión, mientras continuaba acariciándola, pero ya con más dedicación. Para hacerla suya deslizó una mano hacia abajo, sobre los pechos y la esbelta cintura, y continuó por la parte exterior de los muslos antes de ascender nuevamente por el interior. Ella dio un leve respingo ante esa intromisión; luego contuvo el aliento ante las sensaciones que él creaba en su cuerpo con dedos insistentes. Era como si la sacudiera un fuego líquido, que se vertía en oleadas sobre sus sentidos, incendiándola por entero. Comenzó a retorcerse y a jadear; algo azorada por lo que estaba sintiendo, trató de apartarse, pero Jeff la inmovilizó contra el colchón; no estaba dispuesto a desistir antes de hacerla completamente suya. Su invasión fue embriagadora y la condujo a una especie de frenesí. Ella se acarició los pechos, con la espalda arqueada, y se los ofreció con una audacia lasciva que nunca había mostrado. Él los devoró con apetito, acentuando su excitación hasta que se le hizo casi insoportable.

–Jeffrey, por favor.

Ignoraba lo que deseaba; sólo sabía que su ardor viril parecía alimentar las hogueras que sentía en la entrepierna. Deslizó una mano por detrás de su cuello para acercarle la cabeza y besarlo con toda la pasión que él le había despertado. Así, unidos en un abrazo feroz, rodaron por la cama con los muslos entrelazados, las lenguas enredadas en una intensa calidez, las manos buscando con audacia las partes íntimas.

Atrapada en la embriaguez de la pasión, Raelynn deslizó una mano temblorosa por el firme pecho de su esposo y la bajó más allá de la cintura, por la fina línea de vello que descendía por el vientre tenso. Bajo ese recorrido sin rumbo, Jeff contuvo el aliento, esperando el instante en que ella lo tocaría. Los dedos rozaron con timidez la carne masculina, casi como si temieran hacerle daño, hasta que él le cubrió la mano y comenzó a enseñarle. Apenas pasó un momento antes de que su resistencia empezara a desmoronarse.

–Oh, amor, amor mío... ya no podemos echarnos atrás –susurró.

Con los ojos soldados a los de Raelynn, se elevó por encima de ella, buscando en su rostro cualquier rastro de miedo o renuencia. Ella, atrapada en el creciente apetito de sus propios deseos, alzó los labios en una inconfundible invitación.

Jeff dejó escapar el aliento en un suspiro de enorme alivio y sobrecogimiento; luego bajó la boca para besarla con tierno ardor. De pronto, un dolor penetrante atravesó la ingle de Raelynn, arrancándole una exclamación ahogada, mientras la acerada verga penetraba a fondo. Ella cerró con fuerza los ojos, para resistir el palpitante dolor de la carne desgarrada; luego apretó la cara contra el cuello de su esposo, clavándole los dedos en los hombros. Los labios de Jeff volvieron a buscar los suyos para jugar provocativamente con ellos, hasta lograr una respuesta a su boca devoradora y su lengua traviesa.

Enseguida, cualquier idea de dolor desapareció, relegada al último rincón de la mente. Raelynn nunca supo en qué momento exacto él comenzó a frotarle la carne con la suya. Sus movimientos pausados, suaves y rítmicos parecían libres de todo esfuerzo; eran una caricia larga y lenta, que la masajeaba hasta borrarle el dolor. Un creciente entusiasmo y un estimulante placer recorrieron los cuerpos fundidos, mientras los sentidos flotaban entre corrientes arremolinadas; aquellos movimientos se fueron acelerando, haciendo que ella, entre jadeos sofocados, se elevara al encuentro de esa pujante dureza. Una oleada de placer se abatió sobre ella, invadiendo los cuerpos entrelazados con una marea que los elevó sobre espumeantes crestas, sobre estruendosas rompientes, cegadoras en su fulgor. Por fin, un éxtasis apasionante y sin fin.

Arrojados a la blanca playa de las sábanas revueltas, ambos se relajaron en el epílogo de la pasión; Raelynn, con la cabeza apoyada en el hombro de su esposo, un brazo delgado contra su pecho y una pierna cruzada sobre sus muslos. La mano morena de Jeff le cubría la cadera. Aunque ninguno de los dos decía nada, la amenaza de finalizar ese momento mágico parecía inminente.

Con una sonrisa soñadora, Raelynn deslizó la punta de un dedo por el vello que cubría el pecho de su esposo y acarició una tetilla, maravillada por lo que acababa de vivir.

–Creo que podría dormir una semana entera –suspiró–. Pero sólo si consentís en quedaros conmigo.

–Tendremos que traer vuestras ropas nuevamente aquí –susurró él, dándole un beso en la frente–. Y hasta podríamos compartir el baño.

Ella se irguió sobre su pecho y le sonrió desde arriba.

–¡Pero si ya os habéis bañado esta mañana!

Una lenta sonrisa estiró los atractivos labios, exhibiendo las tensas depresiones de las mejillas, mientras él le deslizaba una mano por la espalda desnuda.

–Sí, pero me atrae la idea de jugar con vos en la bañera, querida. ¿Estaríais dispuesta a concederme ese deseo?

La sonrisa de la joven fue cálida e incitadora.

–Con sumo placer, querido, siempre que vos os dignéis permitirme algunos privilegios.

–Tantos como deseéis, querida mía, mientras permanezcáis entre mis brazos.

2

Charleston estaba llena de pequeñas tiendas elegantes que mostraban claramente su riqueza, pues era uno de los puertos más importantes de la costa oriental. Era una ciudad agradable, bien cuidada por sus residentes, y merecía la fama que había ganado su encantador ambiente. Las calles bullían de actividad, al igual que sus dársenas.

La empresa naviera de Jeff estaba situada cerca del muelle. También allí se veía mucho movimiento; había barcos en proceso de carga o descarga, tiros de seis caballos que arrastraban enormes carretas desbordantes de mercancías a navíos amarrados en el puerto. Allí fue donde el carruaje de los Birmingham hizo su primera parada, a fin de que Jeff pudiera dejar a su contable los registros ya revisados.

–Sólo tardaré un momento, querida mía –aseguró a su esposa, estrechándole amorosamente la mano antes de bajar del coche negro; luego se dirigió a grandes pasos hacia el edificio de tres plantas.

Por la ventanilla del carruaje, Raelynn lo vio pasar, alto y bien vestido, entre peones que lo saludaban con voces alegres o agitaban la mano desde lejos. Sus afables respuestas, las prontas réplicas a los comentarios humorísticos o las chanzas zumbonas, demostraban que Jeffrey Birmingham era muy querido entre sus empleados. Hasta se detuvo a conversar con un hombre corpulento y de edad madura, de quien se despidió un momento después con un apretón de manos, una risa compartida y un intercambio de entusiastas palmadas en la espalda.

Raelynn, con una sonrisa de secreto placer, se acomodó en el asiento acolchado del carruaje; no le molestaba esperar su regreso, pues así disponía de tiempo para disfrutar los recuerdos de esa mañana. En las horas transcurridas desde entonces había surgido una verdad muy evidente: estaba inmensamente satisfecha, hasta encantada de haber decidido, por fin, entregarse a la consumación de la intimidad conyugal. Lo que siguió a la unión había solidificado aún más su convicción de haber tomado la decisión correcta. Hasta los simples actos de bañarse y vestirse resultaban infinitamente más placenteros con alguien apuesto y audaz, que no se negaba al juego de manos. Por cierto, hasta entonces ella ignoraba cuán efectivo es el golpe de una toalla de hilo contra un trasero desnudo, cuando se desea llamar la atención de alguien; pero al devolver el favor se llevó una sorpresa, pues descubrió muy pronto que el ataque de Jeff había sido mucho más suave y juguetón: su propio golpe dejó un cardenal rojo en la nalga de su esposo y le arrancó un auténtico «¡Ay!». Las afligidas excusas de Raelynn y sus reconfortantes caricias provocaron muy pronto nuevos besos y mimos; más tarde decidieron que el dolor inicial había valido la pena. En todos los aspectos, Raelynn se sentía tan feliz y contenta como cualquier muchacha embobada por su flamante esposo.

El atractivo de Jeffrey Birmingham era como un poderoso imán, cuya fuerza iba aumentando cada día. Pero en las últimas horas, ese avance había crecido en grado sumo, lo cual era desconcertante, y le inducía a pensar que era más sensible al encanto físico y a la simpatía de su esposo que la misma Nell y las otras ilusas, deseosas de casarse con él. Raelynn no era tan ingenua como para pensar que era la única, en Charleston y alrededores, totalmente enamorada de ese hombre. Él era demasiado guapo. La única diferencia entre ella y tantas otras era la preferencia de Jeff, que la había escogido. Y ella se alegraba infinitamente.

Una sombra que pasaba junto al carruaje hizo que se volviera a mirar; lo hizo a tiempo para ver a un hombre toscamente vestido, que caminaba junto a la última ventanilla. Apenas pudo echar un vistazo a la cabeza, cubierta con un sombrero, antes de que él dejara la abertura atrás, pues no había motivos para prestarle mayor atención. Puesto que la mayoría de la población le era totalmente desconocida, no sintió curiosidad alguna en cuanto a la identidad o al aspecto de ese hombre. Un momento después lamentó no haber sido más inquisitiva; al menos habría tenido tiempo de huir del carruaje en busca de su esposo. Tal como resultaron las cosas, se encontró sin la reconfortante presencia de Jeffrey cuando Olney Hyde inclinó la cabeza hacia la ventanilla para espiar el interior.

–¡Hombre, pero si es la señora Birmingham, toda emperifollada como un regalo de cumpleaños! –gangoseó el pícaro, exhibiendo el pelo rizado y una sorpresa mal fingida al quitarse la gorra.

Tan atrevido como en presencia de Gustav, la recorrió con la mirada desde el elegante sombrero hasta la muselina floreada de color melocotón que le cubría el seno; allí se demoró demasiado.

Raelynn agradeció que el borde de encaje diera recato a su escote cuadrado; de lo contrario se habría ruborizado aún más. Mientras que las miradas de Jeff evocaban en ella una sensualidad difícil de ignorar, el descaro de ese bellaco era un insulto. Olney debía de tener cinco años más que ella, pero parecía mucho más joven, sobre todo comparado con su esposo, pero eso no le pareció halagador. A sus ojos, ese hombre era la personificación del joven bravucón; no quería enfrentarse a él en ninguna situación, pero mucho menos en esos momentos, con un anciano cochero como único protector. Aun así logró reunir algo de valor y respondió al pícaro con una réplica despectiva:

–¡Vaya, Olney! Me sorprende veros caminar tan descaradamente por las calles de Charleston. Os imaginaba escondido en algún oscuro callejón. Al sheriff Townsend le interesará saber que aún estáis en la ciudad. Como probablemente sabéis, os ha estado buscando por todas partes. A la primera oportunidad no dejaré de contarle que os he visto.

–Pues sí, hacedlo, señora Birmingham, que yo me ocuparé de decir al señor Fridrich lo encantadora que estáis en estos días, mucho más elegante que cuando él os vio por última vez. En verdad, lamenta mucho que yo no os dejara viuda esa noche, cuando disparé contra vuestro esposo por accidente. Nunca hasta ahora le habían quitado algo, mucho menos una mujer. Claro que la mayoría de ellas no son tan elegantes ni tan apetitosas como vos. Se podría decir que perderos le ha avinagrado el carácter, sobre todo ahora que sólo le queda un brazo útil.

Raelynn bufó ante la declaración del rufián.

–¡Por accidente, sí! Según lo que cuenta Kingston, apuntasteis bien, con plena intención de matar a mi esposo, sin duda para apaciguar a vuestro amo.

Olney encogió con indolencia los fornidos hombros.

–Hombre, uno tiene que manejar su pistola con mucho cuidado si sólo quiere rozar el cuero cabelludo de un hombre. Tengo muy buena puntería, sí, pero hay cosas que piden tiempo y atención. Al señor Birmingham no podría haberle salido mejor si hubiera apuntado al señor Fridrich con intención de matarlo. ¡Si hasta pudo errar de plano!

–¡Mi esposo jamás haría semejante cosa con intención, como no fuera por defender su hogar o su familia! Él no es de los que matan a cualquiera por capricho, como parecéis hacerlo vos a la menor provocación, Olney. Al respecto, recuerdo muy claramente que me apuntasteis con una pistola a la cabeza, amenazándome si no me sometía a los dictados de Gustav.

–Sólo para haceros entender quién mandaba, mujer. El señor Fridrich lo estaba pasando bastante mal, con el brazo y todo eso, y el doctor Clarence os pidió que lo ayudarais. Y vos, ¡que no! Y os burlabais del señor Fridrich como perra sin corazón que sois. –Sacudió la cabeza, exagerando su confusión–. Francamente, no sé qué encuentra el señor Fridrich en vos. Es cierto que sois un bocadito muy tentador, pero yo prefiero a las mujeres de corazón –sus descoloridos ojos grises descendieron otra vez hacia el seno de la muchacha, bailando con lasciva diversión, mientras sostenía las manos ahuecadas a cierta distancia de sus tetillas– ... con tetas como melones maduros y...

–Basta de groserías, Olney –le espetó ella, muy fastidiada–. Se os nota la falta de buena crianza.

Él torció los labios en una mueca despectiva.

–Ah, conque a las damas de alcurnia les interesa mucho más la crianza de un hombre que lo que lleva dentro de los pantalones.

Los ojos de Raelynn centellearon de indignación. Esa charla libidinosa era más de lo que podía soportar. Conversar con Jeff sobre las partes del cuerpo era una cosa; otra muy distinta, tolerar referencias obscenas a esas mismas partes cuando provenían de un tunante lleno de maquinaciones.

–Será mejor que continuéis vuestro camino, Olney, si no queréis arrepentiros cuando vuelva mi esposo y os encuentre aquí.

–Ese ricachón con el que os habéis casado me importa un rábano. Puedo vérmelas con ese vejete cuando queráis. Además, yo sé esconderme de los hombres como él. Mis padres vinieron de un mísero inquilinato de Southwark y firmaron unos contratos de servidumbre para poder embarcarse. Ahora que lo pienso, quizá no vivíamos muy lejos de esa pomposa mansión londinense donde nació vuestra grandísima señoría, según dice Cooper Frye. Pero yo ando por estos pantanos desde que era cachorrillo; me paseo por aquí como otros por la calle Mayor. Y si he de ser franco, podría pavonearme por cualquier muelle de Charleston y sacarle la lengua a ese calzonazos vuestro. Y también al incompetente de su amigo, el sheriff.

Al ver que una silueta familiar salía de las oficinas, Raelynn dirigió a su adversario una extraña sonrisa.

–Dentro de un momento tendréis oportunidad de hacerlo, Olney. Veo venir al vejete, como lo habéis llamado.

A pesar de sus baladronadas, Olney puso pies en polvorosa, pero al huir del carruaje llamó la atención de quien, en esos momentos, descendía por la escalinata trasera del depósito. Jeff reconoció sin dificultad aquellos rizos rubios e inició la persecución al momento, arrancando una exclamación de susto a Raelynn, que se apeó del vehículo con piernas temblorosas.

–¡Regresad, Jeffrey! –gritó con creciente aprensión.

Su esposo no tenía la menor intención de obedecer. Con los faldones de la chaqueta flameando, corrió detrás de aquel hombre, de piernas más cortas, ganando rápidamente distancia. Raelynn apoyó una mano en su corazón acelerado; una vez más, intentó disuadirlo de aquella persecución.

–¡Puede ir armado, Jeffrey! ¡Regresad, por favor!

Una carreta arrastrada por seis fornidos percherones, que se acercaba a buen paso, detuvo a Jeff en medio de la calle. Después de rodearla, se encontró frente a un coche de alquiler que pasaba en dirección opuesta. En cuanto a Olney, había desaparecido.

Decidido a dar con el joven bravucón, Jeff corrió varios centenares de metros por la calle, echando vistazos apresurados a los callejones y al interior de las tiendas. No halló rastro alguno del joven delincuente. Peor aún: no tenía idea de la dirección en la que había huido. Frustrado y furioso consigo mismo por haber permitido que se le escapara, abandonó la persecución para volver al carruaje a grandes pasos. Apenas se detuvo a la entrada de la empresa para recoger del suelo su sombrero de copa. Después de sacudirlo se acercó al carruaje y, dedicando una sonrisa a su esposa, se encasquetó la chistera con una audaz inclinación.

–Como nueva.

–Eso puede ser cierto en el caso de vuestro sombrero, Jeffrey Birmingham, pero yo he envejecido considerablemente en estos últimos instantes –le espetó Raelynn, exasperada–. ¿Cuándo dejaréis de darme estos sustos? Olney ya ha demostrado que es capaz de mataros por dinero. Como prueba tenéis una herida en el cuero cabelludo. Correr tras ese bribón es una franca invitación a que atente nuevamente contra vos. ¡Y pensad en el placer de Gustav, si Olney lograra mataros!

Jeff era consciente de que el alemán quería apoderarse de su esposa como fuese, idea que lo enfurecía cada vez que lo pensaba.

–Imagino el regocijo que sentiría ese tunante si me ocurriese tal fatalidad, tesoro mío, pero no tengo intención de permitir que Olney me mate, al menos mientras lo tenga frente a mí. –Sus cejas se estiraron brevemente hacia arriba–. Mi espalda es asunto muy diferente.

Mientras deslizaba una mano bajo el brazo de Raelynn, para ayudarla a subir al carruaje, murmuró:

–Es que no soporto la idea de que esa víbora siga suelta por ahí, tras haber estado a punto de matarme y amenazar vuestra vida, cuando os tenía en sus garras. –Y se detuvo para dar indicaciones al negro de elegante librea que ocupaba el pescante–: Por favor, Thaddeus, ten la amabilidad de llevarnos a Ives Alta Costura.

–Sí, señor Jeffrey. En cuanto usted suba, señor.

El vehículo se bamboleó un poco al sentarse Jeff junto a su joven esposa, que se apresuró a acercársele. Él enlazó sus dedos a los de Raelynn, con una gran sonrisa, y disminuyó el espacio entre ambos hasta que las caderas quedaron bien juntas y los hombros pegados.

–Ahora contadme, dulzura, qué os dijo ese pillo.

Raelynn repitió las groserías de Olney, sin omitir detalles, pero cuando acabó su informe tenía las mejillas muy rojas.

–Pese a las baladronadas de ese patán, su coraje se hizo añicos en cuanto os vio. En su prisa por huir saltó como conejo chamuscado. Quizá la próxima vez lo piense dos veces antes de calificaros como vejete. Es obvio que podéis alcanzarlo sin dificultad.

–Al parecer, Olney no se comporta con mucha prudencia, pese a los intentos que Rhys ha hecho por atraparlo. Supongo que debe hacer el trabajo sucio de su jefe, al menos hasta que Gustav se recupere de su herida en el hombro. No hay modo de prever dónde estará Olney en las semanas venideras, pero me gustaría estar preparado para nuestro próximo encuentro. He sido imprudente al dejaros sola en el coche. No volveré a cometer esa tontería, señora.

Raelynn acarició el brazo que descansaba como al descuido contra su pecho.

–No estaba sola, Jeffrey, sino con Thaddeus.

Jeff lanzó un suave resoplido.

–Thaddeus casi me dobla en años, querida mía, y ese pícaro es un cachorro. Olney podría haberse escapado con vos mientras el pobre viejo trataba de seguirlo.

Raelynn dejó escapar un suspiro pensativo.

–La verdad es que me sentiría mucho más segura si el sheriff Townsend pusiera a Gustav y a Olney tras las rejas los próximos diez años.

Sus dedos siguieron los tendones y las venas de la delgada mano entrelazada a la suya, en su regazo. Recordaba el dolor que la había invadido al creer que Olney había matado a Jeff. Alzando la vista para admirar el hermoso perfil de su marido, murmuró:

–En los últimos siete meses he perdido a mi padre y a mi madre, Jeffrey, y hace pocas semanas creí haberos perdido a vos también. No soportaría que os mataran. Os lo ruego, por favor: ahorradme esa angustia. Dejad que vuestro amigo el sheriff se ocupe de arrestar a Olney.

Jeff le rozó provocativamente el pecho con un brazo, riendo entre dientes; luego su mano abandonó la de Raelynn para estrecharle el muslo.

–De acuerdo, querida. No os preocupéis más. Trataré de no asustaros demasiado. De ahora en adelante, cuando estéis conmigo, tendré que ignorar a esos dos criminales.

–¿Y qué haréis cuando yo no esté con vos? –preguntó Raelynn. Luego lo regañó con suavidad–: En el poco tiempo transcurrido desde que os conozco, Jeffrey Birmingham, he llegado a la conclusión de que tenéis un carácter muy impulsivo. Me cuesta creer que podáis ignorar tranquilamente la presencia de esos dos hombres, aun cuando estéis conmigo. Presiento que podéis ser muy tenaz cuando os enfadáis. Los corsarios se verían en aprietos si capturaran alguno de vuestros barcos y os pidieran rescate, como han hecho con otros barcos norteamericanos. Sin duda os haríais a la mar para enfrentaros con ellos, con tronar de cañones y sable en mano, a juzgar por el espíritu de lucha que exhibisteis durante mi rescate.

Jeff meneó la cabeza, riendo ante esa descabellada idea.

–Eso parece algo digno de mi hermano, tesoro mío, pero no de mí.

–Percibo que vos y Brandon sois más parecidos de lo que creéis, Jeffrey.

–¿Cómo lo sabéis, señora? –la desafió su esposo, obsequiándola con una sonrisa por encima del hombro–. Hace apenas dos semanas que nos conocéis.

–Aun así, aquella noche, cuando el doctor Clarence me sacó del depósito de Gustav y comprendí lo que planeabais hacer, con la ayuda de Brandon y vuestros amigos, llegué a la conclusión de que ambos estabais muy de acuerdo. Al mismo tiempo, los dos parecíais deseosos de atacar a esas ratas, a pesar de los peligros que os amenazaban. Lo cierto es que Gustav estaba muy en desventaja contra vosotros, pese a su bien provisto arsenal y a todos los hombres que tiene a sueldo.

–Gustav merecía todo lo que le hicimos, Raelynn –aseguró Jeff, lleno de convicción–. A mi modo de ver, no fue suficiente.

–Estoy de acuerdo, señor, pero a las esposas no nos reconforta descubrir que el marido disfruta de los combates tanto como cualquier caballero experimentado.

Jeff enarcó brevemente las cejas para ofrecer una opinión diferente sobre sí mismo:

–Siempre me he tenido por una persona bastante apacible.

Y giró la cabeza para mirarla. Raelynn tuvo así oportunidad de analizarle la cara y los chispeantes ojos verdes. Entonces levantó una mano para acariciarle amorosamente la mejilla, a lo largo de ese atractivo surco que aparecía a la menor sonrisa.

–Sí, en verdad lo parecéis, Jeffrey Birmingham... hasta que algo os enfada.

–No puedo negar que vuestro rapto me enfureció, querida. Mi mayor deseo era eliminar cualquier posibilidad de que volviera a suceder. No podéis reprocharme el que lo intentase.

–Me habéis comprendido mal, Jeffrey. No os reprocho que atacarais el depósito de Gustav; sólo digo que una se asusta un poco al descubrir que, bajo el gallardo encanto de su esposo, late un corazón de guerrero.

Jeff, intrigado por la tentadora suavidad de sus labios, inclinó la cara hacia la de ella, con lo que Raelynn le estrechó con fuerza el brazo contra su pecho. Totalmente concentrado en consumir la dulzura de su boca, él sondeó sus profundidades con su lengua acerada al rojo vivo; al principio, con suavidad; luego, con acelerado fervor.

Cuando se apartó, Raelynn casi gimió de desilusión.

–No deberíais besarme así cuando no disponemos de intimidad ni de una cama cerca. A estas alturas, debéis de saber cómo me ponen vuestros besos.

Jeff la miró con aire lascivo.

–Conozco una bonita hostería donde podríamos demorarnos un par de horas.

–Estáis bromeando –protestó Raelynn, llenándose de bonitos hoyuelos.

Él se encogió brevemente de hombros.

–Aun así, la idea es tentadora, ¿no os parece, querida?

Ella puso los ojos en blanco, pensando en los rumores descabellados que provocaría semejante situación.

–Imaginad las miradas que nos echarían si saliéramos una o dos horas después de haber entrado. ¡Murmuraría toda la ciudad!

–Sí, pero habríamos alegrado a los chismosos por un par de días, dulzura. Nos estarían eternamente agradecidos.

–Sin duda, pero prefiero ser algo más discreta.

Jeff lanzó un exagerado suspiro de decepción.

–Como queráis, querida.

Raelynn apoyó la barbilla en el hombro de su esposo para admirar su aristocrático perfil.

–¿Os opondríais a que os tocara aquí mismo?

Con las cejas fruncidas en un ademán de extrañeza, él le estudió el semblante.

–¿De qué manera?

Ella bajó la vista al regazo masculino, indicando la zona que le interesaba explorar.

–Tal como lo hace una esposa, querido.

Jeff acalló una exclamación ante el súbito escalofrío que le provocaba esa propuesta. Tras haber soportado una larga abstinencia, había comenzado a temer que su esposa no fuera tan afecta a las delicias conyugales como él había creído en un primer momento. Pero desde las actividades de esa mañana se sentía mucho más esperanzado, y esa última petición confirmó aún más sus expectativas. Se quitó la chistera para sostenerla protectoramente sobre su regazo, mientras capturaba la mano de Raelynn para amoldarla a su protuberancia viril.

–¿Prueba esto mi buena disposición, querida?

Con un suave arrullo de admiración, ella lo inspeccionó a través de la ajustada prenda.

–Vuestros pantalones dejan mucho espacio a la imaginación.

Él la miró de soslayo, enarcando una ceja.

–Sabéis desabrocharlos tan bien como yo, tesoro mío. Os doy permiso para hacerlo.

Raelynn le echó un vistazo, pero el ángulo no le permitió deducir nada de su apuesto perfil; por fin inclinó la cabeza, inquisitiva.

–¿Os pondría nervioso que yo cometiera esa audacia mientras el carruaje pasa por el centro de la ciudad?

–Me decepcionaría que no lo hicierais.

Raelynn sonrió como un niño con un juguete nuevo. El hecho de que él recibiera sus proposiciones de buen grado le aseguraba que no había roto ninguna rígida norma conyugal. Lo que hacían entre ellos era adecuado, siempre que ambos estuvieran de acuerdo.

–Veré qué puedo hacer para liberarlos, señor. –Mientras intentaba abrir los botones laterales, sintió la tentación de provocarlo–. Francamente, Jeffrey, no me estáis facilitando las cosas.

Jeff levantó el sombrero para observar el revelador bulto que deformaba sus costosos pantalones.

–Así es la vida de la esposa, querida mía. No podéis pretender que permanezca impávido mientras intentáis introduciros en mis paños menores. Tal como veis, estoy ansioso por recibir vuestras atenciones.

Por fin ella pudo desabotonar un costado; muy pronto su manita se deslizaba adentro para establecer su derecho de propiedad sobre el miembro caliente, dejando a Jeff sin aliento por un maravilloso segundo. Durante la siguiente inspección él tuvo que hacer un gran esfuerzo para no olvidarse de respirar.

Raelynn experimentaba una extraña satisfacción femenina al poder moldear de ese modo el miembro viril. Si podía afectar así a un hombre de tanta madurez y experiencia, no había motivos para sentirse insegura por su ingenua juventud. Por el contrario, era sumamente grato ver cómo se concentraba su esposo en disfrutar de esas caricias: estaba fascinado; disfrutaba de esa emoción como si no hubieran pasado apenas horas, sino años enteros desde la última vez. Eso la sorprendió un poco, pero descubrió que complacerlo era tan grato como ser la receptora de ese tipo de estímulos. Como esa misma mañana había prestado mucha atención a sus indicaciones, puso a prueba sus conocimientos con un entusiasmo que marcaba ese creciente interés por esa mutua familiaridad.

Atrapado en la sensual embriaguez de esas caricias, Jeff tardó un largo minuto en notar que se acercaban al final. Tras aclarar su voz ahogada con un carraspeo, se inclinó hacia delante para abrir la diminuta portezuela instalada detrás del pescante.

–Thaddeus, olvidémonos del modisto, por ahora. Llévanos a dar un breve paseo por la ciudad. Yo te diré cuándo regresar a la tienda del señor Farrell.

3

Media hora después, Jeff se apeaba del carruaje con el sonriente aplomo de un monje; mientras estrechaba significativamente los dedos de su esposa, ambos intercambiaron una sonrisa secreta. Luego él la ayudó a bajar y le ofreció el brazo para acompañarla al interior de aquel edificio de tres plantas.

Según explicó, su amigo lo había comprado cinco años antes. En las dos plantas superiores tenía sus habitaciones privadas; la planta baja se utilizaba solamente para la alta costura. Normalmente Farrell empleaba a ocho personas, entre las cuales la más importante era Elizabeth Dalton, una joven viuda, única responsable de cortar los patrones para sus nuevas creaciones y de supervisar a las costureras. También ayudaba a administrar la tienda y desempeñaba muchas otras funciones que probaban su importancia.

Como regla general, Ives Alta Costura empleaba a seis costureras, además de un simpático mozalbete que se ocupaba de la limpieza y de los recados. Pese a lo limitado del personal, a la tienda acudían casi todas las damas elegantes y la alta sociedad de Charleston, en busca de estupendos guardarropas para la temporada y de vestidos modernos y trajes lujosos para el resto del año. También se vendían allí primorosos accesorios, que no era necesario encargar, a menos que la clienta deseara algo muy específico o extravagante.

Jeff condujo a Raelynn hasta una zona muy bien decorada, próxima a la entrada de dos amplios salones. En largas mesas que formaban ángulo con las paredes, se exhibían bonitas telas de diferente grosor, color, diseño y textura. La sala más pequeña proporcionaba oficinas para el diseñador y su asistente, cerca de la parte delantera. Más atrás había habitaciones para las pruebas. El otro salón estaba dividido en cuartos individuales para las costureras; al final había una ventana grande, de cristales pequeños, que enmarcaba un jardín bien cuidado. Un pasillo cercano conducía a la puerta trasera; a un lado, una escalera brindaba acceso a las plantas superiores.

Por las puertas que daban a los cuartos de costura más próximos, Raelynn vio dos maniquíes vestidos con trajes de una belleza deslumbrante, que evidenciaban el talento del diseñador. A la entrada de la última sala, una morena alta, de unos veinticinco años, conversaba con la ocupante del lugar, que permanecía oculta a la vista. Al ver a los recién llegados, la morena se apresuró a disculparse y fue a su encuentro, con una cordial sonrisa.

–Qué gusto veros nuevamente aquí, señor Birmingham –saludó en tono meloso.

Los ojos oscuros chispeaban con un brillo tan intenso como la sonrisa. Pero en verdad, por lo gracioso de sus modales y su encantadora belleza, realzada por un vestido de línea Imperio, color amarillo claro, la mujer parecía dotada de un resplandor propio.

–Estáis tan encantadora como siempre, Elizabeth –declaró Jeff, acercando gallardamente el sombrero al pecho, mientras entrechocaba los talones en una concisa reverencia.

Con una ancha sonrisa de enorme orgullo, deslizó una mano tras la espalda de su esposa.

–Permitidme presentaros a Raelynn, mi flamante esposa. La señora Elizabeth Dalton, querida. Ella dirige el taller de Farrell con la mayor eficacia.

Ante ese elogio, la morena emitió una suave exclamación de protesta, rechazándolo con un grácil movimiento de mano.

–Es una gran emoción conoceros al fin, señora Birmingham. El señor Ives ha estado cantando loas sobre vos desde que sucedió aquello, frente a nuestra tienda.

La sonrisa dolorida de Raelynn expresaba malestar.

–Oh, Dios mío, tenía la esperanza de que nadie recordara eso. Pero supongo que era imposible, con tanta gente como se reunió aquel día en torno a nosotros.

Elizabeth echó la cabeza hacia atrás, con una risa divertida.

–Cuando algún suceso involucra a un miembro del clan Birmingham, querida señora, podéis tener la certeza de que atraerá la atención de los habitantes de Charleston. No obstante, una dama de vuestro porte no necesita llevar un apellido prominente para llamar la atención de todos. La tendréis dondequiera que vayáis.

–Gracias, señora Dalton –replicó Raelynn, con graciosa sonrisa–. Sois muy amable. Y permitidme expresar el gran placer que siento al visitar, al fin, la tienda del señor Ives. –Los ojos verde claro chispeaban de entusiasmo al admirar aquel elegante interior y, como toda mujer que aprecia las cosas bellas, los rollos de costosos materiales exhibidos en las mesas cercanas llamaron también su atención–. Decididamente, esto es el paraíso de toda mujer.

De los labios de la modista brotó una risa cálida y melodiosa.

–Oh, así es, sin duda. Pero me sentiría muy honrada si me llamarais Elizabeth, señora Birmingham.

–Con mucho gusto, Elizabeth –respondió Raelynn–. Y para mí también será un placer que me llaméis por mi nombre de pila.

La morena hizo una mueca imperceptible.

–Es un nombre muy bello, sin duda, pero si no os molesta, mientras estemos en la tienda debo ser más formal, para dar ejemplo a las otras empleadas. El señor Ives exige que sus costureras expresen el debido respeto a su clientela, y para ellas es más fácil si yo también respeto la regla, al menos mientras estoy aquí. –Riendo entre dientes, añadió–: ¡Pero si hasta las obliga a tratarme de «señora»! Considera necesaria esa formalidad para conservar la disciplina. Si no estuviera bien informada, pensaría que ha sido capitán en ultramar.

Jeff ahogó una risa ante tan descabellada idea.

–Temo que vuestro jefe no sabría qué hacer con una brújula y un sextante, Elizabeth. Es hombre de tierra firme.

Los tres compartieron un momento de regocijo; luego la modista recorrió con ojos chispeantes el vestido de Raelynn. Era uno de los más bonitos que Ives Alta Costura había vendido en los últimos tiempos, y era un placer verlo en una dama tan atractiva.

–En cuanto la ciudad os vea vestida con nuestros modelos, señora Birmingham, esta tienda cosechará grandes beneficios. El señor Ives, en sus alabanzas, llegó al extremo de asegurar que erais tan hermosa como vuestra cuñada. Hasta el día de hoy pensé que exageraba.

Las radiantes mejillas de Raelynn evidenciaban su placer por esos cumplidos.

–Heather es preciosa. Que me comparen con ella es un gran honor.

–Realmente, señora Birmingham –replicó la modista, de inmediato–, no creo que haya en la zona otra dama tan atractiva como las dos.

Raelynn inclinó la cabeza para observar atentamente a la morena. Era obvio que la mujer tenía reservas en cuanto a su propio atractivo, pero ella estaba muy dispuesta a convencerla.

–¿Os habéis mirado al espejo últimamente, Elizabeth?

La otra se llevó una mano a la mejilla, con súbita consternación.

–Oh, Dios mío, ¿tengo una mancha en la cara o algo así?

–No, no, por supuesto que no –la tranquilizó Raelynn, llena de diversión. La falta de vanidad de esa mujer la cautivaba. La viuda Dalton era una belleza esbelta, de ojos oscuros, que podía defender sin problema su rango en el reino del atractivo femenino–. Mi pregunta era sólo un tributo a vuestra propia hermosura, que es excepcional, por cierto.

Elizabeth, al comprender su error, se ruborizó aún más, pero meneó prontamente la cabeza, como para negar la posibilidad de compararse con las mujeres Birmingham.

–Sois muy amable, señora, pero no tenéis idea de vuestra propia belleza. Jamás podría compararme con vos o con vuestra cuñada.

Raelynn alargó una mano para tocarle suavemente el brazo.

–No apostéis por eso. Perderíais, sin duda.

Jeff respaldó a su esposa:

–Raelynn no lo dice por ser amable, Elizabeth –aseguró–. Es la verdad. Más aún, yo os aconsejaría que, llegado el caso, hicierais la apuesta contraria. Así tendríais la seguridad de ganar.

La morena agitó una mano ante la cara, exagerando su intento de refrescar las mejillas arreboladas.

–Tenedme un poco de compasión –rogó, con una risa efervescente–. Me estáis haciendo ruborizar.

Para acudir en su defensa, Raelynn cambió de tema.

–Como se me ha obsequiado con una buena muestra de lo que hacen vuestras costureras, no dejo de admirar lo que me han comprado aquí. Hasta hace apenas un año disfrutaba diseñando muchas de mis prendas. Naturalmente, eso era en vida de mi padre, cuando podíamos pagar ropa de mayor calidad que la que llevaba puesta el día en que Jeff me rescató de mi tío. Mi modisto de Londres tenía la amabilidad de convertir mis bocetos en excelentes ejemplos de lo que yo había creado. Cuando comenzaron los malos tiempos, me pagó por aquellos diseños y los presentó a su clientela como propios. No me molestaba, pues me pagaba cada vez más para mantenerme tranquila, pero temo que me vería en aprietos para diseñar ropas tan suntuosas como las que me he puesto estos días. Tengo entendido que cuando Jeffrey pidió a la señora Brewster que viniera a comprarme ropa, el señor Ives eligió las prendas personalmente. La sombrerera regresó deshaciéndose en elogios por el talento del señor Ives. Según dijo, ignoraba que hubiera un empresario con tanto talento frente a su tienda.

Un gesto divertido apareció en los labios de Elizabeth.

–Sí, realmente aquel día la señora Brewster parecía desconcertada. Creo que hasta entonces nunca había observado bien al señor Ives. Hay algo en él que sobrecoge a algunas mujeres, cuando lo ven cara a cara. Pero volvamos a vuestra ropa, señora Birmingham; el señor Ives no podía permitir que nadie más escogiera vuestros vestidos y accesorios, puesto que es amigo íntimo de vuestro esposo. Aun así he de ser sincera: en ese momento no había muchos vestidos disponibles, de modo que escogerlos fue tarea sencilla. –La mujer continuó, encogiéndose de hombros con gesto indiferente–: Normalmente, sólo hacemos lo que nuestras clientas encargan, pero en torno de esas prendas se había producido una situación singular. Si bien no he de pronunciar nombres, para no abochornar a la buena gente involucrada, la señorita para quien hicimos esos trajes se vio privada de fondos por un desdichado incidente. Al parecer, su hermano había apostado la totalidad de lo heredado recientemente por ambos a un caballo que él mismo había criado. Era realmente muy veloz; cierta vez lo vi correr. El hermano tenía grandes esperanzas de duplicar la fortuna de ambos, pero quien lo animó a hacer la apuesta no entendía de buenos caballos. Por desgracia, la mañana de la carrera su potro apareció muerto en la caballeriza, con lo que el señor Fridrich, propietario del segundo participante, se alzó con la apuesta sin ni siquiera haberlo hecho correr. El señor Ives no quiso exigir el pago, para no agobiar aún más a la muchacha. Si esta historia tiene un culpable, tanto él como yo creemos que es el señor Fridrich; sus matones a sueldo debieron de envenenar el caballo de aquel hombre. Francamente, creo que esa persona debería ser flagelada por lo que hizo.

–Supongo que habláis justamente de Gustav Fridrich –interpuso Jeff. Y ante el gesto afirmativo de la mujer, expresó su opinión con agrio disgusto–. Estoy de acuerdo con eso de la flagelación, Elizabeth, pero además creo que ese alemán debería haber sido encerrado en cuanto desembarcó. Por su culpa han sufrido muchos conciudadanos de Charleston. Y tengo la sensación de que muchos más caerán víctimas de sus maquinaciones.

–Dice el señor Ives que ese Fridrich fue el único responsable del rapto de vuestra esposa –observó la morena–. Los rumores que circulan sobre él me han convencido de que es un verdadero criminal.

–La peor alimaña que yo haya visto –aseguró Raelynn. Luego exhaló un suspiro, muy compadecida por los hermanos que habían perdido su medio de vida–. Simpatizo con esa señorita. Me duele que su mala suerte me haya beneficiado, pero he disfrutado tanto de esa ropa, Elizabeth, que no puedo sufrir mucho. No sólo es bellísima, sino que me impresiona el esmero con que fue hecha. Ni siquiera en Inglaterra he visto costuras tan esmeradas.

Jeff, sonriente, rodeó con un brazo los hombros de su esposa.

–Es innegable que Farrell tiene talento para diseñar trajes de señora, querida, pero la gran responsable del esmero puesto en cada puntada es Elizabeth. En otros tiempos, antes de perder a su esposo, era una costurera respetada. Ahora imparte su talento y su experiencia a las mujeres que trabajan aquí.

De los suaves labios rosados de Elizabeth se escapó una risa.

–Oh, Dios mío, tantos elogios acabarán por subírseme a la cabeza. Y eso no hará nada feliz al señor Ives. Será mejor que suba a informarle de vuestra llegada. –Señaló con una mano los sillones y el sofá que formaban una acogedora zona en el salón. Sentaos cómodamente, por favor, volveré enseguida.

Raelynn se apresuró a suplicar:

–Si no os molesta, Elizabeth, me gustaría echar un vistazo a esas encantadoras telas. ¿Puedo?

–Oh, claro que sí, señora Birmingham –la alentó–. Tal vez veáis algo de lo que no podáis prescindir. –Después de echar una mirada traviesa a Jeff, aconsejó a su esposa–: Recordad que es el momento adecuado para planear el guardarropa de otoño. Tenemos un terciopelo estupendo, en matices intensos, que quedarían maravillosamente bien con vuestro cabello rojizo. El turquesa oscuro, sobre todo. Y el negro, y aunque la mayoría de las señoras prefieren usarlo sólo cuando enviudan, iría divino con vuestra piel clara y vuestro pelo.

Jeff miró hacia arriba, con un gemido de fingida inquietud.

–Ya me veo arrojado a la pobreza en la flor de la vida.

Los ojos de Elizabeth bailaban, traviesos.

–Oh, señor Birmingham, pensad en lo agradecido que os estaría el señor Ives si lo hicierais rico.

Él lanzó un bufido.

–¡Como si no lo fuera ya!

En ausencia de la asistente, Raelynn fue hacia el otro lado de la sala, a fin de examinar varios brocados de seda que le habían llamado la atención. Dondequiera que mirase, se asombraba con los materiales allí expuestos. Eran tejidos de tan exquisita textura, belleza y calidad que apenas podía imaginar el coste de encargar un solo vestido confeccionado con ellos.

Sobre una ornamentada librería había una colección de pequeñas muñecas, vestidas con versiones en miniatura de los elegantes trajes que se podían encargar. Tras las puertas acristaladas del gabinete se veían incontables volúmenes encuadernados en piel, con reproducciones de modelos y dibujos detallados de sus patrones. Si una mujer no hallaba en esos libros nada que la satisficiera, por descabellada que pareciera la idea, sin duda el genial diseñador se mostraría dispuesto a crear algo de elegancia especial, aunque por supuesto a un coste más elevado.

Raelynn miró con una sonrisa a su esposo, que se acercaba, y abarcó con un gesto de la mano las mesas cargadas de terciopelos, sedas, lanas y gruesos satenes.

–He de reconocer, Jeffrey, que no esperaba encontrar en Charleston tal abundancia de telas importadas. Vuestro amigo debe de haber invertido una fortuna en los materiales de que dispone aquí.

–Farrell se enorgullece de ofrecer a su clientela, no sólo la última moda, sino también los paños más finos. Personalmente es un hombre muy atildado.

En los recuerdos de Raelynn, Farrell Ives era el hombre magnánimo que había dado a su esposo el dinero para comprarla a su tío, cuando este último trató de venderla a Gustav Fridrich. Jeffrey había ofrecido por ella una suma exorbitante, demasiado tentadora como para que Cooper Frye la rechazara. Ese préstamo temporal de Farrell le había ahorrado el problema de ir por el dinero a su empresa naviera, que estaba a varias calles de allí. Su ayuda había puesto rápido fin al asunto.

Raelynn recordaba muy poco la gente que los había rodeado ese día, en círculos cada vez más amplios, pero no tuvo dificultad en la figura del costurero. Su cabeza y sus hombros asomaban por encima de la mayoría de los curiosos, siendo su estatura igual a la de los hermanos Birmingham. Una perilla, impecablemente recortada, acentuaba sus cinceladas facciones. Ella habría podido asegurar que, con su corto pelo castaño, lleno de mechas por el sol, y sus expresivos ojos azules, era tan atractivo como su esposo o su cuñado Brandon. Sólo Jeff podría decirle algo más sobre el modisto.

–Dijisteis que vos y el señor Ives erais muy íntimos amigos, ¿verdad?

–Sí, amor mío. Lo conozco desde que éramos muy jóvenes. Ese talento para diseñar ropa y escoger las telas adecuadas proviene, principalmente, de su propio deseo de vestir bien. Sus padres eran mucho más pobres que sus tíos, y él solía ser el hazmerreír de los primos, niños ricos y presumidos, pues debía usar la ropa que ellos desechaban. Como reacción, Farrell aprendió a usar sus puños y ganó cierta fama como luchador. Varios años de éxito en ese deporte le permitieron ahorrar lo suficiente para contratar a una costurera que realizara sus diseños. Eso fue hace siete u ocho años. Desde el mismo comienzo fue evidente que Farrell no era un simple modisto. Tenía demasiado talento para conformarse con las modas comunes. Con el tiempo, los mismos que antaño se reían de él comenzaron a llamarlo «señor». Por cierto, fue muy conveniente que estuviera de nuestro lado cuando atacamos el depósito de Gustav. Él nos ayudó a ganar la refriega.

–¿Qué mentiras estás contando ahora a tu bonita esposa, mi querido Jeffrey? –inquirió una voz masculina, grave y alegre.

Raelynn, momentáneamente sobresaltada, se dio la vuelta hacia Farrell Ives, que agachaba la cabeza para franquear el bajo dintel de la puerta que conducía al estrecho pasillo por el que Elizabeth Dalton había desaparecido momentos antes.

–Que eres eficiente con los puños y con un par de pistolas –replicó Jeff, con una risa ahogada, mientras se acercaba a su amigo con la mano extendida–. ¿No has aprendido todavía, mi querido fanfarrón, que no puedes esconderte de esas mujeres que trabajan para ti? Tarde o temprano te encuentran.

Los dos hombres se estrecharon la mano cordialmente. Luego Farrell sonrió de oreja a oreja.

–No son las costureras las que me preocupan, queridísimo Jeffrey –murmuró–, sino una viuda que, obviamente, está empeñada en conseguir otro marido.

Si hubieran estado a solas, quizá Jeff lo habría sondeado en busca de explicación, pero estaba deseando hacer las presentaciones.

–Querida –dijo, impulsándola hacia delante con un brazo acogedor–, es hora de que te presente formalmente a mi muy gran amigo, el señor Farrell Ives. Farrell... Raelynn, mi esposa.

–Encantado, señora Birmingham –murmuró el diseñador, ensanchando los labios en una sonrisa de blancos dientes.

Los mostachos, pulcramente recortados, se empinaban sutilmente en los extremos, acentuando las finas líneas de las patillas que descendían hacia la perilla. Mientras se inclinaba en una cortés reverencia, depositó un ligero beso en los dedos de Raelynn.

–Rara vez tengo el placer de ver mis diseños lucidos por una mujer tan bella.

–Me honra conoceros al fin, señor Ives –le aseguró ella, obsequiándole con una encantadora sonrisa.

El modisto la acalló alzando una mano.

–Farrell, por favor. Nada de formalidades.

–Farrell, así sea –accedió ella, riendo por lo bajo–, pero sólo si consentís en llamarme Raelynn.

–De acuerdo, Raelynn. Y permitidme deciros que vuestro esposo y yo hicimos un excelente negocio cuando os compramos a vuestro tío.

Ella inclinó coquetamente la cabeza para agradecer el elogio.

–Debo agradeceros esa oportuna ayuda, Farrell, pero a riesgo de que me creáis grosera, preferiría no reconocer a Cooper Frye como tío. A mi modo de ver no es seguro que lo sea. En pocas palabras: creo que provengo de una estirpe mejor.

Se ensanchó la sonrisa del diseñador.

–Me cuesta imaginar que ese patán sea pariente cercano de un ángel. Es un alivio saber que existe la posibilidad de que no lo sea.

–¿Podríais dejar de babear por mi esposa y prestarme un poco de atención, señor Ives? –sugirió Jeff, de buen humor–. Nos gustaría que diseñaras un vestido para Raelynn. Es para el baile que daré a mediados de octubre, a fin de celebrar nuestras nupcias.

–Aplicaré al asunto el talento de que dispongo, amigo mío, pero sólo si me invitas.

Jeff, con un suspiro exagerado, lanzó una fugaz mirada hacia el techo.

–¡Qué cosas debo soportar para que este hombre se avenga a mis deseos!

Farrell guiñó un ojo a Raelynn.

–Tratándose de tu esposa, lo haría por nada, pero tras haber sido un ricachón toda tu vida, Jeffrey, necesitas recordar que no puedes satisfacer todos tus caprichos con un chasquido de esos dedos con uñas tan arregladas. En este caso tendrás que pagarme bien.

Un suave repiqueteo de platos hizo que el modisto mirase rápidamente hacia el pasillo, de donde salía una bandeja cargada de tazas, platillos, cafetera de plata y servicio de té. La expresión consternada de su asistente le advirtió que necesitaba ayuda inmediata.

–¡Santo Dios, Elizabeth! Dadme eso antes de que se os caiga –urgió, cruzando el salón a grandes pasos–. Es demasiado pesada. ¿Cómo se os ocurre cargarla hasta aquí?

Con un suspiro de alivio, la mujer dejó la bandeja en sus hábiles manos.

–Lo siento, señor Ives. Sólo me di cuenta de lo mucho que pesaba cuando ya estaba a medio camino, y para entonces no había dónde depositarla. Supongo que la señora Birmingham preferirá tomar té. Y sabiendo lo que os gusta el café a los hombres, he traído las dos cosas.

–Siempre tan considerada, Elizabeth.

La sonrisa de su jefe encendió un matiz rosado en las mejillas de la joven. Él se volvió hacia sus invitados y, después de llevar diestramente la bandeja hasta una mesa situada entre el sofá y los sillones, se frotó las manos en un gesto de expectación.

–No me vendría mal un poco de café. ¿Y tú, Jeffrey? ¿Vosotras tomaréis té, señoras?

–Si no me necesitáis, señor Ives, debo dar las últimas instrucciones a la nueva muchacha –se disculpó Elizabeth, retrocediendo varios pasos.

–Tonterías, mujer. Que otra le explique lo que debe hacer. Quedaos a compartir el refrigerio; así discutiremos algunas ideas para el vestido de baile que necesita la señora Birmingham.

–Sí, señor Ives. Por supuesto, si es vuestro deseo.

–Lo es, sin duda.

Ella parecía algo nerviosa ante la amplia sonrisa que se le ofrecía.

–Bien, si me lo permitís, iré a pedir a la señora Murphy que se haga cargo de todo. De cualquier modo debo traer otra taza.

–No tardéis mucho.

–Sólo un momento, señor.

Mientras ella salía precipitadamente de la sala, Jeff se volvió a tiempo de ver que su amigo observaba el sutil movimiento de aquellas caderas. La falda estrecha del vestido estilo Imperio se prestaba admirablemente a esa inspección, pues no sólo ponía de relieve la grácil esbeltez de la mujer que lo lucía, sino que también recortaba su bonito trasero. En ese momento el diseñador parecía apreciar especialmente ese panorama. Lo supiera o no, su atento escrutinio era típico del soltero a la seria búsqueda de compañera, si no a largo plazo, al menos por una noche. Pero hasta donde Jeff podía asegurarlo, nunca había existido nada entre Farrell y sus empleadas. En todos sus años de diseñador, él siempre había sabido trazar un límite entre sus asuntos profesionales y su vida personal, al tiempo que cortejaba a casi todas las jovencitas atractivas de la zona, igual que Jeff, sin establecer compromisos duraderos.

Elizabeth Dalton formaba parte de su vida profesional y si no se había convertido en uno de sus amoríos, era ciertamente por esa razón, no porque los hombres no la encontraran atractiva. Por el contrario, se decía que, desde la muerte de su esposo, ella había rechazado tantas proposiciones matrimoniales como Farrell empleadas; claro que esos rumores no se podían confirmar, pues Elizabeth era tan discreta sobre sus asuntos íntimos como con respecto a su difunto marido.

En los primeros tiempos de su matrimonio, Emory Dalton comenzó a apostar; llegado el segundo aniversario de su boda ya se las había arreglado para perder lo poco que había ganado criando caballos, más lo que su esposa cobraba por su costura; más tarde, también perdió la considerable herencia que ella recibió tras la muerte de sus padres. Al comprender que estaba derrochando los bienes de ambos, Emory comenzó a beber. Cuanto más bebía, más cruel se mostraba; con el tiempo adquirió el hábito de abofetear a su esposa cuando se irritaba con ella o cuando perdía en el juego.

Durante ese período, Jeff solía compartir un brandy con su amigo Farrell y escuchaba con simpatía sus sospechas sobre el trato que Emory daba a su esposa. Fue sólo después de presenciar uno de esos episodios cuando el diseñador puso fin a la amistad que había entablado con el jugador, en sus tiempos de pugilista. La ruptura se produjo poco después de que Farrell acudiese a una taberna, donde Emory estaba armando jaleo. El jugador había perdido una fuerte suma a las cartas, circunstancia que lo enfureció. Como todo lo que estaba a su alcance corría peligro, el tabernero rogó a Ives que lo llevara a su casa. A su llegada, Emory dio tal bofetada a Elizabeth, embarazada de varios meses, que la arrojó al otro lado de la habitación. Encolerizado por la brutalidad de ese hombre, Farrell le propinó un puñetazo en la mandíbula; no llegó a rompérsela, pero sí lo dejó inconsciente. Luego llevó a la mujer al piso superior, hasta la habitación que compartía con su esposo, donde calmó su llanto y curó su mandíbula amoratada. Cuando regresó a la sala, Emory trataba de despejar la niebla que envolvía su cabeza. El hombre fue entonces grosero y lo acusó de desear a su esposa, a lo que siguió toda una sarta de calumnias. Por fin Farrell, muy irritado por esos insultos, le advirtió que, si le volvía a levantar la mano a Elizabeth, sus días en la tierra habrían acabado. Apenas una semana después, un jugador dotado de buena vista acusó a Emory de hacer trampas con las cartas; al extraer este una pequeña pistola de su chaqueta, lo mató en el acto de un disparo en la cabeza.

Jeff seguía con la mirada a Raelynn, que se paseaba entre las otras mesas repletas de telas; se preguntó si su expresión también revelaría el placer que le brindaba observarla. Para que no le vieran cómo devoraba con la vista a su propia esposa, recordó al modisto:

–Dices que no son tus costureras las que te preocupan, sino una viuda en busca de esposo. ¿Es Elizabeth quien te molesta?

–¡Santo cielo, hombre! ¡No! –La absurda idea hizo reír a Farrell–. Ella es lo único cuerdo en mi vida. Me refería a cierta sombrerera viuda cuya tienda está justo frente a la mía. Desde que la enviaste aquí, a comprar ropas para Raelynn, ha tomado la costumbre de venir con un postre o algún plato preparado especialmente para mí. Pero también viene sin traer nada. Te aseguro, Jeffrey, que en dos semanas me he visto obligado a refugiarme en mi apartamento más veces que en estos últimos tres meses.

Jeff lanzó una carcajada.

–¡Conque Thelma Brewster se ha encaprichado contigo, mi querido fanfarrón!

Farrell enarcó brevemente las cejas.

–A pesar de llevarme más de veinte años, me hace caídas de ojos, como una virgen de paseo con un libertino. Por su manera de actuar, cualquiera diría que he tratado de meterme bajo sus enaguas. –Lanzó un bufido–. ¡Como si me interesara!

–Se diría que te provoca algo.

–¿Algo? Ha tomado la costumbre de irrumpir en mi tienda cada vez que alguna muñeca entra meneándose para encargar un vestido nuevo. He pedido a Elizabeth que me avise cuando la señora Brewster viene hacia aquí, pero por lo general está tan atareada con las costureras que no siempre puede montar guardia. Y no confío en la discreción de ninguna otra. Hace apenas una hora ha venido la viuda, a traer estos pastelillos que horneó para mí. –Señaló como al descuido la bandeja, con su plato de panecillos de hojaldre–. La vi venir y me refugié arriba. Te aseguro, mi querido Jeffrey, que si comiera todo lo que esa mujer ha traído desde que inició sus visitas, andaría rodando por estas salas.

Jeff hizo un serio intento de contener su risa, pero aun así esta invadió su tono de voz.

–Te ofrecería mis servicios, mi querido fanfarrón, pero no sé cómo ayudarte. No me gustaría, por cierto, atraer hacia mí ese tipo de atenciones.

–Puesto que te has casado, supongo que la señora Brewster te considera fuera de su alcance. A mí, en cambio, me persigue de tal modo que ya tengo miedo de salir de la tienda por la puerta principal. Como bien sabes, nunca he pensado demasiado en tomar esposa, pero en los últimos tiempos me he descubierto muchas veces analizando esa posibilidad, sólo para quitarme de encima a esa sombrerera. Que un soltero se resigne al matrimonio por motivos tan miserables es prueba de lo desesperado que empiezo a sentirme. Pero trataré de no saltar todavía de la sartén al fuego. Pese a las muchas mujeres que he cortejado, hasta ahora no he hallado a una dulce señorita que no me aburra hasta hacerme llorar.

–¿Elizabeth te aburre hasta tal punto?

Farrell movió sus anchos hombros con desasosiego.

–No, por supuesto, pero es mi empleada.

–Oh, sí, eso cambia las cosas –lo provocó Jeff, suavemente. Su amigo, suspicaz, lo miró de soslayo.

–¿Qué significa exactamente ese comentario, mi querido Jeffrey?

–Sólo que, al parecer, no observas lo suficiente a Elizabeth. ¿No te has dado cuenta de lo hermosa que es?

–Pues sí que lo he notado, pero no quiero pasar de ahí. La noche en que tumbé a Emory, ella me oyó amenazarlo. Varias noches después, cuando llevé su cadáver a la casa, ella me miró como si de pronto me hubiera convertido en un monstruo de dos cabezas. Durante algunos segundos, debió de creer que yo lo había matado. Mientras yo cavaba la sepultura, ella me observaba desde una silla, en el porche. Se mantenía muy solemne y distante, sin llorar, sin histerias. Después de un rato entró en la casa. Poco después, cuando fui tras ella, la encontré de rodillas, fregando el suelo. Tardé un momento en comprender que había roto aguas y estaba de parto. Se negó a que la subiera en brazos hasta el piso de arriba; no permitió siquiera que me acercara. Monté a caballo para volver a la ciudad, en busca de una comadrona, y luego di vueltas por el porche de Elizabeth, como cualquier futuro padre, hasta que nació Jake. La partera llegó al extremo de traerme al niño para que lo viera, como si tuviera la descabellada idea de que yo era el padre. Yo sabía perfectamente que ella conocía a la familia; no podía ignorar que el niño era de Emory, a menos que él, en uno de sus delirios, hubiera dicho por ahí que yo deseaba a su esposa. El caso es que, después de pagar a la mujer para que se quedase con Elizabeth durante esa noche, regresé a casa.

»Cuando se supo que Emory había muerto, Elizabeth se encontró en un situación desesperada. La gente comenzó a acosarla para que pagara las deudas del difunto; la amenazaban con llevarse en pago lo que hubiera en la finca, cuando ella no tenía dinero siquiera para una comida decente. Le ofrecí empleo aquí, pero ella dijo que eso provocaría aún más rumores. Después de esa negativa se enteró de lo que Charlie le pagaría por cocinar y fregar los suelos en la posada. A lo sumo, una limosna con la que no podría mantener a Jake. Una vez que hubo aceptado mi ofrecimiento, pagué a una niñera para que atendiera al niño aquí, en la tienda, mientras ella realizaba mis diseños. Más adelante vendió la granja y se mudó a poca distancia de aquí. Francamente, Jeffrey, mis diseños sólo empezaron a parecer estupendos cuando ella comenzó a coser para mí. Desde entonces únicamente hemos mantenido una relación de negocios. Ella corta los patrones y supervisa a las otras costureras. Precisamente el otro día contrató a una joven soltera embarazada; dice Elizabeth que es muy hábil con la aguja...

Jeff se puso rígido, lleno de aprensión.

–¿Esa joven se llama Nell, por casualidad?

–¡Vaya, creo que sí! ¿La conoces?

–Lo suficiente como para asegurar que no debería trabajar en el vestido de mi esposa.

Los labios de Farrell se contrajeron tras la barbilla.

–¿Prendada de ti?

–No puedes ni imaginarlo. En presencia de Raelynn me acusó de ser el padre de su bebé.

Farrell miró a su amigo detenidamente; luego enarcó una ceja escéptica.

–A decir verdad, Jeffrey, te creía de gustos más refinados. Nell no parece ser tu tipo.

–¡Desde luego que no lo es!

–Bien, ¿qué quieres que haga con ella?

–Solamente lo que ya has hecho. No he querido darle dinero por no dejarme extorsionar, pero necesitará un salario para mantener al niño. No creo que le falte mucho para dar a luz. Tú eres su única esperanza de ganar lo suficiente.

Farrell irguió la espalda, inquieto al ver que Raelynn se acercaba a una mesa llena de paños, cerca del cuarto donde Elizabeth había instalado a Nell. Intercambió una mirada con su amigo, que se levantó bruscamente. Pero era obvio que, si Jeff llamaba a su esposa, Nell saldría al reconocer su voz.

El diseñador le dio unas palmadas para que volviera a sentarse.

–Elizabeth –llamó–, traed a nuestra encantadora invitada para que podamos tomar nuestro refrigerio.

La joven morena reapareció con una sonrisa y acompañó a Raelynn hasta donde la esperaba su preocupado esposo. Luego, oficiando de anfitriona, sirvió las infusiones antes de instalarse en una silla, con su taza de té. El plato de panecillos pasó de mano en mano. Mientras los saboreaban, Elizabeth propuso algunas ideas sobre el tipo de vestido que debían hacer para Raelynn.

–Como la señora Birmingham tiene tan buen cutis, el paño debe ser de un matiz claro y suave, que le haga justicia.

Farrell asintió, pensativo, mientras observaba a su clienta por encima de la taza de café.

–Sí. Un rosado tan primoroso como el rubor de sus mejillas.

–Suaves capas de seda. La de arriba, decorada con pequeñas cuentas brillantes –murmuró su asistente, contemplando a Raelynn.

Una vez más el diseñador inclinó la cabeza en señal de asentimiento.

–Ya lo imagino, Elizabeth... un vestido tan esbelto como la misma señora, con pequeñas mangas abullonadas y una breve cola bordada de cuentas. Zapatillas de satén. Y desde luego, un abanico de encaje con cuentas. Debe estar deslumbrante.

Raelynn, muy impresionada por la imaginación del modisto y su asistente, los miraba con asombro. Por fin se volvió hacia su alegre esposo con una sonrisa.

–Ignoraba que un traje de fiesta se pudiera crear con tanta facilidad. Yo solía pasar horas enteras dibujando modelos, pero por lo general desechaba mucho más de lo que me parecía digno de conservar.

–¿Diseñabais ropa? –preguntó Farrell. Su interés crecía por momentos.

Raelynn inclinó la cabeza en un lento ademán afirmativo; no quería dar la impresión de que tenía mucha experiencia en el terreno.

–Por poco tiempo. En un principio, sólo por placer; más adelante, para que no faltara el pan en nuestra mesa, cuando mi madre y yo aún residíamos en Inglaterra. Anteriormente, cuando podíamos pagar ropas de mejor calidad, lo hacía sólo para nosotras dos.

El diseñador le guiñó un ojo, sonriendo de oreja a oreja. Luego miró de soslayo a su amigo.

–¿Es ya demasiado tarde para robaros a vuestro esposo?

Comprendiendo que la broma estaba dirigida principalmente a Jeff, ella refrenó cualquier muestra de diversión.

–Eso temo –dijo, encogiendo los esbeltos hombros en un fingido gesto de indiferencia–. La verdad es que me he encariñado mucho con Oakley y detestaría abandonarlo.

–¿Con Oakley? ¿Con Oakley? –repitió Jeff, como si lo ofendiera muchísimo la preferencia expresada por su esposa. Raelynn se llenó de bonitos hoyuelos.

–¡Vaya! Naturalmente, Jeffrey, también os echaría de menos a vos.

–¡Hum! –Él se cruzó de brazos, demostrando claramente que se sentía insultado, pero ante la hilaridad de los otros tres sonrió–. Tendré que causar una impresión más honda en mi esposa, antes de que encuentre una plantación más grande que la mía.

Ella le acarició consoladoramente la mano.

–No creo que haya peligro, queridísimo. Oakley supera las expectativas de cualquier dama.

–Menos mal –gruñó Jeff, provocando la risa de todos.

Raelynn se acomodó en el asiento y bebió un sorbo de té, mientras sus ojos recorrían el pasillo con aire indiferente. La aparición de una joven embarazada, que tendría apenas dieciséis años, hizo que sus manos comenzaran a temblar. La muchacha era menuda y muy bonita, de pelo dorado y brillante, pero sus claros ojos azules se entornaron con aire amenazador al clavarse en Raelynn. Ella se las compuso para dejar la taza sin volcar el contenido sobre sí misma. La mirada de la muchacha inspeccionó la estancia y se ablandó notablemente al posarse en Jeff.

–Nell –saludó él, estoico, agregando una breve inclinación de cabeza.

Ella levantó el mentón tembloroso, herida hasta el fondo del corazón por ese tono distante. Durante un largo segundo pareció luchar con algún torbellino interior, mientras sus ojos azules se llenaban de lágrimas. Por entre esa creciente humedad, clavó una mirada fulminante en Raelynn, que permanecía petrificada en su silla. Luego acarició su vientre hinchado, como para recordar deliberadamente su estado a la otra, y se fabricó una sonrisa ufana que, en el mejor de los casos, le salió mal.

Elizabeth, siguiendo la mirada de la visitante, se volvió con curiosidad.

–¿Algún problema, Nell?

La muchacha pareció despertar de un sueño.

–No, señora Dalton –contestó, con la voz sofocada por la emoción–. Me ha parecido oír voces familiares, pero supongo que estaba equivocada.

Y con una última mirada llameante a Raelynn, regresó a su lugar de trabajo, cerrando suavemente la puerta a su espalda.

Jeff cayó en la cuenta de que estaba conteniendo el aliento desde la aparición de Nell. Lo soltó gradualmente, agradecido por no tener que vérselas con otra discusión, con otro enfrentamiento colérico. Pero no estaba en absoluto seguro de que ese fuera el fin de la cuestión. Decididamente, Nell no era previsible; lo había comprobado la noche en que la chica se metió en su cama.

–Lamento verme obligado a abandonar tan grata compañía, Farrell, pero mi esposa y yo tenemos otras compras que hacer –anunció, dejando a un lado la taza de café.

Luego estrechó la mano de su esposa, que parecía aturdida, con las mejillas anormalmente pálidas. No era difícil imaginar la angustia que sentía en esos momentos, al preguntarse si Jeff era el padre del hijo de Nell. Después de lo que habían vivido juntos esa mañana, ver a la muchacha la sumió en lóbregas brumas.

–Deberíamos ponernos en marcha –añadió él.

–Si no os molesta quedaros un momento más, señor Birmingham –rogó Elizabeth, mientras depositaba su propia taza en la bandeja–, me gustaría tomar las medidas de vuestra esposa antes de que os marchéis.

Puesto que la petición era tan necesaria, Jeff cedió amablemente.

–Desde luego, Elizabeth. Hemos de anteponer el traje de Raelynn a cualquier otra cosa que debamos hacer hoy. No hay nada más importante. Sólo he pensado que a mi esposa le gustaría visitar algunas de las mejores tiendas de Charleston.

Farrell sonrió tras sus bien recortados mostachos.

–¿Debo interpretar como un cumplido que vinierais primero a la mía? ¿O acaso me aprecias tanto, querido Jeffrey, que no puedes mantenerte lejos de mí?

Jeff exageró su horror.

–¿Qué? ¿Apreciar yo a un nuevo rico presumido y acicalado? ¿Has perdido la cabeza?

La sonrisa con que Raelynn los miró indicaba que su nerviosismo se había calmado. Elizabeth apoyó los finos dedos contra los labios, a fin de sofocar el regocijo que burbujeaba en ella. Farrell, con excesiva inquietud, se había dejado caer en la silla, pero era tan aficionado a las réplicas mordaces como su amigo.

–¡Por Dios, Jeffrey! ¿Tanto envidias mi gallardía y mi físico varonil, que debes humillarme ante tu dulce esposa? ¿Qué pensará ella de ti? ¡Que eres un verdadero patán, sin duda! –Y se levantó con manifiesta gallardía para ejecutar una vistosa reverencia ante Raelynn–. Señora, si estáis dispuesta a dejar a este zafio, con sumo placer le daré el doble de lo que él pagó a vuestro tío, sólo por una dulce sonrisa de vuestros labios.

–Ya tenéis la mejor que os puedo ofrecer, señor –respondió ella, cediendo al humor del modisto, ya liberado su corazón del oscuro pantano de la incertidumbre–. No creo que pudiera lograr otra más sincera, ni para salvar mi vida.

En un momento de mayor tranquilidad, las dos mujeres se levantaron para abandonar el salón, pero Farrell se excusó ante los Birmingham para hacer un aparte con Elizabeth, con quien habló en murmullos. Ella hizo un gesto afirmativo. Luego se volvió hacia Raelynn con una sonrisa y la acompañó a un cuarto de prueba, de los que daban al pasillo vecino.

Farrell se volvió hacia Jeff, que se permitía el placer de admirar a su esposa. Cuando la puerta se cerró tras las mujeres, el modisto atrajo su atención.

–No te preocupes más, que Nell no podrá dañar el vestido de Raelynn mientras esté en la tienda. Elizabeth hablará con ella. Trata con gran inteligencia a las más jóvenes de nuestras empleadas y se esfuerza por hacerlas razonar cuando se equivocan. Por lo general logra que piensen con mayor sensatez y que, con el tiempo, puedan ver su error. Le he pedido que aconseje a Nell y la ayude a aceptar el hecho de que ahora eres un hombre casado. Personalmente, creo que esa muchacha tiene suerte al contar con Elizabeth. Pero mi asistente, pese al interés que siente por ellas, exige que se ajusten a las reglas de nuestra tienda. Y la primera es no molestar al cliente. Todas saben que, si exceden los límites, pueden perder un empleo en el que ganan un buen salario. Esa amenaza sirve para calmar bastante los ánimos. Nell la tendrá en cuenta y os evitará a ti y a Raelynn, al menos mientras estéis aquí. Fuera de la tienda no puedo asegurar nada.

–Eres tú quien tiene suerte al contar con Elizabeth, amigo mío –le aseguró Jeff, con una lenta sonrisa–. Deberías tener en cuenta el desastre que supondría el que ella aceptase alguna proposición matrimonial.

Farrell pareció horrorizado por la idea.

–¡Ni siquiera lo menciones, Jeffrey! ¡Sería mi ruina!

–En ese caso, te aconsejo preguntarte qué estarías dispuesto a hacer para conservar a una asistente con tanto talento, amigo mío. En cualquier momento, algún gallardo caballero puede conquistar su corazón y robártela.

La frente de Farrell se contrajo sobre una mirada amenazante.

–Necesitas que te cautericen la boca con cal viva, mi querido Jeffrey. Y yo soy la persona indicada para eso.

Jeff echó la cabeza hacia atrás en una divertida carcajada. Al parecer, se había hecho entender muy bien.

4

Jeff era generoso por naturaleza y propenso a satisfacer todos los gustos de su joven esposa. En un serio intento de celebrar con algo muy especial la consumación del matrimonio, llevó a Raelynn a una pequeña tienda especializada en joyería fina, pero ante el portal ella le tiró del brazo, riendo con renuencia.

–Oh, Jeffrey, por favor. Ya me habéis regalado demasiadas cosas. Si os tengo por esposo no necesito alhajas costosas. Caminemos un rato para mirar los escaparates. Es algo que no he hecho desde mucho antes de que detuvieran a mi padre.

Jeff, galante, mostró con un ademán la calle que se extendía ante ellos.

–Vuestros deseos son órdenes, señora mía.

Echaron a andar, deteniéndose a menudo para aceptar las felicitaciones de vecinos y amigos que conocían a Jeff desde hacía mucho tiempo. Entre tantos desconocidos, para Raelynn fue un alivio descubrir una cara familiar: al verlos, Thelma Brewster había salido precipitadamente de la sombrerería con una sonrisa vivaz.

–Oh, pero si se os ve tan felices... –trinó–. Hace dos semanas que no os veo el pelo. Por cierto, cuando os vi entrar en la tienda del señor Ives estuve a punto de ir también de visita, sólo por averiguar qué ha sucedido desde que nos separamos. Pero ¡ay! en ese momento tenía clientes. Por rumores he sabido que os habéis casado. Casi me desmayé de la impresión. Pero era lo más prudente, desde luego, considerando lo chismosos que son en esta ciudad. Y como sois una pareja tan guapa...

–Teniendo en cuenta vuestro prudente consejo, señora Brewster, consideré adecuado tomar a Raelynn por esposa –le informó Jeff, en tono ligero–. Teníais razón, por supuesto. Oakley ha dejado de ser una casa solitaria. Nunca he sido tan feliz.

La mujer se llevó una mano a la mejilla regordeta.

–Cuando os urgí a buscar una señora para Oakley, señor Jeffrey, no soñaba que lo haríais ese mismo día. Pero la noticia me ha hecho muy feliz.

–Os estamos agradecidos por habernos prestado vuestras habitaciones privadas, tras nuestro enfrentamiento con Cooper Frye –continuó él–. Tal vez os interese saber que me declaré mientras bebíamos el té ante vuestra mesa, señora Brewster.

–¡Oh, qué romántico! –Thelma lanzó un suspiro soñador–. ¡Pensar que todo eso sucedió en mi cocina!

Raelynn estrechó con suave cordialidad los dedos de la mujer.

–Jamás olvidaré lo bondadosa que fuisteis conmigo, señora Brewster. Gracias por vuestra consideración.

–¡Oh, ni lo mencionéis! –Ruborizada de placer, la sombrerera sacudió la cabeza–. Apenas os ofrecí un poco de té y el uso de mi cocina. El señor Jeffrey hizo todo lo demás; primero, al salvaros de que os arrollara aquel coche; momentos después, al rescataros de los mercenarios planes de vuestro tío. A estas horas ya habréis descubierto que aquí, en Charleston, tenemos caballeros muy galantes.

–No obstante, señora, nos ofrecisteis vuestra amable hospitalidad cuando más la necesitábamos –aseguró Raelynn–, y siempre estaremos en deuda con vos.

La sombrerera sonrió, complacida por esas muestras de gratitud. Jeff las extendió un poco más al sugerir que su joven esposa necesitaba uno o dos sombreros para sus nuevos vestidos. En ese caso Raelynn se mostró dispuesta a aceptar su generosidad, pues al pasar por el escaparate había visto algunos excepcionales. No le costó mucho escoger cinco o seis para probarse, con los que posó para su esposo. Por el cálido fulgor de los ojos masculinos, era obvio que él disfrutaba de su flamante condición de esposo. Cuando ella le preguntó cuál de los sombreros le gustaba más, él escogió sin vacilaciones los dos más bonitos. A ella no le quedó mucho por hacer, salvo sonreír y aceptar con entusiasmo.

Al abandonar la tienda, Jeff depositó las cajas en el carruaje. Luego, con Raelynn del brazo, continuó su paseo. Thaddeus los seguía con el coche, lentamente; de vez en cuando se detenía para ceder el paso a otros vehículos. Aun así se mantenía siempre cerca, por si la pareja quería subir para dirigirse a otra zona de la ciudad.

Raelynn y Jeff se detuvieron en una coqueta posada para compartir un almuerzo ligero. Otras parejas se aglomeraron en torno a su mesa para ofrecerles calurosas enhorabuenas por lo que parecía una estupenda unión. Cuando salieron nuevamente a la calle, Thaddeus se despidió cordialmente de otro cochero y subió al carruaje. Aquí y allá se multiplicaban las presentaciones; a Raelynn le daba vueltas la cabeza con tantos nombres y caras que debería recordar más adelante. Con el transcurso de la tarde se dio cuenta de que su esposo tenía una sorprendente cantidad de conocidos y más amigos de los que parecía posible.

Las ancianas parecían adorarlo. Y tenían buenos motivos, según descubrió su sonriente esposa, pues él les prestaba una atención especial, como si fueran la alegría de su vida. Les ponía apodos cariñosos y les estrechaba los dedos con afecto, mientras depositaba breves besos en mejillas arrugadas o manos surcadas de venas azules, evocando risitas o sonrisas secretas, a veces casi ocultas tras semblantes muy dignos.

La desenvuelta camaradería con que trataba a otros hombres inspiró en ella un gran respeto por su marido. Ya fueran compañeros de cacerías, eruditos o socios en alguna empresa comercial, esos conocidos demostraban disfrutar plenamente del ingenio de Jeff y se sentían libres de responder con bromas y comentarios humorísticos.

Jeff mostraba un enorme respeto hacia los ancianos, algunos de los cuales habían sido maestros suyos. Todos tenían divertidas anécdotas del muchacho que se pasaba la vida tratando de calmar el temperamento de su hermano mayor o, cuando este llegaba a involucrarse en alguna pelea, luchaba valerosamente a su lado. Los hombres jóvenes lo felicitaban con gran alegría, entre cordiales palmadas en la espalda y bromas por su prisa en casarse, como si temiera que algún otro galán le arrebatara a la novia. Parecían realmente complacidos de verlo y conversar con él.

Las señoritas bien educadas mostraban mayor reserva al saludarlo. Algunas lo observaban solapadamente con alguna melancolía; otras, ignorantes de su reciente casamiento, le obsequiaban seductoras sonrisas y caídas de ojos, con estudiada coquetería. Tras quedar deslumbradas con su presencia y haber coqueteado con él, miraban luego a Raelynn con curiosidad. Después de las presentaciones de Jeff, no salían de su asombro; otras se quedaban atónitas al saberlo casado, lo cual confirmaba la creciente sospecha de Raelynn de que Nell era sólo una de tantas; muchas solteras atractivas habían aspirado a conquistar las atenciones de Jeffrey y, más adelante, convertirse en su esposa.

Como él no tenía compromisos urgentes, se contentaba con disfrutar del día templado y de la presencia de su joven esposa. Con ella del brazo, se detenía a menudo ante los escaparates y le preguntaba solícitamente si quería ver algo que le interesara. En una tienda de mercancías importadas, Raelynn recorrió con la vista los objetos pulcramente expuestos tras los pequeños cristales cuadrados, que se extendían a lo largo de la fachada. Como no vio nada muy interesante, iba a continuar su camino, cuando le llamó la atención un cofre de madera con herrajes de bronce, expuesto en una mesa en el interior de la tienda. Que fuera posible tal golpe de suerte le pareció increíble; se inclinó hacia delante, fascinada, sin notar que, en su intento por ver mejor, aplastaba contra el cristal el ala de su papalina, cargada de flores y cintas. La pieza estaba rodeada por otras similares, pero aquella que había atraído su mirada era, decididamente, la más notable. Raelynn la habría deseado, aun si no hubiera reconocido en ella el cofre donde su padre escondía, en otros tiempos, una pequeña reserva de monedas de oro.

–¿Veis esa caja sobre la mesa, Jeffrey? –preguntó, señalando el objeto.

Él se inclinó para mirar a través del cristal.

–Sí, amor mío. Una bonita pieza, por cierto. ¿La queréis?

–Ese cofre perteneció a mi padre. Poco antes de su detención pidió a mi madre que lo guardara celosamente hasta que él necesitara su contenido, pero murió antes de poder aprovechar esas monedas de oro. Durante el viaje por mar, mi madre comenzó a temer que algún otro pasajero se lo robara; por eso pidió a Cooper Frye que nos lo cuidara. Creía poder confiar en su hermano, pero lamento decir que no volvimos a ver ese cofre. Cuando mi madre se lo pidió, él adujo que alguien se lo había robado. Sin embargo, a bordo, se daba una vida de gran señor, mientras nosotras pasábamos privaciones. Nuestra intención era mantenernos con esas monedas durante el primer año que pasáramos aquí, pero es obvio que ese codicioso delincuente las utilizó para llenarse la panza y apaciguar su sed de alcohol. Encontrar el cofre aquí, tan cerca del puerto, renueva mis sospechas sobre Cooper Frye. Creo que lo tuvo siempre consigo y, apenas hubo desembarcado, lo vendió en la primera tienda que tuvo a la vista. Si no fue él, alguien lo hizo.

–Nada impide que vuelva a ser vuestro, querida –le aseguró Jeff–. Bien puede ser el último recuerdo material que os quede de vuestro padre.

Ella le estrechó afectuosamente el brazo.

–Me encantaría recuperarlo, Jeffrey. De verdad.

–En ese caso será vuestro, amor mío.

Apenas hubieron entrado en el fresco y agradable local, un corpulento caballero de denso pelo plateado acudió precipitadamente desde la trastienda.

–Os deseo muy buenos días –les saludó, con una sonrisa agradablemente reservada–. ¿En qué puedo serviros? ¿O preferís que os deje mirar nuestros artículos?

–En realidad, nos interesa ese cofre de ricas vetas que tenéis en aquella mesa –respondió Jeff, señalando la caja.

–Una pieza encantadora, ¿verdad? Su decoración no es exagerada, como en tantos casos. Inglesa, desde luego. Probablemente fabricada en el siglo pasado. Del tipo que los nobles suelen tener a mano para guardar documentos importantes y cosas así.

–Cuando lo comprasteis, ¿había algo dentro de él? –preguntó Raelynn, en voz baja.

–Pues no, estaba completamente vacío. –El hombre la miró intrigado–. ¿Acaso esta pieza os es familiar, señora?

Ella alargó lentamente una mano para acariciar la tapa.

–Mucho. En otros tiempos perteneció a mi padre.

–Ese cofre es demasiado especial como para que haya un duplicado aquí, en Charleston –comentó Jeff, en tono reflexivo.

Raelynn tragó saliva con alguna dificultad. Luego señaló una muesca en el bronce que cubría una esquina.

–¿Veis esta marca? Cuando se produjo yo tenía sólo cinco años. Estaba sentada en el regazo de mi padre y mamá me llamó. Resbalé al bajar y estuve a punto de romperme la cabeza contra el saliente de la chimenea. Mi padre me sujetó al momento, pero al hacerlo golpeó con el codo el cofre, que cayó de la mesa. Orgullosa como estaba de que él me hubiera salvado de todo daño, mostré a todos mis amigos la marca resultante. Ellos pensaron que mi padre se habría enfadado, pero él, al oír sus comentarios, les aseguró que lo único importante era tener a su pequeña sana y salva.

Raelynn parpadeó deprisa para contener las lágrimas, tratando de recobrar el aplomo, pero tenía tal nudo en la garganta que se vio obligada a guardar silencio.

El propietario de la tienda se concentró discretamente en reacomodar algunas figurillas de porcelana, mientras Jeff rodeaba con un brazo los hombros de su esposa. Al levantar los ojos, ensombrecidos por el dolor, ella se encontró con los ojos esmeralda, llenos de compasión. Tragando saliva con dificultad, aceptó el pañuelo limpio que él le ofrecía y se apresuró a secarse las lágrimas. Una vez recobrada cierta compostura se las arregló para sonreír.

–Estoy bien –le aseguró en voz baja–. De verdad. Tengo mucho que agradecer, por cierto.

Y le sonrió, dejando claro que esperaba encontrar en su esposo la mayor de las bendiciones.

Jeff depositó un suave beso en la punta de sus dedos, en silencioso tributo, y acomodó esa mano bajo su brazo. Luego se volvió hacia el vendedor, que dedicó una amable sonrisa a Raelynn antes de enfrentarse con la mirada de su esposo.

–Me gustaría comprar el cofre para mi esposa, señor –anunció él–, pero también me interesaría saber cómo llegó a vuestro poder. ¿Recordáis quién os lo vendió?

El hombre se acarició el mentón, tratando de hacer memoria.

–Creo que lo trajo un hombre recién llegado de Inglaterra. Al hablar de sí mismo se llamaba «el viejo Coop». Dijo que el cofre había pertenecido a su difunta hermana y que necesitaba todo el dinero posible para mantener a su sobrina. ¿Debo suponer, señora, que esa sobrina sois vos?

Raelynn no deseaba ningún parentesco con el hombre que había dejado morir a su madre, mientras disfrutaba egoístamente de su afición al juego y a la bebida.

–Decía ser mi tío, señor, pero tengo mis dudas al respecto. En todo caso, era un despreciable estafador que se aprovechó de nosotras.

–Si yo hubiera sospechado que la caja no era legalmente suya, señora, no se la habría comprado. Normalmente no trafico con ladrones, pero como dijo tener una sobrina a su cargo, supuse que era buena persona. Ahora comprendo que me equivoqué. Os pido humildemente perdón.

–Tengo la convicción de que Cooper Frye, a lo largo de su vida, ha logrado engañar a muchas personas –aseguró ella, suavemente–. No habéis sido el primero y no creo que seáis el último. Mi propia madre creyó en el parentesco que él proclamaba y eso la llevó a la muerte.

–Lo siento muchísimo –murmuró el hombre, con solemne simpatía.

–Mi dolor se va calmando día a día, señor. Recobrar el cofre de mi padre es algo muy importante. Es de agradecer que lo hayáis comprado y que yo lo haya visto en vuestra tienda. Y agradezco aún más que mi esposo esté dispuesto a comprarlo. Esa caja se convertirá en un tesoro que, si Dios quiere, podremos legar a nuestros hijos en años venideros. Si no la hubierais comprado, aún estaría preguntándome qué fue de ella.

–Sois tan amable como hermosa, señora –aseveró el vendedor, con gentil sonrisa–. Os deseo que, en el futuro, el cofre llegue a ser un bien aún más valioso, según depositéis en él los recuerdos de vuestro padre.

–Van a salir –anunció Olney Hyde, inclinándose junto a la ventanilla del coche alquilado en el que se ocultaba. Y rió por lo bajo, señalando a la pareja que asomaba por la puerta de la tienda, al otro lado de la calle–. ¡Mirad eso! El señor Birmingham ha comprado otro regalo para vuestra dama.

–*Dummkopf!* ¡Retírate antes de que te vean! –le espetó Gustav Fridrich, iracundo–. ¿Olvidas que el sheriff aún te busca?

El rubio sonrió con audacia, estudiando al hombre maduro cuya corpulencia ocupaba el asiento opuesto de aquel maltrecho vehículo. El alemán rondaba los cuarenta años, era terco a más no poder y ahora tenía un brazo incapacitado; probablemente tuviera que tenerlo siempre en cabestrillo. Era calvo, de facciones bastas y pobladas cejas; la frialdad de sus ojos, de un color azul desteñido, habría podido congelar a cualquiera. En ese momento ardían de furia, dispuestos a fulminar a su joven acompañante.

Olney descartó el áspero comentario con un encogimiento de hombros; luego se arrellanó en el asiento.

–No os preocupéis por ese estúpido sheriff, señor Fridrich. No me encontrará. Conozco esta ciudad y los alrededores como la palma de mi mano. Puedo ir y venir a mi antojo sin que se entere.

–Pues te las verás con la palma de mi mano, si me causas otro problema –ladró Gustav–. ¡No olvido que fue por tu culpa que la pistola de herr Birmingham se disparó y me destrozó el hombro! Y no creo que el sheriff sea tan estúpido como tú dices. Pero lo que él tiene te falta a ti. Hoy mismo, a no ser por esa carreta y mi propia intervención, herr Birmingham te habría pillado. ¡Y lo que habría disfrutado haciéndote papilla antes de entregarte al sheriff!

Olney lanzó un bufido desdeñoso.

–Tal vez sí, tal vez no. Birmingham puede ser una cabeza más alto que yo, pero eso no significa que pueda derrotarme. Yo le habría golpeado en la barriga antes de que pudiera levantar una mano. El caso es que no os he dado las gracias por pedir a ese cochero que me recogiera en la calle. –Se le estremecieron los hombros al recordar la frenética búsqueda de su adversario, una vez que hubo pasado la carreta–. ¡Sí que engañamos a ese ricachón! Pero os diré, señor Fridrich: no deberíais enfureceros así por lo que ya está hecho. Os dañará el hígado.

–¡Imbécil! ¿Qué sabes tú de hígados?

–Sólo he oído lo que el doctor Clarence os dijo. Pero me basta para saber que el vuestro se pondrá verde con toda la bilis que pasa por allí.

–Hablas de cosas que no entiendes –se burló el alemán–. Y me fastidias.

–¿Más que el señor Birmingham?

Gustav curvó los labios en gesto desdeñoso, mientras clavaba la vista en el hombre alto y bien vestido que paseaba por la acera de enfrente, con su arrebatadora esposa. Al ver que su apuesto adversario llevaba una caja de madera, lanzó un gruñido malhumorado.

–Vaya uno a saber qué ha comprado ahora ese estúpido a su frau. ¿No sabe que la echa a perder comprándole cuanto le pida? Ya la corregiré yo cuando vuelva a ser mía.

Olney inclinó la cabeza con curiosidad.

–¿Cómo planeáis apoderaros otra vez de la señora Birmingham, ahora que ha fracasado el plan de Frye para utilizar a Nell? Supuestamente, la señora debería odiar a su marido cuando Nell lo acusó de hincharle la barriga, pero la pelirroja no parece guardarle rencor. ¡Mirad cómo va colgada de su brazo, sonriéndole! Yo diría que se entienden muy bien.

–Tú busca a Cooper Frye y dile que, si quiere llegar al otoño, tendrá que idear algo mejor –bramó Gustav–. Dile que le pagaré bien, si logra que frau Birmingham odie a su marido.

El joven, incapaz de ver lo ingenioso de ese plan, meneó la cabeza como un niño fastidiado por las órdenes paternas.

–¿Para qué queréis ayuda de Frye, si me tenéis a mí? Soy mucho más hábil que ese borracho. Por lo que se comenta últimamente, se pasa el tiempo vomitando. Si no sabe arreglar sus cosas, mucho menos arreglará las vuestras. Su hígado no debe estar nada bien, sin duda alguna, con tanto whisky barato como traga. Bebiendo de esa manera no llegará a finales de año.

–¡Otra vez con el hígado! ¡Como si supieras algo de eso!

–Os he preguntado, señor Fridrich, para qué necesitáis a ese borrachín –insistió Olney.

–Quiero saber qué ideas tiene el inglés para proponerme. Ya verás cuántas cosas se le ocurren cuando sepa que morirá si me decepciona.

–Una buena recompensa sería un gran incentivo para cualquiera. –El muchacho se enfrentó a los pálidos ojos azules con un destello calculador en los suyos–. ¿Cuánto estáis dispuesto a pagar por los resultados?

Gustav reflexionó brevemente.

–Mil dólares yanquis.

Olney enarcó sorprendido una ceja descolorida por el sol.

–¿Hasta tal punto deseáis a esa pequeña? ¿Tras haber visto cómo se burló de vos cuando sufríais?

Ante tan desagradable recuerdo, su jefe levantó el mentón, ofendido. Olney meneó la cabeza.

–Qué blando tenéis el corazón, señor Fridrich. ¿O acaso planeáis algo más que arrojar de culo a esa pequeña pelirroja y montar en ella?

–No permitiré que nadie tome lo que es mío y lo disfrute sin castigo. Si permito que herr Birmingham, al igual que Cooper Frye, sigan vivos después de haberse burlado de mí, otros pensarán que pueden hacer lo mismo. Y cuando se supiera de mi clemencia, mis negocios se resentirían.

–¿Y daríais tanto a Cooper Frye por cumplir vuestras órdenes? ¡Pero si fue él quien os metió en este follón! ¿Olvidáis que os vendió a esa muchacha cuando Birmingham ya le había pagado setecientos cincuenta dólares por ella? Frye os engañó. ¿Cómo podéis ser tan clemente?

–Si me trae a la muchacha, para mí habrá valido la pena. –Gustav ahuecó brevemente los labios–. Sino, los peces se alimentarán con su cuerpo antes de que termine el año. Ya ajustaré cuentas con él por haberme estafado, pero será cuando yo lo decida, cuando deje de serme útil... y cuando la chica esté en mis manos. Si para tranquilizarme mata a Birmingham... –Gustav encogió los gruesos hombros en un gesto de indiferencia– ... tanto mejor. El ahorcado será él, no yo.

Olney aún estaba algo sobrecogido por el hecho de que ese hombre estuviera dispuesto a gastar una suma tan grande por una sola muchacha, cuando normalmente necesitaba cinco o seis rameras para satisfacer sus perversas inclinaciones.

–Con vuestro permiso, señor Fridrich, ¿estáis seguro de que os conviene tratar con un hombre tan indigno de confianza? El viejo Coop podría volver a estafaros, si le dierais otra ocasión.

–Será su última oportunidad de arreglar las cosas, al menos por un tiempo. Si no puede, morirá. Si puede, le daré los mil dólares, menos lo que me robó. –El alemán agitó imperiosamente la mano sana–. Tráeme a Frye esta misma tarde, para que discuta el asunto con él.

Olney se tocó la frente con dos dedos y procedió a ejecutar su propia versión del antiguo saludo árabe ante su no tan honorable benefactor.

–Vuestros deseos son órdenes, oh, gran señor.

La tarde de compras de los Birmingham terminó algo después. Al ver que su esposa estaba fatigada, Jeff detuvo el carruaje e hizo que Thaddeus los llevara a dar otro paseo por la ciudad. En esa ocasión la pareja prestó mucha atención a los lugares por los que pasaban: Raelynn, por curiosidad; Jeff, para oficiar de guía experto. Poco después sugirió que podían cenar.

–Si no estáis demasiado cansada, tesoro mío, creo que os gustaría la comida de una posada a la que tengo especial afición. Está apenas a la vuelta de la esquina. ¿Queréis caminar hasta allí?

Tras aquel tranquilo paseo en el coche, Raelynn se sentía muy descansada. Aun dudando que se pudiera superar la calidad de la comida que se servía normalmente en Oakley, estaba muy dispuesta a ir donde fuera con su apuesto esposo. Caminar de su brazo era tan placentero como compartir su lecho, y así lo disfrutaba. Por lo tanto, no puso objeciones.

–El anochecer es absolutamente delicioso, Jeffrey –dijo, estrechando el brazo de su marido contra su pecho, mientras se dirigían hacia la posada–. Si no fuera porque estoy hambrienta, me contentaría con seguir caminando.

–¿Qué es lo que mejor calmaría vuestro apetito, querida? –preguntó Jeff, con un chisporroteo intencionado en los ojos. Y rozó provocativamente con el brazo aquella curva madura.

Raelynn le sonrió con coquetería bajo la luz ya tenue. La caricia había despertado sus sentidos con un cosquilleo de excitación.

–¡Todo!

Él lanzó un gemido de fingida frustración.

–Ahora sí que la habéis hecho buena, querida. Me habéis provocado el antojo de tomar una habitación privada aquí, en la ciudad, para apaciguar mi hambre de vos antes de que pase una hora.

Ella le acarició la solapa con familiaridad. Al acercarse la hora de volver a casa tomaba conciencia de que, por primera vez desde que intercambiaron los votos matrimoniales, compartirían la cama toda la noche. Si lo de esa mañana contaba como muestra del éxtasis que provoca la unión de dos seres, cabía suponer que, ocupados en jugar y hacer el amor, ninguno de los dos pensaría siquiera en dormir.

–¡Oh, pero preferiría ir a casa y acostarme en la vuestra. Podríamos cerrar todas las puertas y quedarnos en el lecho hasta que se nos ocurriera buscar otras diversiones. –Levantó una mirada coqueta–. Tengo un camisón que todavía no habéis visto. Lo reservaba para nuestra primera noche juntos.

Los ojos verdes brillaron maliciosamente.

–Vuestra oferta está por encima de mi capacidad de resistencia, señora.

–¡Vaya! ¿Qué tenemos aquí? –dijo una voz, a poca distancia. Cuando la pareja se volvió a mirar, sorprendida, vio a Cooper Frye que les dedicaba una sonrisa alcoholizada, mientras se tambaleaba hacia delante–. Si pudiera creer en lo que ven estos pobres ojos, diría que son mis encantadores parientes, los Birmingham.

–Veo que no os molesta faltar a la palabra dada, Frye –replicó Jeff, irritado–. Habíamos acordado que nos dejaríais en paz.

El hombre, patilludo y desaliñado, giró hacia un costado en un intento por aproximarse a su sobrina, pero su esposo se interpuso de inmediato y la puso a salvo, fuera de su alcance. Sólo entonces se enfrentó a la mirada aturdida del borracho, con notable falta de cordialidad.

Inconsciente del hedor a whisky que despedía, Cooper parpadeó ante la maniobra, legañoso.

–¿Qué sucede? ¿Os creéis demasiado gran señor como para tratar con gente como yo?

–Estáis ebrio, Frye –lo sermoneó Jeff, en tono de mofa–. Id en busca de alguna porqueriza donde dormir hasta que se os pase.

Como con vida propia, los ojos del hombre parecieron rodar en sus cuencas hasta que apretó los párpados con fuerza. Al abrirlos otra vez, meneó tristemente la cabeza, dejando escapar un suspiro.

–No harían más que echarme a la calle otra vez y obligarme a pagar lo que les debo. –Y dejó caer la cabeza para reflexionar sobre su trágica situación, en actitud de profundo abatimiento. Luego emitió un fuerte eructo y, tras frotarse la nariz con la manga cochambrosa, miró a Jeff con ojos entornados–. No os opondríais a prestarme unas doscientas de vuestras monedas yanquis, ¿verdad, viejo sobrino mío?

–No soy vuestro sobrino –corrigió Jeff, en un tono seco–. Y sí que me opongo a prestaros dinero. Ya os he dado más de lo que merecéis, pero por entonces no tenía otra manera de arrancar a Raelynn de vuestras garras. En vuestra prisa por venderla, dejasteis claro que nadie os importa. Sólo pensáis en vos mismo.

–¡Oh, pero ved el favor que os he hecho al daros a mi sobrina! –arguyó Frye, tambaleándose en su ebriedad, como si esperara conmover a Jeff con esa lógica.

–No me habéis dado a Raelynn –corrigió Jeff, implacable–. Yo os la compré.

El inglés se volvió hacia su sobrina, tratando de fijar su mirada en ella, con alguna dificultad.

–¿Verdad que el viejo Coop te ha tratado bien, muchacha? Mira qué elegante estás, tan bien vestida. ¿Me ayudarías por gratitud? –Lanzó en un resoplido más vapores malolientes–. Ni un poquito, ya veo.

–Apartaos, Frye –lo instó Jeff, cáustico–. Mi esposa no quiere saber nada de vos.

–¿Qué decís? ¿La niña de mi propia hermana se cree tan importante que no puede tratar con el viejo Coop? –Sus ojos rojizos, llameantes, se volvieron hacia Jeff, aunque le costaba mantenerlos allí–. Y vos no sois mejor que ella. Os entrego a esta esposa para que hagáis con ella vuestra voluntad, ¿y acaso me dais las gracias? ¡No! Una bofetada es lo que me daríais, a la primera oportunidad. No está bien que me tratéis así, como si yo fuera bazofia, sólo porque paso una mala racha.

–En vuestra confusión, Frye, parecéis haber olvidado las condiciones de nuestro contrato –replicó Jeff, tajante–. En ese caso me esforzaré por refrescaros la memoria. Hay cuando menos treinta testigos que vieron cómo firmasteis un contrato, consciente de lo que perderíais si no os ajustabais a las restricciones allí establecidas. Si volvéis a molestarnos, tendréis que devolver los setecientos cincuenta dólares que os di a cambio de mi esposa. Y creedme que, si no podéis reponerlos en efectivo, acabaréis trabajando como peón en mi plantación, bajo la dirección personal de Frank Fergus, mi capataz. Y no veréis una jarra de whisky mientras no me hayáis pagado hasta el último dólar. Bien, Frye, ¿no os parece mejor dejarnos en paz, antes de que os veáis obligado a trabajar para vivir?

El borracho abrió la boca varias veces, con nueva emisión de vapores apestosos, pero parecía haber perdido momentáneamente la facultad de hablar. Por fin murmuró:

–El dinero no me dura en las manos. Se me escapa como agua entre los dedos. Es una maldición vivir así, sin un céntimo de reserva. –Y se puso una mano temblorosa en la frente. Parecía no tener conciencia de que él pudiera tener alguna culpa de esa situación–. Heme aquí, temiendo por mi vida. Esta también se me escapará como agua entre los dedos si no salto cuando me lo ordenan.

Jeff, que no hallaba el menor sentido a los farfulleos del hombre, enlazó el brazo de su esposa para guiar su camino, rodeando a esa esponja humana. Según contaba Raelynn, cinco meses atrás el hombre había aparecido en la puerta de la humilde cabaña donde ella y su madre habían buscado refugio contra la burla y el desprecio que recibían en Londres, por los cargos de traición presentados contra su padre. Para estupefacción de Evalina Barrett, Frye dijo ser su hermano, que se había perdido en el mar a edad muy temprana. Sostuvo que había sido rescatado por piratas, quienes lo redujeron a un estado de servidumbre; por fin, tres años atrás lo habían vendido a un español que, más adelante, lo perdió junto con su dinero en una apuesta contra un inglés. Por fin este había retornado a Londres. Desde un principio Raelynn dudó de que ese relato fuera auténtico. Jeff, al igual que su esposa, no creía en ese parentesco, pues los dos eran tan diferentes como el día de la noche.

La pareja giró en la esquina siguiente y se acercó a una posada que se alzaba en un sitio apartado, rodeada de jardines bien cuidados y grandes robles. Sus prados le daban un aspecto de residencia particular, pero los deliciosos aromas que salían de sus cocinas tentaban a muchos residentes y viandantes a preguntar por la comida. Jeff, que a menudo cenaba en el jardín de la posada, entre los delicados perfumes de rosas, jazmines y otras flores, sospechaba que su esposa disfrutaría tanto de los exquisitos platos como de las zonas privadas.

El propietario, hombre simpático y regordete, corrió a saludarlos con una gran sonrisa en cuanto cruzaron el umbral.

–Oh, pasad, pasad, señor Birmingham. Me dijeron que estabais en la ciudad con vuestra encantadora esposa. Por si acaso decidíais traerla, me he tomado la libertad de reservaros la mesa habitual en la galería.

Jeff no se sorprendió al ver con qué prontitud habían llegado los rumores de su paseo. Tampoco dejó de apreciar los resultados.

–En Charleston no sucede nada que no llegue a vuestros oídos en menos de una hora, Bertrand. Vuestros parroquianos os mantienen bien informado.

–Hay algo de verdad en eso –confirmó el anfitrión jovialmente, mientras los conducía por el elegante interior hacia un gracioso pórtico, separado de la calle por una artística maraña de hiedra y misterio. Se les había preparado una mesa tras un enrejado de madera, que les brindaría la intimidad que ellos deseaban.

–Esto es encantador –murmuró Raelynn aliviada, al ocupar la silla que Bertrand le apartaba. Si bien le gustaba que Jeff le presentara a sus amigos y conocidos, ansiaba disfrutar de la velada a solas con él, lejos de miradas curiosas y de quienes ansiaban conocerla.

–¿Os gustaría comenzar con una copa de vuestro vino favorito, señor Birmingham? –preguntó el posadero–. ¿Y una crema de cangrejo? Mi cocinero asegura que nunca la ha preparado mejor.

–En ese caso será mejor que la probemos –aceptó Jeff, riendo. En cuanto el hombre se alejó, él se volvió hacia Raelynn–: Podéis creerlo, querida mía. Nunca habéis probado una crema de cangrejo tan sabrosa como la que nos van a servir.

–Estoy impaciente por saborearla –le aseguró ella, con una sonrisa ansiosa. No se había percatado de lo hambrienta que estaba; con sólo pensar en la comida se le hacía la boca agua.

Un viento cálido cargado con el olor del mar agitaba los bordes del mantel de hilo blanco. Una lámpara ornamentada los envolvía con una suave aura de luz. A lo largo de la galería adornada de enredaderas se veían otros puntos de luz, todos insertados en medio de una noche casi mágica, que poblaban las luciérnagas y los melodiosos sones de un arpa. Raelynn paseó en derredor una mirada satisfecha.

–¡Qué estupendo lugar, Jeffrey! ¡Y qué manera deliciosa de terminar nuestra primera tarde de compras! Gracias por traerme.

Jeff sonrió, agradecido al ver que el encuentro con Cooper Frye no había alterado a su esposa. Sin duda alguna, ella tenía motivos para odiar a ese hombre por lo que le había hecho a su madre. Sin embargo, al menos por el momento, parecía haberlo apartado de su mente.

Mientras sumergía los ojos en esos lagos verde mar, recordó aquel momento de ensueño, antes de volver a la realidad, después de hacer el amor. Nunca había imaginado que un simple mortal pudiera experimentar semejante placer; le estudió la cara como si él fuera una especie de dios. Pero él también estaba sorprendido por la inmensa felicidad que le había inundado durante su unión con ella en los íntimos ritos del amor. Sólo podía atribuir semejante dicha a la buena suerte de haber hallado a la mujer con la que había soñado desde hacía mucho tiempo.

Hasta entonces a Jeff nunca le había asustado la posibilidad de sentirse solo. Después de todo, contaba con su hermano, su cuñada, amigos íntimos a quienes tenía en gran estima y muchos conocidos, que siempre lo invitaban a cacerías y otras actividades. No obstante comenzaba a sospechar que, en la última década, su corazón sufría por esa compañera dulce y amorosa que, según los poemas románticos, debía llegar tarde o temprano; su otra mitad, por así decirlo, la que estaba destinada a completar la entidad en la que se convertirían. A lo largo de ese paseo había disfrutado indeciblemente de la compañía de Raelynn, de sus sonrisas enamoradas y de sus dulces arrullos de admiración. Lo que experimentaba estaba muy lejos de la rígida reserva que había mantenido en las reuniones sociales a las que la había llevado en ese par de semanas. Sus tiernas miradas y su melodiosa voz bastaban para convencerlo de que todo iba bien en su vida.

Raelynn, al ver el sutil juego de las emociones en esos ojos esmeralda, trató en vano de leer sus pensamientos. Por fin renunció al inútil intento e inclinó la cabeza con una sonrisa intrigada.

–¿En qué pensáis, Jeffrey?

–Sólo reflexionaba sobre lo afortunado que soy, querida –murmuró él, cogiéndole la mano por encima de la mesa–. Hasta el momento en que aparecisteis en mi vida no creía posible hallar a la mujer con la que soñaba. –Acarició con el pulgar la suave curva interior de la palma, mientras clavaba sus ojos en los de ella–. A veces, cuando pienso en los misterios de la vida, empiezo a creer que estábamos mutuamente destinados desde el principio de los tiempos. No hace mucho, cometí la tontería de hacer mentalmente una lista de todos los requisitos que una esposa debía cumplir para complacerme, aunque desesperaba de sentirme satisfecho una vez casado. Sólo cuando aparecisteis en mi vida, empecé a percibir un cambio en mi manera de pensar. Ahora descubro que llenáis todas las facetas de esos requisitos conyugales que una vez deseé... y también algunas que entonces no tuve en cuenta.

Conmovida por sus palabras y por la caricia sutil e íntima de su pulgar, Raelynn sólo pudo admitir sus propios sentimientos.

–Algunas mañanas despierto antes de que asome el sol y reflexiono sobre el rumbo que ha tomado mi vida. A veces me pregunto si la situación en que mi madre y yo nos encontrábamos en Inglaterra podría haber mejorado, si mi padre hubiera sido absuelto después de su fallecimiento, o si hubiéramos seguido sufriendo privaciones. La pérdida de mis padres me afectó mucho. Durante un tiempo, lamenté ese viaje a través del mar que se llevó la vida de mi madre. Sin embargo, tal vez ella habría muerto de pena si nos hubiéramos quedado en Inglaterra. En ese caso no os habría conocido y no tendría idea de lo que me perdía. Es extraño, pero ahora siento que estoy en el sitio que me corresponde... con vos.

Una amplia sonrisa hipnótica estiró lentamente los atractivos labios de Jeff, poniendo en juego los tentadores surcos de sus mejillas.

–Yo estoy infinitamente agradecido por vuestra presencia en mi vida, querida, aunque vuestra llegada casi provoca mi muerte.

Raelynn rió como una niñita ante esa provocativa muestra de humor.

–No sabéis lo cerca que estuvisteis de recibir una bofetada cuando me alzasteis en brazos. Me ofendió mucho que tuvierais la audacia de tocarme, pero luego noté el polvo del coche que pasaba y comprendí que me habíais salvado de ser arrollada.

Jeff inclinó la oscura cabeza.

–Serviros fue un gran placer, señora Birmingham.

–Señora Birmingham –repitió ella, feliz–. ¡Qué bonito suena en vuestros labios! Muy posesivo, en verdad. –Sus ojos centellearon al reacomodar la servilleta en el regazo–. Tal vez deberíamos ir a un cuarto aquí, en Charleston, después de todo.

Los ojos verdes chispearon divertidos, pero él meneó la cabeza en una lenta negativa.

–De ningún modo, querida. Habéis despertado mi curiosidad con respecto a ese camisón. Combatiría contra un ejército entero antes que privarme de la oportunidad de veros vestida con él. Más explícitamente, del placer que me brindará apartarlo de vuestros apetitosos pechos y hacerlo descender por vuestros blancos muslos.

–Chist. –Raelynn paseó en derredor una mirada nerviosa–. Alguien podría oíros y pensar lo peor.

Sus ojos brillantes se fundieron con los suyos.

–Estamos recién casados, querida mía. Sólo un timorato podría considerarnos depravados.

Una ligera inclinación de cabeza reveló a Jeff que se aproximaba el camarero, con las copas de vino en una bandeja. Después de guiñarle un ojo con una provocativa sonrisa, se acomodó en la silla para esperar al hombre. Aun así, ambos mantuvieron los dedos entrelazados.

Como plato principal disfrutaron de pechugas de pato en salsa de vino de Oporto, con arroz silvestre y una selección de hortalizas. Aunque para Raelynn cada plato era una verdadera delicia, el budín de pan con salsa al ron ganó su voto por ser el más exquisito. Sólo cuando llegaron las tazas de café pensó Jeff en pedir té para su esposa.

–Probaré el café –aceptó ella, antes de que su esposo pudiera llamar nuevamente al camarero.

Él enarcó una ceja, dubitativo.

–¿Estáis segura? El café podría manteneros despierta toda la noche.

Las comisuras de la boca femenina se curvaron hacia arriba, coquetas.

–¿Planeabais acaso dejarme dormir?

–Bebed ese café, señora –le urgió Jeff. Los marcados hoyuelos de sus mejillas daban a la sonrisa un encanto pícaro e irresistible, sobre todo para la joven esposa, que ya estaba completamente cautivada. Él alzó su taza en un brindis silencioso–. Tenemos una larga noche por delante.

5

Por las puertas acristaladas y las ventanas del dormitorio principal penetraba una brisa fresca debido a la lluvia, haciendo ondear los paños de encaje entre las cortinas de terciopelo verde, elegantemente sujetas por trenzas de seda. A través de las ondulantes divisiones se filtraba el sol, casi caprichoso tras haber penetrado por las ramas oscilantes del roble que crecía junto al extremo de la casa. A veces, los rayos cruzaban el follaje sin dificultad y, como una espada de luz, atravesaban los cristales de la ventana, cegando a quien los mirara. En otros momentos, las hojas temblorosas los dispersaban en todas direcciones, como luciérnagas que retozaran en despreocupado abandono.

Cualquiera que fuese la forma de ese fulgor caprichoso, parecía decidido a buscar algún néctar sublime en el cuerpo femenino que yacía entre las sábanas revueltas. Los rayos deslumbrantes arrancaban destellos a los mechones rojizos que se rizaban sobre la almohada, en glorioso desorden, y se perseguían por entre las oscuras pestañas de los párpados, cerrados en un sueño profundo y sereno. Pero cuando se disfrazaba de chispas diminutas parecía hallar un placer especial en bailar sobre los montículos parcialmente escondidos por la blanca sábana, ribeteada de encaje bordado.

Unos dedos bronceados se estiraron para retirar la tela con cautelosa diligencia, descubriendo a la luz moteada el cuerpo claro y lustroso. De pie al borde de la cama, alto y desnudo, Jeff contempló lentamente la silueta curvilínea, ahora iluminada por el caprichoso fulgor del círculo solar. Era casi como verse ante un festín; uno no sabía por dónde empezar.

Flexionando una rodilla contra el colchón, Jeff se inclinó hacia el lecho hasta quedar apoyado en un codo junto a su esposa dormida. Durante un largo instante no hizo intento alguno de tocarla; se limitó a admirar sus primorosas facciones y los labios, suavemente entreabiertos; pero la tentación de hacer algo más resultó más fuerte que su voluntad. Leve como un ala de mariposa, su boca acarició la de ella con besos fugaces, separando los labios hasta que comenzaron a responder. El cuello blanco era un sendero hacia terrenos más tentadores; no pasó mucho tiempo sin que él saboreara la dulzura de una cima delicadamente coloreada. Raelynn, con una sonrisa soñolienta, enhebró los finos dedos en el pelo corto de la nuca de él, arqueando la espalda para recibir mejor sus atenciones. Él se las brindó de buena gana, con ardiente dedicación hasta hacer que se retorciera bajo tan deliciosa invasión.

–Basta, Jeffrey, por favor –rogó Raelynn. Contra su voluntad, se descubría avanzando hacia el mismo éxtasis al que él la había llevado una y otra vez durante la noche–. Voy a desmayarme.

Él la apretó contra la cama y sonrió a aquellos ojos, ya encendidos por el deseo.

–¿Por qué ordenáis que me detenga, querida?

Raelynn recorrió con un dedo el perfil masculino; el aroma de su colonia atravesaba sus sentidos con la fuerza de una maravillosa esencia. La luz matinal bañaba los rasgos cincelados de una mejilla bronceada, el contorno musculoso de un brazo y un hombro, acentuando su aspecto viril. Si un dios griego tallado en piedra hubiera cobrado vida, no podría haberle provocado mayor admiración.

Continuó con su inspección recorriendo los fascinantes surcos que marcaban las hermosas mejillas. Desde lejos, quien no lo conociera podía tomarlas por pequeñas cicatrices, si bien cautivadoras, a no ser porque desaparecían por completo cuando él asumía una expresión solemne. Con la misma celeridad se acentuaban cuando estaba de buen humor.

Durante el breve tiempo de su matrimonio, Raelynn era consciente de lo mucho que le costaba creer en su buena suerte. Ser la esposa de un hombre como ese parecía estar reservado a damas más dignas y altaneras, no para alguien que apenas había dejado atrás los difíciles años de la pubertad. Con la misma frecuencia se preguntaba cuándo despertaría para descubrir que todo aquello había sido sólo un hermoso sueño.

–Porque quiero esperaros.

–¿De veras? –Jeff, sonriente, inclinó la cabeza con curiosidad, mientras su mano se detenía–. ¿No os gustan mis caricias?

Bajo sus ardientes ojos, un rubor inundó las mejillas de la joven.

–Tanto, Jeffrey, que me hacen olvidar todo lo demás. Me arrebata la felicidad que creáis dentro de mí. Pero disfruto de ese placer mucho más cuando estamos unidos y compartimos la experiencia como marido y mujer.

Él le estudió el rostro, sorprendido por esas ansias de unión. Apenas uno o dos días atrás sospechaba algo muy diferente de la mujer con quien se había casado.

–¿No estáis demasiado dolorida por nuestra noche de amor?

Aunque Raelynn bajó la mirada, rehuyendo aquella penetrante observación, su boca se curvó atractivamente hacia arriba.

–Cuando calmáis el dolor lo olvido por completo.

Los labios de Jeff se contrajeron al bromear:

–¿Mis partes pudendas ya no os asustan, señora?

Las mejillas se inundaron de color, pero sacudió la cabeza en una decidida negativa.

–Hacéis que desee todo lo vuestro.

Deseoso de complacer a su hermosa mujer, Jeff descendió hacia ella. Pero la sorpresa encendió muy pronto el rostro de Raelynn al comprender que tenía otros planes. Sus ojos centelleaban como los de un niño fastidiando a una pequeña con trenzas. Sólo que eso no era un juego de niños, sino el de una pareja dedicada a extraer placeres exóticos a cada instante del preludio. Raelynn se convirtió en una voluntaria espectadora, mientras él utilizaba su miembro viril para despertar esa parte de su cuerpo más sensible al estímulo. Experimentó la misma excitación, los mismos sofocos que había notado en él durante el paseo en coche. No obstante, si él tuvo que quedarse con las pasiones insaciadas hasta el momento de llegar al lecho, ella tenía todas las esperanzas de alcanzar esa cumbre mucho antes de haber abandonado sus blandos confines.

Apartó la cabeza de la almohada para besarlo en las cejas, las mejillas, la nariz y el suave hoyuelo del mentón, apreciando todo cuanto veía. Al reclamar sus labios, pronto obtuvo una ardiente respuesta. Bocas y lenguas se unieron en una búsqueda desesperada. Y él seguía provocándola, frotándose contra la húmeda suavidad, rozando audazmente los bordes exteriores, hasta sentirla asaltada por estremecimientos cada vez más potentes. Incapaz de sofocar un gemido, Raelynn se elevó hacia él en una ansiosa búsqueda del acero ardiente. Jeff rió por lo bajo ante esa impaciencia y, cediendo a sus instancias, presionó a fondo, dejándola sin aliento ante las oleadas de placer que se abatían sobre ella. Mientras acariciaba las fuertes costillas, Raelynn le susurró al oído que, realmente, había sido creada para él. Un momento después seguía su ritmo acelerado con la creciente necesidad de complacer y ser apaciguada.

Raelynn sujetó la sábana sobre el pecho y, pese a las restricciones del improvisado camisón, cruzó la habitación hacia la ventana de la izquierda, desde donde podía ver el mundo exterior. Jeff le había informado que era preciso esperar a que el baño se enfriara antes de poder utilizarlo. Mientras tanto ella quiso familiarizarse con sus nuevos dominios y admirar todos los paisajes que se ofrecían a su vista desde la alcoba principal.

Jeffrey se estaba afeitando en el cuarto de baño, canturreando en voz baja, lo cual evidenciaba su buen humor tras una noche consagrada a los deleites sensuales y, más recientemente, el regreso a un nirvana privado. Aunque Raelynn no sabía mucho de voces, se inclinaba por creer que él podía cantar bastante bien como barítono; al menos tarareaba sin desafinar. Para un juicio definitivo, sin embargo, hacía falta que él cantara una canción. Cualquier recién casada tiene mucho que descubrir sobre su esposo; en su caso, más aún, puesto que unas pocas horas antes de pronunciar los votos matrimoniales eran dos perfectos desconocidos.

Apartó una de las cortinas de seda para contemplar el paisaje desde la ventana, sonriendo al ver a los primeros potrillos destetados en una verde pradera, más allá del establo. Al parecer, el frescor que bendecía la campiña los llenaba de energía, pues se perseguían mutuamente. Ella pensó pedir a su esposo que la llevara pronto a cabalgar y le mostrara parte de la plantación. Con tantos cientos de hectáreas como poseía, era difícil que pudiera verla toda en una sola tarde, pero debía comenzar por alguna parte. Además, llevaba casi un año sin montar; si bien deseaba poner a prueba su habilidad, al igual que esos potrillos, no confiaba mucho en su resistencia.

Al apartarse de allí, Raelynn notó que el escritorio estaba orientado de manera que recibía toda la luz que penetraba por la ventana y las puertas acristaladas. Sobre la cubierta de fina piel repujada se veía un par de tinteros de cristal, cuyo soporte sostenía una estatuilla de bronce que representaba un caballo y una estilizada copa para la pluma. A un lado vio un cuchillo curvo; su mango imitaba la cabeza de un carnero. Aunque era demasiado grande para ser un cortapapeles, probablemente cumplía esa función. El peligro era que se deslizara hasta alcanzar la mano o un dedo, pues el acero parecía decididamente afilado.

Su mirada se posó en un volumen abierto, encuadernado en piel. Con creciente curiosidad, Raelynn lo cogió para ver el título. Tenía entre sus manos un ejemplar de *Cantos de la frontera escocesa*, de sir Walter Scott, una selección de poemas publicados en Gran Bretaña el año anterior, que habían tenido una gran acogida. Se había vendido tan bien que muchos lectores de sir Walter se quedaron sin su ejemplar. Al ver el libro allí, en las Carolinas, se sorprendió de los recursos de que disponía su esposo.

Mientras lo hojeaba notó que los bordes de las páginas estaban pulcramente cortados, sin duda con el cuchillo que acababa de ver. Era obvio que Jeff había preparado el libro para la lectura; a juzgar por la presencia de un punto cerca del centro, aún disfrutaba de ese pasatiempo especial.

Raelynn sonrió ante la idea de que su esposo, la quintaesencia de lo masculino, deseara leer ese volumen. Cuanto Jeff hacía expresaba una virilidad tan potente que resultaba difícil imaginarlo apreciando la poesía. Más pronunciado que el placer por la lectura era su amor por los caballos, su habilidad con las armas de fuego, su dedicación al trabajo, a la plantación, a la empresa naviera y al aserradero que poseía a medias con su hermano. Y además, sus atributos tan masculinos, algunos de los cuales la hacían ruborizar de secreto placer con sólo recordarlos.

–Nuestro baño está a punto, querida –anunció él, saliendo del cuarto de baño con una somera toalla de hilo envolviendo las estrechas caderas–. ¿Venís?

–Como una obediente servidora –respondió ella, haciéndole una juguetona reverencia.

Jeff apoyó los puños contra la delgada cintura e, imitando el ceño de algún temible faraón, la miró levantando la noble nariz en alto y enarcando una oscura ceja.

–¿Servidora, decís?

–Sí, mi señor –respondió Raelynn, fingiendo una humilde sumisión–. El menor de vuestros deseos es para mí una orden.

–¿De verdad?

Ella le echó una mirada suspicaz y decidió no confiar en el destello travieso de sus ojos. La sonrisa con que respondió recordaba la mueca de un duende.

–Es evidente que una dama tiene sus reservas, querido.

–Comprendo. –Él proyectó reflexivamente el mentón hacia delante–. ¿Si os pidiera que me frotarais la espalda?

Raelynn bajó la cabeza en señal de asentimiento.

–Creo poder hacerlo muy bien, querido, pero sólo si vos frotáis primero la mía.

–Acordado.

Jeff dio la vuelta en redondo para volver al cuarto de baño, mientras la joven se esforzaba por seguirlo, a pesar de que la sábana se empeñaba en desprenderse y hacerla tropezar. Por fin se detuvo a reajustar la improvisada vestidura y, recogiendo el borde inferior, se apresuró a reunirse con él.

La bañera de cobre, grande y alargada, ocupaba gran parte de la habitación y, tal como ella había descubierto el día anterior, podía albergarlos cómodamente a ambos. Jeff se detuvo para arrojar la toalla a un lado, con lo que su esposa tuvo plena conciencia de su creciente patrimonio, esos mismos bienes que ella había recordado, ruborizada, momentos antes. El rubor que ahora le inundaba las mejillas no se relacionaba con la vergüenza, sino con una cálida admiración por todo lo que tenía a la vista.

–Parecéis distraída, querida –desafió él, mirándola de soslayo con una sonrisa medio lasciva.

–También vos, querido –replicó ella, con intención.

–Sí –admitió Jeff–. Es una debilidad que padezco en vuestra presencia.

–No veo debilidad alguna, querido.

Con toda deliberación, Raelynn dejó colgar el extremo de la sábana que le ceñía el busto y, con un movimiento de torsión, aceleró su caída hacia el suelo, con lo que captó la inmediata atención de su marido. Luego, mordiéndose el labio sonriente, se adelantó provocativamente para reclamar el objeto de su interés, lo cual dejó a Jeff sin aliento.

–Confío en que no os exhibáis ante otras mujeres con tanta desenvoltura como lo hacéis ante mí, querido –dijo, con bastante sinceridad–. Ahora que somos realmente marido y mujer, no tendría inconvenientes en defender mis derechos sobre vos con uñas y dientes.

–Lo que tenéis en esa codiciosa manita, querida, es todo vuestro –le aseguró él, evitando cuidadosamente cualquier mención de pasadas aventuras–. En cuanto a Nell, no tenéis de qué preocuparos. Creedlo, por favor.

Raelynn le sonrió, mientras él le deslizaba un brazo por la espalda.

–Siempre que vos comprendáis lo que provocaría mi enfado.

–Lo comprendo perfectamente, querida, pues yo también me ofendería mucho si os viera brindar vuestras atenciones a otro hombre. –Él alargó una mano para ayudarla a entrar en la bañera–. El agua se está enfriando.

Aunque con ciertas reservas, Raelynn estudió primero la tina; luego, las largas piernas de su marido.

–¿No creéis que esta vez deberíais entrar el primero, Jeffrey? Ayer nos sentamos en extremos opuestos, pero no resultó tan cómodo como si lo hiciéramos juntos.

Jeff inclinó la cabeza con una gran sonrisa, reconociendo de buena gana la verdad de esa aseveración.

–No quería cometer la grosería de entrar el primero ni de decidir cómo debían ser las cosas, querida, pero tenéis razón, por supuesto. Será mucho más cómodo si nos sentamos los dos en el mismo extremo.

Algunos instantes después Raelynn se recostaba contra el pecho de su marido, mientras él enjabonaba las colinas y los valles de su pecho y otros tentadores territorios a su alcance.

–Me gustaría que nuestros vecinos os echasen un vistazo, señora Birmingham.

–¿Un vistazo? –Ella casi ronroneaba por sus atenciones, pero aun así experimentó curiosidad–. ¿A qué os referís, Jeffrey?

–A que puedan veros, desde luego.

La muchacha le dirigió una coqueta mirada por encima de su hombro.

–¿Tal como estoy ahora, Jeffrey? Creo que antes debería vestirme... a menos que no os importe que vuestros amigos me vean completamente desnuda.

–Ya lo creo que sí, querida –susurró él, besuqueándole una oreja. Luego se inclinó para dar un mordisco juguetón al primoroso lóbulo, mientras deslizaba la mano hasta abarcar un pecho redondo. Al contemplar la delicada protuberancia rosada que asomaba entre sus dedos, se maravilló de lo clara y lustrosa que era la piel femenina, comparada con la suya–. Hace varios días, cuando hablé con el reverendo Parsons, me obligó prácticamente a prometer que iríamos este domingo a la reunión social de la iglesia. Será una oportunidad de que conozcáis a varios vecinos más antes del baile.

–Por casualidad, ¿estará Nell allí?

–¡Muchacha! –bramó él, en tono de broma.

Y le arrojó agua a la cara, arrancándole un chillido de protesta. Ella le devolvió el favor, con lo que pronto estuvieron envueltos en un enfrentamiento de grandes proporciones. Algo después, cubiertos sólo con toallas, observaron el gran círculo de agua que rodeaba la bañera. Como si fueran niños, iniciaron una carrera por ver quién podía limpiar más charcos antes de que la tarea quedara completa. El juego requería, decididamente, que Raelynn correteara bastante. La muchacha pisoteaba sin miramientos los huesudos pies de su marido, en un esfuerzo por llegar la primera a una zona mojada, o le pellizcaba el trasero para obligarlo a apartarse de inmediato.

Igualmente divertido era correr tras él mientras estaba secando el suelo y meter la mano bajo la toalla, bien por delante de sus nalgas, con lo cual lo obligaba a erguirse como un resorte bien tensado. No obstante, cuando se invertían las posiciones, la historia resultaba muy diferente, cuando menos desde el punto de vista de Raelynn, que no tenía reparos en chillar, patalear como muestra de irritación y amenazarlo con nefastas consecuencias por su audacia al acosarla de modo tan lascivo. Desde luego, eso no hacía más que incitar a su esposo a hacerlo una vez más.

Poco después, Raelynn abandonó las habitaciones principales, vestida sólo con un vaporoso albornoz, y entró en el que había sido su dormitorio, desde donde tocó la campanilla para llamar a Cora. Escogió un suave vestido de muselina blanca, adornado por un corselete de satén azul y con estrechas bandas verticales, bordadas en el mismo tono, sobre el que se habían aplicado diminutas flores de color azul celeste. Después de ponerse las medias y la camisola, en el momento en el que estaba pasándose el vestido por la cabeza, llegó el ama de llaves, acompañada por una joven negra a quien presentó como su prima Tizzy.

–El señor Jeffrey dijo que usted necesitaría una doncella, señora Raelynn. Tizzy trabajaba para una pareja de Virginia, pero la semana pasada su papá fue por ella con una carta del señor Jeffrey y una bolsa de monedas para comprarla.

–¿Eso significa que es esclava? –preguntó Raelynn, al ver una fea marca en la mejilla de la joven.

–Pues... tendrá que trabajar para el amo hasta devolverle lo que dio por ella. Claro que eso no será tan duro, con lo amable que es el señor Jeffrey. ¡Todo un caballero!

Ella sujetó el mentón de la muchacha para inspeccionar el corte.

–¿Qué te ha sucedido en la cara, Tizzy?

–Mi antiguo amo vino a casa más borracho que un petirrojo después de comer bayas fermentadas. Y empezó a azotar a todo el mundo. También a su señora. Yo traté de ayudar a la señora Clare, que ha sido siempre como un ángel para mí. Entonces el amo Horace cogió un cuchillo y se volvió hacia mí, furioso. Antes de que pudiera apartarme, me cortó la mejilla. Si la señora Clare no lo hubiera golpeado con un jarrón en la nuca, a estas horas yo no estaría aquí. Después la señora Clare mandó un jinete a casa de mis padres, para que buscaran la manera de llevarme a casa. Mi papá vino inmediatamente a Oakley y preguntó al señor Jeffrey si podía ayudarme. –Tizzy abrió los brazos con una amplia sonrisa–. Y aquí estoy.

Raelynn rió ante la caballerosidad de Jeff.

–Mi esposo es muy galante, Tizzy. De eso no tengo duda alguna. En mi caso, un tío estafador quería venderme a un hombre horrible, pero el señor Jeffrey vino en mi defensa cuando más necesitaba de un salvador.

–¿Que la vendieron... como a mí, señora Raelynn? –preguntó la sirvienta, asombrada.

Ella asintió.

–Sí, Tizzy, igual que a ti. Por lo que tengo entendido, en este país se han vendido casi tantos blancos como negros, sólo que la mayoría no son esclavos, sino siervos para siempre. Muchos fueron presos transportados desde Irlanda y Escocia. Triste es decir que algunas de esas pobres almas han sido condenadas por sus amos a una vida de intolerables privaciones. Tú y yo hemos tenido la suerte de hallar un refugio seguro en casa del señor Jeffrey.

Tizzy meneó la cabeza, sin poder asimilar tantas cosas extrañas.

–Me han dicho que a los blancos también los vendían para la servidumbre, señora Raelynn, pero nunca pensé que mi ama sería casi como una esclava.

De los labios de Raelynn surgió una suave risa.

–Si no lo soy debo agradecérselo a mi esposo, que no solamente me salvó de los crueles planes de mi tío, sino que además te ha traído para que me ayudes. Ya no sé qué hacer con mi pelo.

–No se preocupe más, señora Raelynn, que ahora estoy yo para ocuparme de eso, gracias al señor Jeffrey. Sí que es un gran caballero, señora. Mi papá siempre lo ha dicho. No sé qué me habría pasado si el señor Jeffrey no me hubiese comprado.

–Me alegra infinitamente que el señor Jeffrey haya querido comprarnos a ambas, Tizzy.

La joven negra rió, plenamente de acuerdo.

–Sí, señora. Yo también.

Tizzy no tardó mucho en arreglar el abundante cabello rojizo en un peinado encantador. Como último toque, añadió estrechas cintas de satén azul sobre un manojo de bucles atados en lo alto de la cabeza.

Ya vestida y peinada, Raelynn bailó ante la luna del espejo, calzada con zapatillas azules.

–¿Cómo estoy, Tizzy?

–¡Her-mo-sa, señora Raelynn!

Las paredes del comedor estaban ricamente decoradas en trampantojo, lo que creaba la ilusión óptica de que, al otro lado de la larga mesa de caoba, rodeada de sillas Chippendale, había una alegre fuente en medio de un jardín. El mayordomo, siempre elegante con su almidonada chaqueta blanca y sus calzones negros, medias y zapatos de hebilla, estaba ya llenando los platos. En el aparador se veía una gran fuente de plata con fruta fresca.

–Buenos días, Kingston –saludó Raelynn al entrar, con una alegre sonrisa.

La cara del negro se iluminó en una ancha sonrisa de blancos dientes. Cora ya había hecho correr la voz de que la nueva señora estaba instalada en las habitaciones del amo desde la mañana del día anterior. En opinión de Kingston, eso convertía a Oakley en un lugar perfecto, tanto como era posible hasta que comenzaran a llegar los vástagos. Sólo entonces se lograría el ideal.

–Buenos días tenga usted también, señora Raelynn. Sí que pinta como buen día, este.

–Parece haber refrescado, para variar –comentó ella, mientras se dejaba caer en una silla, cerca de la cabecera–. Está algo más fresco, ¿verdad?

–Sí, señora, seguro. –Kingston cogió una tetera de plata para llenarle la taza–. El señor Jeffrey me ha dicho que donde usted vivía antes hace casi siempre más frío que aquí. Él estuvo allá cuando era poco más que un crío, pero dice que al regreso le costó habituarse de nuevo al clima. –El mayordomo sacudió la cabeza gris, riendo–. Supongo que usted ha sufrido mucho con estos calores. Tiene que estar arrepentida de haber cruzado el mar.

–A veces el calor se me ha hecho insoportable, sí –reconoció ella, riendo entre dientes–. Sobre todo porque el día más cálido de Inglaterra es mucho más fresco que el de hoy.

Kingston frunció los labios, reflexionando sobre ese comentario.

–¿Cómo llaman los ingleses a los días como estos últimos, señora Raelynn?

–Infernales –respondió ella, en un tono divertido que arrancó una grave risa al negro–. Dicen que si los colonos pudieron independizarse de Inglaterra fue, entre otras cosas, porque los soldados británicos iban al combate con cuellos duros, pantalones de lana y gruesas chaquetas rojas abotonadas hasta el mentón, mientras que los yanquis vestían más apropiadamente. –Después de aceptar un panecillo caliente de la panera que el sirviente le ofrecía, elevó los ojos al cielo para acentuar su lamentación–. Después de haber pasado el mes de julio en Carolina, Kingston, me inclino a pensar que los soldados ingleses sucumbieron tanto al calor como a las balas enemigas. Realmente hubo un par de días en que temí que me sucediera lo mismo.

El mayordomo echó la cabeza hacia atrás con una carcajada divertida.

–¡Y aún no ha visto nada, señora! –le advirtió jovialmente–. Prepárese para cuando llegue agosto. Pero sí, señora, sabía lo de esos soldados. Y hay quien dice que ganamos la guerra porque ellos iban a la batalla marchando hombro con hombro, mientras que los nuestros se escondían detrás de los árboles y los liquidaban como a moscas. Los indios nos enseñaron a ser muy astutos, porque así era como nos mataban. Hace mucho, más de veinte años, veía ingleses a montones, pero siempre escapaban antes de que se les ocurriera usarme para practicar puntería.

Un momento antes Jeff se había detenido en el umbral de la puerta, a fin de admirar a su esposa en ese ambiente ajardinado. Al verla reconsideró el desdén que siempre le había merecido ese decorado. En otros tiempos, esos murales le parecían demasiado vistosos para sus gustos sobrios, pese a que muchos ciudadanos de Charleston tendían a embellecer los vestíbulos y otras habitaciones con motivos similares. Pero la serena belleza de su esposa parecía casar muy bien con la tranquila escena del jardín. Cuando sus brillantes ojos se posaron en él, se sintió inmensamente bendecido, pues le dedicaban una sonrisa de bienvenida con todo el brillo de una estrella diurna.

Raelynn disfrutó de un momentáneo orgullo al contemplar a su esposo. Incuestionablemente, ese cuerpo alto y viril, esas hermosas facciones, merecían toda la atención que las mujeres solían brindarle. El día anterior había notado que las señoritas de buena familia lo miraban con discreta reserva en las calles de Charleston. Pero además, cuando bajó brevemente del carruaje para hablar con sus trabajadores en los muelles, varias rameras habían interrumpido su búsqueda para estudiarlo con descaro. Incluso durante un breve paseo por la zona más elegante de la ciudad Raelynn había descubierto a una bonita señorita que trataba de disimular su repentina confusión, tras haber sido sorprendida mientras lo contemplaba boquiabierta. Pocos segundos después, una sombrilla descendió apresuradamente para ocultar el rubor de una mujer que bien podía tener treinta años.

Aunque más esbelto que su hermano, Jeff era igualmente atlético y proporcionado. Tras haber estudiado los retratos de sus padres, Raelynn había decidido que Jeff, al igual que Brandon, se parecía al padre, de constitución robusta, tanto en la cara como en el tono de la piel; pero su esposo parecía haber heredado los finos huesos de su madre, quien, según él mismo decía, fue esbelta como un junco hasta el día de su muerte.

En ese momento vestía una camisa blanca, de mangas anchas, pantalones de montar de color gris oscuro y botas negras, todo lo cual se ajustaba a la delgadez de su silueta. Cuando se aproximó, la sonrisa perezosa e hipnótica que le curvaba los labios resbaló sobre Raelynn como una caricia.

Jeff se detuvo tras la silla de su esposa y le dio un cariñoso beso en la frente. Desde que la vio allí, deseó besarla más profundamente, pero una demostración de ese tipo habría escandalizado al mayordomo.

–Estáis radiante, querida mía –aseguró–. Confío en que estéis satisfecha con vuestra nueva doncella.

–Mucho.

Los ojos verdes centellearon con cálida aprobación, mientras la recorrían lentamente: desde el encantador peinado hasta las finas zapatillas azules.

–Por lo que me dice vuestro aspecto, Tizzy ha recreado a la perfección el encanto imperial. Dicho de otra manera, querida, parecéis un ángel.

Raelynn bajó la cabeza, agradecida por esos halagos.

–Sois muy gentil, querido, no sólo por vuestros elogios, sino por haber traído a Tizzy para que me sirviera de doncella. Creo que, mientras esté en sus manos, no necesitaré preocuparme por mi pelo, mi ropa, ni cosa alguna.

–Puesto que Cora tiene tanto quehacer como ama de llaves, me vi obligado a estudiar otras opciones para vos. Además, debía cuidar lo que para mí es un orgullo. –Sus labios se torcieron brevemente en un amago de sonrisa, mientras imitaba la actitud altanera de algún gran señor–. Es un gran alimento para mi vanidad esto de pasear con una bella dama, exquisitamente vestida, mientras todos se vuelven para mirarla con admiración.

Raelynn, riendo con alegría, alzó una mano para descartar esa lógica tan simple.

–No necesitáis alimentar vuestro orgullo con mi aspecto personal, señor. Basta con que echéis una mirada en derredor la próxima vez que vayáis a Charleston. Tal vez no reparasteis en todas las jóvenes bonitas que se estremecían al veros, señor Birmingham, pero yo sí. Y la verdad, no fue muy bueno para mi amor propio.

–¿Y qué decís de los hombres que babeaban por vos, señora Birmingham?

Ella fingió encontrar divertido un tema que, a veces, le preocupaba profundamente. Si las mujeres lo adoraban tanto, seguro que recibiría constantes invitaciones a compartir otros lechos.

–He visto mucho más de lo primero que de lo segundo, querido. La verdad, me pregunto a cuántas doncellas habréis manejado a voluntad.

–Despreocupaos, querida –murmuró él, inclinándose con otra sonrisa cautivadora–. Sólo tengo ojos para vos.

Y puso fin al asunto con un suave beso en los labios. Cuando se enderezó se encontraron solos en una situación ideal para un beso más intenso, cálido y apasionante.

Raelynn rió, temblorosa, al descubrir con cierta sorpresa que había enhebrado los dedos en el pelo corto y rizado de la nuca de él. Reclinándose en la silla, lo miró con ojos brillantes.

–Vuestros besos me marean –susurró–. Desde el principio han sido como un vino que me roba la voluntad y la fuerza.

Jeff se llevó a los labios aquellos finos dedos.

–Pues en mí vuestra sonrisa causa el mismo efecto, querida.

Y dio un paso atrás, con un mágico guiño y una sonrisa hipnótica que aceleraron el corazón de Raelynn; luego tomó asiento a la cabecera de la mesa. Desde la noche de bodas había decidido tenerla cerca mientras comían. Desde allí le bastaba con extender una mano para tocarla.

–¿Habéis dormido algo anoche, querida? –preguntó, mientras desplegaba una servilleta de hilo sobre su regazo.

Al recordar las recientes horas de amor, Raelynn enrojeció de placer.

–Bastante, gracias –respondió, llevándose la taza de té a los labios sonrientes–. ¿Y vos?

Los ojos verdes la acariciaron, centelleantes.

–En realidad, no recuerdo haber dormido... ni haberos permitido dormir. Pero debo de haberlo hecho, pues me siento estupendamente relajado y lleno de vigor. Aunque tal vez no se deba al descanso.

Ante el súbito rubor de sus mejillas, él adivinó que la había sorprendido pensando en los momentos de intimidad compartidos. Bajo su mirada inquisitiva y sonriente, Raelynn sólo pudo sonreír y encogerse de hombros, admitiendo tales pensamientos. Él volvió a cogerle la mano para llevársela a los labios, mientras sus ojos se fundían en una ardiente mirada. Sus cálidos besos que apenas rozaban los dedos de la joven, la hicieron estremecerse.

–Santo cielo, querido –logró decir, sofocada, ante la fuerza de tanta persuasión–, sois sumamente peligroso para la serenidad de una mujer. Hace apenas un momento sólo pensaba en disfrutar de mi té y del almuerzo matutino. Ahora me habéis hecho pensar si los sirvientes se horrorizarían mucho al verme llevaros de nuevo al dormitorio.

Por el modo en que esos ojos de esmeralda la miraron, no había duda de que el desayuno era lo que menos le importaba.

–Supongo que antes deberíamos comer. –De los labios de Jeff escapó una risa grave–. Necesitaréis reponer fuerzas para soportar mis atenciones.

–La verdad es que estoy hambrienta –admitió ella, inclinándose hacia delante con una sonrisa provocativa–. No recuerdo haber tenido nunca tanta hambre... salvo durante el viaje hacia aquí, desde luego. Se diría, señor Birmingham, que nuestras recientes actividades me provocan extraños efectos.

–Comed, amor mío, comed –le instó él–. Aún tenemos mucho que hacer. En cuanto a esta mañana, he pensado que os gustaría montar a caballo para recorrer la plantación. ¿Querríais acompañarme?

–Oh, sí, Jeffrey. Iba a pediros que me otorgarais ese gusto. Es como si me hubierais leído la mente.

Se demoraron más que de costumbre en la mesa, disfrutando de la felicidad que acababan de descubrir. Aunque Kingston rondaba cerca y los animaba a comer los tentadores platos preparados por la cocinera, parecían estar completamente solos en la enorme casa. Se buscaban con los ojos para comunicarse cosas íntimas, amorosas, que era mejor no decir frente a los sirvientes. Sus manos se tocaban a menudo, con gestos privados que habrían provocado rubor a cualquier espectador atento. Claro que esas caricias secretas utilizaban el lenguaje privado del amor, esa extraña prosa mística que endulza los ojos, humedece los labios y deja el corazón desbordante de gozo. ¿Y quién podría haber entendido su significado?

Entre la ropa que la señora Brewster había traído para Raelynn, antes de la boda, no había ningún traje de montar. Por eso, cuando ella salió con Jeff, aún lucía el vestido azul y blanco que se había puesto por la mañana. Para protegerse la cara del sol se había puesto un sombrero de paja de ala ancha, con las cintas azules atadas en un encantador lazo.

–Supongo que debemos buscaros una montura obediente y dócil –bromeó Jeff–. Cuando os sintáis cansada y deseéis regresar a casa, no dejéis de decírmelo. No quiero fatigaros demasiado, pues tengo toda la intención de haceros participar esta noche en nuevas actividades.

Raelynn acarició el brazo enlazado al suyo, con un suspiro despreocupado.

–Hace mucho tiempo que no monto, Jeffrey. Temo que me cansaré pronto. Tal vez tengáis que hacer venir el carruaje para volver a casa.

–No temáis, querida. Os atenderé perfectamente sin necesidad del carruaje.

Raelynn levantó una mirada inquisitiva, pero Jeff decidió dejarla intrigada. Sin ofrecer explicaciones, la llevó por el sendero hacia los establos.

Era una construcción de madera, pintada de blanco, similar a una enorme galería, con la cubierta muy inclinada; un ancho pasillo la atravesaba por el centro, abierto por grandes puertas en ambos extremos. Hacia atrás y hacia los lados del establo se extendían cuarenta hectáreas de verdes praderas, en las que pastaban los caballos tras una cerca blanca.

Cada potro tenía su corral aparte. Aun desde lejos, esos finos corceles daban la impresión de ser extraordinarios por su energía y su elegante paso. Raelynn no tardó en descubrir que su esposo los había escogido personalmente, en los tres últimos años, en los mejores criaderos de Irlanda e Inglaterra.

–Cuando inicié la restauración de Oakley –murmuró él, pensativo, mientras pasaban junto a los corrales–, dediqué casi todo mi esfuerzo a delimitar las zonas más adecuadas para cada cultivo, pero ya entonces alimentaba el insaciable deseo de que esta plantación fuera conocida, en el futuro, tanto por sus buenos caballos como por la productividad de sus campos.

–Y así será –le aseguró Raelynn, con irreprimible confianza.

Estaba segura de que su esposo podía alcanzar cualquier objetivo al que aplicara su mente y voluntad, pues percibía en él una fuerza y una decisión que rara vez había encontrado. Su padre, en vida, era igualmente decidido. Aun después de su encarcelamiento creía que la verdad se impondría. Quizá algún día fuera así, pues Raelynn no dudaba que él era inocente de todas las traiciones de las que había sido acusado. Pero de poco le serviría probar su inocencia ahora que se pudría en la tumba. Sólo su hija podría gozar del honor devuelto a su nombre, ese honor que había ganado incuestionablemente como leal servidor de su rey.

Al mirar a su alrededor se dio cuenta de que el olfato de Jeff para adquirir lo mejor era excepcional, sobre todo al contemplar esa colección de notables caballos, donde era evidente la pureza de la raza en los hermosos cuellos arqueados y en el paso elegante de los potrillos que trotaban junto a sus madres. También era evidente hasta qué punto era contagiosa su ambición, pues los mozos de cuadra cumplían con sus tareas como si el criadero fuera en gran parte suyo. Resultaba obvio que se enorgullecían de los éxitos.

En cuanto entró en el establo, Raelynn quedó impresionada por su pulcritud. Con excepción del equipo que se estaba usando en esos momentos, todo se encontraba en su sitio, bien engrasado, limpio o cepillado. Las enormes puertas exteriores habían sido plegadas hacia atrás por la mañana, para permitir que las brisas recorrieran el lugar en toda su longitud. Aun en días calurosos, el interior se mantendría razonablemente fresco gracias a las corrientes de aire y a los grandes árboles que sombreaban la construcción, no sólo para comodidad de los animales, sino también para la de los trabajadores.

El suelo era de arcilla bien apisonada, cubierta por una gruesa capa de viruta traída del aserradero de los Birmingham. El olor era limpio y fresco, debido en parte a la ventilación y al serrín, pero también a las pequeñas cantidades de cal que se mezclaban con la cobertura, a fin de disipar los olores.

Allí también estaban trabajando los adiestradores y los mozos de cuadra, ya preparando a los potrillos de dos y tres años para el ejercicio matutino, ya limpiando los pesebres y bañando a los animales. Algunos se quitaron cortésmente el sombrero ante ella; otros le dedicaron sonrisas deslumbrantes o tímidas, según el temperamento de cada uno.

La mente de Raelynn volvió a vacilar ante la avalancha de nombres que descendía sobre ella. Aun así recordó al nervioso empleado que había recibido a su esposo, cuando este lanzó a su potro negro a todo galope, en un esfuerzo por calmar la frustración provocada por la frialdad de ella. El incidente se había producido dos semanas atrás, al anunciar Raelynn que necesitaba algún tiempo para analizar las acusaciones de Nell, antes de entregarse voluntariamente a la consumación de los votos matrimoniales.

–Sparky es uno de mis adiestradores –anunció Jeff, identificando al que ella había oído aquella noche.

El joven se quitó apresuradamente el sucio gorro, como muestra de cortesía para con su sexo, y procedió a estrujarlo entre las manos callosas, mientras le arrojaba tímidas miradas.

–Sparky mantiene a los caballos disciplinados, hasta al mismo *Brutus*. A veces juraría que su madre le dio a luz a lomos de un corcel. Por la naturalidad con que los maneja, parece una tarea mucho más fácil de lo que en verdad es.

El adiestrador meneó la cabeza pelirroja, con las mejillas pecosas inundadas de un tono encendido, pero su ancha sonrisa evidenciaba claramente el placer que le causaban los elogios de su jefe.

–Ya está usted otra vez con esas, señor Jeffrey. Hará que todo el mundo espere demasiado de mí. Siga usted hablando así, que uno de estos días me causará un terrible dolor de cabeza. Pronto la gente pretenderá que haga milagros o algo así.

–No temas, Sparky –lo reconfortó Raelynn, alegremente–. Yo no pretenderé de ti más de lo que te vea hacer con mis propios ojos. ¿Te parece justo?

–Sí, señora Raelynn, es muy justo –reconoció él inmediatamente.

–Me complace haberte conocido, Sparky –aseguró ella, cordialmente–. Y ahora dime: si una señora te pidiera que le indicaras un caballo muy noble, entre todos los de mi esposo, ¿cuál escogerías?

Un individuo menudo y fibroso, de piernas arqueadas y ancha sonrisa, se interpuso antes de que el pelirrojo pudiera responder. Después de inclinar la cabeza ante Raelynn y Jeff, habló con la cadencia de su Irlanda natal:

–Ah, señor, veo que ha traído usted a su bonita esposa para que vea su hermosa colección de corceles, ¿eh? Pues se lo ve tan feliz como un ratón dentro del queso. –Ante la risa de los otros, cloqueó alegremente. Luego dirigió una mirada de soslayo hacia Jeff–. ¿Piensa usted montar a su señora en *Kelton*, señor? A buen seguro la yegua la llevaría con suavidad.

–Gerald O'Malley está a cargo del programa de crías –explicó Jeff–. Hace varios años vino con los sementales que había comprado en Irlanda. Bajo sus cuidados, los animales soportaron el viaje sin sufrir daño alguno. Desde entonces ha demostrado lo que vale. No podría prescindir de él.

La cara del irlandés se comprimió en una multitud de arrugas al sonreír de oreja a oreja.

–La gente de aquí me llama O'Malley, señora –dijo–. Me sentiría muy honrado si usted quisiera hacer lo mismo.

–Por supuesto, O'Malley. –Raelynn, sonriente, inclinó la cabeza para indicar su aceptación. Luego paseó la mirada por la larga hilera de caballerizas–. Pero decidme, O'Malley, ¿dónde está esa yegua *Kelton* que habéis mencionado? ¿Aquí, en el establo?

Jeff señaló detrás de ella.

–Es una montura dócil y simpática, muy serena y de paso seguro. Si creéis necesitar un caballo que os cuide, ella es la más indicada.

–Así es *Kelton*, sí –confirmó el irlandés, riendo–. Se toma su tiempo, pero es de montura fácil y tranquila. Sí, así es ella.

Raelynn no se sintió muy feliz con esas frases tranquilizadoras. A veces, ser demasiado dócil significa ser aburrido. Tras un vistazo a la caballeriza, donde la yegua se rascaba perezosamente el cuello contra un tablón, se imaginó montada en ella, siguiendo a Jeff y a su corcel con pies de plomo, mucho más atrás. Miró de soslayo a su sonriente esposo, que parecía encontrar cierta gracia en su visible aversión, y sonrió con timidez.

–No me vendría mal un poco de estímulo, Jeffrey. Sé montar; no es necesario que se me trate como a un bebé.

Él se dirigió al joven entrenador, conteniendo una sonrisa.

–La señora te ha pedido tu opinión, Sparky. ¿Qué montura escogerías para ella?

Su diversión era contagiosa; Sparky estaba dispuesto a aportar su propio ingenio.

–Pues allí está *Ariadna*, señor. Su esposa encontraría mucho estímulo en esa diab...

–¿Cuál es? –preguntó Raelynn, sin darle tiempo a terminar.

El pelirrojo tragó saliva al verla tan decidida a arriesgarse. Preocupado, echó un vistazo a Jeff, cuyo cambio de expresión revelaba una súbita inquietud. El adiestrador señaló con cautela la tercera caballeriza del pasillo. Antes de que Jeff pudiera oponerse, su esposa corrió hacia allí. La hermosa yegua castaña, que parecía tener unos tres años, resopló al verla y se apartó de los barrotes.

–¿Es esa?

–*Ariadna* en persona –reconoció Jeff, reacio.

Raelynn inclinó la cabeza para mirarlo.

–¿Como la de la leyenda griega?

–Efectivamente: la hija del rey Minos, que ayudó a matar al Minotauro.

–¿Es realmente una heroína, esa yegua?

–Tiene la estirpe de una excelente yegua de cría –reconoció Jeff–, pero es nerviosa y nada fácil de montar, sobre todo para los novatos.

–Es hermosa –observó Raelynn, con respeto y admiración. Y alargó una mano entre los barrotes de la caballeriza.

Instantáneamente el animal retrocedió con un resoplido, pero ante la voz lenta y dulce de la joven, agitó la fina cabeza y volvió a adelantarse, cautelosa, con evidente curiosidad. Entre suaves murmullos, Raelynn acarició el hocico aterciopelado. *Ariadna* permanecía muy quieta, parpadeando, como si disfrutara de las atenciones y de ese tono tranquilizador.

–Ojalá tuviera una manzana para darte, *Ariadna*. Pero si permites ahora que te monte, prometo traerte una en cuanto regresemos. ¿Te gustaría?

La yegua sopló dentro de la palma extendida, arqueando el elegante cuello con un suave relincho, lo cual arrancó una risa a la joven. Complacida por su progreso, continuó acariciando al animal mientras su esposo se acercaba.

–No creo que debáis montar a *Ariadna* –anunció él, con prudencia–. Es muy nerviosa y de poca confianza. En pocas palabras querida, no quiero que resultéis lastimada.

–Montar era uno de mis grandes placeres, Jeffrey, antes de que la fortuna familiar cambiara de modo tan drástico. No sólo perdimos la casa y todas nuestras posesiones, sino que los mozos de la cuadra real se llevaron a todos nuestros caballos ante nuestra presencia. Se nos dijo que serían entregados a los hombres que habían acusado de traición a mi padre, una vez que sus declaraciones fueran verificadas. Por desgracia él murió antes de ser juzgado, con lo que las acusaciones quedaron en pie.

Jeff sabía muy bien que un animal tan magnífico como *Ariadna* podía apaciguar a un alma afligida, curándole dolores pasados. Rodeó los hombros de su esposa con un brazo y la acercó hacia sí, con ademán protector.

–Tal vez *Ariadna* sea más recomendable para vos dentro de algunos meses. Para poder confiar en ella debe aprender mejores modales.

Raelynn alzó hacia él una mirada suplicante.

–Pero ¿no me permitiríais ejercitarla mientras cabalgamos?

–Hará todo el ejercicio que necesite, querida, pero con sus adiestradores, al menos hasta que aprenda a comportarse. Más adelante decidiremos si es adecuada para vos.

–¡Pero si parece perfecta! –insistió ella–. Se me acercó de buena gana y se la ve muy dulce.

–Aun así, señora, debo mantener mi decisión. Sois demasiado importante para mí como para arriesgarme a que os tire; podríais salir malherida.

Raelynn comprendió que no habría suficientes súplicas para hacerle cambiar de idea. Conocía a la yegua mucho mejor que ella; a pesar de su desencanto, debía respetarlo por hacer lo que consideraba correcto en esas circunstancias. Después de todo, no se había casado con un individuo débil. Jeff era el hombre más considerado y amable que ella había tratado en su vida, pero no dudaba en negarse a cumplir sus deseos cuando le parecían poco prudentes.

Al recordar que aún no le había pedido su opinión, lo miró por debajo del ala de su sombrero, con los labios coquetamente curvados en las comisuras.

–Pues bien, ¿qué corcel me sugerís, Jeffrey?

Él sonrió, aliviado al ver que no se enfurruñaba ante la negativa.

–Hay un caballo castrado, de carácter amable, con el que podréis disfrutar de vuestro primer paseo por la hacienda. –Y levantó la cabeza para hacer un gesto a O'Malley–. Ensilla a *Stargazer*, con la silla para damas que utiliza la señora Heather cuando nos visita.

–Enseguida, señor –respondió el irlandés. Y corrió a cumplir la orden.

Algunos minutos después Raelynn ahogaba una exclamación de placer ante el hermoso bayo que O'Malley traía desde la última caballeriza de la derecha. No recordaba haber visto nunca a un caballo tan hermoso. Tenía el cuello perfectamente arqueado; las pequeñas orejas apuntaban hacia dentro; la cabeza y los grandes ojos parecían no tener defecto. Pero eso no era lo mejor, pues el animal parecía bailar literalmente de costado por el pasillo, elevando los cascos en un paso alto y vistoso.

–¡Oh, Jeffrey, es encantador!

–Estaba seguro de que os gustaría. Tiene mucha energía, pero obedece y es muy gentil con Heather.

–¿Quiere usted que le ensille a *Brutus*, señor? –preguntó el irlandés.

–Hoy me gustaría disfrutar del paseo con mi esposa, O'Malley, en vez de pasarme el rato maldiciendo a esa bestia. Ensíllame a *Majestic*, por favor.

El fibroso anciano sonrió de oreja a oreja, tocándose la frente en una venia vivaz.

–De inmediato, señor.

Poco después, tras alzar a Raelynn hasta el lomo de *Stargazer*, Jeff montó en el hermoso semental que le habían preparado. Cuando salían del establo vieron que Cora esperaba cerca de la casa, con un cesto y un viejo edredón en los brazos. Entonces detuvieron los corceles a poca distancia de ella.

La negra sonrió a su amo.

–Supongo que ustedes querrán comer por ahí, señor Jeffrey, conque les he preparado esto: pastel de limón, pollo frito, tortillas de maíz y cosas así. Y un poco de limonada fría, por si tienen sed. Hoy podría seguir haciendo fresco, para variar. –Cora echó un vistazo a su alrededor y aspiró hondo, como si saboreara la fragancia del día–. Sí que ha escogido un bonito día para no trabajar, señor Jeffrey. Últimamente no descansa nunca. Bien se merece un poco de tiempo para almorzar al aire libre.

–Cora, eres un encanto –declaró Jeff, mientras desmontaba. Después de asegurar las provisiones tras la silla de Raelynn, volvió a montar en el semental.

Refrenando a *Majestic* junto al castrado, Jeff llevó a su esposa más allá de los cultivos que rodeaban la casa principal, para que viera las plantas de las que se cosechaba el algodón. Los copos aún estaban verdes, pero él cortó uno para mostrarle el interior. En las próximas semanas las vainas se abrirían al madurar y los trabajadores saldrían a arrancar el copo blanco de su áspero nido. No era fácil, pues las cápsulas pinchaban, ensangrentaban los dedos y el sol castigaba las espaldas.

La pareja continuó la marcha hasta los arrozales; allí Raelynn vio hectáreas enteras anegadas de agua, a fin de crear las condiciones y los nutrientes esenciales para lograr una cosecha abundante. Luego recorrieron una senda que serpenteaba entre dehesas; en una pastaba un pequeño rebaño de vacunos; en otra se veían tallos de maíz que ya sobrepasaban la altura de un hombre. Cabalgaron tranquilamente durante dos horas más, hasta llegar a un bosquecillo; allí se detuvieron bajo un roble que crecía en una loma, junto a un arroyo bañado por el sol. Las amplias ramas del árbol no sólo brindaban abundante sombra, sino que también formaban una pantalla protectora alrededor del tronco.

Jeff desmontó y se acercó al caballo para ayudar a desmontar a su esposa. La estrechó entre sus brazos, dejando que se deslizara a lo largo de su cuerpo hasta poder atraparle los labios con los suyos entreabiertos. Durante un largo instante la besó sin reservas; cuando al fin quiso dejarla en tierra, ella se negó a sostenerse sobre sus pies. Con un suspiro soñador, se apoyó en él, flácida como una muñeca de trapo. Jeff optó por lo único sensato: la cargó al hombro, arrancándole risitas mientras le acariciaba el atractivo trasero a través del vestido. Luego desató las cuerdas que sostenían las provisiones y cargó con todo.

Una vez que se encontró con su carga bajo el ancho dosel de ramas musgosas, Jeff dejó las alforjas en tierra y extendió el edredón lo mejor que pudo, desplegando las esquinas a puntapiés; luego se inclinó para depositar allí a su sonriente esposa. Sus ojos centelleaban, insinuantes.

–Es un sitio perfecto para hacer ejercicio sobre un edredón, ¿no creéis, dulzura mía?

–Eso creo, querido –reconoció ella, con una sonrisa coqueta. La boca abierta de su esposo descendió hasta casi cubrir la suya. Y entonces añadió–: Pero la comida huele muy bien. ¿Comemos? Estoy hambrienta.

Jeff lanzó un gruñido, fingiéndose enfadado.

–Sois una diablilla, querida.

En cuanto él irguió la espalda para sentarse sobre los talones, Raelynn se puso de rodillas y le avivó la imaginación con un beso, incitándolo a abrazarla otra vez. De inmediato se escurrió con una risita traviesa y se mordió el labio inferior, mirándolo con ojos chispeantes, mientras arrojaba su sombrero a un lado. Luego le dio la espalda para dedicarse a las provisiones.

–¡Coqueta! –la acusó Jeff, alargando una mano para pellizcarle las nalgas.

–¡Ay! –exclamó ella, con un mohín exagerado–. ¡Me habéis lastimado!

–Dejadme ver –insistió él, tratando de levantarle las faldas.

La palmada que recibió en los nudillos no sirvió para desalentarlo. Riendo entre dientes, sentó a Raelynn en su regazo para cubrirle un pecho con la mano.

–Ahora te he atrapado, diablillo, y no te dejaré escapar.

Ella inclinó la cabeza para facilitarle las cosas, cerrando los ojos con un placer sublime, mientras Jeff le mordisqueaba el cuello y rozaba con los dedos el pezón hasta lograr que se pusiera tenso bajo el vestido. Luego soltó diestramente los botones de la espalda para quitarle la prenda por la cabeza.

–¿Y la comida? –susurró ella, con un suspiro tembloroso, mientras aquellas manos se deslizaban desde su cintura hacia arriba.

–Comeremos después –le susurró él al oído.

Y desabrochó los diminutos botones que cerraban la camisola por delante. Las prendas interiores siguieron el mismo camino que el vestido, por lo que las manos de Jeff pudieron vagar sin estorbos. Bajo los chispeantes destellos de luz que se reflejaban en el agua, aquellos pechos desnudos parecían más blancos que nunca bajo sus dedos bronceados, pero se entibiaron muy pronto con sus atenciones. Su audacia iba en aumento; dejó que sus manos descendieran, provocando en Raelynn exclamaciones de placer y una entrega apasionada.

Por fin pasaron a saborear otras cosas: la comida que Cora les había preparado y, algo después, el arroyo cercano. Se acercaron al agua tan desnudos como vinieron al mundo, pero él se sentía mucho más a gusto que Raelynn. Como era la primera vez que ella se aventuraba sin ropa fuera de un dormitorio, la intimidaba salir al claro que rodeaba el arroyo. No obstante, cuando Jeff se alejó a nado, dejándola a salvo cerca de la orilla, decidió adentrarse en aguas más profundas.

–Venid, amor –la llamó él desde el centro del riachuelo–. Aquí el agua está muy fresca.

–No sé nadar –confesó ella. Nunca se había imaginado desnuda y al aire libre, mucho menos en el agua.

Los labios de Jeff se curvaron en una sonrisa demoníaca.

–Pues entonces tendré que arrojaros a lo más profundo. Veremos entonces cuánto tardáis en aprender.

–¡Cómo se os ocurre! –exclamó Raelynn.

Al ver el destello maligno de sus ojos, se volvió de inmediato hacia la orilla, desconfiada. Al oír que Jeff nadaba rápidamente hacia ella, lanzó un chillido de alarma y se volvió para confirmar sus temores. En efecto, él se acercaba mucho más deprisa de lo que ella podía alejarse vadeando. En su creciente nerviosismo, renovó sus esfuerzos por llegar a la orilla, que ahora, para espanto suyo, parecía estar al otro lado de un océano.

De pronto el brazo de Jeff le rodeó la cintura y la estrechó contra su cuerpo largo y musculoso, donde quedó cómodamente aprisionada. Las caderas y los muslos de su marido formaron una silla para sus nalgas, mientras él movía la mano libre sobre las tentadoras curvas de su cuerpo.

–Te he atrapado, pícara.

Raelynn estaba casi frenética.

–Por favor, Jeffrey, no me arrojéis al agua. Seguro que me hundiría. ¿Y qué pensarán los sirvientes cuando me vean llegar con el pelo mojado? Sospecharán, sin duda.

–No temáis, amor mío –susurró él, mordisqueándole la oreja–. Sólo quiero volver a abrazaros un rato. No tengo muchas oportunidades de veros completamente desnuda a plena luz del sol.

Raelynn, riendo de alivio, le dio un codazo en las costillas.

–¡Bestia! Lo que queríais era verme aterrada.

–Sí. Me gusta ver cómo os saltan los pechos cuando tratáis de correr por el agua –la provocó él, con una risa entre dientes–. Pero la verdad es que me gustaría enseñaros a nadar.

Ella se puso tensa de aprensión.

–Jeffrey Birmingham: si me arrojáis en la parte profunda del río no os perdonaré jamás.

–No es esa mi intención, querida. Simplemente, recostaos hacia atrás, en la seguridad de mis brazos –le instó él–. No os soltaré hasta que sepáis flotar de espaldas. Luego os enseñaré a nadar.

–Se me mojará el pelo –se afligió ella.

–Entraremos en la casa cuando nadie nos vea.

Raelynn, convencida, reclinó la cabeza contra el hombro de su esposo.

–Sabéis ser convincente cuando queréis saliros con la vuestra, querido.

–Cuando os deseo, amor mío, es cuando más astuto soy –susurró él, mordisqueándole la oreja.

Ella se entregó con cautela a los brazos que la sostenían, flotando en la superficie del agua. La sonrisa de Jeff fue cobrando una expresión libidinosa al contemplar el espectáculo. Nunca había visto nada tan apetitoso: dos melones maduros y una isla de vello rojizo, flotando en un mar sereno bajo el sol resplandeciente. Hasta entonces semejantes escenas habían estado estrictamente reservadas a sus sueños y no a la realidad. No obstante, no podía negar que se había permitido unas cuantas fantasías.

No pasó mucho tiempo sin que Raelynn pudiera bracear sin ayuda. Jeff se mantenía a poca distancia, pero se aproximó con nerviosa premura al ver que la clara piel de su esposa iba cogiendo un tono rojizo.

–Será mejor que os vistáis, querida, o acabaréis gritando de dolor. Sólo espero que no sea demasiado tarde.

–Pedid un carruaje –gimió ella, al salir del agua, pues tenía la sensación de cargar con barras de hierro–. No creo poder montar durante todo un mes. Mi trasero parece de piedra.

Jeff la alzó en brazos.

–No hay necesidad de carruaje, señora. Pondré el edredón delante de mí, para proporcionaros un asiento más blando, y os llevaré a casa a lomos de *Stargazer.*

Raelynn, satisfecha, apoyó la frente en su mejilla.

–Podéis atenderme tanto como queráis, querido.

–¿Prometido?

–Prometido.

Cuando llegaron a la casa, ella ya estaba haciendo muecas de dolor, pero no especialmente por los efectos del sol, sino por las horas pasadas sobre la silla de montar. No quiso llamar a Tizzy para que la ayudara a bañarse, pues imaginaba la vergüenza que sufriría cuando la muchacha se percatara de su problema. Tenía todo el cuerpo más enrojecido de lo normal. Por eso prefirió que Jeff la ayudara. Él lo hizo con mucha ternura; primero la bañó en agua tibia y le aplicó un bálsamo suavizante; luego le masajeó los músculos doloridos y el magullado trasero.

–Supongo que no podré llevaros a la reunión del domingo –musitó con buen humor, mientras le refrescaba las nalgas con ungüento, haciendo lo posible por contener la risa–. Para entonces ya podréis pasar por una atezada mohicana, o por una seta, con tantas pecas como aparecerán. Quizá debáis resignaros a que vuestro impecable cutis jamás volverá a ser como el de antes.

Pero no pudo contenerse más; su carcajada estalló por voluntad propia, haciendo que ella le arrojara una mirada de odio por encima del hombro.

–Tomáis todo esto a broma, Jeffrey Birmingham, cuando me veo mortificada y en aprietos. Aunque no puedo mantenerme de pie ni acostarme sin sentir dolor, vos reís como si nunca hubierais visto nada tan divertido. Creedme, señor: si pudiera usar la cabeza buscaría la manera de abandonar vuestra alcoba y encerrarme en la mía.

–Acicalad vuestro plumaje, bonita paloma mía –la aduló él, inclinándose para besarle la mejilla–. Os amaré siempre, aunque os cubráis de manchas o cambiéis de color.

Ante eso Raelynn cogió una almohada y se la arrojó a la cara sonriente, con todas sus fuerzas. Su esposo se tambaleó hacia atrás regocijado. Ella hacía lo posible por refrenar su propia risa, pero acabó riéndose a carcajadas tanto como Jeff. La casa nunca había resonado con tanta alegría. Y Jeffrey tenía grandes esperanzas de que, en los meses y los años venideros, perdurara esa felicidad para alimentar su corazón y su mente.

6

Con gran orgullo, Jeffrey Birmingham escoltó a su elegante esposa al interior de la iglesia, hasta el banco donde ya se habían sentado Heather, Brandon y Beau, el hijo de ambos, que tenía tres años. Al ver a su tío, en el rostro del pequeño apareció una amplia sonrisa y trepó sobre su regazo.

–Tío Jeff, ¿te enseño mi rana? –susurró en tono confidencial, mientras hundía la manita en el bolsillo de su chaqueta–. La he escondido aquí, para que mamá no la vea.

Jeff sostuvo al niño por la espalda y se inclinó hacia delante para mirar a Heather con una gran sonrisa. La joven, cada vez más perpleja, trató de ver qué estaba sucediendo, pues conocía muy bien el brillo especial que tenían los ojos de su cuñado: estaba tramando alguna travesura, sin duda.

Un momento después, sus ojos azul zafiro se dilataban de horror, al ver que su hijo plantaba una rana bajo la nariz de su tío. Para empeorar las cosas, el batracio dio en croar ostensiblemente, con lo que atrajo la atención de todos los feligreses. Pronto estallaron risillas entre los espectadores que, con divertida curiosidad, estiraban el cuello para ver lo que ocurriría. Heather, al ver la necesidad de intervenir, se apresuró a reacomodar el chal de encaje, en un esfuerzo por disimular su embarazo, y trató de ponerse de pie.

Por entonces Brandon había evaluado la situación.

–No te preocupes, amor mío –la tranquilizó, apoyándole una mano grande en el brazo–. Yo me ocuparé de la rana y del niño.

Y se aproximó al extremo del banco donde estaba su hermano con el pequeño.

–Debería dejar que tú arregles esto –susurró al oído de Jeff–, ya que necesitarás practicar para el futuro.

–¿No crees que debo aprender con el ejemplo? –inquirió Jeff en voz baja, muy sonriente, mientras Brandon retiraba a

Beau de su regazo–. Reconozco que hay mucho que aprender, pero a estas alturas debes de ser todo un experto.

Su hermano le obsequió con una sonrisa.

–Si esta vez es niña, tendré que aprenderlo todo de nuevo. Hatti jura que varones y mujeres son tan diferentes como el día y la noche.

Jeff ahuecó los labios, pensativo. Por fin asintió.

–Me alegro. Imagina la confusión, si no pudiéramos distinguir a hombres de mujeres en el momento de nacer. La vida sería ciertamente aburrida.

–No me refería a las diferencias anatómicas, querido hermano –corrigió Brandon, con una sonrisa divertida–, sino al carácter.

El menor agitó un dedo entre ambos.

–¿A las diferencias entre tu carácter y el mío?

Hubo un exagerado suspiro.

–¿Nunca te han dicho que eres exasperante?

–Pues a decir verdad, tú me lo dices con frecuencia.

–Es obvio que mis quejas nunca han hecho mella en esa cabezota tuya –se quejó el mayor.

Jeff sonrió con expresión traviesa.

–¿Hablas de mí?

–¿De quién, si no?

La rana, atrapada en la mano tenaz del niño, croó a lo largo de todo el pasillo, arrancando aplausos y risas a todos los que estaban al tanto de lo sucedido. Raelynn sofocaba sus risillas con el pañuelo, mirando de reojo a Heather, que meneaba la cabeza, sin poder evitar la sonrisa.

Una vez restaurado el orden, el reverendo Parsons dio comienzo al oficio, haciendo un esfuerzo por mostrarse impasible. Entre carraspeos, paseó la mirada de un lado a otro hasta que se hizo el silencio.

–Ahora cantaremos un himno –anunció con cierta calma–. Pero antes sugeriría que quien estaba tratando de cantar tuviera la bondad de contenerse, a fin de que los demás podamos hacerlo con tranquilidad. Me temo que era una vieja rana.

Una estruendosa carcajada llenó la iglesia. Brandon murmuró jovialmente:

–¡Amén!

Una vez terminado el sermón, los feligreses empezaron a reunirse en la puerta. La anciana señora Abegail Clark cruzó el patio con ayuda de su larga sombrilla, que usaba principalmente como bastón.

–Jeffrey Birmingham –llamó, atrayendo su atención–, estoy muy enfadada con vos, porque no habéis venido a presentarme a vuestra encantadora esposa. ¡Y yo, convencida de que me queríais!

–Oh, pero si os adoro, de verdad. –Él se quitó la chistera y la apoyó en el pecho, sobre el corazón, como si jurara una verdad absoluta–. Sois la luz de mis ojos, el calor que alimenta mi corazón.

–¡Basta de monsergas, jovencito charlatán! –replicó ella, riendo entre dientes, mientras levantaba la punta de su bastón para señalar a Raelynn–. ¡Y ahora presentádmela, si no queréis enfadarme todavía más!

Jeff le dedicó una galante reverencia e hizo los honores.

–Señora, permitidme que os presente a Raelynn, mi adorable esposa, a vos y a todos los que estén al alcance de mi voz. –Y cogió de la mano a la bella mujer que lo acompañaba, sonriéndole a los ojos–. Amor mío, esta enérgica matrona es Abegail Clark, vieja amiga de la familia. Prácticamente adoptó a mi madre, Catherine, cuando aún vivía.

Raelynn hizo una graciosa reverencia a la anciana.

–Un placer, señora.

–No, muchacha, el placer es todo mío –le aseguró ella, con amabilidad–. Llevaba años esperando ver a quién escogía por esposa este joven caballero. Me habían llegado rumores de las dificultades a las que debisteis enfrentaros a vuestra llegada, pero es obvio que las habéis superado asombrosamente bien. Permitidme que os dé una cariñosa bienvenida a las Carolinas, querida. Quiera Dios cuidar de vos y concederos una vida larga, feliz y fructífera.

Raelynn tomó la iniciativa de adelantarse para acercar la mejilla a aquella otra, arrugada por los años.

–Gracias, señora Clark. Espero ser digna de vuestras expectativas.

La mujer carraspeó, parpadeando apresuradamente ante las lágrimas que se le acumulaban en los ojos; al mirar en derredor se encontró rodeada por todos los Birmingham. Entonces alargó una mano hacia Heather, para atraerla hacia delante.

–Cuánto me alegro de verte, hija. Llevabas un par de semanas sin venir. Temía que tuvieras algún problema en tu estado. ¿Estás bien?

–Oh, por supuesto, señora Clark –la tranquilizó Heather, con una sonrisa radiante–. Es que en estos días Beau ha tenido algo de fiebre. Y en cuanto a la semana anterior, seguramente estáis enterada de la conmoción...

–Te refieres al señor Fridrich, ese bruto –exclamó la anciana, chasqueando la lengua en señal de disgusto.

–Por su culpa, ninguno de nosotros pudo conciliar el sueño hasta que cada uno estuvo en su casa, sano y salvo. Cuando todo pasó apenas podíamos mantener los ojos abiertos. –Heather echó una mirada traviesa a su apuesto esposo–. Si Brandon se hubiera echado a roncar durante el oficio, el reverendo Parson habría tenido motivos para pensar que había una invasión de ranas en su iglesia.

Su marido dejó caer la mandíbula, imitando el gesto de la persona escandalizada. Eso provocó las risas de su familia y de sus amigos.

–¡Protesto, señora! ¡Me acusáis injustamente! Nunca ronco.

Heather puso los ojos en blanco, con fingida incredulidad, y mostró la mano a la señora Clark, midiendo una pequeña cantidad entre el pulgar y el índice. Luego hizo un exagerado ademán de miedo, al ver que Brandon se acercaba, pero de inmediato se le escapó la risa. Él le rodeó los hombros con un brazo y amenazó con dar un mordisco a su esbelta nuca, para gran hilaridad de los presentes.

–Tío Jeff –dijo Beau, con la cabeza muy inclinada hacia atrás para poder abarcarlo en toda su altura–, ¿me ayudas a atrapar otra rana? Papá hizo que soltara la mía antes de volver a la iglesia.

Jeff entregó su sombrero a Raelynn y se agachó para alzarlo.

–Si tu papá te trae a mi casa, puedes atrapar las que quieras en el estanque. Pero debes prometerme que no las traerás a la iglesia. A las ranas les gustan los estanques y el aire libre. Ese es el mejor lugar para tenerlas.

–Pero allí se me escaparán.

–No te costará mucho atrapar otra... cuando quieras. ¿Prometido?

El niño alzó hacia su tío sus hermosos ojos azules.

–Pues sí, tío.

Jeff reparó súbitamente en algo; atónito, miró a su hermano por encima de la cabeza del niño.

–¡Beau tiene los ojos azules! ¡Yo creía que eran...!

–¿Verdes? –inquirió Heather, robándole la palabra de los labios. Y miró a su cuñado por debajo del ala del sombrero, con una risa traviesa–. Hace más de tres años que son azules. Ya deberías haberlo notado.

–Pero eran verdes, ¿o me equivoco?

Brandon proyectó el mentón hacia delante con una gran sonrisa.

–Juraría que ella convenció a las hadas para que le cambiaran los ojos. Si estás satisfecho con tu aspecto, cuídate de sus triquiñuelas. En cuanto te descuides cambiará el color de los tuyos.

Heather miró a su hermano político con una sonrisa feliz.

–La verdad es que los ojos de cualquier bebé cambian de color durante el primer año. Los ojos que creíamos verdes eran sólo azules, en proceso de formación.

Los Birmingham y Abegail Clark rieron, divertidos por esa simple lógica. Heather paseó la mirada por las caras alegres que la rodeaban y se encogió de hombros, en un gesto juvenil. Ante su tentadora sonrisa, Brandon olvidó que estaban a la vista de toda la congregación y le plantó un beso en la boca, súbitamente abierta.

Ella se apartó deprisa, mirando a su alrededor. Varias solteronas los miraban con los ojos dilatados de estupefacción.

–¡Brandon, que nos miran! ¡Compórtate!

Aun así, cuando su esposo dirigió una sonrisa a las tres solteronas y la estrechó contra sí, ella se reclinó contra él, con una expresión radiante. Su docilidad provocó en las espectadoras un intercambio de miradas y de cejas en alto.

En cuanto a Raelynn, la exhibición de cariño de sus cuñados le había parecido reconfortante. Sintió el impulso de deslizar una mano en la de Jeff, con una sonrisa amorosa. Él no pidió explicaciones, que en todo caso ella no habría podido ofrecerle. Simplemente, se alegraba de pertenecer al clan Birmingham.

La prueba final del nuevo vestido estaba programada para finales de septiembre. Sabedor de que Nell estaría trabajando en la tienda de Farrell, sin duda con el hijo recién nacido cerca de ella, Jeff tomó todas las precauciones a su alcance para evitar un enfrentamiento entre la joven costurera y su esposa. Dadas las circunstancias, lo único sensato que podía hacer era reservar tiempo para acompañar personalmente a Raelynn a la tienda. A su llegada supo, con gran alivio, que Nell había pedido un día libre para efectuar algunas diligencias. Sólo cabía esperar que decidiera abandonar la zona para siempre. Por mucho que la perspectiva afligiera a la muchacha, no quería volver a verla.

Como a los hombres no se les permitía entrar en los cuartos de prueba, Jeff quedó casi mordiendo el freno mientras esperaba la reaparición de Raelynn. Habían encargado para ella todo el guardarropa de otoño; le irritaba la perspectiva de tener que esperar durante muchas tediosas pruebas, sobre todo porque parecía ser el único cliente masculino en el local. Fue una sorpresa y un alivio ver salir a Raelynn vestida con el esplendoroso vestido de baile. La contempló con veneración, mientras ella parecía flotar hacia el espejo que Elizabeth puso delante de ella.

–Por Dios, hombre, cierra la boca –aconsejó Farrell, deteniéndose a su lado con una gran sonrisa.

–¡Qué belleza! –exclamó él, extasiado.

–Por supuesto –replicó el modisto, lustrándose las uñas en la solapa con un gesto de orgullo–. Lo he diseñado yo mismo.

Jeff miró a su amigo de soslayo, enarcando una ceja.

–Me refería a mi esposa, querido fanfarrón.

Farrell se encogió de hombros, sin perder su fingido aplomo.

–Pues eso también es cierto. En realidad resulta difícil determinar cuál de los dos es más encantador. No obstante, mi creación aumenta decididamente la belleza de tu esposa. Ella tiene el tipo de silueta al que hasta un sudario sienta bien. Es alta y delgada, se mueve como un sueño…

–Deja de babear –advirtió Jeff, mirándolo con una indignación que el chisporroteo de sus ojos desmentía–. Ya tiene dueño.

–Pues sí, es lo que me esfuerzo por recordar desde hace varias semanas. Y he decidido guiarme por tu consejo.

–¿Qué consejo es ese, si no te molesta recordármelo?

–Iré a tu baile acompañado de Elizabeth. –El diseñador miró a su amigo de reojo, a tiempo para ver la sonrisa que aparecía en su cara–. ¿Te molesta?

–¡Que el diablo me lleve!

–Si lo tomas así, será mejor que no vaya. –Farrell estiró el cuello para enderezar su bien cortada chaqueta–. No quiero que ardas en el infierno, Jeffrey.

Los ojos verdes bailaban de pícaro humor.

–Has tardado lo tuyo, amigo mío, pero me alegra saber que al fin estás usando esa cabezota. Ya sospechaba yo que para algo serviría. Sólo me faltaba saber para qué.

El modisto carraspeó; debía hacer ciertas confesiones que lo intranquilizaban.

–En realidad, desde tu última visita he salido a cenar con Elizabeth, una o dos veces. Por cuestiones de negocios, desde luego. Teniendo en cuenta nuestras dificultades pasadas, esa excusa parecía la mejor manera de que aceptara mis invitaciones. –Sus cejas se dispararon hacia arriba al recordar cierta sorpresa–. Lo que no había calculado era que debería enfrentarme a la audacia de algunos hombres. ¡Mira que devorarla con los ojos mientras ella estaba conmigo! Francamente, Jeffrey, he visto tanta baba cayendo por esos mentones que me entraron grandes deseos de golpearlos.

–Es decir, ¿has percibido el peligro de que algún galán enamoriscado te robe a esa valiosa asistente para llevarla al altar? –aguijoneó Jeff, con los ojos llenos de diversión.

Farrell, ofendido, se pasó un dedo bajo el cuello duro, como si le apretara demasiado.

–Hombre, se diría que me crees capaz de cortejar a Elizabeth, hasta de casarme con ella, sólo para salvar mi tienda de un desastre seguro.

–¿Lo negarás?

Un bufido evidenció la irritación del diseñador.

–Haces que parezca un tunante calculador, Jeffrey, y las cosas no son así. En absoluto. Elizabeth es una mujer muy guapa, a la que admiro desde hace años. Entre todas las muchachas que he cortejado en mi vida no hay una que pueda comparársele. Es que sólo en estas últimas semanas he comprendido que no debo orientar mi conducta por dolorosos recuerdos de años pasados. Aun así, no estoy seguro de que ella me agradezca el intento de convertir nuestra relación en algo menos formal. Pero creo que sería mucho más grato poner la mira en la paloma que habita mi patio trasero, en vez de desplumar los pollos de mis vecinos.

–Tranquilízate, amigo mío. Me complace saber que has cambiado de actitud. Hace dos meses ni la mirabas… o fingías no hacerlo. Es un alivio comprobar que has recuperado la vista.

–¡Recuperarla! ¡Pero si estoy casi bizco! Sólo ahora me doy cuenta de que la tengo siempre entre los pies. Es como mirarme la punta de la nariz.

–Y eso no te gusta –dedujo Jeff.

–Por todos los diablos, Jeffrey, yo no he dicho eso.

Su amigo estaba cada vez más perplejo.

–¿Y qué es lo que has dicho, querido fanfarrón?

El modisto lanzó un suspiro de exasperación; no estaba seguro de poder explicarlo todo.

–He tenido siempre tan cerca a Elizabeth que sólo ahora me he dado cuenta de lo que he estado haciendo.

Jeff trató de comprender.

–¿Ignorarla, quieres decir?

–¡Nooo! –se angustió Farrell–. ¡He estado soltero tanto tiempo! Deberías entenderlo. Tú eras como yo. Te he visto observar a las mujeres cuando ellas no sabían siquiera que las estabas mirando. Los solteros no pueden evitarlo. Quizá sea algo instintivo. O quizá se debe a que no estamos satisfechos, a menos que trates con rameras por pura desesperación. Pero a mí nunca me ha dado por ahí. Y creo que a ti tampoco. Cuando vemos a una mujer bonita, podemos desnudarla mentalmente, analizarla y poseerla en pocos segundos, a veces sin ser conscientes de lo que hacemos. Yo no necesitaba buscar una mujer más bonita para utilizarla como vara con la cual medir a todas las demás. Elizabeth estaba aquí desde un principio; eso me permitía comparar a las otras con ella, pero al mismo tiempo me habitué a tenerla a mi lado. Y así no me di cuenta de que hacía lo mismo con ella, pero mucho más a menudo que con todas las demás: desvestirla, analizarla y poseerla... todo mentalmente. Emory le puso nombre a eso. –Farrell meneó la cabeza, como asqueado de sí mismo–. Codiciar. Eso era lo que yo hacía mucho antes de que ella enviudara. Y cuando me lo dijo sentí deseos de golpearlo.

–Y ahora ¿qué piensas hacer al respecto?

Farrell resopló de frustración.

–Eso es lo que no sé, mi querido Jeffrey. Es frustrante, pero ignoro si puedo resolverlo.

Jeff enarcó una ceja intrigada. Su amigo no estaba ciego, después de todo; sólo desconfiaba de los antiguos rencores. Y nadie podía prever lo que ocurriría.

Ya avanzada la tarde, el carruaje se detuvo frente a la mansión Oakley para que descendieran los señores. En cuanto el carruaje se alejó, la atención de Jeff y Raelynn recayó inmediatamente en una voz furiosa que parecía provenir de la parte trasera de la casa.

–Insisto: usted no tiene nada que hacer aquí, señorita. Sólo quiere dar más quebraderos de cabeza al señor Jeffrey. Lo sé muy bien. Como lo que usted hizo hace un año, sí. Váyase ya, antes de que venga el señor y la vea rondando por aquí, como uno de esos blancos vagabundos.

Raelynn, al reconocer la voz del mayordomo, levantó hacia Jeff una mirada de asombro, totalmente sorprendida por la dureza de su tono. Habitualmente Kingston era el decoro y la paciencia personificados, pero en esos momentos su voz gruñona estaba cargada de indignación.

–¿A quién puede estar hablándole así, Jeffrey?

Las enjutas mejillas de su esposo se habían oscurecido; sus ojos tenían un brillo frío que le congeló hasta los huesos. Él le cogió los brazos para mirarla de frente y le dijo en tono firme:

–Esperad aquí, Raelynn. Yo me ocuparé de esto.

Ella asintió, resignándose de mala gana a permanecer tras la escena mientras su marido encaraba otra confrontación, como la noche en que Gustav y sus rufianes habían entrado por la fuerza en Oakley. Salvo que esta vez, quien causaba problemas era obviamente una mujer... mejor dicho, una muchacha llamada Nell.

Mientras Jeff rodeaba la casa, ella lo siguió con una mirada de preocupación, mordiéndose los labios. Sólo podía preguntarse cómo manejaría él la situación. Si era un libertino, como la chica afirmaba, ¿lo revelaría? ¿O sabría disimular su participación fingiéndose indignado?

Un momento después Raelynn dio un respingo al oírlo gritar, en tono iracundo:

–¿A qué diablos has venido?

–Oh, Jeffrey, hace una hora que te espero –se quejó dulcemente una voz femenina–. Ya temía tener que marcharme, porque Kingston me estaba tratando muy mal. Sé que debes estar preocupado por nuestro hijo y he venido a enseñártelo. Lo he llamado Daniel, como mi papá. Espero que no te moleste.

Raelynn se llevó al cuello una mano temblorosa. Había sentido un gran alivio al enterarse por Farrell de que Nell había pedido el día libre para atender algo urgente. Ahora comprendía el razonamiento de la chica: obviamente, tenía la ofensiva planeada con anticipación y quería lanzar su cañonazo allí donde no peligrara su empleo.

–Pues en realidad me molesta, Nell –respondió Jeff, cáustico–. Ese bebé puede ser tuyo, pero mío no, con toda seguridad. Y acaba ya con esta superchería, si no quieres que te envíe nuevamente a Charleston, pero esta vez en una carreta. Y puedes estar segura de que no te haré buscar ningún alojamiento. ¡Cualquiera sabe a qué pícaro has recibido en la última habitación que te pagué! Es obvio que no perdiste el tiempo al buscar quién te preñara.

Ella respondió con suavidad, en tono zalamero:

–Míralo, Jeffrey. Es un niñito muy guapo, el bebé más adorable que yo haya visto. Y con tanto pelo negro, y esas cejillas inclinadas hacia arriba, como las tuyas... Será tu viva imagen. ¡Pero si no me sorprendería que acabara teniendo ojos verdes! A veces pienso que no ha heredado nada de mí, pues ya se parece tanto a su papá... Mira a nuestro hijo, Jeffrey. ¿No ves el parecido?

–¡No insistas ya con esta causa perdida, Nell! –bramó Jeff–. No tengo ni idea de quién puede ser el padre, pero de algo estoy seguro: ¡no soy yo!

–Tiene el pelo negro y...

–¡Hay millares de bebés de pelo negro! ¡Eso no significa que yo los haya engendrado a todos!

Raelynn se esforzó por dominar la náusea que le revolvía el estómago. La escena no era muy diferente de la que se había desarrollado durante la primera aparición de Nell: la chica insistía con la misma tenacidad y Jeff estaba igualmente fuera de sí. Acaso parecía más enfadado ante esa audacia de acosarlo por segunda vez en su propia casa. Era imposible que la situación no le afectara, pero su cólera asustó a Raelynn. Puesto que normalmente actuaba con tanta ecuanimidad, esa muestra de mal genio hizo que se preguntara qué pasaba tras su cuidadosa fachada de sereno aplomo.

Miró a su alrededor, con la esperanza de que algo la distrajera de aquella discusión, aun sabiendo que era ridículo; que algo pudiera desviar sus pensamientos por un solo instante era tan poco probable como que la tierra se detuviera sobre su eje.

Nell se puso petulante.

–No necesitas gritar, Jeffrey. Estoy aquí.

–Pues la verdad, jovencita –replicó él, desdeñoso–, me sentiría muy complacido si me hicieras el gran favor de regresar a Charleston con tu hijo. Si desapareces de la faz de la tierra, mucho mejor. Te quiero fuera de mi vista.

–Te preocupa lo que pueda pensar tu esposa cuando eche un vistazo a nuestro hijo –desafió Nell, en tono dolido.

Jeff perdió del todo el aplomo.

–¡Lárgate! ¡Lárgate ya! No quiero malgastar saliva hablando contigo ni un momento más. ¡Y no vuelvas nunca! Si lo haces, arriesgas la vida. Porque en este mismo instante, jovencita, me gustaría estrangularte. ¡Conque te convendría echar a correr antes de que lo haga!

Luego suavizó la voz para preguntar a su mayordomo:

–Kingston, ¿hay algún carruaje que la esté esperando?

–Sí, señor Jeffrey. Ha dejado uno frente a la casa.

–Entonces ten la amabilidad de acompañar a la señorita Nell hasta allí... por la fuerza, si es necesario. Informa al cochero que no debe detenerse hasta haber salido de mi propiedad.

–Sí, señor Jeffrey. Enseguida.

Raelynn esperó, con una fingida calma, mientras la muchacha aparecía aproximándose con furioso paso por el costado de la mansión. Kingston hacía lo posible por alcanzarla, pero de nada servía. Los ojos verde mar se encontraron por un breve instante con los azules, y en ese momento Raelynn comprendió lo que eran las dagas visuales. Tuvo la sensación de que le penetraban hasta el hueso.

Nell curvó el labio superior hacia arriba, en una mueca despectiva, y marchó hacia su rival.

–Crees que ahora tendrás a Jeffrey y a todo su dinero en la palma de la mano, ¿verdad? Pues mira, señorita engreída: todavía no he terminado contigo. Os haré pasar tanta vergüenza que no podréis dejaros ver en público. Puede que así ese avaro del señorón Birmingham se avenga a darme lo que le pido. No es porque le falte, no. –Lanzó un bufido desdeñoso–. Con toda seguridad, tú podrías parirle una docena de hijos sin que su bolsillo sufriera por ello.

Tras descartar a Raelynn con un gesto arrogante, Nell se alejó por el sendero hacia el coche de alquiler que esperaba en la curva del camino. Kingston corrió tras ella; allí estaba para ayudarla, cuando la muchacha se detuvo junto al estribo para reacomodar el bulto que cargaba en los brazos. Después de una última mirada fulminante a Jeff, que se mostraba estoico junto a su esposa, aceptó el apoyo del mayordomo para subir al vehículo y no volvió a mirar hacia atrás.

El coche se alejó por el camino, permitiendo que Raelynn soltara finalmente un suspiro largo y tembloroso. Aún estremecida, levantó la vista hacia su esposo, que se había abierto la chaqueta para hundir las manos en los bolsillos de los bien cortados pantalones. Su expresión preocupada dejaba entrever que esperaba alguna reacción, algún comentario desagradable de ella, pues la observaba con una ceja torcida y expresión cautelosa. Dadas las circunstancias, tal vez ella habría debido decir algo profundo o grave, pero en esos momentos no se le ocurría nada especial. Por fin paseó una mirada inquieta en derredor, comentando en voz baja:

–Aquí nunca estás segura de que no se te caiga el cielo encima. Parece que sucede con bastante frecuencia.

7

Los melodiosos compases de un vals llenaban el aire de la casa, mientras el alto dueño de Oakley giraba con su joven esposa, en círculos cada vez más amplios, por el salón iluminado de velas y adornado de flores. El enjoyado vuelo de la falda giraba acariciando las pantorrillas de su esposo, enfundadas en medias negras, al igual que los finos dedos de ella acariciaban la tela de la bien cortada levita. El elegante traje de seda negra, acentuado por una corbata blanca y una almidonada camisa de cuello alto, formaba un grato contraste con el rosa pálido del vestido. Lo mismo ocurría con el pelo negro y la morena apostura del marido que destacaban la piel de marfil y el brillo rojizo del cabello femenino.

Sólo tenían ojos el uno para el otro; permanecían en un estado de feliz embriaguez olvidándose de los invitados que, desde los bordes de la pista, contemplaban con admiración a la atractiva pareja. Otros eran menos gentiles. Desde hacía cuando menos una década, vecinos y amigos conocían la atracción que los hermanos Birmingham despertaban en las románticas mujeres de la zona. Desde que el mayor se casara con su bella esposa y con un segundo hijo en camino, muchas de esas atenciones habían recaído en el menor, adquiriendo, sin quererlo, un vasto séquito de deslumbradas devotas. Muchas de esas jovencitas embelesadas estaban presentes en la fiesta de esa noche, por pertenecer a familias que conocían a los Birmingham desde hacía muchos años. Algunas eran hijas mimadas de padres avariciosos que deseaban su fortuna. Madres e hijas murmuraban despectivamente cuando sus miradas altaneras se cruzaban con el objeto de su envidia y la causa de su frustración. Los últimos rumores aseguraban que la flamante señora Birmingham había recibido las celosas atenciones de cierto Gustav Fridrich, un alemán bruto y violento, tan decidido a apoderarse de la muchacha que había irrumpido en Oakley para llevársela cautiva. Las jovencitas rechazadas y sus amorosos padres aireaban más de un rumor, sugiriendo que la señora había sido mancillada por su raptor y que su apuesto esposo, todo un caballero, no la repudiaba sólo por una cuestión de honor.

Desde otro sector llegaban cumplidos más halagadores; no sólo se entonaban generosas alabanzas a la atractiva pareja, sino que se expresaba admiración por el vestido de la dama. Todos calculaban que la prenda habría costado una considerable suma a su esposo. Pero muchos se encogían de hombros, sin ánimo de censura: puesto que Jeffrey Birmingham era tan rico, se comprendía que quisiera llenar de regalos a su esposa, que realmente era exquisita.

Farrell Ives y Elizabeth Dalton intercambiaron una mirada sonriente al oír los comentarios que provocaba el vestido. En silencioso tributo al talento del modisto, su leal asistente le estrechó el brazo. La suave presión no pasó desapercibida al corpulento caballero. En realidad provocó su sorpresa, pues la dama nunca había demostrado ningún deseo de tocarlo, por casualidad o con deliberación, a menos que algún motivo así lo exigiera.

Farrell dirigió una mirada interrogante hacia la bella morena; cuando Elizabeth levantó la suya, sus ojos se encontraron con sorprendentes resultados. En los ojos azules de él comenzó a brillar una calidez que insinuaba claramente el deseo viril, mientras él se zambullía en la profundidad de aquellos iris negros. Por primera vez, los capturaba con tiempo suficiente para concebir alguna esperanza de que el corazón de su asistente fuera receptivo a una íntima búsqueda de sus emociones. Por un instante vio alguna posibilidad de que así fuera; sus finos dedos rozaron la delicada mano femenina, tratando de comunicar todos los sentimientos que durante años había reprimido. Ella contuvo el aliento y, por un instante, pareció vacilar entre la sonrisa y algún temor desconocido. Luego sus labios comenzaron a temblar y de ellos escapó un suspiro nervioso.

Algún anhelo conmovedor pareció colmar la esencia misma de Elizabeth. Por mucho que deseara responder con calidez femenina a la interrogante mirada de Farrell, conocía demasiado bien el peligro de ceder a esa fascinante y poderosa sonrisa masculina. Con frecuencia era testigo de ese riesgo en las jóvenes desprevenidas que se acercaban demasiado, hasta descubrir, sin previo aviso, que su corazón había caído sin remedio en la trampa. Esos hipnóticos ojos azules tenían el poder de aflojar a un tiempo las rodillas, la mente y la voluntad, no sólo de tiernas vírgenes, sino también de viudas entradas en años, tal como lo había demostrado recientemente la señora Brewster. Elizabeth, que sólo era su empleada, sabía que bajar la guardia era una locura, pues no soportaría verlo desaparecer si ella olvidaba las limitaciones que se había impuesto. Aun así le era difícil ignorar la sensación de vacío que le aparecía en la boca del estómago cada vez que, obligada por el decoro, debía mantener la calma mientras él practicaba sus irresistibles zalamerías con alguna dulce jovencita. Por la tristeza que sentía en esas ocasiones, no le quedaban dudas de que deseaba, quizá más que nadie, una pequeña parte de esas atenciones para sí misma. Con aire despreocupado, Elizabeth retiró la mano, con la esperanza de que su jefe no notase cuánto temblaba, y se obligó a apartar la vista en un esfuerzo por serenarse. La mesa llena de canapés y bebidas atrajo su atención y buscó una excusa para poner alguna distancia entre el diseñador y ella.

–Si no os molesta, señor Ives, me gustaría ver qué encuentro para comer en aquella mesa. Hoy, con las prisas por estar lista a tiempo, no pude tomar nada. Además, varias de nuestras clientas más jóvenes os están mirando, sin duda con la esperanza de que las invitéis a bailar. Sin duda querréis darles ese gusto.

Farrell deslizó una mano bajo su codo, sin dejarse persuadir por sus intentos de hacerle ir con otras mujeres.

–En realidad me gustaría acompañaros. Pero debo recordaros, Elizabeth, que no necesitáis ser tan formal cuando estamos fuera de la tienda. Conocéis mi nombre mejor que nadie. Tenéis permiso para utilizarlo.

Ella quiso hablar, pero descubrió que su voz había perdido fuerza. Después de un carraspeo hizo otro intento.

–¿Os parece que nos conviene ser tan informales cuando hay tantos oídos atentos a nuestro alrededor? Hasta ahora hemos logrado evitar los rumores porque no nos tratamos en público. Si los chismosos me oyeran llamaros por vuestro nombre de pila, podrían dar mucha importancia a esa familiaridad.

Farrell sintió deseos de maldecir a todos esos entrometidos, condenándolos a una vida de infinito aburrimiento. Aceptó de mala gana la excusa de Elizabeth, no porque estuviera de acuerdo con ella, sino por lo difícil que sería lograr que cambiara de idea. Esa mujer tenía a veces una voluntad de hierro, sobre todo en lo referente a los asuntos personales y, según sospechaba él, a los del corazón.

En otra parte del salón, una mujer alta y atractiva, de edad madura, observaba a través de sus impertinentes a la joven pareja Birmingham, que pasaba bailando un vals. Con una ceja alzada en gesto altanero, se inclinó hacia su vecina, una dama de menor estatura.

–Debo de haber oído mal, señora Brewster. ¿Habéis dicho que el señor Birmingham encontró a su flamante esposa debajo de un carruaje? Suena como si la hubiese encontrado dentro de una col, en la huerta de su vecino. Aquí, en las Carolinas, los solteros codiciados no salen en busca de esposa de manera tan extraña, ¿verdad?

La regordeta mujer dio un respingo de sorpresa ante las deducciones de su compañera. Con gran agitación, meneó su abanico de encaje, con lo que las plumas de pavo real que adornaban su complicado sombrero se menearon también.

–¡No he dicho nada de eso, mi querida señora Winthrop! La señora Raelynn no estaba debajo de un coche, aunque bien habría podido suceder, si el señor Jeffrey no hubiera saltado al camino para salvarla.

El alto caballero que las acompañaba prestó atención a la sombrerera.

–Contad, contad, señora Brewster. Habéis avivado mi imaginación a tal punto que ahora debéis aplacarla.

–Con mucho gusto, milord –replicó la mujer, con una risilla nerviosa. Con un parpadeo de coquetería, empezó a narrar con todo lujo de detalles cómo se había conocido la pareja.

Sin saber que en todos los círculos cercanos se hablaba de ellos, Jeff continuaba girando con su esposa por el salón de baile, recreándose en la adoración que brillaba en aquellos acuosos ojos verdes, de oscuras pestañas, tal como uno disfruta de los cálidos rayos solares en un país glacial.

–¿Os he dicho esta noche, tesoro mío, lo encantadora que estáis? Pero en realidad siempre estáis arrebatadora. Y cuando más lo noto es cuando no tenéis nada puesto. ¿Os divertís?

–Inmensamente –le aseguró Raelynn. Sus suaves labios se curvaron tentadoramente hacia arriba. Al bailar con su apuesto esposo volvía a sentirse como cuando era todavía casi niña y bailaba por el jardín en brazos de su príncipe azul. Deslizó los dedos por el ancho hombro y, fingiendo alisar la solapa de satén, acarició el duro pecho bajo la tela–. Me hacéis sentir como si fuera una princesa, Jeffrey.

–Vuestro porte os da derecho a sentiros así, querida. Contemplaros me enloquece. Este vestido nuevo es resplandeciente, sin duda alguna, pero no llega a igualar vuestra belleza. Si no fuera por el vívido recuerdo que me ha dejado vuestro aseo, pensaría que Farrell os persuadió de que prescindierais de todas esas prendas interiores que a las mujeres tanto os gusta amontonar bajo la ropa. Se adhiere a vos de manera celestial.

Raelynn, sonriente, dejó que sus pensamientos volvieran a las horas previas al baile, cuando Jeff la contemplaba desde la tumbona, con todo el aspecto de un moreno sultán que admirara a su concubina favorita. Tizzy, nerviosa al tener que peinarla bajo su estrecha atención, dejó caer el peine incontables veces, hasta que Jeffrey, compadecido, se retiró de la alcoba.

–El satén que utilizaron para hacer la combinación es sublime; me siento maravillosamente bien.

Jeff presionó con la mano tras su cintura para acercarla discretamente.

–Maravillosa sois en verdad, señora, tanto que tengo deseos de devoraros desde que me dejasteis solo en la bañera.

Raelynn lo miró con coquetería a través de las sedosas pestañas. Era muy habitual que su esposo jugara con las palabras para darles un sentido propio.

–Por dentro, he querido decir.

–Me gustaría echar otra mirada a esa combinación –bromeó él, con una gran sonrisa, mientras bajaba brevemente la mirada hacia su seno.

–¡Jeffrey! Tenemos invitados.

–Eso no me impide recordar lo hermosa que sois bajo todas esas galas, ni lo tentadora que resultáis cuando estáis en mis brazos, tibia y satisfecha.

Las mejillas de Raelynn se encendieron en un matiz rosado al pensar en las muchas veces que se había abandonado a la intensidad de la unión. Aunque su única experiencia en el arte amatorio era lo que había aprendido en los brazos de Jeff, él parecía un amante consumado y audaz. Ella solía preguntarse cómo habría llegado a saber tanto, pero eso la llevaba a dudas recurrentes sobre Nell y tantas otras a las que su esposo podía haber complacido. Aun así, cuando esos ojos de esmeralda se posaban en ella, comunicándole en silencio sus deseos, le era posible olvidar todo lo que no fuera su creciente vínculo con ese hombre. Simplemente, vestido o desnudo como vino al mundo, Jeffrey Birmingham acaparaba toda su atención.

–Mis visiones son igualmente apasionantes, querido.

Una sonrisa pícara inclinó los labios de su marido.

–Al parecer somos de la misma opinión, querida. Casi no hay hora en el día en que mis pensamientos no vuelvan a la intimidad de nuestra alcoba. Es grato ver que a vos os afecta de igual manera.

Ella inclinó la elegante cabeza con curiosidad.

–Hay algo que me intriga, querido.

–Decidme.

–En nuestra cama podría dormir cómodamente una familia entera. ¿Teníais alguna intención especial cuando especificasteis sus dimensiones?

–Supongo que, al verla, uno puede preguntarse si no fue especialmente encargada para dar cabida a las actividades de una pareja.

–¿Acaso no fue así? –lo desafió ella, dulcemente.

Él enarcó brevemente las cejas por encima de una mirada ardiente.

–Claro que sí, querida. Os diré que durante años he tenido en la mente la imagen de una diosa desnuda, de piel clara, capaz de incitarme a exóticos sueños. Sus pechos eran redondos y suaves, de matices delicados; su vientre, como crema; sus muslos se unían de modo tan tentador que me enloquecía el deseo de montarlos. Mis anhelos dejaron una profunda huella, inspirándome la creencia de que algún día me sería posible dar vida con un beso a la dama de mis sueños.

–Vuestros besos darían vida al corazón de la mujer más remisa, querido.

–Vos misma erais reacia hasta hace poco tiempo.

–Sólo porque ignoraba los placeres que me esperaban en vuestros brazos.

Jeff echó la cabeza atrás en una sincera carcajada, haciendo que su esposa mirara a su alrededor con súbita preocupación. No podía prever cómo reaccionarían los invitados ante la irreprimible hilaridad de su marido, pero tal como cabía esperar, ahora ambos concentraban la atención de casi todos los presentes. Eso no la preocupó tanto como el hecho de que también eran objeto de rencorosas miradas por parte de las rechazadas. Pese a su juventud, obviamente ella había arruinado las esperanzas de mujeres que le llevaban varios años; entre ellas, jóvenes viudas mucho más experimentadas en lo referente a los hombres.

–Jeffrey Birmingham, ¿qué pensarán nuestros invitados? –susurró, esforzándose por mostrarse seria. Se lo dificultaba el hecho de que fuera tan grato ser la esposa de semejante hombre–. Mirad. Nadie más baila. Nos hemos convertido en la atracción de la velada. La gente pensará lo peor.

–Sí, esas fantasías incitan la imaginación –le aseguró él, haciéndola girar. Su sonrisa se parecía mucho a una mueca libidinosa–. Si me pudieran leer la mente, querida, se quedarían doblemente escandalizados.

Ella volvió a acariciar la solapa de la levita; en la comisura de su boca había aparecido un hoyuelo.

–Es obvio que vuestros pensamientos no necesitan de estímulos, querido.

–Mientras os tenga por esposa no, amor mío. Con sólo miraros, mis aspiraciones y otras cosas se elevan a alturas vertiginosas.

Ella alzó una mirada coqueta, fingiendo que reflexionaba.

–¿Y cuáles serían esas otras cosas?

Una ceja oscura se arqueó picarescamente hacia arriba, mientras los ojos verdes respondían con un centelleo.

–Me provocáis, querida mía, y no sé con qué fin. Si queréis una demostración privada, sin duda encontraremos algún sitio donde pueda exhibir mi ardor sin provocaros ningún bochorno.

Los dedos de Raelynn ascendieron hasta el cuello alto de la camisa almidonada.

–Por el dudoso porte que veo en otros atuendos masculinos, querido, es fácil deducir que habéis sido bendecido con un sastre excepcional o un físico estupendo. No me negaría a una exhibición privada.

Jeff la miró de soslayo, cada vez más intrigado.

–¿Os gustaría ver alguna zona específica, querida?

–La verdad, Jeffrey, deberíais elevar vuestra mirada por encima de la ingle –lo provocó ella, con dulzura–. Así descubriríais que el cuerpo del hombre tiene otras partes igualmente dignas de admiración.

–No me habéis respondido –insistió él, reacio a abandonar tema tan apasionante–. Pasados tres, casi cuatro meses de nuestra boda, ¿devoráis con los ojos a otros hombres para compararlos conmigo? ¿O lo hacéis sólo por curiosidad?

Esa pregunta le arrancó una exclamación francamente escandalizada.

–Yo no devoro con la vista a nadie.

–A mí, sí.

La elegante nariz se alzó con aire altanero.

–Eso es diferente.

Jeff se inclinó hacia su oído para susurrarle:

–Pero me gusta que lo hagáis.

Raelynn curvó los labios en una sonrisa cautivadora, mientras lo miraba de reojo.

–El placer es mutuo, querido.

–¡Hombre! ¡Ahora sí que la habéis hecho buena!

Su esposa lo miró con extrañeza.

–¿Qué sucede?

–Será mejor cambiar de tema antes de que yo pase bochorno –advirtió él–. Estos pantalones son demasiado indiscretos.

Los acuosos ojos verdes miraron brevemente hacia abajo, arrancándole una risa divertida.

–¡Habéis caído en la trampa!

Raelynn meneó la cabeza, como un niño irritado por las triquiñuelas de algún bromista fastidioso, pero las comisuras de sus labios se curvaron por voluntad propia.

–No me sorprende en absoluto, puesto que tengo a un esposo libertino.

–Comencé a ser libertino el día en que entrasteis en mi vida, querida mía.

Raelynn, satisfecha, continuó jugando con los cuidadosos pliegues de su corbatón.

–Y yo me convertí en una verdadera loca desde el momento en que me llevasteis a vuestro lecho, querido. Apenas puedo pensar en otra cosa.

Los sirvientes que pasaban con bandejas cargadas de bebidas, los músicos que extraían notas melodiosas a sus instrumentos, las discretas conversaciones entre elegantes damas y caballeros, todo parecía ajeno al mundo privado en el que ambos se encontraban. No obstante, sólo tras ceder a Raelynn para que bailara con un anciano de impecable carácter cayó Jeff en la cuenta de que el tiempo no pasaba cuando no estaban juntos. Mientras conversaba con algunos compañeros de cacerías, sus ojos la buscaban para contemplar la respetuosa sonrisa del anciano que bailaba con ella. Entonces su mirada tropezó con la expresión divertida de su hermano y enrojeció de humillación.

–Te gusta bastante, ¿verdad? –le preguntó su hermano, acercándose.

–No sólo bastante –reconoció él de buen grado, con un seco gesto afirmativo. Se permitió echar un último vistazo a su esposa antes de ir tras el mayor, tal como lo había hecho con frecuencia cuando era niño.

Heather ocupaba un gran sillón de respaldo alto; tenía los primorosos pies apoyados en un escabel y un chal de encaje echado sobre los hombros para disimular el abultado vientre. Algo más temprano, Jeff había indicado a los sirvientes que pusieran el sillón en un sitio desde donde la futura madre pudiera ver todo el salón sin necesidad de moverse; el único obstáculo en su campo visual serían los invitados que no repararan en su presencia.

–No habrá muchos –había respondido Jeff, cuando Kingston le planteó la pregunta–. Aun embarazada tendrá su corte de amigos y admiradores, dispuestos a cuidar de que no suceda.

Tal como esperaba, Heather estaba rodeada por un pequeño grupo de amigos que se habían detenido a presentarle sus respetos. Farrell Ives, del brazo de Elizabeth Dalton, dialogaba en esos momentos con la encantadora esposa de Brandon. También Thelma Brewster se había apresurado a cruzar el salón al ver al modisto entre los que conversaban con la bella embarazada. La sombrerera trajo consigo a sus acompañantes, Lydia Winthrop y el lord inglés viudo, ambos maduros. La señora Winthrop se había criado cerca de Charleston, aunque desde hacía veinte años estaba casada con un rico inglés y vivía en Londres, pero ahora estaba de viaje para visitar a sus amigos de las Carolinas. En cuanto al aristócrata, había pasado casi toda su vida cerca de la gran metrópolis inglesa y tenía la intención de regresar en cuanto resolviera los asuntos que lo habían llevado a Charleston.

–¿Os han presentado a lord Marsden, queridos? –preguntó Lydia Winthrop, indicando al larguirucho caballero con un elegante ademán–. Nos conocimos en el viaje hacia aquí. ¡Y qué tiempo horrible tuvimos! Nuestro barco se sacudía más de lo que me era posible soportar. Pero eso no viene al caso. Lord Marsden ha venido en busca de terrenos adecuados para su hija y su prometido. La señora Brewster nos aseguró que nuestro anfitrión no tendría ningún inconveniente en que Su Señoría nos acompañara, puesto que los señores Birmingham pueden indicarle las mejores fincas disponibles en la zona.

Lord Marsden carraspeó, como si estuviera a punto de lanzar un largo discurso.

–Sí, por supuesto. Hubiera preferido no molestar, pero estas amables señoras han insistido. Confío en que el dueño de la casa sea tolerante con los forasteros que abusan de su hospitalidad.

Heather le sonrió. Tal como ella lo veía desde su asiento, el hombre parecía un gigante junto a las dos señoras que lo flanqueaban, sobre todo comparado con la regordeta sombrerera, medio palmo más baja y menos elegante que Lydia. En cuanto a Su Señoría, era decididamente del tipo blando: alto, flaco, de miembros largos y lacio pelo castaño; su cara agria era típica de algunos aristócratas pomposos. La levita y los pantalones azul oscuro eran de muy buen corte, pero tan sobrios como quien los llevaba.

–No paséis apuro, milord –le dijo–. Sin duda, mi cuñado se sentirá honrado por vuestra presencia. En cuanto a lo que os trae por aquí, Jeffrey y Brandon pueden ayudaros en vuestra búsqueda de tierras, pero a menos que llevéis mucha prisa, por esta noche disfrutad de los festejos y de las vituallas. Jeffrey tiene una cocinera excepcional, de manera que la comida promete ser deliciosa.

–Gracias, señora, por hacer que un forastero se sienta como en su casa –replicó lord Marsden, amablemente–. Sois muy gentil.

–Es un placer seros útil, milord. Ahora disfrutad, por favor, y no dudéis en recorrer la casa, si queréis echarle un vistazo. Puesto que tantos invitados han pedido ver las mejoras que se han hecho en Oakley, casi todos los cuartos están abiertos a los visitantes. La casa es un ejemplo típico de las plantaciones locales; desde que mi cuñado la restauró se ha convertido en una verdadera joya. Durante estas festividades sólo las habitaciones personales de Jeffrey quedarán reservadas para su uso privado y el de su familia.

Lord Marsden respondió con una reverencia:

–Vuestra familia es muy cortés, señora.

Luego se volvió para seguir a las dos mujeres, que ya se alejaban cruzando el salón. Cuando Lydia Winthrop se detuvo para señalar los techos y las paredes, embellecidos con elegantes molduras en forma de festones de flores sobredoradas, Su Señoría se paró a observarlos.

–Recuerdo cómo era esta casa cuando los padres de Louisa vivían aquí –musitó la señora–. Si bien ya era hermosa, no tiene comparación con lo que es hoy. Nunca imaginé que pudiera quedar así.

–Sin embargo, señora –contestó Su Señoría–, reconoceréis que, comparada con las grandes mansiones de Londres se la ve algo descolorida. Desde luego, en contraste con las humildes viviendas que he visto aquí, en las Carolinas, sería el equivalente de una modesta finca inglesa, pero no muy grandiosa, como se comprenderá.

La alegre sonrisa de la señora Brewster se destiñó un poco. Como su diminuto apartamento y su sombrerería podían caber en el salón donde se encontraban, se preguntaba si, tras visitar su establecimiento, lord Marsden la miraría con desprecio. Consideró más prudente cambiar de tema.

–La señora Heather es una excelente mujer, quizá la más encantadora de la zona... aparte de la señora Raelynn, desde luego.

Su Señoría extrajo una caja de rapé y, después de verter un poco de polvo en el dorso de la mano, inhaló algunas partículas. Luego elevó pomposamente las cejas, mientras presionaba un pañuelo contra los lados de la nariz.

–Tiene los rasgos de esos condenados irlandeses. ¿Por casualidad lo es?

Thelma Brewster, momentáneamente enmudecida, rebuscó en su memoria.

–Creo... creo que sí. Es decir, me parece recordar que su madre llegó a Inglaterra desde Irlanda, tras casarse con el padre de Heather.

Lord Marsden se meció sobre los pies, con la angulosa barbilla casi a la altura de su larga nariz.

–¡Qué pena!

La sombrerera sintió que se le erizaba el pelo de la nuca. Si ese hombre pensaba que Heather Birmingham estaba por debajo de su elevada alcurnia, ¿cuánto más abajo situaría a la mayor parte de los habitantes de Charleston, incluida ella misma?

Lydia Winthrop sonrió al aristócrata.

–Ya veréis, milord, que los vecinos de esta zona se interesan muy poco por los títulos de nobleza. Debéis recordar que, si bien este territorio estuvo en otros tiempos bajo el gobierno inglés, ya no está sujeto a la autoridad de la monarquía. Quienes vivían aquí lucharon por librarse de la autocracia.

–Rebeldes, yanquis... son todos iguales –replicó Marsden, imperioso.

Las regordetas mejillas de la sombrerera se hundieron marcadamente en una exclamación horrorizada. El respeto reverencial que había sentido en un primer momento por el aristócrata se convertía rápidamente en ira ofendida. Si se veía obligada a escuchar más comentarios arrogantes de ese inglés, acabaría por estrellarle una ponchera contra la cabeza. En un esfuerzo por desviar el tema hacia otro menos polémico, señaló la abundante comida servida en las mesas.

–Será difícil que encontréis comida más sabrosa en las Carolinas, milord. ¿No queréis coger un plato y probarla?

Lord Marsden volvió a tocarse remilgadamente la nariz con el pañuelo de encaje; luego resopló:

–No me atrevo a preguntar de qué están hechos esos platos. Semejantes vituallas podrían provocarme la muerte.

–Bueno, es difícil que encontréis por aquí algún pastel de riñones, Vuestra Señoría –replicó la señora Brewster, echándole una mirada rencorosa. Por muy lord inglés que fuera, necesitaba una lección de buenos modales–. Por mi parte, me muero por probarlas.

Lydia pasó un plato a su compañera, sonriéndole.

–¿Comenzamos?

Al ver que Jeff cruzaba la muchedumbre hacia ella, Heather le extendió una mano acogedora, riendo como una colegiala.

–Ya me preguntaba qué sería necesario hacer para llamaros la atención. Habéis bailado tanto con Raelynn que temía verme obligada a intervenir y solicitaros una pieza, sólo para tener la oportunidad de conversar con vos. Vuestro baile es magnífico, señor. Gracias por invitarnos.

Jeff le guiñó un ojo con cariño, mientras le besaba los finos dedos. Luego dio un paso atrás para contemplarla con una mirada observadora y bromista.

–Permitidme deciros, señora, que parecéis una gallina en el nido, a la ansiosa espera de que su huevo esté empollado.

Heather apoyó una mano contra el vientre, tamborileando con los dedos.

–Será una de estas semanas.

–¿Os sentís bien, princesa?

–Perfectamente –le aseguró ella, acentuando la sonrisa. Luego echó una mirada afectuosa a su marido y dejó escapar un pequeño suspiro, mientras él se reclinaba contra su sillón–. Y estaría mejor si vuestro hermano se tranquilizara un poquito. Me vigila como perro a un hueso apetitoso.

Como su alegre tono descartaba cualquier insinuación de reproche, obtuvo una gran sonrisa de su esposo. Este digno caballero procedió a acariciar el brazo de su mujer.

–Disculpad, querida mía, pero como estáis a punto de traer al mundo a nuestro nuevo vástago, creo que se me puede permitir cierto grado de nerviosismo.

Heather le dirigió un pícaro mohín.

–Oh, tonterías. Sabéis muy bien que pueden pasar dos semanas más antes de que nazca nuestra hija. Al menos eso es lo que dice Hatti. Se diría que habéis olvidado lo que parecía yo unas semanas antes de que naciera Beau: algo así como una fragata surcando las aguas con su majestuosa proa, supongo.

Hubo risas entre quienes rodeaban su sillón. Sin embargo Jeff vio muestras de tensión en el semblante de Brandon, pese a su aire divertido; su hermano había experimentado lo mismo tres años antes, al enfrentarse con el nacimiento de Beau. Jeff sabía mejor que nadie hasta qué punto su corazón pertenecía a Heather; el hecho de que ella debiera soportar los dolores del alumbramiento o, peor aún, la posibilidad de que muriera en el trance, lo privaban de toda paz interior. Aunque el primer parto había sido bastante fácil, siempre existía la amenaza de que se presentaran complicaciones. Mientras ese momento no hubiera pasado, Brandon no podía vivir tranquilo.

–Te aseguro, querida mía –repuso él con voz ronca, estrechando la delicada mano de su esposa–, que no he olvidado detalle de mi dura prueba. Por eso estoy nervioso.

Al ver que Heather elevaba los tiernos ojos hacia su marido, Jeff tuvo la sensación de haber violado inadvertidamente la intimidad de ambos. Al volverse hacia otro lado se encontró con Farrell, que también había presenciado el intercambio de amorosa devoción entre la pareja. Era raro ver a un matrimonio tan unido. Cualquier soltero podía envidiarles esa tierna complicidad.

–Jeffrey, querido mío, hoy se te ve muy elegante, para variar –comentó el diseñador con malicia. Y ante la sonrisa de su anfitrión adoptó una pose altanera.

–Caramba, mi querido fanfarrón, pero si tú puedes rivalizar con mi esposa –bromeó Jeff, recorriendo con la mirada la gran estatura y los anchos hombros de su amigo.

No había una puntada fuera de lugar en los pantalones estrechos, de color gris oscuro con finas rayas blancas; tampoco en el chaleco de brocado plateado, en la camisa blanca, el corbatón o la levita negra. No podía dejar de admirar esa elegante ropa.

Farrell se pavoneó con exagerado engreimiento.

–¿Eso crees? –preguntó, deslizando los pulgares bajo las solapas.

–Eso creo, sí.

–Ven a mi tienda cuando tengas tiempo libre, mi querido Jeffrey, para que te enseñe algunos secretos del porte distinguido. Podrías sacar buen provecho de mis consejos.

Una sonrisa dubitativa acompañó la respuesta del anfitrión.

–Si alguna vez quiero disfrazarme de petimetre, no dejaré de aprovechar tu ofrecimiento.

La cara barbuda se alargó al exagerar Farrell su malestar, con lo cual arrancó risas a todos los que presenciaron su expresión de desencanto.

–Realmente, Jeffrey, puedes ser muy ofensivo cuando interviene la envidia.

–No te enfades –le instó Jeff–. No era mi intención ofenderte. Lo cierto es que estás tan apetitoso como un melocotón de Carolina.

Elizabeth echó una mirada de soslayo a su guapo acompañante. Al ver su gran sonrisa pareció súbitamente inquieta, como si lamentara algún daño causado por su anfitrión.

–Haríais bien en no seguir alimentando la vanidad de este hombre, señor. Ya tiene demasiada. Recordad, por favor, que yo debo trabajar a sus órdenes.

–Está muy pagado de sí mismo, ¿verdad?

Ella echó furtivas miradas a uno y otro lado, exagerando sus inhibiciones.

–Jamás oiréis semejante comentario de mis labios, señor... por mucho que pueda estar de acuerdo con vos.

Farrell tomó su mano riendo de buen talante.

–Es hora de demostrar al patán de nuestro anfitrión que no sólo él sabe bailar el vals. Además, querida mía, quiero que todos vean vuestro nuevo vestido.

–¿Otra de vuestras creaciones, mi querido fanfarrón? –preguntó Jeff, con una sonrisa torcida.

–En realidad, ha sido mi asistente quien diseñó e hizo el vestido con sus propias manos. Encantador, ¿no te parece?

Por cierto, el modelo azul magenta hacía justicia a la belleza de la morena, destacando su piel clara. En galante apreciación de cuanto veía, Jeff ejecutó una vistosa reverencia.

–Esta noche estáis excepcionalmente bella, Elizabeth. Exquisita, en verdad. Superáis ampliamente a vuestro jefe.

Ella hizo una encantadora reverencia, dejando escapar una risa sofocada.

–Gracias, señor Birmingham.

–Jeff –corrigió el dueño de casa–. O Jeffrey, si lo preferís. Cuando no estemos en la tienda de vuestro jefe, Elizabeth, debo insistir en que me tratéis con menos formalidad. –Sus ojos danzarines se desviaron por un momento hacia el diseñador, antes de agregar–: Y podéis decirle a vuestro jefe que es orden mía.

La joven inclinó la cabeza, en un sonriente gesto de asentimiento.

–Como mandéis, Jeffrey.

–Divertíos, amigos míos. –Con un garboso ademán, él los instó a utilizar la pista de baile–. Me uniré a vosotros en cuanto encuentre a mi esposa.

Su mirada fue hacia Raelynn sin poder evitarlo. Por un momento se quedó maravillado por su regia belleza, mientras ella bailaba por la pista conducida por otro amigo, el sheriff Rhys Townsend. A pesar de su corpulencia, el hombre tenía los pies asombrosamente ligeros; Raelynn parecía muy menuda a su lado, pero lo seguía sin dificultad. En realidad era bastante más alta que Heather; aquel vestido largo y estrecho, que fluía con gracia sutil desde los hombros hasta el suelo, la hacía parecer esbelta como un sauce. Jeff se dijo que el modelo era algo engañoso, pues conocía y apreciaba muy bien las abundantes curvas escondidas bajo el vestido. Aquellas semanas de intimidad le habían enseñado a mirar el interior de esa mujer encantadora, vibrante, descubriendo en toda su profundidad cómo era realmente. Le sorprendió un poco darse cuenta de que, pese al placer que le brindaba la mutua pasión y la familiaridad conyugal, en su corazón iba arraigando una emoción más profunda y más rica que no había conocido antes. Aún no podía darle nombre, pero resultaba muy grato saber que ella le pertenecía en exclusividad.

Mientras admiraba a su esposa desde lejos le vino una imagen a la mente: la vio con el vientre hinchado, tal como estaba ahora Heather. Una vez había bromeado con Raelynn, diciendo que tendrían hijos por docenas. Ahora la mera idea de que un vástago redondeara su vientre le provocaba un anhelo tan profundo que lo dejó casi sin aliento. Impresionado por esa imagen y apenas consciente de lo que hacía, empezó a andar por entre las parejas que danzaban. Cuando apoyó la mano en el hombro de Rhys, provocó una sorpresa cuando menos curiosa.

–¡Hombre! ¿Qué haces aquí, tan solo? –preguntó el sheriff, como si jamás se le hubiera ocurrido que alguien pudiera querer bailar con su propia esposa–. Si quieres bailar deberías buscar una muchacha.

–Eso lo sé, amigo mío. Por eso vengo a por mi esposa. Ve a por la tuya, si no quieres que mande a sus hermanos que te saquen por la fuerza de la pista.

–Pues no sería la primera vez –estalló en una carcajada Rhys, mientras sus ojos se posaban en la rubia menuda que lo miraba desde un rincón–. Tendré que enseñarle a bailar, a esta pequeña mía, o acabará clavando mi pellejo en la puerta del granero. Mary suele enfadarse un poco cuando me dejo llevar por la música y busco con quién bailar.

Raelynn echó un vistazo a la simpática joven. En ese momento Mary aferraba tímidamente el chal bordado contra la cintura, dando pie a la suposición de que estaba en las primeras semanas de un embarazo.

–Creo que percibo algo de ese resentimiento en este mismo instante, Rhys –aventuró Jeff, con los ojos chispeantes de humor–. Será mejor que os apresuréis a corregir la falta, si no queréis que ella os lleve de aquí cogido de una oreja.

–Ya, ya –tronó él entre risas. Y se tocó la frente con dos dedos en un saludo informal. Luego, sacudiendo los brazos, exageró su prisa por reunirse con su esposa.

Raelynn y Jeff cedieron a las risas ante la cómica aflicción del sheriff. Rhys, mientras tanto, exageraba también las explicaciones que daba a su mujer, que fingía una actitud muy ofendida con la nariz respingona empinada hacia arriba.

Después de una reverencia cortés, Jeff invitó a su esposa a bailar el vals; inmediatamente recibió la respuesta afirmativa bajo la forma de dos brazos extendidos. Durante varios instantes la condujo en torno a la pista, en círculos cada vez más amplios; ambos disfrutaban en silencio de la música y de su mutua presencia. Por fin Raelynn lo miró con una sonrisa intrigada.

–Habéis sido bastante audaz, Jeffrey, al venir a reclamarme ante vuestros invitados. ¿Me buscabais para algo en especial?

Él le dedicó una amplia sonrisa, con una ceja enarcada.

–Sólo para bailar con vos cuando me plazca. No creo que eso sea audacia; sólo... –inclinó pensativamente la cabeza, en busca de la palabra adecuada; por fin hizo un gesto decidido–... sensatez.

Entre las largas pestañas sedosas, Raelynn le lanzó una mirada entre desconfiada y divertida, ante la cual él sonrió con secreta satisfacción. No tenía inconveniente en mantener a su esposa algo insegura en cuanto a la sensatez con que él pensaba ejercer sus prerrogativas maritales. Después de todo, siempre existe el peligro de sentirse demasiado seguro del cónyuge.

Aun así, Jeff tuvo un momento de incertidumbre al ver que esos dientes pequeños y blancos mordisqueaban el labio inferior. Sus irreprimibles inclinaciones masculinas, que lo inducían a mantenerla un poco en ascuas en cuanto a su carácter, se veían ahora anuladas por el deseo de hacer que su esposa se sintiera siempre a salvo.

–Raelynn, amor mío, no soy excesivamente celoso, mucho menos si son amigos míos los que os piden...

Sus frases tranquilizadoras quedaron repentinamente silenciadas por la sonrisa provocativa de la joven.

–Muy sensato, desde luego –murmuró ella, mientras sus dedos llegaban hasta el pelo corto de la nuca–. Prefiero mil veces bailar con vos, Jeffrey.

De pronto la música pareció elevarse en un alegre ritmo. Jeff dejó de pensar, atento sólo a las sensaciones que le provocaba la mujer que tenía entre sus brazos... y en el corazón. Últimamente ella parecía ser la razón de que siguiera latiendo.

Momentos después, Jeff y Raelynn se acercaron de la mano a las mesas llenas de comida. Fue allí donde la sombrerera les presentó a lord Marsden y a Lydia Winthrop.

–Qué bonita fiesta –aseguró Lydia, amablemente.

–Sí, es cierto –confirmó lord Marsden, en una actitud más cordial, con lo que se ganó la sonriente aprobación de la señora Brewster.

Lydia se apresuró a explicar a Jeff la misión del inglés.

–Se nos ocurrió que vos o el señor Brandon podríais orientar a Su Señoría en esas cuestiones.

–Con sumo placer –aseguró Jeff, mirando directamente al hombre–. Seréis bien recibido en mi casa cuando queráis verme, milord; también podéis pasar por mi empresa. Podéis estar razonablemente seguro de encontrarme allí los miércoles; en cuanto al resto de la semana, no lo sé. Tengo otros negocios que ocupan mi tiempo, pero también suelo quedarme en casa para atender los sembrados, los establos y otras cosas de muchísima importancia. –Discretamente alargó una mano hacia atrás para estrechar los dedos de su esposa, afirmando así que era ella quien ocupaba lo mejor de su atención–. Me alegrará brindaros toda la ayuda que podáis necesitar, milord.

–Os agradezco sinceramente tan generoso ofrecimiento, señor. Y por cierto, me haríais un inmenso favor si pudierais ayudarme a concluir rápidamente lo que me ha traído aquí, a fin de que pueda retornar a Inglaterra mucho antes de que se anuncien las nupcias. La verdad, si debo soportar otro viaje como el que hemos padecido la señora Winthrop y yo, creo que jamás en mi vida reuniré valor para abordar otra nave.

Su comentario despertó la risa de todos, con lo que la señora Brewster pudo renovar su admiración por ese hombre.

Después de todo, era un lord del reino y hasta había tenido la gentileza de invitarla a bailar.

Para Jeff era toda una experiencia nueva: estaba en un baile elegante con su esposa, no solamente con una compañera, y no iba a privarse de esos pequeños placeres maritales cuando se presentara la oportunidad. Raelynn parecía más que dispuesta a fomentar sus atrevimientos con algunos propios. Sólo la necesidad de ser discretos limitó esos momentos, a lo largo de la noche. Mientras estaban en un rincón, conversando con amigos, ella le apoyaba en la espalda una mano posesiva; otras veces era él quien le rozaba el busto con la cara posterior del brazo. Eran pequeñas golosinas provocativas que los hacían intercambiar una sonrisa, con tierna complicidad.

Igualmente agradable fue para Jeff regresar a su alcoba, cuando la señora Brewster volcó accidentalmente un poco de ponche sobre su camisa almidonada, y encontrar a su esposa sentada en un extremo de la tumbona, con las faldas recogidas hasta la cadera, quitándose un par de medias muy enganchadas. Mientras él se quitaba la levita y la camisa, Raelynn comenzó a estirar las medias nuevas. Jeff, siempre dispuesto a admirar sus largas piernas, la rondaba con toda la abnegación de un libertino excitado. Le mordisqueó el lóbulo de la oreja y le susurró insinuaciones lascivas hasta que ella comenzó a soltar nerviosas risillas de recién casada. Sus proposiciones resultaban excitantes, sobre todo para él mismo, cada vez más entusiasmado con la idea de disfrutar de alguna intimidad conyugal.

Se arrodilló ante ella para cubrirle el cuello y el seno con lánguidos besos, mientras su mano vagaba con audaz familiaridad bajo el vuelo del vestido. Raelynn contuvo el aliento, que un segundo después escapó en un suspiro de placer, mientras se dejaba ir hacia él. Cuando los labios de su esposo fueron hacia arriba para apresar los suyos, exigiendo una respuesta apasionada, ella entregó la boca por completo y recibió su lengua con lentas caricias de la suya.

Segundos después Jeff levantó la cabeza para estudiar el rostro de su esposa, buscando su grado de entrega en ese momento. Los ojos suaves, húmedos, se fundieron con los suyos; un cálido estremecimiento agitó el cuerpo esbelto, mientras ella reconocía la pasión que ardía en esos ojos verdes. Un brazo musculoso le rodeó las caderas para arrastrarla hasta el extremo de la tumbona, abriéndola a él; luego Jeff se desabrochó los pantalones y se introdujo lentamente en su tibieza femenina.

La pasión era cada vez más intensa hasta que varias damas se acercaron parloteando por el corredor para entrar en el dormitorio contiguo, donde se dedicaron a elogiar los cambios efectuados recientemente en la casa. La pareja, inmovilizada en el umbral del arrebato erótico, permaneció abrazada y escuchó, en aprensiva espera. Antes del baile, se habían corrido las cortinas de la alcoba principal, pero las puertas acristaladas estaban abiertas de par en par. Por ello, nadie podía prever qué espíritu curioso podía salir a la galería y hasta atreverse a entrar en las habitaciones privadas.

Incómoda ante la proximidad de las invitadas, Raelynn apoyó una mano temblorosa sobre el pecho de su marido y le dirigió una mirada suplicante.

–Después –susurró, mientras acariciaba el pecho velludo–. Cuando tengamos más intimidad.

Jeff le apretó los labios contra la oreja.

–Bajemos, pues, y dejad que os abrace en un vals hasta que se me haya enfriado la sangre.

–¡Como si fuera posible! –replicó ella, riendo. De inmediato escondió la cara contra el hombro de su esposo, hasta que pudo sofocar su risa. El reloj de la repisa empezó a dar la hora–. Las diez. Ya falta poco para que podamos estar solos.

–Será mejor que bajéis la primera –murmuró él, con voz ronca, apartándose–. Si bajo en estas condiciones escandalizaré a nuestros invitados.

Raelynn se levantó con él y le robó un beso. Después de echar una mirada de admiración hacia abajo, se alejó con una gran sonrisa.

8

Cumpliendo graciosamente con los deberes de anfitriona, Raelynn aceptaba todas las invitaciones de baile con una sonrisa y, entre pieza y pieza, conversaba con muchas de las señoras allí reunidas. Pronto descubrió que Heather era un faro radiante y luminoso, hacia el que ella y otros se sentían irresistiblemente atraídos. Por eso era natural que, cuando se sentía insegura, buscara la reconfortante presencia de su cuñada. Consciente de haber despertado mucha curiosidad al casarse con uno de los mejores partidos del lugar, trataba de responder a todas las preguntas indiscretas con tanta simpatía y exactitud como podía. No obstante, comenzaba a percibir que un pequeño grupo de damas le guardaba rencor. Poco importaba que disimularan su mala fe bajo falsas sonrisas e indirectas sutiles: la hacían sentir muy fuera de lugar, sin duda con toda intención. Después de todo, era una forastera que había usurpado una mercancía muy codiciada: Jeffrey Lawrence Birmingham.

No obstante, mientras se esforzaba por ignorar esa malicia, Raelynn iba cobrando conciencia de su propia euforia, cada vez mayor. Tras haber pensado que no sobreviviría siquiera a la travesía del Atlántico, no sólo había sido rescatada de la esclavitud que Gustav pensaba imponerle, sino que estaba casada con un extraordinario caballero, el hombre con el que siempre había soñado. Y Jeff no estaba hecho de ilusiones y sueños, sino de carne y hueso. Además le pertenecía. Era encantador, de excelente compañía y un hombre mucho más galante de lo que ella esperaba encontrar en los páramos de las Carolinas. Más aún: ambos parecían formar una pareja perfecta. Allí donde ella era débil, él se mostraba fuerte; si ella era suave y sumisa, él estaba lleno de firmeza y de carácter; ella sabía administrar la casa, los sirvientes y muchas otras cosas, mientras que él era hábil para los negocios, la cría de caballos y la gestión de la plantación. Se complementaban en muchas otras cosas. Pero por encima de todo, eran amantes profundamente enamorados. El único miedo persistente nacía de esa misma perfección, que parecía excesiva. En algún lugar tenía que haber una grieta.

La existencia de Raelynn no podía ser más dichosa. El amplio salón de baile, refulgente con sus candelabros de cristal, lleno de personas elegantes, parecía un lugar encantado. Hasta la lluvia que repiqueteaba contra el tejado y los caminos serpenteantes del jardín brindaban un aroma dulce y fresco, que le vitalizaba el espíritu y la hacía sentir algo embriagada, como si de verdad volara veloz con alas de tul, pequeña hada en un mundo invisible. Todo era demasiado bello y mágico, pero también muy real. ¡Estaba allí! ¡Viva! Y eso no era una fantasía ni una ilusión juvenil.

Una vez más, Raelynn hizo un esfuerzo por dedicar su atención al anciano caballero con el que estaba bailando. Sonrió ante sus murmullos, sin saber qué había dicho, con la ferviente esperanza de que no necesitase respuesta. Su mente se desviaba irremisiblemente hacia el momento, esperado con ansia, en que ella y Jeffrey podrían regresar a la intimidad del dormitorio. Desde sus pechos subió un cálido rubor al imaginar el cuerpo largo y musculoso, moviéndose con lenta pasión sobre el suyo. Pero al permitirse tan deliciosas fantasías falló en un giro de la danza y pisó a su compañero. En la cara arrugada se dibujó una mueca de dolor, pero de inmediato recobró el aplomo, aunque algo tenso. Él acalló sus afligidas disculpas con unas palmaditas tranquilizadoras en la mano.

–No tenéis por qué preocuparos, muchacha. No me habéis hecho ningún daño.

Raelynn se reprochó esos pensamientos desbocados, que la hacían actuar como una boba. Sólo rogaba que el anciano no hubiera relacionado su distracción con las mejillas enrojecidas y su aliento contenido. Al menos, que los hubiera atribuido a cualquier otra causa, no a ensueños lascivos.

–Necesitáis descansar, mi querida señora –le aconsejó el solícito caballero, al reparar en su desasosiego. Su preocupación aumentó al verla tan enrojecida–. Si continuáis bailando así, acabaréis por desmayaros de fatiga.

Raelynn aprovechó la excusa y aceptó graciosamente su ayuda para retirarse de la pista.

–Sois muy amable, señor.

Cuando Jeff le salió al encuentro con una copa de vino afrutado, su alivio fue enorme.

–Bebed esto, amor mío. Parecéis necesitarlo más que yo. Además, creo que no podré beber un sorbo más si no busco algún alivio.

–¿Qué clase de alivio?

Jeff le sonrió de oreja a oreja, marcando así los atractivos surcos de sus mejillas. Luego se inclinó hacia ella para susurrarle:

–Vuestra ingenuidad es encantadora, señora. Pero en este momento estoy muy apurado, pues me llama la letrina.

–Afuera llueve –le advirtió ella, curvando tentadoramente los labios. No tenía idea de lo cálida que era la mirada con que lo acariciaba. Admirar a su esposo se le había vuelto casi natural; ya no llevaba la cuenta de las veces en que sus ojos iban hacia él y allí se quedaban largo rato.

–No, amor mío; la lluvia cesó hace un momento. Pero debo ir, de cualquier modo. Se ha convertido en una urgente necesidad.

–No tardéis mucho.

Ante el mágico guiño de Jeff tuvo la sensación de que su corazón tropezaba. Él salió precipitadamente. Raelynn iba a volverse, pero hizo una súbita mueca: un dolor agudo le atravesaba el talón, sin duda con ampollas de tanto bailar. Después de echar un vistazo al reloj, decidió que tenía tiempo para subir a ponerse un par de zapatos más cómodos antes de que Jeffrey regresara.

–¿Me concedéis esta pieza, señora? –preguntó desde atrás una voz grave.

Al darse la vuelta, Raelynn se encontró con Farrell Ives, que le sonreía.

–Elizabeth me ha abandonado para bailar con vuestro cuñado –explicó el modisto, mientras la acompañaba nuevamente a la pista–. Ella trata de calmar sus temores por la dura prueba que espera a Heather, pero no parece lograr demasiado. Yo viví ese terrible momento una sola vez en mi vida y me dejó una impresión imborrable. El recuerdo me permite comprender muy bien a Brandon.

Ella inclinó la cabeza, curiosa.

–Ignoraba que estuvierais casado, Farrell.

–Pues no, nunca me casé.

–Ah, tenéis hermanas.

–Ninguna. Fui el último de siete hijos varones.

–¡Vaya! Vuestro padre debe de haber estado muy orgulloso.

Su boca se contrajo, divertida.

–Sí, pero a pesar de lo guapos que éramos pasamos por momentos muy difíciles.

Ella rió.

–Os diré, Farrell, que si os creyera tan presumido como fingís ser, aconsejaría a las mujeres que se alejaran de vos, pues ninguna podría haceros sombra.

Los ojos del diseñador centellearon, traviesos.

–Me sabía muy apuesto, pero ignoraba que pudiera rivalizar en hermosura con las mujeres.

–Sois incurable –dijo ella, entre risas.

Él fingió un suspiro de lamento.

–Es lo que me dicen todos.

–Deberíais andaros con cuidado –advirtió Raelynn, sin esforzarse por disimular la sonrisa–. Un día de estos, alguien os tomará en serio y creerá que estáis realmente prendado de vos mismo.

Él estalló en una carcajada.

–Habría que ser muy tonto para pensar eso.

Después de otro largo giro por el salón, Raelynn volvió a levantar la vista, con las cejas fruncidas con un gesto desconcertado.

–Habéis despertado mi curiosidad, Farrell.

–¿De qué manera, señora?

–Si nunca os casasteis y no tenéis hermana, ¿tendríais la bondad de explicarme cómo experimentasteis la tensión por la que Brandon pasa actualmente? ¿Queréis decir que presenciasteis el nacimiento de un bebé? ¿O acaso os referís a algo muy diferente?

–Estuve presente cuando Elizabeth tuvo a Jake. En otros tiempos fui el mejor amigo de su esposo. Cuando lo mataron llevé el cadáver a su casa para sepultarlo. Esa misma noche Elizabeth se puso de parto. Me debatí como pez en el anzuelo hasta que la partera salió al porche para mostrarme al bebé. Elizabeth no dejó escapar un solo grito, pero otros ruidos revelaban lo que sufría. Cuando todo terminó, mis rodillas parecían de agua.

–Veo que conocéis a Elizabeth desde hace tiempo –dedujo ella.

–Conocí a Emory, su esposo, en mis tiempos de pugilista. Nos hicimos amigos. Durante un tiempo él trabajó en Georgia; a su regreso me presentó a su prometida, que había venido de visita con sus padres. Elizabeth me pareció la mujer más bella que yo había conocido, pero ya estaba comprometida. Fui padrino de bodas y les regalé los anillos. El resto es una larga historia. Su esposo perdió en el juego todo el dinero que tenían y dejó a Elizabeth en grandes aprietos. Después de su muerte, ella comenzó a trabajar para mí y ayudó a convertir la tienda en lo que es ahora. A pesar de lo que gana, sigue ahorrando cuanto puede para el futuro del niño. Quiere que tenga una vida mejor de la que tuvo su padre.

–Debe de estaros agradecida por la ayuda que le prestasteis cuando os necesitaba. Y sin duda desde entonces le habéis demostrado vuestra amistad de muchas maneras.

Farrell no hizo comentarios. ¿Qué podía decir, si no estaba en absoluto seguro de lo que esa bella morena pensaba de él?

Los invitados se fueron mucho más tarde de lo que Raelynn esperaba; cuando al fin comenzaron a retirarse ya era pasada medianoche. De pie junto a su esposo, ante la puerta principal de la casa, ella agradeció a cada uno su presencia. A menudo aprovechaba el brazo de su esposo para recostarse sobre su fuerte cuerpo. El día había sido largo y agotador; si bien albergaba aún fantasías para esa noche, no estaba segura siquiera de tener fuerzas para desvestirse.

En el cielo nocturno, un estrecho rayo de luna parecía luchar por abrirse paso entre las nubes agolpadas. Por fin desapareció tras una turbulenta masa; las brisas fortalecidas, que traían el olor de la lluvia inminente, sacudieron las ramas de los árboles y comenzaron a estrellar las puertas acristaladas contra sus marcos. Los sirvientes se precipitaron a cerrarlas, mientras los invitados corrían hacia sus carruajes. El viento burlón parecía empecinado en hacer rodar las chisteras por el camino y levantar las capas hasta las espaldas.

Brandon y Heather fueron de los últimos en partir. Raelynn observó, sonriente, con cuánta solicitud el mayor de los Birmingham acompañaba a su esposa. Desde su boda habían pasado demasiadas cosas como para que ella hubiera podido comprender cuánta suerte tenía al formar parte de ese clan. Comenzó a pensarlo en la reunión de la iglesia, cuando la encantadora familia de Brandon le robó el corazón. Su cuñado la aceptaba con gentil cortesía, por lo cual ella le estaría siempre agradecida. En cuanto a Heather, esa adorable mujer comenzaba a ser para ella como una hermana.

–Has estado encantadora, querida –le susurró Heather, mientras se abrazaban con cariño.

–Gracias por estar aquí cuando más te necesitaba –murmuró Raelynn, con una suave sonrisa–. Al parecer, todavía hay algunas solteras que detestan verme casada con Jeffrey.

–¡Oh, ya lo creo! –Heather agitó una mano hacia la fila de carruajes que desaparecía en la oscuridad–. Casi puedo ver el rastro de frustración que dejan cinco o seis de ellas, en un esfuerzo por aceptar que mi cuñado está perdido para siempre.

Jeff ciñó con el brazo los esbeltos hombros de su esposa.

–Nuestro apresurado casamiento ha dado a la sociedad de Charleston algo de qué hablar hasta después de las Navidades.

–Durará mucho más, hermano –observó Brandon, con una risa apagada–. Puedes creerme.

–Lo sé –reconoció Jeff, exagerando el suspiro–. Hasta que seamos viejos encanecidos.

–Eso se aproxima más a la verdad –afirmó el mayor, poniéndole una mano en el hombro–. Lamento decírtelo, pero los chismosos nos flagelarán con su lengua hasta que estemos en la tumba. Y quién sabe si entonces nos dejarán en paz.

–Gracias por tus alentadoras palabras –replicó Jeff, irónico, fingiendo gran abatimiento–. Podría haber sobrevivido unos veinte años sin enterarme.

–No tienes nada que agradecer –replicó Brandon, con una sonrisa pícara.

–No te alegres tanto –lo regañó Heather, enlazando su brazo al suyo–. Nosotros estamos igualmente expuestos.

–¡Si lo sabré! –reconoció él, apoyando una mano grande en su vientre abultado–. Al menos este bebé no ha dado tanto que hablar como Beau.

Ella rió como una niñita.

–Eso es porque Jeff y Raelynn han acaparado la mayor parte de la atención.

Brandon recibió de un sirviente la capa de su esposa y se la acomodó sobre los hombros; mientras abrochaba los alamares de seda bajo su mentón, ella lo miró con un mohín rebelde que le arrancó una risa entre dientes.

–Déjame hacerlo, dulzura –exclamó él, tocándole la barbilla–. Siento la imperiosa necesidad de cuidarte.

Ella echó una mirada irónica a su barriga y lanzó un suspiro melancólico.

–Cuando nazca este bebé no me permitirás siquiera caminar.

Apenas habían salido esas palabras de sus labios, su esposo la alzó en brazos, sin prestar atención a su chillido de sobresalto, y preguntó:

–¿Por qué esperar hasta entonces, querida? Aun ahora pesáis poco más que un niño. Además, me resulta mucho más fácil controlaros cuando os tengo sana y salva entre mis brazos.

La réplica de Heather, si la hubo, se perdió entre los divertidos adioses de Brandon, que la llevó deprisa escalinata abajo, hasta el carruaje que esperaba. Raelynn sólo volvió a verla cuando su cuñada se asomó por la ventanilla del coche para agitar la mano a modo de despedida, entre las risillas provocadas por Brandon, que intentaba aprisionarla nuevamente entre sus brazos.

Mientras uno de los sirvientes cerraba la puerta principal, riendo entre dientes, Jeff siguió el ejemplo de su hermano y alzó a Raelynn para llevarla deprisa al dormitorio. Cora y Kingston quedaron atrás, meneando la cabeza, muy sonrientes.

–Sí, señor, siempre hay alguien que pone algo embriagador en el ponche –comentó el mayordomo, con los hombros estremecidos por la risa.

Las habitaciones de Jeff ofrecieron a la pareja un dulce respiro tras el tumulto de la fiesta, pero esa noche eran aún más frescas, pues perduraba todavía el aroma de la lluvia. El dormitorio era un retiro íntimo que ningún sirviente se atrevía a pisar en presencia de los señores, a menos que se lo llamara. Tras la partida del último invitado, la pareja se sentía segura.

Por mucho que Raelynn hubiera fantaseado sobre el final de la velada, ahora se sentía completamente exhausta. Cuando su esposo la depositó sobre la cama, ella se quitó las zapatillas con un suspiro de alivio. Como los cobertores habían sido retirados algo antes por un sirviente, ella se estiró placenteramente sobre la sábana perfumada, feliz por poder relajarse.

–Tendrás que desvestirme –lo incitó, mientras dos de sus dedos subían por la manga de su esposo–. De lo contrario habrá que llamar a Tizzy.

–No hay necesidad, querida mía, puesto que estoy aquí, deseoso de seros útil.

La sonrisa lasciva de Jeff superaba todo lo que Gustav hubiera logrado jamás. La tumbó boca abajo sin ceremonias, arrancándole una exclamación exagerada, y procedió a desabrochar los botones que descendían desde el cuello hasta por debajo de la cintura.

Una vez que el vestido estuvo lo bastante flojo como para librarse del corpiño y la parte superior de la camisola, Raelynn se quitó ambas prendas de los hombros y los deslizó hasta la cintura. Luego cogió una almohada entre los brazos para enterrar el mentón en ella.

–Os diré, querido: si quedo complacida con vos, es posible que os conserve como doncella.

Jeff le respondió con una buena palmada en las nalgas.

–¡Bestia! –protestó ella, con fingida indignación.

–¿Conque bestia? –Él deslizó el vestido hacia abajo con un solo movimiento. Esta vez provocó en su esposa una exclamación auténticamente sorprendida.

–Pensándolo mejor, me quedaré con Tizzy –decidió con una risilla.

Puesto que Elizabeth, durante una prueba, se había quejado de que las bragas de Raelynn creaban feos bultos bajo el vestido de baile, Raelynn había decidido no ponerse más que las medias y la camisola de satén, con bordes de encaje. Como resultado, Jeff pudo admirar con algo más que la vista la manera en que la prenda interior se hundía entre las nalgas; por un largo instante acarició ese bonito trasero a través del satén. Totalmente concentrado en la tarea de desnudarla, aprovechó cada curva, cada valle a su alcance; deslizó la mano derecha bajo un pecho suave, mientras la izquierda seguía la delicada curva de su espalda hasta los muslos y, en el trayecto, empujaba la camisola aún más abajo. Una vez que la prenda estuvo libre, volvió a tenderla boca arriba para quitarle las medias.

Jeff dejó las prendas a un lado y se inclinó hacia ella, observándola con expresión sonriente. Los ojos de Raelynn, suaves y líquidos, se fundieron con los suyos. Como sobrecogida por algo que él no podía entender, ella levantó una mano para acariciarle la mejilla, con una profunda ternura. Conmovido por ese sentimiento, Jeff le dio un largo beso en la palma de la mano. A los labios de Raelynn ascendieron extrañas palabras que sólo había dicho a sus padres. La facilidad con que las pronunció la dejó sobresaltada, pues nunca hasta entonces las había pensado.

Aun sabiendo que su esposa estaba exhausta, él no pudo resistir la tentación de rozar con una larga caricia su cuerpo desnudo. Pese al cansancio, ella contuvo el aliento ante las sensaciones que aquello le despertaba. Cuando las manos de Jeff llegaron a zonas más íntimas, ella se abrió a él de buena gana, con los ojos oscurecidos por el deseo. Lo observó mientras se desvestía y, cuando él se irguió junto a la cama, totalmente desnudo, tan audaz como hombre alguno pueda serlo, le dio la bienvenida alzando los brazos.

Mucho después se quedó dormida, con la cabeza apoyada en el hombro de su esposo, la pierna flexionada sobre sus fuertes muslos. Al sumirse en las profundidades del sueño susurró algo que Jeff, en un primer momento, no pudo entender. Inclinó la cabeza para oír mejor, pero de los labios de Raelynn sólo salió un suave suspiro.

Después de acomodar la almohada debajo de la cabeza, él dirigió una sonrisa al techo. Sabía qué significaba ese grave murmullo, pero a esas alturas de su matrimonio era posible que se estuviera dejando llevar por la imaginación.

9

Arrancada de los placenteros brazos de Morfeo, Raelynn pasó algunos segundos tratando de identificar qué la había despertado. Las cortinas, antes corridas contra las puertas acristaladas, habían sido apartadas. Tras los cristales superiores de la última, una brillante luna otoñal pendía en el cielo nocturno; vaporosas nubes arrastradas por el viento del oeste cruzaban su cara luminosa. La brisa agitaba la copa de los enormes árboles. De vez en cuando las ramas del roble, en el extremo de la casa, rozaban la fachada de ladrillos. Aparte de ese leve sonido, en la habitación reinaba un silencio de muerte.

Alargó la mano hacia el otro lado de la cama, buscando al hombre en cuya reconfortante presencia había aprendido a confiar, pero no estaba allí. Sus ojos sondearon las sombras de la habitación, pero no halló el menor rastro de él allí dentro.

–¿Jeffrey? –llamó en tono apagado. Sus cejas se fruncieron en una intensa confusión, pues el silencio continuaba. Carraspeó para hacer otro esfuerzo, en tono algo más alto–. ¿Jeffrey? ¿Dónde estáis?

Una vez más, sólo le respondió la callada quietud.

Raelynn apartó los cobertores para sacar las piernas de la cama; luego se puso precipitadamente el camisón y la bata que Jeff había dejado en una silla, junto a la cómoda. Rebuscando en la mesilla, encontró la caja de yesca y logró encender la lámpara de aceite. Bajo su pobre luz echó una mirada oblicua al reloj de la repisa.

¡La una y cuarto!

A lo sumo había dormido cuarenta minutos. Pero ¿dónde estaba Jeffrey? ¿Por qué había abandonado la cama?

Raelynn cruzó la habitación con pasos vacilantes mientras se frotaba los brazos para contrarrestar el frío que traían las brisas nocturnas. Aun así salió a la galería sin pensar demasiado en lo escaso de sus prendas. Sin duda Jeffrey estaría allí, se dijo;

pero después de echar un vistazo hacia ambos lados se quedó aún más confundida, pues en verdad estaba sola.

Hasta donde llegaban sus conocimientos, Jeffrey nunca se alejaba del lecho en medio de la noche; su ausencia la aturdió, pues no tenía la menor idea de lo que podía haberle impulsado a salir. ¿Quizá algún ruido que le pareciera preocupante? De inmediato pensó en Gustav, en la posibilidad de que ese grosero patán hubiera decidido regresar con sus hombres para cometer nuevas tropelías, quizá para vengarse de Jeff. Entonces la recorrió un violento escalofrío.

–Jeffrey, ¿dónde estáis? –llamó, desolada.

De pronto una sensación le oprimió el pecho, comparable al dolor que había sufrido tras la muerte de sus padres. Ya no tenía la certeza de que su esposo estuviera sano y salvo; se sentía perdida y abandonada. Era como si, en un instante, toda su vida hubiera quedado vacía y desolada.

Raelynn apretó una mano temblorosa contra el cuello y clavó la mirada en las sombras que la rodeaban; lentamente, empezaba a entender.

–Oh, Jeffrey –susurró–. ¿Qué has hecho con mi corazón?

No hubo respuesta; no era necesaria. Sus emociones habían ido más allá de cuanto había conocido hasta entonces. La sensación era una ola caliente que la recorría, serpenteante, impregnando su mismo ser con esencias de gozo, serenidad, benevolencia, devoción y... Raelynn inclinó la cabeza, esforzándose por ver con claridad la idea que se iba formando en su mente. Ya no era un simple enamoramiento, pero ¿sería realmente amor?

Por el rabillo del ojo divisó una luz vacilante a lo lejos. Se volvió a mirar, llena de expectación, sólo para encontrarse con una oscuridad vagamente quebrada por el claro de luna que se filtraba por el follaje de los robles. Por si el diminuto fulgor hubiera sido obra de su imaginación, entornó los ojos para mirar hacia allí, con la esperanza de hallar una explicación. Al principio no vio nada; sólo se oía el susurro del viento entre las hojas y unas cuantas gotas de lluvia que caían tardíamente a tierra. Pero al pasear lentamente la mirada en derredor, las ramas inferiores del roble se inclinaron ante el ímpetu de la brisa, permitiéndole comprobar que había un vago resplandor, al parecer proveniente de los establos.

Normalmente, los adiestradores y los mozos de cuadra debían estar durmiendo a esas horas, pero si alguno de los caballos estaba en dificultades era seguro que estarían levantados. Posiblemente Jeff, al ver luces u oír algo, había ido a investigar.

Raelynn corrió de nuevo al dormitorio para ponerse apresuradamente las zapatillas; luego descendió las escaleras desde el extremo de la galería y cruzó el prado a toda prisa, temblando. Al llegar a los establos descubrió que la tenue iluminación brotaba de una sola lámpara, colgada de una viga en la caballeriza de *Ariadna.* Aunque la puerta estaba abierta de par en par, no se veían señales de la yegua. La posibilidad de que el hermoso animal hubiera muerto por un cólico le causó una súbita punzada de preocupación.

El temor aceleró sus pasos, pero apenas un instante después la detuvo un súbito chillido.

¿Un bebé? Su mente se resistía a aceptar la posibilidad. ¿Allí, en los establos?

Ya no caminaba: corría. Hacia la caballeriza. Al llegar a la puerta asió el poste del rincón para girar hacia dentro, pero se detuvo bruscamente. *Ariadna* no estaba a la vista. Ocupaba su lugar una horrible pesadilla. Raelynn tuvo una repentina visión de sangre. ¡Por doquier! En las virutas frescas que cubrían el suelo. En el corpiño y la falda de un vestido amarillo. En los finos dedos flojamente curvados por la muerte. En el pequeño envoltorio de donde provenía el llanto indignado de un bebé.

Sofocó el grito apretándose la boca con una mano temblorosa, mientras sus ojos recorrían la silueta menuda y delgada, grotescamente desparramada en el suelo. Aunque la falda estaba cubierta de oscuras manchas la sangre parecía provenir del diafragma. Sobre la estrecha cintura, un gran charco rojo había empapado el vestido amarillo. La mirada de Raelynn ascendió desde allí hasta el pelo dorado y la cara juvenil.

—¡Nell!

Lo que escapó de su garganta fue poco más que un susurro estrangulado, pero hizo que una alta silueta masculina se levantara de entre las sombras que oscurecían el rincón de la caballeriza, arrancándole una exclamación de sobresalto. Súbitamente asustada, retrocedió a tropezones, esperando el ataque de ese criminal que había matado a la muchacha. Luego la luz de la lámpara iluminó la cara del hombre. Ella sólo pudo mirar fijamente, confundida, el perfil cincelado y la camisa ensangrentada.

–¡Jeffrey! ¿Qué hacéis...?

Sus ojos bajaron, raudos, al cuchillo que pendía, flojo, de su mano: una hoja reluciente cuyo mango tenía la forma de una cabeza de carnero.

–Raelynn...

Su voz sonó extraña, como si proviniera de un profundo valle. Dio un paso hacia ella, alargando la mano libre. Se lo veía tenso, con la boca apretada en una lúgubre línea, los ojos extrañamente ensombrecidos por una expresión que ella nunca le había visto. Lo miró como si fuera un desconocido. Sin embargo no habían pasado siquiera dos horas desde que hicieran el amor como marido y mujer. Y hacía apenas un momento había comprendido al fin, emocionada, que...

Bajó nuevamente la vista hacia la hoja del cuchillo que sostenía; luego miró a la muchacha muerta. En un instante, el sentimiento de que ese hombre le era tan precioso como la vida, de que en su propio cuerpo se estaba produciendo un cambio, la felicidad que había conocido en sus brazos y en su casa, todo ello desapareció por los sentimientos de dudas y miedos pasados, el dolor de haber visto a sus padres cruelmente traicionados y la impresión, profundamente arraigada, de que ese cuento de hadas era demasiado bonito para ser real. Toda la felicidad que había saboreado recientemente como esposa de Jeffrey Birmingham quedó sepultada bajo la mancha de sangre que se iba extendiendo. Desde el fondo de su ser brotó un grito sollozante, que ya no pudo contener:

–¡Noooooo!

Sin poder reprimir el espanto y con esa horrible sospecha que ahora la asaltaba, Raelynn retrocedió. Por un momento Jeff se quedó petrificado. Luego murmuró una maldición y, después de arrojar el cuchillo ensangrentado hacia el rincón de la caballeriza, avanzó un paso hacia ella.

–Escuchadme, Rae...

Un gesto cortante de la mano femenina le negó cualquier posibilidad. Cegada por las lágrimas, ella se volvió en redondo para huir y corrió todo cuanto pudo hacia la casa. ¡Tenía que haberse dado cuenta de que todo era demasiado perfecto! Jeffrey, el matrimonio, su creciente amor por ese hombre... Pero todo había sido un engaño, una mentira.

Su corazón martilleaba locamente. Ahogada por los sollozos, echó una mirada lacrimosa por encima del hombro; su esposo la seguía a paso rápido. Ella subió como un rayo las escaleras de la galería, jadeando entre sollozos angustiados. Después de enjugar con un brazo las lágrimas que caían a raudales por su cara, se dirigió al dormitorio y lo recorrió con una mirada desesperada, buscando un sitio donde esconderse. Jeffrey conocía demasiado bien su alcoba como para que ella se sintiera segura en cualquier rincón oscuro. Lo mejor que podía hacer era retrasar su búsqueda hasta que hallara una vía de escape.

Jadeante por el miedo, el tormento y el esfuerzo realizado en su desesperada necesidad de escapar, Raelynn cerró violentamente las puertas a lo largo de la galería y luego cruzó corriendo la habitación mientras se secaba las lágrimas. Una vez que hubo salido al pasillo, cerró despacio la puerta tras ella. Apenas tuvo tiempo de alcanzar la seguridad de su antiguo dormitorio y echar la llave antes de oír pisadas en el pasillo: Jeffrey había tardado apenas un instante en descubrir su engaño.

Él probó la puerta antes de golpear con los nudillos. Puesto que sabía que su esposa estaba aterrorizada por lo que había visto, hizo un esfuerzo por hablar con voz suave y dulce:

–Raelynn, amor mío, no me tengáis miedo, por favor. Yo no maté a Nell. Tenéis que creerme.

Acurrucada en el lecho, temblando por el miedo y la angustia, Raelynn se apretó los labios con dedos temblorosos, para sofocar los sollozos. En medio de la penumbra que la rodeaba, mantenía la vista fija en la madera que se interponía entre ella y el hombre a quien había llegado a conocer como esposo y amante. Lo oyó murmurar una maldición; luego, con alivio, retroceder hacia su dormitorio. Una puerta se abrió y volvió a cerrarse en la distancia. Escuchó con cautela, aterrada, en medio del silencio que reinaba durante un tiempo que le pareció interminable. Luego, un golpe sordo en la galería y una luz que avanzaba hicieron que ella abandonara la cama precipitadamente. ¡Había olvidado que una de las dos puertas acristaladas estaba siempre sin llave, para que los sirvientes pudieran entrar!

Un momento antes de que su esposo llegara, echó el cerrojo para asegurarse alguna protección, siquiera pasajera. Los dos se enfrentaron, bañados por la luz de la lámpara de aceite, separados no sólo por los cristales rectangulares de las puertas, sino por la espantosa desconfianza que de pronto había surgido entre ellos.

Habría bastado el golpe de una bota para eliminar esa barrera, pero Jeff sabía que, si derribaba la puerta, su esposa huiría como poseída, y eso daría solidez a sus horribles sospechas. Debía hallar la manera de calmar sus temores.

La miró a los ojos, a través de las lágrimas que los desbordaban, e hizo un gran esfuerzo por hablar con calma.

–Raelynn, amor mío, comprendo que habéis sufrido un golpe terrible, pero no hay motivos para que me temáis. ¿No comprendéis? Cuando llegué a los establos Nell ya había muerto. Oí su grito cuando empezaba a dormirme y bajé a investigar. Ahora abrid esta puerta, por favor, para que hablemos. No voy a haceros daño. Jamás haría semejante cosa.

Una y otra vez, el horrendo recuerdo de Nell, sin vida y ensangrentada en la caballeriza, sacudió a Raelynn con oleadas de espanto. No tenía ni idea del motivo por el que la muchacha había regresado a Oakley, pese a la prohibición de Jeff, pero con tantos invitados como habían llegado y partido, nadie habría reparado en su presencia, mucho menos los sirvientes. Los mozos de cuadra tenían la responsabilidad de llevar agua para los tiros de todos los carruajes; era una cortesía necesaria, por las largas distancias y la posibilidad de que la fiesta se prolongara hasta la madrugada. Lo más probable era que, cumplido el servicio, los hombres hubieran regresado a sus alojamientos para acostarse.

Quizá Nell había vuelto a la plantación para implorar, una vez más, el sustento para ese hijo que ella insistía en atribuir a

Jeff; posiblemente pensaba que, si él podía ofrecer un baile tan costoso en honor de su esposa, bien podía pagar una suma mensual para el bebé. Sus acusaciones más recientes demostraban que era incapaz de aceptar la negativa de Jeff en cuanto a compartir su fortuna con ella y el niño, pese a lo cuantiosa que era. Simplemente, ella no entendía que él se negara a dejarse extorsionar. Aunque Jeff era capaz de gastar una generosa suma para salvar de los maltratos a una muchacha negra, su dignidad le impedía dejarse presionar con amenazas. El padre de Raelynn había sido igual; eso no la preocupaba. Lo que la obsesionaba era la posibilidad de que Nell hubiera llevado a su esposo hasta el límite de su paciencia. La última vez, él le había dicho que sentía deseos de estrangularla. Si hubiera llegado a encolerizarse de verdad, era posible que, perdido el dominio de sí mismo, hubiera puesto definitivamente fin al acoso.

Por mucho que Raelynn rechazara la idea de que su galante y apuesto marido pudiera hacer daño alguno a una mujer, cualquiera que fuese, no podía restar importancia a lo que había visto con sus propios ojos: él tenía en la mano el cuchillo ensangrentado que obviamente había matado a Nell, un arma que normalmente guardaba en el escritorio de su alcoba. ¿Cómo olvidar esos hechos?

Tenía la cara contraída por fuertes emociones y la cascada de lágrimas continuaba, sin que ella le prestara atención. Jeff era su querido esposo. Él la había salvado de convertirse en propiedad de Gustav, para luego transportarla a un mundo de lujos y enseñarle los placeres de la felicidad conyugal, de la femineidad realizada. Sin embargo en esos momentos le parecía no conocerlo en absoluto. La experiencia del último año le había demostrado que es muy fácil confiar en quien no lo merece y ser víctima de una traición. ¿Acaso su propio padre no había sido acusado de traición por otros nobles, desconocidos para ella? Y su madre, al aceptar a Cooper Frye como su hermano perdido, ¿no había provocado luego su trágica muerte a bordo? En los últimos tiempos, la confianza parecía ser algo muy peligroso.

–Vete, Jeff, por favor –balbució entre lágrimas, temerosa de enfrentarse a su mirada a través de los cristales. Esos ojos traslúcidos, que le imploraban en silencio que lo escuchara y le creyera, le desgarraban el alma–. Necesito tiempo para superar esta terrible impresión y aclarar todo esto en mi mente y pensar con más claridad.

Jeff levantó una mano para hacer otra súplica, pero la mirada de su esposa se clavó en él; sólo entonces cayó en la cuenta de que tenía los dedos pegajosos de sangre. Bajando lentamente el brazo, suspiró abatido. Por ahora, hablar con su mujer parecía inútil; era evidente que ella estaba aterrorizada. Se alejó a paso lento hacia su alcoba, dejando que ella analizara su inocencia o su culpa.

Exhausta, tan temblorosa que apenas podía mantenerse de pie, con las piernas flojas, Raelynn volvió a la cama y hundió la cara en la almohada; entonces dejó brotar los sollozos sin reprimirlos. Ese vacío helado, oscuro y turbio que sentía en la boca del estómago se negaba a ceder ante la razón y la confianza. Era como si Jeff ya hubiera sido condenado y sólo faltara presenciar el ahorcamiento.

Una tiniebla impenetrable se adueñó de ella y agotada por tantos terribles pensamientos se sumió en un sopor. En los límites de su conciencia, una compasiva oscuridad la arrastró hacia un valle hondo y en penumbra.

–¡Que Dios me ampare, señor Jeffrey! ¿Está usted herido, señor?

Tras haberse arrastrado en bata hasta el piso de abajo, Kingston aún parpadeaba, soñoliento, cuando vio acercarse a su amo. La impresión de ver tanta sangre dilató precipitadamente los ojos oscuros. Su boca se abrió con la misma prontitud.

El ruido de varios portazos habían llegado al último piso de la mansión, despertando a Kingston. Antes de abandonar apresuradamente su cuarto, el mayordomo asió el grueso palo que guardaba bajo su cama desde la visita de Gustav Fridrich, por si el alemán y su chusma regresaban dispuestos a crear problemas. No obstante, al ver a su amo se preguntó si no debía haber cogido el botiquín.

Jeff imaginó el macabro espectáculo que ofrecía, con sus prendas ensangrentadas y las manos pegajosas. Aunque su intención era despertar al mayordomo para darle instrucciones, ahora parecía necesario aclarar su situación.

–La sangre no es mía, Kingston. Temo que proviene de Nell. Alguien la mató a puñaladas en el establo. Su bebé también está allí, gritando a todo pulmón, pero ileso, hasta donde puedo asegurarlo. Necesito que vayas por el niño y le busques una nodriza. Pero tienes que prepararte para un espectáculo horrible. El asesino se ha ensañado con Nell.

Jeff hizo una pausa para apartar la escena de sus pensamientos. Después de un suspiro desconsolado, continuó:

–Que uno de los mozos de cuadra vaya a Charleston a por el sheriff. Mientras lo esperamos, pide a Sparky y a Thaddeus que revisen la caballeriza, por si hubiera alguna pista sobre la identidad del criminal.

Por fin Kingston cerró la boca y tragó saliva.

–Sí, señor Jeffrey. Enseguida, señor. Pero entretanto, ¿necesita usted algo? Se lo ve muy nervioso.

Jeff habría podido enumerar las distintas razones de su nerviosismo, comenzando por los motivos de esa muerte y el nombre del asesino.

–Tienes razón, Kingston, pero no hay nada que hacer. Me llevará algún tiempo asimilar la brutalidad de este sucio acto. Teniendo en cuenta mi última confrontación con Nell, la gente pensará que yo tuve algo que ver con su muerte.

–¡Nadie, señor! –El mayordomo sacudió la cabeza, como si esa idea no se le hubiera cruzado nunca por la mente–. Cuando menos entre nosotros, que lo conocemos bien. Si usted fuera capaz de hacerle algo así a la señorita Nell, también nos pegaría a nosotros. O a esa mula de *Brutus*. Pero usted nunca se enfada con nadie, señor Jeffrey.

–Pues me enfadé bastante con Nell –apuntó Jeff.

–Sí, señor, eso es cierto, pero con razón, después de lo que ella quiso hacer. ¡Meterse en su cama cuando usted dormía y después decir que le hizo un bebé! ¡Pero si hasta yo me puse tan furioso que le habría pegado!

–En los establos hay un bebé que llora de hambre, Kingston –le recordó Jeff–. No podemos seguir hablando mientras el niño sufre.

–Sí, señor, ya voy.

Al regresar a sus habitaciones, Jeff se apresuró a quitarse la ropa manchada. El agua de la palangana estaba tibia, pero él apenas lo notó. Mientras se frotaba las manos, la cara y el pecho con agua y jabón, habría querido fregar con igual resultado la sanguinaria escena que tenía en la mente.

Ya vestido con ropa limpia, cogió una lámpara y caminó por la galería hasta las puertas tras las que se refugiaba su esposa. La habitación estaba a oscuras; sólo la suave luz de su lámpara le permitió verla, acurrucada al otro lado de la cama. La tenue claridad no provocó ninguna reacción en su mujer; sólo cabía pensar que su esposa se había dormido, a pesar de la terrible experiencia que acababa de vivir.

«Mejor así», pensó él, tristemente. Después de lo que ella había visto, su mente necesitaba el efecto sedante del sueño. Si él hubiera podido eliminar así de su mente la macabra escena, se habría acostado inmediatamente. Pero tras haber oído los patéticos ruegos de Nell, que pedía alguna muestra de afecto, le acosaba el profundo remordimiento de no haberla ayudado de manera que no se interpretase como un reconocimiento a sus acusaciones.

De sus labios escapó un suspiro; luego cayó en la cuenta de que estaba tenso como una cuerda trenzada. Imaginaba con claridad lo que Raelynn había pensado al ver la escena del establo. Después de todo, él tenía en la mano el arma homicida, un cuchillo que obviamente había desaparecido de su escritorio durante el baile. Cualquiera de los asistentes podía haber entrado en su alcoba para apoderarse de él. Y eso era exactamente lo que había hecho el asesino: robarle el cuchillo para matar a una muchacha.

Preocupado por el niño, Jeff bajó la escalera y detuvo a Kingston, que regresaba con el lloroso bebé.

–Santo Dios, señor Jeffrey –exclamó el hombre, por encima de los chillidos–. Nunca he visto nada como esa mujer apuñalada. Para ser tan pequeña, la señorita Nell ha perdido mucha sangre. Viendo a este pequeñín así, todo cubierto de sangre y gritando como un demonio, he pensado que él también estaba herido. Pero es sólo hambre, señor Jeffrey, como usted ha dicho.

Jeff bajó la vista hacia el niño, que hacía todo lo posible por dar a conocer su malestar. Puesto que su cara estaba comprimida en una pequeña bola enfurecida, resultaba imposible juzgar con certeza a quién se parecía. Aparte del pelo negro, cualquier similitud entre los dos parecía remota, pese a las aseveraciones de Nell, aunque nunca faltan las coincidencias.

–¿Le has conseguido nodriza?

–Sí, señor. La mujer del capataz dice que puede amamantar al niño Daniel junto con el suyo. Me ha encomendado decirle, la señora Fergus, que no habrá ningún problema. –Al oír un repiqueteo de pisadas enérgicas, Kingston inclinó la cabeza hacia el ama de llaves, que venía desde el fondo de la casa–. Aquí está Cora, señor. Viene para llevar el bebé a la señora Fergus.

Cora se hizo cargo del bebé y lo inspeccionó rápidamente, hasta asegurarse de que la sangre de la manta no era de él.

–Nosotros cuidaremos del bebé, señor Jeffrey. Usted no se preocupe.

Una vez tranquilizado al respecto, Jeff volvió a los establos. Le alivió un poco ver que habían cubierto el cadáver con una sábana. Sparky y Thaddeus hurgaban entre la viruta. Cuando Jeff apareció ante la puerta de la caballeriza, el más joven se acercó.

–Todavía no hemos encontrado nada, señor Jeffrey. –El adiestrador echó una mirada nerviosa al cadáver cubierto–. Hemos buscado por todas partes, menos debajo de la señorita.

–Lo hará el sheriff, cuando llegue –dijo Jeff, compadecido de sus hombres.

Sparky asintió con aire brusco, visiblemente aliviado. Thaddeus salió de la caballeriza arrastrando los pies.

–Señor Jeffrey –dijo, con un solemne meneo de cabeza–, he preguntado a todos los mozos de cuadra, pero nadie ha visto ni oído qué ha pasado esta noche aquí.

Jeff echó un vistazo al pasillo, entre las otras caballerizas. Luego volvió hacia Sparky un ceño extrañado.

–Pero ¿dónde está *Ariadna*?

–Anoche la pusimos en el corral de al lado, señor, pero no hemos vuelto a verla.

–¿Y por qué se te ha ocurrido dejarla fuera, Sparky? Sabes que, cuando se empecina, es capaz de saltar por encima de cualquier cerca.

–Pues señor, es que coceaba las tablas de la caballeriza vecina con mucha fuerza. Temimos que derribara el establo. De veras, señor Jeffrey, estaba más loca que una gallina clueca. En cuanto abrí la puerta de la caballeriza salió pitando, como si tuviera fuego en la cola. Tanta era su prisa que estuvo a punto de arrollarme.

–¿No viste si había alguien en la caballeriza contigua?

–Como le he dicho, señor Jeffrey, ella salió de estampía, como un demonio en vuelo. Después de sujetarla no me molesté en coger una lámpara para echar un vistazo en la caballeriza. En ese momento no parecía necesario. Lo que me interesaba era tranquilizarla.

–¿Recuerdas qué hora era, Sparky? –insistió Jeff.

El adiestrador se rascó el mentón con ademán reflexivo.

–Cerca de las once, quizá algo más tarde. No recuerdo bien, señor.

–Revisa el pesebre que hay al lado y veamos qué encuentras, Sparky. Si algún extraño se hubiera escondido allí, eso explicaría por qué *Ariadna* armó tanto escándalo.

–Si ese hombre hubiera querido entrar en su caballeriza, esa loca le habría arrancado la cabeza a coces. Pero creo que no fue así, pues no he visto ningún otro cadáver por aquí.

–Quizá el asesino corrió el riesgo a fin de esconderse de vosotros. Tal vez eso fue lo que alteró a la yegua.

–Pues si esa persona aún tiene la cabeza en su sitio, ha de estar inconsciente. Esa yegua tiene el genio demasiado vivo como para que cualquier tonto se tome familiaridades con ella.

Thaddeus echó una mirada triste al cuerpo cubierto y meneó la cabeza, sobrecogido por el grotesco horror de lo sucedido.

–¿Qué clase de hombre es capaz de algo así, señor Jeffrey? ¡Matar a una niña que acaba de tener un bebé! Parece cosa del diablo.

Jeffrey reconoció mentalmente que matar a una joven madre, con un lactante en brazos, parecía una violación de la naturaleza. La gente de la zona se quedaría espantada. Peor aún: el asesinato se había producido en sus establos. La verdad es que Raelynn era la primera de los muchos que sospecharían de él.

Volvió a sentir una punzada en el corazón al recordar las lágrimas y el miedo con que su esposa lo había mirado en los establos. Debía hallar el modo de hacerle comprender su inocencia. Se volvió nuevamente hacia Sparky.

–¿Falta algún otro caballo?

–No, señor. No lo creo.

Jeff tomó otra decisión.

–Manda a alguien por Elijah, Hijo de Lobo. Quiero averiguar todo lo que pueda sobre esto.

–Sí, señor Jeffrey.

Al regresar a la casa, Jeff se instaló ante el escritorio de su estudio, tratando de concentrarse en los registros contables de la plantación, mientras esperaba la llegada del sheriff Townsend. Más de una hora después, alguien llamó a la puerta. A una palabra suya entró Kingston.

–Ha venido Elijah, señor Jeffrey.

–Hazlo pasar.

Un hombre alto y delgado, de unos cuarenta y cinco años, entró con el sombrero en la mano. Obviamente lo habían despertado de un profundo sueño. Aun así vestía su ropa preferida: pantalones de piel de venado y mocasines. Su nariz era estrecha y aguileña; sus facciones, marcadamente cinceladas. El pelo negro, lacio, estaba cortado por debajo de las orejas. La tez, del color del cacao, tenía un tinte rojizo que señalaba su sangre mestiza. Se rumoreaba que la madre de Elijah había sido una bella esclava mulata, cautiva a los quince años de un guerrero indio que, más adelante, la hizo su esposa. Un par de años después el campamento del guerrero fue invadido por una tribu enemiga; al encontrar muerto a su esposo, la mujer se había escapado con su hijo. Desde entonces se las arreglaron solos, en una choza de las afueras de Charleston, hasta que ella murió de pulmonía, cuando el niño tenía sólo doce años.

–¿Me ha mandado llamar, señor? –preguntó Elijah, con una voz grave que resonó en la habitación.

–Sí, Elijah, y te agradezco que acudieras tan pronto. –Jeff le clavó una mirada interrogante–. ¿Te han contado lo que sucedió aquí?

–Sparky me ha dado algunos detalles de camino hacia aquí, señor –reconoció el rastreador.

–El asesinato de la muchacha se ha producido en una de las caballerizas. El cadáver aún está allí. Mira si puedes hallar algo en el establo o en los alrededores. Para empezar, puedes inspeccionar las huellas de todos los que trabajan allí. Si descubres alguna que no sea conocida, estudia hacia dónde van. Si desaparecen cerca de las huellas de un vehículo, podemos estar razonablemente seguros de que el tipo llegó o se marchó de esa manera. Si encuentras dos pares de huellas, uno de los cuales corresponda a la muchacha, es posible que Nell haya venido con su asesino. Pero dejaré que tú descubras todo eso.

De los ojos de Elijah había desaparecido cualquier rastro de sueño. Ahora estaban alerta e imbuidos de luz.

–Dice Sparky que esta noche ha llovido. Si el agua no ha borrado las huellas, puedo hacerlo, señor.

Jeff logró esbozar una sonrisa débil. La habilidad de ese hombre para rastrear era casi legendaria en las Carolinas. Varios años antes le habían encomendado buscar a un niñito que se había alejado por un terreno escarpado y lleno de cornisas de roca. No perdió el rastro ni por un instante; por fin llevó al niño a casa, sano y salvo. Otras anécdotas similares aseguraban a Jeff que el hombre sabría encontrar lo que otros pudieran haber pasado por alto.

–Haz lo que puedas –le instó–. Pronto llegará el sheriff Townsend. Si hallas algo importante, le ayudarás a resolver este crimen espantoso.

Elijah salió del estudio. En su ausencia Jeff comenzó a pasearse por la habitación. Tenía grabada en la memoria la cara de Raelynn, desfigurada por el horror. El deseo de aclarar las cosas con ella se le hizo casi abrumador; tuvo que luchar contra el impulso de subir de cuatro en cuatro la escalera para reprocharle el haber creído lo peor sobre él. En parte se sentía muy dolido por el hecho de que ella se negara a escucharlo. Ya en otra ocasión había tomado en serio las acusaciones de Nell, y eso la llevó a expulsarlo de su lecho. Desde luego, lo que Raelynn había visto hubiera horrorizado a cualquiera. Y si volvía a verla retroceder ante él con ese miedo mortal, se le rompería el corazón. No, era mucho mejor darle algún tiempo para poner las cosas en su sitio. Quizá entonces pudiera confiar en él a pesar de todo.

Mientras bebía a sorbos el café caliente que Kingston le había traído, Jeff desvió una mirada hacia las ventanas. Nunca habría sospechado, durante el gran baile que había disfrutado la noche anterior, que ese día iba a convertirse en un infierno. Mientras contemplaba tristemente los primeros rayos del alba, que se estiraban sobre Oakley, lanzó un suspiro parecido a un lamento.

10

El sheriff Rhys Townsend y el jinete que había ido a buscarlo llegaron a caballo, en el momento en que el sol se elevaba por encima de los árboles. El hombretón se descolgó de la silla y, con el paso bamboleante de siempre, cruzó la calzada delantera. Mientras él subía los peldaños de la entrada, Jeff salió al porche para recibirlo.

–Gracias por venir tan pronto, Rhys.

El sheriff se quitó el sombrero para entrar en el vestíbulo tras su amigo.

–Tu mozo dice que aquí han asesinado a una mujer, Jeff. ¿Qué diablos ha sucedido?

Él señaló el estudio con un gesto.

–Si no te molesta, hablaremos allí dentro.

Rhys asintió con la cabeza y, después de entrar, se hundió en su sillón favorito. Un momento después entró Kingston con una cafetera y cucharillas de plata. El sheriff aceptó la bebida con gratitud; luego le indicó por señas que dejara la bandeja.

–Si he de mantenerme en pie, Kingston, necesitaré mucho más de esto. Hay quienes no tienen reparos en arrancarlo a uno de la cama después de permitirle apenas una hora de sueño.

El mayordomo logró esbozar una sonrisa, pese al trauma que aún afectaba al personal de la casa.

–Sí, señor Rhys. Tiene usted razón.

Mientras él salía, el sheriff bebió el café de un solo trago. Jeff rodeó el escritorio y fue a apoyarse contra el borde frontal, con lo cual su amigo se sintió obligado a dejar la taza para atenderlo. Jeff lo miró a los ojos y le explicó serenamente lo sucedido, hasta donde él sabía.

–Cuando me estaba quedando dormido oí un alarido de mujer. Sería la una de la madrugada. Como provenía de los establos, encendí una lámpara y bajé a echar un vistazo. Encontré a Nell en una de las caballerizas, con su bebé. Aún estaba viva, pero agonizando. Me rogó que le quitara el cuchillo. Lo hice, con la esperanza de poder parar la hemorragia, pero ya estaba en las últimas. Me pidió que la abrazara por un momento, como si la quisiera de verdad, y lo hice. Murió en mis brazos. –El terrible recuerdo hizo que meneara la cabeza–. No imagino qué clase de monstruo pudo hacer algo así. La chica no debía de tener más de dieciséis años.

–¿Te ha dicho algo? ¿Algún dato sobre la identidad del atacante? –preguntó Rhys Townsend, prescindiendo del tono rudo que solía utilizar en los interrogatorios.

–No. Sólo parecía preocupada por el bienestar de su hijo. Me pidió que lo pusiera al cuidado de alguna mujer.

–Es decir, sabía que iba a morir.

–Creo que sí. Había perdido mucha sangre y estaba muy débil.

–Pero no intentó decir quién la había apuñalado.

–En absoluto. Sólo parecía agradecida de tenerme allí. –Jeff, ceñudo, recordó sus patéticos intentos–. Me deslizó una mano por la manga y trató de sonreírme.

–Cuando ella murió, ¿qué hiciste?

Jeff vaciló. Se resistía a exponer las sospechas de Raelynn, pero no era posible evitar la pregunta.

–Permanecí un minuto en la oscuridad, mirando el cadáver de Nell, aturdido por el salvajismo del asesinato. Un momento después llegó mi esposa, que también se había despertado. No sé muy bien por qué. Creo que salió a buscarme. Naturalmente, al ver a Nell se alteró mucho.

–¿Dónde está ahora?

–Arriba. Duerme. Cuando menos, hace un momento la he visto dormida. En lo posible, Rhys, preferiría que no la molestaras por ahora.

–Puedo hablar con ella más tarde. –El sheriff se sirvió otra taza de café–. ¿Crees que Nell pudo haber venido anoche para echar un vistazo, a ti y a tus invitados?

Jeff se concentró en el líquido de su propia taza, mientras debatía silenciosamente las opciones. Era necesario dar más explicaciones, aunque de ese modo se incriminara.

–A mediados de julio vino a la plantación. En el porche de esta misma casa me acusó a voz en grito de ser el padre del hijo que esperaba. Al salir mi esposa, Nell tuvo la audacia de insinuar que Raelynn y yo debíamos pedir la anulación del matrimonio. Hacia finales de julio la vi por un momento en la tienda de Farrell, donde estaba trabajando. Y hace una semana, poco más o menos, volvió a venir. Quería mostrarme, según ella, lo mucho que el niño se parecía a mí.

Rhys enarcó las cejas, pero Jeff descartó la tácita pregunta con un gesto cortante de la mano. Mucho tiempo atrás, había descubierto que su amigo era muy hábil para inducir a la gente a hablar. Mediante expresiones faciales, siempre midiendo el tiempo, se las componía para obtener confidencias. Aun así, Jeff no creía necesario ocultarle información sobre las acusaciones de Nell. Si aún no las conocía, muy pronto descubriría la verdad. Bastaba con que interrogara a los sirvientes de la casa. Pese a lo que suponían algunos, probablemente por su torpe manera de hablar, Rhys no era estúpido ni tonto.

–Si el niño se me parece un poco, Rhys, es porque fue engendrado por alguien que se parece a mí. Pero no puede ser mío, de ninguna manera. –Jeff suspiró; sería mejor comenzar por el principio–. Hace más de un año contraté a Nell para que bordara monogramas en la ropa blanca de la casa. Me habían dicho que era hábil con la aguja; la verdad es que quedé muy satisfecho con su trabajo y le pagué bien. Una noche, mientras yo dormía en mi habitación, ella se introdujo en mi cama y comenzó a acariciarme. Al despertar, en cuanto vi lo que estaba haciendo, la puse de patitas en la calle.

–Dices que no sucedió nada íntimo entre vosotros.

–¡No, definitivamente no! Si Nell era virgen cuando se metió en mi cama, virgen era cuando salió. Pero al haber estado tan cerca de hacerle el amor mientras dormía, no quise correr el riesgo de tenerla en la casa. No quería verme obligado a reparar su honor. En cuanto ella hubo recogido sus pertenencias, Thaddeus la llevó a Charleston y le buscó una habitación. Por lo visto, ella no tardó mucho en hallar a un hombre que no la expulsara de su lecho, puesto que su hijo nació nueve meses después de ese episodio, día más, día menos.

–¿Crees que su intención era quedar embarazada para enredarte?

–En realidad, no lo sé. Nunca traté de entender su razonamiento. Para mí no era sino una niña. Puedes creerme: cuando vi quién estaba en la cama conmigo fue como zambullirme en un estanque helado.

–Al parecer ella creía estar enamorada de ti.

–Un breve deslumbramiento, quizá. Se le habría pasado con el tiempo... si hubiera vivido.

–Esta madrugada ¿tú y tu esposa despertasteis al mismo tiempo?

–No. La dejé dormida.

–¿Ella te siguió inmediatamente después?

–No, por desgracia. Llegó después. Y tal como estaban las cosas en ese momento, temo que su primera impresión fue bastante errónea.

–Es decir: ¿creyó que tú habías matado a Nell?

–Exactamente.

–¿Le has explicado lo que sucedió?

–Lo he intentado, pero ella huyó para encerrarse en otra habitación.

–¿Y ahora está allí, dormida?

–Sí.

–¿Qué me dices de los sirvientes? –preguntó Townsend–. ¿Estaban todos en sus camas?

–Todos, menos diez o doce hombres que contraté para custodiar los caminos hacia el este, por si Gustav nos atacaba. Pero estaban apostados demasiado lejos de los establos; no han podido ver ni oír nada.

–¿Crees que Gustav está implicado en esto?

–Estoy convencido de que tiene algo que ver. Dudo que pagara a uno de sus hombres para matar a Nell sólo para cargarme la culpa; tampoco creo que lo hiciera él mismo, mucho menos ahora que únicamente tiene un brazo útil. Pero con tantos hombres como trabajan para él, quién sabe qué podría hacer cualquiera de ellos con un buen incentivo. Aunque me cuesta creer que pudieran matar a una muchacha sólo para involucrarme, supongo que todo es posible.

–¿Acaso Olney Hyde no amenazó con matar a Raelynn, mientras la tenían cautiva?

–En efecto.

–Creo recordar que Gustav estaba muy empecinado en quedarse con tu esposa. Y ahora se diría que el asesinato de Nell os ha distanciado. Tal vez el objetivo de Gustav es aumentar ese distanciamiento hasta llevarlo a la separación legal… o a tu ahorcamiento.

–No dudo de que Gustav disfrutaría, teniendo en cuenta lo que le hicimos aquella noche.

–Ese tunante de Olney Hyde se esconde con la astucia de un zorro –reflexionó Rhys, melancólico–. Por los rumores que me han llegado sé que está por aquí, pero aún no he podido atraparlo.

–Como te he dicho, a finales de julio mi esposa habló con él delante de mi naviera. Fue entonces cuando él le dijo que Gustav lamentaba saberme vivo. También le dijo que sus padres vinieron desde Inglaterra cuando él era sólo un niño; se jactó de saber esconderse en los pantanos. Tal vez esa habilidad le viene del nombre[1]. –Jeff esbozó una seca sonrisa, pues bromeaba sin ganas. Cada vez que pronunciaba el nombre de su esposa le invadían recuerdos de su huida de los establos–. Por lo que supe más adelante, Olney conoce muy bien esta zona, quizá mejor que nadie. Por eso no me sorprende en absoluto que pueda mantenerse escondido. De cuantos conozco, el único que podría encontrarlo es Elijah. Le he pedido que echase un vistazo por los alrededores de los establos.

Rhys dejó la taza y el platillo en la bandeja, a su lado, y se apoyó en los brazos del sillón para levantarse.

–Es hora de que yo haga lo mismo.

–Te acompañaré.

Cuando se acercaban al establo se les unió Elijah, quien ofreció algunas posibles teorías.

–La lluvia borró algunos rastros y dejó el suelo blando para dos juegos de huellas distintas, que han venido después –les informó–. Uno es de botas finas, hechas a mano. El segundo, de botas más comunes. Los dos hombres salieron del establo por detrás y entraron en el corral. Allí tomaron un caballo. Tal vez Botas Finas perseguía al otro.

1. «Hyde» se pronuncia igual que *hide*, «esconder». *(N. de la T.)*

–No creo que Olney Hyde use botas finas –murmuró Rhys, mirando de reojo a su amigo.

–No. Es más probable que fueran las mías –admitió Jeff–. Pero yo no he pisado ese corral en varios días.

–Veamos qué has descubierto, Elijah –propuso el sheriff–. Después me gustaría saber qué conclusión extraes de todo esto.

Las cosas eran tal como el rastreador había dicho. Un juego de huellas se parecía mucho a las que Jeff dejaba con sus botas; por añadidura eran del mismo tamaño. Las otras correspondían a un hombre de pies mucho más grandes, que desbordaban las suelas por el borde exterior. Rhys miró a Jeff.

–Cuando atacamos el depósito de Gustav ¿pudiste ver bien los pies de Olney?

–Sus pies no me interesaban –aseguró su amigo, sardónico. Luego preguntó a Elijah–: ¿Qué puedes decirnos sobre estas huellas?

–Botas Finas viene después; pisa el otro rastro. Vuelve al establo. Botas Baratas llega hasta donde los cascos del caballo se hunden en el barro, como cuando el animal va montado.

El sheriff echó un vistazo más allá.

–¿Has hallado alguna otra huella en los alrededores de la casa o en la calzada?

–El paso de tantos pies y cascos de caballos no ha dejado marcas de la llegada de la muchacha. El césped que rodea la casa es denso y corto; disimula bien. No he hallado nada.

–¿Y qué par de huellas crees que pertenecen al asesino? –preguntó Jeff, para volver al tema anterior.

Elijah encogió los hombros flacos, sin comprometerse.

–Tal vez el hombre asesina a la señorita Nell y roba el caballo para escapar. Alguien lo ve en el establo y lo persigue. Puede ser que sí, puede ser que no. También podría ser al revés.

–Sigue las huellas de la yegua –ordenó Jeff–. Averigua adónde llevan. Mientras tanto yo mostraré al sheriff la caballeriza donde mataron a Nell.

Rhys despidió al rastreador con un ademán de la mano. Luego dijo a su amigo:

–Acabemos con este horrible asunto.

Después de acompañarlo al interior del establo, Jeff esperó en el pasillo, frente a la caballeriza de *Ariadna,* mientras su amigo examinaba el cadáver y la herida. Varios minutos después Rhys se sentó sobre los talones.

–Parece que la muchacha fue apuñalada tres veces desde muy cerca. Al parecer, una de las heridas había dejado de sangrar; una de las otras la mató, o ambas. –Examinó con indiferencia la zona circundante–. ¿Nadie la ha movido o tocado desde que tú la dejaste?

–No. Ordené a Sparky que la dejara así. –Jeff señaló brevemente el arma ensangrentada entre la viruta–. Allí está el cuchillo, donde lo dejé caer cuando Raelynn se asustó.

Rhys lo recogió con cautela. Las manchas del acero reluciente revelaban con demasiada claridad el uso cruel que se le había dado.

–¿Dónde lo he visto antes?

–Lo llevo conmigo cuando salgo a cazar –informó Jeff, con calma–. Probablemente lo has visto durante alguna de las excursiones que hemos hecho juntos. Cuando estoy en casa suelo tenerlo sobre el escritorio de mi alcoba, para cortar las páginas de los libros nuevos; antes de que viniera Raelynn tenía por costumbre leer en la cama, al acostarme. Puesto que usé el cuchillo antes del baile, para cortar una hebra suelta, supongo que alguien lo cogió durante la fiesta.

Rhys probó el filo.

–Bastante afilado, ¿verdad, Jeff?

–Como te he dicho, lo uso en mis cacerías. Cuido de mantenerlo así, pues nunca sé cuándo saldré a cazar. Pero además, cuando está bien afilado corta mejor las páginas.

–Es bonito. ¿Cómo lo adquiriste?

–Me lo regaló mi padre cuando cumplí los doce años. Es un recuerdo de tiempos pasados. Siempre me era útil cuando Brandon y yo éramos niños. Solíamos acampar con frecuencia. Como el cuchillo más afilado era el mío, siempre me tocaba la tarea de cortar ramas verdes para asar la comida sobre la fogata.

Rhys volvió la mirada hacia la muchacha muerta. Luego meneó tristemente la cabeza.

–Qué muerte tan violenta... –Después de una larga pausa, resopló como si esa tarea le hubiera resultado más penosa de lo habitual– ... Solía ver a Nell de vez en cuando; iba a una iglesia que está cerca de mi oficina. Si me prestas una carreta y haces que tus hombres la envuelvan en una manta, llevaré sus restos a Charleston para que ese pastor se ocupe del entierro. Así te quitaré un peso de encima.

Jeff soltó un suspiro de alivio.

–Un peso inmenso, Rhys.

–¿Por qué no volvemos a la casa? Mientras Thaddeus y Sparky cargan el cadáver, yo echaré un vistazo a tu dormitorio.

Cuando llegaban a la galería de la segunda planta, Cora salió del dormitorio principal llevando un par de botas enlodadas.

–Le limpiaré estas botas enseguida, señor Jeffrey –anunció.

–Espera –pidió Jeff, apoyándole una mano en el brazo para detenerla–. ¿Dónde has encontrado eso?

–En su cuarto de baño, señor. Las he visto detrás de la puerta mientras limpiaba. Raro es que estén tan enlodadas, cuando usted es tan cuidadoso con sus cosas. ¿No quiere que las limpie, señor Jeffrey?

Jeff echó un vistazo preocupado a Rhys.

–Yo no las he enlodado.

–Tranquilízate, amigo mío. –El sheriff le puso una mano en el hombro–. Nadie va a condenarte por asesinato sólo por un par de botas enlodadas. Ahora dime: ¿son tuyas?

–Son mías, por supuesto, pero hace más de una semana que no las uso. Y como se puede ver, este lodo es bastante fresco.

–Durante la semana pasada alguien pudo entrar a tu habitación y cogerlas sin que tú lo supieras –reflexionó Rhys, en voz alta–. También pudieron hacerlo anoche, al mismo tiempo que se apoderaban de tu cuchillo. ¿Las puertas de tu dormitorio estuvieron abiertas durante todo ese tiempo?

–Sí, por supuesto. Por lo general permanecen entornadas mientras el clima lo permite. Anoche la temperatura era agradable. No fue necesario cerrarlas.

Rhys se dirigió a la criada.

–Esta mañana, mientras limpiabas las habitaciones del señor Jeffrey, ¿has encontrado algo fuera de lo normal, Cora?

La negra asintió con vehemencia.

–Sí, señor. Había algo muy raro. Esta caja de rapé que he encontrado en el suelo, cerca del escritorio. Que yo sepa él no aspira esas cosas.

Rhys enarcó una ceja, dubitativo, mientras estudiaba el diminuto receptáculo que ella le había entregado. Cuando miró a su compañero, una pizca de su inagotable humor subió a la superficie.

–¿Aspiras rapé ocasionalmente, amigo mío?

–¡No, por Dios! –exclamó Jeff, con una risa abortada.

–¿Y tu esposa?

Jeff hizo un gesto de exasperación.

–No, hombre, no que yo sepa.

–Olney Hyde tampoco parece ser de esos –reflexionó el sheriff, en voz alta.

–Y había otra cosa rara –intervino la criada.

Jeff le clavó una mirada curiosa.

–¿Qué cosa, Cora?

–Esa caja de madera que usted compró para la señora Raelynn, en julio...

–¿El cofre de su padre?

–No sé qué cofre, señor Jeffrey. Esa cajilla más o menos así... –ella indicó el tamaño con las manos– ... la que estaba sobre la cómoda de la señora Raelynn.

–A esa me refiero, Cora –le aseguró Jeff, con una sonrisa divertida, la primera del día–. ¿Qué pasa con ella?

–Pues que estaba en su escritorio, señor, y me ha parecido que alguien quiso abrir el fondo con un cuchillo.

–¡Pero si estaba abierto!

–Eso lo sé, señor, pero igual... le han hecho marcas en la madera del fondo.

Jeff echó un vistazo a su escritorio, en busca del cofre, pero había desaparecido.

–¿Dónde está?

–¿La caja? La he llevado abajo, por si Kingston podía borrar las marcas.

–Me gustaría verla –informó el sheriff–. ¿Puedes traérmela, Cora?

–Por supuesto, señor Rhys. Enseguida.

–¿Dices que esa caja perteneció al padre de Raelynn? –preguntó Rhys a su amigo.

–Sí. La encontramos en una tienda de objetos importados. Es obvio que Cooper Frye la vendió al tendero poco después de haber desembarcado.

–Cooper Frye es el tío de tu esposa, ¿verdad?

–Raelynn no quiere admitirlo, pero el hombre asegura que sí. Supuestamente, se perdió en el mar a edad temprana y retornó a Inglaterra pocos meses antes de que muriera el padre de Raelynn. Después su madre y ella se embarcaron con Cooper para venir a las Carolinas.

Cora regresó rápidamente y entregó el cofre al sheriff. Tal como había dicho, la madera del fondo tenía grandes mellas en la parte interior. Después de examinarla por un momento, Rhys la sacudió junto a su oreja.

–No entiendo por qué han querido destrozar el interior. No parece haber ningún compartimiento secreto. Si lo hay, debe de estar vacío.

Jeff hizo un breve examen del cofre y llegó a la misma conclusión.

–Ahora me gustaría hablar con Raelynn, Jeffrey –dijo el sheriff–. Tal vez ella sepa por qué han resquebrajado la caja.

Raelynn soltó la cortina de seda y se apartó de las puertas acristaladas tras oír la llegada del sheriff, a quien había visto ir con su esposo a los establos. Al verlo regresar confió en que se marcharía. Deseaba, necesitaba desesperadamente más tiempo para recobrar la compostura antes de enfrentarse a Jeff. Pero al parecer ese respiro no le sería concedido. Ya se oían pisadas que se acercaban deprisa a su habitación. Un momento después Cora llamó a la puerta.

–Señora Raelynn, dice el señor Jeffrey que el sheriff quiere hablar con usted. Que baje directamente al estudio.

–Envíame a Tizzy para que me ayude a vestirme –ordenó ella, a través de la puerta–. Aún estoy en camisón.

–Sí, señora. Pediré al sheriff que espere un rato.

Media hora después, Raelynn se detenía al pie de la escalera, atenta al grave timbre de las voces masculinas que provenían del estudio. Le resultaría muy difícil reencontrarse con Jeff teniendo grabado en la memoria lo que había visto en el establo. Sus emociones estaban cargadas de miedos y de terribles sospechas. Por ser su esposa, habría debido ser más leal y creerlo incapaz de un homicidio; pero lo cierto era que su imagen junto a Nell, con un cuchillo ensangrentado en la mano, estaba clavada tan profundamente en su memoria como una pica de hierro hundida en un madero.

Cuando ella entró, Jeff abandonó inmediatamente su asiento para acercarle una silla, en una actitud muy galante. Rhys, que estaba apoyado en el borde del escritorio, también se levantó. Sus ojos la siguieron hasta que ella se hubo instalado, tensa, en el asiento ofrecido.

–Señora Birmingham –dijo formalmente el sheriff, retomando su sitio–, es una suerte que hayáis podido bajar. Comprendo lo mucho que esta dura prueba os ha afectado.

–Gracias por vuestra consideración, sheriff Townsend –murmuró ella en tono apagado, por responder con el mismo decoro. Pero evitaba la mirada de Jeff, lo cual ensanchó el abismo entre ellos. Con las manos cruzadas en el regazo, para disimular mejor lo mucho que temblaban, echó una mirada apresurada al comisario–. ¿Vamos al asunto?

–Sí, por supuesto, señora. –Rhys carraspeó, mientras echaba una mirada a su amigo–. Me ha dicho Jeff que llegasteis al establo algo después de que él descubriera el cuerpo de Nell. ¿Podríais decirme qué os llevó allí y qué visteis?

–Desperté al notar que Jeff ya no estaba en la habitación. Cuando vi luz en el establo, pensé que había problemas con alguno de los caballos y que mi esposo había ido a ocuparse de ello. Al entrar oí el llanto de un bebé. Corrí a la caballeriza de donde surgía la luz y vi a Nell. –Raelynn apretó las manos y cerró los ojos con fuerza, tratando de borrar esa horrible escena de la memoria. Al continuar su tono era apenas audible, pero al menos ya no lloraba–. Había sangre por todas partes.

–Jeff ha dicho que Nell le rogó que le sacara el cuchillo –reveló Rhys, con medida cautela.

Sabía que la pareja se había casado sin haber tenido tiempo de conocerse. Si de algún modo ayudaba a Raelynn para que confiara en su esposo, estaba seguro de que ella no lo lamentaría más adelante. Él conocía a Jeff desde los primeros años de su juventud; le resultaba imposible creer que su amigo hubiera sido capaz de hacer algo tan horrible. Si Jeff podía hacerse amigo de los gatos, era evidente que su temperamento era muy tolerante. Pero además, dada su propia aversión a los felinos, Rhys se preguntaba si era realista hacer semejante comparación.

–Vuestro esposo afirma que lo hizo con intención de ayudarla, pero para entonces a ella le quedaban pocos minutos de vida. ¿Podríais confirmar algo de esto?

Raelynn tragó saliva, sin poder contener un estremecimiento.

–Que yo sepa, cuando llegué Nell ya había muerto. –Echó un vistazo a Jeff, que había acercado una silla a la suya. Su actitud parecía extrañamente serena; daba toda la impresión de estar muy atento a sus respuestas. Con alguna dificultad, ella continuó–: Mi esposo estaba arrodillado entre las sombras. En un primer momento no lo vi. Cuando se puso de pie y dio un paso hacia Nell, pensé que se trataba de otra persona. Al ver el cuchillo en sus manos... supongo que tuve pánico. Regresé corriendo a la casa. Desde entonces he estado arriba.

Rhys alargó una mano hacia atrás para coger el cofre, que estaba en el escritorio, y lo apoyó contra la pierna. Una vez que hubo concentrado toda la atención de la joven, lo abrió para mostrarle los daños causados en el interior.

–Cora ha dicho que esto debió de haber sido durante el baile, en algún momento. ¿Conocíais la existencia de estas marcas?

Raelynn se quedó impresionada. Por mucho que rebuscara en su memoria, no recordaba haber prestado atención al cofre desde el momento en que Jeff entró con ella en la habitación. Claro que estaba demasiado concentrada en él como para reparar en otra cosa.

–No sabía nada de esos desperfectos. ¿Quién pudo hacerlos y por qué?

–Confiábamos en que vos pudierais explicarnos eso –replicó el sheriff, mientras dejaba el cofre nuevamente tras de sí. Luego extrajo del bolsillo la caja de rapé y la depositó en la mesa, junto a la silla de la joven–. ¿Habéis visto esto anteriormente?

–Hasta donde recuerdo, no.

–Cora lo ha encontrado en el suelo, junto al escritorio, en la alcoba que compartís con vuestro esposo. Alguien había dejado también el cofre de vuestro padre en ese mismo escritorio, donde Jeff dice guardar normalmente su cuchillo de caza. Ahora bien, sabemos que el cuchillo fue utilizado para matar a Nell. Jeff afirma que lo arrancó de la herida en un esfuerzo por detener la hemorragia. Puesto que lo robaron del escritorio, sólo puedo suponer que también lo utilizaron para dañar el interior del cofre.

Raelynn se dio cuenta de que tenía la boca abierta y se apresuró a cerrarla. Luego miró al sheriff, tratando de ver una lógica a todo lo que él había dicho.

–Decís que alguien entró en nuestro dormitorio y destrozó el interior del cofre, posiblemente con el cuchillo de Jeff. Que durante ese tiempo pudo haber dejado caer la caja de rapé. Y que algún tiempo después, se llevó el cuchillo para asesinar a Nell. No tiene el menor sentido.

–Es exactamente lo que opino desde que comencé a pensar en este acertijo. No tiene el menor sentido –reconoció Rhys–. ¿Qué motivo pudo tener alguien para entrar en vuestra alcoba, dar cuchilladas a una caja y luego apuñalar a una muchacha con la misma arma? –Frunció pensativamente los labios, con la vista fija en las molduras del techo, como si lo analizara seriamente por primera vez–. A menos que Nell subiera por la escalera de la galería y entrara en el dormitorio, con la esperanza de encontrar aquí a Jeff, y descubriera en su lugar a un hombre interesado en el cofre de vuestro padre. En ese caso, el hombre pudo haberla matado para hacerla callar. Pero si no sabemos qué interés podría tener alguien por ese cofre vacío, me quedo sin pistas para descubrir lo que ha sucedido. Desde luego, existe la posibilidad de que el asesino esté completamente loco y sólo haya querido probar el filo, primero en la madera y luego en algo más blando.

Al ver que Raelynn se estremecía, Jeff se levantó y se enfrentó con su amigo.

–Hombre, ¿es necesario todo esto?

Rhys lo acalló con un gesto. Luego se inclinó hacia delante para mirar intensamente a la joven.

–Decidme todo lo que sepáis sobre este cofre.

–No sé qué interés podría tener nadie en dañar la caja de mi padre.

El susurro de Raelynn era tenso, apenas audible, pero pasó a explicar, con todo detalle, que su progenitor había entregado ese cofre a su madre, lleno de monedas, antes de morir en la cárcel, acusado de traición a la Corona; que al aparecer Cooper Frye, ella y su madre habían decidido embarcarse hacia las Carolinas, y que era él quien había vendido la caja a un importador.

–Habéis dicho que vuestro padre dio instrucciones de guardarla hasta que él necesitase su contenido. ¿Se refería a las monedas de oro o a algo completamente distinto?

–Hasta donde llegan mis conocimientos, nunca contuvo otra cosa que las monedas.

–¿No tenía algún compartimiento secreto?

Raelynn se hundió contra el respaldo, sorprendida.

–Tal vez, pero nunca me fue revelado. Y no creo que mi madre conociera la existencia de un compartimiento oculto. Cuando mi padre le rogó que guardase el cofre en un lugar seguro, no hizo ninguna referencia a eso. Supusimos que, al encomendarle la custodia del contenido, se refería al oro, pues necesitaría esa pequeña fortuna cuando lo llevaran a juicio.

–¿Es posible que su intención fuera que vos y vuestra madre cubrierais vuestras necesidades con el oro y le devolvierais la caja en el momento debido?

Raelynn se quedó completamente atónita ante esa suposición, pero debía aceptar que tenía lógica. Aun así, ¿quién, en las Carolinas, podía interesarse por el contenido de esa caja?

–Si no tiene compartimiento secreto –continuó Rhys–, ¿por qué hurgar en el fondo de una caja vacía?

–¡No sé! ¡No sé! No puedo creer que alguien, en este país, tuviera motivos para buscar un compartimiento escondido en el cofre de mi padre.

Raelynn apretó una mano temblorosa contra su frente, luchando por mantener el control. Estaba muy cerca de echarse a llorar. Sabía que Rhys Townsend, íntimo amigo de su esposo, probablemente se esforzaría por apartar las sospechas de Jeff. Quizá por eso insistía con la caja de su padre. En cuanto al cuchillo, era posible que alguien se lo hubiera llevado, pero el mismo Jeff podía ser el criminal, si Nell lo había enfurecido con sus exigencias para que reconociera al niño bastardo como propio.

Nada de eso tenía explicación para Raelynn, que sólo podía hacer algunas suposiciones. Únicamente estaba segura de haber visto a su esposo en la caballeriza, cerca del cadáver ensangrentado de Nell, con el arma asesina en las manos tan manchadas de rojo como su ropa. Esos detalles habían bastado para que huyera espantada; sin embargo, el sheriff parecía dispuesto a descartarlos, en un esfuerzo por culpar a algún criminal imaginario.

Cerró los ojos con fuerza para resistir la oleada de náuseas provocada por un súbito martilleo en la cabeza.

–Necesito regresar a mi cuarto –susurró–. Me siento indispuesta.

–Ya os he molestado demasiado tiempo –reconoció Rhys, comprensivo, mientras se levantaba–. He de marcharme, señora Birmingham, pero si recordarais algo relacionado con este asunto, no dejéis de hacérmelo saber cuanto antes.

Ella asintió con la cabeza, aturdida, y permaneció sentada hasta que los dos hombres salieron del salón. Sólo entonces halló fuerzas para ponerse de pie y caminar hasta la puerta. En el vestíbulo de entrada le fallaron las piernas y tuvo que apoyar una mano en la pared para sostenerse. Por la puerta principal, abierta a sus espaldas, entraba la voz resonante del sheriff.

–Gracias por mandar que trajeran la carreta, Jeff. Si puedes facilitarme un cochero, la enviaré de regreso. De lo contrario quizá tarde algunos días en devolverla.

–Al salir puedes pasar por los establos y escoger un mozo de cuadra. Así te ahorrarás un viaje.

–Con tantos invitados como vinieron anoche, Jeff, me será difícil interrogarlos a todos por si hubieran visto u oído algo antes de partir. Sin duda en Charleston se hablará mucho de este incidente. Y como Nell fue asesinada en tu propiedad, la gente se preguntará qué relación has tenido con su muerte. Será mejor que retengas a tu esposa en casa por un tiempo, para que no se entere de los rumores. Ya sabes lo malévolas que suelen ser algunas personas. Probablemente dirán que no te he arrestado porque somos amigos.

–Gracias por haber venido, Rhys –murmuró Jeff–. Te agradezco todo lo que has hecho.

–¿Para qué están los amigos?

«¡Amigo de Jeff!», gimió Raelynn para sus adentros, casi desmayada contra la pared. «¿Permitiría, en aras de esa amistad, que un asesino quedara sin castigo?»

Temblorosa, cruzó el vestíbulo y subió la escalera hacia la intimidad de su antiguo dormitorio. Después de echar la llave a la puerta, se sentó en el borde de la cama, mirando sin sosiego a su alrededor. En los comentarios de Rhys sólo veía una clara indicación de que creía a Jeff inocente del asesinato. Pero él no lo había visto de pie junto a la muchacha muerta. Con tanta sangre en la camisa. En el cuchillo que sostenía. En los dedos. En la mente de Raelynn.

11

Galopar montado en un potro, a través de la campiña, sin prestar atención a la velocidad del animal o a los accidentes del terreno, era de locos. Jeff no estaba de humor para preocuparse por eso, pues necesitaba alguna actividad que apartara de su mente ese vacío helado y oscuro que se había aposentado en sus entrañas. Años atrás había aprendido que la mejor manera de poner sus ideas en claro era montar a caballo y galopar una o dos horas. El temperamento de *Brutus* siempre era un desafío; en esos momentos, la mejor distracción. De lo contrario se pasaría el tiempo reflexionando tristemente sobre la propensión de su esposa a pensar lo peor sobre él.

Al pasar junto al sitio donde ambos habían hecho el amor, el recuerdo de esa tarde feliz lo ensombreció aún más, al darse cuenta de lo que podían provocar en la vida de un hombre los acontecimientos de una sola noche. Ahora que su esposa sospechaba de él como el autor de un asesinato, no dudaba que su matrimonio quedaría reducido a una parodia. Considerando que ella se negaba a hablarle, cabía suponer que no quedaría satisfecha mientras no hubiera puesto un continente entero entre los dos.

Tras mascullar una maldición salvaje, Jeff apartó por la fuerza esas perturbadoras conjeturas de su mente. Luego aplicó los talones a los flancos relucientes del animal. Mientras galopaban a lo largo de una curva del camino, Jeff vio más allá un árbol fuerte, recientemente arrancado por el viento. Era lo bastante grande como para ofrecerle un desafío. Frenó al potro y lo hizo girar hacia el objetivo, mientras le hablaba en tono tranquilizador, dándole palmaditas en el sedoso cuello. *Brutus* pareció adivinar lo que se le pedía, pues sus pequeñas orejas ahusadas se irguieron hacia delante, atentas. Agitado por el creciente entusiasmo, el caballo aguardó la orden. Sólo necesitó un leve toque de talón para que galopara hacia el árbol caído. Al llegar al obstáculo, *Brutus* alzó el vuelo, recogiendo las patas delanteras bajo el cuerpo, y se impulsó hacia delante en un arco amplio y gracioso, con el que franqueó la barrera con espacio de sobra.

Jeff sintió que el éxito elevaba su propio corazón y decidió permitirse un poco más de ese placer robado. En la distancia había algo que ofrecía un desafío mayor: una cerca de tres palos que circundaba una tierra en barbecho.

–Veamos de qué eres capaz, muchacho –le instó, mientras volvía a utilizar los talones para impulsar al animal.

Al aproximarse a la cerca, *Brutus* se desprendió del suelo con un ímpetu que le hizo pasar al vuelo sobre el obstáculo. Como un cisne que se posara en el agua, descendió primero sobre las patas delanteras; luego, con las de atrás, y continuó con su paso grácil hasta que el amo tiró suavemente de las riendas.

Entre murmullos de placer y generosas alabanzas, Jeff le palmeó afectuosamente el cuello. *Brutus* agitó la cola y relinchó suavemente a manera de respuesta, aceptando con desacostumbrada tolerancia la aprobación de su amo.

Durante varios kilómetros él llevó al paso al magnífico animal, a fin de permitirle que se refrescara antes de instarlo al medio galope. *Brutus* obedeció de buena gana, con lo cual lo asombró por completo. En ocasiones, ese potro rebelde requería un segundo y hasta un tercer acicate. Jeff tenía motivos para preguntarse si su imaginación no se estaría desbocando. Por rara que fuera la idea, *Brutus* casi parecía sentir cierta compasión, como si percibiera su humor sombrío.

Efectuaron otros saltos, compartiendo el deseo de aprovechar cuanto estímulo encontraran. Por dos veces el potro llegó casi a tropezar, y sólo la habilidad de Jeff para mantenerse en la fina silla inglesa impidió que saliera despedido. Uno de esos peligros se presentó después de un salto más atrevido que los demás, lo bastante alto como para llevar a hombre y bestia mucho más allá de lo que era prudente. Por fin Jeff tiró de las riendas, comprendiendo que estaba siendo demasiado temerario, y acarició el cuello arqueado del animal, alabándolo una vez más. Se sentía infinitamente mejor, tras haber consumido con el ejercicio la mayor parte de sus tensiones y de su frustración. Sus pensamientos, como por propia decisión, se aclararon enormemente.

Cualesquiera que fuesen las sospechas de Raelynn, él debía reconocer a su esposa todos los privilegios posibles en este período de incertidumbre. Dadas las aprensiones que en esos momentos bullían en ella, sería una locura tratar de obligarla a aceptar su inocencia, aunque fuera falsamente, o imponerle la autoridad marital. Ese tipo de coerción era definitivamente contraria a sus principios. Sin embargo, si le concedía tiempo para reafirmar su confianza en él, tendría que someterse a otra larga abstinencia; y esta vez parecía muy dudoso que bastara un par de semanas para poner fin al distanciamiento. Estaba muy a gusto con la intimidad y con todo lo relacionado con el matrimonio; le parecía lamentable que todo eso llegara a su fin.

Algunos años atrás había visto a su hermano con las entrañas desgarradas de tanto desear a Heather. Por entonces Jeff había decidido que jamás cedería a esa clase de tormento. Y allí estaba, previendo la dificultad de tener a su esposa cerca, verla, sentir su presencia, oler su fragancia, sin poder evitar consumirse de deseo. Si le daba tiempo suficiente, era posible que Raelynn volviera a su lecho. Él podía soportar unos cuantos días de abstinencia conyugal, pero meses y años enteros, eso no. Sería como si le arrancaran las entrañas antes de descuartizarlo.

Además debía pensar en defender su buen nombre entre vecinos y conocidos. No era inconcebible que sospecharan de él en el asesinato de Nell. Tampoco podía ir por ahí proclamando su inocencia a quien quisiera escucharle. A menos que lo acusaran directamente, sería mucho más prudente mantenerse callado, ignorando los rumores malintencionados y las miradas suspicaces.

Cuando al fin se acercó al establo, Jeff no podía decir que aceptaba su situación (la idea de no compartir el dormitorio con su esposa lo hundía en la desesperación), pero había comprendido que le esperaban dificultades, no sólo en su matrimonio, sino también en sus relaciones con los ciudadanos del contorno. Cuando llegara el momento tendría que lidiar con ambas circunstancias a su manera. Sólo cabía esperar que se impusiera la justicia.

Sparky ya era presa de la ansiedad cuando vio que caballo y jinete se aproximaban finalmente al establo. Puesto que llevaban tanto tiempo ausentes, el adiestrador temía que el potro apareciera con la silla vacía. Apenas pudo contener su alivio al ver que sus temores no estaban justificados, al menos en ese caso.

–Por todos los santos, señor Jeffrey –jadeó, tras correr al encuentro de su jefe–, ya temíamos que estuviera usted agonizando por ahí, con el cuello roto. Pero está a salvo, gracias a Dios.

Jeff desmontó.

–Por descabellado que parezca, Sparky, *Brutus* se ha comportado hoy como un perfecto señor. Trátalo bien, que se lo ha ganado.

–Sí, señor. Si le doy un poco más de avena, quizá entienda que le conviene portarse bien.

–Pero no le des demasiada. Se pondría aún más fogoso.

–¿Demasiadas energías que gastar? –dedujo Sparky, riendo.

Jeff contrajo la comisura de los labios; era lo más parecido a una sonrisa que podía esbozar.

–Algo así.

Cuando llegaba al porche vio que Kingston salía por la puerta principal. Inmediatamente el mayordomo se hizo eco de la preocupación expresada por el joven adiestrador.

–Gracias a Dios, señor Jeffrey. Sparky dijo que usted había salido con *Brutus*. Estábamos muy preocupados, temiendo que no volviera vivo.

–¿Hay noticias de Elijah? –preguntó Jeff, cruzando el porche sin detenerse. Al entrar en el salón principal se volvió hacia el mayordomo, a la espera de una respuesta.

–No, señor, nada. El señor Brandon, al enterarse, ha venido a verle. Cuando le dijimos que usted había salido con *Brutus*, me pidió que le avisase si usted venía sano y salvo. Dice que la señora Heather no descansará hasta saber algo, pero me parece que él también estaba muy preocupado. Se paseaba de un lado a otro, simplemente mirando por las ventanas.

Jeff se aflojó el corbatón, mientras iba hacia el armario de su estudio para servirse un poco de coñac.

–Haré que alguien vaya a Harthaven con una nota para mi hermano. Le diré que he regresado y que probablemente me retire temprano. Mientras tanto, duplica el número de guardias en los alrededores. No quiero más incursiones de extraños sin estar advertido.

–Sí, señor, enseguida. Pero señor, debo decirle algo…

Jeff apuró el vaso de un trago y observó a su mayordomo, que parecía muy inquieto.

–¿Qué pasa, Kingston?

–Cora… dice que ha llamado cinco o seis veces a la puerta de la señora Raelynn, para preguntarle si quería comer algo, pero no responde.

–Es probable que mi esposa esté dormida. En estos momentos es lo que más le conviene, después de lo ocurrido.

–Sí, señor, es verdad. –El mayordomo vacilaba, remiso a abordar el otro tema que le preocupaba, pero no podía evitarlo–. Y lo del bebé de la señorita Nell. Cora dice que está muy bien con la señora Fergus, pero quizá usted quiera ver al pequeño esta noche, antes de retirarse.

Jeff hizo una pausa antes de servirse otra copa. Aparte del gran afecto que le inspiraba su sobrino, los niños no le interesaban. Nunca había pensado mucho en ellos. Sin duda cambiaría de opinión cuando tuviera hijos propios… si los tenía. Teniendo en cuenta el presente distanciamiento entre él y Raelynn, no podía asegurarlo.

Dejó su copa para mirar directamente al mayordomo.

–Quiero dejar esto bien claro, Kingston. El hijo de Nell es huérfano sin pariente alguno, según tengo entendido; por eso permitiré que permanezca en mi casa hasta que lo reclame algún familiar de Nell o hasta que lo adopte alguna pareja. Mientras tanto espero que se le atienda con bondad y compasión, ya sea en mi casa o en la de la señora Fergus. Pero ten muy en cuenta, Kingston, que Daniel no es hijo mío. Que nadie se confunda al respecto.

Kingston asintió vigorosamente.

–Eso lo sé, señor Jeffrey. Ni por un instante he pensado que usted era su padre.

–Te agradezco la confianza, Kingston, pero es probable que haya dudas al respecto, puesto que Nell atribuía al niño cierto parecido conmigo. En todo caso es sólo un capricho de la naturaleza. Es probable que también se parezca al señor Brandon, a nuestro difunto padre y a algunos de nuestros parientes ingleses, por no mencionar a toda una multitud de desconocidos. Sólo cabe esperar que su padre decida actuar como manda el honor y reclamar a su bastardo. Bastante difícil será para ese niño crecer sin madre, como para que además lleve la mancha de la bastardía. Su vida estaría malograda antes de haber comenzado.

–Sí, señor. Para el niño Daniel será difícil sobrevivir en este mundo sin su madre, pero no tener apellido ni papá, eso sí que será malo.

–Por el momento Daniel tiene aquí un hogar. Y si llega a mis oídos que alguien de esta casa lo ha tratado mal, sólo porque su madre lo ha tenido fuera del vínculo matrimonial, seré muy duro con esa persona. Que eso quede perfectamente claro: no toleraré malevolencias hacia ese niño de quienes trabajan para mí ni de quienes entren en esta casa.

Una sonrisa jugaba en la boca de Kingston.

–Usted tiene su parte dura, señor Jeffrey, pero también tiene un buen corazón. No cabe duda, no.

Jeff arqueó una ceja.

–Buen corazón, ¿eh? Pues en estos momentos lo que tengo es hambre. Te agradecería mucho que me trajeras una bandeja al estudio, antes de que comience a aullar.

–¡Sí, señor, sí, señor! –Kingston fue dejando un rastro de risas sofocadas mientras corría por el vestíbulo de la entrada. Su voz aseguró, con exagerada humildad–: Corro tanto como puedo, señor. Sí, señor, enseguida.

Una pequeña sonrisa se dibujó en los labios de Jeff, antes de que se echara el segundo coñac y se lo bebiese de un trago. Pese a la tentación de servirse otro, se acercó a las ventanas y pasó largo rato contemplando los campos que rodeaban la casa. Unas pocas estrellas empezaban a parpadear por entre el follaje, mientras sus pensamientos repasaban los tumultuosos hechos del día; sobre todo el pánico y el miedo de Raelynn. Deseaba consolarla; su propio corazón necesitaba asegurarse de que ella lo escucharía, pero tenía graves dudas de que aceptara ninguna explicación o consuelo, mientras su inocencia no quedara demostrada. Por el momento, lo mejor era dejar las cosas tal y como estaban. Si por algún milagro ella cambiaba de opinión, cabía esperar que se lo hiciera saber pronto.

Comió lo que Kingston le había traído y, después de apartar la bandeja, intentó distraerse con los registros contables de sus muchas actividades comerciales. Al descubrirse cometiendo por tercera vez un mismo error matemático, lanzó un bufido de disgusto y arrojó los libros a un lado. Las cuentas tendrían que esperar a que él les dedicara toda su atención.

Tomó conciencia de que se estaba frotando la parte posterior del cuello, donde sentía un dolor insistente; sin duda se debía a los saltos que había dado con *Brutus*, pero también a la tensión nerviosa. Mientras giraba la cabeza de un lado a otro para aliviar la molestia, sus ojos tropezaron con el cofre que Rhys había dejado en su escritorio. Con creciente curiosidad, lo cogió para acercarlo a la lámpara, donde pudiera examinarlo con más atención. En el interior no encontró nada digno de interés. Volvió el fondo hacia arriba, pero tampoco vio indicios de que tuviera un espacio oculto. Cuando estaba a punto de devolver la caja a su escritorio, notó que la juntura del fondo, en el lado derecho, era casi imperceptiblemente más ancha que la del lado opuesto. Jeff introdujo en ella la punta de un delgado abrecartas, con el que hurgó cuidadosamente a lo largo. Cerca del extremo, la punta se hundió en una ligera mella. No sucedió nada hasta que él presionó con la punta; entonces se oyó un chasquido y, para su gran sorpresa, a lo largo del fondo se abrió una banda de madera, no más ancha que su dedo índice. Con el cofre inclinado hacia la lámpara, miró dentro de la delgada abertura, con la ferviente esperanza de encontrar algo que proporcionara una posible razón por la que alguien hubiese matado a esa joven madre. El compartimiento era casi tan ancho y tan largo como el mismo cofre, pero estaba vacío.

Jeff murmuró una maldición, cada vez más frustrado. Por mucho que lo deseara, no podía cambiar el resultado de lo que había descubierto ni ofrecer pruebas suficientes de que el hueco hubiera contenido algún documento secreto de gran importancia, ni tan siquiera algo que diera a Raelynn motivos para pensar que Rhys estaba en lo cierto. Por mucho que detestara admitirlo, estaba igual que al principio.

Se levantó del escritorio para echar un vistazo al reloj de la repisa. Era mucho más tarde de lo que imaginaba. Más allá de las ventanas, el cielo azul estaba salpicado de una miríada de estrellas. La luna resplandecía tanto que hasta se veían sombras bajo los enormes robles que crecían en el prado delante de la casa.

Un extraño anhelo invadió a Jeff, mientras su mirada se perdía en la noche. No podía determinar exactamente qué deseaba, pero la sensación era intensa. En parte, era un deseo de recobrar la felicidad de la que había gozado antes de encontrar muerta a Nell. Sin embargo, aquello que lo acosaba era infinitamente más complicado. Quizá, tras haber creído descubrir en Raelynn algo que a él le faltaba, esa única persona que ambos estaban destinados a ser, el dolor de ver que le arrebataban los sueños por segunda vez lo obligaba a luchar contra una melancolía insidiosa, una emoción que, en general, le había sido extraña durante la mayor parte de su vida.

En esas circunstancias, no podía reprochar a Raelynn que estuviera confundida y temerosa. ¿No había llegado él mismo a la misma conclusión sobre su propio hermano, varios años atrás, al encontrar asesinada a Louisa Wells, por entonces dueña de Oakley, después de haberlo visto salir de la propiedad? Brandon era inocente, pero las evidencias lo señalaban como culpable. No obstante, pese a haber dudado de su hermano en el pasado, Jeff no podía permitir que Raelynn alimentara indefinidamente sus miedos y sospechas. Era su esposa; él necesitaba su lealtad y confianza. La cruda realidad era que necesitaba estar con ella; no soportaba la angustia de la separación. Se sentía demasiado bien en el papel de esposo protector y afectuoso. Ahora necesitaba de su esposa un afecto similar.

Se frotó la cara con las manos, fatigado, mientras buscaba alguna solución práctica a sus crecientes problemas. La única manera de poner pronto fin al distanciamiento era descubrir al asesino y presentar pruebas suficientes para que lo condenaran. Por el momento, fatigado como estaba, era mucho mejor postergar hasta el día siguiente cualquier intento de ver a Raelynn. Por entonces ambos habrían tenido tiempo de descansar y reflexionar a fondo.

Tomada esa prudente decisión, Jeff estaba a punto de salir del estudio cuando Cora apareció casi corriendo por el vestíbulo. Kingston venía tras ella, empeñado en detenerla antes de que pudiera molestar al amo, pero la mujer era mucho más joven y hábil para esquivar al anciano mayordomo. Antes de que él hubiera tenido tiempo de llegar a la puerta, Cora ya estaba dentro.

–Para, para, mujer –exclamó Kingston, algo enfadado–. No hay motivo para que molestes ahora al señor Jeffrey, con todos los problemas que tiene.

–Déjala, Kingston –intervino Jeff, levantando una mano para interrumpir al mayordomo. Pese al profundo respeto que los dos sirvientes se tenían, no era la primera vez que él debía zanjar diferencias entre ambos. Era de desear que esta última discusión no tuviera ninguna relación con el bebé de Nell. Tras haber permanecido soltero durante tantos años, no tenía ningún deseo de convertirse en padre adoptivo de la noche a la mañana–. ¿Qué es lo que te ha alterado tanto, Cora?

–La señora Raelynn, señor –informó ella, retorciéndose las manos–. Hace horas que llamo y llamo a su puerta, y le suplico, y ella no me contesta, señor Jeffrey. Eso está mal, señor. Por muy afligida que esté, tiene que comer por el bien del bebé.

Jeff se quedó completamente desconcertado.

–¿Qué diantre tiene que ver el bebé de Nell con que mi esposa coma o no?

–No hablo del bebé de Nell, sino del suyo, señor. El de la señora Raelynn. Espera un hijo. Y me temo que se ha fugado de la casa.

Jeff pasó junto a los sirvientes como un rayo, dejándolos boquiabiertos por la sorpresa; reaccionaron por fin y corrieron tras él. Jeff subía la escalera saltando los escalones de tres en tres. Una vez que estuvo en el descansillo superior, sus largas piernas devoraron la distancia que le separaba de la habitación donde su esposa se había encerrado. La puerta estaba cerrada, tal como él esperaba, y dentro no se oía movimiento alguno. Sacudió el pomo, angustiado por el temor de que, realmente, ella hubiera abandonado la casa.

–¡Raelynn! –gritó a través de la madera–. ¡Abre inmediatamente! Si me oyes, abre, por favor, o tendré que derribar la puerta.

No hubo respuesta. Apretó la oreja contra las tablas, con la ferviente esperanza de oír algo, alguna evidencia de que ella estaba adentro. Pero ya tenía la inquietante certeza de que no sería así.

–¿Quiere que entre por la puerta del balcón, señor? –preguntó Kingston.

Jeff no estaba de humor para soluciones tan prácticas. Si Raelynn se había marchado y estaba realmente embarazada, poco le importaba derribar la casa entera. Su búsqueda comenzaría allí.

–Apartaos –ordenó, ceñudo.

Mientras Kingston y Cora lo miraban, estupefactos, levantó una pierna endurecida por años de cabalgatas y golpeó la madera con la bota. La pesada puerta se abombó ante el ataque, pero siguió intacta.

–Se... señor –tartamudeó Kingston, impresionado por esa muestra de violencia en un hombre que siempre le había parecido el ejemplo perfecto del autocontrol–, no tardaría más de un minuto en ver...

El pie de Jeff volvió a golpear la puerta; bajo esa presión la madera se astilló cerca de la cerradura. Ante un tercer ataque la hoja giró hacia el interior. Dentro, en la mesilla, ardía una lámpara. Las puertas acristaladas estaban abiertas. Y tal como él temía, no había señales de Raelynn.

Cora, que miraba por entre su brazo, se llevó una mano temblorosa a la boca al ver que sus temores no eran infundados.

–Oh, que el cielo me ampare, esa niña se ha ido. ¿Cómo pudo hacer eso, señor Jeffrey?

Jeff estaba muy preocupado. Se le helaba la sangre al pensar que su esposa embarazada vagaba sin protección más allá de los muros de Oakley, con un asesino suelto por la zona. De repente, se volvió hacia Kingston para ordenarle:

–Baja a los establos. Que Sparky ensille a *Majestic*, con montura de trabajo y funda para escopeta, y lo prepare para una salida larga. ¡Deprisa!

Cora no necesitaba instrucciones.

–Necesitará comida, agua, mantas y muchas otras cosas. Para dos. Quién sabe cuánto tardará en encontrar a la señora Raelynn. Cuando usted termine de recoger sus cosas, señor Jeffrey, lo tendré todo preparado.

Jeff no se molestó en responder. Marchaba ya a largos pasos hacia sus propias habitaciones. Una vez allí se puso una chaqueta gruesa y un sombrero; luego dejó caer un cuchillo de caza con su vaina en el bolsillo. De regreso a su estudio, abrió el armario para coger una escopeta larga y un par de pistolas, que se metió en el cinturón. Después de colgarse al hombro un par de cuernos con pólvora negra, salió con la escopeta en la mano.

Sparky ya salía del establo con *Majestic*. Jeff hundió la escopeta en su funda, tras la silla de montar, y colgó los cuernos del pomo.

–¿Falta *Stargazer* o algún otro de los caballos? –preguntó, echando un vistazo al pasillo iluminado por lámparas.

–No, señor. He revisado todas las caballerizas. No falta siquiera una manta.

–¡Maldita sea! –maldijo Jeff, al comprender el peligro en que se encontraría su esposa si tropezaba con el asesino. Al menos un caballo le habría ofrecido la posibilidad de escapar.

Mientras equipaba a *Majestic* con lo más básico para pasar varios días en el bosque, Cora acudió corriendo desde la casa. Jadeante por la prisa, le entregó las cosas que le había preparado.

–Traiga a casa a esa dulce niña, ¿me ha oído?

–Te he oído, Cora –murmuró él, solemne, mientras inspeccionaba el apretado rollo de mantas y la tela negra que Sparky le había atado tras las alforjas. La silla era más grande que el fino modelo inglés; el pomo había sido modificado para ser sumamente útil en muchas situaciones dificultosas. Hasta tenía un lugar para colgar un rollo de cuerda, que Sparky había tenido la precaución de incluir.

–¿Necesita algo más, señor? –preguntó el adiestrador, con un dejo de preocupación en la voz.

–Parece que te has ocupado de todo, Sparky.

Eso provocó una pequeña sonrisa en el joven, mientras Jeff subía al suave asiento de piel.

El potro pareció sentir la urgencia de su amo, pues en cuanto Jeff le tocó los flancos con los talones, se puso en movimiento con un salto. Pronto galopaban camino abajo, hasta que desaparecieron en la noche.

Jeff tiró de las riendas en una loma, cerca del arroyo donde, un día, él y Raelynn habían hecho el amor; desde allí observó la luna que se deslizaba tras el denso bosque, ocultando el horizonte. Con su descenso desapareció la tenue luz que, hasta entonces, lo había guiado en su búsqueda de pistas sobre el paradero de su esposa. Privado hasta de su escaso resplandor, no tenía esperanza alguna de seguirle el rastro con éxito. Simplemente, no podía avanzar más.

Desmontó para encender una fogata, sólo por si Raelynn estaba cerca y deseaba regresar. Una vez que el potro estuvo desensillado, lo condujo al arroyo. En el momento en que el caballo bajaba la cabeza para abrevarse, su mirada se posó en un jirón de fina tela, adornada de encaje, que estaba prendida de una mata cercana. La desprendió para examinarla con atención a la luz del fuego. Se le hizo un nudo en la garganta al reconocerlo: era un fragmento del vestido de muselina con el que Raelynn había bajado a responder a las preguntas de Rhys.

Aunque sus habilidades de rastreador no podían compararse con las de Elijah, había aprendido de él algunas cosas básicas. Al salir de Oakley había rodeado la casa en un amplio círculo, en busca de algo que le indicara el rumbo de Raelynn. Por fin distinguió unas huellas de pies apresurados que se internaban en la espesura. Con la esperanza de haberse equivocado, de que su esposa no estuviera tan desorientada como para marchar en una dirección que la llevaría hacia el pantano, siguió ese leve rastro hasta llegar al arroyo donde hizo el descubrimiento que confirmaba sus temores.

Jeff barrió la zona con la vista, sondeando las sombras, siempre con la inútil esperanza de encontrar a Raelynn acurrucada en algún pequeño nicho protegido, tratando de mantenerse abrigada. Al no tener éxito, inspeccionó atentamente la oscuridad, algo más adelante. Por difícil que le fuera aceptarlo, su esposa debía de temerle más a él que a nada y a nadie. Pero estaba sola en el bosque, sin duda temblando como una hoja. Y aun era preferible que estuviera sola antes que acompañada por el asesino de Nell. El hombre montado en *Ariadna* se había parado también allí, sin duda para evitar que lo siguieran. Con alguna suerte, a esas horas estaría mucho más allá de la zona por donde vagaba Raelynn; pero si por algún motivo había decidido regresar y tenía una mínima habilidad para rastrear, era muy probable que encontrara las huellas de Raelynn. Y si encontraba alguno de esos jirones de muselina, no pensaría siquiera en huir, pues era evidente que eso pertenecía a un vestido de mujer. Raelynn estaría a su merced. Y si caía en sus manos, sólo quedaba rogar que el ladrón de caballos no fuera también un asesino.

Esa terrible idea resultó ser muy mala compañía cuando intentó dormir un poco. No podía. Incesantemente le asediaban macabras imágenes de su esposa en grave peligro. Acabó clavando la vista en la fogata. Vacilaba entre el deseo de sacudirla hasta que esa bonita cabeza pelirroja empezara a funcionar y un deseo aún más fuerte: el de estrecharla sana y salva entre sus brazos. Por todo ello, no durmió en toda la noche, sumido en negros pensamientos.

12

El claro de luna se reflejó en el agua que Raelynn había recogido en el hueco de las manos; al clavar la vista en ese líquido que reflejaba la luz, no vio más que la imagen recurrente de Jeffrey, de pie junto al cadáver de Nell, con un cuchillo ensangrentado en la mano. Tenía un vago recuerdo de haber abandonado su dormitorio dos días antes, sin rumbo determinado, mientras caía la tarde. Dominada por el creciente pánico y la imperiosa necesidad de escapar, antes de que su esposo regresara a la casa, había huido precipitadamente sin haberse preparado para una larga fuga. Ni siquiera tenía una capa con que protegerse del frío nocturno del otoño, cada vez más intenso.

Soportó tristemente la primera noche bajo las ramas extendidas de un roble, a cierta distancia de la casa solariega; la segunda, en un pequeño prado rodeado de altas hierbas. En la comida había pensado muy poco, aunque no había probado bocado el día de su fuga. En el camino encontró algunas bayas y dos boniatos, obviamente caídos de una carreta durante la cosecha. Comió los boniatos crudos y con piel, por falta de cuchillo, después de frotarlos un poco para limpiarlos. Ese pobre alimento no podía rivalizar con las suntuosas comidas de Oakley, pero ahora no tenía siquiera eso.

Miró lentamente en derredor, apenas consciente del agua que goteaba entre sus dedos, mientras escrutaba la intensa oscuridad de los alrededores. Pintado en los matices nocturnos de gris oscuro y negro, nada le resultaba familiar. Bien podía estar a cien kilómetros de la plantación, quizá en un reino completamente distinto. Era como si hubiera andado a tropezones por incontables siglos. Y teniendo en cuenta el traumático aturdimiento en que había caído tras ver a su esposo en medio de esa carnicería, era un milagro que no estuviera aún en su alcoba, presa de un estupor confuso.

Se frotó fatigadamente la mejilla con una mano y cepilló con los dedos los mechones enmarañados, en los que se enredaban ramillas y hojas marchitas. El pesado cabello le colgaba sobre la espalda y los hombros; en ocasiones la había detenido, al enredarse en una rama o en una mata espinosa. El inconveniente de luchar con un pelo tan largo le daba motivos para arrepentirse de no habérselo cortado al primer impulso, pues ahora tenía los dedos despellejados por los esfuerzos que le exigía el liberarse.

Si hubiera estado en mejores condiciones en el momento de la partida, no habría dejado de recogerse el pelo en trenzas, pero tras despedir a Tizzy, en su nerviosa necesidad de quedarse sola, Raelynn había cepillado ella misma esa masa de rizos, con la intención de regresar a su cama antes de la puesta de sol. Sin embargo, sus pensamientos tropezaron con la secuencia de hechos acontecidos desde que saliera en busca de Jeff. Su mente, fatigada con ese constante trajín, comenzó a acosarla con un miedo surgido de ese razonamiento aturdido: que Jeff, al regresar de su cabalgata, quisiera interrogarla sobre lo que en verdad había visto. Por temor a lo que podía resultar de esa entrevista, había huido despavorida, sin pensar siquiera cómo sobreviviría sin comida, sin prestar atención a lo liviano de su ropa, con el mismo vestido de muselina y las zapatillas de piel que se había puesto para responder a la llamada del sheriff Townsend.

Raelynn levantó la vista al cielo nocturno, tratando de orientarse. Como había pasado gran parte de su vida en una casa solariega londinense, rodeada de altos árboles y denso follaje, no había tenido muchas oportunidades de observar el paso de la luna y las estrellas. El disco lunar parecía haber descendido por la negrura estrellada, desde la última vez que ella la viera; sólo cabía deducir que era muy tarde. La posibilidad de estar ya muy lejos de Oakley la llenaba ahora de una extraña melancolía; tuvo que luchar contra el abrumador impulso de volcar su dolor en otro ataque de sollozos desgarradores, pero el suave ulular de un búho en el árbol cercano le recordó la necesidad de ser prudente, dada su situación.

Desde su partida se había extraviado por completo; peor aún: no tenía la menor idea de qué animales salvajes podían ver en ella su próxima comida, qué asesino podía estar vagando por allí, en busca de otra víctima. Si en verdad Jeff era inocente del asesinato de Nell, tal como proclamaba, sin lugar a dudas el verdadero criminal estaba todavía libre y quizá vagaba por esos mismos bosques. ¿Qué mejor lugar para ocultarse del sheriff que en medio de una selva? Por cierto, Olney se había jactado de su habilidad para escapar de Townsend escondiéndose en la espesura. Otros podían tener la misma idea y hacer lo mismo.

Por otra parte, si Jeff era culpable de haber matado a Nell en un ataque de ira, existía otra mentira a la que ella debía enfrentarse: la esencia misma del hombre. El galante caballero que ella había creído ver en su esposo parecía menos real con el paso de las horas, más bien el sueño de alguna fantasía juvenil. Ella había creado una imagen demasiado perfecta, demasiado hermosa, noble y admirable como para ser real. No obstante, su corazón protestaba a gritos, asegurándole que se equivocaba, que Jeff era todo eso y aún más, y que ella era una perfecta imbécil por dudar de él.

La sangrienta escena de los establos apareció una vez más en su mente, haciendo que retrocediera, estremecida por la aversión. El horror le provocó de inmediato una oleada de náuseas que estalló en una serie de arcadas secas; cuando al fin pasaron, pudo sentarse sobre los talones, ya muy débil. Apretó una mano temblorosa contra la frente sudorosa; una vez más se arrepentía de no haber sido previsora. El frío húmedo del suelo atravesaba sus finas prendas, provocándole escalofríos que le sacudían todo el cuerpo. Con toda probabilidad, si pasaba más tiempo allí, enfermaría de muerte.

Por pura fuerza de voluntad, Raelynn se incorporó y fue a apoyarse contra un árbol cercano. Quería determinar dónde estaba, pero carecía de cualquier conocimiento de la zona a la que había llegado. No obstante, si quería sobrevivir, necesitaba encontrar el modo de salir de esa densa maleza y regresar a la civilización.

El dilema era en qué dirección ir exactamente, y resultaba demasiado difícil para que su cerebro agotado pudiera resolverlo de manera ordenada. Distinguió vagamente en la penumbra una pequeña loma, que se elevaba junto al arroyo del que había bebido. Subió a ella y se volvió despacio, describiendo un círculo completo, pero todo parecía igual. No veía la menor señal de que hubiera algún camino.

Por casualidad, miró a la derecha, pero antes de haber avanzado algunos pasos se sintió invadida por malos presentimientos. No tenía sentido vagar sin rumbo por un bosque. Hasta donde podía pensar, se le ofrecían dos opciones racionales: intentar llegar a Charleston o partir hacia Harthaven. Ambas estaban en direcciones opuestas, con Oakley entre las dos, pero mucho más cerca de la plantación vecina. Ir a Harthaven equivaldría a depender de la bondad y comprensión de sus cuñados. No dudaba que Brandon y Heather la aceptarían, pero de ese modo los pondría en una situación difícil; básicamente, era pedirles que la protegieran del hermano de Brandon.

Si su destino era Charleston, se encontraría completamente sola en una ciudad donde no tenía a quién recurrir. Tendría que arreglarse sola, buscar trabajo y alojamiento y sobrevivir de algún modo, tal como había sido su intención al viajar desde Inglaterra. Ya no podría reclamar el privilegio de ser la esposa de Jeffrey Birmingham, uno de los hombres más ricos del territorio. Hasta era posible que la censuraran y condenaran por audaz, que la despreciaran por abandonar la casa de su esposo, aun aquellos que pudieran pensar que Jeff era culpable del asesinato de Nell. Una esposa desleal e insumisa sólo merecía el desdén general. Sin embargo, ella se sentía mucho más capaz de soportar esas críticas que de arriesgarse a provocar una ruptura en la familia Birmingham, tras haberse enorgullecido tanto de pertenecer a ella.

Resuelta a poner rumbo a Charleston, Raelynn volvió a analizar la mejor dirección para llegar hasta allí. Por primera vez en su vida, lamentó no haber prestado atención a sus preceptores, cuando trataban de enseñarle por dónde salía y se ponía la luna, según el calendario. El arrepentimiento no alivió su situación.

Rebuscó en su cerebro, tratando de recordar cualquier cosa importante que hubiera podido ver, sin darse cuenta, en los viajes que había hecho a Charleston o a Harthaven. A su mente acudió de inmediato un episodio emocionante: un paseo en carruaje desde Harthaven, a la luz de la luna. Jeff, que se sentía muy enamorado, no quiso esperar a que llegaran para disfrutar de algunas caricias. Los detalles parecían grabados para siempre en su memoria, sobre todo la banda de luz que la luna, ya baja, había volcado por las ventanillas de la derecha, donde ella estaba sentada. Recordaba muy claramente que, cuando Jeff la apretó de espaldas contra los cojines de terciopelo para abrirle el corpiño y la camisola, sus pechos habían relumbrado con un brillo plateado, antes de que se interpusiera la sombra de Jeff.

Con un pequeño grito de regocijo, Raelynn giró hacia lo que parecía ser el este. Si sus cálculos eran correctos, estaba apuntando hacia Charleston. Pero tal vez se equivocaba. De un modo u otro, si quería hallar la salida de ese bosque, no le quedaba más alternativa que caminar en esa dirección y comprobar su teoría.

Caminó durante un largo rato. Hasta cierto punto, la actividad ayudaba a alejar el frío de la noche, pero le recordaba constantemente que llevaba muchas horas caminando con zapatos muy poco adecuados para ese tipo de terreno. Eran bastante nuevos; poco después de iniciar el viaje, dos días antes, había empezado a sentir que aún tenía las ampollas del baile. Al principio fue sólo una molestia en los pies; luego comenzaron a palpitar; por fin empezó la quemazón, cuando la última ampolla se hubo reventado, dejando sus pies en carne viva. Aun así Raelynn se esforzaba por ignorar las punzadas y continuar la marcha.

Los pies doloridos no eran la única molestia. Poco después de penetrar en el denso bosque, las espinas comenzaron a pincharle el cuero cabelludo y a atascarse en sus mangas, destrozando con facilidad la tela y arañándole los brazos hasta dejarlos tan ensangrentados como los dedos. A menudo tropezaba en alguna de las enredaderas enmarañadas que cubrían el suelo del bosque; a veces se caía. Levantarse y continuar la marcha se convirtió en un esfuerzo, pero por muy débil y agotada que se sintiera, la impulsaba la creciente necesidad de llegar a un sitio civilizado. Tal como estaban las cosas, podía morir de hambre en medio del bosque, y pasarían semanas, quizá meses enteros, hasta que alguien encontrara su cadáver putrefacto.

Se le escapó una exclamación consternada al notar, de repente, que se había desviado de su camino sin darse cuenta. Con demasiada frecuencia había escogido el sendero más cómodo, sin prestar atención a la luna. En pocas palabras: la dirección que creía seguir desde hacía media hora no era la misma que llevaba en esos momentos, pues ahora tenía la luna a la izquierda.

Una vez más, las lágrimas le nublaron la vista. Con una punzada en el corazón, se preguntó cuánto camino debería desandar. Mientras contemplaba las alternativas en esa desdichada búsqueda, cobró conciencia de que la grave cacofonía de ruidos selváticos iba aumentando hasta convertirse en un zumbido incesante. No sólo había perdido el rumbo, sino que, inadvertidamente, había descendido de las tierras altas a la zona pantanosa. Allí el aire era más cálido, cosa que no podía tranquilizarla, pese a las incomodidades que le causaba el frío. En todo caso, corría mayor peligro que antes. No eran necesariamente los mosquitos los que provocaban su nerviosismo, sino el saber que la celeridad de ciertos reptiles es mucho mayor en los climas templados.

Puesto que en esos momentos era muy susceptible al pánico, se resistía a creer que esa extraña y resbaladiza sensación que notaba en los pies era lo que ella temía. En cuanto se obligó a bajar la vista, un alarido salió de su garganta: una víbora bastante grande se deslizaba sobre sus pies. Después de patearla hacia un estanque cercano, se estremeció convulsivamente y rompió en un llanto histérico, demasiado exhausta y desorientada como para dominar esos desgarradores sollozos.

Cuando al fin se hubo calmado, comprendió que había agotado todos sus recursos. Estaba extenuada y confundida; los habitantes de ese húmedo pantano le provocaban terror. Proseguir en esas circunstancias parecía el colmo de la locura, además de representar un verdadero peligro. Por otra parte ya tenía suficiente con lo que había vivido hasta ahora.

Acicateada por otro movimiento sinuoso en los arbustos cercanos, Raelynn trepó sin más vacilaciones por el tronco más próximo. No había vuelto a subirse a un árbol desde que era pequeña. En otros tiempos era un verdadero placer encaramarse hasta donde pudiera. Aún recordaba lo fundamental de la técnica, por lo que, a pesar de su atuendo, logró alcanzar una rama aceptablemente alta, donde se sintió algo más segura. Desde allí pudo estudiar el terreno que acababa de abandonar. La luna descendía rápidamente y, al perderse de vista, se llevaba casi toda la luz; no obstante, ella habría podido jurar que veía movimientos extraños, entretejidos en el musgo húmedo del sitio donde había estado un momento antes.

Decidida a no bajar del árbol antes de que el día hubiera aclarado por completo, se recostó contra la áspera corteza, con los ojos cerrados. No era tan tonta como para pensar en dormir, pues era la manera más segura de caer. Sólo necesitaba un poco de reposo.

Apenas se hubo instalado, algo negro y repugnante revoloteó en su campo visual, haciendo trizas sus aspiraciones. Con un miedo creciente, Raelynn se apretó contra el recio tronco, vigilando cautelosamente a los murciélagos que se aproximaban. En un desesperado esfuerzo por no llorar, murmuró una oración, a la espera de que llegara la mañana siguiente.

Jeff no había cubierto mucha distancia, después de levantar el campamento, cuando los primeros rastros de su esposa lo condujeron hacia el pantano. Era lo que temía: que Raelynn hubiera ido en esa dirección. Continuó la marcha hasta llegar a un sitio donde ella parecía haber dado la vuelta. El cambio de dirección no había mejorado su rumbo, pues no había hecho más que adentrarse aún más en el pantano.

La salida del sol acabó con la relativa frescura de la noche; la temperatura comenzó a ascender sin pausa, mientras varias clases de mosquitos se arremolinaban en torno a él. *Majestic* se agitaba, inquieto por sus implacables ataques, pero proseguía, valeroso, obedeciendo a las rodillas de Jeff.

En sus años juveniles, Jeff había frecuentado esos pantanos con Brandon, por lo que llegó a adquirir un buen conocimiento de ellos y un justificado respeto. Él y su hermano habían descubierto los mejores sitios para cazar y pescar; con el tiempo llegaron a relacionarse con las personas que allí vivían y que, por uno u otro motivo, preferían mantenerse apartados de la sociedad. Vivía allí un ermitaño al que llamaban Pete el Rojo y que ya era viejo cuando Jeff estaba en la adolescencia. Cuando frenó su montura delante del cobertizo que ese hombre tenía por hogar, la casa parecía desierta, pero eso no le extrañó. Como sus escasos vecinos, Pete el Rojo desconfiaba de la compañía y se escondía hasta asegurarse de que podía aparecer sin peligro. Jeff esperó, mascando una brizna de hierba. Por fin, un leve movimiento entre los árboles, detrás del cobertizo, le reveló la presencia de su anfitrión.

Un anciano, cuya cara parecía una manzana marchita, salió para mirar atentamente a su visitante, con los ojos muy entornados. Parecía ir vestido de harapos, que cubría con un chaleco de complejos bordados, y apoyaba su cojera en un bastón con mango de madreperla.

–Esperaba verte por aquí tarde o temprano, Jeffrey. ¿Cómo estás?

A pesar de sus años, mantenía un buen estado físico; el pelo de zanahoria no daba muestras de perder su brillo.

–Bastante bien –musitó él.

–Y ese hermano tuyo, ¿sigue bien?

–Mejor que nunca. Será padre por segunda vez dentro de uno o dos meses.

–Buen trabajo –dijo con una carcajada el Rojo, rascándose el pecho con una mano peluda–. Me han dicho que se ha casado con una joven venida de Inglaterra. ¿Tú también has sentado la cabeza o algo así?

Jeff enarcó brevemente las cejas, sin comprometerse en la respuesta. Ese «o algo así» daba a entender que alguna noticia de sus actuales circunstancias había llegado a los pantanos. No cabía sorprenderse. Pese a la vida recluida que llevaba, Pete el Rojo y los de su clase siempre parecían notablemente bien informados de cuanto sucedía en Charleston y en las plantaciones vecinas.

–A estas horas debes de saber que busco a mi esposa –replicó–. ¿La has visto?

Pete escupió un largo salivazo de tabaco hacia un tocón. Luego meneó la cabeza.

–No le he visto el pelo, pero anoche pasó Elijah. Dijo que iba rastreando por encargo tuyo.

Jeff inclinó la cabeza en una lenta señal de asentimiento.

–Le he pedido que saliera en busca de un ladrón de caballos. ¿Ha tenido suerte?

–Creo que sí. Dijo que un hombre llamado Hyde cabalgó por un tiempo delante de él, dejando huellas fácilmente visibles, como si algo lo hubiera asustado. Luego Elijah vio señales de que el hombre se había caído a dos o tres millas de aquí. El caballo huyó al galope y Hyde continuó a pie, pero parecía avanzar con lentitud, como si estuviera herido. Elijah le ha seguido el rastro.

–Buen hombre, ese Elijah. Quizá yo encuentre a esa yegua algo más adelante. Mientras tanto, si ves a mi mujer, te agradecería que la persuadieras de quedarse un rato contigo, al menos hasta que yo vuelva a pasar por aquí.

El Rojo asintió.

–Haré lo que pueda, Jeffrey. Por casualidad, ¿sabes si le gustan los buñuelos de maíz?

Jeff inclinó la cabeza, asintiendo.

–Creo que le gustan, sí.

–En ese caso prepararé unos cuantos. Seguro que llegará hambrienta.

Jeff esperaba, sinceramente, que el hambre fuera el único problema de su esposa, tras haber pasado dos noches en las tierras más altas y la tercera en el pantano. Pero dio las gracias a Pete por su interés y se retiró sin dar más explicaciones.

El pantano volvió a cerrarse alrededor de él, dificultando su paso. El zumbido de los insectos iba en aumento, al igual que el calor. Continuó su marcha más deprisa; sólo se detuvo para que *Majestic* pudiera beber antes de proseguir su búsqueda. El sol llegó al cenit e inició su descenso antes de que Jeff tuviera alguna esperanza de éxito.

Raelynn había descendido del árbol poco después del amanecer, rígida, dolorida y tan exhausta que no podía diferenciar entre los músculos tensos y la fatiga absoluta. Además tenía mucha sed, pero sólo había agua estancada para beber y ella no tenía ningún deseo de empezar otra vez a vomitar. Cuando se le ocurrió sorber el rocío matinal acumulado en las hojas más grandes, la humedad ya casi se había evaporado. Halló lo suficiente para uno o dos tragos, que no fueron suficientes. En la comida no se atrevía siquiera a pensar. Aunque estaba rodeada de plantas, carecía de conocimientos para diferenciar entre las comestibles y las venenosas, y no quería tentar al destino. El hambre no la mataría, al menos por el momento, pero tratar de calmarla bien podía acabar con ella.

Con el paso del tiempo el cansancio, la sed y el apetito fueron en aumento. El denso dosel de hojas y enredaderas que trepaban hasta lo más alto la protegía de lo peor del sol, pero el calor sofocante le daba la sensación de estar chapoteando en melaza.

¿Qué distancia había cubierto por ese difícil laberinto? Era un misterio. Las enredaderas que cubrían el suelo continuaban enredándole los pies; estaba cansada de tropezar y caer. Las ampollas eran una tortura. Sólo pudo aliviar un poco el ardor arrancando musgo de las ramas inferiores para rellenar las medias. A fin de protegerse de posibles fracturas, arrancó largas tiras de su enagua y envolvió con ellas los pies calzados y los tobillos. Aunque esos vendajes le prestaban un apoyo muy necesario, pese a los esfuerzos que hacía por aliviar su situación era evidente que nunca se había sentido tan desdichada como ahora. Fatigada, con dolor de pies, sedienta y con una vívida conciencia del vacío que le quemaba el estómago, sentía un fuerte deseo de sentarse a llorar. Pero por el momento su espalda estaba demasiado rígida como para flexionarla sentándose.

Caminó pesadamente por los pantanos, sabiendo que detenerse equivaldría a darse por vencida. El viento suave le pareció refrescante, aun en su situación. Al menos mantenía alejados a los mosquitos.

En medio de su desesperación, el suave relincho de un caballo le pareció obra de su imaginación. Aun así se detuvo para mirar a su alrededor, tambaleante y rogando que alguien hubiera venido en su rescate. Sin embargo temía que los oídos la hubieran engañado.

Mucho más reconfortante que las brisas refrescantes fue ver a *Ariadna*, que pastaba perezosamente en una loma distante. De inmediato el corazón de Raelynn salió del oscuro abismo que amenazaba tragarla. No sabía por qué milagro estaba esa yegua en el pantano, pero la alegría que sentía al verla era enorme.

La yegua sacudió la cabeza para ahuyentar a los insectos y la miró por un instante. Luego continuó pastando, sin preocuparse por la presencia de un ser humano.

Raelynn se aproximó cautelosamente, con la temblorosa mano extendida, pidiéndole en tono zalamero que se mantuviera muy quieta y que, por favor, se portara bien. Le asombró poder acariciarle la cruz sin que el animal la evitara.

–Oh, *Ariadna*, no puedo creer que seas tú –murmuró ella, con la voz ahogada por lágrimas de agradecimiento–. ¿Qué haces tan lejos de casa? –Probablemente, si la yegua hubiera podido razonar y hablar, le habría hecho la misma pregunta–. Ya lo sé, *Ariadna*. Las dos nos hemos fugado y ahora estamos perdidas en este pantano infernal. Comienzo a pensar que estaba mejor en casa. ¿Qué opinas tú?

Ariadna continuó arrancando hierba, sin cuidarse de deducciones y arrepentimientos humanos. Raelynn la palpó con suavidad, por si tenía alguna lesión, pero no encontró nada grave, aunque era obvio que los mosquitos y los jejenes se habían cebado con ella. Bajo el pelaje tenía una capa llena de pequeñas ronchas.

Mientras el animal pastaba, muy satisfecho, Raelynn acercó un trozo de leño partido para utilizarlo como banquillo. Entre palmaditas y palabras zalameras, rogó para que se mostrara tratable y esperara sumisamente a que ella la montara.

Para sorpresa suya, *Ariadna* parecía aceptarlo todo con buena voluntad; pero ella no había olvidado la resistencia de Jeff a permitirle usar esa terca montura. Cuando se instaló en su lomo lo hizo con timidez. Montar sin silla era ya bastante extraño, pero hacerlo a horcajadas resultaba incómodo sin algo que la acolchase. Raelynn se retorció, tratando de amontonar la camisola bajo el cuerpo, a fin de proteger las zonas más vulnerables. Ya fuera porque sus movimientos perturbaron al animal, ya porque *Ariadna* era de temperamento caprichoso, pronto quedó demostrado que los reparos de Jeff estaban muy justificados. Sin previo aviso la yegua comenzó a moverse y a saltar en círculos, con lo que su amazona fue a parar a un charco de agua estancada. Aunque esa acumulación de agua pútrida la salvó de graves lesiones, se incorporó con arcadas producidas por el hedor. Lo único positivo de tener el estómago vacío era que no tenía nada que vomitar. Allí se quedó sentada, presa de la angustia; las lágrimas y el barro se le mezclaban en la cara; su ropa estaba empapada en lodo maloliente; tenía las caderas y las pantorrillas sumergidas en el fétido cieno. En ese momento tenía la certeza de ser la imagen de todo lo más repulsivo.

–Oh, ¿por qué no me he quedado en Inglaterra? –gimió, abatida. Y rompió en tristes lamentos.

Por si le sirviera de algún consuelo, *Ariadna* se acercó para hociquearle el pelo. Pero ella no estaba dispuesta a aceptar esas disculpas sin descargar sobre ella buena parte de su ira.

–¡No te me acerques, jaca estúpida! –le espetó, con la voz quebrada por las lágrimas–. ¡Ya me ocuparé de que te enganchen a un arado, aunque sea lo último que haga en mi vida!

Habría preferido permanecer donde estaba, pues cualquier intento de moverse le costaría más sufrimiento, pero el hambre y la sed eran incentivos muy potentes. Entre muecas de dolor y resbalones, por fin logró salir de aquel agujero apestoso. Después de echar una mirada rencorosa a la yegua, la sujetó por una oreja.

–Escúchame muy bien, *Ariadna* –le dijo entre dientes apretados, agitando un dedo ante aquellos bellos ojos en señal de advertencia–: estoy muy cansada, extraviada y muy enfadada contigo. Conque si tienes algún aprecio a tu esqueleto, permitirás que te monte y luego me sacarás de este horrible pantano. ¿Me has entendido?

La yegua trató de alzar la cabeza, pero Raelynn la sujetaba con firmeza.

–Y si no te comportas como es debido, *Ariadna*, juro que te convertirás en caballo de tiro. Y te aseguro, muchacha, que eso no te gustará en absoluto.

Raelynn estaba segura de estar perdiendo el juicio, puesto que amenazaba de ese modo a un animal, pero poco le importaba. Lo que deseaba en esos momentos era un baño caliente, para poder aspirar hondo sin que su propio olor la asqueara.

Cogió un puñado de crines para llevar a la yegua hasta el leño partido; después de subirse a él, montó nuevamente al lomo del animal. Siempre aferrada a las crines, esperó un tiempo interminable a que *Ariadna* repitiera su actuación anterior. Una vez segura de que la yegua obedecería, al menos hasta cierto punto, la puso en marcha, rogando con fervor que fuera en la dirección correcta. Caminaron durante largo rato antes de que Raelynn se permitiera relajarse un poco, pero siempre tenazmente aferrada a las crines, pues no quería confiar demasiado en el corcel.

Tras haber pasado tantas horas avanzando a duras penas por ese terreno tortuoso, era consciente del lujo que suponía ir montada a caballo. Pese a lo imprevisible de su carácter, *Ariadna* tenía buen paso, lo cual era de agradecer, junto con varias cosas más, como no tener que usar los pies, para empezar, o encontrarse por encima de las zarzas que le habían desgarrado implacablemente la piel y la ropa.

Las brisas eran cada vez más fuertes y aportaban una frescura que reanimó a Raelynn. Por unos momentos, concibió la esperanza de sobrevivir a su estúpida torpeza, pero pronto reparó en que el pantano se estaba tornando cada vez más oscuro.

Al mirar hacia arriba, entre el follaje, su corazón dio un vuelco; nuevos temores inundaron su pecho. Los vientos de los que había disfrutado un rato traían consigo terribles nubarrones. Mientras los observaba, con una mezcla de sorpresa y consternación, un relámpago desgarró el cielo. Un momento después, una violenta lluvia la azotó.

De los labios de Raelynn escapó un gemido desesperado, mientras hundía los talones en los flancos de la yegua para instarla a huir de ese diluvio. *Ariadna* respondió de buen grado acelerando el paso, pero el denso cieno del pantano se le adhería a los cascos, dificultando su marcha. La lluvia torrencial que las castigaba las retrasaba aún más. Apenas se veía; era imposible cubrir ninguna distancia mensurable. En pocos segundos Raelynn quedó tan empapada que la ropa se le pegó al cuerpo como una segunda piel.

En ese nuevo aprieto, Raelynn sólo encontró una cosa positiva: ahora podía beber toda el agua que quisiera. Únicamente esperaba no ahogarse en ella.

Recorrió el entorno con la mirada, en busca del refugio más cercano, y trató de guiar a la yegua hacia un grupo de árboles; pero *Ariadna*, deseosa de escapar del diluvio, continuó hacia delante, sólo para empantanarse más en la blanda turba cenagosa. Por mucho que forcejeó, no pudo liberarse de ella.

Raelynn no podía creer que las circunstancias fueran tan desfavorables. Mientras luchaba por contener el impulso de romper en angustiados sollozos, un destello cegador atravesó el bosque hasta dar contra un gran ciprés, que estaba a poca distancia. La muchacha olvidó de inmediato sus deseos de llorar: era justamente el sitio en el que ella había puesto sus miras. El rayo partió el tronco por la mitad, como si fuera una ramilla seca, y disparó una cegadora lluvia de chispas por todas partes. Aterrada, Raelynn alzó los brazos para protegerse de los fulgores y, muerta de miedo, miró por encima de su antebrazo, mientras la copa del árbol caía a tierra con un rugido ensordecedor, desgarrando a su paso las ramas de los árboles vecinos. Antes de llegar al suelo, un terrible estampido pareció sacudir el suelo. Ariadna, aterrorizada, trataba inútilmente de librarse de la ciénaga.

–Tranquila, muchacha –murmuró Raelynn, con los labios rígidos de miedo, aterrorizada por lo cerca que había estado de quedar carbonizada. De no ser por el pantano que había detenido a la yegua, ambas habrían perecido–. No te alteres, *Ariadna*. Serénate. Estamos vivas… al menos por ahora.

La yegua se calmó un poco, pero seguía temblando en la trampa lodosa. Raelynn desmontó apresuradamente, con intención de ayudarla, pero de inmediato lanzó una exclamación de alarma, pues sus pies también comenzaron a hundirse. Alargando frenéticamente un brazo, logró apenas asirse de una rama baja y se impulsó hacia un sitio más sólido. Al menos, podía mantenerse en pie.

Raelynn probó con miedo la firmeza del sitio que pisaba y se dio la vuelta, temblando. Su garganta se anudó de pavor al ver que la yegua estaba atrapada en un cenagal ablandado por la tormenta. Parecía tan peligroso como las arenas movedizas. Cuanto más forcejeaba por liberarse, más se hundía.

La joven sintió una oleada de terror, tanto por sí misma como por *Ariadna.* No creía poder atravesar ese pantano sin la yegua. Y con la cantidad de lluvia que estaba cayendo, se abrían por doquier pequeños arroyos. Pronto se tornarían peligrosos. Pero si intentaba ayudar al animal, ella misma podía hundirse en el lodo junto con la yegua.

Miró a su alrededor, cada vez más aterrada, con la esperanza de hallar alguna vía de escape para ambas. No tenía esperanzas de liberar a la montura, pues no tenía fuerzas ni elementos con que intentar el rescate. Estaba completamente indefensa.

De pronto recordó las gruesas enredaderas con las que había debido luchar. Posiblemente hubiera algunas lo bastante fuertes como para tirar de la yegua. Tropezando con el vuelo empapado de su vestido, buscó bajo la lluvia un tallo adecuado. Por fin halló una vid enredada a un árbol cercano. Tiró con fuerza para desprenderla, pero la hazaña requeriría hasta sus últimas energías; sin embargo, el largo ayuno la había debilitado y la lluvia la bombardeaba. Cuando logró arrancar la enredadera de las ramas, totalmente exhausta, cayó de rodillas en los pequeños arroyos que se iban formando en la tierra.

Una vez que hubo recobrado, si no todas sus fuerzas, al menos la decisión, se puso de pie bajo el azote de la lluvia, tratando de idear la mejor manera de enganchar la yegua a la vid. Las raíces, aún firmemente adheridas al suelo, servirían de amarras, pero hacía falta algún otro asidero para remolcar el peso del animal. Con esa intención, enroscó la improvisada cuerda a un par de árboles jóvenes y, manteniendo la enredadera bien tensa para ayudarse a avanzar, se acercó a *Ariadna,* evitando el pantano sin fondo, cada vez más blando.

La fatiga de la yegua era ya evidente; sus esfuerzos por liberarse empezaban a disminuir. Esa perspectiva provocó un nudo de miedo en la garganta de Raelynn; aun así era preciso enfrentarse a la verdad: si no lograba rescatarla en media hora, el animal perdería a la vez las fuerzas y el valor. Si se daba por vencida, no tardaría mucho en hundirse en esa tumba de lodo.

Parpadeando por el agua que le corría por la cara, Raelynn rodeó con la vid el cuello de *Ariadna* y lo ató con jirones de tela, arrancados de su propia falda. Luego regresó hacia los dos árboles para tirar de la enredadera con todas sus fuerzas, mientras animaba a la yegua a que se acercara. *Ariadna* empujó hacia arriba, obediente, por lo que ella pudo ceñir un poco más la improvisada cuerda. Pero el terco animal sacudió la cabeza con violencia, tratando de quitarse el lazo ajustado, y al hacerlo le arrancó el áspero tallo de las manos, despellejándole las palmas. Raelynn volvió a aferrarlo con tenacidad y, entre fuertes tirones, imploró a la yegua que colaborara. De nuevo *Ariadna* empujó hacia delante, tratando de liberarse, y la muchacha pudo tensar la vid una vez más. A pesar de que el constante bombardeo de la lluvia iba en aumento, Raelynn recobró el ánimo al ver que la yegua estaba casi fuera del pantano.

–¡Lo estás logrando, *Ariadna*! –exclamó, feliz, aunque apenas podía hablar sin escupir agua–. Ánimo, muchacha. Un esfuerzo más y estarás fuera.

Como si comprendiera, el animal empujó otra vez y ella pudo tensar otro poco la vid en torno a los troncos. Pero la alegría de Raelynn duró muy poco, pues un momento después el tallo se rompía ante el peso del caballo. La muchacha cayó en un charco y *Ariadna* volvió a deslizarse hacia su cárcel de lodo.

Raelynn se levantó con un grito, derrotada, y se apretó los puños a las sienes, mientras la yegua forcejeaba por desprenderse del cieno que la tragaba con rapidez. Como si presintiera su muerte inminente, *Ariadna* lanzó un relincho y se revolvió, pero fue inútil.

Majestic se detuvo súbitamente, con las orejas erguidas. Jeff se despegó de la frente el ala mojada del sombrero, alerta a lo que su caballo pudiera haber oído, sentido o visto. A través de la intensa lluvia miró hacia detrás de los árboles, pero la zona estaba ensombrecida por la tormenta y la penumbra de la tarde avanzada. Aunque miró por todas partes, no parecía haber nada importante.

–¿Qué pasa, muchacho? –preguntó, acariciando el cuello del potro–. ¿Qué es lo que te ha puesto nervioso?

Majestic relinchó por lo bajo, siempre con la vista clavada en los matorrales, delante del sitio donde se habían detenido. Jeff inclinó la cabeza para escuchar con atención. El denso diluvio le permitía oír muy poco, aparte del gorgoteo de los arroyos que habían surgido momentáneamente a la vida, el golpeteo de la lluvia y los leves movimientos de su montura, acompañados por crujidos casi indescifrables de los arreos. Pero también percibía algo a lo lejos, algo que no llegaba a identificar con claridad. ¿Era el relincho despavorido de un caballo?

Aplicó los talones al potro, animándolo a avanzar hacia el lugar de donde parecían provenir esos lejanos ruidos. Cuanto más se acercaban, más seguro estaba Jeff de oír los sonidos agudos de un caballo. En ese caso era posible que descubriera el paradero de *Ariadna*, pero esos relinchos escalofriantes le hacían pensar que el animal, fuera ella o no, estaba en grave peligro.

Guiándose por los angustiados gritos, condujo a *Majestic* por entre los árboles, intentando evitar las zonas más traicioneras de la ciénaga. Cuando llegó al pequeño claro de donde provenían los agudos relinchos vio inmediatamente a la yegua, hundida hasta el vientre en el lodo. En ese momento forcejeaba frenéticamente, tratando de izarse, sujeta al extremo de una cuerda improvisada. Sus ojos siguieron la longitud de la enredadera estirada entre el corcel y un árbol, y quedó sin aliento. La responsable de ese valiente, aunque inútil intento de rescate era su esposa, que estaba junto al árbol, completamente empapada y tirando desesperadamente para ceñir la vid al árbol.

–¡Raelynn!

Aunque el nombre sonó apenas como un susurro en medio de la lluvia torrencial, ella volvió bruscamente la cabeza, ya consciente de la presencia de su esposo, y alzó una mano para protegerse los ojos del diluvio. Aun así, el agua que le chorreaba desde el pelo hizo que parpadeara varias veces, tratando de despejar la vista. Al ver a Jeff la invadió una extraña mezcla de miedo, vergüenza y alivio. Ahí estaba, como un temible guerrero de sombría armadura, montado en su alto corcel. Ella abrió la boca para hablar, pero le faltaron palabras. Había huido de Oakley, temiendo que él fuera un asesino. En ese caso, bien podía acabar con ella en el pantano, sin que nadie se enterara.

Jeff volvió a encasquetarse el sombrero y se ajustó el cuello de la capa impermeable; luego saltó a tierra. Sin perder tiempo en reproches, desató velozmente la cuerda que traía sujeta a la montura y le hizo un nudo corredizo en un extremo. Luego lo arrojó a la cabeza de la yegua; una vez ceñido, rodeó la grupa con un lazo más amplio, para improvisar un arnés. Después de pasar el extremo suelto por el nudo corredizo delantero, lo ató al pomo de su silla y volvió a montar, para conducir a *Ariadna* hacia suelo firme.

En cuanto el potro sintió el tirón de la soga avanzó con fuerza, clavando los cascos en la turba. *Ariadna* se debatía dolorida por la cuerda que le apretaba la grupa. Por un momento pareció que tanto esfuerzo no serviría de nada. Pero luego, poco a poco, la yegua empezó a salir del pantano. En cuanto sus cascos delanteros tocaron suelo firme, lanzó un relincho de triunfo y agitó la cola enlodada. Con otro fuerte tirón de *Majestic*, la hembra quedó completamente libre.

–¡Oh, gracias a Dios! –exclamó Raelynn, llena de alivio. Y cayó de rodillas en el suelo anegado, entre fuertes sollozos. Las lágrimas corrieron libremente; con la cara escondida entre las manos, lloró tanto por la yegua como por sí misma. Desesperada como estaba, era muy posible que hubiera muerto tratando de salvar al animal.

Una mano grande descendió sobre su hombro, arrancándole un grito de miedo. Al levantar la vista se encontró con Jeff, inclinado sobre ella. Era poco más que una tétrica sombra gris en la penumbra de la lluvia, pero ella tuvo la impresión de que sus ojos brillaban con una luz feroz. Sin saber qué esperar, se echó hacia atrás y tragó saliva con cierta dificultad, a la espera de su destino.

–¿Qué demonios estáis haciendo aquí fuera? –gruñó él en tono áspero–. ¿Acaso ignoráis lo que podría haberos pasado?

Raelynn, que no quería responder, apartó la cara y, encogida en un estado de profunda turbación, curvó los hombros contra el diluvio. Parecía una niña pequeña que esperaba su castigo.

Jeff murmuró un insulto y, alzándola en brazos, la llevó hasta donde estaba el potro. Allí la dejó en el suelo para envolverla en una manta. Una vez que la hubo sentado en el lomo del animal, aflojó la soga que rodeaba la grupa de *Ariadna* y ató el extremo libre a un anillo metálico, insertado en la parte trasera de la silla. Luego montó detrás de Raelynn y, rodeándola con un brazo protector, azuzó al caballo por entre los densos árboles, mientras la yegua los seguía, obediente, en el extremo de la cuerda.

[illegible]

[illegible] tendido a [illegible] [illegible] algo quedaba [illegible] que sentí el [illegible] [illegible] [illegible] [illegible] [illegible] [illegible] [illegible] [illegible] [illegible] pero pudo [illegible] [illegible] [illegible] [illegible] [illegible] [illegible] [illegible] contra [illegible]

[illegible] ventana [illegible] [illegible] trágicas [illegible] escalo- [illegible] imprescindible para [illegible] contra [illegible] resisti- [illegible] [illegible] esta nueva [illegible] [illegible] refu- [illegible] largado.

Mucho más tarde, el esfuerzo por salir de ese aturdimiento, [illegible] cuenta de que [illegible] había [illegible] el portero. Echó un vista- [illegible] encima del hombro, sin saber qué [illegible] ha- [illegible] recorrido ni dónde se encontraban. La luna [illegible] [illegible] [illegible] [illegible] en el que habían entrado. Hacia [illegible] [illegible] de cuántos andaba bajo las ramas de varios [illegible] El hombre salía por la [illegible] de piedra, y en las [illegible] de la fachada brillaba el suave resplandor de una lám- para. Desde algún lugar cercano les llegaba el murmullo de un

13

La lluvia, como si hubiera agotado su furor, se había reducido a una suave llovizna. La pareja cabalgaba en silencio a través del pantano, encorvados para protegerse de la persistente humedad. Jeff se mantenía vigilante para evitar las zonas más peligrosas, pero Raelynn estaba totalmente agotada, física y mentalmente. Aunque trataba de permanecer alerta, sus párpados cedían bajo el peso de la fatiga y su cabeza se inclinaba a menudo; por fin una mano grande la reclinó suavemente contra un hombro robusto. Cuando su frente encontró un nido familiar en el cuello fibroso, ella abandonó con un suspiro sus inútiles intentos por mantenerse despierta. Si Jeff hubiera querido matarla, se dijo vagamente, sin duda ya lo habría hecho.

Al caer la noche en el bosque cada vez más denso, los envolvió la oscuridad. Raelynn despertó un momento, con la difusa idea de que la lluvia había cesado. En su lugar había aparecido un viento frío y fuerte, que ahora parecía empeñado en arrastrar las nubes hacia la faz de la luna. Aquellas frígidas brisas atravesaron sus prendas húmedas, provocándole escalofríos, hasta que su esposo se abrió el capote impermeable para acomodarla contra su pecho. Raelynn, sin energías para resistir, se recostó inerte contra la sólida muralla. Mientras caía nuevamente en el sueño se preguntó si alguna vez hallarían un refugio abrigado.

Mucho más tarde, al esforzarse por salir de ese aturdimiento, se dio cuenta de que Jeff había frenado el potro. Echó un vistazo oblicuo por encima del hombro, sin saber qué distancia habían recorrido ni dónde se encontraban. La luna iluminaba el pequeño claro en el que habían entrado. Hacia el fondo, una cabaña de troncos anidaba bajo las ramas de varios pinos altos. El humo salía por la acogedora chimenea de piedra, y en las ventanas de la fachada brillaba el suave resplandor de una lámpara. Desde algún lugar cercano les llegaba el murmullo de un arroyo torrentoso; su burbujeo, casi musical, se fundía con los tonos armoniosos de un búho, encaramado a cierta distancia.

–¿Quién vive aquí? –murmuró ella, somnolienta.

–Un amigo mío a quien llamamos Pete el Rojo –respondió Jeff, mientras pasaba la pierna derecha sobre la grupa del potro para desmontar. Después de atar las riendas a un palo, cargó las alforjas al hombro y levantó la vista hacia Raelynn. Sus labios se torcieron vagamente, en la difícil tarea de imitar una sonrisa–. En otros tiempos el Rojo fue ordenado ministro, con que os conviene comportaros bien, querida. No sería raro que nos diera una o dos lecciones.

–¿Vive solo aquí?

–Hace años tenía esposa y un hijo, pero ambos murieron durante una epidemia. Desde entonces ha vivido prácticamente como un ermitaño.

Jeff levantó los brazos para bajar a Raelynn, pero ella se echó hacia atrás, súbitamente desconfiada. Al mirarlo a los ojos, vacilante, vio que una atractiva ceja se torcía en un gesto escéptico.

–Si pensáis pasar la noche sentada ahí, querida, recordad que lo haréis completamente sola. Mi intención es ponerme ropa seca, comer algo y dormir, cosa que necesito urgentemente.

Al pensar en la comida, la expresión de Raelynn se volvió anhelante; sus ojos buscaron la cabaña. Era como si no hubiera comido en todo el mes. Aunque su estómago había dejado de gruñir, la boca se le hizo agua, recordándole que estaba hambrienta.

–Venid, Raelynn –ordenó Jeff, rodeándole la cintura con las manos para bajarla a tierra. Las mejillas hundidas de la muchacha evidenciaban su largo ayuno; si ella pensaba permitir que el miedo y el orgullo gobernaran su mente, él no le permitiría ser tan boba–. Debéis comer, por el bien de nuestro hijo.

Raelynn levantó bruscamente la cabeza, atónita al ver que estaba enterado.

–¿Cómo lo sabéis?

–Me lo ha dicho Cora.

–Pero ¿cómo puede saberlo ella misma? –susurró la joven, no menos asombrada–. No he dicho una palabra a nadie.

–En efecto, habéis sido muy reservada. No me lo dijisteis ni siquiera a mí –murmuró su esposo, dolido–. Cora debe de haberlo imaginado por sí sola. En cuanto a mí, querida, debo pediros perdón. Estaba tan cautivado por la idea de haceros el amor todas las noches que no reparé en que no os había venido la regla. –Inclinó la cabeza pensativo mientras la recorría con una mirada observadora–. ¿Cuánto tiempo lleváis embarazada?

Ella cruzó los brazos sobre el vientre y se volvió hacia un lado, como para escapar de esa investigación.

–Algo más de dos meses –respondió en tono apagado.

–Obviamente no habéis tenido en cuenta vuestro estado, antes de escapar como un conejo asustado –observó él, sin concederle piedad–. Desde luego, no es la primera vez que me asignáis el papel de villano sin darme oportunidad de explicarme o de probar mi inocencia.

Su tono cáustico puso un vívido matiz en las mejillas de Raelynn; aunque estaba débil y mareada por el hambre, aún le quedaba algo de valor.

–¿Qué podía pensar yo, tras encontraros de pie junto a una muerta, con un cuchillo ensangrentado en la mano y vuestra ropa cubierta de manchas rojas? Por si lo habéis olvidado, amenazasteis con estrangular a Nell, si regresaba a Oakley.

Jeff lanzó un bramido de ira y frustración.

–Si en verdad me creéis capaz de un crimen tan odioso, querida, pobre es la opinión que tenéis de mí. Pero, como en otra ocasión, me habéis declarado culpable sin concederme un juicio justo. Ningún magistrado decente osaría condenar a un criminal sin juicio previo. –Resopló con desprecio–. Pero si vos estuvierais sentada en el estrado del juez, a estas horas ya me habríais colgado. –Vio que el hermoso rostro se contraía de emoción, mientras ella buscaba alguna respuesta inteligente, pero él ya estaba harto de su lógica–. Como no creo que deseéis alojaros temporalmente con un asesino, querida mía, dejaré que busquéis cama por vuestra cuenta.

Y giró en redondo para atar la yegua al poste. Luego se detuvo junto a *Majestic* para coger la escopeta de la silla y, tras marchar hacia la puerta de la cabaña, golpeó con el puño las tablas de tosca madera. Como no había respuesta, abrió un poco para echar un vistazo al interior.

–¿Rojo? –llamó–. ¿Estás ahí?

El silencio que siguió a su pregunta lo impulsó a entrar. Como no había rastros del hombre, fue a abrir la puerta del pequeño dormitorio, en la parte trasera de la cabaña, pero también estaba desierto. No había nadie, salvo él.

Jeff regresó a la habitación principal para inspeccionarla. Lo que vio revelaba que el sitio había estado desocupado en la última hora, quizá incluso en los últimos minutos. Él sabía que Pete solía escapar por la parte trasera cuando veía aproximarse a algún visitante, sobre todo por seguridad. Pero en este caso, el anciano había dejado un ambiente acogedor para sus huéspedes.

En el tosco hogar de piedra crepitaba alegremente el fuego, bajo un gran caldero, lleno hasta el borde de agua humeante. Enfrente, una mesa rústica y un par de sillas primitivas, hechas con ramas. En la esquina más cercana de las gastadas tablas, un cuenco de loza, con un cazo al costado. A un lado, en la tabla de cortar, habían dejado un cuchillo y un trozo de venado ahumado, que parecía una invitación. Cerca de la tabla, Jeff encontró una nota garabateada con letra grande.

> Tal vez esté ausente varios días, Jeffrey. Haz como si estuvieras en tu casa.

Jeff dejó caer las alforjas en una silla para quitarse el capote y echó un vistazo al cuenco. Sólo entonces se dio cuenta de que su esposa estaba en el umbral.

–Os gustan los buñuelos de maíz, ¿verdad, Raelynn?

Una vez más, Raelynn sintió que su boca salivaba con la simple mención de la comida.

–Sí –respondió. A ella misma le pareció que su voz sonaba muy débil. Después de quitarse la manta empapada, se acercó a su esposo para mirar la comida preparada en la mesa–. ¿Vuestro amigo volverá pronto, Jeffrey?

–No. –La respuesta fue brusca, pues él continuaba luchando con su ira. Sin duda, su esposa se habría sentido más cómoda en presencia del anfitrión, pues su rechazo a estar sola con él era obvio. Si no estuviese tan exhausta y medio desmayada de hambre, tal vez habría escapado de nuevo. Pero él no dejaría de ir tras ella para traerla de regreso.

Jeff movió la muñeca para señalar la nota con el pulgar, sin molestarse en dar explicaciones. Ella sabía leer; no necesitaba que se la explicase un sospechoso de asesinato.

Tras recorrer el mensaje con la vista, Raelynn dejó escapar un suspiro desolado, mientras recorría con una mirada cautelosa el interior. Esperaba que ese tal Pete el Rojo estuviera en casa y actuara como amortiguador entre ambos, pero al parecer no sería así. Por primera vez desde que se casaron, Jeff y ella compartirían el techo lejos de otras personas. En días anteriores, habría recibido de buen grado ese aislamiento, pero ahora la inundaban horribles recuerdos de lo que había visto en los establos. Ese grado de intimidad la hacía sentirse tremendamente vulnerable.

Sus ojos vagaron lentamente por la habitación, mientras se esforzaba por apartar los perturbadores recuerdos. En cada rincón vio el rastro de un hombre que vivía aislado.

–¿Por qué, siendo ministro, se ha retirado a esta soledad?

–No se lo he preguntado. –Jeff sólo pensaba echar un breve vistazo a su esposa, pero los ojos verdes se demoraron demasiado sobre su desaliño, hasta perder su dureza de pedernal. Aun así, su orgullo se negaba a ceder con tanta facilidad, si ella continuaba asignándole el papel de carnicero.

Una Biblia abierta en el otro extremo de la mesa le ofreció una excusa para poner cierta distancia entre ellos. La cogió para apuntar las páginas hacia la luz del fuego y tomó nota del sitio donde había quedado abierta.

–Proverbios... –se le escapó una breve risa– ... debería haber imaginado que el Rojo nos ofrecería una lección junto con su hospitalidad.

–¿Qué lección?

La hermosa voz de Jeff concentró toda la atención de la joven, en la calma que reinaba en la tosca vivienda.

–«¿Quién puede hallar una mujer virtuosa? Pues su precio es muy superior al de los rubíes. El corazón de su esposo confía en ella, de manera que no necesitará botín. Ella le hará el bien, nunca el mal, todos los días de su vida.»

Raelynn sintió que le quemaban las mejillas ante el significado de esos versículos. Aunque no conocía al vagabundo predicador, era como si le hablara directamente.

–¿Cómo pudo él saber...?

Jeff cerró la Biblia y la dejó a un lado.

–¿Saber lo que nos sucedía? No os dejéis impresionar por eso, querida mía. –Su tono se llenó de burla–. Hoy he hablado con el Rojo, al pasar por aquí. Pero ya tenía noticias de lo sucedido en Oakley.

–¿Sabía también que yo me había marchado?

Como Jeff respondió con un seco gesto de asentimiento, ella preguntó, asombrada:

–Pero ¿cómo puede un simple ministro, que vive completamente solo en el bosque, saber lo que sucede en Oakley? Puesto que nos hemos detenido a pasar la noche aquí, deduzco que esta cabaña está a cierta distancia de la plantación.

–La distancia es bastante larga, pero por aquí, querida mía, las noticias vuelan con el viento. No debe de haber muchas cosas que el Rojo ignore. Ha sabido perfectamente cuándo ausentarse. Es probable que, al vernos venir, se haya escabullido por la puerta trasera.

La idea dejó asombrada a Raelynn.

–Pero ¿por qué abandonar su cabaña y dejárnosla?

Jeff le clavó una mirada significativa, elevando una ceja oscura.

–Quizá porque es una buena persona. O porque tiene demasiado sentido común como para interponerse entre un hombre y su esposa cuando ambos necesitan resolver ciertos problemas.

Como si de pronto sintiera mucho frío, Raelynn apretó los brazos a la ropa húmeda que la cubría. La idea de «resolver problemas» con Jeffrey Birmingham anulaba la poca fuerza que le restaba.

–No –murmuró, levantando la primorosa barbilla como si fuera una mártir herida–. Sólo deja versículos de la Biblia para hacer saber lo que opina de la esposa. Al parecer no importa lo que el hombre haya podido hacer.

Jeff no resistió la tentación de lanzar una pulla cáustica.

–Tal vez, a diferencia de vos, a Pete no le gusta juzgar al prójimo de buenas a primeras, sobre todo si se trata de personas a las que conoce desde hace tiempo. –Se sentó en cuclillas frente al hogar para arrojar más leña al fuego, mientras le decía–: Pero no os esforcéis por adivinar lo que él piensa. Lo más probable es que ese mensaje de Proverbios me estuviera destinado. –Se levantó, sacudiéndose el polvo de las manos, y señaló el cuenco de loza como al descuido–. Es probable que ese mensaje, en cambio, os estuviera destinado.

Raelynn siguió la dirección de su mirada, pero no tenía la menor idea de lo que él había querido decir. La verdad es que estaba completamente exhausta, hambrienta y falta de sueño, todo lo cual menguaba su capacidad de descifrar acertijos, pero aun así no veía nada que pudiera darle una pista.

Al verla desconcertada, Jeff se acercó a la mesa y hundió el cazo en el contenido del cuenco; luego lo retiró, dejando chorrear la mezcla en un torrente dorado.

–Pete me preguntó si os gustaban los buñuelos de maíz. Se diría que os dejó los ingredientes y el venado para que cocinarais. Si no os gustan los alimentos que nos ha proporcionado, tenemos lo que Cora nos preparó.

–Oh –fue todo lo que a ella se le ocurrió contestar.

Jeff se volvió hacia un lado, tratando de sofocar las ganas que tenía de abrazar a su esposa cuando la veía tan exhausta. Tardó más de la cuenta en quitarse la chaqueta y la camisa para colgarlas en el respaldo de las sillas, con desacostumbrado esmero. Cuando se sintió capaz de mirarla otra vez sin reaccionar ante sus aprietos, ella empezaba a tambalearse, aturdida. Maldiciendo por lo bajo, dio la batalla por perdida. Su mujer estaba a punto de caer al suelo.

Al cogerla suavemente por los brazos le impresionó encontrarla tan delgada. Puesto que había huido de Oakley directamente desde su dormitorio, sin pasar por la cocina, cabía suponer que había comido muy poco desde su partida. Las mejillas pálidas y sumidas eran un vívido testimonio; bajo los ojos tenía sombras violáceas, como si estuvieran hundidos. En general ofrecía un patético espectáculo, demasiado como para que él se aferrara a su ira.

–Acomodaos, Raelynn –pidió, mientras la sentaba él mismo en una silla.

Se puso en cuclillas ante ella y le encerró el mentón entre las manos, para estudiar las facciones demacradas y los ojos entrecerrados.

–Sólo tardaré un momento en llevar los caballos al establo y darles algo de pienso. Cuando regrese me ocuparé de nuestras propias necesidades. Hasta entonces no os mováis. ¿Entendido?

Ella arrugó un poco la frente, como si se le pidiera algo muy difícil.

–Sí.

Jeff cumplió su palabra y regresó rápidamente a la cabaña, trayendo consigo medio tonel que había encontrado colgado bajo el alero. Raelynn aún seguía sentada en el mismo sitio, cabeceando espasmódicamente, mientras luchaba contra el sueño, cada vez más fuerte. Cuando él apartó la mesa para instalar la tina de madera frente al hogar, la joven despertó con un respingo y parpadeó, tratando de centrar la vista.

–¿Qué haréis con eso? –preguntó con dificultad, señalando la tina.

–Esto, querida mía, es para vuestro baño.

Jeff envolvió el asa del caldero con un trapo y vertió el agua humeante dentro del tonel; luego agregó dos cubos de agua fresca del pozo, antes de llenar nuevamente el caldero y colgarlo en su gancho, sobre las llamas. Finalmente sacó de su alforja una barra de jabón y una toalla.

–Siempre es conveniente estar preparado para eventualidades como esta –dijo, enseñándoselos.

Su esposa lo miró inexpresivamente, sin apreciar su ingenio. Al ver que se acercaba, dijo con voz igualmente sorda:

–Por favor, Jeffrey. Sólo quiero dormir.

–Cuando estéis bañada y hayáis cenado, querida. Ni un momento antes.

Al ponerla de pie le arrancó un gruñido de cansancio, pero ella siguió pasivamente inmóvil, mientras aquellos hábiles dedos desabrochaban el vestido empapado, sucio y hecho jirones. Luego lo deslizó a lo largo del cuerpo, junto con la camisola y los calzones, hasta que las prendas cayeron amontonadas en torno a los tobillos.

Demasiado aturdida para sentir otra cosa que sueño, Raelynn se dejó hacer sin resistencia. Cuando él se agachó para quitarle las medias, se vio obligada a apoyarse en el hombro desnudo de Jeff. Aquella piel bronceada, bajo sus dedos congelados, estaba caliente y llena de vida, como el mismo hombre.

Al oír que él ahogaba una exclamación, Raelynn bajó la vista y lo encontró observando las feas ampollas reventadas de sus pies. Algo mortificada, curvó los dedos hacia dentro; habría querido esconder el musgo ensangrentado que se le había adherido a los pies.

–Es un milagro que aún podáis caminar –murmuró su esposo, cortante.

–El musgo me ha ayudado –musitó ella, tristemente. Luego dejó escapar un suspiro, sin hacer esfuerzo alguno por cubrirse. Exhausta como estaba, no enrojeció siquiera cuando él estudió los pechos tensos y los pezones oscurecidos por el embarazo. Y cuando él bajó la vista a su vientre, Raelynn sólo pudo mirarlo con aturdido estupor.

Los cambios físicos de su esposa eran sutiles, pero decididamente visibles para quien prestara atención. Jeff comprendió que sólo la obsesión de satisfacer sus ansias sexuales le había impedido detectarlos.

–Vuestro baño está listo, Raelynn –murmuró suavemente, ofreciéndole una mano.

Ella sentía las rodillas demasiado flojas como para pensar siquiera en rechazarla. Deslizó sumisamente los dedos en la palma de Jeff y se inclinó hacia él, mientras levantaba un pie para probar el agua. Estaba lo bastante caliente como para quitarle el frío, pero también le arrancó una mueca de dolor, pues las ampollas comenzaron a escocerle. Pese al cansancio, reconocía los beneficios del baño. Sólo rogaba no quedarse dormida.

Entró en el tonel y cruzó los tobillos para meterse en el agua, con un largo suspiro de agradecimiento. Por un instante se estuvo con los ojos cerrados, disfrutando de la sedante tibieza del agua, hasta que la sobresaltó un chapoteo. La llovizna de pequeñas gotas la hizo parpadear: la barra de jabón acababa de hundirse bajo la superficie y, después de chocar levemente contra su vientre, serpenteaba hacia el fondo de la tina. Al levantar la vista descubrió que su marido la estaba mirando, con una ceja enarcada.

–No perdáis tiempo, querida. Me gustaría comer y bañarme también antes de que nos acostemos.

–¿Podríais darme una jarra de agua caliente, por favor? –pidió ella, con voz apagada por la fatiga. Lo miró con los ojos entornados, entre las gotas que le corrían por las pestañas–. Necesito lavarme la cabeza.

Jeff vio que se frotaba un ojo con el puño, al igual que los niños que ya no pueden mantenerse despiertos.

–¿Necesitáis ayuda?

–Sí, creo que sí, puesto que apenas puedo mantener los ojos abiertos –respondió ella, con voz muy débil, mientras los párpados violáceos se cerraban bajo la creciente somnolencia.

–¿Queréis que os bañe también?

Ella dejó caer la cabeza hacia delante y la cabellera enredada y chorreante le rodeó la cara. Un suspiro cansado escapó de sus labios.

–Estoy tan exhausta que poco me importa lo que hagáis.

Jeff la observó un largo instante. Estaba encorvada dentro de la tina como una muñeca de trapo. Ya compadecido, se arrodilló junto al tonel para apoyarla contra su brazo. Ella se entregó por completo a sus atenciones, pero cuando el trapo se deslizó por la suave hendidura abierta entre sus muslos, abrió los ojos de par en par y se incorporó para mirarlo con horror.

–¡Sois demasiado minucioso! –acusó, escandalizada.

–Mi madre me enseñó a serlo desde que era muy pequeño, querida. Hay que lavarlo todo bien, me decía. Además, ya os he tocado innumerables veces sin que me regañarais por mi audacia. En todo caso –la provocó–, parecíais disfrutarlo.

–Yo misma lavaré esas partes, gracias –aseveró ella, con decisión–. Vos podéis lavarme la cabeza.

Jeff exhaló un suspiro de fastidio.

–Os habéis vuelto pudorosa, querida. Hace algunos días me permitíais lavaros toda, incluso ahí…

–Lo habéis dicho bien: eso fue hace algunos días. Las cosas han cambiado.

–Conque ahora se mira y no se toca, ¿eh?

–Algo así... al menos hasta que yo haya podido reflexionar.

La paciencia de Jeff iba mermando tras la fuga de su esposa y la prolongada búsqueda por los bosques. Al descubrir que estaba sana y salva, su alivio se había convertido en resentimiento por su manera de actuar. Su propensión a creer de él lo peor era como una bofetada en plena cara. En una nueva oleada de resentimiento, le vació sin previo aviso sobre la cabeza toda la jarra de agua caliente, obligándola a levantar las manos, con una exclamación de sorpresa, para protegerse de un segundo torrente.

Entre escupidas y parpadeos, lo miró por entre el pelo mojado.

–¿Pretendéis ahogarme, sólo porque no he permitido que me manosearais? –acusó.

–Sólo quiero lavaros el cabello –declaró él, seco.

Después de frotarle la coronilla con la barra de jabón, comenzó a masajearla con dureza para hacer espuma. Raelynn lanzó un chillido de protesta.

–¡No seáis tan bruto!

–Lo siento, querida –se disculpó él, sin pizca de compasión–. No tengo conciencia de mi propia fuerza.

Ella le echó una mirada rencorosa.

–Si continuáis frotando así me dejaréis sin cuero cabelludo.

–Pero tendréis el pelo limpio. Es más de lo que se puede decir ahora. ¿Qué habéis hecho? ¿Caer en un charco de lodo? –No dudaba de que así había sido, pues quedaban rastros de algas adheridos a los mechones–. Con la porquería y los bichos que tenéis en el pelo, podríais alimentar a un pájaro todo un año.

–¡Bichos! –chilló ella, incorporándose por el pánico–. ¡Quitadlos!

–Paciencia, querida. Es lo que trato de hacer.

–¿Qué clase de bichos?

Jeff trataba de dominar la risa, pero aun así se le escapó.

–Seres viscosos, de los que normalmente se encuentran en los pantanos. Y algunos insectos también.

Raelynn gimió. A veces su marido llegaba a irritarla con su humor provocativo.

–Jeffrey Birmingham: si lo decís sólo por asustarme, no volveré a dirigiros la palabra.

Él le puso un extraño escarabajo frente a la nariz; al verlo, la joven lanzó un grito y se levantó de un salto, rascándose el pelo como si hubiera perdido el juicio, estremecida de asco. Jeff cayó hacia atrás, riendo a carcajadas, y de inmediato recibió un trapo empapado en la cara. Ese brutal bautismo no logró empañar su diversión. Entre escupidas y estallidos de risa incontenible, logró finalmente asegurarle:

–Permitidme que acabe de lavaros la cabeza, querida. Si queda algún animalillo, luego os lo quitaré con el peine.

–¡Quiero que me los quitéis ahora!

–Vamos, vamos, sed más paciente. Cada cosa a su tiempo.

Aunque sólo llevaban algunos meses casados, Raelynn no había dejado de notar que Jeffrey Birmingham podía convertirse en una irreductible fortaleza cuando no estaba de acuerdo con lo que otros exigían. Nell había tropezado con su inflexible voluntad al tratar de sacarle dinero para su vástago, tanto antes como después del nacimiento. Nada había logrado con sus intentos. Y Raelynn no creía que él accediera a sus deseos sólo por que ella lo exigía. Por el contrario, era mucho más prudente no provocar ese rasgo de su carácter.

–Lo antes posible –rogó, en tono más suave. Y no pudo contener otro estremecimiento al pensar en los feos parásitos que estarían reptando por su cabeza.

Jeff se ablandó.

–De acuerdo, querida mía. Sentaos en la tina y asomad la cabeza por este lado.

En un esfuerzo por someterse completamente a sus cuidados, Raelynn apartó la cara y cumplió con sus indicaciones. Arqueando la espalda hacia atrás, sacó la cabeza por el borde de la tina. Jeff comenzó a peinar los largos mechones para quitar toda la suciedad, pero su dedicación no le impidió recrearse en los lustrosos pechos. A la luz parpadeante del fuego, relumbraban como apetitosos melones dorados. Pese a lo mucho que anhelaba probar esa dulce fruta, comprendió que ella no se lo permitiría mientras siguiera debatiéndose entre su inocencia y su culpabilidad.

Una vez que le hubo quitado la suciedad de los cabellos, lavó y aclaró los largos mechones. Luego los frotó vigorosamente con la toalla y acabó por entregarle otro paño con que secarse. Mientras ella, ya de pie, se secaba con suaves toques, Jeff se sentó sobre los talones para observarla un momento. Como el espectáculo resultaba demasiado tentador, se apartó para extender las mantas en el suelo. Luego inspeccionó las prendas que había colgado en las sillas. Su camisa ya estaba seca.

–Por ahora podéis vestiros con esto –dijo, dándosela a su esposa–. Voy a lavar vuestras prendas y las tenderé a secar ante el fuego. Luego veré qué puedo preparar para comer.

–Gracias –murmuró ella en voz baja, mirándolo con una sonrisa temblorosa–. Sois muy gentil al hacer todo esto; por lo general es la esposa quien debe encargarse de la comida y de la colada.

–Cansada como estáis, señora, es probable que os quedarais dormida si lo intentarais. Y por mi parte, no me gustan los alimentos quemados. Además, creo que yo estoy más habituado que vos a estas tareas. Cuando salía con Brandon a cazar o a acampar en los bosques, debíamos arreglárnoslas solos. Aunque no lo creáis, señora, no carezco de experiencia.

–Me alegra que uno de nosotros sea capaz de hacer algo –murmuró ella, fatigada–. Por mi parte, no creo haberme sentido tan exhausta en toda mi vida.

–Hay una lección que debéis aprender de vuestra huida por el pantano, querida. Cruzar una ciénaga es mucho más difícil que transitar por tierras altas. –Los ojos de Jeff volvieron al cuerpo desnudo, mientras ella deslizaba los brazos por las mangas de la camisa. La prenda se la tragó; los faldones le llegaban por debajo de las rodillas; aunque dobló varias veces las mangas, las hombreras le colgaban casi hasta los codos. Aun así parecía contenta de cubrirse con algo que no fuera ropa mojada.

Jeff se obligó a apartar la vista de tan atractivo espectáculo y, en un esfuerzo por concentrarse en algo menos frustrante, comenzó a lavar la ropa de su mujer. Haría bien en recordar que ella prácticamente lo había condenado por asesino.

Raelynn estaba más feliz con su camisa de lo que dejaba entrever. La esencia masculina que perduraba en ella, el sensual contacto del suave hilo contra sus pechos desnudos, le hacían pensar en la pasión que tantas veces compartió con su dueño, la inmensa ternura que él demostraba durante la intimidad. Un hombre que daba tales muestras de ser detallista y atento como amante, ¿podía cambiar de carácter al punto de apuñalar brutalmente a una joven madre?

Por fin Jeff dedicó su atención a la comida. Después de poner una parrilla sobre el fuego, cortó lonchas de venado en cantidad suficiente para los dos. Poco después vertía la mezcla de los buñuelos en la fina capa de grasa con que había cubierto el fondo de la sartén.

–El Rojo no suele salir a menudo –comentó sin volverse–. Podemos considerar un privilegio que nos invitara a ocupar su cabaña. No lo haría por cualquiera. Cuando Brandon y yo cazábamos por esta zona, siendo niños, compartíamos nuestras presas con él. Esta podría ser una manera de agradecérnoslo.

El irresistible aroma atrajo a Raelynn hacia la chimenea. Mientras contemplaba con gran atención las burbujas que iban apareciendo en los buñuelos, inhaló el delicioso olor, casi babeando de expectación.

–Estoy realmente hambrienta, Jeffrey.

–Es natural –murmuró él, mientras daba vuelta a un buñuelo–. Partisteis sin llevar provisiones.

–Es que no planifiqué muy bien mi partida –confesó ella, con timidez–. Quería huir de la casa antes de que subierais.

Jeff ya lo imaginaba.

–Debéis pensar que soy un ogro, querida.

–En general, he visto en vos a mi príncipe de reluciente armadura, pero he tenido mis momentos de incertidumbre.

Él recogió un buñuelo para pasarlo al plato.

–Tomad. Esto os servirá de tentempié hasta que los otros estén listos –dijo, entregándoselo–. Esperad a que se enfríe un poco.

La advertencia llegó demasiado tarde, pues ella ya se había quemado los dedos tratando de cogerlo. Después de soplar apresuradamente en la mano enrojecida y en el buñuelo, le dio un valiente mordisco. El sabor bien valía las molestias que sufría al tratar de masticarlo antes de que se hubiera enfriado lo suficiente. Con los ojos cerrados de pura felicidad, entre pequeñas exclamaciones de placer, mordió ansiosamente otro bocado y lo disfrutó al igual que el primero.

Jeff enarcó una ceja sobre una sonrisa torcida, mirando a su joven esposa de soslayo.

–Al parecer, el Rojo no se equivocó al preparar una buena cantidad de masa.

–El próximo es para vos –invitó Raelynn, generosa.

Pero sus ojos lo observaron con atención mientras él partía un trozo para llevárselo a la boca. Se lamió los labios, como si lo disfrutara con él. Para sorpresa suya, él alargó la mano, riendo entre dientes, y se lo puso en la boca. Raelynn se limpió los labios con dos dedos para limpiar los restos de grasa, mientras masticaba. Por fin tragó.

–Vais a hacer que engorde –protestó, sonriente.

–Estabais destinada a eso antes de que yo os diera los buñuelos, querida –bromeó él. Y se apartó del fuego para acariciarle el vientre–. Dentro de algunos meses andaréis caminando como un pato por los pasillos.

Los ojos de Raelynn se elevaron hasta la cara sonriente; luego lo recorrieron hacia abajo en toda su longitud. Sabía bien que su esposo era alto, pero sólo ahora tenía clara noción de su estatura. Tal vez le parecía gigantesco porque su sombra se estiraba hacia atrás, hasta tocar el otro lado de la habitación, y trepaba luego hasta la mitad del techo abovedado.

Como se habían casado en el calor del verano, ella no había tenido ocasión de verlo al resplandor del hogar. Cuando las llamas resaltaron la expansión musculosa de sus hombros, el duro contorno de las tetillas, la carne tensa del torso, su piel bronceada por el sol parecía relumbrar con un resplandor propio. Así, erguido ante ella en todo su viril esplendor, era como un fabuloso dios que surgiera a la vida.

Raelynn se apartó, atribulada por las sensaciones que Jeff despertaba en ella, a pesar de sus sospechas. Lo observó con cautelosa atención mientras él llevaba la comida a la mesa, tratando de distinguir algún rastro del hombre que amaba. Aunque esa perfección masculina bien podía pertenecer a un asesino, ¿qué podía decirse de su carácter? ¿Era posible que un temperamento noble y brillante cambiara con la celeridad del camaleón y, en un momento de ira, se convirtiera en algo tenebroso y perverso?

Jeff llenó un plato con venado y el resto de los buñuelos.

–La cena está servida, querida –dijo.

Raelynn se acercó.

–Contadme qué sucedió la otra noche –rogó con voz susurrante, pues le costaba ver en él a un asesino depravado–. Antes de que os encontrara en la caballeriza con el cadáver de Nell.

Jeff arqueó una ceja oscura con aire de reprobación.

–¿Habéis decidido, por fin, otorgarme un juicio justo, querida? Si descubrierais algo digno de crédito en mis declaraciones de inocencia, ¿calmaría eso vuestro miedo, ahora que estamos solos?

Raelynn se apretó la frente con mano temblorosa, desesperada.

–Sólo sé lo que vi en el establo; ha sido lo más pavoroso que he visto en mi vida. Y vos estabais allí, en el centro mismo de ese horror.

–La comida está caliente, querida, pero se enfriará si insistís en conocer los hechos –señaló su esposo sin rodeos, apartándole una silla–. Por mi parte, estoy hambriento. Y si vos no lo estáis, creo que nuestro hijo sí.

Ella ocupó el asiento y lo observó, mientras Jeff iba hacia el otro lado de la mesa.

–¿Me lo diréis, Jeffrey?

–Más tarde, quizá. En este momento no quiero arruinar mi apetito recordando esa carnicería. Sin duda no habéis pensado en la impresión que sufrí yo mismo al descubrir a Nell. Aunque no lo creáis, querida, su muerte también me ha afectado. No puedo pensar en eso sin sentir náuseas.

Raelynn lo comprendía perfectamente. Buscó otro tema de conversación.

–¿Dónde dormiremos?

–Tendremos que compartir mis mantas, a menos que prefiráis acomodaros en la cama de Pete.

–Preferiría no hacerlo. –Aborrecía la idea de dormir en la cama de un extraño–. Supongo que no querríais...

–De ningún modo. El Rojo asegura que en ningún lugar de la Biblia se dice que la higiene sea lo más parecido a la divinidad. La tina que he traído para vuestro baño estaba acumulando polvo desde hace una semana, cuando menos, y no tengo intenciones de dormir en la mugre de otro. Lo siento, querida, pero tendréis que tolerar mi presencia entre las mantas o envolveros sola en una manta mojada.

–No sois muy amable –se quejó ella, en voz baja.

Jeff resopló de disgusto.

–Después de arriesgar la vida para rescataros de Gustav permití que me expulsarais de vuestro lecho, pero supongo que eso no se considera galante –replicó–. Ahora bien, debéis saber que no volveré a permitir semejante cosa. Eso está decidido. Cuando menos compartiremos el lecho, querida.

–¿Me obligaríais a...?

–¡Por todos los demonios, Raelynn, no! –gritó él–. Pero tampoco permitiré que me expulséis de vuestra cama ni que huyáis a otro dormitorio. He visto a mi hermano sufrir meses enteros tras distanciarse de Heather, y no pienso ser tan tonto. Mientras viváis bajo mi techo, querida, compartiréis mi lecho.

–¡Con qué facilidad olvidáis las condiciones que impuse a nuestro matrimonio! –contraatacó ella–. Entonces aceptasteis darme tiempo para...

–Eso fue antes de que aceptarais la idea de intimar conmigo. –Jeff inclinó un poco la cabeza para mirarla de soslayo–. Respondedme a esta única pregunta, querida: ¿qué soy para vos? ¿Una marioneta en el extremo de un cordel? ¿Debo bailar cuando lo ordenáis y luego, cuando os hayáis aburrido o cuando estéis enfadada conmigo, permitir que me arrojéis a un rincón oscuro de vuestra existencia y aguardar allí, paciente, hasta que se os antoje verme actuar otra vez? ¡Pues no dependeré del capricho de ninguna mujer, querida mía, ni siquiera del vuestro! Si no os ajustáis a vuestra condición de casada, no habrá matrimonio.

Raelynn levantó el mentón, obstinada.

–No os he dicho que cuando me encontrasteis iba hacia Charleston.

Los ojos verdes la miraron de frente, helados.

–Ibais hacia el desastre seguro en una ciénaga, querida. Además de matar a la yegua, vos misma habríais perecido.

–Aun así, iré –declaró ella, terca.

–Es demasiado tarde para pensar en la anulación –replicó él, terco–. Estáis esperando un hijo mío. Y si no lo queréis... ¡pues yo sí lo quiero, por supuesto!

Raelynn se llevó una mano temblorosa al cuello, boquiabierta de estupefacción.

–Mi... mi bebé estará conmigo dondequiera que yo vaya.

–Olvidáis, querida, que ese bebé no es sólo vuestro, sino de los dos. Tenemos siete meses para resolver con quién vivirá, si de verdad deseáis abandonar mi casa. Hasta entonces os pido que tengáis en cuenta su bienestar. A duras penas podréis ganaros la vida, mucho menos mantener a una criatura de una manera razonable.

–Podría trabajar para Farrell Ives, como Nell –protestó ella–. No me falta habilidad para el diseño y la costura.

A los luminosos ojos de esmeralda asomó una dureza glacial, que la hizo retroceder un poco. Tal vez eso era lo que Nell había visto antes de ser apuñalada: una frialdad tan intensa que parecía capaz de atravesar el metal.

–Si ese es vuestro deseo, querida, no os obligaré a permanecer casada conmigo contra vuestra voluntad.

El miedo de Raelynn aumentó al comprender que, sin darse cuenta, había avivado su mal genio. Ahora tenía motivos para pensar que ese hombre, a quien antes creyera tan gentil y considerado, era de los que no conviene irritar. Sabía muy bien lo que deseaba y no se sometía a nadie.

Los fríos ojos verdes la miraron por un instante, el semblante estoico.

–Hasta entonces, querida, deberíais tratar de comer.

Raelynn intentó deshacer el nudo que tenía en la garganta. Si al escapar de Oakley, incontables horas atrás, se había sentido confusa y asustada por lo que había visto en los establos, ahora seguía igual, pero su miedo era mucho más complejo. En el fondo, parecía existir la posibilidad de que Jeff decidiera separarse legalmente.

Tal vez estaría mejor lejos de ella, pensó con tristeza. Hasta entonces no había tenido más que amarguras, todas por causa suya, y sólo cabía preguntarse cuál sería la próxima. Desde la boda había sido atacado, herido, acusado de engendrar a un bastardo y, recientemente, sospechoso de asesinato. Todo principalmente por culpa de ella.

El versículo de la Biblia volvía para acosarla: «Ella le hará el bien, nunca el mal, durante todos los días de su vida».

–El bien, nunca el mal.

De pronto Raelynn cayó en la cuenta de que había hablado en voz alta. Mortificada, descubrió que Jeff la estaba mirando con atención, como si tratara de discernir sus pensamientos.

Con dedos temblorosos, recogió el tenedor para partir un buñuelo y empezó a comer, obediente. Pero el silencio, entre ambos, se había convertido en un peso considerable sobre su corazón. Apenas encontraba sabor alguno a la comida. A juzgar por los músculos rígidos que tensaban las delgadas mejillas de su esposo, él tampoco.

El tiempo se arrastró perezosamente mientras acababan la cena. En silencio, Jeff limpió la mesa, mientras ella lavaba los platos de lata y los utensilios en un cubo de madera. La parrilla quedó para el final, pero estaba tan cerca del fuego que, al cogerla, gritó de dolor. Jeff llegó inmediatamente a su lado para hundirle la mano en un cubo de agua fría. Un momento después se la retiró y le echó bicarbonato en los dedos. Arrancó una larga tira de los faldones de su camisa y, después de mojarla, envolvió la mano quemada con la improvisada venda, que ató cruzando la palma.

Con una mueca de dolor, Raelynn encerró los dedos vendados en la mano libre.

–No pensaba que la parrilla estuviera todavía caliente.

–Eso es obvio –replicó Jeff. Y echó a andar hacia la puerta, mientras señalaba el rollo de mantas moviendo el pulgar por encima del hombro–. Aquí estaréis a salvo. Os sugiero que no os mováis y tratéis de no meteros en problemas.

–Pero ¿adónde vais?

–Al pozo, a por más agua. Quiero darme un baño. –Le clavó una mirada significativa–. ¿Alguna objeción, querida?

Ella inspeccionó el borde deshilachado de su camisa.

–Dudo que el espectáculo me escandalice.

–Tal vez suceda, si continuáis mirándome de ese modo –le advirtió él, sin rastros de humor–. Todavía me considero recién casado.

Ella respondió con un hilo de voz.

–Si os sentís incómodo, no miraré.

Jeff gruñó:

–La palabra «incómodo» no es en absoluto adecuada, querida mía. «Excitado» describiría mejor mis sensaciones.

–¿Pese a estar enfadado conmigo?

–Dudo que jamás me enfade hasta el punto de ignorar vuestra presencia, querida. Basta con que mováis un dedo para que yo me ponga a la altura de las circunstancias.

–Me secaré el pelo y os esperaré entre las mantas –repuso ella en voz baja, puesto que no veía otra opción.

–¿Ya no os doy miedo?

Raelynn se retorció las manos, sin osar mirarlo a los ojos.

–Aún desconfío.

–Ah...

En el tono de Jeff había un desencanto que le arrancó una amarga sonrisa, pero él ya le había vuelto la espalda.

Sentada en el rollo de mantas, deshizo los enredos de su cabello, primero con los dedos y luego con el peine de Jeff. La mano vendada se lo dificultaba, pero mejoró bastante, al menos hasta que, por casualidad, levantó la vista hacia su esposo. Entonces se olvidó por completo del pelo. En ese momento él se recortaba contra la luz del fuego, con la espalda vuelta casi por completo hacia ella, en equilibrio sobre un pie y con una rodilla flexionada casi hasta la cintura. Se había quitado una pernera de los pantalones de montar y, en esos momentos, tiraba de la otra. Raelynn, que nunca lo había visto desde ese ángulo, lo observó discretamente, con las mejillas inflamadas por su audacia. El espectáculo era el más revelador que hubiera visto, pues las llamas danzarinas definían claramente todo lo que él tenía de viril.

Tras deshacerse de los pantalones, Jeff los arrojó a una silla y la miró abruptamente, desnudo como el día en que vino al mundo, con lo que ella desvió la mirada hacia otro lado. Olvidándose de su desnudez e ignorando los ojos de Raelynn, que volvían a él, revolvió una vez más en sus alforjas, hasta encontrar una navaja de afeitar y un pequeño espejo de plata.

–¿Tenéis un espejo? –exclamó Raelynn, entusiasmada. En algún momento tendría que echar un buen vistazo a lo que él llevaba en esas alforjas; tal vez le sorprendería su contenido.

–Algunas personas se preparan mejor que vos para aventurarse en el bosque, querida mía –le reprochó él con suavidad–. Os dejaré el espejo cuando haya terminado de afeitarme, a menos que no os moleste que mi barba, esta noche, os despelleje toda. Preocupado como estaba por vos, no pensé en hacerlo.

–Gracias. Puedo esperar.

Envalentonada por la desenvoltura con que él lucía su desnudez, Raelynn dirigió una mirada significativa a su ingle. Bastó una breve inspección para que la zona quedara plenamente expuesta. Eso la incitó a decir:

–¿Puedo preguntaros con qué vais a dormir?

Cuando al fin levantó la vista se encontró con una mirada fija y penetrante.

–Sólo con la piel, querida, como de costumbre.

–Por esta noche podríais dejaros los pantalones puestos.

–¿Temerosa de lo que podría hacer si estuviera desnudo?

–Temerosa de lo que podríais hacer, punto.

Jeff resopló, malhumorado.

–Ataos los faldones de la camisa entre los muslos, querida. En este lugar no encontraréis mejor cinturón de castidad. No pienso acostarme con pantalones sólo por daros gusto.

–¡Jeffrey! –exclamó ella.

Su esposo levantó una mano, impaciente.

–Por todos los diablos, Raelynn, no voy a violaros, si es que se puede hablar de violación entre marido y mujer. Ahora peinaos y dormid. No os molestaré, a menos que medie una invitación vuestra.

Irritado con su joven esposa, Jeff se afeitó y aseó. Habían tendido las toallas de lienzo que había usado Raelynn frente al hogar; cuando él salió finalmente de la tina, el calor del fuego las había secado. Él se acercó frotándose el pecho.

–¿Estáis seguro de que Pete no regresará? –preguntó ella, echando una mirada de preocupación hacia la puerta.

–Siempre cumple su palabra –aseguró Jeff, mientras se secaba el trasero–. Estamos completamente solos.

Raelynn le echó otro vistazo y de inmediato sus ojos huyeron hacia otro lado, pero no antes de haber guardado una imagen mental de su marido a la luz del fuego: era como si sobre todo su cuerpo brillaran diamantes de agua con reflejos dorados.

–¿Dónde pasasteis la última noche? –preguntó él, mientras apagaba la lámpara.

Algo mortificada, ella admitió:

–En lo alto de un árbol. Y antes de que me regañéis por tonta, Jeffrey, sabed que no tengo ninguna intención de volver a hacerlo. Nunca en mi vida había pasado una noche tan angustiosa.

Concentrado en acomodar la manta sobre la estera, él preguntó sin mirarla:

–¿Qué os hizo trepar hasta allí? ¿Una víbora?

–¿Cómo lo habéis adivinado?

Los anchos hombros se encogieron como al descuido.

–Me lo he figurado. Por esa zona hay muchas. Aún no ha hecho tanto frío como para que entren en hibernación.

Raelynn se volvió hacia la puerta, aprensiva.

–No me digáis eso, Jeffrey, por favor. Detesto las serpientes.

–Como la mayoría de las mujeres, pero no todas son peligrosas. Cuando menos aquí no tenéis por qué preocuparos.

–¿Por qué estáis tan seguro?

–Para empezar, nos tienen más miedo que nosotros a ellas. Además –le lanzó una amplia sonrisa–, las víboras no saben abrir las puertas.

–No, pero son tan astutas que pueden escurrirse por cualquier rendija, cuando no miras.

Una risa grave sacudió por un momento los hombros de Jeff.

–Es cierto. Pero si eso os intranquiliza, permaneced cerca de mí durante la noche. Prometo manteneros sana y salva en nuestra humilde cama. Y ahora venid, querida, que estoy cansado. Y vos también. Más que ninguna otra cosa necesitamos dormir.

El viento escogió ese momento para agitar la puerta y castigarla con aguanieve. Un escalofrío recorrió la espalda de Raelynn. Sencillamente, estaba más allá del agotamiento.

–¿Habrá tormenta otra vez?

–Tal vez.

–Si vuelve a diluviar como esta tarde, no podremos llegar a Oakley.

–No os preocupéis demasiado, querida. Aquí estaremos a salvo hasta que despeje.

–¿Y si Pete el Rojo vuelve durante la noche?

–No volverá.

–¿Estáis seguro?

–Sí, Raelynn. Y ahora descansad.

Jeff se acostó bajo las mantas y la cogió en sus brazos, haciendo que apoyara la cabeza sobre su hombro.

Cualquier protesta que Raelynn hubiera querido hacer se perdió en la sobrecogedora sensación de alivio y seguridad que la invadió, mientras él la cubría con la manta seca y caliente; así, acurrucada junto a él, los escalofríos desaparecieron. Jeff le apartó el pelo mojado de la cara y le dio un afectuoso beso en la frente. No pasó mucho tiempo sin que la venciera el cansancio de esos tres terribles días. Raelynn no volvió a tener conciencia de nada.

De nada, salvo de un sueño que tuvo en las primeras horas de la madrugada. Se veía otra vez niña, a los tres o cuatro años, jugando en el jardín, junto a la casa londinense de su familia. En el sueño todo parecía muy grande, pero tal vez se debía a lo pequeña que era. El jardín tenía una tapia de ladrillo; un alto portón de hierro forjado era el único paso al exterior. Al otro lado de la barrera se oyeron voces. De pronto el portón apareció abierto; dejaba ver a un joven que le hablaba en un tono de humor. Le entregó una flor, con una cortés reverencia, y ella lanzó una risilla. Sobre ambos comenzó a caer una lluvia suave. Aunque el joven hacía lo posible por evitar que ella se mojara, el agua se llevó el sueño. Raelynn trató desesperadamente de aferrarse a él, pero se le escurrió tal como las gotas plateadas entre los dedos.

14

Jeff seguía despierto, escuchando los murmullos desconcertados que, de vez en cuando, escapaban de los labios de su esposa. Aunque la estrechó entre sus brazos, tratando de calmarla y acallar sus desvaríos, no podía atravesar la barrera tras la cual vagaba su mente. Y él tenía conciencia de cada movimiento, cada gemido, cada palabra que ella susurraba en sueños.

En cierta ocasión, cada vez más angustiada, llegó al extremo de forcejear con él, empujándolo con las manos contra su pecho. Luego se derrumbó sobre su hombro, con un sollozo ahogado. Aunque le permitió volver a encerrarla entre sus brazos, pocos momentos después volvió a ponerse rígida y a sacudir la cabeza contra su hombro. Cuando él trató de calmarla, Raelynn lanzó un súbito gemido y trató de apartarse, como si él se hubiera convertido en el mismo demonio. Jeff la soltó inmediatamente y se incorporó sobre un codo, para estudiarla a la luz del fuego. Era evidente que aún dormía, pero parecía atascada en la misma pesadilla aterradora que la había hecho huir de los establos, presa del pánico.

–¡Nell! ¡Oh, noooo! ¡Jeffrey, no, por favor! Oh, por favor, no lo permitáis... Por favor... Socorro... Tanta sangre... ¿Qué puedo hacer?

Jeff se sintió invadido por el desaliento. Su joven esposa parecía haberle asignado el papel de villano en esa lúgubre y horrible escena. Y no se le ocurría manera alguna de aliviar sus temores y convencerla de su inocencia. Mientras el asesino no fuera descubierto y condenado, él estaría indefenso ante esas sospechas.

¿Debía librarla de su presencia? Gimió para sus adentros. Por mucho que detestara la idea, tal vez era lo único que podía hacer por su bien. Atormentada como estaba, jamás volvería a sentirse segura entre sus brazos, a menos que él aniquilara a los demonios que la perseguían y demostrara su total inocencia.

De madrugada cesó, por fin, el repiqueteo constante de la lluvia contra el techo; el viento dejó de fustigar cruelmente a los árboles. En algún lugar, a poca distancia de la cabaña, gimoteó un zorro. Raelynn abrió repentinamente los ojos, dejando escapar un murmullo confuso; aún estaba atrapada en una horrible pesadilla. Cuando Jeff le alargó los brazos, ella se acercó un poco más, buscando por instinto su fuerza y su protección. Agradecido al ver que le permitía reconfortarla, él la encerró entre sus brazos protectores. A partir de entonces la joven pareció dormir con más tranquilidad, con lo que también él pudo dormitar un rato, al menos hasta que oyó el relincho de los caballos.

Jeff sacudió a su esposa para despertarla.

–¡Deprisa, Raelynn! ¡Vestíos! ¡Hay alguien fuera!

Arrancada de un sueño profundo, ella forcejeó para desenredarse de la manta, mientras Jeff brincaba hacia la silla donde estaba la ropa. Arrojó a Raelynn las suyas y, sin pérdida de tiempo, se puso los pantalones. En el momento en que iba a coger las pistolas se abrió la puerta de par en par, arrancando a la joven una exclamación de sobresalto. La tosca tabla rebotó contra el muro, mientras Olney Hyde entraba renqueando, con el brazo izquierdo recogido en un cabestrillo mal improvisado, un largo jirón colgando en la pernera izquierda de los pantalones y una enorme pistola en la mano derecha.

–¡Deja esas armas, condenado, si no quieres que abra un agujero en la cabeza de esta hembra! –gritó el joven delincuente, dirigiendo la mirada hacia Raelynn.

Ella seguía sentada en la estera, con la manta aferrada bajo el mentón. Apenas había logrado ponerse la camisa antes de que se abriera la puerta.

–Ya las dejo –aseguró Jeff, depositando las pistolas en la mesa, con gran cuidado–. Ahora aparta ese arma de mi esposa.

–Sólo cuando te portes bien y dejes también esa escopeta –replicó Olney, con la voz tensa de dolor. Aguardó a que Jeff hubiera obedecido esa nueva orden y luego proyectó el mentón hacia la lámpara que pendía de su gancho–. Ahora escucha bien, que no quiero repetirlo. Vas a encender una lámpara, para que yo te vea bien. Después te apartas de la mesa. Y en tu lugar me andaría con mucho cuidado, no vayas a despertarme el mal genio.

Observó con cautela a Jeff, hasta que él se detuvo detrás de la joven. Luego cojeó hasta la mesa para coger el par de pistolas y, después de meterlas bajo el cinturón, sujetó la suya con el codo del brazo inútil. Finalmente retrocedió a paso lento hasta el hogar, para colgar la escopeta de los ganchos vacíos que sobresalían de la piedra.

–Por el momento estará bien aquí, considerando que os haré añicos a los dos si intentáis algo.

Sus dientes amarillos rechinaron en una mueca de dolor, mientras cogía nuevamente su pistola y apoyaba la culata contra el hombro lesionado. Luego alzó hacia Jeff los ojos legañosos. Su voz sonaba enronquecida por el tormento.

–Esa loca de tu yegua rozó un árbol mientras íbamos a todo galope. Me desmontó y el golpe me dejó sin sentido. Cuando volví en mí, la maldita se había escapado. Mejor para ella, porque yo la habría cortado en lonchas. Me dejó con una pierna despellejada desde la rodilla hasta la cadera y un brazo inútil, como el del señor Fridrich. Ahora usted me lo pondrá en su sitio, señor Birmingham.

–¿Yo? –bufó Jeff–. No tengo ninguna habilidad para arreglar articulaciones dislocadas. Tendrás que recurrir al doctor Clarence.

–Está muy lejos y me duele demasiado como para dejar el brazo así hasta que lo encuentre. Si no me lo curas peinaré a tu esposa a balazos.

La amenaza bastó para convencer a Jeff.

–Haré lo posible, Olney, pero te advierto que tengo poca experiencia en estas cosas.

–Pues será mejor que te esmeres, porque de que lo arregles depende la vida de tu mujer. ¿Me has entendido?

–Pero ya te he dicho que…

–¡Pues escúchame, Birmingham! –bramó Olney–. ¡Me lo colocas en su sitio al primer intento o tendrás que enterrar a tu esposa!

–Vale, vale –accedió Jeff, preocupado–. Pero necesitaré tiempo para colocarlo en su sitio.

Olney tragó una bocanada de aire, como aliviado de haber resuelto ese problema, pero un movimiento desprevenido hizo que se retorciera.

–Necesito algo para matar el dolor –dijo–. ¿Hay alguna bebida fuerte por aquí?

–No lo sé.

–¡Pues busca!

El bramido del canalla arrancó un respingo a Raelynn, que miró a su esposo con creciente alarma. Luego se volvió hacia el otro, nerviosa:

–Yo buscaré, Olney, si permitís que me vista.

El hombre hizo un gesto burlón a pesar del dolor, pero hizo una señal de asentimiento. Luego la miró con irónica diversión, mientras ella se cubría la cabeza con la manta, formando una tienda protectora para impedirle ver lo que hacía.

–Su Señoría no tiene por qué ser tan tímida. He gozado de muchas cosas como las que trata de ocultar. Y probablemente eran mucho mejores.

Raelynn se vistió sin prestar atención a esas groserías. Un momento después, cuando se puso de pie, sujetaba el vestido por la espalda.

–Mi esposo tendrá que abrochármelo –informó al secuestrador–. ¿Se lo permitiréis?

–Supongo que sí, puesto que yo tengo el brazo inutilizado –se burló Olney, recorriéndola con una mirada lasciva.

En realidad no había ningún peligro real tras esa inspección, pues el hombre sufría demasiado como para gozar de ninguna mujer, mucho menos de la que Fridrich quería para sí. Una cosa era satisfacer los deseos de la carne; otra muy distinta, provocar el desastre.

Indignada por esos ojos lujuriosos, Raelynn se esforzó por disimular un estremecimiento y mantener un semblante inexpresivo, mientras se acercaba a Jeff. Sin atreverse a hacer comentarios, sintió que los finos dedos ascendían por su espalda. Al parecer su esposo no estaba tan nervioso como ella, pues ejecutó la tarea sin demora.

Una vez que los botones estuvieron cerrados, Raelynn se dedicó a buscar una jarra de whisky o algo de graduación similar, a fin de aplacar al bravucón. La encontró en un pequeño armario del dormitorio contiguo; de inmediato volvió a la habitación principal y llenó un tazón hasta los bordes. Olney se tomó el contenido de un solo trago y le devolvió la taza para que volviera a llenarla. Jeff intentó acercarse, pero el rufián blandió la pistola.

–Espera a que pase el dolor –pidió, mientras bebía otro poco–. No quiero gritar a todo pulmón, como hizo el señor Fridrich delante de tu mujer. Podría ocurrírsele hacer alguno de sus desagradables comentarios. Y si comete una tontería de esas, es probable que yo pierda los estribos y te deje viudo. Entonces tal vez ya no estarías dispuesto a arreglarme el brazo.

A Jeff le preocupaba la posibilidad de que aquel bribón no pudiera dominar sus emociones.

–Seré tan suave como pueda, Olney. Pero debes prometerme que no dispararás contra mi esposa si te enfadas conmigo.

–¡Qué caballeroso, Birmingham! Pero te diré algo: el señor Fridrich está tan encaprichado con la chica que está dispuesto a pagar una buena suma por ella. Ahora no estoy en condiciones de llevármela, pero te aseguro que pronto desapareceré con ella.

–¿Por eso mataste a Nell? –lo provocó Jeff, mientras Raelynn ahogaba una exclamación de sorpresa–. La trajiste a mi plantación pensando que, si la asesinabas, me distanciarías de mi esposa, ¿verdad? Lo que no entiendo es por qué te has llevado la yegua tan precipitadamente, sin molestarte siquiera en ensillarla.

–¡Y ahora quieres culparme del asesinato de Nell, cabrón! –bramó Olney, salvajemente–. Es cierto que yo llevé a esa pequeña buscona. Quería causarte dificultades para cobrar los mil dólares que Gustav prometió a Cooper Frye. Pero ignoraba que tuvieras intenciones de matar a la pequeña. Ella me dejó en los establos con el crío y subió a tu dormitorio para hablar contigo. Quería advertirte que, si no reconocías al pequeño bastardo, lo exhibiría ante todos tus invitados para que vieran cuánto se parecía a ti. Quise entrar en la caballeriza de tu yegua, pero esa tonta casi me mata a coces. Ante el alboroto que armó, tuve que esconderme en la de al lado con el crío de Nell bajo el brazo. Pero tu hombre se llevó a la yegua al corral y el establo se quedó muy tranquilo. Entonces supuse que sería mejor esperar a Nell allí. Y entonces te vi traer a Nell, amordazándola con una mano y retorciéndole un brazo a la espalda hasta los hombros. Fue buena idea trepar por el tabique y dejarme caer al otro lado, pues tú la llevaste justamente allí.

–Y desde luego, también me viste cuando la mataba –se burló Jeff, despectivo.

–Sí, señor –aseguró Olney–. Espié por entre las tablas, suponiendo que pensabas violar a la pequeña. Y entonces vi tu cuchillo y oí el grito apagado de Nell, cuando se lo clavaste en la barriga.

Raelynn tuvo una arcada y se llevó una mano temblorosa a la boca. Olney se volvió a mirarla, con los labios curvados en una mueca provocativa. Luego continuó, dirigiéndose a Jeff:

–No recuerdo qué ruido hice, pero saliste disparado de la caballeriza para perseguirme. De algo sirve tener las piernas largas; eres mucho más veloz de lo que yo imaginaba. Pensé que me ensartarías como a la pobre Nell. Fue entonces cuando vi la yegua en el corral. Parecía mi única posibilidad de sobrevivir. Apenas logré montarla antes de que cayeras sobre mí, tratando de arrojarme al suelo; pero di una buena patada a la yegua y ella partió al galope. Saltó la cerca sin vacilar ni por un momento, y yo pensé que había tenido suerte al dar con ella. A la velocidad que llevábamos, era seguro que llegaría a Charleston a tiempo de contar al señor Fridrich lo que habías hecho. Eso le alegraría mucho. Pero esa bestia loca me arrojó al suelo y aquí estoy.

Jeff exclamó, desdeñoso:

–Di la verdad, Olney. Has planeado todo esto para involucrarme en tus malas mañas y cobrar tu sucio dinero. Pero no te servirá de nada. Hice que Elijah rastreara al asesino. Y él dijo al Rojo que iba tras de ti.

–Eso ya lo sé –gruñó Olney, furioso–. Elijah me pisaba los talones hasta bien entrada la noche de ayer. Por mucho que me esforzara no había manera de librarme de ese hombre. Cuando me cansé de correr con el brazo y la pierna doloridos, lo esperé escondido en la espesura y le disparé a la pierna. Ha vuelto a su casa renqueando, montado en su caballo.

–Pareces muy dispuesto a eliminar a cuantos se interpongan en tu camino –replicó Jeff, sarcástico–. Al herir a Elijah has cometido otro delito que deberás pagar. Cuando el sheriff Townsend te atrape…

–Si me atrapa, tengo algo que contarle sobre el asesinato de Nell –rugió el criminal–. No había manera de equivocarse. Estabas muy engalanado para tu gran baile. El negro no me gusta tanto como a vosotros, los aristócratas, pero cuando espié por la ventana, poco después de llegar con Nell, me pareció que tú eras el único que vestía así.

–Espera un momento –pidió Jeff, algo confundido–. Necesito aclarar algo. Cuando me viste en los establos, ¿yo vestía de negro?

–Pues sí.

–Cuando descubrí a Nell en la caballeriza de *Ariadna* era ya la una de la mañana. En ese momento, iba con camisa blanca y pantalones tostados.

–No. Cuando la apuñalaste eran las once y media, más o menos.

Jeff resopló:

–¡Imposible! Con tantas heridas, Nell no pudo haber sobrevivido una hora y media. Sólo unos cuantos minutos.

–¿De qué hablas? Yo sólo te vi apuñalarla una vez.

–Tenía tres heridas.

–¿Cómo puedo saber lo que hiciste? Quizá volviste más tarde para terminar con ella. Sólo sé que te vi hacerlo a eso de las once.

–¿Y me viste la cara con toda claridad?

Ante el gesto afirmativo de Olney, Jeff lo miró de soslayo, suspicaz.

–Dime, ¿había alguna lámpara encendida en los establos? Normalmente no la hay. Cuando bajé todo estaba a oscuras. Al oír el grito de Nell cogí una lámpara de la galería trasera.

–No necesitaba la luz para saber que eras tú.

Jeff arqueó una ceja; era obvio que dudaba de esas declaraciones.

–Conque estaba oscuro y no podías verme la cara en las sombras. Dime, pues, ¿cómo pudiste identificarme?

–Eres muy alto, hombre. No hay manera de confundirte con otro.

–¿Recuerdas al sheriff Townsend? ¿Y a Farrell Ives? ¿Y a mi hermano? ¿Has visto a alguno de ellos?

–Sabes perfectamente que sí. La noche en que todos atacasteis el depósito del señor Fridrich estaban contigo. Pero no era ninguno de tus compañeros. El hombre que vi cruzar el patio con Nell era alto y delgado. Entre tus amigos hay quien pesa veinte kilos más que tú. Y otra cosa: el asesino también tenía el pelo negro. Eso lo vi a la luz de la luna.

–¿Estás seguro de que no era castaño o pelirrojo? De noche esos colores parecen muy oscuros.

–Estoy dispuesto a jurar que era tan negro como el tuyo.

–A la hora en que presenciaste el asesinato yo bailaba con mi esposa, Olney. Tengo testigos.

Raelynn se mordió los labios para no corregir a su esposo delante del rufián. Esa noche, alrededor de las once, él había ido al retrete. Recordaba claramente haber mirado el reloj, preguntándose si tendría tiempo de ir al piso de arriba antes de que él regresara. Si Farrell no la hubiera invitado a bailar, habría ido. Y tal vez habría encontrado a Jeff con Nell en la habitación.

Su marido se acercó al joven con calculada mesura.

–Será mejor que te coloque el brazo, Olney. El whisky ya debe de haber hecho su efecto.

A una señal afirmativa del criminal, estiró suavemente el miembro lesionado hacia él, hasta que la palma quedó apoyada en su hombro. Olney palideció de dolor, pero apretó los dientes para resistir el impulso de gritar.

Tras haber llegado hasta ese punto sin incidentes, Jeff lanzó un suspiro de alivio para sus adentros y comenzó a mover el brazo en un pequeño círculo. Hasta ese minúsculo movimiento hizo que Olney se estremeciera, pero no soltó ni por un momento la pistola que apuntaba hacia el vientre de su prisionero.

–Debo dar a tu brazo un pequeño tirón –le advirtió él–. Con un poco de suerte se colocará en su lugar.

–¿Y si no? –preguntó Olney, con voz ahogada, los ojos vidriosos por el dolor.

–Continuaremos trabajando hasta que se coloque.

Raelynn se acercó a Olney para secarle el sudor de la frente y ofrecerle otro poco de licor, pero él sacudió la cabeza.

–Acabemos –urgió.

Jeff le sujetó el hombro con una mano y la muñeca con la otra. Luego tiró largamente, tratando de guiar la articulación hasta su sitio. Olney lanzó una maldición entre dientes, pero un momento después sintió que el hueso se colocaba en su lugar. El dolor remitió casi al instante, permitiéndole lanzar un suspiro de alivio.

–Creo que ya está –anunció Jeff, considerablemente más relajado.

Olney jadeaba como después de una intensa carrera.

–Sí. Ya no duele.

–Aun así, debería vendarte el brazo para mantenerlo sujeto contra el pecho, hasta que la articulación se haya curado –evaluó Jeff.

–Hazlo. No quiero tener que pasar otra vez por ese tormento. –Olney echó un vistazo a Raelynn, que estaba cerca–. Necesito comer algo. No he probado bocado desde que monté esa yegua.

–Queda algo de venado y buñuelos de maíz –informó ella.

–Cualquier cosa, mientras no tenga que desollarlo.

Ella reunió valor para preguntar:

–¿Cómo haréis para comer sin dejar de apuntar a mi esposo?

–Haré que vaya a sentarse en un rincón, como un niño bueno, mientras yo lleno la barriga. ¿Alguna otra pregunta idiota, muchacha? –interrogó él, desdeñoso. Luego bramó–: ¡Pues ve a traerme esa comida!

Ofendida por el tono, Raelynn pasó a su lado y fue a echar en un plato, de mala gana, unos buñuelos y un poco de carne. Era muy tentador añadir un puñado de sal o pimienta para fastidiarlo, pero no se atrevió. El hombre era capaz de usar las tres pistolas que tenía en su poder.

Una vez que Jeff le hubo vendado el brazo, atándolo bien contra el pecho, fue relegado a un rincón, donde se sentó en cuclillas mientras Olney comía. Aunque el joven delincuente parecía concentrado en devorar lo que Raelynn le había servido, la pistola estaba siempre al alcance de su mano derecha. Jeff no hizo el menor intento de apoderarse del arma, pues tenía la certeza de que Olney lo eliminaría inmediatamente, con lo que Raelynn quedaría a su merced.

El maleante se puso de pie con un fuerte eructo y, después de darse unas palmadas en la blanda barriga, clavó la mirada en su prisionero.

–Ahora tomaré en préstamo tu potro. Y tú lo ensillarás, no necesito decírtelo. Mientras lo haces, cuida bien cómo te comportas, porque tendré la pistola apuntando a tu mujer. ¿Has entendido?

Jeff respondió con un solo ademán:

–Perfectamente.

–Bien, ve a lo tuyo, muchacho. No es cuestión de perder toda la mañana. –Olney festejó con risas su propio chiste, mientras azuzaba a Raelynn con la pistola–. Ve con tu marido, muchacha, pero sin ninguna prisa. No quiero tener que hacerte pedazos por estar demasiado cerca de él. Recuerda que me tendrás detrás de ti. Y menuda como eres, bastaría un disparo de esta pistola para que las tripas te salieran por la barriga. ¿Entiendes?

–Entiendo –murmuró ella, clavándole una mirada llena de odio.

Él rió por lo bajo, divertido.

–Sigues tan rebelde como cuando estabas en el depósito del señor Fridrich. Pero eso no me importa, muchacha. Es el alemán quien quiere jugar contigo. Yo las prefiero más carnosas.

–Es comprensible –replicó ella, altanera.

El pillo entornó los ojos.

–¿Qué quieres decir?

–Simplemente, que tienes gustos de cerdo.

Jeff agitó una mano para advertir a su esposa que dominara la lengua, pero ya había despertado la cólera de Olney, que alzó la mano con un horrendo bramido, decidido a golpearla con el arma. Él se lanzó hacia delante para impedirlo, pero el maleante se volvió hacia él, con la pistola amartillada.

–¡Noooo! –gritó la joven, sujetándole el codo–. ¡No lo matéis, por favor! ¡Me callaré!

Olney sacudió el brazo para liberarse, sin dejar de vigilar a Jeff. Su violenta expresión hizo que Raelynn se estremeciera; no tenía dudas de que ese hombre fuera capaz de disparar a su esposo por pura maldad. En una breve mirada de reojo, Olney vio su expresión suplicante y se dignó apartar la mira de su adversario.

–Venga, muchacha. Por esta vez has salvado el pellejo a tu marido, pero te lo advierto: ponte respondona otra vez y tendrás que cavar su tumba. ¿Entendido?

Ella asintió, arrepentida.

–Entendido.

El criminal se volvió hacia Jeff con una mueca sarcástica.

–Le gustas un poco más que el señor Fridrich, sin duda, claro que debo admitir que el alemán no es muy guapo a los ojos de las mujeres. –Hizo un gesto con la pistola–. Ahora ve fuera, como un buen chico, y tal vez os deje seguir vivos.

Jeff recogió la lámpara y encabezó la breve procesión hasta el cobertizo donde había alojado a los caballos. Muy consciente de que Olney mantenía la pistola apuntada hacia Raelynn, se comportó con mucha prudencia mientras ensillaba a *Majestic* y hasta lo ayudó a montar. De pie junto a su esposa, esperó a que el joven se alejara. Luego apoyó una mano en el hombro de Raelynn, en un gesto de alivio, pero ella pareció asustarse y corrió al interior de la cabaña. Jeff la siguió con la mirada un largo instante. Luego se volvió hacia *Ariadna*, con una ceja en alto.

–No sé cuál de vosotras es más imprevisible –murmuró, mientras la yegua erguía las orejas para escucharlo–. Pese a lo caprichosa que eres, creo que la señora te supera. Pero tal vez reclames el primer puesto cuando los dos tratemos de montarte a pelo para volver a casa.

Cuando al fin cruzó el umbral de la cabaña pudo comprobar que su esposa ya había establecido sus defensas. Desde el otro lado de la mesa, lo miraba con desconfianza. No hacía falta preguntar qué le preocupaba.

–¡Ya veo! –Estaban nuevamente como al principio, antes de acostarse–. Creéis que Olney dice la verdad al asegurar que me vio matar a Nell.

–Aún tengo preguntas sin respuesta –replicó ella, sin rodeos.

–¿Por ejemplo?

–Por ejemplo, ¿adónde fuisteis la noche del baile, alrededor de las once, cuando os excusasteis para ir a las letrinas? ¿Estuvisteis solo allí? Porque os llevó mucho tiempo, por cierto.

Jeff exhaló el aliento en un largo y penoso suspiro. Había olvidado esa excursión, pero su esposa no, obviamente.

–Lo siento. Se me olvidó.

–¿O lo borrasteis deliberadamente de vuestra memoria? –sondeó ella–. Si sois inocente de la muerte de Nell, ¿por qué tardasteis tanto?

–Porque después de orinar, querida, me detuve a conversar con algunos amigos que esperaban turno. ¡Por todos los diablos! ¿Preferiríais que hubiera ido tras el arbusto más próximo para volver corriendo a vuestro lado? ¿Os sentiríais así más segura de mi integridad? –Tras un bufido de disgusto, preguntó con sarcasmo–: ¿Pensáis preguntar a mis amigos si de verdad me vieron orinar, para eliminar vuestras sospechas?

–No seáis grosero –le espetó ella.

–No imagináis lo grosero que me gustaría ser en estos momentos, querida. ¿Se os ha ocurrido que Olney podría estar mintiendo para salvar su pellejo? O tal vez para enemistarnos, a fin de cobrar la recompensa que Gustav prometió a Cooper Frye. ¿Tan mala opinión tenéis de mí, que dais más crédito a las palabras de ese delincuente que a las mías?

–Solo sé que os vi de pie junto a Nell con un...

Jeff levantó una mano para interrumpirla.

–Libradme de vuestras repetitivas declaraciones, querida mía –dijo con ironía–. Sé perfectamente lo que visteis. Yo también estaba allí, ¿recordáis? Pero sólo porque oí gritar a Nell. ¿Os gustaría comparar el relato de Olney con los hechos reales? Nell recibió tres puñaladas, pero él dice que sólo vio una.

Raelynn se encogió de hombros.

–Es posible que, al mirar por entre las tablas, no viera lo suficiente como para saber cuántas veces la apuñalaron.

–Ah, querida, pero en ese caso, ¿cómo diablos pudo identificarme con tanta certeza? Dice que los establos estaban a oscuras. ¿Habéis entrado allí cuando no hay lámparas encendidas?

Ella no tuvo necesidad de hacer memoria.

–No.

–Pues deberíais visitarlos una noche de estas, alrededor de las once. Entonces veríais que, aun en noches de plenilunio, dentro apenas se pueden distinguir difusas siluetas y, con cierta dificultad, diferenciar los colores claros de los oscuros. Pero si no me falla la memoria, esa noche estaba nublado, de manera que Olney no contaba siquiera con el claro de luna.

–Dice que os vio cerca de las once –apuntó ella, luchando contra las lágrimas–. A esa hora, más o menos, salisteis de la casa.

–Nell no pudo haber sido apuñalada tan temprano –aseveró él, seco–. Habría muerto desangrada en menos de media hora. La oí gritar alrededor de la una de la madrugada. Fue a esa hora cuando la encontré moribunda en la caballeriza de *Ariadna*. Apenas le quedaba vida cuando llegué. Ella me pidió que le arrancara el cuchillo y que la abrazara, como si la quisiera de verdad. Hice ambas cosas, querida, y mi camisa se empapó de sangre. Por lo cual ahora me condena quien más debería creer en mí.

–No somos más que dos extraños –afirmó Raelynn, obstinada, mientras se retorcía las manos.

Jeff hizo una mueca burlona.

–A vuestros ojos, quizá, pero no a los míos. Desde el momento en que nos casamos os he considerado mi otra mitad, mi esposa, mi alma gemela, sangre de mi sangre y corazón de mi corazón. Pero es evidente que no sentís lo mismo por mí. Aun en vuestros sueños me consideráis culpable. Por eso me parece mejor que vayáis a Charleston, sí.

Raelynn levantó bruscamente la cabeza, boquiabierta de asombro.

–¿Queréis una separación definitiva?

–Sólo el tiempo lo dirá, querida. Pero la separación es necesaria, aunque se limite a que os mudéis a Charleston y yo permanezca en Oakley. Por vuestra salud, será mejor que os lleve primero a casa, para que podáis descansar un par de días. Mientras tanto os buscaré alojamiento en la ciudad. Si tenéis talento para la moda, no dudo que Farrell Ives estará encantado de emplearos en su tienda. Si me permitís un consejo, deberíais alquilar un cuarto a Elizabeth o a la señora Brewster. Ambas podrían aprovechar ese dinero, que naturalmente proveeré yo, mientras no decidáis distanciaros por completo de mí. Debo aseguraros que me interesa desempeñar mi papel de padre, pero si esa idea os provoca aversión, renunciaré a todo derecho sobre nuestro hijo, a fin de no perturbaros con mi presencia a vos y al niño.

–¿Me dejaríais... ir... sin más?

Raelynn no podía tragar el nudo que se le había formado en la garganta. Apartó la cara, parpadeando, pues de súbito se le había empañado la vista. Le llevó un momento recobrar algo de compostura. Quizá fuera mejor separarse de él. Cada vez que estaban juntos se producía algún desastre.

Jeff, pensativo, dejó escapar un suspiro.

–No puedo soportar que se me considere un asesino en mi propio hogar. Tened la seguridad de que no os dejaré ir sin tomar las medidas necesarias para vuestro bienestar. Podéis llevaros a Tizzy para que os atienda. Y todo lo que habéis recibido desde que nos casamos es vuestro, desde luego. En cuanto os haya conseguido alojamiento y averiguado si Farrell puede emplearos, Thaddeus os llevará en el coche. A partir de entonces no volveré a molestaros con mi presencia.

15

Farrell Ives se arrellanó en el sillón, contemplando pensativamente la brasa del cigarro que normalmente se permitía fumar todas las mañanas, antes de zambullirse en el torbellino que era diseñar modas y satisfacer el deseo femenino del buen vestir. Luego levantó la mirada, bizqueando a través del humo, para fijarla en su madrugador visitante, sentado en el apoyabrazos de una poltrona de piel, uno entre tantos muebles costosos que tenía en su apartamento privado.

–A la gente le sorprenderá, Jeffrey, que tú sigas viviendo en Oakley, mientras tu esposa se aloja en casa de Elizabeth y trabaja para mí.

Jeff se encogió brevemente de hombros.

–No puedo preocuparme por lo que opine la gente, Farrell. Me interesa mucho más lo que sucede en la cabeza de Raelynn. Debo darle tiempo y libertad para dilucidar qué piensa de mí; la mejor manera de lograrlo parece ser dejar que se vaya. Tú sabes mejor que nadie qué poco nos conocíamos antes de casarnos. Aunque estoy firmemente convencido de que estamos hechos el uno para el otro, no puedo imponer esa opinión a mi esposa. Ella necesita tiempo para descubrirlo.

El modisto meneó la cabeza, totalmente desconcertado.

–¿Qué diablos ha pasado entre vosotros dos, Jeffrey? Siempre que os he visto juntos, Raelynn parecía estar muy enamorada de ti.

Jeff lo miró a los ojos.

–Cuando entró en el establo y me encontró junto al cadáver de Nell, con el arma homicida en la mano, la impresión fue excesiva para ella. Aún debe superar el trauma. La persigue hasta en sueños. Sólo puedo esperar que, al liberarla de las obligaciones conyugales y permitir que llegue a conocerme como hombre, quizá como amigo, antes que como esposo, acabe por comprender que no soy capaz de semejante brutalidad.

–¿Y cómo sucederá eso, si Raelynn vive en Charleston y tú a leguas de distancia? Por si no lo has notado, amigo mío, hay un tramo considerable –señaló Farrell. Su satírico ingenio no era cruel, sino práctico–. ¿Y si Fridrich decide actuar otra vez como Atila, el rey de los hunos? ¿Quién la protegerá?

–Ya he pensado en todo eso. He tomado la iniciativa de hablar con varios hombres de confianza, que están dispuestos a vigilarla discretamente. Naturalmente, su seguridad es de suma importancia para mí. Elijah está actualmente impedido por su pierna herida, pero acepta alojarse en la pensión que está frente a la casa de Elizabeth y vigilar desde la ventana. Ya he hablado con la señora Murphy, que me alquilará el cuarto de al lado. Si se presenta algún problema, Elijah me hará avisar por el recadero. –Jeff rió por lo bajo antes de añadir–: Cuando esa anciana me aseguró que me ayudaría con gran placer, me pareció ver en sus ojos un destello vengativo. Al parecer, no siente ningún afecto por el señor Fridrich, debido a que algunos de sus hombres destrozaron el mobiliario de una de sus habitaciones. Fue como intentaron persuadirla de que debía pagar protección al alemán. Ella me mostró el arma con que disparó contra esos hombres para ahuyentarlos. Se comprende que no hayan regresado jamás, pues se parecía mucho a un trabuco.

–Esa anciana tiene agallas de irlandesa, sin duda –señaló Farrell, con una carcajada. Luego se puso nuevamente serio–. Aun así, Jeffrey, ¿has pensado en el tiempo que se tardaría en llegar a caballo hasta Oakley para avisarte? Sería suficiente para coger a tu esposa, desnudarla y violarla. Y si alguien abusase de Raelynn antes de que tú llegaras, bien sabes que no te lo perdonarías jamás.

–En realidad no estaré tan lejos, a menos que se me necesite en Oakley. Pienso alquilar una casa cerca de mi empresa, pero haré lo posible porque Raelynn no se entere. De lo contrario pensaría que la espío.

Farrell se inclinó hacia la mesa para sacudir la ceniza en un cenicero.

–La dejas en libertad, pero te esmeras mucho en protegerla, Jeffrey. Ella podría decidir apartarte por completo de su vida, ¿sabes?

–Y quiero darle todas las posibilidades de hacerlo –admitió Jeff, entristecido–. Tendrá que decidir por sí sola qué es lo que en verdad desea: ser independiente o estar casada conmigo. No me sorprendería que decidiera volver a Inglaterra. Pero no es una conjetura en la que me guste pensar.

La ocasión requería franqueza. Y Farrell no era amigo de andarse con rodeos.

–La gente pensará lo peor, Jeffrey. Bien lo sabes.

–Sí. Pensarán que mi esposa me abandonó porque cree que yo apuñalé a Nell.

Pese a lo endurecido que estaba, el ex pugilista se impresionó por lo directo de esa afirmación, pero no intentó negarlo. Por el contrario, respondió a la sinceridad de su amigo con más de la suya.

–Mi querido Jeffrey, ¿has tenido en cuenta lo que sucederá si debes ir a juicio por el asesinato de Nell? Los hombres que formen el jurado bien pueden dejarse guiar por la idea de que tu propia esposa te cree culpable.

–Creo que no he llegado tan lejos en mis reflexiones –reconoció él, torciendo la boca en un gesto sombrío. Aunque no rechazara la suposición de Ives, tampoco podía dejarse impresionar por ella–. Olney Hyde aseguró que era inocente y que me vio apuñalar a Nell, pero no puede presentarse para hacer su acusación, porque entonces Rhys lo arrestaría por atentar contra mi vida. Los dos sabemos que él es perfectamente capaz de algo así. Antes de que secuestraran a Raelynn quería matarme, sin lugar a dudas, pero no se puede probar que asesinara a Nell. El hecho de que se haya llevado a *Ariadna* lo coloca en el escenario del crimen y en el momento del asesinato, pero Elijah nos hizo notar que había otras huellas superpuestas a las de Olney. Las suyas desaparecían después de montar la yegua. El segundo rastro fue dejado, obviamente, por un par de botas mías, que Cora encontró en mi cuarto de baño a la mañana siguiente. Y aunque yo no las había usado hacía más de una semana, estaban sucias de barro fresco; eso nos lleva a deducir que el asesino de Nell las llevaba puestas cuando la mató. Hasta es posible que fuera uno de nuestros invitados.

Farrell apagó el cigarro en el cenicero.

–¿Crees que Cooper Frye pudo haber ido esa noche a tu casa?

–Es posible, desde luego –reconoció Jeff–. Saldría muy beneficiado si lograra que Raelynn sucumbiese finalmente ante Fridrich. Por lo que ha dicho Olney, el alemán ofreció mil dólares a Frye, si provocaba una separación definitiva entre nosotros. ¿Qué mejor manera de realizarlo que hacerme ahorcar por asesinato? Pero si la memoria no me falla, creo que Frye no podría ponerse mis botas y Olney tampoco. Ambos tienen los pies muy grandes.

Farrell se arrellanó en el sillón y apoyó contra los labios los dedos unidos formando una pirámide, mientras contemplaba las botas de su amigo, hechas a medida.

–Creo recordar que ninguno de nosotros podía ponerse tus zapatos, Jeffrey, y eso no te beneficiará en nada si no atrapan al culpable. Tu calzado es tan estrecho que nadie puede meter siquiera los dedos, mucho menos el pie entero.

–Pues eso podría servir para probar la culpabilidad del asesino, si lo descubriéramos –contraatacó él.

El diseñador se levantó para pasearse, con un suspiro de frustración. Luego se detuvo para mirar a su visitante mientras estudiaba un plan diferente al que este había expuesto.

–¿No has preguntado a Brandon si podría alojar a Raelynn en Harthaven hasta que demuestres tu inocencia? Allí estaría mucho más segura que en Charleston, aun contigo a poca distancia.

–Raelynn no quiere involucrar a mi hermano ni a Heather en este asunto.

Farrell no pudo contener un gesto de sorpresa.

–Teniendo en cuenta la gravedad de la situación, Jeffrey, ¿puedes permitir que las preferencias de tu esposa dicten tus actos?

–No necesariamente, pero me tengo por hombre práctico. Para conquistar la confianza de Raelynn debo cortejarla como pretendiente. Y alojarla entre mis parientes sería estorbar su libertad de rechazar o buscar mis atenciones. En pocas palabras, le sería difícil echarme de la casa de mi hermano. En cuanto a Fridrich, si de verdad cree que ella ha roto conmigo, tal vez se conforme con esperar a que yo haya sido eliminado, de un modo u otro. Una vez despejado el camino, tal vez crea poder reclamarla sin oposición. –Hizo una mueca de sarcasmo–. Magnánimo como es, probablemente supondrá que ella ha aprendido la lección y aceptará con gusto sus atenciones. Si Raelynn estuviera en Harthaven, él podría hacer otro intento de cogerla por la fuerza, cosa que mi hermano no toleraría sin luchar. Y considerando el número de hombres que Fridrich llevó consigo a Oakley, Brandon podría morir tratando de protegerla.

–El alemán puede intentar lo mismo aquí, si ella trabaja en mi tienda –señaló Farrell, no sin razón. La posibilidad no lo preocupaba mucho, pero su amigo debía tener en cuenta las eventualidades a las que su esposa debería enfrentarse, una vez lejos de su protección.

–Si no te opones, puedo escoger a un par de hombres, de los que trabajan en mis empresas, para que custodien a Raelynn mientras esté aquí. Ella no los reconocerá. Tampoco Fridrich. Los dos pensarán que has contratado a más personal.

–Los negocios marchan tan bien que podría hacerlo –comentó el diseñador–. Pero no creo que me envíes a nadie capaz de enhebrar una aguja.

Jeff rió entre dientes.

–Oye, si estás tan necesitado, podría recurrir a marineros experimentados, que saben coser lonas como el mejor.

–Estupendo –murmuró Ives, exagerando su falta de entusiasmo–. Si a las señoras de Charleston se les ocurre súbitamente vestirse con velas de barco, tendré el futuro resuelto.

–Será un placer emplearos, señora Birmingham –aseguró Farrell Ives a la bella joven, un par de días después.

Le había abierto la puerta antes de abrir la tienda. Su criada esperaba en la sala, desde donde podía verlos claramente a los dos, sentados a ambos lados del escritorio. Tizzy estaba allí con la finalidad específica de acallar rumores con su presencia. Puesto que Farrell era soltero y los rumores exageraban su reputación con las anécdotas más absurdas, resultaba indispensable contar con una carabina. Y si alguien daba crédito a esas historias, entonces se le podía atribuir la mitad de los bebés nacidos en esta ciudad, pero, bien mirado, llevar a cabo semejante hazaña le habría impedido ocuparse de su tienda de alta costura.

Deslizó una mano hacia los dibujos de Raelynn, que había esparcido por el escritorio. Cuanto más los analizaba, más intrigado se sentía.

–Estos bocetos vuestros son muy expresivos, señora Birmingham. No dejan dudas sobre vuestra habilidad como diseñadora.

Puesto que trabajarían juntos, volvían a emplear un tono formal. Ya no se llamarían por el nombre de pila. Más aún: el largo apelativo vendría a recordarle que esa atractiva dama era la esposa de su mejor amigo. Por mucho que le hubiera gustado cortejarla, no pondría en peligro aquella estrecha camaradería, firmemente establecida desde los primeros años de la juventud.

–¿Podríais comenzar de inmediato? –preguntó.

–¿De inmediato? –Raelynn estaba estupefacta–. ¿Hoy mismo?

–Sí, por supuesto. Por lo que tengo entendido, desde ahora en adelante viviréis en casa de Elizabeth. A menos que tengáis otros planes, podríamos instalaros también aquí, si os parece aceptable.

Ella se apoyó contra el respaldo de la silla, totalmente desconcertada. Al pedirle sus diseños, Jeff había dicho que los entregaría al modisto, a fin de que él pudiera analizar sus méritos como diseñadora. Pero también le había advertido que, si no la consideraba a la altura de sus exigencias, probablemente le buscara otras tareas dentro de la tienda. Una posibilidad era liberar a Elizabeth de la contabilidad y de los registros de Ives Alta Costura. Aunque a Raelynn no le entusiasmara mucho, estaba preparada para lo peor y no esperaba que el diseñador se animase a contratarla.

–Pues... supongo que sí, señor Ives. Es decir... no tengo ningún inconveniente en comenzar esta mañana. En realidad, poco importa cuándo, pues no tengo otra cosa que hacer.

Se le quebró la voz y tuvo que desviar el rostro para no derrumbarse delante de ese hombre. El hecho de que Jeff la hubiera acompañado hasta el carruaje para presenciar su partida, con expresión imperturbable, le provocaba el mismo sentimiento que la muerte de sus padres: como si el corazón se le hubiese llenado de pesadas cadenas de hierro.

–¿Algún problema? –preguntó Farrell. Esperaba que ella se alegrase al escuchar cuánto le gustaban sus dibujos, pero la dama parecía estar al borde del llanto–. Se diría que algo os inquieta. ¿Es la perspectiva de trabajar para mí?

–No, por supuesto, señor Ives. Me alegra mucho saber que aprobáis mis dibujos. –Raelynn se retorció las manos, preguntándose si debía ser completamente sincera en cuanto a los motivos que la llevaban a la tienda–. Tal vez os parezca extraño, puesto que os he solicitado empleo, pero no me disgustaba en absoluto ser la esposa de Jeffrey y la señora de Oakley. Si me veis perturbada, tened la seguridad de que no es por rechazo a trabajar con vos. Pero me doy cuenta de que, en las próximas semanas, estaré lejos de todo lo que he llegado a amar. En realidad no quería distanciarme de mi esposo, pero me asedian horribles imágenes en las que lo veo junto al cadáver de Nell, con un cuchillo ensangrentado en la mano, y me cuesta ver las cosas con claridad. No quiero creer que Jeff sea culpable de asesinato, pero no puedo dejar de preguntarme si... si...

Para Farrell fue un alivio oírla hablar tan abiertamente sobre sus problemas conyugales. Cabía esperar que, con el transcurso del tiempo, las dificultades se resolverían de manera satisfactoria.

–No os preocupéis por eso, señora Birmingham. Vuestro esposo sólo quiere vuestro bienestar y os brinda esta oportunidad para que podáis analizar vuestros temores. Conozco a Jeff desde hace muchos años; de todos nosotros (yo mismo, Brandon o Rhys Townsend), es el más afectuoso con la gente. También con los animales, a veces para fastidio del sheriff, pero esa es otra historia. Comprendo que la escena del establo haya destrozado vuestra confianza, pero si dais descanso a vuestra mente, no dudo que con el tiempo se descubrirá al verdadero culpable y vos comprobaréis que Jeff no pudo hacerlo.

»Pero si creéis que Rhys o yo podemos dejarnos cegar por nuestra amistad, permitidme que os cuente algo. Cierta vez amenacé con un buen castigo a Emory Dalton si volvía a sorprenderlo maltratando a Elizabeth. Varias noches después tuve que enterrarlo. No fui yo quien lo mató, pero experimenté un gran alivio junto con una profunda tristeza. La amistad de Jeff es muy importante para mí, pero si realmente lo creyera culpable de haber matado a esa pequeña, yo sería el primero en acusarlo, aunque eso lo llevara al patíbulo.

–¿Soy una esposa desleal por no poder convencerme de su inocencia? –preguntó Raelynn, con voz débil. Y porque temía la respuesta, apartó la cara y se llevó un nudillo a los labios temblorosos. No quería enfrentarse a una mirada condenatoria.

–¿Amáis a Jeffrey?

Volvió bruscamente la cabeza; por un momento miró a su nuevo jefe como si lo creyera loco. Luego bajó la mirada hacia los bocetos, haciendo un esfuerzo por tragar saliva; sólo entonces notó que tenía la boca completamente seca.

–Le amo, sí –murmuró. Las palabras sonaron lejanas a sus propios oídos. Aunque parpadeó para alejar la humedad que le llenaba rápidamente los ojos, las lágrimas comenzaron a brotar y a resbalar por sus mejillas–. Creo que le amo desde el momento en que me salvó de ser arrollada por ese vehículo. Fue tan gallardo, tan noble... tan increíblemente maravilloso...

Mientras hablaba levantó la cabeza, invadida por una felicidad que se desbordó en una expresión radiante. Aunque había empezado a descubrir sus sentimientos minutos antes de bajar a los establos, ahora los reconocía abiertamente ante el modisto y ante sí misma. El susurro fue apenas audible, pero cargado de emoción:

–Le amo, sí. Mucho, mucho.

Sorprendido al descubrirse conmovido por esa declaración, Farrell carraspeó, súbitamente incómodo. Sintiendo la necesidad de pasar a un tema menos personal, se puso de pie y fue al asunto que los ocupaba.

–Si no os molesta, señora Birmingham, os buscaremos sitio en el salón principal para que podáis trabajar en vuestros bocetos. De ese modo, tanto Elizabeth como las costureras os tendrán más a mano, si necesitan consultaros algo o si nuestras clientas quieren echar un vistazo a vuestros dibujos. Ya he escogido unos cuantos diseños míos para la temporada de primavera, pero no tantos como necesito para satisfacer a quienes busquen algo original. Con vuestra ayuda, confío poder satisfacer a todas nuestras clientas.

–Me alegrará prestaros tanta ayuda como me sea posible, señor.

–Y es probable que os exija mucho –advirtió él, con una gran sonrisa–. Varias de mis clientas quieren que las atienda personalmente. Y cuantas más son, de menos tiempo dispongo para diseñar nuevos vestidos. Confío en que podáis llenar este vacío.

Farrell la condujo al salón contiguo y estudió diversos lugares donde se podía instalar un escritorio para ella. Después de analizar la iluminación, la comodidad y el ambiente general, escogió un sitio próximo a la parte trasera del corredor, desde donde se podía ver un jardín bien cuidado, que él mismo atendía para relajarse. Luego miró a su nueva empleada por encima del hombro, sonriendo de oreja a oreja.

–¿Os molesta estar así, a la vista de todos, señora Birmingham?

Ella respondió con una sonrisa vacilante, sin saber qué travesura esperar.

–Creo que no me molestará, mientras no deba responder a preguntas impertinentes: por qué estoy aquí, si es verdad que me he separado de mi esposo y si el niño de Nell es realmente hijo suyo.

Una risa entre dientes anunció el remedio que Farrell pondría a esa situación.

–Haré lo posible por acallar a las curiosas con abundantes cumplidos. Os sorprenderá ver con qué facilidad empiezan a pavonearse en cuanto reciben un poco de atención masculina.

Raelynn no tuvo dificultades en imaginar la transformación que podía sufrir una dama cuando los cumplidos provenían de Farrell Ives. A no ser por Jeffrey Birmingham, ella podría haber sido igualmente sensible a ellos.

–Supongo que habéis sido bendecido con el don de la elocuencia, señor Ives.

Los labios del modisto se estiraron en una ancha sonrisa bajo el mostacho bien recortado.

–Pues sí, mi querida madre era más irlandesa que la misma Dublín. Y yo aprendí de ella, que Dios la tenga en su Gloria.

–No lo dudo, señor Ives –admitió ella, riendo entre dientes.

Farrell se acarició la barba, pensativo, mientras elegía el mejor ángulo para instalar el escritorio en el sitio escogido. Después de observar el candelabro más próximo, decidió que todo estaría más iluminado si colocaba la mesa algo más atrás. Además, ella quedaría enmarcada por las ventanas que daban al jardín.

–Os pondré aquí, señora Birmingham –anunció, plantándose en el lugar para señalarlo mejor–. En este encantador ambiente, una mujer bella y bien vestida atraerá toda la atención que merece. Tendréis las ventanas a la espalda, lo cual os brindará luz natural, y el candelabro delante, para que ilumine vuestra deliciosa presencia. No pasaréis desapercibida a ninguna de nuestras clientas. Y para llegar hasta vos tendrán que pasar junto a las mesas donde se exhiben nuestras telas más costosas.

–Tenéis una mente perversa, señor Ives –comentó ella, con voz divertida–. Tendré que cuidar mi bolso, no vaya a caer en la misma trampa que tendéis a vuestra clientela.

Farrell le dedicó una sonrisa pícara, mientras movía las cejas.

–Ni os lo imagináis, mi querida señora. –Se inclinó hacia ella como para revelarle un jugoso secreto–. Os diré: seréis el cebo que las haga caer en mi trampa, pues pronto luciréis mis mejores creaciones, como la señora Dalton.

Era una pena echar a perder esas expectativas, pero Raelynn no podía permitirle que asumiera tales gastos y molestias, considerando que su embarazo sería visible en uno o dos meses más. Con una chispa traviesa en los ojos claros, preguntó:

–¿Tenéis experiencia en diseñar prendas para señoras en estado de buena esperanza?

El mentón barbudo descendió significativamente para expresar la estupefacción de Farrell. Por un momento sus ojos se clavaron en lo que parecía un vientre perfectamente plano, pero de inmediato carraspeó, avergonzado:

–Perdonad, señora Birmingham. No lo sabía. Jeffrey no me informó de vuestro embarazo. –Y la miró con más atención, enarcando una ceja curiosa–. Supongo que se lo habéis dicho.

–Está informado –respondió ella, cautelosa. Entonces le pareció justo dar al modisto la oportunidad de retirar su ofrecimiento–. Dadas las circunstancias, ¿aún queréis emplearme? Sería perfectamente comprensible que prefirierais no escandalizar a vuestras clientas con una mujer en mi estado, trabajando en vuestra tienda.

Farrell esbozó una sonrisa demoníaca.

–En vuestro estado, señora Birmingham, una mujer necesita ropa bonita para disimular el vientre abultado. Es hora de que alguien les procure prendas adecuadas y elegantes. Estoy dispuesto a proporcionarles vestidos con los que puedan salir del aislamiento. Si puedo hacerlo para las viejas solteronas y las matronas robustas, ¡cuánto más delicioso será adornar a una mujer que ha sido verdaderamente apreciada por su marido!

Raelynn enrojeció significativamente, a pesar de su risa divertida.

–Sois decididamente perverso, señor Ives.

Él volvió a agitar las cejas.

–¡Sin duda alguna, señora Birmingham! ¡Sin duda alguna!

16

Mucho antes de que llegaran las otras empleadas, Elizabeth Dalton se aproximó a Raelynn con una sonrisa deslumbrante, que expresaba de buen grado su deseo de hospedarla en su casa.

–Vuestra habitación ya está lista, señora Birmingham. Vuestro cochero insistió en llevar las maletas arriba, de modo que, si queréis enviar a la criada, Flora le mostrará los dormitorios. Tizzy puede comenzar a deshacer el equipaje. Así esta tarde, cuando salgamos de aquí, ya estará todo hecho y no tendremos más que sentarnos a disfrutar de la cena. Normalmente, cuando llego a casa, Flora ya tiene la comida lista y la mesa puesta, pero tendréis que tolerar mi cocina a la hora del desayuno y los fines de semana. Utilizo el sábado para hacer todas las compras necesarias. Comprendo que preferiréis hacer ciertas cosas por vuestra cuenta, pero Jake y yo os acompañaremos con mucho gusto cuando lo deseéis, señora Birmingham. Lo que más me complacería es ayudaros a conocer mejor la ciudad. No dudo que llegaréis a quererla tanto como yo.

–Por favor, Elizabeth –rogó Raelynn, dedicándole una graciosa sonrisa–, me sentiría mucho más cómoda si no me tratarais con tanta formalidad. Eso llamará la atención de los clientes, que pronto me mirarán como a un bicho raro.

La joven le estrechó la mano, riendo.

–De acuerdo, Raelynn, tú ganas. Pero debo advertirte que esta informalidad hará que el señor Ives arquee las cejas aún más. En realidad, es un espectáculo muy agradable. Nuestro jefe se pone diabólicamente guapo cada vez que se irrita.

Las dos rompieron en súbitas risillas, lo cual llamó la atención del diseñador, aunque estaba al otro lado del salón. Sus cejas se enarcaron a gran altura, con lo que provocó nuevas risas. Cada vez más desconfiado, se acercó casi con cautela, y las jóvenes salieron disparadas en direcciones opuestas. Raelynn, hacia su escritorio; Elizabeth, hacia el primer salón, donde se dedicó a inspeccionar el trabajo hecho durante el día anterior por la correspondiente costurera. Farrell siguió a su bonita asistente hasta la puerta y la observó con la cabeza inclinada lleno de curiosidad, hasta que ella decidió volverse para mirarlo.

–¿Necesitáis algo, señor Ives?

Farrell apreció debidamente la encantadora visión que ella le ofrecía, vestida con una de sus creaciones: un vestido rosado, cuyo cuello plisado se extendía hacia fuera por debajo de la fina mandíbula. El delicado matiz destacaba su piel clara y el color de sus mejillas, además de acentuar el brillo de su pelo oscuro, que ese día había entretejido en un complicado moño a la altura de la nuca. Al comprender, de repente, cuánto le afectaba su belleza, Farrell tuvo que rebuscar en su memoria para recordar por qué la había seguido.

–Eh... pues sí... tengo curiosidad por saber qué es lo que os divierte tanto, a la señora Birmingham y a vos.

–Nada, en realidad. –Ella agitó caprichosamente la mano–. Al menos, nada que a vos pudiera pareceros divertido. Sólo comentarios privados, del tipo que las mujeres solemos compartir en secreto.

–¿En secreto?

Como su ceja volvió a proyectarse hacia arriba, Elizabeth vio peligrar su compostura. La risa parecía condenada a escapársele en pequeños arrebatos, por lo que al fin murmuró apresuradamente una excusa y pasó rozándolo, en su prisa por huir de allí. Mientras desaparecía por la puerta trasera, que daba al jardín y a la letrina, oculta a la vista por una serie de matas decorativas, Farrell renunció a ver satisfecha su curiosidad, cuando menos de boca de esa atractiva señora.

Giró sobre sus lustrosos tacones negros para fijar sus ojos azules en su nueva empleada, enarcando una ceja inquisitiva; de inmediato ella comenzó a revolver sus dibujos. Pero una sola mirada fue suficiente para que ella huyera entre risillas, hacia la misma puerta por la que Elizabeth acababa de escapar.

Farrell torció pensativamente la mandíbula. Entre esas dos había algo, decididamente. No era difícil imaginar a un par de jovencitas deshaciéndose en risillas al ver a un hombre, pero estas damas distaban mucho de ser vírgenes. ¿Qué diablos las había puesto en ese estado?

Intrigado, fue a mirarse detenidamente en el espejo más cercano. No tenía la corbata torcida ni los pantalones demasiado ajustados, lo cual hubiera sido desastroso. A pesar de que por entonces hacían furor las perneras bien ceñidas, él siempre se había opuesto a oprimir sus partes íntimas con prendas excesivamente estrechas. A su modo de ver, andar exhibiendo los atributos viriles le parecía el colmo de la vulgaridad. El buen gusto requería de sutilezas.

Con una ceja arqueada, paseó otra mirada crítica por su imagen, en busca de algún otro fallo, pero no pudo encontrar nada raro en su aspecto. Tal vez las risas de esas mujeres no tenían nada que ver con él, después de todo. Era posible que hubieran estado intercambiando comentarios divertidos sobre los hombres en general. No había razón para preocuparse. Pero ¿qué varón no se siente despellejado vivo cuando dos gallinas comienzan a cloquear entre ellas?

Alzó reflexivamente el barbudo mentón, preguntándose cómo entenderse con dos señoras que parecían completamente de acuerdo sobre algo que él desconocía. Quizá la solución estuviera en ignorarlas, pero eso era muy difícil de conseguir si esperaba obtener una ayuda valiosa de ambas. Tal vez debiera regañarlas por una conducta tan indigna, aunque el tiro bien podía salirle por la culata. No harían más que empinar esas bonitas narices con altanería y despreciarlo, con lo que se encontraría en peores aprietos. ¿Sería mejor lisonjearlas, como a todas esas tontas señoritas que se creían las más hermosas del mundo? De Raelynn no podía asegurar nada, pero Elizabeth lo tomaría por loco, sin duda, aunque en todo caso los halagos serían la pura verdad. Decidió que lo mejor era hacer como si no sucediera nada. Al menos de ese modo podría mantener el pellejo intacto.

—¿Te ha explicado el señor Ives por qué estoy aquí? —preguntó Raelynn a Elizabeth, vacilante, una vez que regresaron al interior.

–Me ha informado de tu situación, pero no ha querido hablar del asunto con las otras mujeres. Si te parece bien, no veo necesidad de decirles nada. Puedes contar con la discreción del señor Ives y con la mía, desde luego.

–Eres muy amable, Elizabeth.

La viuda, con una suave sonrisa, hizo un gesto negativo.

–Sólo soy una mujer que también ha vivido malos momentos. Tal vez te hable de ellos una noche de estas. Por ahora vamos a tomar un poco de té. Luego te presentaré a las otras empleadas. Sé que estarán intrigadas, pues te han visto aquí con el señor Birmingham.

Las cinco costureras restantes, que llevaban al menos un par de años trabajando a las órdenes del señor Ives, eran expertas en discreción. Exteriormente sólo demostraron una leve sorpresa al encontrar a la esposa de Jeffrey Birmingham entre el personal. Al explicar los motivos de su presencia allí, Elizabeth prefirió aligerar el ambiente con el relato de un gracioso diálogo tomado de la realidad.

–Cierta vez, al descubrir que la señora Birmingham tenía un enorme talento para el diseño de la ropa femenina, el señor Ives preguntó a su esposo si podía robársela. –Tras reír con las otras por lo absurdo de la ocurrencia, prosiguió con las explicaciones–. En estos momentos nuestro negocio está floreciente y el señor Ives se ve en aprietos para satisfacer a toda nuestra clientela. Como todas vosotras sabéis, algunas quieren ser atendidas personalmente por él, lo cual le roba tiempo para crear. Por lo tanto la señora Birmingham, esposa de su mejor amigo, ha consentido amablemente en ayudarlo, al menos por un tiempo. Podemos considerarnos afortunados de contar con una persona con tanto talento, ¿no os parece?

Una combinación de risas y aplausos convenció a Raelynn de que, al menos exteriormente, las costureras aceptaban los motivos que, supuestamente, la habían llevado a la tienda. Sólo una hizo una desagradable referencia a la verdadera causa. Era una mujer de más edad, alta y de amables ojos grises; aunque vacilaba en hablar, al final no pudo contenerse:

–Es una pena tan grande lo de la pobre Nell, ¿verdad? Conocí a su madre, que enviudó cuando Nell era muy pequeña.

A la muerte de su mamá, ella fue a vivir con una tía, pero la mujer estaba tan atareada con la crianza de sus ocho hijos que no tenía mucho tiempo para la pobre Nell. La chica tendría muchos defectos, pero nadie puede negar que era buena madre. Ese bebé, un pequeño tan encantador... supongo que no pasará mucho tiempo sin que alguna buena familia quiera adoptarlo. Sería una verdadera pena que el polluelo se criara sin padres que lo amaran.

Apenas hubo terminado de hablar, la mujer se llevó una mano temblorosa a la boca, como horrorizada por su propia temeridad. Las otras costureras, conocedoras de los rumores que hacían de Jeffrey Birmingham el padre del bebé, se mostraron visiblemente inquietas.

Raelynn se las compuso para sonreír, decidida a tranquilizarlas demostrándoles que no evadía el tema del niño.

–Por ahora, Daniel está al cuidado de la señora Fergus, la esposa de nuestro capataz, que es muy cariñosa con los niños. Es obvio que el pequeño está muy bien atendido por ella, de manera que allí seguirá hasta que se localice al padre o hasta que sea adoptado por una buena familia. –Sin haber apartado la mirada de su público, Raelynn añadió deliberadamente–: Ella le brindará todo el cuidado que recibiría cualquier huérfano en Oakley, en condiciones similares. Mi esposo ha puesto mucha atención en las necesidades de esa criatura; pese a los rumores que nos han llegado, jamás echaría a un huérfano a la calle por acallar cotilleos maliciosos. Es demasiado caballero para semejante cosa.

Aliviada por haber llegado al final de esas declaraciones con cierta dignidad, Raelynn se sintió menos tensa. Las cinco mujeres parecían aceptar sus palabras, pero no había manera de saber lo que estaban pensando. A pesar de sus propias dudas, había logrado expresar su confianza en la integridad de su esposo y refutar como estúpidas las afirmaciones de que él había preñado a Nell, para luego dejarle parir a su bastardo en la vergüenza. Sólo cabía rezar para que fuera verdad.

Con discreción o sin ella, Raelynn no dudaba de que sus afirmaciones serían divulgadas por todo Charleston antes de que se pusiera el sol. Y entonces surgirían otras conjeturas, para empantanarse sin remedio en la confusión, cuando los vecinos trataran de imaginar por qué, si realmente su esposo no tenía nada que ver con el bebé de la muchacha ni con otras cosas que nadie se atrevería a mencionar abiertamente, ella había abandonado Oakley para trabajar a las órdenes de un soltero, justamente uno de los pocos que podían rivalizar con su esposo en cuanto a atractivo físico.

La llegada de las primeras clientas anunció el comienzo de un incesante desfile de señoras, que no paró durante el resto de la mañana. Durante ese continuo ir y venir de damas, Farrell contrató a otras dos costureras, un conserje y un portero. Estos últimos eran mozos corpulentos, que parecían deseosos de trabajar. El más guapo de los dos, que hablaba con entonación irlandesa y ojos chispeantes, también parecía tener facilidad de palabra y saludaba de un modo encantador. Farrell lo escogió para el puesto de portero, seguro de que las damas llegarían a adorarlo. Se buscó un buen paño de color verde intenso, como el de la característica puerta de Ives Alta Costura, y de inmediato se asignó a una costurera la misión de convertirlo en un atractivo uniforme para él. Luego lo envió a su barbero y a su sombrerero favorito, que debería hacerle una chistera.

Mucho más sencillo fue el uniforme, verde también, proporcionado al conserje, el más reticente de los dos. Pero pronto fue evidente que a este le gustaba limpiar y que era un verdadero perfeccionista. Se le asignaron diversas tareas; entre otras, limpiar los cristales cuadrados de las ventanas que se extendían a lo largo de la fachada y la parte posterior del edificio, lustrar las grandes lámparas de bronce que pendían a cada lado de la puerta principal y renovar el brillo dorado de todos los herrajes que adornaban el frente y el interior de la tienda, incluido el cartel fijado a la estructura de ladrillo, junto a la puerta principal, que identificaba la tienda y a su propietario como IVES ALTA COSTURA, *de Farrell Ives.* El diseñador quedó impresionado por la habilidad del hombre, por lo que decidió que, si ambos resultaban igualmente aptos para las tareas asignadas, le convendría conservarlos como empleados permanentes.

En medio de todo ese caos de clientas y nuevos empleados apareció la señora Brewster, quien pasó totalmente inadvertida hasta que se enfrentó al modisto. Farrell acababa de mostrar una pequeña serie de nuevos diseños a Isabeau Wesley, una viuda reciente, joven y bonita, que daba muestras de querer descartar sus velos de luto por atuendos más modernos, en cuanto Ives Alta Costura pudiera proporcionarle un nuevo guardarropa de invierno.

–Vaya, señor Ives –exclamó, coqueta, la regordeta sombrerera, en tono de dulce reproche–, no esperaba encontraros ofreciendo ropa nueva a la señora Wesley, cuando ha pasado tan poco tiempo desde el fallecimiento de su esposo. Desde luego, teniendo en cuenta la avanzada edad del querido difunto y la fortuna que ella ha heredado, supongo que vos y vuestros diseños son una tentación demasiado fuerte para la joven viuda.

La sonrisa de Farrell fue bastante mustia. Apenas terminaba de despedir a la atractiva viuda y ya se encontraba frente a otra, sólo que esta no era joven ni bonita. En realidad, se estaba convirtiendo en un verdadero incordio.

–Buenos días, señora Brewster...

–¡Thelma, por favor! –lo interrumpió ella, soltando risitas conquistadoras mientras parpadeaba con coquetería.

Le había pedido muchas veces que abandonara las formalidades, sin que él le hiciera ninguna proposición similar. Claro que el hombre estaba siempre tan ocupado que probablemente aún no se había percatado de la omisión. Y ella no se atrevía a insinuárselo por no parecer atrevida.

Thelma Brewster iba a concentrar nuevamente su atención en el apuesto modisto cuando su mirada descubrió a una figura familiar, sentada ante un escritorio al final del pasillo. La sorpresa fue tal que se quedó boquiabierta. A la ciudad habían llegado noticias de la inoportuna muerte de Nell. Casi inmediatamente se rumoreó que Jeffrey Birmingham podía ser responsable de haber engendrado a su bebé y de quitarle la vida para acallarla. Desde entonces la ciudad estaba a la expectativa de más novedades. Las suposiciones cubrían una amplia gama: por las calles de la ciudad corrían al azar versiones sobre el arresto de Jeff, que habría confesado, y morbosos relatos sobre el destino corrido por Raelynn en Oakley. Al ver a la joven señora tranquilamente sentada y absorbida por su tarea, la sombrerera se sintió muy aliviada, pero su presencia allí daba pie a una nueva serie de especulaciones.

Con el generoso busto hacia delante, marchó en línea recta hacia la parte trasera del salón; asumiría la misión de asegurar a la bella joven que todo saldría bien, que el mundo en el que se encontraba no era tan demencial como a veces parecía y que los verdaderos culpables (no se atrevería a mencionar nombres) serían identificados inmediatamente. La señora Brewster siempre estaba lista para ayudar a quien lo necesitara. Y esa pobrecita criatura debía de estar desesperada.

–Dios del cielo, hija mía, ¿qué hacéis aquí tan temprano? –barbotó.

En cuanto Raelynn apartó la vista de su trabajo, ella se apresuró a lanzar una andanada de conjeturas, sin darle tiempo a responder.

–¿Estáis bien, querida? ¿Os parece necesario estar aquí? Porque estáis un poco pálida, si no os molesta que os lo diga. Naturalmente, comprendo que tenéis sobrados motivos, con las cosas que han sucedido recientemente en Oakley... y aquí todos pensando que el señor Jeffrey es más culp...

Al darse cuenta de cuáles serían los comentarios de la mujer, Farrell se lanzó hacia delante como proyectado por un rayo.

–Vaya, vaya, señora Brewster. Hacéis mal en creer todas las tonterías que se dicen. La señora Birmingham ha aceptado gentilmente diseñar algunos vestidos nuevos para mí. En este momento está muy dedicada a su tarea. Si la veis algo pálida, tal vez sea porque está...

Echó una mirada de soslayo a Raelynn, que parecía inquieta y atónita por lo que la sombrerera acababa de decir. Sólo cabía esperar que ella le perdonara por revelar sus secretos, pero era menester desviar los pensamientos de la viuda, antes de que acusara y censurara a su mejor amigo.

–... algo indispuesta en estos días, en virtud de su estado y todo eso...

Thelma Brewster se llevó una mano al amplio pecho, boquiabierta.

–No querréis decir que…

Frente a su total asombro, Farrell se alegró inmensamente de que fuera posible responder con un gesto afirmativo. Sin embargo le costó disimular un gesto de horror, al pensar en la celeridad con que se extendería la noticia del embarazo a partir de esa única fuente.

–Lo que quiero decir, señora Brewster, es que el señor Birmingham y su esposa van a ser padres.

Súbitamente agitada, la sombrerera se abanicó con la mano regordeta, como si estuviera al borde del desmayo.

–Oh, madre mía, todo esto es demasiado. La esposa del señor Jeffrey, trabajando en vuestra tienda cuando está… Oh, esto es muy desacostumbrado. ¿Qué dirá la gente? –La mujer le clavó una mirada suplicante–. Decidme que estoy soñando, mi querido señor Ives. Oh, no puedo creer que el señor Jeffrey permitiera…

–Ah, pero ha tenido la gentileza de permitirlo. La señora Birmingham es una modista con mucho talento. Y su esposo, gran amigo mío, le ha permitido ayudarme por un tiempo.

La mujer se apoyó una mano en la frente, como si la debilitara ver cosas tan extrañas.

–¿He dicho que era temprano? Tal vez aún estoy dormida y todo esto es cosa de mi peculiar imaginación. ¿De verdad habéis dicho que la señora Birmingham trabaja para vos y que espera un bebé? ¿Y que el señor Jeffrey lo sabe y lo permite?

–No es un sueño, señora Brewster –le aseguró Ives, ya en tono seco.

–Que no es un sueño –repitió la sombrerera con lentitud, como aturdida–. Debería acostarme a reflexionar sobre esta situación hasta que logre entenderla.

Por no ser grosero, Farrell trató de no mostrarse muy deseoso de verla partir, pero le prestó toda la ayuda posible con ese fin. Después de acompañarla hasta la puerta, escuchó abnegadamente su desarticulada verborrea y sus súplicas de no exigir demasiado de la futura mamá. Una vez que la puerta se hubo cerrado tras ella, giró sobre sus talones y se encontró con una taza de café, ofrecida por su asistente.

–Parecéis necesitar esto –observó Elizabeth, con una sonrisa comprensiva.

–¡Señor, salvadme de esta mujer! –murmuró Farrell, antes de beberse hasta la última gota del café. Luego redujo la voz a un susurro incrédulo–. ¿Oísteis lo que esa horrible mujer estaba a punto de decir a la esposa de mi mejor amigo? ¡Si dependiera de esa lengua indomable, pronto colgarían a Jeffrey del árbol más cercano!

Su asistente le sonrió.

–Pese a vuestro enfado, señor Ives, habéis manejado el asunto asombrosamente bien.

Esa frase de aliento, suavemente pronunciada, calmó la irritación de Farrell, que la miró con algo más que agradecimiento.

–Gracias, Elizabeth. Ya habéis logrado que me sienta mejor. –Luego la cogió por el codo–. Vamos a hacer lo mismo por Raelynn.

–¿Raelynn? –se extrañó ella–. ¿Ya no es la señora Birmingham?

Él movió una mano grande por sus hombros, en una caricia tan leve que Elizabeth se preguntó si habría sido cosa de su imaginación.

–Cuando estemos los tres solos, querida mía, seremos simplemente Raelynn, Elizabeth y Farrell. Nuestra amistad nos permite ese privilegio, ¿no creéis?

Ella curvó los tiernos labios hacia arriba en un gesto de aprobación.

–Por supuesto que sí, señor Ives.

–Farrell –corrigió él, cálidamente–. Con tantas cosas como hemos pasado juntos, Elizabeth, no podemos andarnos con tantas formalidades. ¿Recordáis la noche en que nació Jake? Yo me paseaba por vuestro porche como cualquier padre nervioso.

–Jamás podría olvidarlo, Farrell –confesó ella, mirándolo con adoración–. En estos años he caído en la cuenta de que jamás os he agradecido debidamente lo que hicisteis aquella noche. Nunca habéis sabido cuánto me alegré de teneros allí. Con Emory no habría podido contar, aunque estuviera vivo.

–Emory era tonto, querida mía. Lo odié por maltrataros así –respondió Farrell. Y de inmediato se arrepintió de su franqueza–. Disculpad, Elizabeth. No debí haber dicho eso.

–No tenéis por qué disculparos –aseguró ella, en voz baja y sin poder mirarlo–. Siempre fuisteis mucho más gentil conmigo que Emory. Él se esforzaba desesperadamente por ser rico y educado, sólo por demostrar que era tan hombre como vos. Y el fracaso lo sumió en la angustia.

El modisto dejó escapar cuidadosamente el aliento en un suspiro pensativo; luego decidió que había llegado el momento de revelar un secreto cuidadosamente oculto durante todos aquellos años.

–Si él me envidiaba, Elizabeth, también se puede decir lo mismo de mí.

Por un momento ella lo miró boquiabierta, completamente confundida.

–Pero ¿por qué? ¡Si Emory no pudo siquiera sacar provecho a nuestra granja, mientras que vos lo teníais todo! ¿Qué podíais envidiarle?

–Tenía algo que yo codiciaba desesperadamente.

Las arqueadas cejas oscuras se unieron en profundo desconcierto.

–¿Qué era eso?

–Vos.

Elizabeth le estudió la cara con algo parecido al asombro.

–¿Yo?

–Me enamoré de vos casi desde el principio. –Ahora le causaban risa sus renovados intentos por quitársela de la mente–. En mi angustioso esfuerzo por ser buen amigo de Emory, no os dije nada antes de que os casarais con él. Después ya fue demasiado tarde. Muchas veces me he preguntado si no habría sido mejor para todos que os lo dijera desde un principio. Emory no se conformaba con teneros. Además quería poseerlo todo. No sé cuándo llegó a comprenderlo, pero al final se percató de lo mucho que yo os quería.

–Nunca dijisteis nada... aun después de que lo mataran.

–No me decidía a decíroslo. Temía que me odiarais.

–Nunca os he odiado, Farrell. Sólo tenía miedo de lo que sería capaz de hacer si perdía el control. –Ella tragó saliva, mientras reunía valor para hacer su propia confesión–. Porque yo también he estado enamorada de vos desde mucho antes de casarme con Emory.

Al diseñador le tocaba ahora quedarse sorprendido.

–¡Pues lo habéis disimulado muy bien!

–Tanto como vos.

Él le estrechó afectuosamente el hombro.

–¿No creéis que es hora de dar un padre a Jake? Nunca he dejado de amaros, ¿sabéis?

Elizabeth torció la cabeza para mirarlo con una suave sonrisa.

–¿Me estáis proponiendo matrimonio, señor Ives?

–Sí, señora Dalton. En cuanto estéis decidida, ya sea en una hora, una semana o un mes. Sólo os ruego que no me obliguéis a esperar hasta el año que viene.

–¿Estáis seguro?

Farrell la miró de frente; luego le unió las palmas para cubrirle las manos con las suyas.

–Si hubiera tenido alguna esperanza de que aceptarais mi propuesta, os la habría hecho hace años. Pero tenía la total certeza de que me rechazaríais.

Ella acarició con los ojos el atractivo rostro. Si hubieran estado solos, tal vez habría alargado la mano para tocarle amorosamente la mejilla.

–Tonto, grandísimo tonto.

Cuando la última de las costureras, los nuevos empleados y el recadero se hubieron retirado, Farrell Ives colgó en la puerta el letrero de «Cerrado» y, con un suspiro de alivio, hizo girar la llave en la cerradura. Había sido una jornada más intensa que de costumbre; decididamente, estaba harto de adular a jovencitas malcriadas e insípidas, a altaneras viudas que creían poder dominarlo con sólo agitar un pesado monedero delante de sus narices. Después de días así, tendía a recordar sus buenos tiempos de pugilista; claro que ese pasatiempo era apto para hombres más jóvenes, no para quien ya había pasado los treinta y tres años; ahora sólo boxeaba con sus amigos, para divertirse.

Raelynn había pasado la mayor parte del día trabajando ante su escritorio, apartada del ir y venir de la clientela habitual. Aunque no conversó con ninguna, reconoció a varias que habían asistido al baile de Oakley y a algunas de las reuniones sociales a las que Jeff la había llevado en los últimos meses. No obstante, las mujeres parecían demasiado azoradas como para acercarse a ella. Por los fragmentos de conversación en voz baja que llegaron a sus oídos sabía que la noticia de su presencia en la tienda ya circulaba por toda la ciudad. Eran muchas las damas que habían entrado sin otro propósito que saber si esos descabellados rumores eran ciertos; después de espiarla, salían con gran nerviosismo, sin duda ansiosas por divulgar la noticia. Puesto que ella estaba casada con un hombre tan rico y guapo como Jeffrey Birmingham, era de imaginar que su presencia allí era como si la Cenicienta hubiera decidido que prefería seguir junto al hogar, entre las cenizas, antes que llevar una vida de lujos en el palacio del príncipe azul. Por su parte, nada podía estar más lejos de la verdad.

Aunque agradecía que Farrell le hubiera permitido mantenerse alejada del ajetreo diario, Raelynn comprendía que su aislamiento no podría continuar. También se preguntaba qué efecto tendría su presencia en los negocios del modisto, sobre todo cuando su silueta comenzara a redondearse. Al terminar la jornada de trabajo, cuando su jefe se acercó con Elizabeth para repasar sus bocetos, Raelynn expresó su preocupación, pero él la tranquilizó inmediatamente.

–No os preocupéis por la clientela, Raelynn –le dijo–. Nos ocuparemos de eso según se presente la oportunidad. En cuanto a estos dibujos, son excepcionales. Nunca he visto nada parecido. –Mostró uno que le gustaba en especial–. Este vestido, por ejemplo, le sentaría como un guante a una bella silueta, pero creo que también le iría muy bien a alguien menos favorecido por la naturaleza.

–En realidad, no había pensado en eso –admitió Raelynn, complacida por su entusiasmo–. Sólo se me ocurrió que la falda fluiría mejor así.

–Vuestras ilustraciones cobran vida, aun sobre el papel. –Farrell indicó otro boceto donde la figura, vestida con un traje de baile, parecía captada en medio de un vals, con la falda arremolinada en torno a su esbelta silueta y un tobillo asomando a través del ondulante vuelo–. Este traje, por ejemplo; se diría que su dueña no lo lleva sin más, sino que lo disfruta, realmente.

Raelynn sabía que sus dibujos eran diferentes de otros figurines. En realidad, se esforzaba para que fueran originales. Otros diseñadores se limitaban a presentar la vista frontal y posterior de las prendas que creaban, sin molestarse en dibujar la silueta de una mujer. A ella no le gustaba esa manera tan simple de representar los modelos; en cambio trataba de recrear a hermosas damas en escenas cotidianas, incorporando así una sensación de vida.

–Simplemente, me parece más interesante hacer las ilustraciones de manera que se vean los vestidos puestos.

Farrell dejó el boceto para mirarla a los ojos.

–Me gusta vuestra idea de representar diversos ambientes en vez de ofrecer una imagen indeterminada. Los dibujos insinúan mil fantasías junto con el diseño, como si las modelos hubieran sido sorprendidas en una situación especial: por ejemplo, bailando con un pretendiente. Tened la bondad de seguir dibujándolos así. En realidad, podría adoptar esta técnica para utilizarla con todos nuestros diseños.

Se volvió con una sonrisa hacia Elizabeth, que miraba los bocetos por encima de su brazo, y añadió:

–¿Aprobáis la idea, querida mía?

Esa cariñosa expresión puso una oleada de color en las mejillas de su asistente; sus labios se curvaron hacia arriba en las comisuras. Después de envidiar tanto tiempo a las jóvenes que recibían sus atenciones, le era imposible no recrearse en el secreto placer de estar bajo la calidez de su mirada.

–Me atrevería a anunciar que, en los meses o años venideros, este tipo de figurines serán lo normal. Es cierto que estimulan la imaginación en cuanto a las cosas increíbles que pueden estar disfrutando las señoras de los bocetos.

–Tenéis muy buena vista para este tipo de cosas, Elizabeth. Es sólo uno, entre tantos motivos, por los que he llegado a admiraros en estos años.

Los ojos oscuros buscaron los suyos, con una expresión sonriente de asombro.

–Creo que os habéis reservado muchos secretos, señor Ives.

–Sí –reconoció él, con una sonrisa torcida–. Es que hasta hace poco me teníais en ascuas, sin dejarme saber lo que pensabais de mí.

Raelynn paseó la mirada entre los dos. El magnetismo que desprendían era tan potente que ella no pudo evitar los recuerdos de las intensas emociones que Jeff siempre le inspiraba. Con la misma celeridad, una enorme tristeza por lo perdido pareció atravesarle el corazón, tan profunda que le apretó el pecho. Tuvo que esforzarse mucho para continuar así, con una débil sonrisa pegada a los labios, pensando en sus dibujos. Era como si del resplandor que antes encendiera de gozo todo su ser no quedase nada, sólo un atisbo de lo que había perdido.

La residencia de Elizabeth era una modesta casa de dos plantas, pintada de amarillo claro, retirada tras una cerca de hierro forjado pintada de blanco y un jardín bien cuidado, parcialmente sombreado por un enorme roble. Todas las persianas y las cercas que adornaban el porche delantero, pintadas de blanco, daban al lugar un aspecto muy fresco. El interior era igualmente encantador.

–Es preciosa, Elizabeth –declaró Raelynn, entusiasmada. Lo que tenía a la vista bastaba para persuadirla de que la mujer tenía amplios y variados talentos.

La morena echó un vistazo a su alrededor, como si tratara de ver su casa con otros ojos.

–Cuando la compré no era gran cosa, pero llevo cuatro años arreglándola, en un intento por mejorarla. Ahora creo que está como yo la imaginaba desde un principio.

–¿Lo hiciste todo tú misma? –preguntó Raelynn, asombrada.

La idea hizo reír a su amiga.

–Temo que si lo hubiera intentado no habría llegado muy lejos. Farrell hizo lo más pesado, a cambio de comida casera, la limpieza de su apartamento y mi promesa de hacerle todas sus camisas. Ahora me paga todo eso aparte de mi sueldo habitual. En cuanto al empapelado y a las reparaciones más sencillas, esas sí las hice yo.

Un niñito de unos cuatro años cruzó corriendo la cocina, hacia la puerta trasera. Elizabeth lo detuvo por un brazo, riendo, y lo acercó para darle un abrazo, juguetonamente acompañado de un gruñido exagerado.

–Te presento a Jake, mi hijo –anunció, poniéndole las manos en los hombros para volverlo hacia su huésped–. Tiene cuatro años y ya sabe contar hasta veinte.

–¿Quieres que cuente? –preguntó él, mirando a Raelynn con una sonrisa tímida.

–Sí, por supuesto. –La muchacha se arrodilló para estar a su misma altura.

Jake recitó orgullosamente los números y recibió sus alabanzas con una tímida sonrisa. Al levantar los grandes ojos azules hacia su madre, para ver su reacción, fue recompensado con una sonrisa afectuosa.

–Ya cuentas tan bien, Jake, que es hora de enseñarte más números –dijo Elizabeth, deslizando los dedos por entre el pelo rubio–. En realidad, si continúas progresando así pronto sabrás contar hasta cien.

El niño, radiante de placer, ciñó las piernas de su madre por encima de sus faldas; luego salió a jugar. Raelynn lo vio correr hacia la cerca trasera, de donde en esos momentos se descolgaba otro niñito, y se descubrió pensando en lo grato que sería tener un hijo así... y también un padre para ese hijo.

–¿Te ha resultado difícil criar sola a Jake? –preguntó, luchando contra la tristeza que nunca dejaba de invadirla cuando recordaba el distanciamiento de su esposo.

–En algunos momentos, sí –admitió Elizabeth–. Pero he tenido la gran suerte de que Farrell estuviera muy cerca. No podría contar las veces que ha dedicado su tiempo al niño. Realmente ha sido un gran amigo para nosotros. Durante los fines de semana, cuando yo estoy ocupada cocinando o haciendo otras cosas, él lo lleva a pescar, a cabalgar o alguna de esas otras aventuras que tanto gustan a hombres y a muchachitos. Sin él, Jake no tendría ninguna influencia paterna en su vida. En ese aspecto, la vida no le ha sido fácil. Jake a menudo pregunta por qué sus amigos tienen padre y él no. Una vez llegó a preguntarme si Farrell era su papá.

Raelynn la miró con sorpresa; en realidad, el niño tenía el pelo y los ojos del mismo color que el modisto. No se atrevió a decirlo por no ser indiscreta.

Elizabeth se encogió de hombros, como al descuido.

–La idea surgió de una pareja mayor, en una de esas excursiones que Jake hizo con Farrell. Los ancianos se habían detenido para pedir indicaciones; antes de continuar comentaron que Farrell tenía un hijo muy guapo. No sé por qué, pero él no se molestó en corregirlos. Tal vez fue sólo un breve diálogo, pero lo cierto es que afectó mucho a Jake. Llegó a casa muy contento por lo ocurrido. Más tarde me preguntó si lo que esos ancianos habían dicho era verdad. Tuve que negarlo, por mucho que él deseara ser hijo de Farrell. –Después de un suspiro continuó–: Jake es hijo legítimo de mi difunto esposo. Se parece a su abuela, Margaret Dalton, una dulce mujer cuya muerte lamenté mucho. Yo la quería de verdad. Cuando murió aún era bonita, aunque su pelo había pasado de rubio a blanco y sus ojos azules ya no brillaban. –Elizabeth bajó la vista, apenada–. En cuanto a su hijo, por desgracia no tengo de él muchos recuerdos gratos. Emory solía apostar a menudo. Cuando perdía, cosa que sucedía con bastante frecuencia, descargaba su frustración en mí.

»En cierta ocasión, después de presenciar una de esas escenas, Farrell lo amenazó con matarlo si volvía a levantarme la mano. Emory no hizo caso de sus amenazas, pero no me atreví a decirle nada a Farrell, por miedo a lo que pudiera hacer. Tras haber presenciado la agresividad de Emory, estaba tan furioso que bien podría haber cumplido con su amenaza o, cuando menos, haberle dado una buena paliza. Aun ahora no son muchos los que pueden vérselas con él en un combate de pugilismo. –Rió por lo bajo–. Muchas veces he oído que sus amigos se quejaban de eso. Aunque hoy en día lo hace sólo por divertirse, en otros tiempos era muy bueno.

Elizabeth apartó la cara para disimular su rubor, mientras confesaba:

–La misma noche en que Farrell lanzó su amenaza, me sorprendí deseando la muerte de Emory. Había momentos en que lo odiaba por hacerme sufrir. Pocas noches después, mi deseo se hizo realidad. Me sentí tan llena de remordimientos que no pude aceptar la ayuda de Farrell, aun cuando rompí aguas y me puse de parto. En realidad esperaba morir en el alumbramiento, por haberme atrevido a desear la muerte de mi esposo. –Se encontró con la mirada comprensiva de Raelynn, obligándose a sonreír otra vez, pero el gesto fue débil y tembloroso–. Como puedes imaginar, no estoy muy orgullosa de esa parte de mi vida.

–No se lo diré a nadie –murmuró su huésped en tono tranquilizador, mientras le apoyaba una mano en el brazo.

–Gracias. –Elizabeth dio unas palmaditas a esa mano consoladora. Luego exhaló un suspiro–. Bien, ahora conoces mi oscuro secreto; podría añadir que eres la única. Pero al verte tan afligida por tu propia situación, he pensado que te sería útil saber lo que he tratado de ocultar en estos años.

–No eres la única que ha deseado la muerte de alguien –aseguró Raelynn–. Cuando creí que Olney había matado a Jeff no me sentí muy dispuesta a perdonar. Me descubrí deseando el mismo final para Gustav y Olney. Ya ves, Elizabeth, que también yo soy capaz de pensar en la venganza.

–No es muy alentador darte cuenta de que puedes odiar a un hombre hasta el extremo de desear su muerte. –La morena logró esbozar una sonrisa vacilante–. Al menos tú no odias a tu esposo.

Raelynn trató de reír, pero fue un sonido tenso.

–No, todo lo contrario. Si Jeffrey me borrara de su vida para siempre, creo que mi corazón se marchitaría hasta morir.

–Jeffrey parece muy enamorado de ti –aseguró su amiga–. No puedo creer que llegue a distanciarse de ti.

La pelirroja no tuvo valor para explicar que él lo había hecho, aunque en menor medida, durante las dos primeras semanas de casados.

–Sólo el tiempo lo dirá –murmuró, abatida–; pero si algo he aprendido en lo poco que llevamos casados, es que nunca vacila en hacer algo inesperado, si la situación requiere medidas drásticas. Si no podemos resolver nuestros problemas, se divorciará de mí sin duda alguna.

Elizabeth dejó la tristeza a un lado, por el bien de ambas, y puso un semblante más alegre.

–Subamos, ¿quieres? Me gustaría mostrarte el dormitorio que ocuparás mientras estés aquí.

En medio de la noche, después de dar muchas vueltas en la cama, Raelynn abandonó finalmente el combate que estaba librando en su lecho solitario y permitió que su mente volviera a los recuerdos de Jeffrey. Cualesquiera que fuesen las circunstancias o el estado de ánimo, serio, sensual, enfadado o juguetón, él siempre se había mostrado gentil y caballeroso. Probablemente le había salvado la vida al encontrarla en el pantano. Y aun en la cabaña de Pete el Rojo, enfadado con ella al conocer sus sospechas, la había cuidado como esposo profundamente interesado en el bienestar de su mujer.

Le vino a la mente el recuerdo de una tarde, en las bodas de un viejo conocido de Jeff, cuando llevaban una semana de casados. Algunos amigos varones lo apartaron de ella para acosarlo con bromas, por haberse casado sin su permiso. Sus prontas réplicas provocaron risas estruendosas, por lo que las esposas de sus compañeros acudieron con curiosidad. Pero por entonces Raelynn había comenzado a percibir que él se mantenía a distancia, tanto como las circunstancias lo permitían, y no se sentía con libertad de unirse al grupo; se mantuvo aparte, sorbiendo tímidamente su ponche. Enseguida, los buitres descendieron sobre ella, bajo la forma de varias señoritas frustradas que se apiñaron a su alrededor para hacerle preguntas sarcásticas. La más aguda fue: «¿Cómo diantres hicisteis para cazar a Jeffrey Birmingham?».

La cara de Raelynn debió de expresar su malestar, pues no pasó mucho tiempo antes de que Jeff abandonara a sus amigos para acudir en su ayuda. Con una sonrisa desenvuelta que marcó claramente los surcos de sus mejillas, fingió ante sus adversarias que venía a por ella; mientras le apoyaba una mano posesiva en la cintura, se inclinó hacia su oído para susurrarle, de modo que las otras no oyeran: «¿Queréis que os rescate de estas malévolas brujas, querida?», a lo cual ella respondió con una sonrisa y un desesperado gesto afirmativo.

Él llevó su galantería al punto de besarle la mano y, después de colgársela al brazo, se volvió hacia las otras para presentar sus excusas. Si hubiera sido un caballero de reluciente armadura, ella no lo habría visto más hermoso que en ese instante. Apenas una hora después, cuando iban a subir al carruaje, Raelynn fue nuevamente objeto de las miradas inquisitivas de las tres desdeñadas. Después de ayudarla a subir, Jeff se instaló a su lado y dejó caer los visillos de piel que cubrían las ventanillas, sin prestar atención a la cómoda abertura que quedaba entre ellas y el marco. Mientras las mujeres estiraban el cuello para mirar dentro, Jeff la estrechó contra sí y, para total asombro de la muchacha, la besó con abierta sensualidad. En cierto modo Raelynn quedó muy agradecida por ese favor; pero también lo lamentó, pues los fuegos que encendió en ella fueron difíciles de sofocar, aun después de haberse retirado a su lecho virginal. Pero esa tarea no había sido en absoluto tan ardua como calmar los tumultuosos anhelos que ahora la atormentaban. Tras haber saciado ampliamente sus pasiones, ahora sabía perfectamente lo que deseaba: las atenciones amorosas de su marido.

Ese hombre, que tan abnegado y tierno se había mostrado con ella durante ese difícil período de abstinencia, ¿podía cambiar tan de repente como para asesinar a una joven madre con un bebé a su lado? La pregunta se encendió en su mente sin previo aviso, como para acusarla por esa manera irracional de condenar a su esposo. Si realmente Jeff fuera capaz de un crimen tan monstruoso, si tras esa fachada tan respetuosa acechaba algún demonio tenebroso, ¿no viviría él atormentado por la maldad que ocultaba en el fondo? ¿No habría descubierto ella alguna muestra de esas características malévolas, en algún breve momento de descuido? ¿Era acaso un actor consumado, como para disimular tan hábilmente su naturaleza vil bajo una capa de refinamiento galante? Aunque hubiera despotricado contra Nell, expresando su deseo de estrangularla, ¿no habría dicho lo mismo cualquier otro hombre, en un momento de irritación, sin pensar jamás en llevarlo a cabo?

De pronto Raelynn cayó en la cuenta de que le costaba imaginar a un hombre tan íntegro como él capaz de un crimen tan despreciable. Ese lado oscuro no parecía existir en Jeffrey. ¡Era preciso ser muy ingenua para dudar de él!

17

En los días siguientes, Raelynn fue participando cada vez más en las discusiones de Farrell y Elizabeth sobre qué telas, encajes y otros adornos irían bien con sus diseños. Hasta cierto punto, el trabajo aliviaba la soledad que la asediaba en las largas horas de la noche. Nadie sabía, desde luego, lo desesperada que estaba por ver a Jeff; sin embargo, empezaba a pensar que él no tenía interés alguno por estar con ella. Tal como estaban las cosas, no pasaría mucho tiempo sin que el matrimonio se rompiese.

Un viernes por la tarde, al levantar la vista de su trabajo, Raelynn vio que Gustav Fridrich entraba en la tienda con su habitual arrogancia. Puso de manifiesto su altanería con el portero, que lo seguía para interrogarlo. A fin de cuentas todo el mundo sabía que el alemán era soltero, lo cual justificaba la pregunta, en tono educado, de si estaba seguro de no haberse equivocado de establecimiento. Como ya era demasiado tarde para esconderse, Raelynn se inclinó sobre sus bocetos con aparente concentración.

Cuando Elizabeth informó a Farrell de la presencia de Fridrich, el modisto se excusó ante Isabeau Wesley y se dirigió hacia la puerta. Hizo un gesto con la mano para despedir al portero, pero por entonces Fridrich ya había visto a Raelynn en el pasillo contiguo y caminaba hacia allí, quitándose el sombrero.

–Perdonad, señor Fridrich. –El tono glacial de Farrell podría haber congelado dos ríos caudalosos en pleno verano–. Puesto que esta tienda atiende sólo a las bellas damas de nuestra ciudad, debo preguntaros a qué habéis venido. Confío, por cierto, que no tengáis intención de molestar nuevamente a la señora Birmingham. Lamentaría inquietar a mis clientas con una escena violenta. –Y esbozó una rígida sonrisa antes de añadir–: Pero si es preciso, lo haré.

Ofendido por esa intimidación, Gustav miró de soslayo al diseñador, gesto que le obligó a echar hacia atrás su cabeza calva. Tenía los ojos duros como el hielo, los labios apretados y la nariz encogida, como si oliera a algo pútrido.

–No veo qué interés puede tener mi visita para vos, pero deseo hablar con frau Birmingham. A eso he venido. Ahora, por favor, apartaos.

La altanería del alemán irritó a Farrell, que tenía muy claro con quién podía ser tolerante y con quién no. Gustav Fridrich era uno de estos últimos.

–Me temo que la señora Birmingham trabaja en estos momentos en ciertos diseños para una clienta especial. No me gustaría que se la interrumpiera antes de haber terminado.

–Lo que debo decirle sólo llevará un momento, si me permitís pasar –especificó Gustav, seco. Luego, como él también conocía muy bien lo que era la coerción, advirtió al modisto–: No he venido para ofender a frau Birmingham, ni tampoco a vos, señor. Pero si me impedís hablar con ella provocaré una escena desagradable.

A Farrell se le erizó el pelo de la nuca. Igualmente dispuesto a armar un alboroto, estuvo en un tris de coger al robusto extranjero por el cuello y los fondillos, pero se dominó al comprender que, tras una agresión de ese tipo, el hombre buscaría a Raelynn cuando la tienda estuviera cerrada. Aunque Jeff tenía la casa de Elizabeth bajo vigilancia, sus hombres podían tardar demasiado en ayudar a las mujeres.

Echó una mirada pensativa a la zona en la que había instalado a su nueva asistente. El corpulento conserje se había acercado a ella y estaba limpiando las estanterías, aunque ya las había desempolvado por la mañana. Puesto que la muchacha estaba protegida por alguien tan competente, ¿qué daño podía causarle un hombre con un brazo inutilizado?

–Os daré un minuto para que habléis con la señora Birmingham –informó bruscamente al alemán–. Pero debo insistir en que os retiréis cuanto antes, señor Fridrich.

Después de inclinar la cabeza en un seco saludo, Farrell se apartó.

Raelynn había decidido que, si debía enfrentarse a Gustav, se sentiría mucho más segura detrás de su escritorio. Cuando el hombre se detuvo ante el gran mueble, ella alzó la mirada con deliberada lentitud. Luego, sin un parpadeo, sin mover los labios, volvió su atención al boceto en el que estaba trabajando.

–¿Habéis venido con algún propósito específico, señor Fridrich?

–Sólo para preguntar cómo estáis, frau Birmingham.

–¿Por qué?

La seca pregunta pareció dejar perplejo al alemán, que se esforzó por encontrar una respuesta adecuada.

–Sólo quería expresar mi desolación por lo que sucedió con esa muchachita en la plantación de vuestro esposo. Es trágico, que la mataran sin piedad, siendo tan joven. Temía que vos también sufrierais algún daño, hasta que supe que os habíais mudado a Charleston. Sólo puedo felicitaros por haber abandonado a vuestro esposo.

–Mi esposo cree que vos tuvisteis algo que ver con la muerte de Nell. –Raelynn le echó una mirada para observar su reacción–. ¿Habéis tenido alguna responsabilidad en ese crimen, señor Fridrich?

Los ojos azules centellearon; por un momento Gustav tartamudeó de indignación.

–Vuestro esposo quiere echarme la culpa para cubrir sus crímenes, pero soy inocente.

Ella se inclinó contra el respaldo para mirarlo a los ojos.

–Francamente, señor Fridrich, os creo mucho más capaz que mi esposo, si se trata de asesinar a una jovencita. No he olvidado que, cuando el doctor Clarence se negó a curaros el hombro, indignado por la noticia de la muerte de mi esposo, autorizasteis a Olney para que me disparara.

–Oh, pero si fue sólo una treta para que el buen doctor se lo pensara bien. No iba a permitir que Olney os matara, *mein Liebchen.*

Ella agitó la cabeza en un gesto despectivo.

–Si creéis que voy a tragarme esa mentira, señor Fridrich, el único engañado sois vos. Estoy segura de que lo habríais hecho.

Gustav apretó el sombrero contra el pecho, con un ademán suplicante.

–Es la verdad, frau Birmingham. Fue sólo una treta para que el doctor cambiara de actitud. ¿Cómo puedo hacer que me creáis?

Raelynn dejó la pluma con un encogimiento de hombros.

–Podríais comenzar por olvidaros de mi existencia.

–¡Jo, jo, jo! –Gustav hizo lo posible por tomar la respuesta a la ligera–. No sois tan fácil de olvidar, *mein Liebchen*. Sería imposible.

–En ese caso no hay razones para seguir con esta discusión. Debo continuar con mi trabajo –señaló ella sin rodeos, mientras cogía nuevamente la pluma. Se inclinó hacia la mesa, tratando desesperadamente de concentrarse en el dibujo por terminar–. El señor Ives no me paga por conversar, sino para que trabaje.

–¿Tengo vuestro permiso para visitaros en vuestra nueva residencia, frau Birmingham?

Ella no levantó la vista ni por un momento.

–No creo que fuera muy prudente, señor Fridrich.

–Pero ¿por qué? –dijo él, riendo, tratando de persuadirla–. Estáis sola, frau Birmingham, y yo también. ¿No deberíamos consolarnos mutuamente de nuestra soledad?

Raelynn condescendió una vez más a mirarlo, con los codos apoyados en el escritorio y el mentón en los dedos entrelazados.

–Señor Fridrich, debo recordaros que estoy casada. Mientras use este anillo, sería muy indecoroso por mi parte recibir visitas de hombre alguno. –Y agitó los finos dedos de la mano izquierda, para llamar su atención sobre el gran diamante que allí centelleaba. Lo usaría mientras Jeffrey no solicitara su devolución, con la esperanza de que todo se arreglara en un futuro no tan lejano–. Si me disculpáis, he de continuar con mi trabajo, de modo que os digo adiós.

Así despedido, Gustav se alejó del escritorio, iracundo. En el momento en que se acercaba a la salida, el portero volvió a abrir la puerta, en esta ocasión para permitir la entrada de Jeff, que penetró a paso firme, sin detenerse.

Era muy raro que Jeffrey saliera sin vestir con perfecta elegancia, sobre todo cuando iba a Charleston, pero en ese momento tenía todo el aspecto de haber sido arrancado de su trabajo: no llevaba chaqueta ni sombrero, tenía el chaleco desabotonado y la camisa arremangada. Más aún, había una mancha de tinta en el dedo medio de la mano derecha. Aun así Raelynn quedó impresionada por su apostura, tanto como en el primer encuentro. No llegó a entender el gesto casi imperceptible que hizo al portero, pero el corpulento empleado respondió de igual modo y cerró con suavidad detrás del nuevo visitante.

Raelynn sintió que su corazón se aceleraba de entusiasmo; en sus mejillas crecía el calor segundo a segundo. Esperaba que Jeff se acercara a su escritorio, pero él parecía mucho más interesado en Gustav. Después de plantarse ante él con los brazos en jarras, enarcó una ceja en forma de muda pregunta.

El alemán hizo una mueca de evidente desagrado.

–Ha sido un placer ver otra vez a vuestra esposa, herr Birmingham. De vos no puedo decir lo mismo.

–Vuestro sentimiento es correspondido, herr Fridrich –le aseguró Jeff, con una marcada rigidez en los labios. Era el mejor sustituto de una sonrisa que podía ofrecerle.

–¿También venís a visitarla?

Jeff lo recorrió con una mirada burlona. La respuesta surgió impregnada de sarcasmo.

–Si estabais a punto de retiraros, herr Fridrich, no he de reteneros, aun cuando hubiera motivos para explicaros a qué he venido. Que tengáis muy buenos días.

Jeff le volvió secamente la espalda. Con ese gesto no hizo caso deliberadamente de la presencia de su esposa en el pasillo vecino. No recordaba haber hecho nunca una cosa tan difícil. El impulso de ir hacia ella era tan fuerte que sólo con un gran esfuerzo de voluntad pudo mirar a Farrell, que se acercaba para saludarlo.

La sonrisa llena de esperanza de Raelynn se esfumó rápidamente, mientras su esposo estrechaba la mano del modisto. Con la cabeza inclinada en una mezcla de azoramiento y vergüenza, clavó en el dibujo una mirada borrosa de lágrimas. En un esfuerzo por ocultar la cara a los presentes, se llevó una mano temblorosa a la frente, pero no pudo detener el llanto que comenzaba a mojar el dibujo.

Abandonó precipitadamente la silla y pasó junto al conserje con la cabeza gacha, hacia la puerta trasera. No se volvió a mirar; no supo de los ojos verdes que la seguían sin pausa a través de la ventana, hasta que hubo alcanzado el alto seto tras el que se encontraban las letrinas.

Sólo en la intimidad de esa pequeña pieza se atrevió a liberar el torrente de dolor que la ahogaba. Sollozaba con violencia, abrumada de angustia, con la sensación de que su vida se había precipitado por un profundo abismo, próximo al infierno. Ignoraba qué había traído a su esposo hasta la tienda, pero resultaba muy obvio que el motivo no guardaba ninguna relación con ella, puesto que no se había dignado siquiera ofrecerle un saludo cortés.

Farrell, que también había presenciado su partida, se enfrentó a Jeff con honda preocupación.

–¿No te parece que has estado un poco duro con ella, Jeffrey? Quizá me equivoque, pero creo que iba llorando.

Jeff dejó escapar un suspiro atribulado. Aunque las lágrimas de Raelynn le habían encogido el corazón, impulsándolo a correr tras ella, aplicó su firme decisión a dominar sus emociones y a no exhibirlas exteriormente. Aun así, verla escabullirse tan triste era como dejarse arrancar las entrañas. El dolor le partía el corazón.

–Debo dejar que Raelynn comprenda realmente cómo serán las cosas si nos separamos –explicó, con admirable autodominio–. Sencillamente, es necesario que esto se convierta en una realidad para ella, por muy doloroso que resulte para los dos. Me temo que unos pocos días de ausencia o de indiferencia mía no sean tan efectivos como dos o tres semanas. A no ser por la visita de Fridrich jamás habría venido.

–Pues has llegado mucho antes de lo que esperaba –admitió su amigo, que había sentido un alivio inmenso al verlo aparecer–. ¿Cómo diablos supiste tan pronto que ese sapo estaba aquí?

Jeff le concedió una sonrisa espartana.

–Tengo todo un ejército trabajando para mí, desde tu tienda hasta mi empresa naviera. El portero hizo un gesto al vendedor ambulante; el vendedor silbó al carpintero que trabaja varias puertas más allá... Y así sucesivamente, hasta que el coche de alquiler que he pagado por todo el mes vino por mí.

–Te has tomado muchas molestias para convencer a Raelynn de que todo esto no te importa, Jeffrey, cuando nada está más lejos de la verdad. Podrías hacerle pensar que ya no hay esperanzas para vosotros dos. Si no le das alguna seguridad, tal vez decida embarcarse hacia Inglaterra.

–Pese al temor que me inspira esa posibilidad, es un riesgo que debo correr.

–Eres el hombre más testarudo que he conocido en mi vida, Jeffrey –replicó Farrell. Luego estiró las cejas hacia arriba por un momento, pensativo–. Aparte de mí, claro.

–Puedes decir a Raelynn que he lamentado no verla.

–¿Te irás sin más, sin hablarle? –se extrañó el modisto.

–Pues sí.

Apenas Jeff se hubo retirado, el portero abrió nuevamente la puerta para dar paso a otro hombre, un lord inglés. Farrell reconoció inmediatamente a Su Señoría; era el que había asistido al baile de Oakley con la señora Brewster. Con un discreto suspiro, se preguntó si alguna vez podría continuar atendiendo a su clienta.

–Buenas tardes, milord –saludó atentamente, pese a su irritación–. ¿En qué puedo seros útil?

Lord Marsden inclinó la cabeza en un breve gesto.

–En realidad, confío en que podáis ayudarme.

Farrell, algo intrigado, respondió:

–Haré cuanto pueda, señor. ¿Qué servicio puedo prestaros?

–Os agradecería mucho, caballero, que me dierais las señas de vuestro sastre. Quedé sumamente impresionado por la fina ropa que lucíais en el baile de los Birmingham. –Su Señoría se balanceó sobre la punta de los pies, elevando el mentón en un gesto reflexivo–. Me hicisteis comprender lo deficiente de mi atuendo. La verdad, señor, no me negaría a lucir otro aspecto al desembarcar en Inglaterra... en lo referente a la ropa, desde luego. ¿Me haríais ese favor?

–Por supuesto –respondió Farrell, riendo entre dientes. La ropa podía cambiar mucho la apariencia de un hombre, pero distarían mucho de animar la cara blanda de ese inglés.

Se volvió a medias hacia Elizabeth, con una mano en alto para atraer su atención.

–¿Podríais anotar el nombre y la dirección de mi sastre para Su Señoría, querida?

El aristócrata se lo agradeció con una sonrisa.

–Sois muy amable, caballero. No lo olvidaré.

–Ha sido un placer, señor.

Lord Marsden paseó una mirada inquisitiva por la tienda.

–Se diría que vuestro establecimiento es muy próspero, señor Ives. Las damas parecen deseosas de ver vuestras últimas creaciones. Hoy, mientras almorzaba, he oído a varias que discutían el tema en la mesa vecina. Sus elogios eran dignos de ser oídos.

A Farrell le costaba disimular su impaciencia. Prestar un servicio a Su Señoría no era tan importante como asegurar a una clienta que no la había olvidado. Sólo cabía preguntarse cuánto tardaría Isabeau Wesley en marcharse llena de indignación, para no volver jamás.

Lord Marsden carraspeó, preparándose para solicitar otro favor.

–¿Puedo preguntar también, señor, si es el mismo sastre quien os hace las camisas? Cuando os quitasteis la chaqueta y el chaleco para un pulso con el sheriff, en el baile de los Birmingham, noté que son de muy buen corte. Desde luego, también me impresionó vuestra destreza en ese juego.

–Gracias, milord. Sois muy amable. Pero temo que voy a decepcionaros, pues quien hace mis camisas es la señora Dalton. Y temo que, atareada como está en la tienda, no disponga de tiempo para coser otras.

–La señora Dalton, decís. –Lord Marsden frunció las cejas, pensativo–. Me pareció oír en la ciudad que la señora Birmingham alquila una habitación en casa de cierta señora Dalton.

–Es mi asistente –confirmó Farrell, sin satisfacer su curiosidad. Luego rodeó con un brazo los hombros de la joven, que se acercaba con la dirección del sastre–. Además estamos comprometidos.

Puesto que no parecía haber más explicaciones, el inglés tomó la nota.

–Sé que estáis ocupado, señor Ives. No os retendré más.

–La verdad es que tengo a una clienta esperando –reconoció él, echando una mirada de preocupación a la señora Wesley. Elizabeth la había entretenido mostrándole los últimos bocetos, pero aun así era urgente regresar a su lado.

Lord Marsden volvió a levantar la cabeza y, como si fuera un hábito, se balanceó sobre la punta de los pies, mirando en derredor.

–Pues... he oído de diversas fuentes bien informadas que la señora Birmingham trabaja ahora aquí. Dadas las circunstancias, podría ofenderse si no le presentara mis respetos.

–Temo que la señora Birmingham está indispuesta y no puede recibir a nadie. En realidad, en estos momentos no está siquiera en la tienda.

–En ese caso tened a bien transmitirle mis saludos. –El inglés se inclinó cortésmente y se retiró diciendo–: Os deseo buenos días, señor.

En cuanto la puerta se hubo cerrado tras Su Señoría, Farrell dejó escapar un suspiro de alivio y continuó su conversación con Isabeau Wesley. Para deleite suyo, la viuda había aprovechado su ausencia para escoger varios diseños entre los de Raelynn.

Completamente dedicado a mostrar las telas más favorecedoras, no sólo para esos modelos, sino también para la belleza de la clienta, Farrell no reparó en el regreso de Raelynn. Hasta más tarde no descubrió rastros de llanto en sus ojos y en su nariz. Hubiera querido asegurarle que Jeff se preocupaba intensamente por ella, pero no podía faltar a la confianza de su amigo. A cambio, a fin de mantenerla atareada, le encargó terminar varios diseños más, con lo que tendría la mente ocupada para el resto del día.

Las dos primeras semanas pasaron deprisa para Raelynn, sobre todo porque Farrell la animaba constantemente a crear más vestidos, con lo que le dejaba poco tiempo para pensar en su deprimente situación, aun por la noche, cuando se acostaba en su pequeño dormitorio. Ya había terminado una serie de dibujos que merecieron las alabanzas del modisto y despertaron el interés de sus clientas. Esa mañana, después de elegir varias telas que se podían utilizar para los últimos diseños, ella estaba nuevamente en su escritorio, dedicada a terminar otro figurín. De pronto oyó una voz femenina familiar, cargada de alegría y despreocupación, que provenía del salón delantero. Con el corazón regocijado y una sobrecogedora sensación de alivio, comprobó que la familia de Jeffrey no la había condenado al ostracismo, tal como empezaba a sospechar. Al levantar una mirada ansiosa, vio a su diminuta cuñada casi oculta tras la alta silueta del diseñador. Pese a todo, pudo ver que Heather disimulaba pudorosamente su estado con una capa ligera; la bella y simpática mujer lucía un elegante sombrero, con las cintas atadas bajo el bonito mentón. En ese momento las plumas se movían en sentido contrario, mientras Heather rechazaba los amables ofrecimientos del caballero.

–En mi estado actual, absolutamente nada, señor Ives –la oyó decir, con mucha formalidad, pese a que él era íntimo amigo de su esposo y de su cuñado. Siempre decía que era mucho mejor ser prudente en presencia de oídos indiscretos y de lenguas que tendían a deformar los hechos–. Muchas gracias, de todas maneras.

–Debo suponer que no habéis venido para aprovechar mi talento –se quejó él, en tono de afectuosa diversión–, sino para buscar la compañía de vuestra hermosa cuñada.

Farrell sintió cierto pesar por verse obligado a dedicar tanto tiempo a tratar con mujeres petulantes y avariciosas, en vez de disfrutar de la compañía de amigos queridos, a la cabeza de los cuales estaban los Birmingham. Sin embargo, muchas de sus clientas le resultaban simpáticas. Si no hubiera sido tan amigo de Brandon y Jeff, sin duda le habría gustado tratar con sus esposas. A pesar de que los cotilleos condenaban a la señora Wesley por descarada, él prefería sobradamente su presencia a la de la señora Brewster. Al menos Isabeau no se dejaba detener por tontos prejuicios cuando deseaba algo. Aun así, era un raro placer encontrarse con dos mujeres muy bellas y más interesadas por sus respectivas familias que por los lujos de la vida. Por esa razón no le sorprendió en absoluto ver a Heather Birmingham en su tienda.

La menuda mujer inclinó la cabeza en un gesto de asentimiento.

–Vuestra suposición es correcta, señor. Si me permitís la confianza, me gustaría charlar con Raelynn. Está aquí, ¿verdad?

Farrell movió cordialmente el brazo hacia el lugar que se había convertido en dominio de su nueva asistente.

–Allí la tenéis, aguardando vuestra encantadora presencia, señora.

Raelynn se adelantó para saludar a su visita, algo sorprendida por su propio nerviosismo. Aun así, no dejó de notar que Heather llevaba su embarazo con elegancia e irreductible alegría. Su bello rostro parecía brillar con un esplendor que, además de provocar la envidia de las damas, deslumbraba a unos cuantos caballeros, a menudo intrigados por la efervescencia de las mujeres en ese estado.

Entre alegres risas, Heather dio un afectuoso abrazo a su cuñada y dio un paso atrás para una rápida inspección. Luego suspiró, exagerando su alivio.

–Gracias a Dios, no te han quedado marcas después de que te arrastraran por ese pantano.

Raelynn tuvo que contener una mueca al comprobar que Heather estaba enterada de su estúpida fuga.

–Es que no me arrastraron, querida. La cosa fue bastante más suave.

Los ojos de zafiro centellearon.

–Ya lo imagino. Jeffrey siempre ha sido mucho más civilizado que Brandon. Me estremezco al pensar cómo habría reaccionado mi esposo en similar situación. Cierta vez, antes de casarnos, huí de él, pero a partir de entonces nunca pude reunir suficiente coraje. Si me hubiera atrevido a adentrarme en la espesura, como tú, me habría soltado una regañina peor que ningún azote. –Heather fingió estremecerse, con la certeza de que el formidable temperamento de su esposo habría entrado en ebullición si ella hubiera arriesgado su vida con tal temeridad–. Pero me gustaría saber qué te llevó a fugarte, Raelynn. Si no te opones, podríamos tomar el té con emparedados en algún lugar tranquilo y conversar un rato.

Raelynn no podía ignorar tan alegremente su condición de empleada a sueldo de Ives Alta Costura.

–Me encantaría, Heather, pero debo quedarme a terminar unos diseños que...

–Tonterías –intervino Farrell, abandonando lo que estaba haciendo a poca distancia–. No permitiré que rechacéis una invitación de mi clienta favorita. Es mediodía y tenéis que alimentaros bien, como toda futura mamá. ¿Queréis dar a vuestra cuñada la impresión de que soy un negrero? ¡Mujer, arruinaríais mi tienda!

Heather le devolvió una sonrisa agradecida.

–Al menos sé que se me aprecia.

Él respondió con una garbosa reverencia y una sonrisa de oreja a oreja:

–Permitidme aseguraros, señora, que siempre sois muy apreciada aquí. Sin la belleza y la gracia con que lleváis mis diseños no estaría hoy donde me encuentro. Y para completar mis alabanzas, os diré que en estos momentos mi local alberga a tres de las mujeres más bellas de las Carolinas, cada una de las cuales, por su elegante buen gusto en materia de ropa, ha atraído a una legión de clientas hacia mi establecimiento.

Heather lo miró con fingida altanería.

–Me sentiría mucho más honrada por estas alabanzas vuestras, señor, si no os supiera capaz de engañar a los mismos duendes con vuestras adulaciones. Pero como yo también soy irlandesa no puedo ofenderme.

Farrell se llevó caballerosamente una mano al pecho, como para hacer un juramento solemne.

–Me brindáis un alivio inmenso, señora. Pero creedme: tanto con respecto a vos como a estas hermosas señoras, a quienes tanto admiro, no me atrevería a hacer esas afirmaciones si no fueran la más pura verdad.

Inmediatamente las cogió del brazo y asumió la agradable tarea de acompañarlas hasta la puerta. Raelynn apenas tuvo tiempo de recoger su capa y su sombrero antes de que él abriera la puerta.

–Pasadlo bien, señoras.

–¡Santo cielo! –exclamó Raelynn, mientras la pesada puerta verde se cerraba tras ellas–. Si no fuera por la prontitud con que utiliza algunos de mis diseños, pensaría que trata de echarme. –Luego echó un vistazo hacia atrás, fingiendo asombro–. Ya temía que me hubiera pillado las faldas en la puerta al cerrar con tanta precipitación.

Heather, con una risa divertida, enlazó su brazo al de su cuñada para dirigirse hacia el salón de té.

–Si no te molesta, me apoyaré un poco en ti mientras camino, querida. Este bebé parece tratar de abrirse paso antes de tiempo, pero no me atrevo a decir nada a Brandon. De lo contrario me obligaría a guardar cama.

Raelynn la miró con aire preocupado.

–¿Crees que es prudente alejarte tanto de Harthaven, si estás a punto de romper aguas y te sientes así?

–Tal vez sea algo arriesgado, la verdad –reconoció Heather–, pero debía hablar contigo sobre Jeffrey. Y cuando tenga al bebé, escapar será más difícil.

–¿Acaso Jeff te ha pedido que vinieras a hablar por él? –preguntó Raelynn, que ansiaba convencerse de su interés.

Su cuñada se mostró claramente sorprendida.

–Por supuesto que no, querida. Si conocieras mejor a tu marido sabrías que él atiende sus asuntos a su modo y cuando le parece. No necesita que su hermano o yo nos hagamos cargo. Es muy capaz de resolver sus problemas sin ayuda de nadie... –con un pequeño encogimiento de hombros, añadió–: ... por mucho que quisiéramos ofrecerle nuestros servicios.

–Pero ¿cómo has sabido de mi fuga al bosque?

–Me lo ha dicho Cora, bonita. También me ha dicho que esperabas un hijo.

Raelynn gimió de disgusto, con las mejillas encendidas.

–Sólo falta que se lo haya dicho al pregonero de la aldea.

La risa de Heather resultó contagiosa, y no tardaron en atraer miradas curiosas de los transeúntes. De cualquier modo, su presencia ya había sido detectada por unos cuantos vecinos de la ciudad y la zona circundante. Las altaneras matronas, francamente escandalizadas, levantaban el mentón ante la idea de que una mujer en los últimos días de su embarazo osara presentarse en público. Otros se mostraban cínicos, sobre todo por las conjeturas de que cierto asesino, perteneciente a la encumbrada familia Birmingham, continuaba en libertad pese a haber pruebas irrefutables de su culpabilidad. Unos pocos parecían sinceramente extrañados por la amistosa actitud de las dos cuñadas, cuando todo el mundo sabía que Jeff y Raelynn tenían serias intenciones de cortar el vínculo matrimonial. Heather no prestaba ninguna atención a las miradas que iban cosechando, pero a Raelynn le resultaban mucho más difíciles de ignorar. Después de todo, era su matrimonio el que se deshacía y su esposo el que esas gentes tendían a condenar.

–Se diría que Charleston es una ciudad demasiado grande y transitada como para que su población tenga puntos de vista tan estrechos –comentó en voz alta, dando muestras de irritación, mientras entraban en el salón de té.

–No vayas a pensar que te han escogido como víctima, querida. Les interesas tanto como Farrell y Elizabeth, la reciente viuda Wesley y toda una multitud, incluidos Brandon y yo. En general, esos chismosos llevan vidas muy aburridas; por eso deben exagerar las dificultades ajenas con rumores y conjeturas, aunque todas sean absolutamente falsas. Los encontrarás en todas las ciudades del mundo. Tal como has dicho, Charleston no es la excepción.

La propietaria del local saludó a Heather con la cordialidad que merecen los clientes favoritos. Pronto estaban sentadas en una discreta mesa de la parte trasera. Después de ofrecerles solícitamente las distintas opciones, la mujer desapareció para regresar pocos momentos después, con una tetera llena y una bandeja rebosante de magníficos emparedados.

Heather dejó sus guantes a un lado y sirvió el té. Luego, mientras mordisqueaba un emparedado de pavo y berros, observó a su cuñada con gran atención, hasta que ya no pudo prolongar más su silencio.

–Si no me equivoco, bonita, pareces algo inquieta por toda esta idea de la separación. ¿Te molestaría discutirlo con alguien que promete no repetir una palabra a alma viviente?

Raelynn reflexionó un largo instante, mientras elegía un emparedado que no hizo esfuerzo alguno por comer. Luego exhaló un suspiro pensativo.

–En primer lugar, Heather, debes saber que estoy muy enamorada de Jeffrey.

Las encantadoras cejas de su cuñada se elevaron por un momento.

–Eso no me sorprende, Raelynn. En los años que llevo casada con Brandon, los rumores han confirmado mis sospechas de que Jeffrey siempre ha sido el favorito de las mujeres. Lo adoran todas, jóvenes y viejas por igual. Algunas se desviven por mimarlo. La señora Brewster se desmaya por él desde hace siglos; basta que él esté presente para que parlotee de puro nerviosismo, y está convencida de que cuanto él haga estará bien... al menos hasta ese horrible asunto de Nell. En realidad, no me explico que Jeffrey se las haya arreglado para no ser el hombre más malcriado de la tierra. –Heather miró a su compañera a los ojos, con una tierna sonrisa–. Y bien, dime qué piensas hacer tú.

Ella parpadeó, con la vista empañada por una súbita humedad.

–Me temo que, si las cosas continúan así, Jeffrey me pedirá el divorcio. Por las noches no puedo dormir con sólo pensarlo.

La bella morena puso cara de perplejidad.

–Vamos a discutir este asunto más en profundidad, antes de que me empantane por completo en esta confusión. Cora me ha dicho que huiste de Oakley poco después del asesinato de Nell; aunque no conoce los detalles exactos de tu mudanza a Charleston, ella supone que ha sido idea tuya. ¿Y tú dices temer que sea Jeffrey quien quiera terminar con vuestro matrimonio? –Heather reunió valor suficiente para preguntar–: Dadas las circunstancias, Raelynn, ¿podrías reprochárselo?

–Fue él quien me alejó –admitió su cuñada, en voz baja.

Heather, compadecida, alargó una mano consoladora para cubrir la que jugueteaba con el tenedor, nerviosa.

–Lo siento, querida. Ignoraba que Jeffrey hubiera hecho eso. Pensaba que te habías marchado por propia voluntad. Al menos eso es lo que Cora creía.

–En realidad, en un principio fue así. Cuando me adentré en el bosque, quiero decir. Pero fue sólo porque estaba atrapada en una pesadilla; no dejaba de ver a Jeffrey apuñalando a Nell. Cuando él me encontró en el pantano, nos refugiamos de la lluvia en la cabaña de Pete el Rojo. Olney Hyde, que nos retuvo un rato allí a punta de pistola, aseguró haber presenciado el asesinato de Nell y dijo que el homicida era Jeffrey. ¿Qué podía pensar yo? Sé perfectamente que Olney bien pudo hacerlo él mismo, porque he visto mi propia vida amenazada por ese criminal, pero parecía sinceramente convencido de que Jeffrey había asesinado a la muchacha.

Heather, que esperaba esas aprensiones, decidió compartir con ella algunas de sus experiencias.

–Hace algunos años, Brandon estuvo bajo sospecha por la muerte de Louisa Wells, la antigua propietaria de Oakley. En realidad, cuando la asesinaron Rhys Townsend vino a arrestarlo. Por entonces, tras haber pasado más de un año junto a él, viendo lo tierno y abnegado que era como padre y esposo, yo estaba segura de que Brandon no podía haber hecho algo tan brutal, ni siquiera en un arranque de cólera. Tú y Jeffrey no habéis tenido mucho tiempo para conoceros bien, pero si te sirve de algo, querida mía, estoy segura de que no forma parte de su carácter matar a nadie, a menos que vea gravemente amenazada su propia vida o la de algún miembro de su familia. Tengo la certeza de que no puede haber matado a Nell. Es demasiado noble…

–Sí –admitió Raelynn, dolida–. Y tan endiabladamente encantador, guapo, comprensivo y… y…

–¿Tan Jeffrey? –sugirió dulcemente su compañera, dándole palmaditas consoladoras en la mano–. Mi cuñado es la ecuanimidad personificada. No es jactancioso ni tímido, ni inseguro ni arrogante, ni demasiado orgulloso ni demasiado humilde. Sin embargo –añadió, levantando un fino índice para acentuar su argumento–, eso no significa que no sea totalmente capaz de tomar decisiones que nos desconcierten por completo. No es un santo, pero tampoco un cachorro manso, dispuesto a aceptarlo todo, a pedirte perdón y a adularte para que lo hagas. Tiene su orgullo. Y si no confías en él, dejará que pagues las consecuencias. Al fin y al cabo es un hombre, capaz también de mostrarse más duro que cuero mal curtido, pero justamente por eso le quiero y le admiro más.

Raelynn exhaló un triste suspiro.

–Desde que nos casamos no le he traído sino problemas. No puedo olvidar que todo esto se inició por culpa mía, porque no soportaba la idea de convertirme en la querida del señor Fridrich.

–Tonterías, bonita. Los problemas comenzaron a gestarse cuando Nell se metió en la cama de Jeffrey. Y eso ocurrió mucho antes de que tú aparecieras.

Al estudiar el bello rostro de su cuñada, Raelynn se sintió inducida a interrogarla sobre ese incidente.

–¿Te ha dicho Jeffrey cómo sucedió?

–No me ha dicho nada.

–¿Y cómo sabes tú...?

Heather sonrió.

–Cora me hace muchas confidencias, querida. Se crió en Harthaven, Jeffrey necesitaba una mujer de confianza a quien pudiera encargarle el cuidado de la casa en su ausencia. Y nosotros contábamos con Hatti, que es buena como el pan. En cuanto a esa noche en que Nell quiso seducir a Jeffrey, parece que casi todos los sirvientes se despertaron cuando él la sacó a empellones de su habitación, envuelta sólo en una manta. De inmediato encomendó a Cora buscar ropas para la muchacha y preparar su maleta. Por lo que tengo entendido, Jeffrey dio una serie de órdenes y regresó a su cuarto; a partir de ese momento, Nell quedó a cargo de los sirvientes. Kingston la ayudó a subir al carruaje y Thaddeus la llevó a Charleston, donde le consiguió alojamiento en una posada, con los fondos que Jeff había tenido la bondad de suministrarle.

–Su bebé se parece un poco a Jeffrey –murmuró Raelynn, por lo bajo.

–Oh, querida, ha de ser pura coincidencia –adujo Heather–. Jeffrey nunca habría actuado así sólo por fingir ante los sirvientes. Cora jura que nunca en su vida lo vio tan enfurecido. Dice que, cuando llegó a la casa, lo encontró despotricando contra «esa chiquilla que aún debería estar jugando con muñecas y no con los hombres». Al parecer, Nell lo despertó de un profundo sueño. No hay manera de saber qué hizo para provocar su ira, pero sospecho que no se limitó meramente a besarlo.

Raelynn no concebía la posibilidad de que Cora hubiera mentido. Lo más probable era que el ama de llaves hubiera relatado el incidente tal y como había sucedido. Además, ella había oído a Kingston reprochar duramente a Nell lo que había hecho un año atrás. El mayordomo había echado toda la culpa a la muchacha, sin mencionar a Jeffrey.

También cabía imaginar que, ante un hombre tan apuesto como su esposo, una muchacha como Nell, que obviamente alimentaba una profunda obsesión por él, se mostrara bastante audaz tras haber iniciado la seducción. Y puesto que Jeff acostumbraba a dormir sin ropa, ella podía haber dado rienda suelta a sus fantasías, cuando menos hasta que él despertó.

De súbito Raelynn empezó a sentirse muy arrepentida por haber permitido que la chica la distanciara de su esposo.

–Me avergüenza admitirlo, Heather, pero no he sido una esposa muy leal. Permití que las acusaciones de la muchacha se interpusieran entre Jeffrey y yo, tal como me dejé convencer de que él podía ser un asesino. Ahora que he tenido algunas semanas para reflexionar sobre aquella sangrienta escena del establo, comprendo que huí sin haber dado a Jeffrey oportunidad alguna de explicar lo sucedido. Tiene pleno derecho a sentirse ofendido por mi falta de confianza.

Heather volvió a cubrirle la mano con un gesto consolador.

–Hubo un tiempo en que creí odiar a mi esposo. No puedo negar que le temía.

Raelynn levantó la vista, estupefacta. Siempre había pensado que ese matrimonio había sido idílico desde un comienzo. Viéndolos ahora tan enamorados, era inconcebible que en algún momento se hubieran sentido mutuamente insatisfechos.

–No tenía la menor idea.

–Aun después de casarme con Brandon, lo consideraba un perfecto tirano –reconoció su cuñada, con los labios curvados en una sonrisa distante–. Pero cuando llegamos a Charleston desde Inglaterra, ya estaba convencida de que era el hombre más magnífico que el mundo hubiera creado. Aunque por entonces estaba totalmente enamorada, el orgullo continuó haciendo de las suyas. En realidad, pasó todo un año desde que concebí a Beau antes de que pudiéramos echar abajo nuestras barreras. Ahora tú y Jeffrey tenéis dificultades tan serias como las tuvimos nosotros entonces. Francamente, espero que este tipo de cosas no se conviertan en tradición familiar. –Tamborileó con los dedos sobre el vientre hinchado–. Porque si es así, compadezco a los que nos sigan.

Raelynn se estremeció al pensar en lo que cosecharían los hijos, si sus males pasaban a ellos.

–Confiemos en que ninguno de nuestros seres queridos vuelva a ser sospechoso de asesinato, como Jeffrey y Brandon.

Heather expresó su acuerdo con un murmullo, pero luego pasó rápidamente a un tema menos preocupante.

–Me gustaría mucho que te plantearas la posibilidad de vivir con nosotros en Harthaven, Raelynn, hasta que tú y Jeffrey hayáis resuelto esta separación. Puedes quedarte todo el tiempo que ambos necesitéis para limar vuestras diferencias.

Aunque conmovida por la invitación, Raelynn meneó la cabeza.

–Te lo agradezco, Heather, pero no es posible. No creo que Jeffrey pudiera visitaros sin sentirse incómodo en mi presencia. Además, detesto involucraros en este asunto.

–Es que ya estamos involucrados, querida. Somos de la familia.

–Por supuesto, pero no sería justo que me interpusiera entre Jeffrey y los suyos.

Con evidente tristeza, Heather murmuró:

–Brandon me dijo que te negarías. Pero he querido intentarlo.

[illegible]

—Buenas tardes, señora Rochon —saludó, quitándose el sombrero—. [illegible] la pena [illegible] estar como loco [illegible] por su mujer. Me dijo que pasó el [illegible] con los [illegible] antes.

—[illegible] Charleston por un [illegible]

[illegible] una [illegible] en aquella gran casa.

[illegible] subir al coche, sus zapatillos apenas tocaron [illegible] en su precipitado ascenso. Una vez instalada en el asiento, [illegible] carruaje se tambaleó al subir el [illegible] se pusieron en marcha.

18

–¡Señora Raelynn! ¡Señora Raelynn!

Tres días después, Tizzy entraba por la tarde en la tienda, con claras muestras de ansiedad.

–Ha venido el cochero del señor Brandon. Dice que la señora Heather está de parto y pregunta si usted puede ir a ayudar.

Raelynn se levantó inmediatamente. Iba a correr en busca de Farrell para pedirle permiso cuando lo vio acercarse a paso rápido.

–¡Id, id ya! –le instó él, señalando la puerta–. No os molestéis en ordenar vuestro escritorio. Elizabeth lo guardará todo. Quedaos allí tanto tiempo como sea necesario. Si surge algo que no pueda esperar, sabremos dónde encontraros. Id, id ya a prepararos. El viaje será largo.

–Le he preparado una maleta, señora Raelynn, por si el bebé tarda lo suyo en llegar –informó Tizzy–. Está en el coche del señor Brandon. Si usted quiere, puede partir ahora mismo.

–Gracias, Tizzy. –Raelynn ya estaba en marcha, arrastrando por el suelo el manto que había descolgado del perchero.

Un momento después cruzaba el umbral, mientras el empleado le sujetaba la puerta. El cochero ya había acercado el carruaje y la esperaba con la portezuela abierta.

–Buenas tardes, señora Raelynn –saludó, quitándose el sombrero–. Perdón por la prisa. El señor Brandon estaba como loco, preocupado por su mujer. Me pidió que usase el látigo con los caballos para llevarla cuanto antes.

–Gracias por venir hasta Charleston por mí, James.

La joven apoyó una mano en aquella gran zarpa enguantada para subir al coche. Sus zapatillas apenas tocaron los peldaños en su precipitado ascenso. Una vez instalada en el asiento, el carruaje se bamboleó al subir el sirviente. Pronto se pusieron en marcha.

En cuanto la ciudad quedó atrás, James mostró una innegable prisa. Una y otra vez su látigo restallaba sobre las cabezas de los cuatro caballos. Aunque los cascos arrancaban la superficie del camino, el hombre no les daba tregua. Era obvio que obedecía a su amo al pie de la letra.

Las sombras cayeron sobre la tierra antes de que James se desviara por la larga senda que conducía a Harthaven. Al final del camino bordeado de robles, las luces encendidas de la casona creaban un ambiente de bienvenida. En cuanto el carruaje se detuvo ante la escalinata, Brandon cruzó apresuradamente el porche para salirle al encuentro. Abrió de inmediato la portezuela y le ofreció una mano para bajar.

–Me alegra que hayáis podido venir –murmuró, visiblemente aliviado. Luego la llevó del brazo a través del porche–. Heather ha dicho que vosotras dos sois como hermanas, casi tanto como lo somos Jeffrey y yo. Se ha encaprichado con la idea de teneros a su lado y no hubo manera de quitársela. –Reía entre dientes, pero sin la habitual despreocupación–. Ordené a James que os subiera al coche por la fuerza, si era necesario, pero él se echó a reír. Dijo que os traería sin llegar a esos extremos.

–Heather no corre ningún peligro, ¿verdad? –inquirió ella, preocupada, mientras su cuñado le abría la puerta principal. Reparó con extrañeza en la gran estatura de su cuñado, pero luego se dijo que Jeffrey era igualmente alto; tal vez sólo le llamaba la atención porque llevaba más de tres semanas alejada de él.

–Hatti ha dicho que todo marcha como debe ser –informó Brandon. Pero en la breve pausa siguiente exhaló un suspiro tembloroso–. Puesto que eso podría significar un montón de cosas, no me tranquiliza demasiado.

Cuando entraron en el dormitorio principal Heather estaba en medio de una dolorosa contracción, pero aun así logró sonreír a la recién llegada. Al fin pudo relajarse y apoyar la cabeza en la almohada, regulando su respiración; tras descansar por un momento pudo dedicarle una verdadera sonrisa. Pese al frío seco que reinaba, tenía el pelo mojado y gotas de sudor en la cara. No obstante, como si no diera importancia al dolor que acababa de soportar, alargó una mano hacia Raelynn, invitándola a acercarse.

–Perdóname si no he podido saludarte debidamente, pero este bebé se encapricha en requerir toda mi atención. El parto se ha iniciado hace algunas horas; no creo que tarde mucho en nacer.

Raelynn le estrechó la mano con afecto y logró esbozar una temblorosa sonrisa.

–James se ha encargado de traerme tan pronto como ha sido posible –comentó. A pesar de su preocupación, trataba de mostrarse distendida–. No creo haber hecho en mi vida un viaje tan rápido.

Heather gimió con fingida indignación:

–No era mi intención hacer que te mataran de miedo, querida. Bien habría podido esperar media hora más.

–Quizá nuestro vástago no habría esperado tanto –intervino su esposo, apoyando una rodilla en el otro lado de la cama; luego le cogió la mano libre–. Cuando mandé a James por Raelynn ya teníais fuertes contracciones. Ahora se han hecho más frecuentes. Francamente, querida, no sé cuánto más de esto podré soportar.

Heather y Raelynn festejaron su seco humor con una sonrisa. Luego su esposa le deslizó una mano cariñosa por el brazo.

–Resistiréis.

–Lo que empeora las cosas es haber prometido que estaría a vuestro lado hasta el final –confesó Brandon–. Ya siento flojas las rodillas ante la perspectiva.

–La idea no fue mía sino vuestra –acusó dulcemente Heather–. Puedo arreglármelas sin vos.

Él apoyó una mano suave en la sábana que cubría el vientre hinchado.

–¿Quién es responsable de este bebé?

–Los dos –reconoció ella, con una sonrisa.

–Pues bien, los dos estaremos aquí cuando nazca. –Se llevó aquella mano a los labios para un afectuoso beso; los ojos verdes miraban al fondo de los suyos–. Decidme ahora, querida mía, ¿cómo os sentís?

–Estoy bien –aseguró ella, enlazando los dedos a los suyos, mientras alzaba los ojos de zafiro para estudiarlo con preocupación–. ¿Y vos?

Brandon estiró la mano libre para jactarse:

–¿No veis? Firme como una roca.

–Sí, y yo soy el tío de mi madre –replicó Heather, estrechando aquella manaza con una risa sofocada.

Apenas media hora después una criada llamó suavemente a la puerta. Cuando Brandon abrió, la joven negra anunció en voz baja:

–Ha venido el señor Jeffrey, señor. Está abajo.

–Gracias, Melody. Dile que bajaré enseguida.

Tras cerrar la puerta se encontró con la mirada de Raelynn. De pronto se la veía insegura, pero él no sabía cómo tranquilizarla. Se encogió de hombros, indefenso.

–Farrell debe de haberle mandado aviso.

–¿A Oakley?

–Probablemente a la casa de Charlest... –Se interrumpió abruptamente al comprender que acababa de traicionar una confidencia. Ante la creciente confusión de Raelynn, ofreció una excusa que, en realidad, no estaba muy lejos de la verdad– ... Últimamente Jeff ha tenido mucho trabajo en la empresa. Como no quería viajar todos los días, ha alquilado a un amigo una casa en la ciudad.

Raelynn abrió la boca para hablar, pero volvió a cerrarla de inmediato, pues estaba al borde de las lágrimas. Como Oakley estaba a una hora de Charleston, se había consolado pensando que su esposo no tenía tiempo para visitarla, puesto que sus múltiples negocios lo mantenían tan ocupado. Pero si había pasado todo ese tiempo en la ciudad, sólo cabía pensar que la evitaba deliberadamente.

Por miedo a que su aparente fortaleza se desmoronara del todo, carraspeó, buscando valor para hacer una pregunta:

–¿Lleva mucho tiempo allí?

–No estoy seguro. Sólo un par de semanas, según creo. He perdido la cuenta. –Parecía una excusa muy trillada, pero era la verdad. Preocupado como estaba por lo que Heather debería pasar al nacer el niño, no había pensado en otra cosa.

–Brandon –llamó Heather desde la cama.

–¿Sí, amor mío? –Él se acercó, agradecido por la interrupción. No obstante, percibió en la mente de su esposa algo que no necesariamente lo involucraba.

Ella le estrechó la mano grande, sonriéndole con dulzura.

–Bajad a recibir a vuestro hermano. Dejadme a solas con Raelynn, por favor.

Brandon comprendió que pensaba decir toda la verdad a su cuñada, y realmente, sería mejor para todos que él no estuviera presente. Se retiró de buena gana, para no ser testigo de las lágrimas que sin duda correrían.

–No hagáis nada durante mi ausencia –le instó con débil humor–. He prometido acompañaros hasta el final. Y ya sabéis que siempre cumplo mi palabra.

–Aunque os desmayéis en el intento –bromeó Heather, ofreciendo la cara al beso cariñoso.

–¿Yo? –Él irguió la espalda, clavando un dedo contra el pecho, con aire de total incredulidad. Ante el sonriente gesto afirmativo de su esposa, fingió un semblante dolido–. Qué vergüenza, señora. Yo no sería capaz de semejante cosa.

–No, por supuesto –admitió ella, dulcemente. Y le estrechó los dedos antes de dejarlo ir.

Cuando la puerta se hubo cerrado, indicó a Raelynn que se acercara por el lado izquierdo. La joven obedeció de inmediato, pero al verla hacer una mueca le cogió inmediatamente las manos.

–¿Hay algo que yo pueda hacer para aliviarte? –preguntó con ansiedad, asombrada ante la fuerza de esa mujercita menuda.

Durante un largo instante, Heather se tensó hacia abajo, sin poder responder, hasta que la contracción pasó. Entonces lanzó un largo soplido y volvió a inhalar con lentitud. Una vez recuperada la compostura dijo a su cuñada, sonriente:

–Ya no falta mucho.

–Querías hablar conmigo –arriesgó Raelynn, con suavidad.

–Sí, querida. Sólo quería asegurarte que, si Jeffrey se ha instalado en Charleston, es únicamente por ti.

–¿Por mí? –La joven rió ante lo absurdo de la idea. Si no fuese por su gran aflicción, parecería estar imitando las protestas de Brandon–. ¡Pero si apenas lo he visto desde que abandoné Oakley! Sólo una vez ha entrado en la tienda. Y no me ha mirado siquiera.

–Eso no significa que no esté preocupado por ti. Ha apostado a sus hombres para asegurarse de que estés protegida, principalmente contra Gustav. No sé exactamente dónde se encuentran, pero creo que están muy cerca de los lugares donde trabajas y vives. Jeffrey se ha instalado en Charleston por si hubiera problemas.

–Al parecer, sigue siendo tan honorable como siempre –fue el frío comentario de Raelynn–. ¿O acaso me utiliza como cebo para atrapar a Gustav?

–Mi querida Raelynn, estoy convencida de que Jeffrey te quiere. De otro modo…

–Si me quiere, ¿por qué no ha venido a verme? –la interrumpió ella, con voz débil–. ¿Quieres saber lo que pienso? Es sólo cuestión de orgullo masculino. Si me tiene custodiada y Gustav decide volver con sus rufianes, nadie podrá acusarlo de abandonarme a mis propios medios.

Heather se apretó el vientre con las manos, tensada por una nueva contracción. Pasado un momento jadeó:

–Será mejor que llames a Hatti. Creo que la cabeza del bebé comienza a asomar.

Raelynn bajó a toda prisa la escalera, llamando a la sirvienta. Al oírla, Brandon salió del estudio como un poseso. Mientras él se lanzaba escalera arriba, la joven se detuvo bruscamente: una figura alta y bien vestida acababa de aparecer en el vestíbulo.

Jeff inclinó la cabeza a modo de saludo y se acercó a paso tranquilo, hasta apoyar la bota en el primer peldaño. Aunque el vestíbulo se había llenado súbitamente de sirvientes que iban y venían a la carrera, llevando toallas y cubos de agua, Raelynn sólo tuvo conciencia de su esposo. Por fin cayó en la cuenta de que Hatti había pasado junto a ella hacía algunos segundos.

–Heather se preguntará dónde estoy –balbució.

Y giró en redondo, recogiéndose las faldas para subir corriendo. Sólo se percató de lo mucho que temblaba después de cerrar la puerta del dormitorio y apoyar la espalda contra ella. De pronto sentía las rodillas tan débiles que no parecían capaces de sostener su peso. Si sus dientes no castañeteaban era sólo porque los mantenía muy apretados. Dio un paso inseguro hacia el lecho, asombrada por el efecto causado por la presencia de su esposo, y se regañó por permitir que él desmantelara hasta tal punto sus defensas. Pero eso no era lo peor: su corazón palpitaba caóticamente en el pecho, como si terminara de correr una violenta carrera.

En esos momentos Heather pujaba con fuerza para sacar a su hijo al mundo. Brandon, a su lado, con los largos dedos entrelazados a los de ella, parecía tan sólido como lo sugería su porte físico. Sólo Raelynn notó que la manaza con que le secaba la frente, murmurando palabras alentadoras, temblaba mucho más que antes. En realidad, estaba casi tan temblorosa como la suya.

–Todo va bien, mi pequeña –la alentó Hatti, mientras preparaba las mantillas para recibir al recién nacido.

La cabeza de Heather cayó sobre la almohada al pasar el espasmo. Por un momento jadeó como si estuviera totalmente agotada. Luego dejó escapar el aliento en un suspiro y, recobrada la compostura, paseó la mirada en derredor; sólo entonces vio a su cuñada, a los pies de la cama, y alargó la mano libre en un gesto de invitación. Raelynn se la estrechó, mientras luchaba contra las lágrimas provocadas por el nerviosismo. Entre Jeffrey y Heather, no creía volver a ser la misma.

–Todo está bien –la tranquilizó Heather, sonriendo con valentía–. Acabará muy pronto. No tienes por qué afligirte, querida. Esto va muy bien.

Un momento después contrajo el rostro y volvió a pujar. Pasó al fin la cabeza del bebé, y de inmediato se oyó un grito apagado, colérico, que despertó risas entre cuantos lo escucharon.

–No tiene la potencia del amito Beau –comentó Hatti, con una sonrisa de blancos dientes–. Esto suena como de niñita. Creo que muy pronto podrá ver a su hijita, señora Heather.

La cabeza se apartó otra vez de la almohada, en el forcejeo del nacimiento. No pasó mucho tiempo antes de que la negra riese de puro gozo.

–Como yo decía: una niñita de pelo negro. Y es una belleza.

–Oh, ya lo creo –asintió Raelynn, riendo. De pronto su corazón parecía alzar el vuelo.

Hatti puso al bebé sobre el vientre de su madre y terminó con los otros menesteres relacionados con el parto. Brandon, sobrecogido por el milagro que acababa de presenciar, metió un dedo en el diminuto puño ensangrentado; de inmediato la pequeña cesó de gritar y comenzó a hacer un ruido de succión.

–Bien, ya sabemos qué pedirá pronto nuestro nuevo tesoro –exclamó su padre, riendo.

Hatti se llevó a la recién nacida a un rincón del cuarto, para lavarla y vestirla. Momentos después la ponía en brazos de su madre.

–Es bellísima –comentó Raelynn, orgullosa.

Heather contempló la cara pequeña y arrugada.

–Sólo una tía cariñosa podría opinar así –rió.

Brandon se levantó de la cama para acercarse a la puerta, con una gran sonrisa.

–Voy a por Beau y Jeff. Ellos también querrán ver a Suzanne.

Heather estaba concentrada en comprobar que su hija tuviera todo lo necesario; Hatti y Melody, en limpiar la habitación y reacomodar la cuna junto al lecho. En la confusión, nadie notó que Raelynn se escabullía escaleras abajo. Salió por la parte trasera, sin hacer ruido, para ir con premura en busca de la intimidad que ofrecía la letrina. No quería que Jeff la viera tan nerviosa. La mera idea de enfrentarse a él otra vez la hacía temblar hasta el punto de requerir un retrete. Y su embarazo aumentaba la necesidad.

Lo que menos esperaba era encontrar a Jeff esperando junto al cubículo. Enrojeció de vergüenza, como si él nunca la hubiera visto correr hacia la bacinilla del dormitorio.

–Perdonad –dijo, alisándose las faldas–. Ignoraba que estuvierais esperando para usar la letrina.

–Os estaba esperando, querida –corrigió él–. Se me informó que James os había traído desde la ciudad; pensé que tal vez querríais volver en mi coche, para ahorrarle un viaje.

Expresado de ese modo, Raelynn no encontró manera de rehusar.

–Tizzy me ha preparado una maleta, por si debía pasar la noche aquí. Debo ir por ella.

–James me la ha entregado hace un momento, querida. Ya está en mi carruaje –le informó su esposo–. En cuanto haya presentado mis respetos a la madre y a la recién nacida estaré listo para partir. ¿Os parece aceptable?

Raelynn no supo si ofenderse por el hecho de que él diera su ofrecimiento por aceptado o si sentirse complacida por que Jeff se hubiera hecho cargo de todo con su eficiencia habitual.

–Sí, perfecto.

Sin atreverse a tocarla, por miedo a lo que eso pudiera provocarle, Jeff señaló con la mano el estrecho sendero que conducía a la casa.

–Después de vos, querida.

Raelynn apretó el paso por el hollado sendero, sintiendo que la implacable mirada de su esposo la seguía hasta entre las sombras del claro lunar. Sus largas piernas no tuvieron dificultad en alcanzarla; ya estaba en la entrada para abrirle la puerta cuando la joven llegó.

–Gracias –dijo ella, alzando una mirada nerviosa. Por mirarlo con tanto apasionamiento, caminó a ciegas hasta que su cabeza golpeó contra el borde afilado del marco. Se tambaleó hacia atrás, completamente aturdida por el impacto; su vergüenza fue tal que habría preferido caer en un pozo sin fondo.

–¿Estáis bien? –preguntó Jeff, alzándole solícitamente la barbilla para evaluar los daños.

Ella se ruborizó, furiosa, con una mano apretada al chichón que se le estaba formando en la frente, mientras se decía que era perfectamente cuerdo desear que la tierra se la tragara. Su esposo trató de apartarle la mano para ver la herida, pero ella estaba demasiado abochornada para permitírselo.

–¡Estoy bien! Dejadme en paz, Jeffrey.

–No estáis bien –adujo él–. Hay un hilillo de sangre entre vuestros dedos.

Sobresaltada por ese comentario, ella apartó la mano para mirarla, impresionada. Era sangre, realmente; pero lo más perturbador fue que las gotas comenzaban a caerle en el pecho.

–¡Oh, mi vestido! Se me va a estropear.

–Agradezcamos que no haya sucedido lo mismo con vuestra cabeza –observó Jeff, mientras aplicaba suavemente un pañuelo limpio al pequeño corte. Una vez limpiada la sangre de la frente, procedió con la familiaridad de un marido a hacer lo mismo con el corpiño.

Su diligencia hizo que Raelynn olvidara inmediatamente las palpitaciones de su cabeza, pues ya sentía que un pezón se encogía, formando un botón apretado, bajo esos toques despreocupados. Sin rastros de su señorial aplomo, se llevó una mano al pecho, sin poder ignorar el hambre de ese pico sensible.

–¡Por favor, Jeffrey, dejadme en paz!

–Hay que curar esa cabeza, señora –razonó él–, y en este momento todos están ocupados dentro de la casa. Os agradecería que me permitierais atenderos.

–Puedo cuidarme sola.

–No podéis siquiera veros la cabeza.

–¡Oh, está bien! –Como una niña petulante, se dejó caer en una banqueta, cerca de la puerta trasera, e inclinó la cabeza hacia atrás, sin apartar la mano que cubría el pecho–. ¡Curadme!

Jeff trajo un cubo de agua del pozo y vertió una pequeña cantidad en una lata que pendía de un gancho.

–No tenéis por qué mostraros tan ofendida, Raelynn –le reprochó con suavidad, mientras mojaba el pañuelo–. He hecho mucho más que tocaros el pecho.

Raelynn cayó en la cuenta de que debía de parecer bastante ridícula sentada allí, cubriendo con la mano su plenitud femenina. Entonces se removió en la silla con aire incómodo y bajó el brazo hasta el regazo. De inmediato sorprendió la mirada que su esposo echaba al corpiño. Curiosa por saber qué había provocado su interés, bajó la vista. Al descubrir que el pezón estaba aún fuertemente contraído, se cruzó de brazos con un gemido de humillación, con lo que arrancó a Jeff una risa grave.

–Se diría que nunca habéis visto algo así –se irritó.

–Necesito refrescar la memoria –explicó Jeff, con una amplia sonrisa–. Ha pasado mucho tiempo.

Ella quería replicar con algo adecuadamente agrio, pero no se le ocurrió nada. Se dejó limpiar cuidadosamente la herida y vendar la cabeza. Después de cubrirse con el manto, siguió a Jeffrey escaleras arriba, hacia el dormitorio principal.

Cuando llegaron, Beau estaba sentado en la cama junto a su madre, observando inquisitivamente al animalillo que su padre tenía en las manos y haciendo mil preguntas, pues quería saber de dónde había salido esa hermanita. Por fin Brandon sostuvo al diminuto bebé con una mano y, alargando la otra, la posó en la manta que cubría el vientre de su mujer, ya notablemente más plano.

–De aquí salisteis tú y Suzanne, hijo.

Beau reflexionó por un momento. Luego volvió a levantar la mirada, inquisitivo.

–Pero ¿cómo nos metimos allí?

Jeff se apretó los labios con un nudillo para sofocar la risa, mientras su hermano lo miraba con expresión irritada. Luego se volvió hacia su esposa para estrecharle la mano y dio por fin la respuesta:

–El amor os puso allí, hijo.

–¿El amor? –La voz del niño sonó incrédula–. ¿Como cuando Hatti dice que la nidada de pollos es un amor?

Jeff echó la cabeza hacia atrás para lanzar una carcajada al techo. Su diversión resultó contagiosa. Pronto la habitación entera resonaba de risas.

Cuando Jeff y Raelynn se despidieron de la familia para iniciar el largo trayecto a Charleston, la oscuridad ya se había asentado sobre la tierra. La joven habría deseado que él acortara el viaje invitándola a pasar la noche en Oakley, pero pronto fue evidente que su esposo no pensaba hacerlo.

Aunque en un principio se sintió tensa y nerviosa por estar sentada junto a Jeffrey, el agotamiento pudo con ella debido a los acontecimientos del día. Pronto comenzó a cabecear. No se había puesto el sombrero, por miedo a estropear las cintas con otro goteo de sangre, y su frente lastimada era muy vulnerable a los roces contra el interior del carruaje. Despertó con un respingo y, cada vez más irritada, se acomodó contra el respaldo, consciente de que su esposo, imperturbable en un grado enfurecedor, la observaba con incesante persistencia a la luz de la luna.

Cuando apenas habían recorrido algunas millas más, los ojos de la muchacha volvieron a cerrarse. Nunca supo exactamente cómo Jeff la sentó en su regazo para apoyarle la frente contra su cuello, pues ya había dejado de luchar contra el sueño. Tampoco supo del beso que él le depositó en la coronilla.

Algún tiempo después tuvo una vaga impresión de que la llevaban en brazos a través de una zona oscura. Oyó el ruido de una puerta al cerrarse y de voces apagadas, que parecían subir desde un pozo muy profundo. Más allá se movía una lámpara, arrojando rayos y sombras alargados contra los techos y los corredores. Crujieron los goznes de una puerta que se abría y se cerraba. Un momento después, cuando la depositaron en una cama, reconoció el chirrido familiar. Al oír la voz soñolienta de Tizzy trató de despertar, pero un tono mucho más grave ordenó a la criada volver a su habitación. Un par de manos suaves abrieron los botones y otros cierres, mientras Raelynn, con un suspiro de satisfacción, volvía la cara contra la almohada. El bebé cambió de posición dentro de su vientre. Fue un movimiento oscuro y distante, como si ella lo hubiera soñado; casi como el calor de una mano grande apoyada en su vientre fresco. Alguien le pasó un camisón por la cabeza; por fin la arroparon con una manta. Luego la lámpara se apagó al final del largo túnel y la oscuridad se cerró en torno a ella, mientras se hundía a mayor profundidad, en un remolino de sueños del que no quería ya salir.

19

Dos semanas después, un viernes, ya próxima la hora de cerrar, una figura alta y elegante abrió la característica puerta verde de Ives Alta Costura y, quitándose la chistera, se acercó al solitario escritorio, en el fondo del corredor de las costureras. Raelynn terminaba de guardar sus accesorios de dibujo en un cajón cuando la sombra masculina cayó sobre ella. Levantó la vista, segura de que se trataba de su jefe, que venía a hacerle alguna pregunta sobre uno de sus diseños. Varios minutos antes había subido con Elizabeth, en busca de algunas muestras de tela, una de las cuales pensaba utilizar para el diseño que Raelynn había terminado algo más temprano.

Cuando su mirada se posó en su propio marido, la asaltó una avalancha de impresiones muy parecidas a las que habían sido decisivas para que aceptara su proposición matrimonial, cuando hacía apenas una hora que se conocían. Su apostura viril la impresionaba de igual manera; la sonrisa, con los hoyuelos gemelos en las mejillas, era igualmente conquistadora; sus ojos verdes, tan luminosos como siempre. La única diferencia detectable estaba dentro de ella. No recordaba que su corazón hubiera latido entonces con un ritmo tan caótico, aun cuando él la apartó de la trayectoria del coche. Tampoco era posible que la emoción le hubiera calentado las mejillas como ahora las sentía arder.

–Cuando regresamos de Harthaven no tuvimos oportunidad de conversar –murmuró él–. He venido para preguntaros cómo estáis. ¿La cabeza está mejor? No veo señales de cicatriz.

Jeff la recorrió toda con la mirada, mientras ella rodeaba el escritorio. Aunque el atractivo vestido a cuadros verdes y azules disimulaba su estado, el embarazo ya era obvio. Pero ya al desvestirla en su pequeña habitación de la casa de Elizabeth, Jeff había reparado en el pequeño vientre redondeado y en los pequeños movimientos que le hicieron posar una mano allí, para sentir a su hijo moviéndose dentro.

–No. Como veis, ya está curada –murmuró ella, tratando de dominar su alegría–. Y me siento muy bien.

Hacía poco más de un mes que había abandonado su casa, pero a veces le parecía un año. En todas sus reflexiones sobre la culpabilidad o la inocencia de su esposo no había llegado a comprender lo mucho que lo echaría de menos; eso vino sólo cuando comenzó a asediarla el temor de no volver a verlo. Ese miedo había echado profundas raíces en su corazón; entonces comprendió lo que significa estar desesperada por un hombre. Si Nell había sufrido por la indiferencia de Jeffrey tanto como ella en esas torturantes semanas, era fácil comprender por qué a veces la muchacha se sentía impulsada a exigir su atención.

–¿No padecéis ninguna de las molestias habituales del embarazo? –preguntó él, solícito.

–Ninguna que tenga importancia. Sólo un letargo que me induce a dormir a cualquier hora. Desde luego, al estar trabajando no puedo hacerlo.

–No, supongo que no.

–¿Cómo están Heather y el bebé? He estado pensando en tomar un coche de alquiler para ir a visitarlas, pero han venido tantas clientas a ordenar el guardarropa de primavera que apenas tenemos tiempo de respirar.

–Heather y el bebé están muy bien –respondió él–. Suzanne ha logrado dormir varias veces desde el anochecer hasta el alba, para gran placer de sus padres. Eso de amamantar a un bebé cada cuatro horas, noche tras noche, acaba por fatigar el cuerpo. Claro que esa tarea recae por entero sobre la madre, aunque el esposo se esfuerce por ayudar.

Raelynn abordó, vacilante, un tema que la tenía preocupada.

–Por algunos comentarios que he oído en la tienda, tengo entendido que ahora somos de gran interés para los chismosos –aventuró, siguiendo con el dedo el brazo del pequeño maniquí francés que tenía en su escritorio. Y continuó, sin atreverse a enfrentarse con su mirada–: Hasta he oído decir que habéis hablado con vuestro abogado para poner fin a nuestro matrimonio.

Un bufido desdeñoso expresó lo que Jeff pensaba de esos cotilleos.

–No creáis todo lo que oís, querida mía, ni siquiera una parte. Jamás haría eso, a menos que fuera vuestra voluntad. –Inclinó pensativamente la cabeza a un lado, mientras ella elevaba lentamente los ojos para enfrentarse con su mirada–. ¿Lo es?

–No, de ninguna manera –se apresuró ella a responder, con una risilla incómoda–. Sólo tuve miedo de que fuera verdad, puesto que estabais tan enfadado conmigo cuando partí de Oakley.

–¿Miedo? –repitió Jeff, extrañado por las palabras utilizadas.

–Miedo, preocupación, inquietud. Todo significa más o menos lo mismo –aseveró ella, lúgubre.

–Es cierto, Raelynn, pero ¿decís que eso os preocupó al punto de haceros sentir miedo?

Ella dejó escapar un suspiro tembloroso y asintió espasmódicamente.

–Sí.

–¿Significa eso que dudáis de mi culpabilidad en la muerte de Nell?

Esa pregunta directa le llenó los ojos de lágrimas. Con timidez, se enfrentó a la mirada inquisitiva de su esposo.

–Todavía no he podido llegar a una conclusión definitiva sobre lo que sucedió aquella noche, si a eso os referís. En ocasiones me parece una tontería sospechar siquiera que pudierais cometer semejante brutalidad. Luego despierto de una pesadilla recurrente, en la que vuestro aspecto cambia ante mi vista. Os convertís en un demonio que me estremece de miedo.

Jeff no había olvidado los delirios atormentados que le había oído en la cabaña de Pete, mientras dormía a su lado. En vez de agitar dolores pasados, le pareció mucho más prudente cambiar de tema.

–He venido a invitaros a cenar, querida.

–¿En Oakley?

¿Pensaría de verdad quebrar su reticencia, permitiéndole pisar su casa otra vez? Sin atreverse casi a respirar, aguardó la respuesta como si estuviera a punto de recibir una sentencia de vida o muerte.

–En un restaurante, aquí en la ciudad –corrigió él. De inmediato se preguntó si el suave brillo de sus ojos se había apagado un poco o si sólo era fruto de su imaginación–. Si la idea os parece aceptable, cenaremos fuera y luego os acompañaré a casa de Elizabeth. Si no estáis en condiciones de caminar, alquilaré un coche. En este momento no tengo el carruaje. Tuve que mandar a Thaddeus de regreso a Oakley con algunos recados.

Raelynn se arrepintió de no haberse puesto un vestido más elegante.

–Debería arreglarme un poco.

–Tonterías, querida. Estáis tan encantadora como siempre.

Esa generosa declaración la animó considerablemente. Aun así le provocó una risa dubitativa.

–Lo dudo mucho, Jeffrey.

Él miró a su alrededor.

–¿Tenéis alguna capa? Hay más humedad que de costumbre y el clima es sofocante, lo cual me induce a pensar que pronto habrá niebla.

Raelynn señaló el perchero donde había dejado su capa de lana.

–El abrigo es de Elizabeth; la capa, mía.

Retiró de un armario cercano una bonita boina escocesa y, de pie frente a un alto espejo de plata, procedió a ponérsela. Después de calársela audazmente, echó un vistazo a su marido, para asegurarse de que aún estuviera allí, todavía dispuesto a dejarse ver públicamente con ella. Estaba, sí, y se volvió a mirarla mientras retiraba la capa de la percha. Ella sonrió súbitamente, sin prestar atención a lo que hacía, mientras hundía un largo alfiler de sombrero en la pana azul. Muy pronto lamentó la distracción, pues la punta se le clavó en el índice. Su exclamación sobresaltada atrajo de inmediato a Jeff, pero por entonces ella ya había arrojado el alfiler al suelo y se apretaba el dedo sangrante, para que las gotas no mancharan el vestido.

–Qué torpeza la mía –se lamentó, entre muecas de dolor.

–Dejadme ver qué os habéis hecho ahora –le pidió Jeff.

Las mejillas de la joven adquirieron un vívido matiz. El desconcierto la hizo gemir para sus adentros. Por lo más sagrado, ¿tenía que ser siempre tan torpe en presencia de él?

Jeff la acompañó hasta un lavabo cercano. Después de verter un poco de agua en la palangana, le enjabonó la mano herida y se la enjuagó. Luego retiró de su chaqueta un pañuelo limpio, con el que secó los finos dedos, mientras imploraba:

–Deberíais tener más cuidado, Raelynn.

Muy afectada por esa presencia alta y bien vestida, Raelynn se llevó una mano temblorosa a la frente, en un intento por ocultar sus mejillas arreboladas. Dedo y torpeza habían quedado casi en el olvido ante el efecto de esa viril proximidad. La escandalizó descubrir que se estaba excitando físicamente. Los pezones le cosquilleaban acuciados por el furioso apetito de ser nuevamente acariciados, no sólo por esas manos y esa boca, sino por el ritmo lento de su pecho velludo, durante los ritos íntimos del amor. Apenas pudo ignorar la palpitante urgencia de su ingle; ansiaba unirse a él y volar otra vez hasta esas elevadas cumbres que habían alcanzado con tanta frecuencia. Pero era sólo una tontería, desde luego. «Será mejor que te calmes –se regañó–. Si él te deseara de esa manera habría venido mucho antes.»

Las facciones de Jeff se iluminaron con el creciente deseo de estrechar a su esposa y besarla con toda la pasión que mantenía dominada desde la separación. Sólo él sabía lo torturante que era ese alejamiento. Pero oyó las rápidas pisadas de Elizabeth en el corredor que llevaba al apartamento del piso de arriba y, detrás de ella, las de Farrell. Al acercarse la pareja no tuvo más opción que sofocar los fuegos reavivados con tanta prontitud.

–¿Qué ha sucedido? –preguntó la morena, preocupada–. ¿Estás bien, Raelynn? Me pareció oírte gritar.

–Acabo de clavarme un alfiler en el dedo –confesó Raelynn, avergonzada–. Por suerte Jeffrey lo ha atendido.

–Veo que no necesita ayuda –observó la joven viuda alegremente, al notar el rubor que bañaba las mejillas de su amiga. Haciendo un esfuerzo por no sonreír, retrocedió apresuradamente. Ya a sus espaldas hizo un gesto a Farrell para que la imitara–. Continuaremos con lo nuestro.

Jeff se volvió para enfrentarse con su mirada chispeante.

–Mi esposa y yo cenaremos fuera, Elizabeth –dijo–. No es necesario que la esperéis levantada. Tal vez regresemos muy tarde.

–Oh, desde luego. –La cadencia cantarina de su voz expresaba su alegría–. No os preocupéis por nada. Que lo paséis bien.

–Lo intentaremos –aseguró él, con una gran sonrisa.

En ausencia de la pareja, Raelynn se levantó sobre la punta de los pies para susurrar al oído de su esposo:

–Elizabeth ha invitado a Farrell a cenar con ella esta noche. Últimamente se les ve tan embobados que es un alivio poder dejarlos solos. Me sentiría como el tercero en discordia.

–¿Aunque sea yo quien os acompañe?

Una sonrisa curvó los suaves labios de Raelynn.

–No aceptaría salir con nadie más, Jeffrey.

La noche caía velozmente sobre Charleston, mientras los Birmingham caminaban por las calles de la ciudad. Desde los muelles comenzaban a llegar finas volutas de niebla hacia las callejuelas estrechas y los caminos poco transitados por los que pasaban. Pronto empezaron a rodear edificios majestuosos y a retorcerse como fantasmas por los jardines bien cuidados. Las pocas luces visibles a la distancia no eran sino vagas auras que centelleaban en la bruma.

Jeff había escogido un fino restaurante propiedad de un francés. Mientras el *maître* los conducía a una mesa retirada, cerca de una ventana trasera, la pareja fue atrayendo la asombrada atención de casi todos aquellos con los que se cruzaban. Pero esta vez Raelynn se mostró mucho más segura. Del brazo de su esposo, a paso rápido, saludó graciosamente a quienes los miraban boquiabiertos.

–¿Le agrada esta, señor Birmingham? –preguntó el *maître*, solícito.

–Mucho, Gascón. Gracias.

El jefe de camareros esperó con paciencia a que Jeff quitara la capa a su esposa y se la entregara. Luego se retiró apresuradamente. Después de acercar la silla a Raelynn, Jeff se instaló a su derecha y, al aparecer el camarero, pidió una botella de vino y un aperitivo. Había cogido la mano de su mujer, para discutir un asunto que le interesaba mucho, cuando un hombre alto y moreno osó interrumpir ese ambiente íntimo.

–Con vuestro perdón, señor Birmingham. No sé si recordáis haberme visto en vuestro baile. Soy lord Marsden. –El hombre señaló el sitio vacío a la izquierda de Raelynn–. ¿Os molestaría que me sentara un momento con vos y vuestra encantadora esposa, para discutir un tema que me ha traído desde Inglaterra a las Carolinas?

Jeff tenía toda la intención de cortejar a su esposa, pero no podía negarse a la solicitud de Su Señoría sin faltar a la buena educación. Disimulando su fastidio, lo invitó con un gesto de la mano.

–Tomad asiento, por favor.

Cuando llegó el camarero lo despacharon rápidamente en busca de una tercera copa. Después de probar el buen vino escogido y una buena porción de empanada de camarones y espinacas, que Raelynn le pasó de su plato, el inglés elogió el excelente gusto de su anfitrión.

–Es raro beber aquí un producto de esta calidad. Yo no he logrado hallar ninguno, por cierto.

–Eso depende de dónde se vaya y a quién se conozca, milord –respondió Jeff–. Claro que mis barcos importan gran parte de los vinos que se sirven en esta ciudad.

Su Señoría lanzó una risa ahogada.

–Se explica así que conozcáis tan bien dónde se ofrece lo mejor. Aparte de sus maravillosos vinos, tengo predilección por la cocina francesa. Las salsas que utilizan para realzar sus platos son simplemente estupendas. Me aficioné a todo lo francés durante el tiempo que pasé allí como correo del Rey, hace algunos años. Pero eso fue antes de esa horrible revolución, claro está. Cuando los campesinos se apoderaron del país destruyeron todo aquello que de él me agradaba. Ahora Francia tiene un primer cónsul que quiere convertirse en emperador. Napoleón no se conformará con menos. Apenas firmamos un tratado de paz con ese hombre, el año pasado, y ya estamos nuevamente en guerra. Está muy seguro de sí mismo, el condenado. Y no me extraña, con tanto como se habla de que tenemos espías en nuestros campamentos y hasta junto al trono de Su Majestad. Aquí, en las colonias, ¿os enteráis de ese tipo de cosas?

–¿Os referís a las Carolinas? –corrigió Jeff, haciendo un esfuerzo por esbozar una sonrisa–. Ya no consideramos que este territorio esté bajo el gobierno inglés.

–Sí, desde luego. Ha sido un pequeño error.

–En cuanto a vuestra pregunta, aquí vivimos muy lejos de lo que sucede en la corte inglesa y de las intrigas que se desarrollan allí.

–Pero tengo entendido que vuestra esposa es inglesa. ¿No se ha enterado ella del engaño que ciertos hombres llevaron a cabo cerca del trono?

–Ha sufrido mucho a causa de eso, milord –le informó Jeff, estrechando la mano de Raelynn. No le sorprendió descubrir que temblaba–. Creo que aún es un tema muy doloroso para ella. Os diré que su padre fue falsamente acusado de traición y murió en la cárcel, esperando su juicio.

–Oh, lo siento muchísimo. –Lord Marsden frunció las oscuras cejas, con profunda preocupación, para expresar a la joven su pesar–. Espero no haberos ofendido con mi falta de tacto, señora. En ese caso os pido humildemente perdón.

–No podíais estar enterado de mi desgracia, milord –murmuró ella graciosamente, logrando apenas una débil sonrisa–. Después de todo, me conocéis bajo el apellido de Birmingham. Mi difunto padre era James Barrett, conde de Balfour.

El inglés se dejó caer contra el respaldo, boquiabierto de sorpresa, pero pronto se recobró.

–Conocí muy poco a vuestro padre, querida, pero le tenía gran aprecio. En la época en que lo arrestaron no pude hallar nada sólido en los cargos que se presentaron contra él. Todos sus pares lo admiraban y respetaban.

–No obstante –lo interrumpió ella, con voz temblorosa–, hubo entre ellos algunos que, con taimados subterfugios, provocaron su muerte. Mi padre confiaba en que los culpables quedarían al descubierto en cuanto se iniciara el juicio, gracias a algo que él tenía en su poder. Por desgracia, murió en prisión antes de haber tenido la oportunidad de revelar su engaño.

Una sombra se movió tras sus ojos al recordar los últimos

días de su padre, en la prisión. Porque le preocupaba la seguridad de su familia, no había querido que visitaran la cárcel en la que estaba. Había demasiadas cosas en juego, decía, y les encomendó mantenerse aparte, sin llamar la atención. Sin embargo su madre había ido finalmente a verlo, la única vez en la que desobedeció a su respetado y querido esposo. Lo encontró débil y cansado, pero su salud era pasablemente buena. Su muerte se produjo menos de veinticuatro horas después. A su viuda se le dijo que había fallecido por inflamación de los pulmones, tras haber cogido frío, algo bastante probable en el húmedo confinamiento de su celda.

–Supongo que, aun después de su muerte, habríais podido probar su inocencia con las pruebas que él tenía en su poder –adujo lord Marsden.

–La integridad de mi padre y su lealtad al rey Jorge saldrán a la luz a su debido tiempo, milord –aseveró Raelynn, confiada en el axioma de que el bien siempre acaba por triunfar sobre el mal–. Llegará el día en que se reconozca su inocencia; no lo dudo.

–Vaya, he convertido el humor festivo de esta ocasión en una desagradable declaración de nobles lugares comunes –comentó el inglés, seco–. Una vez más os pido perdón por mencionar las dificultades de Inglaterra con Francia. Debo recordar que estoy en las Carolinas, donde no imperan las normas francesas ni las inglesas.

–Así es. En este país hacemos las cosas a nuestro modo –afirmó Jeff. Y se inclinó hacia delante para preguntar–: Si no os molesta mi curiosidad, milord, ¿cuál es ese asunto que deseabais discutir conmigo?

–Voy a eso, sí. Al reflexionar sobre las dificultades de mi país frente a Francia casi he olvidado mis propios asuntos. –Tragó saliva para comenzar de nuevo–. Quizá recordéis que busco una finca como regalo para mi hija, que está a punto de contraer matrimonio. El noble caballero a quien está prometida no tiene esperanzas de heredar el título de su padre, razón por la cual ha decidido venir a las Carolinas, donde ya se ha instalado el menor de los hermanos. Habría querido visitaros antes para haceros esta consulta, señor, pero me he enterado de que lleváis algún tiempo fuera de vuestra casa. Y tampoco he podido llegar a vuestra empresa naviera, como esperaba. ¿Podríais prestarme vuestra ayuda?

–Os sugiero que vengáis mañana temprano a la empresa naviera –sugirió Jeff–. Entonces podré presentaros a algunos hombres muy bien informados sobre las propiedades actualmente disponibles en esta zona.

–Desde luego, señor Birmingham. Por lo que se refiere a esta noche, ¿me haríais el honor, vos y vuestra esposa, de permitirme que os invitara a cenar? Vuestra compañía me honra.

–Muchas gracias, milord. Sois muy amable. Pero en realidad esperaba disfrutar de un poco de intimidad con mi esposa durante nuestra cena.

–Oh, por supuesto. Qué estupidez la mía. –El caballero se levantó con precipitación, bastante ofendido por el rechazo–. Trataré de disfrutar de mi cena a solas, de todas maneras.

Raelynn hizo una leve mueca mientras su compatriota se alejaba pomposamente.

–Creo que se ha enfadado con vos, Jeffrey.

Su esposo echó un vistazo a la silueta que se alejaba rápidamente.

–No quise que nos estropeara la velada. Si nos hubiera invitado algunos días atrás, tal vez habría aceptado; pero no me gustó mucho la manera en que nos ha impuesto su presencia.

–Es probable que no lo veáis nunca más –advirtió ella.

Jeff se encogió de hombros con indiferencia.

–Me importa un rábano, querida. Aquí, en las Carolinas, su título no tiene mayor peso. No me siento obligado a satisfacer todos sus deseos sólo porque sea un lord. –Alargó una mano para apartar un mechón de pelo que se había introducido bajo el cuello de la muchacha. Luego lo frotó entre el pulgar y el índice, admirando su textura sedosa–. Como le he dicho, querida, ansiaba disfrutar de vuestra compañía completamente a solas.

Ablandada por la profunda sensualidad de su voz, Raelynn tuvo la sensación de fundirse en un puro placer. Tiró del rizo que él entretejía entre sus dedos y trató de acomodar el peinado.

–Debo de ser un espectáculo, con estos mechones que caen como se les antoja.

–Sí, querida, en efecto –murmuró Jeff.

Y recorrió con ojos ardientes la cara y el corpiño, como si bebiera su belleza. Parecía haber pasado una eternidad desde la última vez. Esa larga separación no se debía, por cierto, a que no deseara estar con ella. Por el contrario, muchas veces se descubría paseándose por la casa que había alquilado en la ciudad, tratando de recordar sus objetivos y de fortalecer su voluntad, pese a la abrumadora necesidad de verla. Desde el principio mismo había planeado mantenerse a distancia por largos períodos, a fin de permitir que ella comprendiera cuáles eran sus verdaderos sentimientos. Sin embargo, sabía perfectamente que era un juego peligroso, en el que podía perderla para siempre. A fuerza de voluntad había logrado aferrarse a su decisión, pero la prolongada espera lo hacía renuente a aceptar ninguna intromisión, aunque fuera la de un aristócrata inglés.

La cena fue excepcional y la compañía, aún más. Pero el placer de Raelynn llegó a su cima cuando le pusieron delante un pequeño plato de budín de pan, literalmente cubierto de nata batida. La combinación era realmente celestial; a cada cucharada cerraba los ojos extasiada, con lo cual provocaba las risas sofocadas de Jeff, que no pidió postre. En cambio se permitió disfrutar de las encantadoras muecas de su deslumbrante esposa.

–Nuestro bebé engordará demasiado para venir al mundo, querida, si continuáis comiendo como lo habéis hecho esta noche –advirtió.

Ella le hizo un coqueto mohín.

–Hacéis mal en ofrecerme tentaciones que no puedo resistir, Jeffrey. Todo esto es culpa vuestra. Me traéis a un lugar donde cada bocado es una delicia y luego me regañáis por ser glotona. Supongo que mañana deberé pasar hambre para compensar lo de esta noche.

–Si soy tan mala influencia, tal vez sea mejor que me mantenga lejos.

La expresión de Raelynn se tornó sombría.

–Ya os habéis mantenido lejos demasiado tiempo, Jeffrey. Empezaba a pensar que ya no volvería a veros.

Su voz se quebró reveladoramente. Jeff se permitió entonces saborear cierta esperanza para su matrimonio. Aun así extendió las manos con una excusa conveniente.

–Lo siento, querida. Es que he estado muy atareado.

–Eso es obvio. Demasiado atareado como para molestaros en visitar a vuestra esposa. –Raelynn exhaló un suspiro y apartó el postre; había perdido a la vez el apetito y el humor. Por un momento, debió luchar contra un abrumador deseo de llorar; por fin recobró aplomo suficiente para levantar la mirada.

–Ya podemos partir, si lo deseáis.

Inmediatamente Jeff chasqueó los dedos para atraer la atención del camarero y pidió la cuenta. Cuando este llegó con la nota, echó apenas un vistazo al papel y dejó sobre la mesa una suma suficiente para provocar una ancha sonrisa en los labios del camarero.

–Gracias, señor Birmingham. Muchísimas gracias.

Jeff acompañó a su esposa a la calle. Frente a la puerta se detuvo para acomodarle la capa en torno al cuello. A su alrededor, la muralla de niebla se había espesado mucho, a tal punto que no veía a una distancia mayor que la longitud de su brazo.

–Esto me recuerda Londres –comentó ella, estremecida.

–Por suerte conozco bien esta zona. La bruma es tan densa como la nata batida que os han servido con el budín.

Jeff enlazó su brazo al de ella y echaron a andar, a paso tranquilo. De vez en cuando algunas pisadas parecían hacerles eco, al pasar frente a otros restaurantes y cafeterías concurridos. Una vez esa zona quedó atrás, él se detuvo a escuchar por un instante. Luego apretó el paso.

–¿Por qué vamos tan deprisa, Jeffrey? –preguntó Raelynn, que lo seguía con dificultad. Las piernas de su esposo eran demasiado largas como para que ella pudiera alcanzar sus zancadas–. Cuando crucemos la próxima calle ya estaré sin aliento.

–Ya falta poco para llegar a la esquina –la alentó él, sin acortar el paso.

Ella se esforzó por mirar a través de esa bruma blanquecina, pero se habría dicho que estaban rodeados por un muro.

–¿Estáis seguro?

–Sí, querida. Confiad en mí.

Llegaron a la esquina, tal como él había dicho, y Raelynn estuvo a punto de bajar a la calzada, pero Jeff la retuvo para impedírselo. Cuando la joven se volvió para preguntarle el motivo, él se llevó un dedo a los labios, instándola a guardar silencio. Luego acercó la boca a su oído.

–Nos sigue una carreta. ¿Oís algo más?

Con la cabeza inclinada para escuchar mejor, Raelynn reconoció el tintineo de arneses de la carreta que se acercaba y, contra los adoquines, el lento clip-clop de los cascos. ¿Percibía también pisadas presurosas detrás de ellos? ¿O era sólo una ilusión creada por la niebla?

Consciente de la preocupación de Jeff, el miedo hizo que se acercara más a él. El conductor de la carreta había azuzado al caballo, que trotaba más deprisa; cuando apareció al otro lado de la esquina venía a buena velocidad, agitando el látigo, y pasó sin que pareciera prestarles atención.

Una vez el vehículo hubo pasado, Jeff ciñó con un brazo la cintura de Raelynn y, arrancándole una exclamación ahogada, la alzó en vilo para correr al otro lado de la calle. Ya allí la apoyó de espaldas contra el muro y se plantó delante de ella. Las pisadas se acercaban a toda prisa. Del sudario difuso que los envolvía surgió una figura alta y encapuchada, que parecía volar con las alas de un ancho capote; la prenda, al ondear, arremolinaba aquellos espectrales vapores. Mientras se acercaba, ese oscuro demonio levantó una centelleante hoja de acero, muy por encima de su cabeza, y cargó contra Jeff emitiendo un siseo extraño.

El grito de Raelynn se apagó muy pronto en el aire denso y húmedo, pero Jeff era tan ágil como su atacante. Mientras se adelantaba a su encuentro, le cogió la muñeca para retorcérsela a la espalda, arrancándole un agudo alarido de dolor, antes de que el cuchillo cayera al suelo. El endemoniado bandido se retorció hasta liberarse y, después de clavarle un codo en el plexo solar, lo empujó contra la construcción de ladrillo. Jeff apenas tuvo tiempo de recobrar el aliento antes de que un revés lo estrellara nuevamente contra el muro, dejándolo momentáneamente aturdido. El encapuchado se escabulló para recoger el cuchillo. En el momento en que iba a cogerlo, Raelynn arrancó de su boina el largo alfiler ornamentado y voló hacia él. Era terroríficamente obvio que la intención del atacante era matar cuando menos a uno de los dos, si no a ambos, pero ella no estaba dispuesta a quedarse con las manos cruzadas.

Con el ímpetu de la acometida, el alfiler se clavó, hasta el extremo ornamentado, en la nalga; el desconocido lanzó un alarido y se incorporó bruscamente. Enfurecido, se volvió hacia ella con el cuchillo en la mano. Su aliento brotaba como puñales por los agujeros de la capucha.

–¡Te ha llegado el final, zorra! –siseó–. A partir de esta noche ya no nos preocuparemos por lo que puedas encontrar.

Jeff, que se había librado de su aturdimiento con una sacudida, se dio cuenta del peligro que corría su esposa y saltó desde abajo hacia el enemigo, con lo que logró clavarle el hombro musculoso bajo las costillas y arrojarlo hacia atrás contra los adoquines. De inmediato se enredaron en un feroz forcejeo por la posesión del cuchillo, mientras Raelynn se movía en círculos en derredor, atenta a cualquier posibilidad de volver a clavar su alfiler en el atacante.

Concentrados como estaban en la lucha por la supervivencia, ninguno de ellos oyó las pisadas que se acercaban a toda prisa, hasta que un vozarrón tronó en medio de la niebla:

–¿Qué diablos pasa aquí?

Jeff reconoció inmediatamente la voz: pertenecía a un amigo.

–¡Rhys! ¡Ayúdanos!

Aunque alargó la mano para sujetar al hombre encapuchado, este aferró el cuchillo por el extremo y movió el brazo en un arco potente, golpeando a Jeff en el mentón. Birmingham salió despedido hacia atrás, contra el poste del alumbrado. Al golpear la cabeza contra la columna metálica, cayó al suelo, inconsciente.

Al ver que Raelynn estaba cerca, el villano hizo girar el cuchillo en la mano enguantada y avanzó hacia ella, con el arma en alto, listo para hundirlo en su pecho. Ella lanzó un grito de terror, pero al instante se oyó el disparo de una pistola y el puñal salió volando. El alarido que escapó de los pulmones del atacante bastó para que Raelynn se encogiera de miedo. El encapuchado se aferró la mano, que ahora sangraba, y la miró como si estudiara la posibilidad de hacer otro intento. Luego se volvió hacia el sheriff, que ya alzaba la mira de una segunda pistola. Entonces optó inmediatamente por escapar calle abajo. Rhys partió tras él, dejando que Raelynn se ocupara de su esposo. Con un gemido desesperado, ella le puso la cabeza sobre su regazo y usó su falda para limpiar la sangre que goteaba por su frente.

Pasó un minuto antes de que regresara el sheriff Townsend. Cayó de rodillas junto a su amigo y allí se quedó, jadeante.

–El condenado es veloz. Me dejó atrás en un abrir y cerrar de ojos –explicó, respirando con dificultad. Al ver las lágrimas que corrían por la cara de la muchacha, se apresuró a reconfortarla–. No lloréis. Jeff tiene la cabeza más dura que el granito.

Aun así presionó con dos dedos el cuello de su amigo; el pulso, lento y firme, lo tranquilizó de inmediato. Entonces se incorporó sobre una rodilla y, con los mismos dedos en la boca, emitió un silbido penetrante, que arrancó un respingo a Raelynn. Pronto salió de la niebla la misma carreta que había pasado algo antes. El fornido conductor se detuvo junto a ellos.

–¿Tenéis ahí un herido, sheriff?

–Sí, Charlie. Ayúdame a cargar en la carreta al señor Birmingham.

–¿Queréis que lo lleve hasta Oakley? –inquirió el hombre, con aire preocupado.

–No –respondió Raelynn, en lugar del sheriff–. Podéis llevarlo a casa de la señora Dalton.

20

–Santo Cielo, Raelynn –exclamó el diseñador, al abrir la puerta de la modesta vivienda de Elizabeth.

Allí estaba su nueva asistente, a la cabeza de una rara procesión. Tras ella venía el patilludo ayudante del sheriff, con las rodillas de Jeff sujetas por los codos. Lo seguía el sheriff, que rodeaba el pecho de su amigo desde atrás. Por la manera en que la cabeza inconsciente se bamboleaba contra el pecho de Rhys, Farrell no supo si Jeffrey estaba vivo o muerto.

–¿Qué demonios ha sucedido?

Raelynn se apartó para que los dos hombres pudieran pasar, mientras explicaba con aire afligido:

–Nos atacaron. En la reyerta, el hombre arrojó a Jeffrey contra un poste. Se golpeó la cabeza y no ha vuelto a recobrar la conciencia.

Aunque estaba en un tris de ponerse a llorar, corrió hacia Rhys, que ya iba tras su ayudante, escaleras arriba, y se dominó lo suficiente para indicar, con voz serena:

–Mi dormitorio está arriba, a la izquierda.

Una vez hubieron llegado a la puerta de su alcoba, la abrió de par en par y corrió a retirar los cobertores de la cama. Después de proteger la almohada con un lienzo limpio, se hizo a un lado para que los hombres pudieran tender su carga allí.

–Con cuidado –les instó. Su esposo era tan alto que el pelo rozaba la cabecera, mientras que sus pies presionaban el otro extremo del lecho. Hasta ese momento ella habría dicho que era una cama bastante amplia. Cuando se acurrucaba allí, sola, parecía realmente enorme.

Rhys hizo una pausa para recobrar el aliento. Luego indicó a su ayudante:

–Ve a por el doctor Clarence –reiteró–. Date prisa.

Mientras el hombre salía precipitadamente, Elizabeth se acercó a la puerta con Farrell para preguntar, solícita:

–¿Puedo ser útil?

Raelynn se volvió hacia ella, agradecida.

–Creo que el doctor necesitará vendas. Si tienes algunas sábanas limpias que ya estén muy gastadas, Tizzy puede rasgarlas.

–No hay necesidad de despertar a Tizzy –replicó su amiga–. Puedo hacerlo yo. Estarán listas enseguida.

La morena se retiró con prontitud. En su ausencia, Farrell se aproximó a la cama e hizo un gesto al sheriff, que estaba al otro lado.

–Sin ropas estará más cómodo, Rhys. Ayúdame a desvestirlo.

Mientras los dos se aplicaban a esa tarea, Raelynn llenó la palangana de agua y la puso sobre la mesilla. Luego bajó para pedir a Elizabeth algunos ungüentos y hierbas medicinales. Cuando regresó a la habitación, Jeffrey ya estaba desvestido. Lo habían cubierto con una sábana y una manta.

Mientras ella lavaba con delicadeza el corte que su esposo tenía en la frente, Farrell buscó algunas respuestas.

–¿Quién hizo esto, Raelynn? ¿Lo sabéis?

–No tengo la menor idea de la identidad de ese hombre. –Le temblaba la voz al describir su aspecto–. Nuestro atacante estaba envuelto en una capa, con una capucha negra sobre la cabeza. Cuando habló, lo hizo con un siseo grave, que me pareció extrañamente exagerado. Parecía alto, tanto como Jeffrey, si no más.

–Me dejó atrás al momento –intervino Rhys, desde la silla que ocupaba–. Eso me lleva a pensar que ese hombre tiene piernas largas y fuertes, que le brindan una decidida ventaja sobre la mayoría. Tengo la sensación de que disfruta al correr, pues cuando estuvo a una distancia segura se volvió para burlarse de mí, por no poder seguirle el paso. Y me dijo: «Los jóvenes no tenéis bríos para correr bien».

–No parece que fueran Fridrich ni Hyde –observó Farrell.

–No. Este hombre era mucho más alto que ellos. Y si considera que yo soy joven, Hyde debe de parecerle un crío.

–Pero ¿por qué ha atacado a Jeff y a Raelynn? –preguntó el modisto.

La joven atrajo la atención de todos con una suposición propia:

–Tal vez me equivoque, pero tengo la sensación de que la intención de ese hombre era matarme a mí.

–¿A vos? Pero ¿por qué? –inquirió Farrell.

Ella se encogió tímidamente de hombros. Si realmente había sido el objetivo principal, la idea de que su esposo se viera envuelto en un nuevo incidente por culpa de ella no era ningún consuelo.

–No tengo la menor idea. En un principio, cuando el hombre me amenazó con el cuchillo, dijo que me había llegado la hora y… Recuerdo perfectamente esta parte. Lo que dijo fue: «A partir de esta noche ya no nos preocuparemos por lo que puedas encontrar». Obviamente, tenía la intención de matarme.

–Y era lo que estaba a punto de hacer, ciertamente, cuando mi disparo le hizo soltar el cuchillo de la mano –confirmó Rhys.

–En realidad, ese fue su segundo intento de apuñalarme. Inicialmente, el hombre lanzó su ataque contra Jeffrey, pero tal vez era un modo de eliminar obstáculos para llegar a mí. En todo caso, mientras no atrapen a nuestro agresor, Jeffrey y yo tendremos que ser mucho más cautelosos y no aventurarnos por calles oscuras y solitarias.

–Perdonad que os lo pregunte –dijo Rhys, algo vacilante–. Sé que Cooper Frye es supuestamente vuestro tío, pero ¿no sería posible que se tratara de él?

–No. De eso estoy segura –afirmó Raelynn–. Cooper Frye es más pesado y mucho más torpe que nuestro atacante. Y por si esto os alivia: no creo que sea mi tío.

–Me lo dijisteis una vez, sí, pero podíais haber cambiado de idea desde entonces.

Elizabeth regresó con las vendas recién hechas. El doctor Clarence venía pisándole los talones. Después de examinar la reciente herida de Jeff, el médico bramó:

–¿Otro regalo de Fridrich?

–No, señor –respondió Raelynn, con la voz tensa de emoción–. Este atacante era infinitamente más peligroso que Gustav. Tenía toda la intención de matarnos. Y tal vez lo habría logrado, de no acudir Rhys en nuestra ayuda.

El doctor clavó los ojos en el sheriff, por encima de sus gafas, e hizo un gesto de apreciación.

–Me tranquiliza saber que nuestros guardianes del orden cuidan de los vecinos en esta bella ciudad. Desde luego, nunca he dudado de la profesionalidad que pone Rhys en su trabajo.

Por fin el sheriff aclaró la causa de su oportuna intervención:

–Mientras mi ayudante hacía sus rondas, vio una silueta encapuchada que iba siguiendo a los Birmingham. Inmediatamente vino en mi busca, pero Charlie se perdió en la niebla y no pudo localizarlos enseguida. Yo me puse en marcha a pie, mientras él buscaba por otro sitio con la carreta.

–Es posible que Charlie salvara la vida a Jeffrey –comentó el doctor–. Si él no hubiera sido tan precavido, probablemente no os habrían hallado a tiempo y a estas horas Jeff ya no existiría.

–Ni Raelynn –añadió Rhys. Como el anciano enarcara las pobladas cejas en un gesto de sorpresa, pasó a explicar–: El agresor trataba de matarla también. Durante uno de sus ataques yo le hice soltar el cuchillo de la mano con un disparo, pero ella acaba de informarme que ese era el segundo intento. –El sheriff se encogió de hombros–. No sé si la herida que le he hecho es grave. Por si acaso, estad alerta a cualquiera que acuda a vos o a cualquier otro doctor con un balazo en la mano.

–Divulgaré la advertencia, pero es probable que ese rufián se cure solo. Si el caso fuera grave, ya habría venido a nosotros, pidiendo a gritos que le salváramos la vida.

Cuando hubo acabado de aplicar un vendaje a la cabeza de su paciente, el doctor Clarence concluyó con sobriedad:

–Por ahora no se puede hacer nada más. Sólo queda esperar a que recobre la conciencia. Ha recibido un fuerte golpe en la cabeza y probablemente sufre una conmoción cerebral. Confiemos en que sea leve, pero aun así podría tardar un tiempo en recobrar el sentido. Cuando reaccione sentirá que le estalla la cabeza, pero con el debido descanso se aliviará el dolor. Al menos, eso espero.

Luego se volvió hacia Raelynn para indicarle, con un dedo torcido en alto:

–Mantenedlo en cama, si podéis. No permitáis que vaya tras vuestro atacante, como hizo con Gustav. Y no lo llevéis a

Oakley, pues si le sucede algo no podré llegar a tiempo. Si Elizabeth no se opone, es mejor que siga aquí. Hacedle beber abundante agua. Si el dolor se torna demasiado intenso, suministradle un poquito del láudano que os he dejado en la mesilla. Pero cuidado, muchacha: no demasiado.

–Comprendo, doctor Clarence –respondió ella en voz baja–. Y os agradezco mucho que vinierais a atenderlo. –Se acercó al arcón donde había dejado su bolso–. Si esperáis un momento os pagaré.

El médico alzó una mano para detenerla.

–No, hija. Ya me pagará Jeffrey cuando esté en pie. Nunca acepto pago alguno antes de tener la seguridad de que he podido ayudar. –Se despidió con un ademán de la mano–. No es necesario que me acompañéis hasta la salida.

El sheriff levantó su mole de la silla.

–Charlie y yo os llevaremos a casa, doctor.

El médico se detuvo en la puerta.

–Gracias, Rhys. Mi vista ya no es tan buena por la noche, aún menos con esta maldita niebla.

Rhys siguió al doctor Clarence. Farrell, que también iba hacia la puerta, se detuvo para decir a Raelynn:

–Jeffrey necesita de vuestra atención, de modo que no os molestéis en ir mañana a trabajar. Por mucho que necesite vuestra ayuda en la tienda, me sentiré mucho mejor sabiendo que está a vuestro cuidado.

–Gracias, Farrell. Pienso lo mismo. –Ella apartó la cara para disimular las lágrimas que surgían con presteza. Con la voz impregnada de angustia, añadió–: Aun si fuera a trabajar, estaría tan preocupada por Jeffrey que no podría concentrarme. Ruego que no haya sufrido ningún daño grave.

–Oh, no lloréis, Raelynn. Jeffrey se repondrá rápidamente –murmuró Farrell, reconfortador, mientras le apoyaba una mano en el hombro. Rogó para sus adentros que su predicción se hiciera realidad, que no fuera un exceso de confianza en la inquebrantable tenacidad de su amigo–. Sé por experiencia que no es fácil acabar con vuestro esposo. Somos amigos desde hace mucho tiempo y conozco su indudable fortaleza. No me extrañaría que estuviera sano y de pie por la mañana.

Raelynn ahogó un sollozo, mientras enjugaba apresuradamente, con un primoroso pañuelo, las lágrimas que le corrían por las mejillas.

–Eso espero –murmuró con voz ininteligible, pues le costaba hablar–. Se me partiría el corazón si él muriese.

–No tenéis por qué preocuparos. Jeffrey no morirá. Y en estos momentos vos sois su mejor bálsamo. Conque os quedaréis a cuidar de él.

Un suspiro tembloroso escapó de los labios de la joven.

–Ojalá hubiera sido un cuchillo lo que clavé en el trasero de nuestro atacante, y no un simple alfiler de sombrero.

Farrell parpadeó, confundido, tratando de asimilar esa expresión con lo que podía esperarse de una joven bien educada en similares circunstancias.

–Disculpad, Raelynn. Tal vez el oído me ha jugado una mala pasada. ¿Podríais repetir eso?

Las mejillas de la muchacha enrojecieron bajo esa mirada inquisitiva.

–No os preocupéis, Farrell. No tiene importancia.

–Pero habéis dicho que clavasteis un alfiler de sombrero en la retaguardia de vuestro atacante –insistió el modisto, curvando pícaramente los labios.

–Por favor –rogó ella, avergonzada–, no se lo digáis a nadie.

La risa invadió la voz de Farrell.

–Oh, Raelynn, no puedo mantener en secreto algo tan cómico. Os alabo el valor. –Obviamente, esa dama tenía agallas suficientes para ayudar a su hombre cuando lo veía en peligro–. No son muchas las mujeres que hubieran recurrido a ese método. Pero animaos, que sólo se enterarán nuestros amigos más íntimos. Ahora, si me disculpáis, quiero hablar con el doctor Clarence antes de que se vaya. Le gustará enterarse de esto. Sin duda se reirá durante todo el trayecto.

Raelynn respondió con un mohín rebelde.

–Al parecer, estáis empeñado en ser nuestro próximo pregonero.

–Con toda seguridad, querida. Con toda seguridad –balbució Farrell, entre carcajadas.

Ella habría querido cerrar tras él con un portazo, pero no

lo hizo por temor a que el ruido molestara a Jeffrey. En cambio cerró con suavidad y comenzó a desvestirse. Aunque fuera una tontería, se puso el más bonito de sus camisones, el que no había usado desde que abandonó Oakley. Con un suspiro desconcertado, bajó la mecha de la lámpara hasta que la habitación volvió a quedar sumida en una profunda oscuridad. Luego se metió entre las sábanas.

Durante un rato permaneció tendida de espaldas, la vista clavada en el techo a través del ébano de las sombras, tratando de contener el impulso de acurrucarse junto a su esposo. Pero acabó por no poder resistir la tentación. Entonces giró de costado para pegarse a su cuerpo y, siguiendo su costumbre, apoyó una pierna en los duros muslos. Sus dedos vagaron a lo largo de un brazo fibroso y un hombro, rozaron una tetilla casi escondida entre el vello negro. Como la respiración de Jeff no se alteró, su audacia aumentó al punto de deslizar la mano por el vientre plano y tenso, hasta apoderarse de aquella plenitud aletargada.

Si tenía la intención de arrancarlo así de su estado, pronto comprendió que su idea era una tontería. Hasta entonces sus exploraciones siempre habían despertado a Jeff hasta del sueño más profundo, completamente excitado. Pero en su estado actual era demasiado pretender. Su mente estaba inmovilizada en un sitio adonde no se podía llegar. Y eso afligía mucho a Raelynn.

De ella se apoderó un súbito estremecimiento al pensar en las terribles posibilidades. Él podía morir, no despertar nunca, convertirse en un lunático delirante... y así mil cosas más.

–¡Basta! –susurró en la impenetrable oscuridad, ya furiosa–. ¡Mi esposo vivirá! ¡Es preciso que viva!

Era niña otra vez. A su espalda, estaba el estudio de su padre, abiertas las altas puertas acristaladas; en la envolvente serenidad del cuidado jardín, las voces apagadas de sus padres, reconfortantes por su proximidad, llegaban hasta los peldaños de mármol donde ella jugaba con sus muñecas. Los pájaros revoloteaban entre los árboles, lejos del alcance de *Diablillo*, su gato, que los observaba atentamente, con la cabeza torcida.

Por fin recogió las muñecas para cruzar la terraza de granito. *Diablillo* la siguió saltando juguetonamente aquí y allá, para atacar a cuanta hoja o insecto encontraba a su paso. El sendero conducía a un banco de piedra, instalado bajo la tranquila sombra de un árbol; ella trepó hasta allí para jugar y llamó a su gato. Quería vestirlo con ropa de muñeca, pero *Diablillo* no acudió. Entonces bajó del banco y correteó por la senda, hacia donde lo había visto por última vez. Delante de ella se alzaba el ornamentado portón de hierro forjado que cerraba la propiedad de su familia. Detrás de ella había algo que le interesaba en especial. Pero ¿qué era?

El portón no tenía llave; se abrió con un chirrido en cuanto ella apretó la cara contra los barrotes. Con una alegre risa, corrió al otro lado y se encontró en otro jardín. Una mariposa pasó revoloteando y ella corrió detrás, con la mano alzada. Aquella joya de colores se remontaba muy alto y descendía casi hasta el suelo, pero siempre fuera de su alcance.

Una voz grave, cargada de risas, sonó a poca distancia:

–Así no la atraparás nunca, jovencita.

Al darse la vuelta, se encontró con dos ojos de color esmeralda y una sonrisa que la sobrecogieron. Deslumbrada por el joven de pelo negro, se acercó con la cabeza echada hacia atrás, para contemplar su cara sonriente. Al igual que el portón, parecía tan alto como si llegara al cielo.

–Ven, te llevaré a tu casa antes de que tus padres vengan por ti.

Dos fuertes brazos la levantaron en vilo para subirla sobre su hombro. Al verse tan arriba, lanzó un chillido de miedo y se aferró a un puñado de pelo negro, para mayor seguridad. Pero él la sostuvo con fuerza mientras marchaba hacia su casa. Empezó a llover otra vez, una llovizna suave que humedeció sus rizos y el negro pelo en el que se enredaban sus dedos.

Al emerger de sus sueños, Raelynn tuvo vaga conciencia de que una mano grande exploraba sus partes íntimas por debajo de su camisón. Pensó que todavía soñaba, hasta que esa mano le apartó suavemente los muslos y las exploraciones se hicieron más profundas. Su corazón alzó el vuelo, aliviado, mientras aquellos dedos se movían con provocativa lentitud sobre su carne hinchada, despertando en su interior una excitación creciente.

Cuando giró la cabeza en la almohada sólo se encontró con la oscuridad.

–¿Jeffrey?

–Sí, querida –respondió la voz familiar, masculina y sensual–. Aquí estoy.

–¿Cómo os sentís?

–Cachondo.

Ella lanzó una risita juvenil.

–Me refería a la cabeza.

–Yo no. –Jeff palpó hasta encontrarle la mano y la llevó hacia abajo, para cerrarla sobre su carne hinchada.

–Ya veo –murmuró ella, mordisqueándole el cuello–. Se diría que estáis muy bien... tan tibio...

–También vos –susurró él, mientras continuaba estimulando su carne de seda–. Pero tenéis demasiada ropa para mi gusto.

Raelynn se sentó inmediatamente y movió las caderas para retirar los faldones del camisón. Luego se lo quitó por la cabeza y, con un amplio movimiento del brazo, lo arrojó al negro mar que se extendía más allá de la cama.

–Mucho mejor –murmuró su esposo contra su cuello, después de reacomodarla contra sí.

Los dedos de la joven se le enzarzaron en el pelo de la nuca, mientras él recorría su cuerpo con los labios. Cuando su boca abierta encontró un pezón, la oyó ahogar una exclamación de placer. Devoró con apetito esos picos suaves, saboreando su dulce néctar, lamiendo e incitando para provocar pequeños estremecimientos que parecieron sacudirla toda.

Luego Jeff se incorporó sobre un codo, haciendo que ella se quejara:

–Esta cama chirría. Y el dormitorio de Elizabeth está al otro lado del pasillo. ¿Qué pensará si nos oye?

–Elizabeth es viuda, querida mía –susurró él, buscándole la boca en la oscuridad–. Sabrá comprender las urgencias de un esposo, tras una espera tan larga.

Raelynn curvó la lengua dentro de esa boca devoradora y la deslizó en torno a la de Jeff, en una danza lenta, sensual; allí estaba todavía la esencia del vino que él había bebido horas antes. Giró sobre el costado para estar frente a él, pero la cama protestó por ese movimiento. Con un gemido silencioso, ella se apartó del beso para preguntar:

–¿Con qué cara miraré a Elizabeth por la mañana, sabiendo que escuchará todo lo que hagamos esta noche?

Jeff lanzó un suspiro de frustración y se hundió en su almohada. Las gruesas cortinas, bien corridas, no dejaban entrar siquiera un minúsculo rayo de luna en esa penumbra de hollín. Le era imposible ver la cara de su esposa, y no podía saber si expresaba una preocupación real o si era un débil intento por rechazar su seducción.

–¿Queréis que me detenga, Raelynn?

–¡No! ¡De ningún modo! –susurró ella con vehemencia mientras le pasaba una pierna sobre la cadera. Presionó con el talón entre sus nalgas, para afirmar su vulnerable suavidad contra aquella larga vara–. ¡Os deseo! Quiero ser vuestra esposa, vuestra amante, vuestra compañera para toda la vida. Quiero sentiros dentro de mí, ser una con vos, tener hijos vuestros, poseeros tal como me poseéis, tocaros cuando me venga en gana y sentir que cobráis vida en mi mano. Os necesito desesperadamente, Jeffrey.

Deslizó una mano hacia abajo, entre los dos, y la cerró con pasión sobre la carne viril; Jeff contuvo la respiración ante la dulce y brutal intensidad de su posesión. Lo provocaba con la boca abierta, mientras iniciaba una lenta y metódica seducción de su cuerpo, utilizando todo lo que él le había enseñado, hasta que su carne tibia quedó palpitante y exigiendo más. Jeff apenas pudo contenerse para no dejarse arrastrar por la creciente pasión, mientras ella iba haciendo su voluntad.

Fundió sus labios en los de ella, en un beso voraz que pronto los hizo forcejear juntos. Su mano volvió al blando centro femenino sin hallar barreras: sólo un brutal deseo de aceptar esa intromisión y satisfacer sus impulsos. Pronto ella arqueó la espalda para proyectar los pechos en una ofrenda; casi se retorcía por la excitación que él le provocaba al acariciar, lenta y deliberadamente, su femineidad.

–Oh, os he echado tanto de menos... –susurró ella, sin poder soportar un momento más sin sentirlo en su interior.

Se incorporó encima de él para guiar la verga endurecida hacia su húmeda hendidura; luego descendió hacia él, recibiendo con una brusca aspiración aquella embriagadora sensación, que se arremolinaba hacia arriba desde lo más profundo de su ser. Con el rostro alzado hacia el éxtasis que todo lo consumía, se detuvo en una dócil quietud, disfrutando de la unión. Sintió que aquellas manos largas, hermosas, recorrían su cuerpo desnudo con magnética lentitud, pero aún más grato era sentir su incitante calor en su interior.

–Esto es aún más agradable de lo que yo recordaba –arrulló, acariciándole el pecho con las manos.

–Podéis sentaros en mi regazo cuando os apetezca, querida mía –replicó él, con voz ahogada.

Raelynn le cogió las manos para llevárselas a los pechos y los apretó contra sus palmas; él acarició los pezones con el pulgar, arrancándole un estremecimiento de placer, y levantó la cabeza de la almohada para sepultar la cara en su seno, apretando los suaves globos contra sus delgadas mejillas. Un momento después era un hombre consumido por un deseo insaciable; con hambre voraz, cogió los pezones, uno a uno, en la caliente cueva de su boca. Los finos dedos de su esposa le masajearon los hombros, mientras sus caderas comenzaban a moverse con lentas ondulaciones. Luego él le aferró las nalgas para darle impulso, mientras la apretaba contra el miembro endurecido. De los labios de Raelynn escapó un suave gemido, mientras el palpitante calor de su esposo empezaba a trepar en su interior; la felicidad se abatió en oleadas sobre ella. Tenía vaga conciencia de que la cama protestaba por sus movimientos, pero ya no había manera de detenerse. La oscuridad se pobló de mil destellos luminosos; parecían estallar en derredor, en un éxtasis chispeante, mientras ambos se elevaban mucho más allá de la galaxia, hacia un universo totalmente distinto.

La realidad volvió con lentos aletazos, mucho después de que menguara la intensa emoción que acababan de experimentar. Permanecieron tendidos el uno al lado del otro, con los dedos enlazados; la rodilla de Jeff, flexionada bajo los muslos de su esposa; la cabeza pelirroja, apoyada en el fuerte hombro.

–Os amo –susurró ella.

Jeffrey quedó petrificado, sin poder creer lo que oía.

–Y os he echado tanto de menos, tanto…

–¿Volveréis a Oakley para que vivamos juntos?

–Oh, sí. En cuanto podáis.

–Puedo ahora mismo, querida.

Raelynn se volvió hacia él para frotar la nariz contra su cuello fibroso.

–El doctor Clarence ha dicho que por ahora no se os debe trasladar.

–Puedo trasladarme solo –protestó Jeff.

–Aun así, aquí nos quedaremos hasta tener la certeza de que no sufriréis ninguna recaída tras ese ataque.

–¡Fue ese condenado poste el que me atacó!

Raelynn rió infantilmente.

–Ahora que os tengo cautivo, querido esposo, no pienso permitir que escapéis. Cumpliréis mi voluntad en este mismo lecho, hasta que no podáis mover ni el dedo meñique, mucho menos otras partes del cuerpo.

Jeff sonrió de oreja a oreja en la oscuridad que los envolvía. Aunque a menudo se hacían comentarios burlones sobre su voluntad de acero, cedió a la coerción de su esposa con una prontitud que evidenciaba sus deseos de someterse a la amenaza y a mucho más.

–Podríamos quedarnos un par de días, al menos hasta haber agotado por completo esta pobre cama. En realidad, cuando acabemos con ella Elizabeth tendrá que comprar otra.

Su esposa se acurrucó en sus brazos, satisfecha.

–Ya esperaba yo que lo pensarais mejor.

Durante media hora más reinó el silencio, permitiendo que los párpados de Raelynn descendieran hasta cerrarse.

–¿Raelynn?

Se removió contra él, soñolienta, haciendo lo posible por abrir los ojos.

–¿Sí, Jeffrey?

–Yo también os amo.

Aguardó un tiempo interminable, atento a cualquier respuesta. Nada esperaba menos que oír un sollozo. Se incorporó junto a ella para apoyarle una mano en la mejilla; al tocar la humedad preguntó, asombrado:

–¿Lloráis, querida?

–Sí –balbució ella, entre lágrimas.

–Pero ¿por qué?

–Porque soy muy feliz.

Jeff cayó nuevamente sobre la almohada, sorprendido por esa extraña declaración. ¿Llegaría alguna vez a comprender a esa bella criatura con quién se había casado? ¿Lo suficiente como para reconocer la diferencia entre llorar de gozo y llorar de dolor?

–Oh, Elizabeth, me alegro tanto por ti... –aseguró Raelynn aquel sábado por la mañana, en la cocina. Su bella amiga la había honrado dándole la noticia antes que a nadie: iba a casarse con Farrell. Raelynn comenzaba a quererla tanto como a Heather, su cuñada–... ¿ya habéis fijado la fecha?

–No, todavía no. Antes debo discutirlo con Jake. Le gusta mucho Farrell, pero nunca se sabe cómo reaccionará un niño cuando su madre decide volver a casarse, mucho menos si es un varón de sólo cuatro años. Pero confío en que podamos hacerlo muy pronto. Hemos pasado mucho tiempo separados, cada uno pensando en que el otro no le quería. Es hora de recuperar los años perdidos.

Esa justificación se hacía más evidente cada vez que Elizabeth despertaba con el chirrido rítmico y lejano de la cama de huéspedes. Al soportar esos estimulantes episodios, era consciente de sus propios deseos y de la necesidad de satisfacerlos cuanto antes. Se preguntaba cuál sería la mejor manera de abordar a Farrell para hacérselo saber. Él había dicho que debía ser ella quien escogiera la fecha, pero desde entonces no había vuelto a hablar del tema. Ahora Elizabeth pensaba que era mejor casarse sin planear nada en absoluto, pero aún no había reunido el suficiente valor para proponer una boda apresurada.

–Queremos que sea algo muy privado. Sólo amigos muy íntimos, ¿comprendes? Como Farrell aprecia tanto a Jeffrey, querrá que sea su padrino. Y yo, naturalmente, te he elegido a ti como madrina.

–Con el mayor placer –respondió Raelynn, encantada.

Quizá empezaba a conocer a Elizabeth tanto como se conocía a sí misma, pues se dio cuenta de que su amiga no estaba del todo conforme con la espera. Al reconocer la tentación de entrometerse en lo que no le incumbía, estuvo a punto de morderse los labios y no decir nada, pero la expresión distraída de la mujer hizo que cobrara audacia.

–¿De verdad quieres perder tanto tiempo en planear la boda, Elizabeth? Tú y Farrell podríais disfrutar del matrimonio esta misma noche.

La morena se derrumbó en una silla, con un pequeño gemido.

–Pero ¿cómo haré para decirle que quiero casarme ahora mismo?

–¿No crees que él también está ansioso? He visto cómo te mira, como si quisiera devorarte desde el otro lado de la habitación. Si quieres, cuando despierte Jeffrey le pediré que hable con Farrell para adelantar la boda.

–¿Está mejor de sus dolores de cabeza?

–El láudano le ayuda a dormir hasta que remiten, pero debo dárselo disimulado en la comida. De otra manera no lo aceptaría, pues es más terco que una mula. Esta mañana sufría tanto que apenas pudo tragar el desayuno. Yo había mezclado algo de láudano en los huevos, pero tuve que amenazarlo con dormir en el sofá para que los comiera. Ya sabes: si se queja de tu comida, no le hagas caso. Pensamos volver mañana a casa, pero habrá que esperar a ver si él está en condiciones de hacer el viaje. Con lo que ha dormido estos días, no hay manera de saber cómo se sentirá cuando se ponga nuevamente en pie.

–Te echaré de menos.

Raelynn le dedicó una graciosa sonrisa.

–¿Con Farrell en tu cama? Lo dudo.

Elizabeth se llevó los dedos a los labios, en un esfuerzo por sofocar su hilaridad; luego agitó el paño de cocina hacia su amiga.

–¡Qué desvergüenza la tuya! ¡Mira lo que dices!

Raelynn rió entre dientes. Ahora que se había reconciliado con Jeff se sentía inmensamente feliz.

–Soy una mujer casada, pero tengo ojos, Elizabeth. Farrell es tan atractivo y guapo como mi Jeffrey.

La morena estaba plenamente de acuerdo. A su memoria vino un incidente que aún ponía un vívido rubor en sus mejillas. Le parecía extraño sentirse tan a gusto con Raelynn, como si pudiera contarle cualquier cosa sin ser condenada.

–Pues sí, muchas veces me he sorprendido pensando en lo guapo que es, pero al tenerlo cerca sentía demasiado miedo. No quería terminar comportándome como esas señoritas tontas que van a la tienda sólo para admirarlo, totalmente embobadas. Es lo que tuve oportunidad de hacer cinco o seis meses atrás. Subí al apartamento de Farrell para limpiar, convencida de que él había salido para entrevistarse con un empresario textil. Pero pronto descubrí, de la peor manera posible, que la reunión se había cancelado. La puerta del cuarto de baño estaba abierta y yo entré en el momento en que él salía de la bañera, alargando la mano hacia la toalla. Me quedé tan sorprendida que no pude moverme. Lo miraba como petrificada, boquiabierta.

Las mejillas de Elizabeth parecían lanzar llamas al continuar:

–Mi difunto esposo no tenía mucho con qué jugar en la cama, pero yo era inocente. Ignoraba que algunos hombres tuvieran… eh… algo más dentro de los pantalones. Por fin me recobré lo suficiente como para huir. Más tarde reuní valor para pedir disculpas por haber entrado. Farrell, todo un caballero, restó importancia al asunto y dijo que era culpa suya, por no haberme advertido que estaba en casa, puesto que era el día en que yo suelo subir a limpiar. Actuó como si no hubiera sucedido nada incorrecto. Pero hasta el día de hoy no he podido olvidar esa mañana.

Raelynn volvió a sonreír.

–Ese es otro motivo por el que no deberíais postergar el casamiento. De lo contrario, es posible que acabéis acostándoos juntos. ¡Imagina qué escándalo, si alguien se enterara!

–¡Mamá! ¡Mamá! –Jake entró corriendo en la cocina, donde las dos mujeres daban los toques finales a un pastel–. Frente a nuestro portón hay un hombre con cara de malo.

Las dos se miraron con súbita alarma, temiendo que hubiera aparecido otro atacante. Elizabeth se levantó apresuradamente, mientras Raelynn se recogía las faldas para correr hacia la parte delantera de la casa.

–¡Gustav! –exclamó al llegar a la ventana, mientras miraba a través del encaje.

El alemán estaba ante el portón, con un ramillete de flores en la mano sana. Elizabeth lanzó un gemido.

–Creo que el señor Fridrich ha venido a cortejarte.

En su tono había más preocupación de la que justificaba un comentario tan simple. De inmediato llamó a Jake por señas para darle instrucciones.

–Sube por Tizzy. Dile que corra en busca del señor Farrell, ¡y que se dé prisa!

–Sí, mamá –respondió el niño. Y salió del vestíbulo a toda prisa, haciendo volar los zapatos por las alfombras en su premura por obedecer.

Raelynn se llevó una mano temblorosa al cuello, mientras Gustav cruzaba el portón y se detenía para cerrarlo a sus espaldas.

–¿Qué haremos? Viene hacia aquí.

Elizabeth, temblorosa, la aferró por los brazos.

–Arriba tengo el pistolón de Emory. –No podía emitir más que un susurro tenso–. Creo que puedo contenerlo hasta que llegue Farrell.

–¿Serías capaz de disparar contra un hombre? –Raelynn la miró con aire preocupado.

Su amiga hizo un intento poco convincente de mostrarse confiada, pero tuvo que confesar:

–Nunca tuve necesidad de hacerlo.

–Ve por él. –Raelynn se esforzaba por evitar que le castañetearan los dientes–. Como sé de lo que es capaz ese hombre, si nadie lo detiene, creo que yo misma podría hacerlo.

Gustav llegó al porche en el momento en que Elizabeth regresaba con la pistola. Raelynn la cogió con expresión confusa.

–¿Cómo haces para saber si está cargada?

–¡Mujer, no sabes ni siquiera eso! –la reprendió su amiga, apoderándose nuevamente del arma–. La cargué antes de bajar. Ahora escóndete detrás de la puerta, donde él no te vea. Tal vez logre convencerlo de que nos deje en paz.

Al acercarse a la puerta, Gustav sujetó las flores en el hueco del brazo izquierdo y alargó la otra mano para llamar. Sólo entonces se quitó el sombrero y, tras depositarlo en una silla del porche, cogió nuevamente el colorido ramillete.

Con la pistola cautelosamente escondida tras las faldas, Elizabeth abrió la puerta de par en par. La recorrió un escalofrío al enfrentarse, con una sonrisa forzada, a aquellos ojos fijos y descoloridos.

–El señor Fridrich, según creo –dijo, con voz aguda. Luego levantó una mano para señalar las flores y tuvo que carraspear antes de volver a hablar–. ¿A qué debemos el honor?

–He venido a presentar mis respetos a frau Birmingham –anunció él, formalmente.

–¿Le habéis anunciado que vendríais? –inquirió Elizabeth, impertinente.

–Deseo hablar con ella. –Gustav proyectó el mentón hacia arriba. En sus ojos brillaban astillas de hielo–. Id a llamarla.

–No creo que la señora Birmingham quiera recibiros –afirmó ella con audacia. Tal vez si dejaba de temblar podría manejar las cosas sin dejar ver el miedo que realmente sentía–. Después de todo la raptasteis del hogar de su esposo. ¿Qué seguridad tenemos de que no volveréis a intentar algo así?

Había notado que los descoloridos ojos azules se endurecían cada vez más, pero no esperaba ese grito y se sobresaltó.

–¡Traed a frau Birmingham antes de que pierda la paciencia, so estúpida! ¡Que venga ahora mismo!

Frente a semejante estallido de ira, Elizabeth retrocedió precipitadamente hasta chocar con Raelynn, que había salido de su escondrijo. La colisión resultante hizo que la morena saliera nuevamente despedida hacia delante. Una vez que hubo restablecido el equilibrio, abrió la boca para hablar, pero descubrió, estupefacta, que su voz había desaparecido. Después de un fuerte carraspeo, volvió a intentarlo.

–Señor Fridrich: no permito a nadie gritarme en mi propia casa. Tened la amabilidad de dominaros, o de lo contrario os haré echar inmediatamente.

El alemán hizo una mueca burlona ante esa tonta idea.

–¿Y quién se ocupará de eso, frau Dalton? ¿El hombre de la casa?

–Posiblemente –bramó una voz masculina detrás de las mujeres.

Las dos dieron un respingo. Farrell pasó a grandes pasos junto a su novia y se enfrentó al alemán con los brazos en jarras, llenando casi por completo el quicio de la modesta puerta. Aunque llevaba más de seis años sin competir en torneos de pugilismo, la práctica con sus amigos lo mantenía en excelentes condiciones, por lo que estaba seguro de poner a ese arrogante intruso en fuga sin mayor esfuerzo, si las cosas empeoraban.

–¿A qué venís esta vez, Fridrich?

Jake se había escondido tras un sillón al oír que ese desconocido gritaba así a su madre, pero la presencia de Farrell lo llenó de valor. Tras abandonar su escondrijo, pasó junto a su alto protector para aplicar al hombre un rápido puntapié en la espinilla.

–¡Fuera! –ordenó–. ¡No nos gustas!

–¡Pequeño gusano! –bramó Gustav. El niño retrocedió con los ojos dilatados–. ¡Te haré picadillo para alimentar a los tiburones! ¡Te devorarán de un solo bocado!

Farrell apoyó una mano tranquilizadora en el hombro del pequeño y lo acercó a su pierna. Ante su mirada temerosa, el modisto le revolvió el pelo rubio, sonriéndole.

–No te dejes asustar por este viejo malo, hijo. Aquí estoy yo.

El niño ciñó con los brazos el muslo de Farrell.

Las voces coléricas habían despertado a Jeff. Sin saber exactamente qué sucedía, se puso los pantalones para bajar precipitadamente, sin camisa ni zapatos. En el pasillo se encontró con Tizzy, que saltaba de agitación.

–¿Qué pasa allí fuera? –preguntó.

–Es el alemán, señor Jeffrey –susurró ella, señalando la puerta principal. Y mientras Jeff se adelantaba, añadió–: Está allí, en el porche, todo emperifollado como para ir de visita. Supongo que viene a hacerle la corte a la señora Raelynn.

–¿Ah, sí?

Pese al golpeteo sordo que sentía en la cabeza, Jeffrey estaba más que dispuesto a ajustar cuentas con su adversario. Poco importaba estar a medio vestir. Su espíritu luchador estaba en marcha, decididamente. Ahora sabía exactamente qué había sentido su hermano cuando atacó a un hombre por robar un beso a Heather, poco después del nacimiento de Beau.

Raelynn lo sujetó por el brazo para rogarle:

–Por favor, Jeffrey, dejad que Farrell se ocupe de esto. No estáis en condiciones de mediros con Gustav.

Él le cogió la mano, sonriente, y se la llevó a los labios para un beso amoroso.

–No tenéis nada que temer, querida. Tendré cuidado.

Elizabeth retrocedió para dejarle paso. Farrell lo vio por el rabillo del ojo y salió al porche, permitiéndole salir tras él. Aun así, no iba a dejar ese conflicto en manos de un hombre que, además de haber sufrido recientemente una conmoción cerebral, iba descalzo.

Una fina ceja se proyectó hacia arriba, mientras Gustav recorría a su enemigo con una mirada burlona.

–Veo que el bueno del sheriff aún no ha querido cumplir con su deber y arrestaros, herr Birmingham. Nadie tenía mejores razones que vos para matar a Nell. Una vez más, todo el mundo sabe que la mataron en vuestro establo, pero aquí estáis, libre como el viento. Ser amigo del sheriff Townsend tiene sus ventajas, *nein?*

–Y yo veo que aún aspiráis conseguir mi esposa, herr Fridrich. ¿Cómo puedo convenceros de que me pertenece?

Gustav sonrió con desdén al observar la silueta larga y semivestida de su enemigo. Además de ser más joven, alto y musculoso, Birmingham era también más esbelto. Para empeorar las cosas, no tenía barriga, mientras que él luchaba con ese problema desde los treinta años.

–Pronto será viuda, herr Birmingham. En cuanto os ahorquen por matar a Nell.

Jeff dejó escapar una risa abortada.

–Será mejor que toméis asiento para esperar mi ejecución, Fridrich. Si lo hacéis de pie se os pudrirán las piernas.

–¡Seréis vos quien se pudra en el infierno! ¡No yo, que no he matado a nadie!

–No, no sois capaz de ensuciar esas blancas y viscosas manos con ese tipo de trabajos. Antes bien los encomendáis a vuestros secuaces. Me han dicho que ofrecisteis mil dólares a Hyde y a Frye, si me eliminaban de un modo u otro, para tener el camino libre hasta mi esposa. Me interesaría saber quién de vuestros dos sicarios asesinó a Nell, con la intención de provocar justamente eso. Quizá sois también responsable del ataque que sufrí la otra noche. –Jeff lanzó un resoplido burlón–. No os extrañéis mucho si el sheriff os visita para haceros algunas preguntas sobre ese incidente. A mí, por cierto, me interesaría mucho saber qué tenéis que decir al respecto.

La idea de que Townsend fuera nuevamente a husmear en su depósito hizo que el alemán estallara de ira.

–¡No he hecho nada!

–Habéis hecho muchas cosas –contraatacó Jeff–, por no mencionar que acabáis de asustar a dos mujeres y a un niño. A mi modo de ver, sólo eso es motivo suficiente para echaros a la calle.

–He venido a cortejar a Raelynn. Eso es todo.

–¡Ella está casada! –gritó Jeff–. ¡Conmigo! Y ahora quitad esas sucias botas de este porche, si no queréis que friegue el suelo con vuestro ancho trasero.

El alemán proyectó el labio superior en una sonrisa cáustica.

–Soy paciente cuando hace falta, herr Birmingham. Puedo esperar a que hayáis muerto para reclamar a Raelynn. Y lo haré, con toda certeza. La tendré aunque tenga que pasar sobre vuestro cadáver, como dicen.

El hombre festejó con una risa su propio chiste. Luego, con otra mueca altanera, arrojó las flores a los pies de Jeff y, después de plantarse el sombrero en la calva, se volvió en redondo y abandonó el porche. Al salir, sin molestarse en cerrar el portón detrás de sí, levantó el brazo sano para llamar a un coche de alquiler que esperaba calle abajo. Desde su estribo agitó el puño hacia Jeff por última vez, antes de acomodarse en el interior. El vehículo pasó con un rumor de ruedas frente a la casa, pero Gustav no los miró.

–Por suerte, todo ha pasado –suspiró Elizabeth, dejando caer la mano armada a lo largo del cuerpo.

Al ver el pistolón en manos de su novia, Farrell la cogió por la muñeca para quitarle suavemente el arma.

–De ahora en adelante no tendréis que preocuparos por defender vuestra casa, querida. Si no tenéis inconveniente, ahora mismo saldré en busca de un sacerdote, para arreglar de una vez por todas esa cuestión de la boda.

Con un grito de alegría, Elizabeth se echó en sus brazos; como en su ansiedad estuvo a punto de sofocarlo, él dejó oír una risa estrangulada.

–Por Dios, querida, dejadme respirar –rogó.

–Oh, perdonad.

Ella retrocedió, ruborizada por la vergüenza, pero sólo por un momento. Sin poder resistirse a la proximidad de sus labios, se levantó sobre la puntas de los pies para rozarlos con un beso furtivo. De inmediato, algo avergonzada por su temeridad, trató de volverse hacia un lado, pero se encontró con la mano de Farrell entre los omóplatos, presionando para acercarla una vez más a él, mientras aquella boca descendía hacia la suya. Desde el día de la proposición matrimonial él mantenía una prudente reserva; sabía demasiado bien que, si comenzaba a besarla, querría ir mucho más lejos. Pero no estaba preparado para la vorágine de sensaciones que, en ese momento, estallaron en su interior, al fundirse sus labios con un apetito voraz.

Jeff los miró con una sonrisa ladeada, con Raelynn entre sus brazos. La tentación de imitarlos era grande, pero ya había visto que Tizzy estaba boquiabierta. No había manera de saber cuál sería su reacción si él también besaba a su esposa con igual fervor.

–¿Esto significa que estáis de acuerdo? –inquirió el modisto en voz baja, cuando se separaron.

–¡Oh, sí, Farrell! ¡Sí, sí, sí! –exclamó ella, exultante.

Los dientes blancos de Ives centellearon en una amplia sonrisa.

–En ese caso, será mejor que me ponga en marcha. –Le alzó el mentón con un nudillo–. Durante mi ausencia, amor mío, poneos el más bonito de vuestros vestidos y preparad lo que necesitéis para pasar la noche fuera. Sin duda Raelynn y Tizzy podrán cuidar de Jake hasta mañana. Regresaré tan pronto como pueda.

–Pero ¿adónde iremos esta noche?

Él le guiñó un ojo.

–A mi apartamento, querida, desde luego.

En el trayecto hacia la salida se detuvo junto a Jeff.

–Si quieres ser el padrino, mi querido Jeffrey, será mejor que te vistas. Como es mi primera boda, no estoy muy versado sobre el protocolo a seguir, pero no creo que un simple par de pantalones sean atavío suficiente.

De pronto Jeff cayó en la cuenta de que su dolor de cabeza había desaparecido.

–Veré qué puedo hacer, mi querido fanfarrón. Por casualidad, ¿tienes alguna camisa limpia de sobra en tu casa?

Raelynn enlazó un brazo al de él.

–No la necesitáis, querido. Tizzy ha lavado y planchado la vuestra. Está arriba, en nuestra habitación.

–Me siento algo mareado. –Los surcos de sus mejillas se acentuaron en una curiosa sonrisa–. Creo que necesitaré algo de ayuda para vestirme.

Ella reclinó la cabeza contra su hombro y alzó hacia él los ojos brillantes.

–Creo que yo podría prestaros algún auxilio, si os parece conveniente. No será ninguna molestia, puesto que yo también voy a vestirme para la ocasión.

–¿Necesitará ayuda, señora Raelynn? –preguntó Tizzy, desde el vestíbulo.

–Sólo para peinarme. Mientras tanto puedes ayudar a la novia en lo que sea necesario. Creo que la señora Elizabeth se alegrará de que le hagas un peinado muy bonito para la ceremonia. –Al ver que su amiga asentía vigorosamente, se echó a reír–. Ya ves, Tizzy: eres muy apreciada en esta casa. Te llamaré cuando esté lista.

Subió la escalera bajo el brazo envolvente de su esposo. Cuando entraron en el dormitorio, Jeff la aprisionó en un abrazo, con la espalda apoyada contra la puerta. Su beso fue largo y profundo; cuando la soltó ella también se sentía algo mareada.

–No imagináis lo mucho que os he echado de menos durante nuestra separación, querida –susurró él, junto a su boca–. No ha pasado un solo día sin que quisiera rogaros que volvierais a mi lado, pero temía que os apartarais otra vez de mí, como aquella noche, en casa de Pete.

–Oh, Jeffrey, durante toda nuestra separación he llorado todas las noches hasta quedarme dormida, preocupada por lo que sucedía entre nosotros. Parecíais muy enfadado por mis dudas, y realmente teníais razón. Debería haber creído en vuestra inocencia, pero estaba tan confundida... Por un lado temía que pusierais fin a nuestro matrimonio; por otro me acosaba la posibilidad de que no fuerais tan noble y honorable como parecíais. –Le apoyó la palma en la mejilla–. Ahora me parece inconcebible haber imaginado que podía amar tan profundamente a un hombre capaz de un crimen tan cruel.

–Debería haber sido más paciente con vos –susurró él, bajando la boca abierta hacia la de ella–. Sufristeis un golpe terrible.

–Todo eso ya ha pasado –murmuró ella, antes de que los labios de Jeffrey cubrieran los suyos con un exigente fervor. Luego le rodeó el cuello con los brazos y se levantó sobre las puntas de los pies, apretándose contra él, consciente de su dura virilidad y del apetito que latía en su propia ingle. Los pezones se le endurecieron contra el pecho de acero, palpitantes y reclamando su atención.

–Será mejor que nos vistamos, amor mío –murmuró él–. Conozco a Farrell: muy pronto estará de regreso. Y si continuamos así, voy a hacer que esa vieja cama chirríe como nunca ha chirriado.

Raelynn se retiró con un pequeño gemido de frustración, pero comenzó a desabrocharse el corpiño, hasta que su esposo volvió a estrecharla y le deslizó una mano bajo la camisola para abarcar un pecho redondo; luego acarició con el pulgar el pico ya blando hasta convertirlo nuevamente en un nudo apretado. Raelynn le sonrió con aire interrogador, muy dispuesta a continuar con el juego, pero él sacudió la cabeza.

–Basta –suspiró–. Si no nos damos prisa, Farrell vendrá a aporrearnos la puerta.

Aunque sentía gran necesidad de meterse en una bañera llena de agua caliente, sólo tenía tiempo para lavarse en la palangana. Sus músculos seguían algo doloridos por el enfrentamiento con el enmascarado, pero le habría gustado involucrar también a su esposa en un buen baño. Muchas veces había recordado, durante la separación, aquellos momentos en que la tenía recostada contra él dentro de la tina; entonces, esa imagen que volvía una y otra vez, lo impulsaba a ir a su encuentro y pedirle que volviera con él. Le aliviaba saber que, en el futuro, habría más baños iguales a los que atesoraba en su memoria.

Raelynn preparó la ropa de su esposo, mientras él se lavaba. Al sentarse en una silla para calzarse las medias, levantó la vista por casualidad y lo vio desnudo ante el lavabo. Era habitual que ese espectáculo despertara su admiración, pero ese día le provocó una intriga especial. No pasó mucho tiempo sin que Jeff se diese cuenta de que ella lo miraba intensamente.

–¿Habéis adquirido alguna obsesión por mis partes más prosaicas, señora? –bromeó él–. La verdad, si continuáis mirándome así, no podré esconder nada bajo los pantalones.

–Jeffrey... ¿cómo os compararíais con otros hombres?

Él arrugó la frente, intrigado.

–¿A qué viene eso?

–Siento curiosidad. –Ella le dirigió una sonrisa, mientras levantaba la pierna para estirar la media sobre la pantorrilla. Con tantas conversaciones explícitas como habían mantenido después de hacer el amor, podía hablar de los atributos masculinos sin vergüenza alguna. Durante sus preludios, él nunca expresaba ninguna timidez al indicarle qué le agradaba, qué partes de su propio cuerpo eran más sensibles al estímulo–. ¿No vais a decírmelo?

Jeff ahogó una risa ante la insistencia de su mujer.

–Nunca se me ha ocurrido compararme con otros hombres, querida, si a eso os referís. No es algo que me interese.

Inclinado sobre el pequeño espejo redondo que pendía sobre el lavabo, Jeff se pasó la navaja por la mejilla. Después de retirar el último rastro de espuma, se frotó la cara con la mano, por si hubiera algunos puntos sin rasurar; luego se limpió la cara con un paño mojado en agua caliente. Cuando al fin echó una mirada hacia Raelynn, el brillo falsamente dolido de sus ojos le dijo que no iba a desistir mientras él no satisficiera su curiosidad por completo.

–De acuerdo, querida mía. Podéis envainar esas dagas azules. Os diré lo que pueda.

Como un niño que hubiera insistido en escuchar un cuento, Raelynn se deslizó hasta el borde del asiento y aguardó, totalmente cautivada por el tema de conversación. Jeff no pudo evitar una risa entre dientes, encantado por el espectáculo: aunque su postura era la de una jovencita recatada, su escasa vestimenta destruía por completo cualquier idea de timidez, pues sólo llevaba puesta una coqueta camisola, que las redondeces del busto desbordaban, tensando la tela sutil.

–Si Gustav os viera en este momento, amor mío, me atravesaría con la primera espada que encontrara, sólo por teneros para él.

–Oh, no mencionéis a ese tunante. Lo detesto profundamente. –Ella agitó los dedos para que su esposo volviera al tema–. Estoy esperando, Jeffrey.

–Es cierto, querida mía. –Con un suspiro, él cedió a su simpática insistencia–. En mis días juveniles tuve que soportar muchas bromas de mis amigos, cuando íbamos a nadar desnudos. Solíamos balancearnos sobre el agua, colgados de una larga cuerda atada a una rama del árbol que crecía junto al arroyo. En ocasiones, eso se convertía en una pugna por ver quién llegaba más lejos antes de soltar la cuerda y zambullirse. Como algunos teníamos un miembro más grande que el resto, nuestros compañeros bromeaban sobre lo que podríamos hacer si se cortaba la soga. Nos recomendaban que trepáramos al árbol para reemplazar la cuerda. Su hilaridad era tan grande como su imaginación, pues aseguraban que, como nuestros miembros tenían cierta flexibilidad, todos podrían llegar más lejos. Por lo demás, opinaban que no habría mucha diferencia entre nosotros y la cuerda.

–¿Esas bromas no os abochornaban?

Jeffrey se rascó pensativamente la mejilla, muy cerca del intrigante surco que su gran sonrisa ponía a la vista.

–Considerando que algunos sólo tenían bajo los pantalones el equivalente a un salivazo en un tiesto, decidí que no era tan desafortunado, al fin y al cabo. Cuando menos, nadie me confundiría jamás con una niña.

–Me gustáis tal y como sois.

Como aquella mirada apreciativa le estaba provocando una reacción, él insinuó:

–No creo que aceptarais dedicar un momento a divertiros con vuestro esposo, ¿verdad? Si bajamos tarde, ya encontraríamos alguna excusa.

Raelynn imaginó las curiosas miradas que recibirían en la planta baja.

–La cama hace demasiado ruido, Jeffrey. No podríamos mentir.

Él resopló.

–Voy a llevaros a casa, donde la cama no chirría, querida. Y allí os retendré hasta que me supliquéis que os deje en libertad.

El semblante de la joven se iluminó, sonriente.

–¿Es una promesa?

Jeff le guiñó el ojo.

–Os doy mi palabra, señora.

21

Gustav Fridrich marchaba calle abajo, sin prestar atención a quienes cometían la estupidez de cruzarse en su camino. Los esfuerzos habían pintado su cara redonda y reluciente de un escarlata abigarrado y el aliento le silbaba en el pecho, pero ni por un momento pensó en aminorar el paso. Detenerse a descansar habría sido una flaqueza que despreciaba casi tanto como el mundo donde se encontraba.

El paso tranquilo de varias parejas, elegantemente vestidas, le hizo curvar despectivamente el labio superior. «Como si no tuvieran la menor preocupación –se burló para sus adentros–. ¡Imbéciles! ¡Imbéciles débiles y despreciables!»

En su opinión, Charleston era como una cloaca de lánguidos caprichos y despreocupada alegría, que sólo merecía su desprecio. Aunque los diversos negocios y operaciones de contrabando que realizaba en la zona lo habían convertido en un hombre muy rico, odiaba a su población. Allí la gente parecía interesarse tan sólo por los placeres sencillos de la vida, en ser hospitalarios con sus vecinos y amigos, en vez de esforzarse por hacer fortuna.

Y el más antipático era su sheriff. A no ser por Rhys Townsend, Raelynn aún sería suya. Poseerla habría sido un dulce consuelo a su brazo inútil. Nunca antes había tenido a una mujer como ella; ahora le asqueaban las rameras hastiadas que se abrían de piernas a cualquiera por un par de monedas. Las que había intentado seducir después de su herida lo dejaron retorciéndose de vergüenza y frustración; todas huyeron aterrorizadas ante el azote de su lengua y de sus aullidos de ira.

Pero con Raelynn todo sería distinto, se consoló. La sola idea de acostarse con ella activaba en él esa parte que las prostitutas, pese a toda su experiencia, no habían podido arrancar del letargo. Era bella, encantadora, bien educada y elegante; además, lo bastante joven como para que él pudiera manejarla con un solo dedo. Sería un bocado apetitoso en su lecho.

Lo que empeoraba las cosas era saber que su insaciable deseo hacia ella ya le había provocado una horrible invalidez, que lo afligía sin descanso. Ya no soportaba siquiera mirar su propia imagen, que se ensanchaba día a día. El peso muerto del brazo inútil, tanto como el que tenía entre las piernas, era un recordatorio constante del profundo odio que le inspiraba Jeffrey Birmingham. Por añadidura, el hecho de que el sheriff aún no se dignara arrestarlo por el asesinato de Nell era otra espina aguda clavada en su carne.

Sumido en sus lúgubres cavilaciones, Gustav giró bruscamente hacia un callejón, a fin de aprovechar un atajo hacia la zona donde le esperaba el coche de alquiler. No reparó en los dos marineros que, después de intercambiar una señal, lo siguieron por la estrecha callejuela. Marchaba a paso largo, absorto en su odio y en sus violentas reflexiones.

De pronto, alguien lo sujetó por el brazo sano y lo arrojó de bruces contra una pared; la fuerza del impacto estuvo muy cerca de quebrarle la nariz. Trató de mirar hacia atrás, pero un fuerte antebrazo se clavó en su cuello.

–¡Eh! –gritó Gustav–. ¿Qué significa esto?

Una risa ahogada lo dejó sofocado en una nube de aliento fétido, mientras una voz ronca le susurraba, cerca del oído:

–Suelta el dinero, tío, si no quieres que te corte el cuello aquí mismo.

Para acentuar su petición, el marinero presionó el gordo cuello de su víctima con una gran hoja de acero, hasta abrir un corte del que empezó a manar un delgado hilo de sangre.

El otro marinero no estaba dispuesto a perder tiempo en amenazas. Para obtener lo que deseaba, se arrodilló junto al alemán y comenzó a revolverle los bolsillos. Como no encontró suficientes monedas, siguió palpando hacia arriba, por debajo de la chaqueta de su víctima. Un bulto en la cintura hizo que extrajera su propio cuchillo. En un momento, cortó el cinturón y comenzó a tirar de los pantalones hacia abajo, para pasarlos sobre las gordas caderas. La prenda cayó entonces hasta los tobillos y las fuertes piernas de Gustav quedaron cubiertas sólo por los faldones de la chaqueta y el largo calzón. El hombre cortó la atadura del cinturón monedero y se lo colgó del robusto hombro.

–Con esto tendremos para uno o dos inviernos, compañero –se jactó entre risas, mientras descargaba una palmada en el hombro de su compinche.

–¿Qué haremos con este? –preguntó el otro.

–Cortarle el pescuezo, desde luego.

Acostumbrado como estaba a provocar dolor, terror y muerte, Gustav se quedó literalmente paralizado por el miedo ante la idea de ser asesinado por un par de miserables ratas de alcantarilla. El corazón le golpeaba las costillas y su respiración agitada se había reducido a un jadeo seco. Por mucho que le gustara el dinero, en ese momento no le dedicó el más ínfimo de sus pensamientos. Lo que se extendía ante él era su vida pasada: los hombres que había arruinado, las muertes que había ordenado para sacar un beneficio, las mujeres que había utilizado de la manera más sucia, los ancianos a los que había obligado a mendigar por las calles, los niños apartados de su camino a puntapiés, los pordioseros abofeteados. Unas cuantas de sus víctimas eran peones que había sacrificado en su ascenso hacia la fortuna y el poder; otros, seres inútiles que él pisoteaba sin miramientos, tras haber llegado a la cumbre deseada. Ahora, en un precario equilibrio entre la vida y la muerte, las caras de sus víctimas retornaban para asediarlo. Y delante de todas ellas se alzaba Nell. ¿Acaso él no había prometido mil dólares para que Jeffrey Birmingham dejara de ser un obstáculo entre él y Raelynn? Y la consecuencia inmediata ¿no había sido la muerte de esa joven madre?

«¡No ha sido culpa mía! ¡Yo no lo sabía!», gritó su mente al negro juez que asomaba ante él su esquelético semblante. El martillo golpeó estruendosamente la mesa. «¡Culpable, desde todos los puntos de vista! ¡Condenado a muerte!»

Gustav, que no rezaba desde los seis años, se esforzó por recordar cómo se hacía. En ese momento, el marinero que sujetaba el arma contra su cuello emitió un súbito gruñido. El otro alzó el brazo, con un cuchillo centelleante en la mano, pero de pronto lanzó una exclamación de sorpresa. De su vientre se desprendió una larga hoja ensangrentada. Luego, con mucha lentitud, se dobló en dos, con una queja ahogada.

–Ya podéis subiros los pantalones, señor Fridrich –informó una voz familiar–. Estos tunantes no volverán a haceros daño.

–¿Olney? –Gustav forcejeó con los pantalones, tratando de cubrir la ropa interior.

–Soy yo, sí.

El alemán se volvió hacia él, mientras se abotonaba la prenda a la cintura, y le clavó una mirada fulminante, sin tener en cuenta que Olney acababa de salvarle la vida.

–¿Dónde te habías metido? ¡Debiste regresar hace varias semanas!

–He estado tratando de salvar el pellejo. Me dislocaron el brazo y no pude salir de mi escondrijo hasta que se curó. Habría podido descansar un poco aquí y allá, pero los hombres que Birmingham ha contratado me pisan los talones y el sheriff me sigue con su gente. Casi he terminado bajo tierra tratando de escapar. Esto me ha agriado el carácter, creedme. Hace más de un mes que no puedo darme un baño ni echar un polvo. Después de todo lo que me ha pasado, ya estoy harto de huir por los pantanos y los bosques. Bien puedo esconderme en esa casa de putas donde encontré al viejo Coop, la vez pasada. Sí, señor. Quiero darme un gusto con esas tías tan finas que tienen. En realidad, hacia allí iba cuando he visto que vuestros amigos os seguían por el callejón. –Inclinó la cabeza, curioso–. Pero ¿qué ha sido de Birmingham? ¿Todavía no lo han arrestado?

–*Nein!* ¡Ese estúpido del sheriff se niega a hacer nada al respecto! ¡La has matado por nada!

Olney lanzó una risa cáustica.

–¡Yo no maté a esa pequeña! ¡Fue Birmingham! ¡Lo vi!

–Mientes, Olney. La llevaste allí para estropear la fiesta de los Birmingham. Y luego me entero de que la han matado. ¿Para qué molestarse en matar a Nell, si tiene una esposa tan bonita?

El de los rizos encogió un hombro rollizo.

–Quizá Birmingham se enfureció. La noche del gran baile, Nell entró en su casa para denunciarlo ante todos sus amigos. Quería decir a todos que él le había puesto a ese pequeño bastardo en el vientre. Tal como yo veo la cosa, Birmingham no quiso pasar esa vergüenza ante sus amigos y la quitó de en medio. Hay hombres así: se preocupan más por su reputación que por ser respetables y obedecer la ley. Claro que vos y yo no somos de esos, ¿verdad, señor Fridrich?

Aun sabiendo que la pregunta era burlona, Gustav ignoró esa referencia indirecta a su vida criminal para reflexionar sobre la posibilidad de que su rival fuera un asesino.

–Por mucho que me gustara pensar lo contrario, no puedo creer que Birmingham fuera tan tonto –murmuró–. Quizá te equivocaste, Olney. Tal vez viste al verdadero asesino y te pareció que era él.

–Casi estaría dispuesto a jurar ante un juez que era Birmingham en persona. Pero da igual, pues en cuanto me vea, el bueno del sheriff me arrestará. ¡Ja! Probablemente dirá al jurado todo tipo de cosas horribles, sólo para tenerme encerrado un montón de años. Demasiado follón por mil miserables dólares. Conque si eso es lo que esperáis de mí, podéis quedaros con lo que me habéis prometido.

Los ojos de hielo se encogieron, calculadores, mientras Gustav buscaba una suma que pudiera tentar al pícaro.

–¿Y por tres mil?

Olney resopló.

–Sólo habría una manera de hacerlo: que me dejarais usar a vuestros muchachos para divulgar que he vuelto a la ciudad y que vi a Birmingham matando a Nell. Vuestros hombres tendrían que recorrer las calles, azuzando a la gente contra el sheriff Townsend y acusándolo de proteger a sus amigos. Luego tendrían que seguirme hasta su despacho, junto con la gente que se les uniera, y estar allí para importunar al sheriff cuando yo me entregue.

–Eso es fácil. ¿Cuándo quieres comenzar?

–Necesito un baño, un par de horas con una tía y diez mil dólares en la mano.

–¡Diez mil dólares! ¡Estás loco! ¡Jamás te pagaré tanto!

Olney se encogió de hombros, sin la menor preocupación.

–Como queráis, señor Fridrich. Pero no moveré un dedo por un céntimo menos. Si debo pasar unos cuantos años en prisión, quiero una bonita suma que pueda invertir antes de que me encierren. De ese modo, cuando salga podré vivir como los Birmingham.

–¡Pero lo que pides es un atraco a mano armada!

El joven rió desdeñosamente.

–Pues mi abuelo era ladrón, así que debo llevarlo en la sangre. Pero si hay aquí algún ladrón, señor Fridrich, lo tengo ante mis ojos. Me pagáis un salario, ¿verdad? Yo soy un caballero honrado y trabajador, que sabe regatear cuando llega el momento. Tres o cuatro años en prisión es demasiado por la limosna que estáis dispuesto a pagar. En pocas palabras, no aceptaré un céntimo menos.

Gustav lo miró con atención.

–Si acepto, ¿me aseguras que Birmingham será arrestado?

–Se lo garantizo.

–Bien, diez mil dólares por su arresto. Si fracasas te encontrarán en el río, con el cuello cortado. Te lo aseguro.

–Buenas tardes, sheriff.

Guiado por un rápido reflejo, Rhys Townsend giró en redondo, llevando la mano a la pistola. No había podido olvidar esa voz. Lo perseguía noche y día, en sus esfuerzos por imaginar dónde se habría metido esa rata de Olney. Lo que menos esperaba era que ese rufián cruzara el umbral de su oficina, pavoneándose con un atuendo que dejaba bizco a cualquiera. Pero allí estaba Olney en persona, apoyado en el marco de la puerta. Vestía una chaqueta amplia a cuadros vistosos, camisa roja y la parte baja de los pantalones tostados metidos en botas de piel de venado, que habían conocido días mejores; sus pies sobresalían por los costados.

–¿Qué diablos haces aquí, Olney? –rugió el sheriff, echando un vistazo por la ventana. En la calle, frente a su despacho, se estaba congregando una multitud. Eso le erizó el pelo de la nuca. Algo se estaba preparando: lo sentía en las entrañas.

Sin hacer esfuerzo alguno por disimular su gran sonrisa, Olney se adelantó con el aire de quien tiene el mundo en sus manos. Sus gruesos hombros se elevaron en un gesto desganado.

–Me ha parecido que era hora de venir a presentaros mis respetos, sheriff. ¿Alguna objeción?

Cuando el joven pasó a su lado, Rhys arrugó la nariz y apartó la cara con repugnancia, como si hubiera olido el hedor de una mofeta.

–Hueles como una fábrica de perfumes, muchacho.

Olney echó la cabeza hacia atrás en una fuerte carcajada. Eso despertó al ayudante del sheriff, que dormitaba en una celda cercana; el hombre se acercó a los barrotes, tambaleante, para mirar hacia fuera con ojos legañosos.

–¿Qué sucede? –preguntó, soñoliento.

–Sigue durmiendo, Charlie –indicó Rhys, seco. Mientras el ayudante volvía a la litera, él enarcó una ceja hacia ese joven zorro, al que poco le faltaba para agitarle la cola en la nariz.

–¿No os gusta mi nuevo estilo, sheriff? –inquirió Olney, lanzándole una sonrisa provocativa.

–Un poco llamativo para mi gusto, Olney, pero no soy yo quien lo lleva. ¿Cómo has conseguido que Fridrich te diera dinero para comprar toda esa ropa?

–¡Otra vez con lo mismo, sheriff! ¡Siempre tenéis que suponer que mi integridad está en venta!

Rhys bufó, asombrado.

–¿Qué integridad?

–No os voy a permitir eso, sheriff –replicó el otro, acercándose con aire ofendido para agitar el índice bajo la nariz del policía–. ¡De eso tengo en abundancia!

–¿Sí? ¿Tú y quién más?

Olney meneó la cabeza con un fuerte suspiro, como si lamentara haber hecho esa visita.

–¡Y yo que venía a ayudaros! Tenéis un asesinato que no podéis resolver y no estáis dispuesto siquiera a tratarme con un poco de cortesía. –Señaló con la mano la multitud que crecía frente a la ventana–. Si a vos no os interesa escuchar lo que tengo que decir sobre la muerte de Nell, sin duda esa gente me prestará mucha más atención.

Rhys se dirigió pensativamente hacia la ventana enrejada para mirar hacia fuera. Tenía buena memoria para las caras; algunos de los hombres que veía allí se parecían mucho a los que estaban en el depósito de Fridrich, la noche en que él y todo un grupo de amigos y agentes habían entrado allí disparando sus armas.

–No sé por qué, Olney, pero tengo la sospecha de que tus amigos, los de allí fuera, ya saben lo que te traes entre manos. En realidad, creo que te mueres por decirme el nombre de ese supuesto asesino. ¿Me dejas adivinar a quién piensas echarle la culpa?

Olney estudió la propuesta del sheriff, mientras se tironeaba un lóbulo con una sonrisa torcida.

–Supongo que puedo daros una oportunidad.

Rhys señaló la calle con una inclinación de cabeza.

–Puesto que has traído a toda esa gente para que te acompañe en tu misión de buena voluntad, sin duda con la intención de forzarme la mano, tengo la sensación de que denunciarás a Jeffrey Birmingham como asesino.

El rufián se rió por lo bajo, frotándose la nariz con un dedo.

–Francamente, sheriff, a veces me dejáis atónito. No parecéis tan tonto como me habían dado a entender.

–Gracias, Olney –replicó Townsend, seco–. Acepto eso como cumplido, aun teniendo en cuenta de quién viene.

–Vi a Birmingham cuando lo hacía, sheriff. No miento –insistió el pícaro, iracundo.

Rhys recorrió con la mirada su colorido atuendo.

–A juzgar por tu nueva ropa, supongo que Fridrich ya te ha pagado por entregarte, a fin de que pudieras revelarme esa información.

–Podéis pensarlo, sheriff, y tal vez tengáis razón. Sabiendo lo mucho que deseabais encerrarme, hacía falta un buen botín para compensar el tiempo que deberé malgastar en la cárcel. Tal como están las cosas, cuando salga de allí tendré algo bonito esperándome. Cuando conté al señor Fridrich lo que había visto, él pensó que debía entregarme para que se hiciera justicia. –Olney lanzó un bufido desdeñoso ante una idea tan descabellada–. ¡Cualquier día, sí! Se han necesitado diez mil dólares para que yo cruzara hoy vuestro umbral. Conque aquí estoy, sheriff, listo para confesarlo todo: mis pecados y los de vuestro amigo.

–Te diré algo, Olney: por lo general, cuando alguien me miente me doy cuenta. Es una rara sensación en las entrañas, y sólo pasa cuando al final comprendo que no puedo tragarme lo que me están diciendo. Algunas personas mienten por puro gusto, porque tienen una podredumbre que las come por dentro. Como diría un predicador, el diablo se apodera de ellos. Ahora bien: sabemos que el diablo ya te tiene bien metido en su bolsa y que está buscando a otro idiota para atrapar. Lo que quiero decir, muchacho, es que si tu intención es engañarme con esto, bien puedes ahorrarte la saliva, porque tarde o temprano harás un mal negocio. A su debido tiempo atraparé al asesino, con tu ayuda o sin ella.

–Yo sé lo que he visto, sheriff –afirmó secamente el tunante, lanzando una mirada deliberadamente inexpresiva–. Y lo que digo es la verdad, aunque no queráis creerla. Veamos, pues, ¿vais a escuchar lo que tengo que decir? ¿O debo informar a esa gente de allí fuera que no queréis escuchar nada feo contra vuestro rico y estimado amigo?

–Oh, no me opongo a escuchar tu versión del asunto, Olney. Pero recuerda que reservaré mi decisión hasta que tenga pruebas más fiables que tu palabra. Tus conclusiones bien pueden ser ciertas a tu modo de ver, pero a la larga las cosas pueden no ser así. Y ahora me gustaría que me dijeras una cosa, antes de dar tu testimonio de lo que sucedió. ¿Puedes identificar con seguridad al hombre que te persiguió desde el establo de Birmingham, aquella noche, tras haber presenciado el asesinato de Nell?

Olney lo miró, estupefacto.

–¿Cómo diablos sabéis eso?

–Tengo mis fuentes –aseguró Rhys, con una blanda sonrisa–. Robaste una yegua a Birmingham para huir del asesino, ¿verdad?

El otro se había quedado boquiabierto de asombro, pero una súbita sospecha hizo que mirara al policía de soslayo.

–¿Birmingham os ha dicho algo de eso?

–No he hablado con Birmingham de este asunto desde el día siguiente a la muerte de Nell. –Townsend bajó la vista al raído calzado del rufián, con una sonrisa irónica–. Las huellas que dejaste en el corral eran más obvias que las de una vaca.

Por si no lo has notado, amigo, tienes unos pies muy anchos, que sobresalen por los lados. Tus huellas son inconfundibles.

El maleante seguía observando al sheriff con la cara contraída por el escepticismo.

–¿Cómo sabéis que me persiguieron?

–Por otra serie de huellas, hechas por botas más pequeñas y lujosas, que seguían las tuyas a toda prisa y las cubrían. Las tuyas se interrumpían en el lugar donde montaste a la yegua. Desde allí la hiciste saltar sobre la cerca para escapar. Las otras huellas regresaban al establo. Es cierto que viste el asesinato de Nell, Olney, y luego huiste como si te hubieran prendido fuego al rabo. Elijah dice que la yegua te tiró en el bosque. Continuaste a pie un tiempo, andando a tumbos, como si sufrieras mucho. –Lo recorrió con la vista–. Es obvio que la yegua te dejó malherido.

Hasta ese momento, Olney llevaba ventaja en su enfrentamiento con el sheriff, pero este acababa de invertir la situación. Era obvio que disfrutaba impresionándolo con el relato de lo que él había visto y hecho, como si esa noche hubiera sido un ratón escondido en algún rincón del establo. Para gran desconcierto suyo, era él quien estaba con la boca abierta.

Se obligó a reaccionar, mientras ponía en su sitio parte de su pelo erizado, y al fin murmuró.

–Yo me llevé la yegua, sí. Y es cierto que poco faltó para que me matara. Me dislocó el hombro. Más tarde encontré a Birmingham en la casa de Pete el Rojo. Estaba allí con su señora, solitos los dos. Le obligué a colocarme el brazo en su sitio. Quiso convencerme de que él no había matado a Nell. Y hasta dijo que le habían dado tres puñaladas. –El pícaro lanzó un bufido–. Yo sólo vi una.

–Birmingham no te mentía, Olney –confirmó Rhys–. Nell recibió tres puñaladas.

–Pues él debió de volver para rematarla, porque yo sólo vi una.

El sheriff buscó en su mente alguna confirmación de lo que el joven decía.

–Si el asesino volvió para apuñalarla dos veces más, debió de suceder después de que tú te fueras con la yegua.

–Eso es lo que digo, sí.

–Por casualidad, ¿viste con claridad la cara del asesino en algún momento, antes de tu partida?

–Vi a un hombre todo emperifollado con ropa de fiesta, que me sacaba más de media cabeza.

–Y aunque nunca le viste la cara, puedes jurar sin lugar a dudas que lo reconociste –presionó Rhys.

–Lo habría reconocido en cualquier lugar, sheriff. Era Birmingham en persona –aseguró Olney, obstinado–. Casi me mató del susto al perseguirme de esa manera. Y poco faltó para que me alcanzara. De no haber encontrado allí a esa yegua loca, habría terminado como la pobre Nell. Nunca he visto a nadie correr a tanta velocidad. ¡Y el tío me lleva como diez años!

Rhys le echó un vistazo en el que se mezclaban la sorpresa y una nueva intuición.

–¿Dices que el hombre era muy alto?

–Era alto, sí, tanto como Birmingham –replicó Olney, agrio, ya irritado por la insistencia del sheriff–. Como vos y ese cursi de su amigo, el que hace vestidos para señoras. –Curvó despectivamente el labio–. Supongo que los hace para poder usarlos a escondidas en su bonito apartamento.

Rhys miró al delincuente con incredulidad.

–Deja que te saque de tu error con respecto a Farrell Ives, muchacho. No sólo se retiró del pugilismo sin que nadie lo hubiera derrotado, sino que en los últimos diez años ha sido también el mejor tirador de la zona. A sesenta pasos, es capaz de perforarte los ojos sin tocarte las pestañas.

–¡Vaya si sabéis defender a vuestros amigos, sheriff! –lo provocó el tunante, con una mueca burlona–. Pero ahora ¿queréis escuchar o no lo que tengo que decir sobre Birmingham?

–Abriré yo, Tizzy –anunció Raelynn a la joven negra que estaba bañando a Jake–. Tú continúa con lo que estás haciendo.

–Sí, señora Raelynn.

La joven se acercó primero a la ventana y echó una mirada cauta afuera, para asegurarse de que el visitante fuera una cara amiga. Al ver al sheriff se apresuró a abrir la puerta, algo sorprendida.

–Rhys, ¿qué hacéis aquí?

Luego sus ojos fueron más allá, hacia la calle, y se ensancharon considerablemente al ver a la gente que se había reunido allí; al frente estaba Hyde, con las manos esposadas. De repente, comprendió a qué venía el sheriff: Olney se había presentado por fin para acusar a su esposo.

–No fue Jeffrey, Rhys –declaró, sin detenerse siquiera a analizar mentalmente la cuestión. Ya estaba firmemente convencida de que Jeff no podía haber hecho algo tan horrible. Era demasiado recto y noble como para matar a alguien de manera tan horrorosa–. ¡Tengo la certeza de que no fue él!

–Me gustaría hablar con él, Raelynn –dijo el sheriff, en tono solemne–. ¿Está aquí?

–Sí, respondió ella de mala gana, abriendo la puerta de par en par. Luego dio un paso atrás, para que el hombrón pasara al vestíbulo–. Hace algunas horas, Jeffrey tuvo otro fuerte dolor de cabeza y le puse algo de láudano en la comida para que pudiera dormir. A estas horas el efecto debe de estar pasando.

–¿Podríais anunciarle que he venido, por favor?

–Tomad asiento en el salón –invitó ella, reticente.

–Gracias, Raelynn.

Ya dentro, Rhys paseó la mirada a su alrededor.

–¿Hay alguien más aquí?

–Sólo mi doncella y Jake. Elizabeth y Farrell se han casado esta tarde. Han ido a pasar la noche en el apartamento de él.

Una ancha sonrisa estiró los labios de Rhys.

–Me alegra saberlo. Deberían haberlo hecho hace tiempo.

–Iré a despertar a Jeffrey. Quizá debáis aguardar un minuto antes de que baje. Tendrá que vestirse.

–No me molesta, Raelynn. No me moveré de aquí.

Cuando la muchacha entró en el dormitorio, Jeff ya estaba levantado y mojándose la cara. Al verla, señaló con el pulgar por encima de su hombro hacia la ventana; había descorrido las gruesas cortinas.

–¿Qué pasa ahí fuera? –preguntó, mientras se secaba la cara–. ¿Qué hace toda esa gente frente a la casa?

–Si miráis mejor, amor mío, descubriréis que uno de ellos es Olney Hyde. Rhys Townsend espera abajo para hablar con vos. Aunque no lo ha dicho, me temo que viene a arrestaros.

Jeff arrojó la toalla con un suspiro de hastío.

–Será mejor que me vista.

Ella paseó la mirada por su largo cuerpo desnudo, pero el habitual brillo de admiración estaba ausente en sus ojos.

–Será mejor, sí. Rhys no se horrorizaría si bajarais así, pero está Tizzy.

–¿Podéis ordenarle que me prepare café? Aún me siento algo aturdido. –Se frotó la frente con la mano, como si tratara de salir del estupor–. No sé por qué duermo tanto últimamente.

Raelynn no se atrevió a revelarle el motivo.

–En Ives Alta Costura he aprendido a preparar café –le informó en voz baja–. Os lo prepararé fuerte, como le gusta a Farrell.

Pocos momentos después él bajaba debidamente vestido: camisa, pantalones y botas hasta el tobillo. Al entrar en la sala donde Rhys lo esperaba, intercambió con él un breve saludo y miró a su esposa, que salía del comedor llevando una bandeja con un juego de café de porcelana y dos tazas humeantes sobre preciosos platillos floreados. Jeff, que tenía gran necesidad del estimulante para despejar sus turbias ideas, se adelantó para coger una taza. El café aún estaba muy caliente; tuvo que tomarlo a lentos sorbos, mientras Raelynn pasó por su lado para acercarse al sheriff.

–¿Queréis un poco de café, Rhys? –preguntó graciosamente ofreciéndole la bandeja.

–Lo prefiero solo, igual que Jeffrey –anunció él, mientras cogía la otra taza. Luego se acomodó en el sillón.

Jeff ocupó el sofá y dio una palmada silenciosa al cojín, mientras buscaba la mirada de su esposa. Ella le respondió con una sonrisa y, tras depositar la bandeja en la estrecha mesa que tenían delante, se instaló en el asiento, a su lado.

Rhys bebió un sorbo de la infusión.

–Buen café –dijo, moviendo la cabeza en un gesto de aprobación–. Justo lo que necesitaba.

–Gracias –murmuró Raelynn, con una sonrisa forzada. Resultaba difícil mostrarse relajada, sabiendo que en pocos minutos tendrían que enfrentarse al arresto de Jeffrey–. Elizabeth me enseñó a prepararlo.

Rhys levantó la vista con una sonrisa.

–Ambas podéis practicar conmigo cuanto queráis. Más aún, quizá os lleve a casa para que deis clases a mi esposa. Mary lo hace demasiado flojo, a mi modo de ver. Por ahorrar un centavo aquí y allí, no le importa lo insípido que resulte el café. La frugalidad de su sangre escocesa te deja con ganas de beber algo más oscuro.

Por el silencio tenso de los Birmingham era evidente que esperaban escuchar el motivo de su visita; no habría rodeos que calmaran su nerviosismo. Con un carraspeo, Rhys fue finalmente al sucio asunto que lo traía. Señaló la calle con un movimiento de cabeza.

–Supongo que has visto esa multitud, Jeff –aventuró, mientras bebía otro sorbo; esa misión le parecía odiosa–. Olney se cuidó de traer refuerzos antes de venir a verme. Jura que fuiste tú quien mató a Nell.

–Sé lo que piensa, Rhys, pero se equivoca –protestó Jeff–. No maté a Nell. Lo que te dije era la verdad.

–De ninguna manera Jeffrey pudo haber matado a esa muchacha, Rhys –aseguró Raelynn una vez más, con una convicción que provocó el asombro de su esposo, mientras entregaba de buen grado la mano a los dedos que la buscaban–. Lo habéis tratado más tiempo que yo. Deberíais saber mejor que nadie que no es capaz de semejante cosa.

Rhys levantó una mano para interrumpirla:

–Por favor, dejadme terminar. Puedo aseguraros que tengo otro sospechoso en mente, pero he de llevarte conmigo, Jeff, para protegerte de esa turba que ves fuera. Si no te arresto, esa gente podría tomarse la justicia por su mano. Los hombres de Fridrich los han incitado, al punto de convencerlos de que, si no he cumplido hasta ahora con mi deber, es sólo porque somos amigos. Ahora te agradecería que me dijeras si viste algún detalle, por pequeño que sea, del hombre que os atacó. Los dos sabemos que es alto y rápido; si pudo empujar a un hombre de tu tamaño contra un poste, obviamente es también muy fuerte. ¿Había en él algo más, algo que pueda habérsete olvidado? ¿Reparaste en sus pies, por casualidad?

Jeff miró a su amigo como si lo creyera loco.

–También me preguntaste por los pies de Olney. Y la respuesta sigue siendo no. Estaba ocupado en defenderme e impedir que ese carnicero matara a mi esposa. –Miró al policía con curiosidad–. ¿Había algo extraño en sus pies, puesto que te han llamado tanto la atención?

Rhys encogió los gruesos hombros.

–No pude acercarme tanto. Quería saber si tenía los pies lo bastante pequeños como para calzarse tus botas.

Jeff se arrellanó en el sofá, con expresión de extrañeza.

–¿Te refieres a las botas enlodadas que Cora encontró en mi cuarto de baño, tras el asesinato de Nell?

–Exactamente.

–¿Qué motivos tendría el asesino de esa niña para tratar de matarme? –Jeff aún no podía pensar con claridad–. Parece más probable que alguien la matara para culparme. –Cada vez más frustrado, se frotó una sien con la mano–. Lo siento, Rhys, pero me cuesta entender todo esto. Comienzo a pensar que ese golpe me ha dejado definitivamente debilitado.

–En tu lugar no me preocuparía por eso, el láudano hace que uno se…

Rhys se interrumpió bruscamente al percatarse de lo que había revelado. Ante la expresión preocupada de Raelynn, frunció la cara en una mueca, pidiéndole perdón sin palabras.

Jeff estaba tan confundido que no detectó ese diálogo visual. A modo de respuesta se volvió hacia su esposa.

–¿Me habéis dado láudano?

Bajo su mirada incrédula, Raelynn encogió los hombros, como los niños que se recogen en un diminuto caparazón.

–Debía hacer algo para calmaros el dolor de cabeza, Jeffrey. Os daba náuseas.

–Pero os dije que no quería tomar eso. Prefiero el dolor de cabeza al aturdimiento mental. En este momento no puedo siquiera entender con claridad lo que se me dice.

–Lo siento. No lo haré más –prometió ella, con una mirada expresiva.

Toda la exasperación de Jeff se disipó de inmediato ante el obvio arrepentimiento de su esposa.

–Por Dios, querida, podríais robar el corazón al mismísimo diablo –murmuró. Y le rodeó los hombros en un fuerte abrazo para estrecharla contra sí. Tras esas torturantes semanas de separación, lo último que deseaba era provocarle nuevas angustias–. No os aflijáis, amor mío –susurró, dejando caer un beso en el cabello perfumado–. Por favor. No podría soportarlo.

Rhys no intentó siquiera disimular su gran sonrisa. Lo que hizo fue servirse otra taza de café.

–Por lo que veo, en el frente doméstico, todo va bien, ¿verdad, Jeff? Descontando el hecho de que debo arrestarte por un tiempo, desde luego.

Su mirada descendió sobre la suave curva que abultaba las faldas de Raelynn; en el alboroto de aquella noche le había pasado inadvertido.

–Veo que el año próximo estaréis muy ocupados con vuestro papel de padres. Mary y yo también tendremos el mismo trabajo, pero sospecho que el vuestro llegará antes. Al primer descuido seremos abuelos, Jeff.

–¡Hala! –exclamó Jeff, riendo–. Deja que disfrute engendrando unos cuantos más antes de casar a este, Rhys. No soy tan viejo todavía.

–No, supongo que no, puesto que tienes dos años menos que yo. A Mary le gustaría tener muchos hijos, pero a menos que me dé uno por año, seguiré engendrando cuando ya sea cincuentón. Claro que ella será siempre joven, al menos a mis ojos.

–Volvamos al hombre que nos atacó la otra noche –le instó Jeff–. ¿Qué has sabido de él desde entonces? ¿Por qué piensas que podría ser el asesino de Nell?

–Olney dice que quien lo persiguió en el establo era muy veloz. Y eso me hizo recordar la asombrosa celeridad con que vuestro atacante me dejó atrás. Desde luego, no puedo asegurar que haya alguna conexión entre los dos incidentes, pero la coincidencia me parece muy curiosa. Sé que no eres una tortuga, Jeff. Recuerdo que de muchachos, cuando nos desafiábamos a echar una carrera, tú ganabas bastantes veces. Pero nunca me pareciste extraordinariamente veloz, al punto de asombrar a la gente. Sólo puedo pensar que vuestro atacante era el asesino de Nell. Ojalá, pues eso me facilitaría mucho las cosas. De ese modo no tendría que buscar a dos hombres, sino a uno.

–Pero ni tú ni Olney tenéis la menor idea de cómo es –señaló Jeff–. El muchacho tiene la errónea idea de que era yo, pero eso puede deberse a que el asesino salió de mi dormitorio con Nell, que supuestamente había entrado para hablar conmigo. Dijo que era un hombre alto y de pelo oscuro, vestido de gala, lo cual concuerda con mi descripción de esos momentos. ¿Cómo hallarás a un hombre así entre todos los habitantes de Charleston, si no puedo decirte siquiera cuál de mis invitados respondía esa noche a tal descripción?

Rhys ahuecó los labios para exhalar un largo suspiro.

–Ahí está el problema, mi querido Jeffrey.

Unos golpecitos en la puerta hicieron que levantara la mano, antes de que Raelynn abandonara el asiento.

–Tiene que ser Charlie, para decirme que esos hombres están impacientes por verme cumplir con mi deber.

Y salió al vestíbulo para abrir la puerta.

–¿Sí, Charlie?

–Olney está incitando a la gente, sheriff. ¿Queréis que lo amordace o algo así?

Rhys murmuró una maldición por lo bajo. Luego ordenó, en tono impaciente:

–Diles que esperen un momento, Charlie. En breve saldré con el señor Birmingham.

Luego miró directamente a Jeff.

–Será mejor que salgamos. De lo contrario Olney logrará que esa muchedumbre ataque la casa.

–¿Por qué diablos trajiste a ese rufián contigo, Rhys? –preguntó Jeff, irritado–. ¿No imaginabas que causaría problemas?

–Es que Charlie, como siempre, ha tardado lo suyo en hacer reparaciones en la oficina. Hace varios días que debió haber colocado nuevas puertas en las celdas. Tendrá que ocuparse de eso en cuanto regresemos; de lo contrario Olney volverá a desaparecer. Y después de haberlo perseguido tanto, no quiero que vuelva a escabullírseme.

Jeff abandonó el sofá para acercarse a él, alargando las muñecas de mala gana.

–Esa gente querrá verme esposado, Rhys. Será mejor que cumplas con tu deber.

Su amigo resopló.

–Pues no te verán así, muchacho. Mientras el sheriff sea yo, no ocurrirá nada de eso.

–Voy por mi abrigo –musitó Raelynn. Y rodeó la mesa, haciendo un esfuerzo por no derrumbarse.

Jeff negó con la cabeza, provocando en ella una mirada de incredulidad.

–No quiero que me acompañéis, Raelynn. No hay manera de saber qué hará esa muchedumbre cuando me vea. Y no quiero que resultéis herida. Por favor, hacedlo por mí: quedaos aquí, a salvo.

Los ojos de la joven se anegaron en lágrimas, en medio de una dolida súplica.

–Pero Jeffrey, quiero estar con...

–No, amor mío. No puedo permitirlo –aseguró él, con la voz cargada de emoción–. Os quedaréis aquí, dentro de la casa, a salvo. Y no se discute más.

Rhys carraspeó, incómodo, mientras Raelynn se alejaba hacia el comedor, cegada por el llanto que inundaba sus ojos. Jeff murmuró una maldición, furioso por todo aquello, sobre todo por verse obligado a dejar a su esposa sola en la casa, sin más protección que Tizzy y Jake. La siguió al cuarto contiguo y, rodeándole la cintura con un brazo, la llevó lejos de la puerta, a un lugar donde Rhys no los viera. Entonces la estrechó con fuerza contra él, buscándole los labios. Sabían a sal, por las lágrimas, pero se entreabrieron con ansiedad bajo su boca invasora. Ella respondió con igual intensidad. Pronto se tensó contra él, como inducida por el deseo de fundirse totalmente con su esposo, en cuerpo y alma.

Cuando Jeff se apartó al fin, a Raelynn le temblaban las piernas al punto de no poder sostenerse. Se reclinó sobre él, debilitada, con los ojos fuertemente apretados; por sus mejillas corrían libremente dos diminutos arroyos. Él apretó los labios contra su frente un largo instante, hasta que la oyó sollozar; entonces, con una tierna sonrisa, dio un paso atrás y, extrayendo un pañuelo limpio del bolsillo, le secó los ojos y la obligó a sonarse la nariz, como un padre con su hijo. Ella levantó la vista, nublada por las lágrimas.

–Iré por vuestra chaqueta –murmuró–. Ahora ha comenzado a hacer frío.

Momentos después el sheriff Townsend salía por el portón blanco hacia la carreta, con su amigo de toda la vida. Quienes integraban el gentío eran, en su mayor parte, desconocidos para Rhys y Jeff. A juzgar por sus ropas provenían del sector más pobre de la ciudad, lo cual dejaba abierta la posibilidad de que se les hubiera pagado para formar parte del grupo. El sheriff fue recibido con gritos burlones, que lo acusaban de favorecer a sus amigos ricos y perjudicar a un vulgar trabajador como Olney. En cuanto a Jeff, no se privaron de llamarlo «robacunas» y «sucio asesino», además de escupirle al pasar. Ante esos insultos provocativos y cargados de odio, su tez bronceada asumió un matiz rojizo.

Raelynn, de pie ante la ventana, no hacía el menor esfuerzo por reprimir el torrente de lágrimas que corría por la pálida columna de su cuello. Más de un mes atrás la había consternado el hecho de que el sheriff no arrestara a su esposo. Ahora estaba resentida con él por haber permitido que se produjera esa situación. Literalmente lo habían obligado a arrestar a Jeff, a pesar de considerarlo inocente del crimen.

Cuando Jeff llegó a la carreta, Olney ya estaba sentado en la parte trasera, bajo la mirada vigilante del ayudante del sheriff. Birmingham iba a reunirse con él, pero Rhys lo hizo subir a la parte delantera, lo cual provocó nuevos silbidos entre la multitud.

–¿Lo dejaréis ir en cuanto salgáis de la ciudad, sheriff? –azuzó una voz grave de entre la multitud, mientras él trepaba al pescante.

Ante esa provocación, Rhys se volvió lentamente para inspeccionar las caras que se acercaban al vehículo. A muchos los miró a los ojos.

–Creéis haberme obligado a arrestar a un asesino –rugió, imponiendo silencio–. Pues os equivocáis. No hago sino asegurarme de que Jeffrey Birmingham no sufra ningún daño en vuestras manos o en las de gente de vuestra calaña. No creo que sea culpable del asesinato de Nell...

Súbitos gritos burlones hicieron que alzara una mano para acallarlos. A pesar de que algunos insistían en murmurar, él continuó hablando para obligarlos a callar.

–A su debido tiempo reconoceréis la verdad de lo que os digo ahora. Hasta entonces prestad atención a mis palabras: si provocáis algún acto violento, ya sea en este vecindario o en sitio alguno de esta ciudad, iré a por vosotros. Os he visto la cara; si es necesario, os perseguiré uno a uno. No permitiré que una turba sin control maneje esta ciudad. Ya he mandado por refuerzos a las localidades vecinas, a fin de asegurar aquí el respeto de la ley y el orden. –Su mirada recorrió las caras levantadas–. Creéis tener razón, pero yo sé que os equivocáis y en los próximos días haré todo lo posible por demostrarlo. Mientras tanto os aconsejo que tengáis en cuenta mi advertencia. Mi amigo, Jeffrey Birmingham, nunca ha matado a nadie... –Rhys dejó que el silencio se prolongara, a modo de énfasis. Luego siguió, con una seca sonrisa–: ... pero yo sí.

Mientras él tomaba asiento junto a Jeff y cogía las riendas, Charlie se instaló en la parte trasera, junto a Olney. No tenía queja alguna sobre el sheriff. Años atrás había aprendido que era mejor no enfrentarse con Townsend. El hombre tenía su manera de hacer las cosas. Y por alguna extraña razón, siempre le salían bien.

22

Cooper Frye apoyó un hombro contra la pesada madera y abrió la puerta del depósito. De inmediato vio a Gustav Fridrich al otro lado de su oficina, sentado tras el gran escritorio donde últimamente se lo encontraba casi siempre. Al parecer, el brazo inválido hacía que evitara el ambiente indigno y ruidoso de los prostíbulos, donde antes solía pasar horas y horas, dedicado a sus actividades delictivas y a las mujeres; en su caso, cinco o seis rameras al mismo tiempo. Con su fortuna compraba sin dificultad a las prostitutas, pero en los últimos tiempos ellas no aliviaban su malhumor. Aun así, Frye estaba allí con el propósito específico de sacarle una pequeña porción de sus riquezas.

Los ojos de hielo se apartaron lentamente de los registros contables para posarse en el inglés. En ocasiones, durante su breve asociación, le había resultado divertido escuchar los planes que Frye se sacaba de la manga, pues el hombre era sumamente astuto cuando no tenía el cerebro lleno de alcohol. También era un delincuente consumado. Gustav no podía olvidar que habían sido las sucias tretas de Frye las que le hicieron perder a Raelynn e, indirectamente, el brazo. Algún día ese inglés tendría que arrepentirse de haberle engañado.

Arrellanado en su enorme silla, apoyó la punta de la pluma contra el fino escritorio, sonriendo con irónica diversión.

–Vaya, Cooper Frye, ¿a qué debo este honor? Rara vez os he visto sobrio, conque debe ser algo importante. ¿De qué se trata ahora? ¿Algo totalmente distinto? ¿O dinero, como de costumbre? Como casi siempre es así, sólo resta preguntaros qué estáis dispuesto a hacer esta vez por algunas monedas.

Cooper, sin esperar una invitación, ocupó una silla frente al alemán.

–Tengo el oído atento y me mantengo al tanto de todo lo que sucede en Charleston. Esta misma tarde he sabido que Jeffrey Birmingham fue arrestado por el asesinato de Nell. Por lo tanto, supongo que os sentiréis obligado a darme lo que me prometisteis la última vez.

–¿Por qué? –inquirió Gustav, con gran sorpresa–. ¿Qué habéis hecho que justifique esta interrupción? ¿No veis que estoy trabajando en mis cuentas? Deberíais saber, por pasadas experiencias, cuánto me disgusta que se me moleste cuando estoy dedicado a mi trabajo.

Cooper le dedicó un gesto indiferente. Poco le importaba qué pudiera molestar a ese hombre.

–Si yo no hubiera matado a Nell, Jeffrey Birmingham no estaría ahora en la cárcel. Y os recuerdo que me prometisteis mil dólares si provocaba la ruptura entre mi sobrina y ese tío rico con quien se ha casado.

El alemán se puso de pie, furioso, descargando la palma contra el escritorio.

–¡Mentís! Hoy he hablado con Olney. Me ha dicho que vio a Birmingham matar a la muchacha. ¿Qué tratáis de hacer? ¿Exigirme dinero por algo que no habéis hecho?

Frye hizo una mueca de disgusto al oír el nombre de su rival. Ese joven pícaro trataba siempre de arruinar sus esfuerzos por conseguir algunas monedas.

–Olney se equivoca, como siempre. No fue Birmingham quien mató a Nell.

Los ojos centelleantes de Gustav se enfrentaron a la débil mirada del inglés.

–¿Por qué no me decís simplemente qué diablos pasó allí esa noche? Olney me dice una cosa. Vos, otra. Quiero saber cuál de vosotros miente para estafarme.

–Creo poder satisfacer vuestra curiosidad –concedió Frye. Nunca le había gustado ese alemán; a no ser por su fortuna, habría buscado la manera de librarse de él–. Veréis: me enteré de que Olney llevaría a Nell a Oakley, para que armara escándalo durante el baile de los Birmingham, si mi sobrino político no aceptaba cooperar. Entonces decidí ir a echar un vistazo. Pero las pasé negras para conseguir un caballo, pues todos los coches estaban alquilados para llevar a los invitados a la fiesta. ¡Hum! Cuando llegué ya se había producido el asesinato. Aun así recorrí todo con una lámpara velada, sólo para ver qué había sucedido. Y así fue como encontré a Nell en una de las caballerizas, con una herida en la barriga, sola con su bebé. Sufría mucho, pero me pareció que saldría del paso con ayuda del médico.

»Al principio pensé que Olney la habría apuñalado con el cuchillo que vi allí, pero Nell me dijo que había sido un desconocido. Dijo que había ido en busca de Birmingham, para advertirle por última vez de la vergüenza que le haría pasar si no accedía a sus exigencias. Cuando entró en el dormitorio no era Birmingham quien estaba allí, sino un desconocido que hurgaba dentro de una caja. Nell me dijo que trató de huir, pero ese hombre le puso un puñal en el cuello y la amenazó con degollarla si gritaba. Como la lluvia había dejado todo muy enlodado y él no quería ensuciarse los zapatos de gala, la arrojó en la cama y se sentó sobre ella, mientras se ponía las botas de Birmingham.

–Pero ¿por qué no la mató en el dormitorio de herr Birmingham? Se habría ahorrado muchas molestias.

–Como era uno de los invitados, tal vez no quiso que se armara un alboroto por el cadáver mientras él estaba en la casa.

Gustav proyectó el mentón con aire pensativo, mientras estudiaba esa conjetura. Luego hizo un ademán con la mano.

–Continúa.

–El hombre la llevó al establo y allí la apuñaló. Iba a hacerlo otra vez, pero según Nell oyó un ruido. Fue entonces cuando Olney salió corriendo de la caballeriza vecina. El caballero corrió tras él, pero Olney debió de huir, pues Nell oyó un repiqueteo de cascos a lo lejos. Cuando el desconocido volvió para ocuparse de ella, Nell se hizo la muerta. El hombre cayó en la trampa. Fue entonces cuando yo me puse a pensar. Me habíais prometido mil dólares si separaba a los recién casados. Y allí tenía a un desconocido para culparlo de todo. Y decidí liquidar personalmente a Nell. –Soltó una risa breve–. Ella gritó al adivinar mi intención, pero de nada le sirvió. Aun así, calculé mal. Al ver venir una lámpara desde la casa, me apresuré a apagar la mía y me escondí en otra caballeriza. Birmingham en persona venía a echar un vistazo al establo, pero sólo llegó hasta la pobre Nell, que aún estaba con vida. Lloriqueó que lo amaba y que se arrepentía de haber mentido, diciendo que el bebé era hijo de él. Poco después apareció mi sobrina. Y por el cariz que tomaron las cosas, enseguida pensó que Birmingham había matado a la muchacha, porque huyó hacia la casa como si alguien hubiera prendido fuego a sus enaguas.

–¡Veamos, Frye! Estáis convencido de ser quien distanció a Birmingham de tu sobrina. Pero ocurre que fui a casa de frau Dalton y ambos estaban juntos allí.

–Poco importa eso. –Frye descartó la información con un gesto de la mano–. Lo fundamental es que, si no fuera por mí, Nell estaría viva y Birmingham no habría ido a la cárcel, pues ella habría dicho a todos que él era tan inocente del apuñalamiento como de haberla preñado. Estaba medio enamorada del ricachón; con toda seguridad, no lo habría dejado sufrir más de un día en la cárcel antes de revelar la verdad; quizá habría llegado a contar que achacar la paternidad a Birmingham fue idea mía.

Gustav conjeturó, sin esforzarse por disimular su tono burlón:

–Es decir: queréis que os pague por lo que habéis hecho.

–Mil dólares, tal como prometisteis, señor Fridrich. De otra manera me veré obligado a mandar aviso al sheriff: que el esposo de mi sobrina no es el culpable, que debería buscar a un forastero elegante entre los que asistieron al baile de los Birmingham.

Gustav torció la boca hacia abajo, estudiando la amenaza del inglés. Ya había entregado a Olney diez mil dólares por el arresto de Birmingham, algo que se había logrado. Teniendo en cuenta la animadversión que ahora despertaba su rival, no pasaría mucho tiempo sin que Birmingham fuera ejecutado por el asesinato de Nell. Y con Raelynn convertida en viuda desconsolada, Gustav podría obtener de ella lo que deseara. No obstante, Frye podía arruinar las cosas antes del ahorcamiento. Y él no pensaba permitirlo.

–Os pagaré esos mil dólares para que mantengáis la boca cerrada, Frye –aceptó por fin, alzando una sonrisa atrevida hacia la cara del inglés. Luego extrajo del escritorio una pequeña caja fuerte y contó las monedas de oro–. Os conozco bien; si no os doy esto cumpliréis vuestra amenaza y Birmingham quedará libre.

–Está casado con mi sobrina, después de todo. Y la sangre es la sangre. –Frye guardó las monedas en una taleguilla y regresó alegremente a la puerta principal, desde donde se despidió con una somera sonrisa y un saludo despreocupado.

–¡Maldito sea! –rugió el alemán, descargando el puño sobre el escritorio. Luego giró en redondo para cruzar los pasillos oscuros del depósito–. ¿Dónde estáis todos? ¿Morgan? ¿Cheney? ¿Muffat? ¿Dónde estáis?

No hubo respuesta. Él se adentró en el almacén hasta oír el gruñido de los hombres que apilaban cajas de fusiles.

–Morgan, ¿dónde estás?

–Aquí, señor, cargando los fusiles para el embarque río arriba, como ordenasteis.

–Olvidad eso por ahora –ordenó Gustav, seco–. Tengo un trabajo más importante para vosotros. Cooper Frye ha salido de aquí hace un momento. Se ha convertido en un peligro para nuestros negocios. Quiero que... eh... ¿Cómo decirlo? Que le abreviéis los sufrimientos. Frye lleva consigo un saco de monedas. Si lo liquidáis, esa será la recompensa. Podéis compartirlo o no. Poco me importa cuál de vosotros lo haga, siempre que le cerréis la boca para siempre. ¿Habéis comprendido?

Cooper Frye se alejó del depósito a paso tranquilo, muy ufano con las monedas en el bolsillo. Llevaba algún tiempo con la mente libre de alcohol que consumía en exceso y, por el momento, estaba seguro de que nada podía salirle mal. De hecho ya había planeado el siguiente paso para aumentar su riqueza, posiblemente en varios millares más. Tendría que encontrarse con cierto antiguo conocido, a quien hasta entonces había puesto mucho cuidado en evitar. Ese hombre era muchísimo más peligroso que el alemán, pero si él mantenía la cabeza en su sitio, sin duda saldría victorioso. Al fin y al cabo era su día de suerte.

Raro era, por cierto, que Cooper Frye cruzara el umbral del mejor hotel de la ciudad, y no porque le disgustara estar allí. Su reticencia a entrar en el establecimiento se debía, simplemente, a que por lo habitual, no podía pagar nada de lo que servían en ese lugar; además, el gerente y casi todo su personal lo miraban como si fuera un desecho que el mar hubiera arrojado allí. Hasta entonces siempre había abandonado el sitio sumido en una profunda depresión, que lo impulsaba a beber aún más. Ahora tenía dinero en la bolsa, aunque no lo suficiente, por desgracia, como para permanecer por mucho tiempo allí, donde el sabor a lujo era demasiado intenso y tentador como para que él lo ignorara.

Un pequeño soborno, bajo la forma de una moneda pagada a una atractiva criada, apenas pasada la flor de la vida, le brindó la razonable certeza de que su nota sería entregada a su conocido. Aun así la siguió con disimulo, hasta asegurarse de que la misiva había sido llevada a las habitaciones especificadas. Tras dejarla en manos del mayordomo del caballero, la criada volvió de nuevo a su trabajo, tarareando alegremente por lo bajo, hasta que se interrumpió con una exclamación de horrorizada sorpresa: una manaza se le había metido groseramente entre las nalgas. Giró en redondo, echando fuego por los ojos, y antes de que Cooper Frye pudiera ponerse a una distancia segura, le plantó una mano en la entrepierna, estrujándole las partes viriles con tanta ferocidad que él se elevó de puntillas.

–¡Que no vuelvas a hacer eso, tunante! –siseó la mujer, rechinando los dientes–. ¡Tócame otra vez y te los arranco, ya verás si no! –Para dejar las cosas claras, aumentó la presión hasta que Frye empezó a balbucear todo tipo de súplicas y promesas–. ¿Me has entendido?

Él asintió rápidamente con la cabeza, asegurando que haría cualquier cosa, siempre que ella lo soltara. Por fin la criada consintió en dejarlo. Lo hizo riendo entre dientes, muy satisfecha. Cooper dejó escapar el aliento, aliviado, mientras ella se sacudía las manos, como si intimidarlo hubiera sido parte de su trabajo.

–¡Zorra! –murmuró él, sin alzar la voz. Y la siguió con una mirada fulminante, mientras ella se alejaba meneando las faldas de lado a lado. Con la cara contraída en una mueca, se tironeó de los pantalones, tratando de poner todo en su sitio. Lo que más temía era haberse quedado permanentemente tullido.

Poco a poco, recobró el aplomo y pudo acomodarse la ropa raída. Luego, con el aire de quien tiene una fortuna inmensa, regresó al vestíbulo de la planta baja y salió a la tarde avanzada. No dudaba que su conocido acudiría a la cita; pues le convenía no faltar. Desde luego, Frye había puesto cuidado en escoger un sitio donde ambos estarían bien a la vista. Era mucho más seguro.

–¡Maldito seas, Rhys, tienes que soltarme! –exigió Jeff, volviéndose acaloradamente hacia el sheriff. En ese momento, estaba sentado en la silla, con los pies apoyados en el escritorio–. A estas horas casi todo Charleston sabe que me has arrestado, y eso significa un peligro para mi esposa. Conmigo encerrado y fuera de juego, tanto Gustav como el criminal que nos atacó pensarán que ella es pan comido.

–No estás encerrado, Jeffrey –señaló el sheriff, con razón, mientras señalaba la única celda ocupada. Ahora que ambos calabozos poseían puertas, tenía alguna seguridad de retener a su joven prisionero–. Olney sí está encerrado. Tú estás libre. –Abarcó con un ademán la amplia zona por donde su furibundo huésped se paseaba, como si fuera necesario recordarle que se movía a voluntad por la oficina–. Más aún: si no dejas de pasearte, acabarás por abrirme un agujero en el suelo.

–Me gustaría abrir un agujero en ese grueso cráneo tuyo, amigo mío. Tal vez así podría hacerte entender lo que digo –replicó Jeff, volviéndose otra vez–. ¿No ves que mi esposa está totalmente sola en casa de Elizabeth? Si algo sucede, sólo podrán auxiliarla su criada y un niño de cuatro años. Gustav ya ha estado allí, empecinado en adueñarse de ella. Y no hay manera de saber qué podría hacer en mi ausencia el demonio encapuchado que nos atacó. ¡Te digo, Rhys, que debes dejarme salir!

–Calma, calma, que lo tengo todo bajo control –le aseguró el sheriff–. He hablado con Elijah para que continúe vigilando a tu esposa. Si algo sucede me lo hará saber.

–¡Eso no basta para dejarme tranquilo! –argumentó Jeff–. ¡Conmigo aquí, no!

Rhys exhaló un suspiro, algo fastidiado por la insistencia de su amigo.

–Oye, ¿por qué no vas un rato a tu celda y duermes una siesta o algo así? –propuso–. Tal vez eso te tranquilice; entonces podrás ver las cosas a mi modo. Si te dejara salir, lo más probable es que te lincharan. ¿Y de qué le servirías entonces a tu esposa?

Jeff hizo una pausa y torció la mandíbula, analizando la situación. Eso dio a Rhys motivos para pensar que trataba de mostrarse más razonable. Suposición que resultó equivocada cuando su amigo expresó sus conclusiones:

–Nada me impide salir de aquí. No estoy bajo arresto y sabes muy bien que soy inocente. De modo que básicamente soy un hombre libre. –Como para poner a prueba la teoría, recogió su levita para dirigirse hacia la puerta–. Hasta luego, Rhys.

–¡Charlie! –gritó el sheriff, mientras tumbaba la silla en sus prisas por llegar el primero a la puerta. Lo consiguió, pero a gatas.

–Aquí estoy, sheriff –respondió su ayudante, saliendo del cuarto trasero.

Townsend se enfrentó a los encolerizados ojos esmeralda, que estaban a la misma altura que los suyos. Aunque no vaciló ante ellos, no pudo impedir que se le erizara el pelo de la nuca. Se enfrentaba a un hombre de la misma estatura que, si bien no era tan corpulento, estaba en excelentes condiciones físicas. Jeffrey Birmingham podía ser muy simpático, hasta despreocupado, pero su voluntad era de acero. Si los puñales verdes de sus ojos no llegaban a matar, su dueño era capaz de continuar la lucha hasta acabar con el último enemigo.

–Esposa al señor Birmingham a su camastro.

–¿Qué? –gritó Jeff. Su ira era cada vez mayor–. ¡No puedes hacerme eso, Rhys! ¡Mi esposa está en peligro!

El sheriff apoyó una mano sobre el hombro musculoso de su amigo, tratando de apartarlo de la puerta.

–Ve a tu celda.

–¡No, qué diablos! –estalló Jeff, mientras se daba la vuelta con el puño apretado.

Fue apenas un golpecito en la cabeza, pero sumado a la reciente conmoción cerebral, bastó para que Jeffrey cayera al suelo, perdido en el reino de la inconsciencia. Rhys pidió ayuda a Charlie y entre los dos lograron llevarlo a su celda, donde lo acostaron en el camastro.

–Así se mantendrá quieto un rato, ¿verdad, sheriff? –comentó su ayudante, con una dócil sonrisa–. ¿Queréis que lo espose?

–No, déjalo. Bastante furioso estará cuando despierte como para empeorar las cosas. Sólo cerraremos la puerta con llave, para asegurarnos de que no se vaya. –Rhys meneó tristemente la cabeza–. Si salimos de esto con el pellejo intacto, Charlie, no será porque el señor Birmingham no haya intentado desollarnos.

–¡Eh, sheriff!

Rhys se volvió hacia el ocupante de la otra celda, que estaba tendido en su jergón, con aire de divertirse a lo grande. Al joven rufián le encantaba acosarlo. Era algo a lo que no renunciaba.

–¿Qué quieres, Olney?

El pícaro se rascó el mentón, sonriente.

–Por vuestra manera de actuar se diría que Birmingham os da mucho miedo.

Rhys suspiró marcadamente.

–¡Cállate!

Cooper Frye esperaba ante la Mazmorra del Preboste, la vieja aduana donde los británicos solían encerrar a los prisioneros durante la guerra. Habían pasado treinta minutos desde la hora especificada en la nota. Bien pensado, no le convenía quedarse allí mucho tiempo más. Obviamente el hombre no acudiría.

En la esquina, giró hacia el norte y, al llegar al mercado, compró una manzana. Mientras apoyaba el hombro sobre el tronco de un árbol, una sombra alargada cayó sobre él y se extendió por el suelo, más allá. Un momento después un puñal le rozó las costillas.

–Buenas tardes, Coop –saludó una voz sorda, cerca de su oído.

–¿Morgan? –Cooper trató de darse la vuelta, pero la punta de acero se clavó otra vez, recordándole que debía mantenerse quieto–. ¿Qué haces?

–Esta vez el señor Fridrich está muy enfadado contigo. Nos mandó a todos buscarte, pero como yo te he encontrado primero, supongo que puedo quedarme con toda la recompensa.

–¿Qué recompensa? –Desvió los ojos hacia la izquierda, en un esfuerzo por ver a su atacante.

–La que llevas encima. Voy a cogerla, si no te molesta.

–La tengo bajo la camisa, pero si te la doy aquí la gente pensará que me estás robando y llamará a la policía.

Morgan lo pensó apenas un momento. A Fridrich no le gustaría que el sheriff se entrometiera en el asunto. A él tampoco.

–Vayamos hacia la bahía, donde no hay tanta gente. –Como Frye vacilaba, el puñal le acicateó la carne blanda de la cintura–. Muévete, si no quieres que pierda la paciencia.

Él obedeció de mala gana. Cuando estuvieron en un lugar desierto, empezó a quitarse la chaqueta. Cuando la tuvo colgando de una mano, la hizo girar en un arco violento para golpear a Morgan en plena cara; el cuchillo voló, mientras su portador se tambaleaba hacia atrás, con los ojos furiosos. Un momento después, Cooper recogía el arma para clavarla en la blanda barriga de su frustrado asaltante. Morgan emitió un sonido sordo y cayó de rodillas. Frye hizo una fugaz mueca de satisfacción, mientras el hombre se derrumbaba a sus pies. Luego recorrió los alrededores con la mirada; la calle estaba desierta. «Un día de suerte», pensó, mientras escapaba.

Cuando apenas comenzaba a adormecerse, Cooper Frye fue brutalmente arrebatado del sueño por un grito fantasmagórico, agudo y penetrante, que provocó escalofríos en espiral a lo largo de su columna vertebral. Movió los ojos, con cautela, hasta que su mirada se fijó en algo enorme y monstruoso que se cernía sobre él. No tenía cara: sólo una máscara floja, intensamente negra, en la que unas cavidades hundidas hacían las veces de ojos. Al principio tuvo la seguridad de que estaba soñando. Su segunda conclusión fue mucho más aterradora. Frye era un hombre de escasa conciencia, apenas un brotecillo deforme que nunca se había atribulado mucho, pero poseía una vívida imaginación y un profundo temor a los espíritus. Aún estaba convencido de que los había en la casa de su abuelo, donde se había criado; en esa misma propiedad, se descubrió más adelante un pozo cubierto con tablas, que contenía los esqueletos de doce hombres. La silueta que en ese momento se alzaba frente a él tenía toda la apariencia de ser un espectro del infierno.

–¡Fa... fantasma! –aulló en un susurro, lo único que pudo brotar de su garganta constreñida.

De inmediato pensó en Morgan. Después de todo había sucedido apenas dos o tres horas antes. ¿O sería algún temible espíritu del pasado? Había toda una lista de nombres ya olvidados, incidentes en los que había tenido que eliminar a alguien.

Y por si la visita no fuera ya intimidatoria de por sí, su mente tropezó con una perspectiva mucho peor. ¿Quizá esa oscura silueta encapuchada venía a anunciarle la muerte?

Se retrepó frenéticamente contra la cabecera de la cama, chillando:

–¿Eres un alma en pena? Me pareció oírte aullar.

–Despierta, hombre. Sólo has oído un gato en celo que aullaba cerca de tu ventana –se burló una voz fría. Una risa grave, dura, acentuó el descenso de Frye al terror de lo desconocido–. La verdad, hay quienes piensan que soy el mensajero de Satanás. Y si he de ser justo, debo reconocer que tienen motivos para pensar así.

Mientras Frye intentaba analizar estas palabras, atontado por el sueño, dentro de él surgió un nuevo pánico, que le congeló el corazón. Un rayo de luna arrancó un destello al acero largo y brillante. Su garganta emitió un sonido estrangulado al sentir su filo mortal apretado contra la tráquea.

–Te sugiero que trates de no temblar demasiado –le advirtió la aparición, en un tono de exagerado interés–. Tengo el pulso muy firme, pero aun así pueden producirse accidentes.

Frye respondió con un graznido, poco más que un apresurado murmullo afirmativo. El intruso volvió a reír.

–Dime –le preguntó–, ¿tienes idea de quién soy?

Frye asintió frenéticamente. Con gran pesar, sabía exactamente quién era el que estaba allí con él: el mismo que había asestado la primera puñalada a Nell.

–¿Y sabes a qué he venido?

–Yo... os dejé una nota invitándoos a una reunión, pero nunca aparecisteis, compañero.

–No soy uno de tus despreciables compañeros. No vuelvas a llamarme así –bramó la voz abrasiva, mientras el filo del cuchillo apretaba amenazadoramente.

–¿Cómo queréis que os llame, mi... milord?

–Así me gusta más. –El cuchillo apenas se retiró–. ¿Cómo supiste que yo estaba aquí, en las colonias, y dónde podías encontrarme?

Frye apenas podía pensar; toda su atención se concentraba en el filo del arma que presionaba su garganta. Aunque la presión se había aliviado un poco, aún se mantenía peligrosamente cerca de una vena vital.

–Por favor, os lo diré, siempre que me deis tiempo para respirar.

De la máscara surgió un siseo maligno, burlón, y la presión se alivió un poco.

–Piensa antes de hablar, Frye. No toleraré mentiras.

–Lo sé, milord. Para empezar, Nell aún vivía cuando la encontré en el establo. Os ayudé a terminar lo que habíais comenzado, pero antes Nell me dijo que había encontrado a un desconocido en la alcoba de Birmingham, hurgando en el cofre de mi sobrina. Supuse que sólo podía ser uno de los tres interesados en esa caja. Y como vos sois hombre de buen gusto, deduje que os encontraría en la mejor posada de la ciudad. Además, también pensé que vuestros amigos os habrían enviado para que os ocuparais del asunto, puesto que erais el más... eh... eficiente.

–No me vengas con tantas ínfulas, sucio bastardo, que la hija de Barrett no es sobrina tuya. Nunca formarás parte de la nobleza. Eres sólo un vulgar pícaro con buena memoria, cuando estás sobrio, y con la suerte de haber tenido por compañero al verdadero Cooper Frye, antes de que el mar se lo tragara.

El anciano marino estalló en carcajadas:

–Sí, al joven Coop le gustaba hablar de su familia. Cosa que me sirvió de mucho. Recordaba tan bien sus relatos sobre su hogar y los suyos que hasta pude engañar a su propia hermana.

Su Señoría lanzó una risa cáustica.

–Sí, y para desgracia nuestra, la convenciste de que se embarcara hacia las colonias.

–Siempre quise instalarme en esta parte del mundo, pero todos los barcos en los que me empleé me llevaron a cualquier parte, menos a donde yo quería. No fue muy difícil convencer a lady Balfour de la conveniencia de vivir aquí, puesto que ella y su hija habían caído en desgracia con el encarcelamiento de lord Balfour. Fue lo mejor que se me ocurrió para venir, así que le mostré lo pobre que era hasta que ella accedió a prestarme dinero para el pasaje.

–Mientras tanto, mis compañeros y yo nos preguntábamos si podríamos confiar en ti. Por mi parte, decidí que no era posible, de manera que te seguí. Al fin y al cabo, yo era el responsable de que la misiva cayese en manos de Barrett. Tuve la mala suerte de que mi sirviente lo confundiera con la persona a quien estaba esperando. Y Barrett cometió el error de estar allí en el momento equivocado. Por añadidura, el correo enviado a Francia se había demorado. Pero eso no tiene nada que ver. Barrett ha muerto, gracias a ti, y ahora mis compañeros y yo sólo tenemos una preocupación: el paradero de la información que él escondió para presentar en su juicio. Teniendo en cuenta todas las manos por las que tenía que pasar antes de ser entregada al rey, tenía derecho a desconfiar de que cayera en las equivocadas. Después de lo que le hicimos no se le puede reprochar que fuera cauteloso, aun con quienes trataban de ayudarlo. Se negó a recibir a nadie hasta que apareciste tú. La verdad, a no ser por tu audacia de hacerte pasar por el hermano de su esposa, Barrett habría presentado sus pruebas, con lo que mis compañeros y yo habríamos sido detenidos. Por eso debo estarte agradecido. Lo que me pregunto es qué te traes ahora entre manos. Si has hallado el mensaje y piensas utilizarlo contra nosotros, ten la certeza de que sé cómo tratar a la gente como tú. Conque voy a preguntártelo sin rodeos: ¿Qué quieres de mí?

–Es cierto que hallé el mensaje, jefe, tal como usted pensaba. Y después de echarle un vistazo entiendo por qué temíais que cayera en malas manos. Lo menos que podíais perder era la vida. Sin duda ese informe habría sido muy útil a los enemigos de Inglaterra: hablaba, entre otras cosas, de los puntos débiles de las defensas militares de Su Majestad. Lástima que tuviera vuestra firma y la de vuestros dos compañeros. De otro modo no os habríais tomado tantas molestias para recuperarlo.

–Saber eso podría causar tu muerte, Frye –advirtió la voz cascada.

–¡Oh, sin duda! Lo sé perfectamente, jefe. Por eso hasta ahora no lo he mencionado a nadie, milord.

–Pues has tardado lo tuyo en darme la noticia. Nell lleva muerta más de un mes.

–He tenido que reunir suficiente valor, jefe, puesto que partí de Londres sin deciros nada. Temía que me trincharais con vuestro cuchillo. Pero al fin he decidido correr el riesgo y sincerarme con vos, como hombre honrado que soy.

Lord Marsden rió despreciativamente.

–No sé por qué, pero no te creo, Frye. Ambos sabemos perfectamente que no tienes un pelo de honrado.

–¡Vamos! ¿Os habría buscado si no tuviera intenciones de daros el pergamino?

Aunque Su Señoría sospechaba que había otro motivo, sintió curiosidad.

–¿Dónde hallaste la misiva? ¿En el cofre personal de Barrett, como yo pensaba?

–Sí, jefe, pero no bastó con levantar la cubierta para encontrarlo. Pasé muchas horas rascándome la cabeza frente a esa caja, pero desde Inglaterra hasta aquí tuve tiempo de sobra. Si no hubierais supuesto que tal vez hubiera un compartimiento oculto, habría renunciado mucho antes de encontrarlo. Tardé dos meses y medio en imaginar cómo hacerlo, pero allí estaba, tal como vos habíais dicho: en el fondo de la caja, la misma que vos intentasteis forzar antes de apuñalar a la pobre Nell.

La silueta encapuchada se volvió hacia un lado para contemplar el paisaje que se extendía más allá de la ventana, iluminado por la luna.

–Siempre supuse que estaría allí –murmuró pensativo–, pero como había acusado a Barrett de alta traición y muchos de sus pares consideraban ridículos esos cargos, temía acercarme a su finca, por si sus amigos estuvieran vigilando. Tú eras mi último recurso. Y cuando lograste entrar en la celda de Barrett, presentándote como cuñado suyo, supuse que conseguirías lo que buscábamos. –Una vez más, la silueta amenazadora se enfrentó al hombre que estaba en la cama; su voz siseante se cargó de un deje cáustico–. Lo que no esperaba era que llevaras al fracaso tu visita matándolo antes de tener la misiva en las manos.

Frye protestó:

–¿Cómo iba yo a saber que el veneno surtiría tan pronto efecto? Creía tener tiempo de sobra para interrogarlo. Le eché sólo un poquito en el vino, como me indicasteis, y luego seguí vuestras instrucciones al pie de la letra: le informé de lo que había hecho y le prometí un antídoto si me daba el papel o, cuando menos, me decía dónde encontrarlo. Pero el hombre murió en cuanto el veneno le llegó al estómago. –Frye chasqueó los dedos para agregar énfasis a su declaración–. ¡Así de rápido, maldito sea!

–No, Frye: maldito serás tú, por ser tan canalla –contraatacó el encapuchado–. No sólo entregas a tus enemigos, sino también a tus amigos. Cuando nos oíste conversar y nos ofreciste una solución a nuestro dilema, mis compañeros y yo ignorábamos que fueras tan indigno de confianza. En cuanto te dimos tu paga, te pasaste al otro bando al convencer a lady Barrett de que abandonara Inglaterra. Y ahora ya estoy harto de tus estúpidas excusas.

–Ella habría abandonado el país de cualquier modo –declaró Frye, precipitadamente–. No soportaba las humillaciones de la gente que vivía cerca de su cabaña. Lo sé perfectamente. Estando yo de visita allí, uno de ellos me arrojó una col y poco faltó para que me dejara tuerto. Hice todo lo posible, dada la situación. ¿Acaso no convencí a Evalina Barrett de que yo era su propio hermano? ¿Creéis que eso fue fácil? –En el entusiasmo de exagerar sus excusas, sus ojos se llenaron de lágrimas angustiadas y su mentón nudoso se estremeció–. ¡Llevo ya tanto tiempo haciéndome pasar por Cooper Frye que a veces no recuerdo ni mi propio nombre!

–A propósito, ¿cómo te llamas? Nunca llegamos a saberlo.

–Fenton… Oliver Fenton.

Al hombre que lo escuchaba, le importaba un rábano.

–Pues bien, Fenton, ¿dónde está ahora esa misiva?

Oliver Fenton aún tenía un as en la manga.

–Puesto que vos y vuestros amigos estabais tan deseosos de echarle una mano hace meses, se me ocurrió que podíamos llegar a un nuevo acuerdo en cuanto a la suma a pagar por recuperarla.

–Te lo advierto, Fenton –tronó el visitante–, no me dejaré estafar otra vez.

–¡Hombre! ¿Cuándo os he estaf...?

–Prescott, Havelock y yo confiábamos en que recuperarías esa carta que tenía Barrett. Te pagamos una buena suma y te prometimos más. –Su voz se endureció–. Te embolsaste la primera parte en Inglaterra, pese a que no habías entregado absolutamente nada que apaciguara nuestros temores. Ahora me pregunto qué más quieres.

–Solamente lo que me prometisteis, milord, y un poquito más para comprar una bonita taberna...

–¿Qué? –El del manto oscuro resopló, con expresión de incredulidad–. ¿Para que te bebas todas las ganancias? ¿Dónde está el mensaje que hallaste?

–Bajo custodia, milord.

El puñal presionó otra vez el cuello de Frye, hasta que empezó a manar la sangre.

–Dime dónde está, condenado.

–Si me matáis, milord, jamás lo hallaréis. Lo he dejado a buen recaudo; si quien lo tiene se entera de mi muerte, debe entregarlo a la hija de Barrett... la señora Birmingham, como se llama ahora.

–¡No mientas! –gritó Marsden–. ¿Por qué a ella? Por lo que dicen, esa mujer y su marido te han prohibido pisar siquiera su plantación. Y tampoco te permiten acercarte a ellos aquí, en Charleston.

–Se podría decir que estoy en deuda con la muchacha, por haber envenenado a su padre y por dejar que su madre pasara hambre. Además, después de mi muerte poco me importará no tener dinero. Será lo único bueno que deje. –El marinero rió brevemente–. Además no serán ella ni su marido quienes me maten. Son gente buena, gente honrada.

Ante la lógica de ese razonamiento, lord Marsden comprendió que esta vez Fenton no cedería. No tenía por qué hacerlo, puesto que llevaba las de ganar. Si la muchacha recibía la misiva, se encargaría de hacerla llevar inmediatamente a Inglaterra por prestigiosos abogados, para que se ocuparan de limpiar el buen nombre de su padre y condenar a los culpables, no sólo de acusarlo falsamente, sino de alta traición a la Corona.

De pronto retiró el cuchillo.

–¡Bien, Fenton! ¿Cuánto más quieres? ¿Y cómo piensas llevar a cabo este intercambio, de modo que cada uno tenga la certeza de no sufrir consecuencia alguna si confía en el otro?

–Quiero cinco mil más, por lo menos.

Le respondió un largo silencio, mientras Su Señoría se apartaba con una leve cojera. Su voz ronca sonó al otro lado de la habitación.

–Continúa.

–Ahora sé que, si no cumplo con mi parte del trato, vendréis a matarme. Eso os asegura mi buena conducta. En cuanto a mí, quiero que enviéis a vuestro sirviente con los cinco mil dólares, al prostíbulo cuya dirección os daré. Una vez allí, el hombre recibirá nuevas instrucciones. Cuando yo tenga el dinero, él recibirá el mensaje en una caja de madera sellada, para mantener vuestro secreto a salvo. Luego os enviaré al mayordomo en un coche.

–Así, no tengo ninguna seguridad de recibir la misiva después de hacerte llegar el dinero. Debe de haber una mejor manera de manejar este asunto.

–Sé lo que podéis hacer con vuestro cuchillo, jefe, y también sé que sois capaz de correr por puro gusto. A decir verdad, nunca he visto nada igual. Pero supongo que así os mantenéis en forma y feliz. –Fenton rió por un instante–. Tened la certeza de que, en cuanto tenga mi dinero, no me quedaré aquí mucho tiempo. Y haréis un buen negocio, creedme. Por una vez cumpliré con mi palabra. Tal vez así no vengáis tras de mí con ese gran cuchillo.

La voz ronca respondió finalmente:

–Quizá sobrevivas a esta noche, Fenton, después de todo. Pero haz lo posible por actuar exactamente como has dicho. Si no, no descansaré hasta haber sepultado tu cadáver en una fosa de cal viva.

La puerta se cerró tras el manto oscuro del visitante. Por fin Oliver Fenton resbaló desde la cabecera hacia abajo, dejando escapar un largo suspiro de alivio. Luego se arrojó de la cama para servirse algo de beber y se lo bebió de un trago con un seco movimiento de muñeca. Después de encender la lámpara, estudió por un momento sus manos temblorosas. Una cosa era segura: ya era demasiado viejo para soportar esta clase de sustos.

Un ruido de pisadas inseguras en el pasillo lo puso alerta, pensando que Su Señoría había cambiado de idea y venía a terminar el asunto con un asesinato. Pero la voz del hombre que pasaba ante su habitación sonaba gangosa por la bebida.

Después de soltar un segundo suspiro, Fenton decidió que era sólo un borracho en busca de una cama desocupada. Como no tenía ningún deseo de soportar a otro en su cuarto, fue a abrir la puerta y echó una mirada fuera. Cuando estaba a punto de cerrar otra vez, un hombro fornido lo empujó hacia dentro. Fenton retrocedió, con una exclamación de sorpresa. Dos hombres se acercaron a él con puñales desenvainados. En el momento en que lo sujetaron lanzó un escalofriante alarido, pero fue rápidamente acallado con un profundo tajo en la garganta. Sus ojos se dilataron al comprender que, después de todo, no era su día de suerte. Lleno de sangre, cayó de bruces al suelo.

Fuera, en el patio, una silueta encapuchada giró en redondo, sobresaltada por el grito de terror que atravesó la noche. Sus ojos buscaron la habitación que acababa de visitar. Con creciente miedo, vio que dos hombres salían de ella y avanzaban por el tejado. Uno se detuvo para arrojar un objeto que se parecía mucho a un cuchillo, mientras el otro se dejaba caer al suelo. Ambos desaparecieron inmediatamente.

El alarido de una mujer rompió la quietud de la noche.

—¡Llamad al sheriff! ¡Han matado a Cooper Frye!

La oscura silueta se perdió entre los árboles, renqueando. Tenía claro lo que debía hacer a continuación.

23

El jardín estaba húmedo por el rocío matinal. A sus espaldas, en la casa de su tío, reinaba un silencio sepulcral. Terminado el opíparo festín dominical, sus parientes se habían retirado al salón para jugar al *whist.* Personalmente nunca le habían interesado mucho los juegos de cartas. Su hermano mayor estaba encerrado en la biblioteca. Como allí tampoco encontró nada que lo entretuviera, salió al jardín para echar un vistazo en torno a la mansión, herencia de una larga serie de antepasados. Un portón de hierro forjado, que separaba las tierras vecinas, era una clara evidencia de la amistad entre ambos propietarios. Más allá se solía ver a una niñita pelirroja, que jugaba con su gato y sus muñecas en el jardín vecino. El animal siempre atravesaba el ornamentado portón, para investigar en la tierra bien removida de sus vecinos. El felino, que parecía bastante grande debido a su pelaje largo y erizado, arrimaba el rosado hocico aquí y allá hasta encontrar un sitio adecuado. Ese día se acercó a olfatear sus lustradas botas de montar y se frotó contra la fina piel del calzado, ronroneando como si le pidiera que lo alzara. Él lo hizo de buena gana y le rascó el testuz detrás de las orejas, como hacía siempre con los de su casa. Al oír el chirrido del metal levantó la vista. La niñita, con una sonrisa dubitativa, miraba a su alrededor desde el portón abierto. Al ver una mariposa que pasaba volando a poca distancia, lanzó un chillido de alegría y corrió tras ella con la mano en alto.

Él rió por lo bajo ante sus esfuerzos.

–Así no la atraparás nunca, jovencita.

La niña pareció sobresaltarse y se volvió a mirarlo con un gesto de curiosidad. Al ver que tenía a su gato en los brazos, sus ojos color de mar brillaron como si eso lo convirtiese en alguien interesante.

–Ven, te llevaré a tu casa antes de que tus padres tengan

que venir a buscarte –la amonestó suavemente, mientras se la subía al otro hombro.

Ella lanzó un chillido y se aferró de su pelo, como si la atemorizara verse tan alto. Un bucle rojizo cayó sobre el cuello de encaje. Lo miró con una sonrisa vacilante; luego rió, nerviosa.

Comenzó a llover; la suave y brumosa llovizna humedecía sus rizos y la cara sonriente que se alzaba hacia ella.

Jeff se incorporó bruscamente, arrancado de sus sueños. De inmediato le estalló la cabeza.

–¡Demonios! –murmuró, atormentado, mientras se apretaba las sienes con la base de las manos–. ¡Rhys! –aulló–. ¿Qué diablos me has hecho?

Al oír una risa apagada a poca distancia, entornó los ojos para protegerlos del resplandor de la lámpara, colgada entre las dos celdas, y sondeó la penumbra. Más allá del círculo luminoso vio al joven tunante que había iniciado todo aquello.

–Buenas tardes, Birmingham –saludó Olney, con una audaz sonrisa–. ¿Cómo te sientes ahora? Puede que no lo sepas, pero has estado inconsciente un rato bastante largo. El sheriff supuso que dormirías hasta mañana. Supongo que creyó que podía dejarte sin problema.

–Cállate, Olney –le espetó Jeff.

Aunque le palpitaba la cabeza, recorrió con una atenta mirada el calabozo; no había nadie allí, salvo Olney y él. Tenía la sensación de que se le desprendía la cabeza, pero caminó hasta la puerta de la celda y trató de abrir. Para gran asombro suyo, no cedió. Entonces la sacudió, furioso, y apretó la frente contra las rejas para mirar por el estrecho corredor que conducía a la parte trasera del edificio.

–¡Maldito seas, Rhys! ¡Ven a abrir esta puerta! –gritó a todo pulmón–. ¡No tienes ningún motivo para tenerme encerrado aquí!

El delincuente rió con sorna, divertido, y se recostó nuevamente en su camastro, con los brazos entrelazados bajo la nuca y los tobillos cruzados.

–El sheriff y su ayudante han salido hace un rato. Alguien ha venido a decirles que habían degollado a un hombre en una habitación de una pensión. Tú y yo estamos solos aquí. Tal como veo las cosas, el sheriff ha querido retenerte por un tiempo, sólo para demostrar quién manda.

–Ya le enseñaré yo quién manda –prometió Jeff, furioso, al ver el llavero que colgaba de un gancho alto, al otro lado del estrecho pasillo.

Se acercó al camastro, a paso inseguro, y lo levantó para estrellarlo contra el suelo, con lo que rompió una de las patas. De inmediato, le dio la vuelta y empezó a romper las otras a puntapiés. Por fin, utilizó una de ellas para destrozar el marco.

Eso bastó para que Olney se incorporara en su cama, riendo.

–Siempre he sabido que tenías mal genio, Birmingham.

–Y todavía no has visto ni la mitad –le aseguró Jeff, que al fin había logrado desprender uno de los largueros del camastro. Tenía la longitud adecuada: superaba un poco su estatura.

Con el larguero en la mano, se acercó nuevamente a los barrotes de la celda y deslizó la vara entre ellos, sujetándola con firmeza por un extremo. Luego pasó la mano libre por otra abertura de la reja y maniobró con el extremo opuesto de la vara, hasta que estuvo justo por debajo del llavero colgado al otro lado del corredor. Con movimientos circulares, logró introducir el extremo en la argolla. Retirarla del gancho le llevó algún tiempo. Al final sonrió de oreja a oreja, muy satisfecho: el aro metálico se deslizó hacia abajo, a lo largo de la vara, hasta llegar a su mano.

Olney, que había observado todo eso con gran atención, cerró la boca, abierta por la sorpresa. Mientras Jeffrey abría la puerta de su celda para salir, él se acercó a los barrotes de su calabozo, con alguna esperanza de escapar también. Se relamió como si ya saborease la libertad que podía ser suya, si lograba persuadir al otro.

–Oye, Birmingham, ¿por qué no me dejas salir también? En realidad no hice nada tan grave como para pasarme años enteros encerrado.

–¿Qué me dices de tu intento de asesinato? –preguntó Jeff, seco–. Mi mayordomo puede testificar que trataste de matarme cuando entraste por la fuerza en mi casa, con los bandidos de Gustav.

–Oh, pero si fue sólo un accidente. –Olney alargó una mano implorante–. Mira, tienes que entenderlo. Yo no quería hacerte daño. Es que se me disparó la pistola.

Jeff cogió puntería y arrojó el llavero de nuevo hacia su gancho. Luego, con los brazos en jarras, meneó tristemente la cabeza, como si lamentara haber hecho un blanco perfecto.

–¡Vaya, no era esa mi intención! Lo siento, Olney. Han caído allí por accidente.

Olney resopló como un elefante.

–¡Venga ya! ¡Qué embustero eres, Birmingham!

En ese momento Jeff descubrió que se le había pasado el dolor de cabeza. Se sentía notablemente bien y muy satisfecho de sí mismo, lo suficiente como para dedicar una amplia sonrisa al joven delincuente, mientras pasaba a grandes zancadas junto a su celda.

–¿Como tú, Olney?

Su gato la acompañaba, saltando, mientras ella correteaba entre flores que la superaban en altura. Había músicos en el patio vecino, donde se había reunido un grupo de invitados, y eso la incitó a continuar hasta el portón. A través de la ornamentada filigrana que adornaba la barrera de hierro, vio a varias parejas que giraban por la terraza de mármol, junto a la elegante mansión. Su fascinación infantil por los cuentos de hadas, los caballeros de reluciente armadura y las bellas damas hizo que se quedara contemplando la elegante danza, mientras su pequeño cuerpo se mecía al compás de la música. El gato se frotó contra sus faldas, ronroneando; luego se dio la vuelta para echar una mirada curiosa al jardín vecino y, con ágil gracia, saltó por entre los barrotes. Se detuvo a poca distancia, para investigar un macizo recientemente removido, y luego continuó su tranquila marcha hacia otros lugares; poco a poco se iba acercando al grupo sentado en una esquina de la terraza.

De pronto, un fuerte ladrido rompió la paz reinante; un perro de gran tamaño corrió a través del prado, en dirección al gato, que maulló de miedo y se escabulló entre varias grandes matas, por las que el perro no podría pasar con facilidad. En una búsqueda frenética de una abertura, el perro corrió de un lado a otro frente a las matas, hasta que un agudo silbido atrajo su atención. Apareció un joven alto, de pelo corto y negro, que envió al can hacia la casa con una orden brusca; allí un sirviente le puso la correa, mientras el simpático joven se agachaba junto a las matas, llamando al gato con zalamerías, hasta que este vino a sus brazos, ronroneando de satisfacción bajo sus caricias largas, lentas y suaves.

El joven caballero dirigió una mirada al portón. Luego cortó una flor y se acercó, muy sonriente. Ante los ojos color de mar que lo miraban atentamente por entre los barrotes, abrió el portón de hierro forjado y dejó al animal en el suelo. Luego, con una galante reverencia, ofreció la flor a la niñita.

Ella aceptó el presente con una sonrisa tímida y olió su fragancia. Como los pétalos le hicieron cosquillas, arrugó la nariz, entre risitas. Luego inclinó la cabeza muy hacia atrás para mirar al que se erguía ante ella. El sol de la tarde, que brillaba detrás de la cabeza oscura, hizo que se frotara los ojos. Luego bajó la cabeza con un bostezo y se puso a examinar la bonita flor.

–Parece que es tu hora de dormir la siesta, jovencita –dijo el apuesto caballero, con una risa entre dientes–. Creo que te llevaré con tus padres antes de que te quedes dormida aquí afuera.

Con ella en brazos, siguió la senda serpenteante hacia la mansión vecina. Ella bostezó una vez más, pero luego comenzó a cantar una melodía que le había enseñado su madre. Su alto caballero la acompañó; tenía una voz agradable y serena. Pronto comenzó a valsear con ella a lo largo del camino, provocando nuevas risitas.

Cuando llegaron al claro, cerca del lugar donde su madre solía cortar flores, el joven la puso de pie en el suelo, pero antes de que pudiera alejarse, ella le cogió una mano, sonriéndole hasta lograr que se pusiera en cuclillas. Entonces le rodeó el cuello con las manos y, después de darle un beso en la mejilla, corrió hacia su madre, que se había vuelto a tiempo para presenciar la escena. Ella invitó al joven a tomar una taza de té, pero él explicó que su tío tenía huéspedes y regresó apresuradamente por el camino.

La niña, inclinando la cabeza a ambos lados, comenzó a entonar una melodía. El sol le sonreía desde lo alto. Una mariposa revoloteó junto a ella.

Raelynn despertó sobresaltada, sin saber qué la había arrebatado tan bruscamente de su sueño. Por un momento permaneció inmóvil, tratando de percibir qué sucedía, con todos los sentidos muy atentos a los sonidos de la casa. A lo lejos se oyó un golpe sordo. Aguardó, llena de aprensión, con la esperanza de que proviniera de alguna casa vecina.

Otro golpe y el ruido de una silla arrastrada por el suelo, en el piso de abajo, la hicieron saltar de la cama. Sin poder dominar sus temblores, palpó a lo largo del lecho en busca de su bata. Por fin la encontró y se la puso con una prisa frenética. Mientras se calzaba las zapatillas, iba pensando en lo que debía hacer. Si de verdad esos ruidos eran humanos, no había ninguna posibilidad de que fuera su esposo. Antes de partir, Rhys Townsend le había asegurado que mantendría a Jeff encerrado por su propia seguridad. Tampoco podía creer que fueran Elizabeth o Farrell. Los recién casados habían salido diciendo que no regresarían por lo menos hasta el domingo por la noche, y para eso faltaban todavía muchas horas.

Raelynn se escurrió cautelosamente por la impenetrable oscuridad hasta llegar a la puerta. Una vez allí, hizo girar el pomo con mucho cuidado y abrió. Por suerte, un rayo de luna penetraba por la ventana, en el extremo opuesto del pasillo, y le permitía ver con claridad. La preocupación por Jake y su criada hizo que se dirigiera hacia el cuarto de Tizzy. Una vez en la habitación, se detuvo junto a la puerta, hasta que sus ojos se adaptaron a la densa oscuridad y pudo distinguir a la muchacha, que dormía profundamente en su cama. Se acercó y apretó una mano en la boca de la criada.

Tizzy se incorporó con una exclamación sofocada, mirando a su alrededor con los ojos dilatados por el miedo, hasta que vio a su ama. El temor que brillaba en sus ojos oscuros desapareció, mientras arrugaba la frente, confusa.

–No hagas ruido –susurró la señora, acercándose a su oído–.

Hay alguien en la planta baja. Escucha con mucha atención y no armes ningún alboroto, ¡por favor! Ponte la bata, despierta a Jake y espérame en el descansillo. Iré a la habitación de la señora Elizabeth, a por su pistolón; luego, si puedo, trataré de atraer al intruso para alejarlo de la cocina. Debes asegurarte de tener el camino despejado antes de descender la escalera, conque escucha bien para saber dónde puede estar el hombre. Sal por la puerta trasera y ve directamente al apartamento del señor Farrell. Dile que estoy sola aquí y que hay un merodeador en la casa. ¿Has entendido?

–Sí, señora –susurró la muchacha, preocupada–. Pero si es el señor Fridrich el que está abajo, usted puede tener más problemas que yo. ¿Por qué no deja que yo lo aleje de la puerta trasera, mientras usted sale con el amito Jake? Así estará segura.

–No discutas, Tizzy. Haz lo que he dicho –insistió Raelynn–. El señor Fridrich no me matará. Me desea demasiado. A ti, en cambio, podría matarte. Ahora levántate deprisa. Si se me presenta la oportunidad de abandonar la casa lo haré, pero antes debo asegurarme de que tú y Jake estéis a salvo.

Tizzy exhaló un suspiro reticente, pero no tenía opciones. Debía obedecer, y lo hizo con toda la celeridad posible. Algunos instantes después esperaba en lo alto de la escalera, tapando la boca a Jake con mano precavida, mientras su ama iniciaba un cauto descenso.

Raelynn hizo una mueca al oír que el peldaño, a pesar de sus precauciones, crujía bajo su peso. Un instante después, oyó un golpe sordo en el comedor. En ausencia de Elizabeth, las cortinas de la sala habían quedado abiertas; bastó una mirada para confirmar que no había nadie allí. Cuando Raelynn llegó abajo, corrió a la sala, desde donde se atrevió a preguntar en voz alta:

–¿Quién anda ahí?

No hubo respuesta, sólo un nuevo golpe.

–¡Sé que hay alguien en la casa! –exclamó ella, con voz temblorosa–. ¡Quiero saber quién es!

Un ruido extraño, casi como el de un pie arrastrado por el suelo, hizo que diera un respingo y se apretara el cuello con mano trémula. Si hasta entonces conservaba alguna duda, sus sospechas ya estaban plenamente confirmadas. Había, sí, un intruso rondando por la casa.

–Gustav, ¿sois vos? –inquirió, tratando desesperadamente de reunir valor–. En todo caso, debo advertiros que tengo una pistola cargada en la mano. Y si es necesario la utilizaré.

Por el rabillo del ojo vio que Tizzy y Jake se escabullían por el vestíbulo. Para que el hombre no los oyera pasar, continuó hablando:

–Hicisteis mal en venir, Gustav. El sheriff Townsend considerará esta intrusión motivo suficiente para arrestaros. Esta vez no podréis aducir inocencia.

Ante un nuevo ruido de silla arrastrada, poco faltó para que huyera escaleras arriba, con un creciente pánico. Necesitó de toda su voluntad para permanecer donde estaba. A no ser por los estremecimientos, tal vez se habría sentido mucho más valiente.

Una sombra grande y oscura salió del comedor. Raelynn ahogó una exclamación al comprobar que no era Gustav, sino el atacante de la capucha. Olvidando por completo la pistola que tenía en la mano, lanzó un grito y corrió hacia el pasillo. Esperaba que el hombre la alcanzara de inmediato, puesto que su velocidad había asombrado al sheriff. No obstante, para sorpresa suya, él la seguía con torpeza, como si estuviera impedido por algo. En realidad parecía arrastrar un pie.

Al comprender que su vida estaba en peligro, Raelynn entró como un rayo en la cocina a oscuras y rodeó el enorme hogar, ansiosa por llegar a la puerta trasera. Con un grito de alarma, tropezó con una silla tumbada. Ese obstáculo había sido puesto deliberadamente en el trayecto hacia la salida posterior, donde no sería fácil verlo. Sin duda Tizzy había pasado por allí con mucha cautela; ella, en cambio, estaba tan desesperada por huir que no la había visto.

Al caer hacia delante, giró el cuerpo hacia un costado, haciendo lo posible por evitarle a su bebé cualquier daño. Por desgracia, olvidó la gran vasija de barro que estaba siempre al otro lado del hogar. Recibió lo peor del impacto en la cabeza y quedó aturdida.

Con la mente confusa, pero aún decidida a salvarse, hizo un esfuerzo por moverse y logró arrastrarse debajo de la mesa, donde se acurrucó en las sombras de la esquina más alejada. Apenas un momento después, la sombra encapuchada entró dificultosamente en la cocina y se detuvo, obviamente desorientado. Luego caminó muy lentamente hacia la puerta trasera y la abrió de par en par. Raelynn dio un brinco de sorpresa, pero se cubrió la boca con una mano temblorosa, a la espera del momento en el que él comenzaría a buscarla por la cocina.

Aguardó con creciente ansiedad, sin atreverse casi a respirar, puesto que el agresor estaba tan cerca. Con el corazón golpeando salvajemente en su pecho, permaneció acurrucada en la penumbra. Parecía muy extraño que ese hombre respirara con tanta dificultad, considerando que era capaz de correr tan deprisa. La verdad es que jadeaba como si estuviera afectado por alguna rara enfermedad. Si era capaz de las proezas físicas que ya había exhibido, no debería haberle costado nada caminar hasta la cocina, pero las cosas parecían ser muy distintas. De pronto ella recordó que parecía arrastrar un pie al seguirla. Ese recuerdo no se ajustaba a la idea de Rhys, de que al agresor le gustaba correr. Tal vez no era el mismo que los había atacado en la niebla. Sin embargo, sí lo eran la capucha y la capa.

Acurrucada en su escondrijo, Raelynn analizó sus posibilidades de llegar a la puerta del comedor antes de que el hombre la descubriera y le bloqueara el paso. Tal vez podría hacerlo, puesto que él caminaba con dificultad.

En el silencio de la espera, Raelynn oyó que se abría la puerta de la calle y de inmediato prestó atención. Las pisadas del visitante se apagaron inmediatamente en la alfombra del vestíbulo, sin darle tiempo a reconocerlas. Pero sus ojos se abrieron de par en par al ver que el intruso extraía un cuchillo del oscuro manto que lo envolvía. Luego avanzó hacia el comedor a paso rápido, aunque desigual.

La mente de la joven volaba. Desde la salida de Tizzy no había transcurrido tanto tiempo como para que el recién llegado fuera Farrell. ¿Quién otro podía ser el que entraba, salvo Jeffrey?

Al darse cuenta de que podía ser su marido la persona que acababa de entrar, Raelynn salió de su escondite y, pasando por detrás del hombre, cruzó a toda prisa la puerta que daba al pasillo, tratando desesperadamente de amartillar el arma. Esa tarea resultó mucho más difícil de lo que había supuesto. Mientras maldecía aquella herramienta de Satanás, corrió con toda la fuerza de su corazón, en un frenético esfuerzo por alejarse del enmascarado. Cuando llegó a la puerta de la sala, el criminal estaba saliendo del comedor.

Rhys Townsend echó un vistazo hacia la muchacha, pues había oído pisadas rápidas que se acercaban por el corredor. Como ignoraba que el intruso hubiese entrado en la sala, no vio el cuchillo que volaba hacia él.

–¡Cuidado, Rhys! –gritó Raelynn.

El sheriff se echó a un lado, pero ya era demasiado tarde. La hoja se le hundió en el pecho, arrancándole una exclamación ahogada. Luego se tambaleó, mientras las piernas cedían lentamente bajo su cuerpo. Un momento después caía contra una silla; luego se deslizó hasta el suelo y quedó sentado allí, tratando débilmente de sujetar la empuñadura del arma.

Concentrado en su juego asesino, el villano avanzó hacia el sheriff con un andar dificultoso. Raelynn apretó los dientes con feroz decisión y bajó el canto de la mano contra el mecanismo disparador. Cayó en su sitio con un chasquido, en el momento en que el hombre extraía el cuchillo del pecho de Rhys, arrancándole un grito agónico. El atacante llevó el brazo hacia atrás, con toda la intención de clavarle de nuevo el puñal, para mayor seguridad. Un momento después la pistola se disparó, atravesándole la mano con una bala de plomo. El demonio rugió de dolor, mientras el puñal salía disparado de sus dedos. Se apretó la extremidad herida, retorciéndose de dolor; su aliento sacudía con violencia los agujeros de la máscara. Luego se volvió trabajosamente hacia Raelynn. El claro de luna que entraba por las ventanas de la sala se reflejó en los ojos escondidos tras las ranuras, dando a la bestia encapuchada un aspecto demoníaco.

–¡Perra! –jadeó en tono gutural–. ¡Te voy a matar!

Y avanzó hacia ella dando tumbos, mientras sacaba un pañuelo del bolsillo para envolver su mano ensangrentada. Luego empezó a caminar a paso desigual; aunque torpe, parecía demasiado veloz como para que ella pudiera escapar.

A Raelynn aún le ardía la mano por la fuerza del estallido. Aunque hubiera tenido tiempo para recargar el arma, habría sido una verdadera hazaña, pues ahora temblaba incontrolablemente. Con los dientes apretados para dominar los estremecimientos, levantó el pistolón ya inútil hasta detrás de la cabeza y lo arrojó contra su adversario. Lo golpeó de plano en la mejilla, arrancándole una maldición, pero él lo desvió con la mano sana.

La luna se reflejó en la cabeza encapuchada, iluminando el paño hasta darle un tono gris de medianoche, al tiempo que los agujeros de los ojos se oscurecían en una negrura impenetrable. Ahora su mirada parecía implacablemente fija en ella, mientras cojeaba en su dirección.

Raelynn giró en redondo; sabía perfectamente hacia dónde debía ir: ¡fuera! Acicateada por la seguridad de que el hombre la mataría si la alcanzaba, corrió para salvar su vida, desandando el camino que había hecho minutos antes. Ya estaba exhausta por su intento de llegar al salón antes que su agresor, pero la desesperación por escapar ponía alas en sus pies.

Ya en la cocina, pasó casi volando sobre la misma silla que la había derribado minutos antes. Un segundo después abría de par en par la puerta trasera y cruzaba rápidamente el porche. Al salir al patio oyó pisadas desiguales que la seguían deprisa y echó una mirada temerosa por encima del hombro. El encapuchado cruzaba el porche, en una imparable persecución. Un instante después perdió el aliento en un audible «¡Uf!», al chocar de frente con algo muy sólido. Un tronco de árbol habría podido causar el mismo efecto, pero esa solidez resultó sumamente humana: dos brazos largos la rodearon, arrancándole un alarido. En su pánico, su mente dedujo lo peor: el loco que la perseguía no era el único. ¡Había dos!

–¡Raelynn!

Esa voz familiar era la última que esperaba oír, pero la más grata, decididamente. Aun así, detrás de ella venía un demonio armado, empeñado en recoger su lúgubre cosecha. El hombre los mataría a ambos, si podía.

–¡Cuidado, Jeffrey! ¡Ha apuñalado a Rhys!

Jeff había salido de la cárcel sin arma alguna en su poder. A pesar de estar desarmado, empujó a Raelynn detrás de sí y se preparó para enfrentarse al enemigo con las manos desnudas.

El adversario alzó el puñal para descargarlo contra el pecho de esa nueva amenaza, pero Jeff lo cogió por el manto y, con un fuerte rodillazo en la ingle, hizo que el criminal se doblara en dos. Para mayor seguridad, Jeff repitió el ataque, con grandes esperanzas de triturar cualquier guijarro que aún siguiera íntegro en la entrepierna del otro.

El malhechor se derrumbó a sus pies, retorciéndose de dolor. Jeff le arrebató la capucha con tal fuerza que la cabeza del caído se bamboleó contra los hombros. Decidido a ajustar cuentas con él, Birmingham volvió a sujetarlo por la pechera y lo incorporó para incrustarle su puño en la mandíbula. Como la cara se desvió hacia un costado, la enderezó con un golpe en la otra mejilla. Y continuó aplicando varios golpes más a aquella mandíbula, ya floja, hasta que el frustrado asesino quedó inconsciente. Entonces Jeff abrió finalmente el puño, dejando que su adversario cayera inconsciente a tierra. Sólo entonces se agachó para verle la cara a la tenue luz de la luna.

–Nada menos que lord Marsden –dijo, desdeñoso.

–¡Marsden! –exclamó Raelynn, acercándose a su esposo–. Pero ¿por qué, Jeffrey? ¿Qué le hemos hecho?

–La pregunta, amor mío, bien puede ser qué hizo él a vuestra familia. Es un lord inglés, ¿verdad? Y dijo estar enterado de las tribulaciones de vuestro padre. Eso significa que ha venido de Inglaterra en días recientes, quizá pisándoos los talones. Hasta podríamos suponer que no vino a adquirir tierras para su hija, sino con el propósito de buscar algo de gran valor e importancia; tal vez una carta que probara la inocencia de vuestro padre y, al mismo tiempo, la culpabilidad de Marsden. Si este hombre pensaba que vuestro padre había escondido esa evidencia en el cofre, eso explicaría el hecho de que alguien, quizá el mismo Marsden, tratara de abrir el compartimiento secreto. Cuando lo descubrí ya no contenía nada, pero Frye pudo haber robado el contenido mientras lo tuvo en su posesión.

–¿Habéis hallado el escondrijo? –inquirió ella, sorprendida.

–Sí, la noche en que huisteis de Oakley.

Raelynn rebuscó en su mente.

–Tal vez, como decís, Cooper Frye descubrió el compartimiento secreto durante el viaje y se apoderó de lo que contenía.

–Tendremos que preguntárselo. En cuanto a lord Marsden, estuvo en nuestro baile. Quizá se encontraba en nuestro dormitorio cuando Nell fue a la casa para amenazarme. Pudo haberla matado sólo para acallarla. Como ambos sabemos, el hombre es aficionado a los puñales.

–También ha apuñalado a Rhys.

En ese momento el ayudante del sheriff, Charlie, venía bufando desde la esquina de la casa, con una gran pistola en la mano. Al ver las dos siluetas oscuras en el patio, cerca de la casa, adoptó la posición de tiro, con las piernas abiertas y la culata apretada entre las dos manos.

–¡No os mováis!

–Baja esa basura, Charlie, si no quieres volarnos la cabeza –voceó Jeff.

–¿El se... señor Birmingham? –El ayudante del sheriff tartamudeó, confundido, mientras dejaba caer los brazos a los lados–. ¿No... no os de... dejamos encerrado en el calabozo?

–He salido –informó Jeff, sucintamente. Y señaló al hombre desmayado en el suelo–. Amarra bien a este saco de huesos, Charlie. Iré dentro para ver cómo está Rhys. Dice mi esposa que este demonio lo apuñaló.

–¿Que ap... apuñaló al she... riff Townsend? –La voz de Charlie se quebró debido a su preocupación.

Jeff señaló al hombre inconsciente.

–Si este montón de estiércol se mueve mientras lo vigilas, ten la bondad de pegarle en la cabeza con la culata de tu pistola. Si lo haces con suficiente fuerza para enviarlo al otro mundo, nos harás un enorme favor a todos. –Y se volvió a medias para rodear con un brazo los hombros de su esposa–. Decid, amor mío, ¿estáis bien?

–Sí. Algo asustada, pero eso es todo. –Era tan grato estar sana y salva entre los brazos de su esposo... Pero cayó contra su pecho sin poder contener los sollozos–. Oh, Jeff, ese hombre horrible... si no hubierais venido me habría matado. Traté de advertir a Rhys, cuando entró. Yo tenía una pistola en la mano, pero cuando logré amartillarla ya era demasiado tarde. Lord Marsden usó un puñal contra Rhys. Vi que se clavó en su pecho. A estas horas puede haber muerto.

–Vayamos a verlo, amor mío –le instó Jeff, con voz ahogada. Luego carraspeó deprisa, tratando de dominar la emoción que lo invadía al pensar en la estrecha camaradería que lo unía a ese amigo desde la infancia. La muerte de Rhys sería una pérdida muy dura.

Con aire solemne, cerró la puerta de la cocina detrás de Raelynn y se adelantó para recoger la silla caída. Luego le puso una mano en la cintura para conducirla hasta la puerta del comedor, al tenue resplandor que irradiaba el fuego del hogar. El claro de luna, que entraba a raudales por las ventanas de la sala, los guió en torno a la mesa del comedor. De pronto, una voz familiar bramó desde el salón:

–¡Dónde estáis todos, por las barbas del diablo!

En la penumbra, Jeff y Raelynn se miraron sorprendidos. La curiosidad los obligó a correr hacia allí. Rhys había logrado incorporarse contra el brazo de un sillón.

–¡Estáis vivo! –exclamó Raelynn, con una risa jubilosa.

–¡Desde luego que estoy vivo! –Rhys apretaba con la mano la zona ensangrentada, por debajo del hombro–. Pero no gracias a ese tío que me acuchilló. –Clavó una mirada suspicaz en Jeff, con los ojos entornados–. ¿Cómo demonios has hecho para salir, si me permites la pregunta? ¡Te dejé bien encerrado!

–No tan bien –contraatacó él, con una risa entre dientes–, como lo demuestra mi presencia aquí.

–Y ese loco de Olney ¿ha huido también? –preguntó el sheriff, furioso.

–No. Está bien encerrado en su celda. Al menos allí estaba cuando yo salí. Y como no sea contorsionista, supongo que allí está todavía.

–Más te vale. De otro modo te habría roto los c... –Se contuvo bruscamente, desviando una mirada hacia Raelynn. Luego carraspeó–. Te habría roto el alma, eso.

–Tu herida ¿es grave? –preguntó Jeff, preocupado, mientras se arrodillaba junto a él.

–Lo bastante como para haberme arrojado de culo al suelo –gruñó Rhys. De inmediato hizo una mueca de dolor. Jeff trataba de quitarle la chaqueta–. ¡No tanta prisa, hombre! Si quieres echar un vistazo a los daños, no pienso escapar.

–Disculpa –murmuró su amigo, dolido. Y prosiguió con más lentitud.

Raelynn había traído toallas y vendajes para la herida del sheriff; luego se apresuró a encender varias lámparas en el salón y puso una en la mesa, junto a Rhys, mientras Jeff le quitaba la chaqueta y le abría la camisa ensangrentada para examinar la herida. La punta había penetrado por debajo del hombro, sin tocar el corazón ni los pulmones, pero era lo bastante profunda como para requerir atención médica.

Jeff se sentó sobre los talones, haciendo una mueca.

–Tendremos que llamar al doctor Clarence, Rhys. ¿Ha venido alguien contigo, además de Charlie?

–Sí; allí fuera debería haber unos cuantos agentes más. Al menos allí los dejé al entrar para ver cómo estaban las cosas. El resto de mis hombres están en el depósito de Fridrich. Allí estaba yo cuando Elijah logró finalmente localizarme. Había visto a un encapuchado entrar por la puerta de la calle de esta casa; salió a caballo para avisarme, pero tuvo que rastrearme desde la cárcel. A no ser por el hombre al que degollaron en una pensión, yo habría llegado mucho antes. –Sólo entonces recordó el parentesco entre el muerto y la joven que tenía ante sí. Entonces alzó la mirada hacia ella, como para pedirle disculpas–. Lamento daros esta noticia, Raelynn, pero el hombre a quien mataron resultó ser vuestro tío.

Jeff y Raelynn lo miraron, atónitos. Por fin la joven logró aclararse la garganta para preguntar:

–¿Os referís a Cooper Frye?

–Sí, a ese. Yo tenía el presentimiento de que Fridrich tenía alguna relación con su asesinato. Esta misma tarde, apareció muerto uno de sus hombres; al encontrar a Frye imaginé que era alguna jugarreta de Fridrich; tal vez envió a sus hombres para que lo liquidaran. Basándome en esa teoría, convoqué a varios de mis hombres para lanzar un ataque contra el depósito. Esta vez atrapamos a ese calvo del demonio con las manos en la masa; encontramos allí cajones enteros de fusiles y municiones robados que confiscamos. Ahora tenemos todas las pruebas necesarias para encarcelarlo por diversos cargos. Y el primero será el asesinato de Frye. Sólo Dios sabe a cuántos más ha matado, por una u otra razón, pero siempre por interés. En cuanto a las armas de contrabando, parece que lleva años vendiéndolas a clientes de mala reputación. Sus registros lo demuestran. –Rhys rió entre dientes–. Cuando entramos, el hombre estaba trabajando en sus libros, de modo que no pudo esconderlos. Con lo que hemos descubierto nos basta para mandarlo a la horca.

–Mientras tanto, Rhys, sería mejor enviar a alguien a por el doctor Clarence –insistió Jeff, que apretaba la herida con una toalla–. Sostén esto aquí, mientras busco a alguna persona para llevar el recado.

Jeff se acercó al extremo del porche, portando una lámpara. En ese momento, Farrell cruzaba la calle a toda prisa, descalzo y sin camisa. Sólo cuando practicaba pugilismo vestía de manera informal. Esta vez, por lo visto, su aspecto personal le había parecido mucho menos importante que la seguridad de Raelynn.

–¡Jeff! –exclamó, deteniéndose al pie de los escalones, atónito–. Tizzy dijo que estabas bajo arresto y que Raelynn estaba sola aquí, con un intruso en la casa. ¿Se encuentra bien?

–Ella sí, pero Rhys está herido.

–¿Qué diablos ha sucedido?

–Que nuestro encapuchado regresó para liquidar a mi esposa y, en cambio, ha apuñalado a Rhys.

–¿Está malherido? –La voz de Farrell había perdido algo de su fuerza.

–Según dice Raelynn, nuestro adversario encapuchado, lord Marsden, hizo lo posible para matarlo. Pero se repondrá en cuanto el doctor le cure la herida.

–Lord Marsden –repitió Farrell, asombrado–. ¿Por qué...?

–Es una larga historia. Te la contaré cuando tengamos más tiempo.

–¿Ha escapado?

–No. Esta vez lo atrapamos. Charlie lo tiene bajo vigilancia en el patio trasero. Debo hacer que alguien lo releve y enviar a otro jinete en busca del doctor Clarence, para que atienda a Rhys. Se supone que sus hombres están por aquí. Espero que aparezcan en cuanto nos reconozcan.

Farrell le señaló la casa con un gesto.

–Yo iré por ellos. Tú haces falta ahí dentro.

–Gracias, amigo.

Pasó un par de horas antes de que Charlie llevara a la oficina del sheriff al doctor Clarence, a su magullada Señoría y a Rhys, ya vendado. El sheriff se había negado a regresar a su casa sin asegurarse antes de que todo estuviera en orden en su oficina. Cuando llegaron, los otros hombres reclutados ya habían encerrado a Gustav Fridrich y a sus secuaces, incluidos los asesinos de Frye, en la celda que Jeff dejó vacía. Para proteger su pellejo, Olney se mantenía a distancia de Fridrich, pero observó con los ojos abiertos por la curiosidad la entrada de Rhys y Charlie, con el nuevo prisionero. Se trajo otro camastro desde la trastienda, para ponerlo en la celda de Olney. Allí tumbaron a lord Marsden, todavía aturdido, mientras el doctor Clarence se dedicaba a curar los cortes y los cardenales que le desfiguraban las facciones.

–Busca otro lugar para colgar esas llaves, Charlie –pidió Rhys a su ayudante–. No quiero que Fridrich o alguno de sus hombres haga lo mismo que el señor Birmingham. –Echó un vistazo a Gustav, con una amplia sonrisa–. La verdad, me cuesta imaginar que toda esta banda de tunantes tenga el mismo ingenio que mi amigo.

Gustav resopló, furioso, ante la situación en la que se encontraba.

–¡El tunante sois vos, sheriff Townsend, si creéis poder mantenerme aquí. Soy muy rico. Contrataré a los mejores abogados...

–Teniendo en cuenta todo lo que habéis robado, señor Fridrich, la mayor parte de vuestro dinero será reembolsado a vuestras víctimas. No podréis conservarlo.

Gustav mostró los dientes amarillos en una mueca de ira.

–¡No podéis hacerme eso!

–No podría hacerlo yo mismo, naturalmente, pero estoy seguro de que el juez sí lo hará, en cuanto yo le entregue todas las pruebas que tenemos en nuestro poder. En realidad, me sorprendería que siguierais vivo antes de que acabe el año.

El color de la cara del alemán, normalmente rubicundo, pasó a un tono mucho más pálido. Fue hacia un rincón de la celda y, con alguna dificultad, se sentó en el suelo, temblando. No había otro lugar donde sentarse... a pensar.

Rhys se apretó el hombro herido con una mano, mientras se permitía una mueca de dolor. Luego fue a su escritorio para servirse una pequeña cantidad de whisky del frasco que tenía allí para lavar heridas leves y aliviar el dolor de las lesiones; había sufrido muchas en sus años de sheriff. Por fin revolvió el contenido de un cajón hasta encontrar lo que buscaba; era un pequeño objeto que había guardado allí varias semanas atrás. La quemazón del hombro le provocó otra mueca; notó que se estaba quedando sin fuerzas y que no pasaría mucho tiempo más en pie. Aun así le quedaba algo pendiente antes de retirarse a su casa.

Esperó ante la celda de Olney hasta que uno de sus ayudantes, que acompañaba al doctor, se acercó para abrirla. Entonces fue hacia el camastro donde estaban atendiendo a Su Señoría.

–¿Cómo está su nuevo paciente, doctor?

Una arruga de perplejidad frunció las cejas del médico.

–No lo sé, Rhys –dijo, irguiendo la espalda.

–¿Cómo que no lo sabéis? Su Señoría tiene unos cuantos moretones en la cara. ¿Qué hay de sorprendente en ellos?

–Lord Marsden tiene mucha fiebre.

–¿Eso significa que está enfermo?

–Eso parece, sí.

–Una lástima –replicó Rhys, con ironía.

Al darse cuenta del sarcasmo del sheriff, el inglés enarcó una ceja partida e hinchada, pero se arrepintió de inmediato.

–¿Habéis venido a regodearos, sheriff?

–¿Qué os hace pensar que me regodeo?

Su Señoría resopló, sorprendido.

–Ha sido mi mano la que os hirió, ¿verdad?

–Pues sí.

–Y sois amigo de Birmingham, ¿no es cierto?

–Es cierto, sí –reconoció el sheriff, con inmenso orgullo–. El más íntimo, se podría decir.

–¿Y no son motivos suficientes para regodearos?

–En eso tenéis razón –reconoció Rhys.

Marsden comentó, desdeñoso:

–Los de las colonias sois todos iguales: unos bastardos idiotas.

El doctor Clarence y el sheriff intercambiaron una mirada significativa. Luego Rhys apuntó:

–Me parece mejor que ser un ridículo pedante.

Luego bajó la mirada al suelo, mirando un punto con súbita atención. Aun a costa de mucho dolor, se agachó para recoger algo del suelo.

–¿Qué es esto? –preguntó, mostrando el objeto al médico–. ¿Es vuestro, doctor?

Lord Marsden le arrebató de las manos la caja de rapé.

–Esto es mío, estúpido. Debe de habérseme caído...

De pronto comprendió su error. Entonces alargó la mano para devolver la caja de porcelana al sheriff, tartamudeando:

–Disculpad. Estaba en un error. No es mía.

–Oh, sí que es de Vuestra Señoría –contradijo Rhys, con una sonrisa irónica–. Se os cayó en el dormitorio de Birmingham, la noche en que llevasteis a Nell al establo para apuñalarla.

El médico ahogó una exclamación de sorpresa, mirando al inglés con desprecio. Olney se incorporó en su camastro, súbitamente alerta.

–No fue él –argumentó–. No puede siquiera caminar erguido. Es más lento que una tortuga.

–Ahora, quizá –admitió el sheriff–. Pero hace varias semanas era tan veloz que estuvo a punto de atraparte cuando escapabas del establo. –Señaló con un gesto inexpresivo una cicatriz en la mano del hombre, de tamaño muy parecido a la de su reciente herida–. ¿Ves esto? Se lo hice yo hace una semana, cuando intentó apuñalar a la señora Birmingham. Conque es el mismo criminal que intenté atrapar entonces. Corría tan deprisa que me dejó enseguida atrás, pero desde entonces se ha visto afectado por cierta lesión que le infligió la señora Birmingham.

Una súbita comprensión iluminó la cara del doctor Clarence al recordar las carcajadas de Farrell, cuando supo que Raelynn había clavado un largo alfiler de sombrero en las posaderas de su atacante. Miró a su paciente con el ceño fruncido.

–Si tenéis problemas con esa herida, milord, será mejor que

me lo digáis. Bien puede ser una infección lo que os provoca esta fiebre. Si no la tratamos, podríais morir.

Lord Marsden se encogió en el camastro, cada vez más alarmado.

–Tengo la cadera hinchada –reconoció, con la voz reducida a un susurro.

–¿Debido a qué? –preguntó el médico.

–Me senté sobre un alfiler.

El doctor Clarence no intentó rechazar esa seca afirmación.

–¿Os molestaría mostrarme el trasero?

De mala gana, Marsden se aflojó los pantalones y, con mucho cuidado, se tendió boca abajo en el camastro. Se movía con gran esfuerzo; a estas alturas, no sabía qué le dolía más: si la parte anterior o la posterior. Los Birmingham lo habían magullado en ambas zonas.

Tras bajarle los pantalones, el médico sofocó una exclamación de sorpresa al ver las vetas rojas que se proyectaban desde la herida negra, llena de pus. Un examen más atento demostró que el hombre tenía la nalga y el muslo derecho notablemente más hinchados que los del lado izquierdo. En realidad, las apariencias revelaban que la infección era grave. En sus años de práctica había amputado muchos miembros, pero nunca una nalga.

–Tendremos que aplicar una cataplasma para extraer el veneno –reflexionó–. Pero os advierto que puede ser demasiado tarde.

–¡Tenéis que hacer algo! –insistió Su Señoría–. No podéis dejar que siga pudriéndose. ¡Podría morir!

–Haré lo que esté a mi alcance, milord, pero no puedo prometeros nada.

Rhys, que se encontraba cada vez peor, pidió a Charlie que lo llevara a su casa. Mientras él se preparaba para partir, el doctor aplicó una cataplasma al trasero de Marsden. Puesto que no podía hacer nada más por el momento, él también pidió que lo llevaran a su domicilio.

Cuando se detuvieron para que Rhys bajara, el médico entró para tranquilizar a Mary: si la herida de su esposo no se infectaba, le dijo, en una semana podría volver al trabajo. Ante eso, Rhys se apresuró a decirle que no podía perder tanto tiempo. Fue Mary quien respondió, con voz suave. Prometió al médico que Rhys descansaría cuanto hiciera falta para acelerar su recuperación.

A media mañana, Trudy Vincent, una ramera, marchó hasta la residencia de Elizabeth para entregar un pequeño envoltorio a Raelynn Birmingham. Entre sollozos y lágrimas, explicó a la estupefacta muchacha:

–Vuestro tío Coop me encomendó traeros este paquete, si algo le sucedía, y deciros que lo encontró en el cajón de vuestro papá o algo parecido. Que por derecho os pertenece, dijo. Y algo más: que con esto podríais limpiar el buen nombre de vuestro papá y condenar a los verdaderos criminales que lo desprestigiaron.

Raelynn estrechó el preciado sobre contra su pecho.

–Muchísimas gracias, señorita Vincent –respondió, llorando de pura alegría.

Luego pidió a su esposo una moneda de oro y se la entregó a la mujer, para compensarla por la molestia. La meretriz no había ganado una moneda de oro en toda su vida. Aunque a su llegada no tenía intención de ser generosa con lo que sabía, la gratitud hizo que repitiera el resto del mensaje que él le había encomendado transmitir a su sobrina.

–También dijo que fue lord Marsden quien mató a Nell. Y que vuestro verdadero tío se ahogó en el mar cuando era todavía muchacho. Ambos eran marineros del mismo barco. Por eso el viejo Coop sabía tanto de él. Quiso escribiros todo esto de su puño y letra, pero no era muy hábil con la pluma. Se las arreglaba, si era menester, pero no le gustaba mucho escribir.

Jeff, que también se sentía muy feliz tras haber escuchado todo eso, le dio otra moneda de oro.

–Mi esposa y yo os estamos muy agradecidos, señorita.

–Todo el mundo me llama Trudy, jefe –replicó ella, con una alegre sonrisa, mientras apretaba las monedas contra el pecho–. Soy yo quien debe estar agradecida por estas monedas. El viejo Coop. –Sacudió la cabeza y se corrigió–: Oliver Fenton, quiero decir. Nos entendíamos muy bien, él y yo. Pensábamos ir al norte y poner una taberna. Él decía que no estaba seguro aquí, porque el señor Fridrich y otra gente querían perjudicarlo. –Exhaló un suspiro–. Gran verdad, puesto que los hombres de ese tunante le han cortado el gaznate. Y Nell también acabó mal, destripada por ese Marsden.

Trudy suspiró otra vez, pues lamentaba profundamente la muerte de la muchacha. Luego levantó la vista hacia Jeff.

–Yo conocía bien a Nell. Se podría decir que éramos amigas. Una vez traté de hacerle entender que no debía andar detrás de vos como una tonta. Si no hubiera estado tan enamorada de vos, señor Birmingham, no se habría ido a la cama con ese capitán irlandés que se os parecía tanto. Pero él zarpó un par de días después. No debe de saber que la dejó embarazada. Cualquier día de estos aparecerá por aquí. Entonces le diré que le hizo un hermoso niñito.

Raelynn le ofreció una mano de amiga.

–Gracias por venir, Trudy –murmuró, mientras la ramera aceptaba el saludo con cierto asombro–. Nos habéis aclarado muchas cosas, más que nadie. Os estoy inmensamente agradecida, hasta tal punto de no poder expresaros cuánto. En ocasiones, he sospechado algo de lo que nos habéis dicho, pero sólo ahora sé todo lo que ocurrió. Es un enorme alivio saber que alguien conoce la verdad y puede explicarla con detalle. Gracias por todo.

–Ha sido un placer, señora Birmingham.

Jeff inquirió:

–Si mi esposa y yo os acompañáramos a la oficina del sheriff, ¿estaríais dispuesta a contarle todo esto? Eso facilitaría la investigación.

Trudy lo pensó por un momento. Luego asintió.

–Sí que puedo, señor Birmingham. –Se encogió de hombros–. Además, quiero ver encerrados a todos esos asesinos. Así no andarán libres por ahí, perjudicando a buenas personas como vos y vuestra bonita esposa.

Raelynn encontró Oakley tal y como lo recordaba, pero en muchos aspectos, ella ya era otra mujer. Se abrían ante ella nuevas perspectivas. Confiaba que, cuando los abogados entregaran el documento de Marsden a ciertos nobles dignos de confianza, muy cercanos al rey Jorge de Inglaterra, el nombre de su padre quedaría limpio en un futuro no muy lejano, mientras que Prescott y Havelock, los cómplices de Marsden, serían detenidos y juzgados por alta traición a la Corona.

Gracias a Trudy, ahora corría por todo Charleston la noticia de que el asesino de Nell no era Jeffrey Birmingham, como algunos suponían, sino lord Marsden. Trudy también hizo saber que el hijo de Nell había sido engendrado por un capitán irlandés; también en ese aspecto, Jeffrey Birmingham era inocente de lo que muchos querían achacarle.

Todas estas revelaciones hacían muy feliz a Raelynn, pero también le alegraba infinitamente ser, ya sin duda alguna, la señora de Oakley y la amada esposa de Jeffrey Lawrence Birmingham, terrateniente y extraordinario empresario. Pronto le daría un hijo y confiaba que tuvieran varios más en los años venideros. Si la Providencia así lo disponía, envejecerían juntos y tendrían nietos. Por el momento, se contentaba con disfrutar de su felicidad tal como era.

Pocos días después del regreso al hogar, la pareja supo que Rhys Townsend había regresado al trabajo, todavía dolorido por su herida, pero por lo demás sano y vigoroso. Lord Marsden, por el contrario, había caído en un coma febril, provocado por la infección, que se había agravado. Por el momento, Gustav Fridrich y sus hombres aún compartían la misma celda, mientras Olney seguía alojado al otro lado del pasillo, con lord Marsden. Al parecer, el pícaro no estaba dispuesto a confiar su vida a su antiguo jefe y no quería correr peligro estando cerca de él. Haberse entregado al sheriff para testificar contra Jeffrey Birmingham lo había hecho diez mil dólares más rico, aunque la historia hubiera resultado falsa. Por lo que a Olney concernía, se había ganado esa suma, con la que podía ir a desconocidos lugares y conservar así su libertad. Tal vez tuviera que pasar algunos años en prisión por herir a Jeffrey Birmingham, pero Fridrich podía ser ahorcado por todos los asesinatos que había encargado a sus hombres. Olney no había participado en ninguno de ellos. En cuanto a los marineros que había matado por defender al alemán, mantenía el hecho en secreto, con la ferviente esperanza de que Fridrich también lo hubiera olvidado, puesto que no acostumbraba a prestar mucha atención a los favores recibidos. Aun en esos casos, podría haber alegado defensa propia, puesto que uno de ellos, cuando menos, había tratado de matarlo. Fridrich no tenía nada que perder si lo contaba todo; si recordaba el incidente no dejaría de causarle dificultades. Después de todo, la vida ajena no tenía importancia para él. Eso, desde luego, hacía que Olney estuviera aún más dispuesto a declarar lo que sabía del hombre y sus operaciones, al menos mientras estuviera encerrado a solas con el sheriff.

Los recién casados, Farrell y Elizabeth, habían ido a visitar a Jeffrey y a Raelynn, con una propuesta que esta última no pudo resistir: si continuaba proveyéndoles de una cantidad aceptable de diseños para las nuevas temporadas, que podría hacer a voluntad en Oakley, la pareja tendría sumo gusto en proporcionarle, tras el nacimiento de la criatura, un guardarropa completo para cada estación del año, el tiempo que ella continuara diseñándoles modelos. Además de aprovechar sus diseños, ella sería un testimonio viviente de la buena calidad de cuanto hacían en la tienda. Jeff permitió que su esposa decidiera, apuntando que, si aceptaba, él podría conservar su dinero y, al mismo tiempo, disfrutar de verla vestida a la última moda. Raelynn aceptó encantada. Ese trabajo la entusiasmaba y, mientras pudiera permanecer en Oakley, donde era tan feliz, podría gozar de lo mejor de ambos mundos.

Un cálido y tranquilo anochecer de noviembre, poco después de la cena, Kingston entró en el comedor, donde la pareja tomaba el té y el café, para anunciar que varias carretas se habían detenido frente a la casa.

–Son forasteros, señor Jeffrey. Gitanos, creo que se llaman. Quieren saber si usted les permite acampar esta noche en sus tierras. Dicen que van a Georgia y que no quieren molestar, pero tienen un par de niños enfermos por haber comido bayas fermentadas y el movimiento de la carreta no les sienta bien. Dicen que, si les permite quedarse, tocarán música para usted antes de levantar el campamento. Dicen que son gente honrada, señor, que no roban ni hacen mal a nadie. Se ganan la vida con la música, señor, nada más.

–Oh, qué bonito –dijo Raelynn entusiasmada. Y se volvió hacia su esposo con una sonrisa–. ¿Les permitiríais quedarse, Jeffrey?

Su esposo cedió de buena gana ante esa súplica tan dulce y la levantó de la silla.

–No veo ningún mal en permitir que se queden, querida, siempre y cuando sea por una sola noche.

Ella lo enlazó por el codo, riendo.

–Vamos, pues, Jeffrey. Salgamos al porche para escuchar esa música.

Caminaron del brazo hasta el salón, donde Kingston los esperaba con un chal para Raelynn. Jeff cubrió con él los hombros de su esposa y, una vez más, le ofreció galantemente el brazo para salir al pórtico. Descubrieron, con asombro, que había diez o doce músicos reunidos en el prado, con los instrumentos en la mano. Sólo uno hablaba lo bastante bien como para hacerse entender, pero aun así sus palabras eran confusas. No obstante, los melodiosos sonidos de su violín y el acompañamiento de guitarras, flautas y otros instrumentos, transportaron a la pareja a un reino de intenso placer. La música era como seda en sus oídos; conmovía el corazón, llenándolo de una intensa felicidad. Las melodías, fueran alegres o melancólicas, evocaban tanto placer que Raelynn pronto se descubrió en brazos de su marido, bailando el vals a lo largo de la galería.

Las estrellas titilaban por entre las hojas y las gráciles ramas de los enormes robles que rodeaban los jardines. En el aire, se percibía la fragancia del otoño; provocaba una embriaguez que invadía todo su ser. Se sentían felices, contentos y maravillosamente vivos.

–Santo Cielo, querido, vos sí que subyugáis a las damas –comentó ella, maravillada–. Ningún hombre me ha cautivado así desde que tenía tres años.

–¿Qué sucedió cuando teníais tres años, amor mío?

–No lo tengo del todo claro en mi memoria, pero recuerdo que estaba en un jardín, con mi gato y mis muñecas, y empezó a llover. En Inglaterra es raro que diluvie; sólo cae una lluvia suave y tenue. Supongo que es eso lo que hace tan encantadores los jardines ingleses. –De pronto meneó la cabeza, riendo ante sus caprichosos recuerdos–. A veces pienso que todo ha sido un sueño.

Los ojos de su esposo le sostenían la mirada, mientras brillaban al resplandor de las enormes lámparas que ardían junto a la puerta principal.

–Mi tío tenía una finca en Londres. Cuando yo era jovencito fuimos a visitarlo. Recuerdo que me sorprendió lo fresco del clima, comparado con el de aquí. Llovía casi todos los días.

–Es cierto –reconoció ella, riendo por lo bajo. De pronto se interrumpió, atrapada por los recuerdos–. Qué extraño... Creo que últimamente he estado soñando con eso.

Calló otra vez, persiguiendo una visión fugitiva, apenas una sensación. Era niña otra vez, muy pequeña, en un jardín, alguien la había levantado muy alto...

–Es curioso que digáis eso, amor mío –murmuró él.

–¿Por qué, Jeffrey? Soñamos tantas cosas distintas...

–Es cierto, pero lo que habéis mencionado me resulta... familiar. –Él frunció las cejas, en un esfuerzo por recordar qué era–. Creo que yo también he soñado con Londres, en estos últimos días.

–¿Tanto os impresionó? –preguntó ella, bromeando.

–Me gustó mucho. Recuerdo que la finca de mi tío tenía un jardín con una tapia muy alta; a mi madre le encantaba. Cuando volvimos aquí, trajo algunas de aquellas plantas a Harthaven.

–En la finca de mi padre también había un jardín con una gran tapia. Era mi lugar favorito. Allí viví aventuras estupendas, buscando duendes y geniecillos. –Se rió como una niña pequeña–. Y hasta conocí a mi príncipe azul.

Él le echó una mirada divertida.

–¿Debo sentir celos? ¿O acaso era alguna galante ardilla?

–Tenéis motivos para estar celoso –lo provocó ella dulcemente–. Me enamoré de él.

Las cejas de Jeff se elevaron marcadamente; una sonrisa torcida curvó sus labios.

–Habladme de ese pícaro errante que os robó el corazón. ¿Era tan guapo como yo?

–Principesco, tanto en modales como en apostura.

–¿Qué rasgos os gustaban más de ese elegante caballero?

Raelynn apoyó un codo en su hombro y cruzó su mejilla con un dedo, pensativa.

–Creo que tenía el pelo negro. Un portón de hierro comunicaba nuestros jardines. Cierta vez entré en el suyo, quizá buscando a mi gato. Él me vio y me llevó de regreso a casa. Recuerdo que, cuando me sentó en su hombro, me asusté un poco. Los tenía muy anchos, según recuerdo. –Su sonrisa se acentuó ante su fantasía infantil–. Y por si lo dudáis, comenzó a llover.

Jeff la miraba con un aire extraño, a tal punto que ella se apresuró a tranquilizarlo.

–En realidad, no era mi príncipe azul, Jeffrey, pero era tan pequeña que pensé eso.

Jeff preguntó, con lenta deliberación.

–Y ese príncipe azul, ¿os dio una flor?

Raelynn lo miró, sorprendida.

–¿Cómo podéis saber eso?

–Porque hace muchos años, durante una primavera londinense especialmente lluviosa, conocí a una encantadora duendecilla que solía cruzar al jardín de mi tío. Era tan adorable que sus visitas no me molestaban, aunque trataba de que no se alejara demasiado de su casa. Ella lo prometió con mucha coquetería, a condición de que yo...

–De que bailarais con ella –completó Raelynn, sobrecogida–. Me levantasteis. Yo canté y vos me acompañasteis. Y luego bailamos. Fue un momento maravilloso. Un recuerdo que he atesorado a lo largo de todos estos años. Pero luego os fuisteis y jamás volví a veros.

–Es que mi tío murió y ya no había razón para regresar a Londres –replicó él con dulzura. En su mente veía, una vez más, la pequeña que ella fue.

Raelynn lo observaba con atención. A partir de ese momento, él había sido su ideal de belleza, el caballeroso príncipe azul por el que suspiró, sin saberlo, a lo largo de los años y de la distancia que los separaba.

–¿Creéis que desde un comienzo estuvimos destinados el uno al otro?

Jeff sonrió.

–Mi corazón nunca encontró paz en otra mujer. Aquel día, cuando entrasteis en mi vida, fue como si salierais del sueño que yo había estado alimentando tanto tiempo. Me inundó la felicidad al pensar que por fin había hallado a mi bienamada.

Los suaves ojos de la joven se clavaron en los de él. Con cierta timidez, susurró entre labios sonrientes.

–Sois el único hombre al que he amado jamás, Jeffrey. Fuisteis mi caballero principesco cuando era sólo una niña. Ahora, en vuestra condición de marido, sois la alegría de mi vida. Me alegra tanto ser vuestra esposa...

–Disculpad –dijo una grave voz masculina, desde el estrecho sendero.

Jeffrey y Raelynn, arrancados de su ensueño, se separaron para mirar a su alrededor. Un hombre apuesto, alto y de anchos hombros, se quitó el sombrero para adelantarse hasta los escalones de la galería.

–¿Sois el señor Birmingham? –preguntó, con acento irlandés.

–Soy Jeffrey Birmingham, sí. También tengo un hermano del mismo apellido. Brandon. –Jeff señaló hacia el oeste–. Vive a cierta distancia.

–Creo que vos sois el que busco, señor.

–¿Y usted, es?

–Soy el capitán Shannon O'Keefe. Me envía Trudy.

Por el rostro de Jeff cruzó una expresión maravillada.

–¿Sois el padre de Daniel?

–Eso creo, señor. Nell era virgen cuando la llevé a mi lecho. Y no tengo motivos para pensar que pudo haberse acostado con otro en tan poco tiempo.

–¿Venís a visitarlo?

–He venido a reclamar a mi hijo para darle mi nombre, señor. Lo criará mi hermana, que no puede tener descendencia. Hace años que suspira por un bebé. Y como yo no tengo esposa, lo mejor es que Bryden cuide de él. Yo pagaré todos sus gastos hasta que tenga edad para embarcarse conmigo.

Jeff cruzó la galería para extenderle la mano, en un gesto de amistad.

–Estamos encantados de conoceros, señor. Estábamos preocupados por ese niño, por el futuro que le esperaba al no llevar el nombre de su padre. Es un alivio saber que recibirá cuidados y amor.

Raelynn se acurrucó contra su esposo hasta apoyar la cabeza contra la suya.

–¿Habéis decidido si preferís un varón o una niña?

Jeffrey le acarició la curva del vientre.

–Si pudiera elegir, me gustaría tener al menos uno de cada sexo.

–Pero no al mismo tiempo –protestó ella, riendo. Luego siguió con el dedo la diminuta cicatriz en forma de medialuna, en la comisura de su boca–. Me gustaría tener un varón que se parezca a vos.

–Beau se parece a Brandon –reflexionó Jeff en voz alta, enarcando las cejas–. Parece muy probable que el caso se repita. Pero creo que deberíamos tener una niña que fuese igual que vos.

Raelynn le apoyó la mano en el sitio donde el bebé se movía dentro del vientre.

–¿Lo notáis?

–Inquieto como una ardilla, ¿no? –comentó su esposo, riendo entre dientes.

–No me molesta –replicó Raelynn, con un suspiro satisfecho–. Así sé que está bien.

Jeff depositó un beso afectuoso en su frente.

–Sí, querida, todo está bien. Estáis en mis brazos, el lugar que os corresponde desde siempre.

–El mundo es un bello lugar cuando estamos juntos, ¿verdad, Jeffrey?

–Desde luego, querida.

Título de la edición original: *A Season Beyond a Kiss*
Traducción del inglés: Edith Zilli,
cedida por Random House Mondadori, S. L.
Diseño: Winfried Bährle
Ilustración: Josep García

Círculo de Lectores, S. A. (Sociedad Unipersonal)
Travessera de Gràcia, 47-49, 08021 Barcelona
www.circulo.es
1 3 5 7 9 3 0 0 4 8 6 4 2

Depósito legal: B. 8827-2003
Fotocomposición: PACMER, S. A., Barcelona
Impresión y encuadernación: Printer industria gráfica, s. a.
N. II, Cuatro caminos s/n, 08620 Sant Vicenç dels Horts
Barcelona, 2003. Impreso en España
ISBN 84-226-1210-0
N.° 27599